Manfred Casper

VOM WACHSEN DER FLÜGEL

oder

Vom Kampf für ein Leben in Freiheit

Eine autobiografische Erzählung

JHM Verlag

Für meine Familie

VORWORT

Freiheit ist keine Selbstverständlichkeit

Im Duden wird Freiheit erklärt als *„Zustand, in dem jemand von bestimmten persönlichen oder gesellschaftlichen, als Zwang oder Last empfundenen Bindungen oder Verpflichtungen frei ist und sich in seinen Entscheidungen oder Ähnlichem nicht [mehr] eingeschränkt fühlt“*. Eine Beschreibung, die deutlich macht, dass man Freiheit erst dann als Wert erkennen kann, wenn man nicht frei gewesen ist. Junge Menschen können und sollten dankbar sein, dass sie in Freiheit aufwachsen können. Aber können sie den Wert der Freiheit überhaupt groß genug einschätzen?

Vermutlich nicht, denn sie müssen zwar im Heranwachsen auch Einschränkungen hinnehmen und im Heranwachsen manches auch gegen ihren Willen machen, aber sie genießen eine Freiheit, wie sie kaum eine Generation vor ihnen genießen konnte. Es wäre nicht zielführend, ihnen den Wert der Freiheit durch Einschränkungen erlebbar zu machen. Eben dafür gibt es aber Zeitzeugen, die darüber berichten können, was es bedeutet, unfrei zu sein. Was es bedeutet, eingesperrt zu sein. Was es bedeutet, in die Freiheit entlassen zu werden. Was es bedeutet, dafür Familie und Freunde zurücklassen zu müssen.

Wir sind Manfred Casper sehr dankbar dafür, dass er mit diesem Buch seine persönliche Geschichte erzählt, um an seinem Leben den Wert der Freiheit erlebbar und spürbar zu machen. Viele Leserinnen und Leser werden neue Einblicke erhalten und jeder wird Nachdenken über die eigene Lebensgeschichte und auch über die eigene Wertschätzung der Freiheit gegenüber in der wir leben.

Insbesondere 30 Jahre nach dem Fall der Mauer ist dieses Buch ein wichtiger zeitgeschichtlicher Beitrag. In einer immer schneller werdenden Gesellschaft werden Tatsachen infrage gestellt und oftmals Behauptungen zu Tatsachen gemacht – auch im Hinblick auf Freiheit, Demokratie, die Wendezeit und das Leben in der BRD und der DDR. Wenn Menschen auf die Straße gehen und unter dem Ruf *„Wir sind das Volk"* für Ausgrenzung demonstrieren und die Demokratie verhöhnen, dann ist es Zeit sich zu Wort zu melden. Manfred Casper macht das mit seiner Lebensgeschichte auf eindrucksvolle Art.

Die Politische Bildungsstätte Helmstedt unterstützt dieses Projekt aber auch, weil es einen Beitrag zu unserem satzungsgemäßen Auftrag darstellt, die politische Bildung in unserem Land und damit die Demokratie zu stärken. Staat und Gesellschaft unseres Landes haben aufgrund der Erfahrungen der jüngsten deutschen Geschichte eine besondere Verpflichtung, die Entwicklung eines sich auf Demokratie, Toleranz und Pluralismus gründenden politischen Bewusstseins durch politische Bildung zu fördern.

Das Buch von Manfred Casper trägt dazu bei, dass politische Bewusstsein zu schärfen und ist Werbung für Demokratie, Freiheit, Toleranz und Pluralismus.

Björn Försterling

Vorsitzender der Politischen
Bildungsstätte Helmstedt

André Lindner

Geschäftsführer der Politischen
Bildungsstätte Helmstedt

Herausgegeber BZV Medienhaus GmbH
Hintern Brüdern 23
38100 Braunschweig
www.bzv-medienhaus.de

Autor Manfred Casper

Verlag Joh. Heinr. Meyer GmbH, Braunschweig

Einige Namen im Buch sind aus datenschutz- und personenschutzrechtlichen Gründen geändert.

Titel Enrico Casper, www.werkstaedte.de

Satz Joh. Heinr. Meyer GmbH, Braunschweig

Herstellung oeding print GmbH, Braunschweig

ISBN 978-3-926701-93-0

INHALTSVERZEICHNIS

Manfred Casper

PROLOG

Eigentlich war für mich bis um die Jahrhundertwende das Kapitel DDR, in die ich hineingeboren worden war und in der ich aufwuchs, abgeschlossen. Zumindest war es bis 2010 nicht meine Absicht, mich mit diesem Teil meines Lebens intensiver zu befassen. Nach einer sehr wechselhaften beruflichen und teils turbulenten, auch dramatischen persönlichen Entwicklung wurde ich im Februar 1992 mit 41 Jahren zum Hauptgeschäftsführer im Allgemeinen Arbeitgeberverband Braunschweig ernannt. Diese verantwortungsvolle Position hatte bald zahlreiche Ehrenämter zur Folge, was mich alles sehr forderte. Einen adäquaten Ausgleich fand ich neben sportlichen Aktivitäten und gelegentlichen Aktivurlauben in der wenigen verbleibenden Freizeit vor allem in der Familie mit meiner Frau Evelyn, dem 1975 geborenen Enrico, der 1978 geborenen Sara und dem 1995 als Nachzügler geborenen Justus. Angesichts dessen verspürte ich wenig Motivation, mich mit teils traumatischen Erlebnissen in der DDR erneut auseinanderzusetzen. Meine DDR-Vergangenheit schien als biografische Randnotiz lediglich subjektiven Erinnerungswert zu bekommen, bestenfalls geeignet, den eigenen Kindern und Angehörigen hiervon zu berichten.

Doch es kam nach einer Reihe zusammenhängender Ereignisse anders:

Am 9. November 1989 öffnete sich der Eiserne Vorhang, die Mauer fiel! Zwischen Weihnachten und Neujahr 1989 besuchte ich mit Evelyn erstmals nach 13 Jahren wieder einige Tage die DDR. Zuvor hatte ich seit 1976 ein Einreiseverbot in die DDR, galt dort als *unerwünscht*. Der Weg führte uns nach Stollberg/Erzgebirge, meinen Geburtsort. Wir übernachteten bei meinem Bruder Walter in Erlbach-Kirchberg, nahe Stollberg. Wie uns die unbeschreibliche und heut kaum noch vorstellbare graue Tristess damals deprimierte! Es dauerte geraume Zeit und der Alltag hatte uns alle wieder in seinen Klauen, es begann der *Aufbau Ost*, die *blühenden Landschaften* sollten schließlich keine Vision bleiben. Die *Besser-Wessis* und *Jammer-Ossis* waren als Klischees geboren.

Die DDR unterhielt seit 1950 ein Ministerium für Staatssicherheit, kurz MfS oder auch Stasi genannt. Seit November 1957 war bis zum Untergang der DDR der zuständige Minister Erich Mielke. Das MfS war in über zwanzig Hauptabteilungen unterteilt, die wiederum in zahlreiche Unterabteilungen untergliedert waren. Alle Abteilungen waren in sehr komplexer Weise miteinander verzahnt. Weltweite Bedeutung erlangte die Hauptverwaltung Aufklärung (HVA), der Auslandsgeheimdienst der DDR. Von 1952 bis 1986 wurde die HVA geleitet von Markus Wolf, zuletzt im Range eines Generaloberststs. In dieser Zeit galt die HVA als einer der effektivsten Geheimdienste weltweit; immerhin gelang es ihm von 1972 bis 1974 mit Günther Guillaume einen Offizier im besonderen Einsatz als persönlichen Referenten des damaligen Bundeskanzlers Willy Brandt zu platzieren, der jedoch enttarnt werden konnte. Die Guillaume-Affäre führte im Mai 1974 zum Rücktritt Willy Brandts als Bundeskanzler!

Die zahlreichen Abteilungen für die innere Sicherheit der DDR hatten wesentlich zum Ziel, die eigene Bevölkerung der DDR unter Kontrolle zu halten. Zur Zeit des Auflösungsprozesses der DDR 1988/89 waren beim MfS insgesamt ca. 90.000 Menschen fest angestellt, weitere ca. 150.000 Menschen waren als Informelle Mitarbeiter, sogenannte IMs registriert. Deren Aufgabe war wesentlich nach innen auf die Bespitzelung von *Zielpersonen* gerichtet. Allerdings waren auch in der Bundesrepublik IMs im Zusammenwirken mit der HVA aktiv. Über die Zielpersonen sowohl in der DDR als auch in der Bundesrepublik wurden in der Regel umfangreiche dokumentarische Akten angelegt, die sogenannten Stasi-Akten.

Ein guter Bekannter im Erzgebirge, für den ebenfalls eine Stasi-Akte angelegt worden war, hatte bereits 1991 erste Einsicht in seine Stasi-Akte erhalten. Er gab mir den Hinweis, ich käme in seiner Akte im Zusammenhang mit früheren Fluchthilfeaktivitäten namentlich vor und er vermute, auch für mich existiere eine Stasi-Akte. Vor allem unser ältester Sohn Enrico, damals 16 Jahre alt, drängte, einen Antrag auf Recherche nach einer Stasi-Akte für mich zu stellen. Enrico war mehrfach in der DDR zu Besuch, als Kleinkind einmal mit uns Eltern, später als Schulkind zusammen mit seiner Schwester Sara und meiner Mutter. So stellte ich am 16. Januar 1992 etwas zögerlich einen ersten Antrag beim Bundesbeauftragten für die Unterlagen des Staatssicherheitsdienstes der ehemaligen DDR (BStU) in Berlin. Nach der Eingangsbestätigung mit dem Hinweis, daß die Bearbeitung durchaus mehrere Jahre in Anspruch nehmen könne, erhielt ich am 26. März 1996 dann den Bescheid:

> Die Recherchen zu Ihrem Antrag (...) sind abgeschlossen. Ich lade Sie zur Einsicht in die aufgefundenen Unterlagen zum 07.05.1996 um 9.00 Uhr in die Dienststelle des Bundesbeauftragten, 39116 Magdeburg, Wilhelm-Höpfner-Ring 3 ein. Der Umfang der Unterlagen beträgt ca. 700 Seiten.

Die Umfänge dieser Stasi-Akten lagen zwischen ca. 50 Seiten bis zu zigtausenden. So betrug der Stasi-Akten-Umfang des 1976 aus der DDR ausgebürgerten Lyrikers und Systemkritikers Wolf Biermann ca. 35.000 Seiten! Wenn ich auch diesen Umfang nicht annähernd aufweisen konnte, irritierten mich dennoch die immerhin 700 Seiten. Was konnte die Stasi über mich in diesem Umfang an Unterlagen gesammelt haben?

Die Fahrt zur Einsichtnahme am vorgegebenen Datum nach Magdeburg gestaltete sich schwierig. Von Kilometer zu Kilometer nahm meine Motivation ab, sich dieser inzwischen weit zurück liegenden Ereignisse zu widmen. Dies aus drei Gründen. Erstens war ich in meinem Beruf zu diesem Zeitpunkt aus verschiedenen Gründen in besonderer Weise gefordert. Zweitens war im Juni 1995 Justus geboren worden und nahm uns in Beschlag. Diese beiden Dinge waren es, die meinen Blick im Wesentlichen nach vorn auf die Zukunft richten ließen. Drittens schließlich unterlag ich einem unbewußten Verdrängungsmechanismus! Ich hatte im Zusammenhang mit meinem gescheiterten Fluchtversuch 1969 und der anschließenden Haft in der DDR, die ich als Grundlage meiner Stasi-Akte vermuten mußte, existentielle traumatische Erlebnisse, die ich keine Lust hatte, zu beleben und mich gar damit erneut auseinanderzusetzen.

Das Gebäude, in das ich geladen worden war, erinnerte an die DDR. Es war ein ehemaliger Plattenbau, wenn auch restauriert und renoviert. Der Raum war ein Funktionsraum, ähnlich dem Klassenraum einer Schule. Verteilt an großzügig auseinander liegenden Tischen saßen wenige Menschen, meist allein, teils zu zweit. Es herrschte gespannte Stille. Und dann, nach der Anmeldung unter Vorlage der Einladung und des Personalausweises, nach einer Belehrung und der Einweisung zum Verhalten im Einsichtsraum nahm ich Platz. Danach kam sie, meine Stasi-Akte. Auf einem kleinen Beistellwagen lagen diverse Schnellhefter und ein dicker Ordner sowie ein Karton mit einer Art Lochkarten. An die Arbeit? Wenn da nicht diese eskalierende Hemmung gewesen wäre, sich dieser immerhin ca. 700 Seiten anzunehmen! Zu allem Unglück bestand gerade der erste Aktenteil aus den Schilderungen der Festnahme in Bulgarien im Sommer 1969, die ich inzwischen erfolgreich verdrängt hatte. Und nun sollte alles von vorn beginnen? Frustriert blätterte ich noch einige Male hin und her. Ich erkannte Wiederholungen und in einem weiteren Teil Unterlagen zu einem *Operativ-Vorgang Häftling*. Er weckte plötzlich Erinnerungen an ebenfalls mittlerweile verdrängte Aktivitäten. Ich hatte zeitnah nach meinem *Freikauf* im Sommer 1971 mit einem ehemaligen und auch in die Bundesrepublik entlassenen Haftkameraden Fluchthilfepläne geschmiedet für zwei weitere, in die DDR entlassene Haftkameraden, von denen wir definitiv wußten, daß sie ebenfalls in die Bundesrepublik wollten. Allerdings nahm ich bald danach wieder Abstand von all dem, da mir Ungereimtheiten auffielen, mir war das Ganze suspekt. Auch damit wollte ich mich nun nicht mehr beschäftigen. So unterlag die natürliche Neugier der Aversion diesen Dingen gegenüber. Nach ca. 20 Minuten war die Entscheidung gefallen: Ich gab die Unterlagen zurück und fuhr unverrichteter Dinge nach Hause – innerlich völlig zerrissen!

Die Informationen aus meiner Akte hätten immerhin als Dokument eines Zeitzeugen auch ihm als Nachgeborenen Einblicke in das System der DDR geben können, so Enrico kritisch. Sein Vorschlag: Entweder gemeinsam noch einmal Einsicht nehmen oder aber die Unterlagen kopieren, um sie zumindest zu Hause zu haben. Dann sei es sowohl ihm als auch mir später als Pensionär möglich, sich intensiver damit zu beschäftigen.

Geraume Zeit ging erneut ins Land. Am 16. Oktober 2002 stellte ich einen erneuten Antrag auf Einsicht. Enrico war zwischenzeitlich ebenso wie unsere Tochter Sara zu Hause ausgezogen. Die Unterlagen bei einem erneuten Einsichtstermin kopieren, die Kopien nach Hause senden lassen und sie damit als spätere Arbeits- und Dokumentengrundlage jederzeit verfügbar zu haben, das war der Plan. Damit konnte ich nun gut umgehen, zumal sich in der Zwischenzeit meine berufliche Lage entspannt und ich mich endgültig etabliert hatte. Am 31. März 2003 ging es um 13.30 Uhr erneut in die selbe Außenstelle der Behörde in Magdeburg. Und siehe da, diesmal hatte ich durchaus schon deutlich mehr Gelassenheit und Muße, mich einige Stunden bis zur Schließung gegen 17.00 Uhr mit den Unterlagen zu beschäftigen, sie grob zu ordnen, Doppelungen zu identifizieren und insoweit eine Übersicht zu erstellen, die ich kopiert haben wollte. Immerhin noch einige hundert Seiten zum Kopieren und das Material im Karton blieben übrig. Ich füllte das Formblatt zur Erstellung der Kopien aus, fuhr dann relativ entspannt in Erwartung dieses Konvoluts an Material aus meiner Stasi-Akte nach Hause und einige Tage später wurde dieses postalisch übersandt, ein stattlicher Fundus für später.

Es war im September 2010, als mich der Leiter des Braunschweiger Hoffmann-von-Fallersleben-Gymnasiums, mein Freund Edgar Merkel nach meiner Bereitschaft fragte, in seinem Leistungskurs Geschichte des 13. Jahrgangs für Fragen zur DDR zur Verfügung zu stehen. Er wußte grob von meiner DDR-Biografie und behandelte als Geschichts-Lehrer gerade dieses Thema. Ich zeigte mich einverstanden und erbat nach der Terminabstimmung die Schülerfragen im Vorfeld, um mich darauf vorzubereiten. Bei der einen oder anderen Antwort fiel mir die Möglichkeit ein, mit Auszügen aus meiner Stasi-Akte Authentizität zu schaffen. Beispielsweise die Frage der Gewaltenteilung spielte eine Rolle. Hier konnte ich mein Gerichtsprotokoll präsentieren, aus dem ersichtlich war, daß ich mit 18 Jahren ohne Anwalt vor Gericht stand! Einige weitere Auszüge aus meiner Stasi-Akte konnte ich zeigen.

Ich hatte die Klasse bewußt zu mir in die neuen, repräsentativen Räume des Arbeitgeberverbandes eingeladen, um einerseits durch den Ortswechsel mehr Aufmerksamkeit zu erzielen, andererseits auch mir mehr Sicherheit zu geben; denn das Thema war für mich immer noch sehr sensibel, es ließ Anspannung erwarten. Wir wählten die letzte Schulstunde, die bei Bedarf eine Überziehung möglich machte, es war eine Doppelstunde. Aus dieser Doppelstunde wurden letztlich über zwei Stunden! Die Schüler zeigten ausgesprochen großes Interesse und es schien mir gelungen, mit meinen Antworten und dem gezeigten Material einen Spannungsbogen aufzubauen, der sie motivierte.

Damit war das Eis gebrochen und bereits im Frühjahr 2011 folgte mein erster Vortrag als Zeitzeuge vor einer 10. Klasse des Gymnasiums Gaussschule Braunschweig, der unser inzwischen 16-jähriger Sohn Justus angehörte. Der Vortrag stand unter dem Titel: *Einsicht – Eine Stasi-Akte erzählt*. Weitere Vorträge in Schulen sowie in Service-Clubs wie Rotary oder Lions folgten. Auch vor größeren öffentlichen Foren referierte ich und gewann die Gewißheit, hier eine ideelle Aufgabe zu haben, als Zeitzeuge zu berichten, was war. Die Vortragstitel hatte ich zwischenzeitlich mehrfach variiert. Ich gewann Routine, begann während der jeweiligen

Vorbereitungen immer intensiver in die Zusammenhänge hineinzufinden und ich wurde nur all zu oft ermuntert, das Erlebte aufzuschreiben. Schon am Anfang der Beschäftigung mit meiner Stasi-Akte hatte Enrico einmal die Idee, das Ganze zumindest für die Familie, für Freunde und Bekannte in eine Art Tagebuch zu fassen.

Neben diesem sehr persönlichen Bezug, der mich zum Schreiben meiner Geschichte veranlaßte, war es auch die oft gestellte Frage, welche Erfahrungen, Erlebnisse und Impulse dazu geführt haben, daß ich mich als junger Heranwachsender in Lebensgefahr begab, um die DDR zu verlassen, von der noch heut viele sagen:

„War doch nicht alles schlecht in der DDR."

Wie schlimm oder weniger schlimm war sie eigentlich, diese DDR? Meine Entwicklung vom kindlichen Erfassen der Welt durch zahlreiche Schlüsselerlebnisse über erste Meinungsbilder bis zu einem lebensgefährlichen Fluchtversuch aufzuzeigen, ist Absicht dieses Buches, auch ein Zeugnis für die erfolgreiche Suche eines jungen Menschen nach Orientierung in der dramatisch spannungsgeladenen Zeit des Kalten Krieges will es sein, ebenso ein leidenschaftliches Plädoyer für die Freiheit.

Schließlich will das Buch zeigen, daß Mut, Geradlinigkeit sowie der feste Glaube an sich selbst und an die eigene Kraft selbst in scheinbar ausweglosen Lebenssituationen etwas bewirken können! Jeder hat im Leben Chancen! Man muß sie nur nutzen! Wenn es gelingt, diese Botschaft jungen Menschen zu vermitteln und nicht die allgegenwärtige Präsenz des Staates oder der Gesellschaft als abstrakte Größe allein für das eigene Schicksal verantwortlich zu machen, dann ist etwas erreicht.

Auch dies ist mein Antrieb für dieses Buch. Es geht nicht darum, mit einer verbalen Keule verbittert auf die DDR einzuschlagen.

„War doch nicht alles schlecht in der DDR!"

Es gilt zu berichten, was war, zu berichten von wunderbaren Urlauben in den FDGB-Ferienheimen mit den Eltern, den schönen Erlebnissen einer ersten Liebe im Erzgebirge oder den Kinderferienlagern. Zu berichten aber auch von einem jungen Burschen, der auszog, die Freiheit zu erleben, der deshalb ohne Anwalt vor Gericht stand und zu Zuchthaus verurteilt wurde. Der aber letztlich dank seines verzweifelten Kampfes um die Freiheit mit Unterstützung der Eltern und trotz schlimmster Tage im sogenannten *Tigerkäfig*, einer Isolierzelle im Zuchthaus Cottbus gewonnen hatte, diese seine Freiheit. Der nicht zuletzt dank dieser Freiheit beruflich sehr erfolgreich wurde und der als Vater dreier Kinder und Großvater von vier Enkelkindern auch ganz privat Vieles erreicht hat. Der sich heut noch allzu gern auf Reisen mit seiner Frau oder allein mit seinem Motorrad vom Wind der Freiheit umwehen läßt und der selbst das Älterwerden nun voller Dankbarkeit genießt, als passionierter Bergwanderer in der Gewißheit: Je höher man steigt, um so weiter sieht man! Und mit etwas Glück sieht man dann sein Lieblingstier, den Adler, wie er seine Flügel breitet, wenn er die grenzenlose Freiheit der Lüfte durchstreift.

DAS GLÜCK EINER UNBESCHWERTEN KINDHEIT

Stollberg im Erzgebirge

Alles begann in Stollberg im Erzgebirge, einer Kreisstadt mit ungefähr 14.000 Einwohnern, gelegen inmitten des Dreiecks der größeren Städte Chemnitz, Aue und Zwickau. Eingebettet in die sanft geschwungene Hügellandschaft des nordwestlichen Erzgebirges zog sich der Ort im Tal des Flüsschens Gablenz von Mitteldorf am südlichen Ende bis Niederdorf am nördlichen Ende. Meine Mutter Martha, eher klein, etwas untersetzt mit ewiger leicht ergrauter Dauerwelle und etwas knolliger Nase verschlug es nach den Wirren des Zweiten Weltkrieges durch Vertreibung aus Schlesien mit meinen beiden Brüdern Hans-Joachim und Walter ins Erzgebirge. Walter und Hans-Joachim waren damals Schmachthaken, dünn und vom Typ eher dunkel, mit ihren braunen Augen und den dunklen Haaren nach Vater Alfred gehend. Auch Tante Hilda, die Schwester von Mutter mit Tochter Christel sowie meine Großmutter mütterlicherseits, Oma Minna begleiteten den Treck. Im August 1946 kamen sie in die Region um Aue und Tante Hilda, Christel und Oma fanden zunächst in Bockau, südlich von Aue Quartier, Mutter mit Walter und Hans-Joachim strandeten in Stollberg. Auf der Zwickauer Straße, stadtauswärts Richtung Neuwürschnitz wurden Mutter von der sowjetischen Kommandantur zwei Zimmer im Dachgeschoß eines Einfamilienhauses zugewiesen. Küche, Toilette und Waschgelegenheiten mußten sich die Neuankömmlinge mit den Hausbesitzern, Familie Heilmann teilen, Inhaber eines Kohlehandels im nahen Chemnitz.

Chemnitz wurde am 10. Mai 1953, im sogenannten Karl-Marx-Jahr vom damaligen Ministerpräsident der DDR, Otto Grotewohl in Karl-Marx-Stadt umbenannt. Natürlich war man gegen diese Umbenennung, die Wenigsten waren damals Kommunisten, aber man war lieber still und zurückhaltend. Zu massiv war die Präsenz der Sowjets in der Erzgebirgsregion, zu eingeschüchtert die Bevölkerung infolge des verlorenen Krieges. Uran, das man gefunden hatte und das in der sich anbahnenden Spirale des atomaren Wettlaufs eine große Rolle spielen sollte, schaffte die hohe sowjetische Präsenz.

Um so kurioser war unmittelbar nach der Kapitulation der Deutschen am 8. Mai 1945, daß Teile des erzgebirgischen Landkreises Schwarzenberg und des Landkreises Stollberg für ungefähr sechs Wochen durch die Alliierten unbesetzt blieben. Hatten sie alle diesen abgelegenen Flecken etwa vergessen? Immerhin für den Schriftsteller Stefan Heym genug Stoff für seinen Roman *Schwarzenberg*.

Bereits im September 1945 gab es auf Geheiß der sowjetischen Kommandantur die ersten Untersuchungen in der Gegend um Aue durch Experten der Freiberger

Bergakademie. Im Juli 1947 wurde dann nach mehreren Entwicklungsstufen die Wismut AG in Aue gegründet. Die namentliche Verwendung des chemischen Elementes Wismut war dem Bemühen der Sowjets um Tarnung geschuldet. Man versuchte zunächst den Abbau von Uran geheim zu halten. Später sollten die der Wismut AG zugehörigen Tochterunternehmen und Sozialeinrichtungen einen besonders hohen Stellenwert in der DDR einnehmen. Wismut-Arbeiter und -Angestellte waren insofern ausgesprochen privilegiert. Die Kehrseite war die extrem hohe Gesundheitsgefährdung der Kumpel unter Tage und all jener Menschen, die zum Teil ohne Schutzkleidung unmittelbar mit dem strahlenden Uran in Berührung kamen. Auch aus Stollberg und Umgebung kamen zahlreiche Kumpel und Angestellte der Wismut AG. Diese Erzgebirgsregion war bis in die 1960er Jahre das viertgrößte Uran-Fördergebiet weltweit!

Nicht nur die Wismut AG, auch das Stollberg benachbarte Zwickau-Oelsnitzer Steinkohlerevier, in dem bis 1971 Steinkohle unter Tage abgebaut wurde, machte die Region zur Bergbauregion. Daneben gab es in Chemnitz und Aue auch Schwermaschinenbau, im weiteren Erzgebirge zahlreiche Textilbetriebe und in Zwickau war die Automobilindustrie mit den früheren Horch-Werken zu Hause, später von Autounion betrieben und nach dem Zweiten Weltkrieg von den IFA- und den Sachsenring-Werken, in denen letztlich seit 1957 mit dem ersten P 50 und dann dem P 70 die spätere Trabant-Produktion begann.

Mutter hatte sich in ihrer bescheidenen Herberge eingerichtet. Sie lebte von Unterstützung durch die immer noch maroden staatlichen Strukturen und von Gelegenheitsarbeiten in der Landwirtschaft und in Haushalten. Die Vermieter waren verständnisvoll, was gegenüber den Vertriebenen nicht selbstverständlich war. Auch pflegte sie im Rahmen der Verkehrsmöglichkeiten den Kontakt zu Tante Hilda und Oma in Bockau.

Es war im Sommer 1948, als der zerlumpte und auf knapp unter 50 Kilo abgemagerte Fremde in sowjetischer Arbeitsuniform schweren Schrittes die Zwickauer Straße entlang schlurfte, dem Haus entgegen, in dem Mutter mit den Brüdern wohnte, das Alter von 39 Jahren nicht zu schätzen, eher sah er aus wie 60, ein kleiner dünner Hering mit Stoppelschnitt, unrasiert und ungepflegt, später nannte man so jemanden Penner. Tragisch-komisch muß es gewesen sein, als er an der Tür klopfte und meine Mutter einige Zeit brauchte, ihn nach Jahren der Trennung als Ihren Mann Alfred zu erkennen. Als Lanzer der Wehrmacht erst in den französischen Pyrenäen, wurde er später in die Sowjetunion beordert. Gegen Ende des Krieges geriet er dann in sowjetische Kriegsgefangenschaft, die er nur knapp überlebte, wie man sehen konnte.

Meine Eltern besaßen in Schlesien ursprünglich einen Bauernhof mit Gastwirtschaft. Deshalb lernte Vater vor dem Zweiten Weltkrieg Landwirt. So bekam er nach seiner Ankunft und einer Eingewöhnung eine Anstellung als Landwirtschaftsgehilfe bei einem damals noch unabhängigen Bauern nahe Oederan, östlich

Frauengefängnis Stollberg Hoheneck

Familienfoto mit Hans-Joachim, Mutter, mir, Walter und Vater, 1953

von Chemnitz. Die spätere Landreform mit der Enteignung der meisten Landwirtschaftsbetriebe und der Zusammenführung in den Landwirtschaftlichen Produktionsgenossenschaften, den LPGs war noch nicht umgesetzt. Nicht selten legte er die knapp 40 Kilometer zu Fuß zurück, eine funktionierende Verkehrsinfrasturktur gab es noch nicht, mehrfach, so die späteren Erzählungen, zog er einen Leiterwagen voller Holzmaterial hinter sich her. Vater war ein begnadeter Handwerker. Vor allem Arbeiten mit Holz brachten in dieser Zeit viele Vorteile. Mit geliehenem Werkzeug vom Vermieter baute er Betten, Spielzeug für die Kinder und für den Vermieter Dinge, die auch ihm im Garten und Haushalt nützlich sein konnten. Auch die Holzschuhe für Hans-Joachim und Walter, die im Sommer mangels guter Schuhe barfuß zur Schule gingen, waren den Handwerkerhänden Vaters erwachsen.

1950 erhielt Vater einen Arbeitsvertrag in der Steinkohlengrube Karl-Liebknecht in Stollbergs Nachbarort Oelsnitz als Kohlekumpel. Damit war eine gute wirtschaftliche und finanzielle Perspektive für die Zeit nach dem Krieg verbunden und verhieß eine gesicherte Zukunft.

Am 14. März 1951 erblickte ich als Nachzügler das Licht der Welt. Vater war mittlerweile zu Kräften gekommen, Walter war bereits 13 Jahre alt, wurde im Mai 14 und Hans-Joachim war im Februar 8 Jahre alt geworden. Zum Haus der Heilmanns gehörte ein wunderschöner großer Garten mit zahlreichen Obstbäumen. Da Heilmanns sehr hilfsbereit waren, war dies eine Möglichkeit, die Versorgung von uns Kindern mit frischem Obst zumindest in den Sommermonaten sicherzustellen. Ansonsten herrschte Mangel überall.

Im Mai 1949 war das Grundgesetz der Bundesrepublik Deutschland durch den Parlamentarischen Rat verabschiedet und infolge der ersten Wahl im August 1949 dann im September 1949 die Bundesrepublik Deutschland gegründet worden. Im Oktober 1949 wurde die Deutsche Demokratische Republik, die DDR gegründet. Während die Bundesrepublik vom Marshallplan der Amerikaner profitierte und nur wenige Industrieanlagen demontiert worden waren, litt die DDR massiv unter der Demontage von Fabriken, Maschinen und Anlagen, sie lag wirtschaftlich völlig am Boden.

1952 war es dann soweit, meine Eltern bekamen eine eigene Wohnung in Stollberg-Hoheneck auf der Martingasse 1 zugewiesen. Aus Stollbergs Zentrum führte die Zwönitzer Straße nach Osten ansteigend in mehreren Kehren hoch ins Erzgebirge, über Zwönitz nach Annaberg-Buchholz und Oberwiesenthal, einem wichtigen Grenzübergang in die damalige CSSR. In der ersten Linkskehre zweigte rechts die Martingasse auf eine Anhöhe ab. Oberhalb einer Auffahrt lag das Haus mit 12 Wohnungen in einen Hang hineingebaut. Vor dem Zweiten Weltkrieg war das Haus eine Lampenfabrik, die jüdischen Besitzern gehörte, sie waren bereits Anfang der 1930er Jahre nach Südamerika ausgewandert. Sie wohnten früher in einer angebauten kleinen Villa, in der nun nach dem Krieg verbliebene Erben wohnten.

Unsere Zweieinhalbzimmerwohnung im Erdgeschoß mit Hanglage und Blick auf eine angrenzende Wiese war zwar beengt, schaffte aber erstmals wohnliche Unabhängigkeit. Auf jeder Etage gab es vier Wohnungen, unsere war links, mittig gab es zwei und rechts eine. Ein kleiner Flur, links ein kleines Zimmer, geradeaus die Wohnküche und durch diese hindurch ging es ins Schlafzimmer. Ich schlief bei den Eltern im Schlafzimmer und Hans-Joachim im kleinen Zimmer. Walter schlief in einer zusätzlich angemieteten Bodenkammer im Dachgeschoß, die wir einigermaßen wohnlich hergerichtet hatten. Auch hier halfen Vaters Holz und seine Handfertigkeit. Es gab fließend kaltes Wasser in der Küche und einen Kohleofen. Das Plumpsklo im Hausflur auf halber Höhe zur ersten Etage teilten wir uns mit der Nachbarfamilie Gärner, die über uns wohnte. Herr Gärner war ebenso wie sein Sohn Kumpel bei der Wismut AG. Der Alltag spielte sich für uns fünf Personen in der Wohnküche ab. Hier wurde gegessen, Hausaufgaben gemacht, gefeiert und abends viel gespielt. Bei aller Enge mußte bereits Anfang der 1950er Jahre ein preiswertes, gebrauchtes Klavier im kleinen Zimmer bei Hans-Joachim untergebracht werden! Vater war nicht nur handwerklich begabt, er war ebenso ein begnadeter Klavierspieler, Noten hatte er indes nie gelernt. Selbst schwerere Musikstücke flossen ihm nur so in die Tasten, später sprach einmal eine Klavierlehrerin von einem Wunder.

In Erinnerung sind mir die gemütlichen Abende, gab es wieder einmal Stromausfall zu beklagen und bekamen wir bei Kerzenschein Geschichten erzählt oder alle, die Erwachsenen, die Jugendlichen und die Kinder spielten gemeinsam. Herr Semper, ein weiterer Nachbar im Erdgeschoß war als Elektriker der Elektrozentrale Stollberg für die Überwachung und Wartung der Stromleitungen in Hoheneck, unserem Stadtteil zuständig. Seine Privilegien waren ein Telefon, damit er Tag und Nacht erreichbar war und ein Fahrrad mit Hilfsmotor. Staunend standen wir Kinder mit offenem Mund, wenn Herr Semper mit seinen Steigeisen die hohen Holzstrommasten hochkletterte, um etwas Elektrisches zu richten. Diese Steigeisen schnallte er sich unter die Arbeitsschuhe. Sie hatten nach vorn ausladend eine lange, nach innen gebogene, spitz zulaufende Kralle. Mit einem Brustgurt umspannte er den Strommast, setzte einen Krallenfuß um den Mast und kletterte einem Affen gleich in Windeseile den Mast empor, indem er mit dem Gurt nach oben nach faßte.

Das andere Ende der etwa 200 Meter langen Martingasse mündete in den Schloßberg, eine Strasse, die nach links steil in den Stattteil Hoheneck anstieg und rechts hinab in die Stadt abfiel. Gegenüberliegend erhob sich imposant, aber auch erschreckend düster über dem Stadtteil thronend Schloß Hoheneck, wie wir es nannten. Jedoch war es kein Schloß, es war als unrühmliches Wahrzeichen von Stollberg das größte Frauengefängnis der DDR: Stollberg-Hoheneck! Zwischen 1950 und 1989 waren hier jeweils zwischen 400 und 1600 Frauen inhaftiert, überwiegend politische Häftlinge. Auch die Mutter des Schriftstellers Walter Kempowski war hier inhaftiert. Walter Kempowski war bekannt für seine zeitgeschichtlichen

Chroniken und Romane, z. B. *Ein Kapitel für sich*, das um 1980 verfilmt worden war oder sein *Echolot*. Aufgewachsen in einer Reederfamilie in Rostock war er 1948 mit 19 Jahren wegen des Schmuggels von Konnossementen, also Schiffsladepapieren aus der elterlichen Reederei an die Amerikaner von den Sowjets in Rostock festgenommen worden. Die Papiere enthielten Informationen über Reparationsleistungen an die Sowjets. Er erhielt nach brutaler Untersuchungshaft und einem kurzen Prozeß ebenso wie sein Bruder Robert 25 Jahre Zuchthaus wegen schwerer Spionage, von denen er über acht Jahre im berüchtigten DDR-Zuchthaus Bautzen absaß, dem *gelben Elend*, bevor er 1956 vorzeitig in die Bundesrepublik freikam. Seine Mutter wurde in Sippenhaft genommen und erhielt zehn Jahre, von denen sie fast fünf Jahre in Stollberg-Hoheneck absaß. Auch sie kam vorzeitig 1954 in die Bundesrepublik frei. Während meines späteren Germanistik-Studiums unterhielt ich eine kurze Korrespondenz mit Walter Kempowski, die jedoch bald erlosch.

Kleine Kinder denken nicht politisch und verstehen vieles, was Erwachsene in der Politik anrichten, nicht. Bestenfalls plappern sie nach, was sie aufschnappen von den Gesprächen und Erzählungen der Erwachsenen, bis sich erst später, im jugendlichen Alter eine dezidiertere Meinung herausbildet. So kann ich unabhängig von den politischen Entwicklungen meine Kindheit in der Rückschau als geborgen und behütet betrachten. Mutter und Vater waren da, wenn ich sie brauchte und trotz des materiellen Mangels in den ersten Kinderjahren hatten wir unser Auskommen.

Aber manchmal war Mutter hart mit mir. Mit fünf oder sechs Jahren einige Wochen von Mutter und Vater getrennt sein, im fernen Gohrisch, im Elbsansteingebirge zur Kindererholung war traumatisch! Ich wäre zu dünn, sagten die Ärzte. Zwar war ich auch nicht dünner, als unsere eigenen drei Kinder viele Jahre später in verschiedenen Wachstumsphasen, aber das Ideal einer Körperstatur orientierte sich nach dem Zweiten Weltkrieg an größerer Leibesfülle, wer zulegte, dem gings gut! Litt ich anfangs unter diesem Aufenthalt, ich hatte erst furchtbar Heimweh, so gewöhnte ich mich bald und es begann insofern interessant zu werden, als wir dort abenteuerliche Touren durch die wilde Felslandschaft um Gohrisch unternahmen und auch zahlreiche Geländespiele. Drei Jahre später war dann der zu damaliger Zeit bedeutendste sowjetische Komponist Dmitri Schostakowitsch für einige Zeit in Gohrisch, wenngleich ich damals noch nichts von ihm wußte. Heut höre ich gern seine Jazz-Suiten Nummer eins und zwei, eine leichte, eingängige moderne Klassik. Allerdings schätze ich auch die übrigen russischen Klassiker wie Tschaikowski, Rachmaninov oder Prokofjew ihrer etwas getrageneren, pathetischen Attitüde wegen.

Im September desselben Jahres wurde ich eingeschult. Mutter hatte eine Schultüte ergattert und gut gefüllt mit allerlei Nützlichem, auch mit Süßem. Nach der Schulfeier machte mir Mutter deutlich, ab morgen bin ich ein großer Junge und bestreite meinen Schulweg allein! Über die Martingasse ging es den Schloßberg hinab nach Stollberg und auf der anderen Seite der Gablenz lag das Schulgebäude. Meine erste Lehrerin, Frau Sturm, vermutlich um die 30 Jahre alt, habe ich noch vor mir, mit ihrer für die damalige Zeit und die DDR-Verhältnisse adretten Kleidung. Auch war sie ausgesprochen verständnisvoll und schaffte es, mir das erste Schuljahr zu einem Vergnügen zu machen. Um so mehr bedauerte ich, daß wir bereits im zweiten Schuljahr den dicken Herrn Schuricht bekamen, ein älterer Herr, der so dick wie klein war. Er konnte unangenehm werden, wenn gelegentlich sein Schlüssel durch die Klasse schwirrte und durchaus auch Köpfe traf. Einmal schickte er mich in den Flur zur Schuluhr, um ihm die Zeit zu sagen. Ich berichtete, es sei kurz vor oder nach zwölf, genau weiß ich es nicht mehr. Auf seine ungehaltene Nachfrage, was das denn konkret heiße, druckste ich ziemlich herum, bis alle merkten, der kleine Manfred konnte die Uhr noch nicht lesen. In den Boden hätte ich versinken können.

Und dann oft Montagmorgen die Fahnenappelle. Alle Schüler akkurat in U-Form aufstellen! In der Regel eröffnete der Fanfarenzug mit einem schmissigen Marsch oder dem *Lied vom kleinen Trompeter*, das mich zu Gefühlswallungen rührte. Meine Eltern lehrten mich, diese Melodie war von den Nazis kopiert, dort war der Text aber ein anderer, wie bei zahlreichen weiteren Arbeiterkampfliedern. Es folgten die Regularien, also der Morgengruß des Schulleiters und der Pioniergruß. Hierbei Intonierte der Schulleiter ein lautstarkes:

„Jungpioniere – Seid bereit!“

und der ganze Schülerchor erwiderte mit einem zünftigen:

„Immer bereit“.

Auch ich gehörte den Thälmann-Pionieren an. Es folgten beim Fahnenappell Ansagen zu gewesenen oder geplanten Projekten, die alle Schüler betrafen, politische Statements und es schlossen sich leider nur all zu häufig Tadelungen von Schülern an. Der Schülerdelinquent mußte in die Mitte vor die gesamte Schülerschaft treten und sein Fehlverhalten wurde erläutert. Meist hatte der solchermaßen Bloßgestellte dann aber Gelegenheit, alles wieder gut zu machen, indem er sich ausdrücklich zur Besserung bereit erklärte, und fügte er dann noch hinzu, es sei ihm damit ein Anliegen, sich damit noch besser in die sozialistische Gemeinschaft einzufügen, hatte er – oder gelegentlich auch sie – aus der Not eine Tugend gemacht.

Im dritten Schuljahr erhielt ich als Klassenlehrer Herrn Hanschmann. Hanschmann war Gentleman mit einer schlanken, hochgewachsenen Figur und einer gepflegten Glatze. Erkennbar schon über 60 Jahre alt trug er stets Anzug mit Schlips und an jeder Hand schillerte je ein großvolumiger Ring. Ich habe ihn in guter Erinnerung, auch wenn er mehrfach mit mir gemeinsam den Heimweg antrat, um Mutter über Verfehlungen meinerseits zu unterrichten. Immerhin interessierte er sich für uns Schüler und kümmerte sich. Zu Hause war Mutter für die Lehrer und alle schulischen Dinge zuständig, Vater brachte sich weniger in die schulischen Dinge von uns Kindern ein.

Vater arrangierte sich zunehmend mit seiner Arbeit als Bergarbeiter, 1957 wurde er als *Aktivist* ausgezeichnet! Von der Prämie konnte er sich ein Motorrad, eine MZ

RT 125 mit Dreigangschaltung leisten – eine Sensation! Und eine Erleichterung für den Arbeitsweg von 15 bis 20 Kilometern, die er nun nicht mehr im Sommer mit dem Rad und im Winter mit der Bahn zurücklegen mußte. Vater sah durchaus das eine oder andere in der DDR positiv und in der Bundesrepublik kritisch. Es war eher Mutter, die sich sehr kritisch über die DDR äußerte. Dies um so mehr, als 1952 Tante Hilda mit Christel und Oma von Bockau bei Aue nach Braunschweig in den Westen, wie wir die Bundesrepublik kurz nannten, übergesiedelt waren. Dort lebte bereits Onkel Richard, ein Bruder von Mutter und Tante Hilda. Die Grenze war zu dieser Zeit noch relativ durchlässig und so erreichten sie unbeschadet ihr Ziel. Auch meine Mutter wäre lieber in den Westen gegangen.

Viele Sonntage verbrachten wir in der waldreichen Umgebung und auf Wanderungen, als Ausgleich zur schweren Arbeit meines Vaters unter Tage. Herrlich die verschneiten Wälder auf dem Weg zum Brünloser Weihnachtsberg in der Advents- und Weihnachtszeit. Brünlos war ein Nachbarort. In einer kleinen Kate hatte ein älterer Herr sein ganzes Leben seit seiner Kindheit Ende des 19. Jahrhunderts an einem mechanisch funktionierenden Modell gearbeitet, das die Weihnachtsgeschichte erzählte. Ein Uhrwerk trieb das Geschehen auf der kleinen, etwa einen Meter hohen, 3 Meter breiten und eineinhalb Meter tiefen Bühne an, auf der sich handgeschnitzte Figuren wie von Geisterhand bewegten, mit pastoralem Pathos von dem alten Mann erklärt. Etwa 15 bis 20 Personen konnten verteilt auf drei Tribünenstufen das Geschehen verfolgen, die Kinder immer in der ersten Reihe. Die Landschaft des christlichen Landes war wundersam nachgebildet. Und wenn sich dann unter Bezug auf das Matthäus-Evangelium die drei Weisen aus dem Morgenland durch die Wüstenlandschaft bewegten, wies ihnen der Stern von Bethlehem am sich verfinsternden Firmament den Weg zu Jesus. Am meisten beeindruckte mich, wenn sich die Tore des Palastes von König Herodes öffneten und er auf seinem Thron sichtbar wurde, nachdem er den grausamen Befehl zum Töten aller männlichen Babies verkündet hatte und er dann den Kopf nach rechts und links bewegte, um des Schwertes des höchsten Gerichtes gewahr zu werden, das bereits über seinem Haupte schwebte und ebenfalls wie von Geisterhand seine Krone von oben herab berührte. So schön das alles anzuschauen war, so stellte ich mir damals schon die Frage, wieso ein König einen solchen Befehl geben konnte, alle männlichen Babies zu töten, um die Gewissheit des Todes von nur einem einzigen zu erlangen? Warum war man so grausam? Und Jahre später nagelte man diesen Mann, dem Herodes in Kinderjahren nicht hatte habhaft werden können, Jesus Christus, an ein Kreuz. Ich versuchte mir schon als kleiner Junge vorzustellen, was ein Mann im Zusammenhang mit dieser Marter empfinden mag.

Auch der Weg zum Walkteich, auf dem man Ruder- oder Paddelboote leihen konnte sowie die Wanderungen zum Heiligen Teich, der recht abgelegen und verwunschen im Wald lag, gehören zu meinen schönen Erinnerungen. Bis heut ist mir der Wald in seinen verschiedenen Ausprägungen ein Hort der Erholung, der Meditation und ein Ort zum Regenerieren nach extremen Belastungsphasen.

Vater begann früh, nur noch in Nachtschicht zu arbeiten, was bedeutete, daß er auch samstags abends in seinen Schacht einfahren mußte. Morgens schlief er dann in der Bodenkammer, in der nachts Walter schlief und abends legte er sich ebenfalls nochmals einige Zeit hin, bis er zur Schicht mußte und Walter sein Bett brauchte; denn Walter hatte eine Lehre als Schlosser begonnen und brauchte ebenso seinen Schlaf. In den ersten Jahren arbeiteten die Kumpel 48 Std. pro Woche bei sechs Arbeitstagen. Erst 1957 wurde die Arbeitszeit auf 45 Std. pro Woche gesenkt und ab 1966 gab es jeden zweiten Samstag frei, bevor 1967 auch in der DDR die allgemeine Fünftagewoche eingeführt wurde, mit 40 Wochenstunden.

Einmal brachte Vater einen großen Steinkohlebrocken mit von der Schicht, mit dem Abdruck eines Fischgerippes, etwa 20 cm groß, aus etwas 850 Metern Tiefe! Er versuchte mir als Kind zu erklären, daß sein Kohleflöz vor Millionen von Jahren der Boden eines Ozeans gewesen war und ein toter Fisch sich in diesem Boden verewigt sah. Verstehen konnte ich das damals nicht, habe aber noch in Erinnerung, wie ich zu versuchen begann, Veränderungen um uns herum immer auch in einen zeitlichen Zusammenhang zu setzen. Noch mehrfach aber sollte ich damit meine Schwierigkeiten haben. Mein Bruder Hans-Joachim nahm den Steinfisch mit in die Schule, wo er eine bereits stattliche Sammlung ähnlicher Fossilien bereicherte.

Bei allem Mangel wurde oft gefeiert, es galt nach Krieg, Zerstörung, Vertreibung und allem Ungemach Lebensfreude nachzuholen. Vater erhielt als Kohlekumpel Deputat mit einer großen Ration Kohle, eine Gelegenheit, die kalten Erzgebirgswinter gut zu überstehen und er erhielt pro Monat eine Flasche hochprozentigen Korn, wir nannten ihn Schacht-Schnaps. Legendär seine später aufgesetzten Obstbrände. Hieraus ergab sich ein erstes kindliches Schlüsselerlebnis. Nach jeder Feier, in der mit alkoholisch gelösten Zungen auch über Politik gesprochen und vor allem über die Regierung der DDR gelästert wurde, belehrte mich Mutter sehr ernsthaft:

„Daß Du draußen aber ja nichts erzählst!“

Es war verfänglich, sich öffentlich kritisch über die DDR zu äußern. Wenn die Regierenden – ursprünglich vielleicht im einen oder anderen Fall authentisch – vorgaben, nach der Nazi-Diktatur eine gerechtere und humanistischere Gesellschaft aufzubauen, so war die DDR dennoch eine Diktatur: Die Diktatur des Proletariats, wie sie sich selbst nannte. Vereinfacht war der Ausgangsgedanke, daß die Mehrheit des Volkes aus Arbeitern und Bauern bestand und insofern es legitim und demokratisch sei, wenn die Regierenden die Interessen der Mehrheit dieses Volkes vertraten. Nur hatten die Regierenden ihre Arbeiter und Bauern nie gefragt, was deren Interessen waren und sehr schnell bildete sich auf DDR-Regierungsebene eine politische Kaste, die den Kontakt zum Volk immer mehr verlor und sich zunehmend Privilegien schaffte, was wiederum große Teile des Volkes kritisch sahen. Hinzu kam die in allen Wirtschaftsbereichen konsequent umgesetzte Verstaatlichung der Produktionsmittel, die Verstaatlichung von Betrieben, ob groß oder klein, welcher Branche auch immer. Vor allem dieser Umstand sollte später ein wesentlicher Grund für den Zusammenbruch der DDR sein.

Ein weiteres kindliches Schlüsselerlebnis im Alter von etwa sechs oder sieben Jahren war das Schicksal der im Erdgeschoß uns gegenüber wohnenden Familie Kresch. Eines Tages lauter Tumult im Hausflur und neugierig wie Kinder sind, mußte ich dem auf den Grund gehen. Auf dem Hof mit der großen Wiese zum Wäschebleichen stand am Ende der Auffahrt direkt vor dem Hausgiebel ein EMW, der PKW-Nachbau eines BMW aus den Eisenacher Motorenwerken, die vor dem Krieg zu BMW gehörten. Diese zu damaliger Zeit als Luxus-PKW geltenden Wagen wurden in aller Regel von staatlichen Institutionen gefahren. Ein Herr in langem, schwarzem Lodenmantel hielt die hintere Tür geöffnet und Herr Kresch wurde von zwei weiteren Männern mit ähnlichen Mänteln und Hüten im festen Griff in den Wagen geleitet. Ungefähr eine Woche dauerte es, bis auch Frau Kresch mit den beiden Kindern plötzlich nicht mehr bei uns wohnten. Wir haben nie erfahren, was hier vorgefallen war. Anschließend wurde die Wohnung geräumt und es zogen Herr und Frau Illing ein, die keine Kinder hatten. Mag sein, daß ich hier zum ersten Mal ahnte, welche Konsequenz systemkritisches Verhalten in der DDR haben kann.

Nicht genug damit, es verschwanden Leute auch aus anderen Gründen. Lehrer Reifschneider, der Hans-Joachim in Mathematik und Physik unterrichtete, war eines Tages spurlos verschwunden. Wie immer, wenn jemand verschwand, wie die Kreschs oder Lehrer Reifschneider begann die Gerüchteküche ihr Süppchen zu kochen. Nur allzu schnell wähnte man die Betroffenen im Gefängnis, in Sibirien oder in Arbeitslagern. Offizielle Verlautbarungen über solche Vorfälle gab es nie. Bis sich dann im Fall von Herrn Reifschneider durch Mund-zu-Mund-Propaganda glaubhaft herausstellte, daß er bei Nacht und Nebel mit seiner gesamten Familie in den Westen geflüchtet war. Vor allem die Intellektuellen, die gut Gebildeten und Leistungsträger waren es, die begannen, der ständigen Gängelung in der DDR abzuschwören und sie zu verlassen. Mit etwas Geschick und Glück konnte man in Berlin mit der S-Bahn von Ost- nach West-Berlin fahren, ohne kontrolliert zu werden. Auch wenn sich die DDR begann wirtschaftlich zu erholen, so begann im Westen das Wirtschaftswunder mit unvergleichlicher Dynamik. Alles ging schneller und vor allem begannen die Menschen die neu gewonnene Freiheit zu nutzen, in den Medien begann sich Vielfalt zu entwickeln.

Und bei uns? Tagaus tagein in sämtlichen Medien, den Zeitungen, im Rundfunk, später im Fernsehen bis hin zu Fachbeiträgen in Betrieben und der Wissenschaft gleichgeschaltete Meinungen oder Informationen. Ein jegliches Medium war ideologisch auf den sozialistischen Weg der DDR-Diktatur ausgerichtet. Es entwickelte sich ein Sprachduktus, der gelegentlich skurril wirkte.

Der große Hof der Martingasse 1 wurde an der Hangseite zur Wiese von einer ebenfalls großen Halle aus Holz in der Verlängerung des Hauses begrenzt. In dieser

Halle hatten alle Mieter kleine Verschläge, in denen Holz zum Heizen, Kohle oder auch Anderes aufbewahrt werden konnten. Dies war die Garage von Vaters MZ. Spannend, wenn auch nicht ungefährlich war es, bei Regen, Sturm oder Schneefall in trockener Geborgenheit im Gebälk unter dem Dach der Halle herumzuturnen, auch wenn das der Opa meines gleichaltrigen Spielkameraden Stefan als Hausbesitzer verboten hatte.

Um 1957 hatte Walter nach Abschluß der Ausbildung soviel Geld zusammengespart, daß auch er sich ein Motorrad, eine gebrauchte Jawa 250 ccm kaufen konnte, die in einer Garage eines Nachbargrundstückes untergestellt wurde. Die Region war wegen des etwa 35 Kilometer entfernten MZ-Motorradwerkes in Zschopau, eines der größten weltweit, motorradverrückt. Hinzu kam die im benachbarten Hohenstein-Ernstthal gelegene Motorradrennstrecke, der Sachsenring, an dem sich bei den jährlichen Motorradweltmeisterschaftsläufen bis in die frühen 1970er Jahre bis zu 300.000 Menschen aus aller Welt tummelten. Für uns Jungen ein Muß jedes Jahr, sich heimlich ins Fahrerlager einzuschmuggeln und die Größen der Zeit wie Maik Hailwood oder Giaccomo Agostini persönlich zu kontaktieren, Autogramme zu sammeln und ein wenig weite Welt zu spüren. Heinz-Florian Oertel war meist Rundfunk- und Fernseh-Kommentator, der mit seinem markanten, weltläufigen Profil und der ebenso markanten Stimme wohl jedem DDR-Bürger dieser Zeit ein Begriff war. Auch waren wie von Zauberhand plötzlich in der gesamten Region die HO-Läden oder der Konsum mit Südfrüchten wie Bananen oder Orangen gefüllt, die es im normalen Alltag so gut wie nie gab.

Wiederum in der Verlängerung der Halle auf dem Hof lagen sechs Gartenparzellen, von denen Vater um 1955 eine pachten konnte. Später kam am Ende der Martingasse auf der Schloßbergseite ein zweiter Garten hinzu, den er ebenfalls pachtete. Auch dies war ihm neben den Wanderungen Ausgleich zur schweren Arbeit im Bergwerk und gleichzeitig hatten wir einen reichhaltigen Obst- und Gemüsevorrat zur Selbstversorgung. Der zweite Garten grenzte unmittelbar an den Hundelaufgraben des Frauengefängnisses. Hinter dem Laufgraben erhob sich eine mindestens fünf Meter hohe Gefängnismauer, auf dem First mit Glassplittern gespickt. Ging es daran, mit dem großen Leiterwagen, den Vater selbst gebaut hatte, zum Düngen der Gärten bis zu vier Fuhren Mist vom Bauer Müller zu holen, der neben seiner Funktion in der LPG noch einen eigenen Resthof mit einigen Kühen und Schweinen im Stollberger Tal am Beginn der Zwönitzer Straße hatte, versuchte ich mich zu drücken. Ließ sich das nicht vermeiden, einigte ich mich mit Vater darauf, daß ich die Deichsel ziehen durfte, während er mit den Händen an der hinteren Runge und im Mist schob was das Zeug hielt, immer mit der Nase unmittelbar am Mist. Das Vertrackte war, daß es stetig bergauf ging. Und Mist ist unsäglich schwer.

Vom Hof aus mußte man links um den Giebel herum bis zur Hausmitte, dort war der Hauseingang und links, unmittelbar daneben die Jauchegrube. Was war es für uns Kinder aufregend, wenn Bauer Müller mit seinen zwei Pferden und dem

Jauchewagen kam, ein oder zweimal im Jahr. Die Auffahrt hoch auf den Hof, dann links abbiegen, parallel zur Halle und dann rückwärts mit zwei Pferden in den schmalen Gang zwischen Wiesenhang und Haus. Eine Meisterleistung. Und dann kam der große Schlauch, den Bauer Müller mit einem Ende an das große Jauchefaß auf dem Wagen anflanschte, bevor das andere Ende, das einen Trichter erhielt, in die Jauchegrube gelassen wurde. Er achtete peinlichst genau darauf, daß wir Kinder nicht zu dicht an die geöffnete Grube traten, immerhin drohte Lebensgefahr, wenn eines der Kinder hineingefallen wäre. Zwischen den Schlauchenden war noch eine Pumpe, die er nach all der Prozedur des Anschließens per Hand bediente. Nicht selten verstopfte die Pumpe, was Bauer Müller rustikal dadurch löste, daß er sie öffnete und die Ursache der Verstopfung, verklumptes Papier oder irgendwelche mit Jauche vollgesogenen Lappen mit bloßer Hand herausfischte. Gummihandschuhe gab es damals nicht. Nach getaner Arbeit ging Bauer Müller um den Anbau der Klos herum und pumpte Wasser mit einer Handpumpe aus einem immer noch intakten Brunnen, der sich hinter dem Klotrakt vor den Fenstern unserer ersten Wohnung befand, der jedoch nicht mehr zum Trinkwassergebrauch geeignet war, um sich die Hände abzuspülen – und erst einmal in sein Brot zu beißen, die Arbeit machte hungrig. Tagelang durchwaberte durchdringender Gestank das ganze Haus.

Der Garten am Haus lag erhöht über der Zwönitzer Straße und Vater hatte eine imposante Laube hineingebaut. Hier spielte ich viel mit den Nachbarkindern Wolfhart, Gitta oder Sabine, später Thomas. Aus den Nachbarhäusern kamen oft Horst, Gerd oder Dieter. Am meisten Zeit aber verbrachte ich mit Stefan, unzählige Schachspiele absolvierten wir in unserer Gartenlaube. Er wohnte bei seinen Großeltern im villenähnlichen Anbau. Seinen Großeltern gehörten das Haus und das Grundstück, sie hatten es von den immigrierten jüdischen Vorfahren geerbt.

Stell Dir vor, jeder will ein Auto, aber keiner hat eins. Die Straßen waren damals leergefegt, bis auf Lieferwagen, Dienstfahrzeuge oder LKWs. So etwa war damals die Situation, in der DDR nicht viel anders als im Westen. Auf der Zwönitzer Straße, einer Hauptstraße spielen war für uns Kinder kein Problem. Aber Stefans Opa war im Blechformwerk Stollberg als Kraftfahrer tätig und so genossen wir es unendlich, wenn wir mit seinem *Barkas* oder mit einem *Framo* ihn ein Stück des Weges begleiten durften. Mit einem Auto mitzufahren, war das Größte für uns Jungen.

1958 war es soweit! Meine Eltern hatten sich stark gemacht, eine Wohnung im selben Haus in der ersten Etage mit Talblick über Stollberg zu beziehen, als die Vormieter wegzogen. Eine Dreizimmerwohnung mit eigenem Plumpsklo, das nicht mehr geteilt werden mußte. Welch ein Fortschritt. Vater sägte ein quadratisches Brettchen, kunstvoll mit kleinen Ornamenten verziert, schraubte es im Klo an die Wand und aus der Mitte ragte ein von hinten durchgeschlagener, großer Nagel, auf dem das Klopapier aufgespießt werden konnte. Diese kleinen, quadratischen Papierblättchen aus der *Freien Presse*, unserer Tageszeitung mit einem scharfen Messer durch mehrfaches Falten der Seiten herauszuschneiden war alle paar

Wochen meine Aufgabe. Toilettenpapier, wie wir es heut kennen und als selbstverständlich empfinden, gab es damals im freien Verkauf nicht.

Die Eingangstür zur Wohnung führte zur Linken in den deutlich größeren Flur. Von diesem ging rechts die Wohnküche ab und weiter hinten das Wohnzimmer. Geradeaus lag eine kleine Kammer. Das Schlafzimmer lag hinter dem Wohnzimmer. Ein neues Klavier stand nun standesgemäß im Wohnzimmer, auch Hans-Joachim begann mit Klavierunterricht. Ein wenig hatte er von der Begabung Vaters geerbt. Ich selbst mußte ebenfalls mit Klavierunterricht bei Frau Schadt beginnen, was jedoch nicht lange dauerte. Nach zwei oder drei Jahren waren wir uns alle einig, daß ich mich besser anderen Interessen widmen sollte, wenngleich Musik durchaus ein essentieller Bestandteil meines Lebens bis heut ist. Gerade deshalb aber hatte ich immer einen hohen Anspruch an die musikalische Leistung von Musikern, die ich bei allem Interesse nie hätte erfüllen können. Ja, ich war auch einfach zu faul zum Üben.

Auch hatten wir inzwischen einen REMA-Radioapparat im Wohnzimmer, den man in der DDR nur schwerlich erwerben konnte, da diese Apparate wegen ihrer hohen Qualität überwiegend ins westliche Ausland exportiert wurden. Meine Eltern hatten ihn durch Beziehungen bekommen. Die Firma hatte in Stolberg ihren Sitz und firmierte unter REMA Fabrik für Rundfunk, Elektrotechnik und Mechanik, Wolfram GmbH & Co. KG, sie wurde wegen ihres enormen geschäftlichen und Devisen bringenden Exporterfolges zunächst lange Zeit in Ruhe gelassen, ehe sie 1972 ebenfalls zwangsverstaatlicht wurde. Von diesem Apparat ausgehend hatte Walter eine Antennenleitung durch die Wand zwischen Wohnzimmer und Wohnküche gelegt, mit einem Selbstbausatz ein kleines zusätzliches Radio gebastelt, über das wir dann in der Küche ebenfalls Radio hören konnten.

Wir hörten weit überwiegend Westsender, die einen völlig anderen Informationsgehalt in den Nachrichten boten, vorausgesetzt, wir empfingen sie ungestört. Je nach Wetterlage konnte es – wie später auch beim Fernsehen – Interferenzen geben, sogenannte Überreichweiten, die den Empfang einschränkten. Nur allzu oft saß ich am REMA-Radio, das mit seiner Qualität in der Lage war, über Kurzwelle Sender aus der ganzen Welt zu empfangen. Ein stetes Schwanken, Knarzen und gar völliges Verschwinden der Sender war nicht selten. Genau das war für mich das Spannungsmoment. *„Goworit Moskwa"* war die Ansage von Radio Moskau, nachdem *die Internationale* als Pausenzeichen intoniert worden war.

Allerdings waren meine Brüder und ich vom DDR-Rundfunk gefesselt, wenn Ende der 1950er Jahre alle zwei Wochen ein Reisebericht der CSSR-Ingenieure Zygmunt und Hanzelka kam, die mit einem *Tatra*-PKW auf Weltreise gegangen waren und aus den entlegendsten Winkeln dieser Welt per Aufzeichnung über ihre Abenteuer berichteten. Walter hatte später die als Buchbände gefaßten Berichte mit zahlreichen Fotos erstanden, was ebenfalls nur über Beziehungen ging. Am faszinierendsten fand ich die Fotos, wie sie im Amazonas-Gebiet auf Eingeborenenstämme trafen, die noch nie einen Weißen zu Gesicht bekommen hatten und triumpfierend aus früheren Stammesscharmützeln Schrumpfköpfe als Trophäen in die Höhe hielten.

Not macht erfinderisch! Um 1960 herum durchbohrten Vater und Walter die Außenwand des Wohnzimmers. Durch diese abgedichtete Öffnung führten sie eine Metallstange mit einem Drehknauf, der innen fest mit der Stange verbunden war. Außen mündete diese in ein Schneckengetriebe, das bei Drehen dieser Stange die Drehkraft auf eine senkrecht drehbar gelagerte, zweite Stange leitete. Diese senkrechte Stange wurde mit Erlaubnis des Vermieters neben der Arretierung unten im Schneckengetriebe auch oben drehbar gelagert. Und obenauf thronte eine große, von Walter gebaute UKW-Antenne, später, als wir einen Fernseher bekamen, kam eine Fernsehantenne hinzu. Je nach Wetter und Überreichweiten konnten wir fortan den Hör- und später den Fernsehgenuß – zumindest anfänglich – deutlich erhöhen, indem wir die Antennen von innen drehten.

Als notorische Leseratte konnte ich nun im Wohnzimmer am Fenster sitzen und beim Aufblicken vom Buch den Zug der Wolken beobachten oder die meist von Westen heranziehenden Wetter, vor mir im Tal die Dächer der Stadt, der spitz aufragende Turm der evangelischen Kirche und am gegenüberliegenden Hang die EOS, die Erweiterte Oberschule und der Bahnhof. Eines Tages erhielt ich von einem Schulkameraden einen Band von Karl May geliehen. Dumm nur, daß dieser bei der Übergabe in der Pause dem Deutschlehrer Bochmann in die Hände fiel, der ihn sofort konfiszierte. Karl May war zwar nicht verboten, wie in der DDR durchaus andere Literatur, aber er war damals nicht erwünscht. Später, in den 1980er Jahren war man hier toleranter, einige Bücher von ihm wurden gar in der DDR verfilmt. Guter Rat war teuer. Mein Schulkamerad beschwor den Lehrer, das Buch zurückzugeben, der dann mit einem Augenzwinkern hinter vorgehaltener Hand sagte, daß wir das Buch wiederbekommen könnten, wenn er es gelesen habe. Das sollten wir aber bitte für uns behalten.

Mein Atlas entwickelte sich zu meinem Lieblingsbuch. Gab er mir doch Gelegenheit, hinaus in die Welt zu reisen und all die Sehnsuchtsorte aus den Abenteuerbüchern aufzusuchen, zumindest in der Fantasie.

Endlich konnte ich auch mein Eisenbahnmodell der Modellbaureihe H-Null von Picco immer zur Weihnachtszeit in der Wohnküche aufbauen und gestalten.

Die DDR-Regierung hatte sämtliche pluralen Elemente eines sich gegenseitig kontrollierenden Gemeinwesens aufgelöst und im Sinne ihrer Ideologie einseitig geordnet, im Prinzip ähnlich wie bereits vorher im Nationalsozialismus. Alle Arbeitnehmerinteressen der 15 Einzelgewerkschaften in der DDR wurden im Freien Deutschen Gewerkschaftsbund, dem FDGB zusammengefaßt. Dieser war zentralistisch organisiert und auf der untersten Ebene in jedem einigermaßen größeren Betrieb mit der Betriebsgewerkschaftsleitung, BGL präsent. Der Leiter, kurz BGLer genannt, hatte insofern für die Arbeitnehmer Bedeutung, als er neben seinem Einfluß auf Sozialleistungen und Kuren auch über Wohl und Wehe bei der Vergabe von Ferienplätzen in den FDGB-Ferienheimen entschied. Diese FDGB-Ferienheime waren über die gesamte DDR verteilt und in der Regel bestimmten Branchen oder größeren Kombinaten zugeordnet.

1955 hatte Vater erstmals einen Platz in einem FDGB-Ferienheim in Plau am See erhalten. Sicher kam ihm seine enorme Arbeitsleitung auf dem Weg zum *Aktivisten* zugute und die Tatsache, daß er dem BGLer eine Gartenlaube gebaut hatte, die ihresgleichen suchte, ganz dem handwerklichen Anspruch meines Vaters gemäß. Und da ein BGLer enormen Einfluß und Beziehungen hatte, war es ihm auch nicht schwer, nur bestes Holz und Material hierfür zu besorgen. Im Übrigen profitierte Vater hiervon auch im Hinblick auf die Gartenlaube in unserem Garten. Auf dem freien Markt gab es Baumaterial praktisch nicht. Überhaupt entwickelte sich in der DDR zunehmend eine Schattenwirtschaft als Kompensationswirtschaft, bei der nicht mit Geld, sondern mit Naturalien oder Arbeitsleistungen bezahlt wurde.

Im Ferienheim Otto Grotewohl verbrachten Vater, Mutter und ich zwei ereignisreiche Wochen. Das Heim lag sehr idyllisch direkt am Plauer See, wir hatten ein Zimmer mit Seeblick. Mit dem Dampfer ging es über den Plauer See hinüber in den Müritzsee, während uns die Möwen als tollkühne Luftakrobaten begleiteten, wenn sie um die Brotkrumen stritten, die wir ihnen zuwarfen.

Und dann die Aktion mit dem gemieteten Pouch-Faltboot: Ich wollte unbedingt einmal in einem solchen Boot hinaus gepaddelt werden, allein konnte ich das natürlich nicht. Mutter schloß sich umgehend dem Wunsch an und so konnte Vater nicht anders, als sich fügen, obwohl Widerstand unverkennbar war. Der Verleiher führte uns den Steg hinaus zu einem der Boote und Vater bestand darauf, alles Weitere schon allein hinzubekommen, auch meinte er, ein Paddel reiche, da Mutter sich meiner annehmen solle und insofern keine Armfreiheit habe. Vater bestimmte, zuerst einzusteigen, da er sich dann am Steg festhalten und Mutter sowie ich leichter hinzu steigen konnten. Alles ging gut. Nur war er vorn eingestiegen! Und Mutter, etwas kleiner und untersetzt saß nun mit mir zwischen den Beinen hinten. Schwimmwesten hatten wir nicht. Sanft stieß Vater uns ab und belehrte uns, ab sofort sich nicht mehr zu bewegen, da diese Boote auch kentern könnten. Er vorn mit seinem einzelnen Paddel und wir hinten, inzwischen doch sehr verunsichert und in Sorge ob des Ausgangs dieses Abenteuers. Wir mögen ein lustiges Bild abgegeben haben, über das erfahrene Paddler sicher geschmunzelt hätten. Später oft auf diese Episode angesprochen, offenbarte Vater, daß ihm der Zugang zum Wassersport völlig verwehrt blieb – nicht zuletzt, weil er nicht schwimmen konnte! Mutter natürlich auch nicht! Nicht zu vergessen die Kegelabende, wenn wir Kinder im Kegelgraben hockten und nachdem die Kugel in die Kegel gekracht war, wir diese Kegel wieder auf die markierten Kreise aufstellen durften. Ich war dabei mehr Gehilfe ob meines kindlichen Alters, die älteren hatten das Sagen. Aber ich gehörte dazu.

Vater am Klavier im FDGB-Ferienheim
***„Otto Grotewohl"* Plau am See, 1955**

Ich als Kind mit Roller und Bank, beides gebaut von Vater, 1955

1957 folgte ein FDGB-Aufenthalt in Cunewalde in der Lausitz, der von den Eltern im Nachhinein als zu vernachlässigen bewertet worden war. Hier ist mir auch lediglich ein Gewittersturzbach in Erinnerung, der während eines Wannenbades im heimeigenen Gemeinschaftsbad über dem Ort hereinbrach und nach kurzer Zeit die Hauptstrasse des Ortes in einen reißenden Fluß verwandelte.

1961 in den Herbstferien ging es in ein FDGB-Ferienheim in Wernigerode im Harz und da der Bau der Mauer in Berlin soeben erst begonnen worden war und sich damit auch die Befestigung der übrigen DDR-Staatsgrenze zur Bundesrepublik noch im Anfangsstadium befand, fuhren die Harzer Schmalspurbahnen noch auf den Brocken, den mit 1141m höchsten Berg Norddeutschlands, obwohl sich hier das Schienenband an einer Stelle um wenige Meter auch über bundesdeutsches Gebiet schlängelte. Es wurde erzählt, daß dort schon manch ein Passagier von der Plattform zwischen den Waggons gesprungen sei. Bald wurde diese Strecke und der Brocken zum Sperrgebiet erklärt.

Der Aufenthalt 1962 im Kirnitzschtal des Elbsandsteingebirges erhält dadurch Erinnerungswert, daß unser Quartier vom Heim, in dem wir verpflegt wurden, getrennt war. Ungefähr zehn Minuten Fußweg über einen ausgesprochen idyllischen Pfad führte letztlich vor einen Felsen, oberhalb dessen man niemals hätte eine Herberge vermuten können. Und doch lag dort oben einem Adlerhorst gleich unser Zimmer in einem kleinen Ferienhaus aus Holz, nur durch eine schmale Treppe zu erreichen, mit einem atemberaubenden Blick auf die Berge der Sächsischen Schweiz. Für Hilfe beim Gepäcktransport sorgte ein kleiner Aufzug auf Schienen, so daß wir nach der Anreise unbeschwert hinaufgelangen konnten. Das Faszinierende im Heim, in dem einige Gäste auch wohnten, andere wie wir aber nur verpflegt wurden, war in einem großen, verglasten Wintergarten die Tischtennisplatte. Und da weitere Kinder meines Alters anwesend waren, bildeten wir umgehend Freundschaften, auch wenn ich ansonsten ein eher zurückhaltender und oft auch in mich gekehrter Mensch war.

Es war das Ende der Schulferien und damit bereits Ende August. Die Blaubeerzeit begann. Etwas abgelegen, wohin mein Vater und ich uns gern auf Wanderungen begaben, gab es riesige, ergiebige Blaubeerbüsche. Also zogen wir mehrfach mit einer Milchkanne los, Vater und ich zusätzlich mit je einem Wanderstock, auf die wir damals als Nachweis, wo man bereits überall mit diesem Stock war, Stocknägel aufgenagelt hatten, kleine Blechamulette, die man vorn um den Stock schmiegte und an den Seiten mit kleinen Stiften festnagelte. Eine besonders ergiebige Stelle versprach enormen Blaubeerertrag, allerdings lag sie gegenüber einer Felsspalte. Sie war durchaus zu überwinden, aber als Vater sich mir warnend zuwandte, achtsam zu sein, drehte er sich um und siehe da, sein Stock verschwand in der Spalte. Wir hatten ohne richtige Kletterausrüstung keine Chance und so wird noch heut in der Nähe der Schrammsteine des Elbsandsteingebirges in einer Felsspalte ein Erinnerungsstück an diesen Urlaub liegen.

Zum ersten Mal ans Meer! Das war bereits im Folgejahr. In Heringsdorf auf der Insel Usedom hatten wir einen Platz im FDGB-Ferienheim Fritz Heckert. Auch diesen Urlaub habe ich insofern in besonderer Erinnerung, als wir ein Riesenglück mit dem Wetter und deshalb einen ausgiebigen Badeurlaub hatten. Fast jeden Abend folgten Rommee-Spiele.

Der letzte FDGB-Urlaub, den ich begleitete, bevor ich als Jugendlicher begann mich sehr zügig von meinen Eltern abzunabeln, führte uns 1965 im Februar nach Friedrichsbrunn im Harz. Mutter hatte mich von der Schule befreien lassen, da keine Ferien waren, aber das war kein Problem. Es war ein schneereicher Winter mit extrem niedrigen Temperaturen, so daß die waldreiche Gegend einem weißen Zauberwald glich. Gute Bedingungen zum Skilaufen. Meine ersten Skier hatte ich mit ungefähr vier oder fünf Jahren erhalten, noch vor der Einschulung. Und da bei uns Skisport durchaus als Volkssport gesehen wurde, lernte ich auch bald ganz ordentlich Skilaufen. In Schulmeisterschaften machte ich eine gute Figur, wenngleich ich nie Gewinner war. Auch Vater schloß sich mir zu Skiwanderungen an, Abfahrtslauf war nicht so sein Interesse. Nur Mutter war hier unbedarft, hatte nie auf Skiern gestanden.

Zu Hause war es meine Hofclique, mit der ich meine Freizeit verbrachte. So es irgend möglich war, suchten wir das Weite und ich verabschiedete mich nach dem Mittagessen bei Mutter:

„Ich bin draußen spielen und zum Abendbrot wieder da! Hausaufgaben hab ich keine auf.“

Letzteres war meist gelogen. Aber die Hausaufgaben ließen sich auch noch schnell morgens in der Schule erledigen. Oder man blieb sie einfach schuldig. Die Chancen, daß dies unbemerkt blieb, waren statistisch durchaus groß. Und wenn es doch einmal auffiel und zu Konsequenzen führte, wie zum Beispiel zu nachmittäglichem Nachsitzen, dann hatte man eben Pech gehabt. Und allein war man ohnehin nicht, da immer irgendjemand nachsitzen mußte, mit dem man sich verbünden konnte.

Wenn wir dann das Weite suchten, waren das die Wiesen und Felder der Umgebung sowie der nahe gelegene Wald als unendlicher Abenteuerspielplatz. Am Gürtel der kurzen Lederhose den Hirschfänger, ein Messer zum Schnitzen, suchten wir Gerten, die möglichst gerade und für Pfeile geeignet waren. Und den dazugehörigen Bogen, um die Pfeile abzuschießen, bespannten wir mit echten Saiten, die wir bei Sport-Kircheis in Stollberg erworben hatten. Er hatte sie im ansonsten knappen Sortiment zum Bespannen von Badminton-Schlägern. Das richtige Holz auszusuchen, hatte mir Vater beigebracht. Und dann an die Spitze der Pfeile einen langen, dünnen Nagel, damit wir am Fischteich von Bauer Ulrich seinen Karpfen zeigen konnten, wer hier der Chef ist. Er bekam das wohl mit, fehlte doch immer wieder eines seiner Prachtexemplare und da hatte er sich in einem nahen Gebüsch auf die Lauer gelegt, um uns auf frischer Fischertat zu ertappen – sein Handicap war seine Kriegsverletzung, eine Beinprothese, die wir schamlos ausnutzten, als wir flugs wegrannten, er hatte keine Chance. Und die Karpfen? Die wurden ausgenommen und im Lagerfeuer gebraten, das wir am Waldrand entfachten, meist aber fehlte was, Gewürz – und das richtige Kochgeschick.

Besonders aufregend war es, wenn wir die Umzäunung der Querenbachtalsperre überklettert und nun das ganze naturnahe Gebüsch im Uferbereich für uns allein hatten. Einmal beobachteten wir eine Kreuzotter mit respektvollem Abstand. Ich kannte diese Spezies, weil Hans-Joachim einmal mit Freunden eine in einem ebenfalls nahe gelegenen kleinen Wäldchen oberhalb einer der Kehren auf der Zwönitzer Straße gefangen hatte. Er hatte ihr hinteres Ende mit einem Bindfaden an einen Stock gebunden und zeigte sie als Trophäe, während sich das arme Tier wand und versuchte, den Kopf in eine obere Position zu bekommen. Da wir sie anfassen wollten, bekamen wir strikte Anweisung, dies zu lassen, da sie giftig sei! Wir ließen sie dann wieder in diesem Wäldchen frei. Im Nu war sie im Gebüsch verschwunden.

Dieses Grundvertrauen in uns Kinder machte uns früh selbständig und in mir legte es bald einen unbändigen Freiheitsdrang an, der immer wieder auf's neu befriedigt werden wollte.

Weitere Schlüsselerlebnisse sollten folgen, die Jahre 1960 und 1961 sollten schicksalhafte Jahre werden.

Glück und Leid liegen oft dicht beieinander! Und so krachte in die kindlich unbeschwerte Idylle das Schicksal mit voller Wucht! Eines Tages Mitte März 1960, ich ging zur Schule. Hans-Joachim war als Führerscheinneuling etwa eine Stunde vorher mit der MZ Vaters in seinen neuen Ausbildungsbetrieb in Thalheim, einem Nachbarort im oberen Erzgebirge gestartet. Er lernte Feinmechaniker. Beim Queren des Hofes sauste mit hoher Geschwindigkeit ein Sanka, ein Sanitätskrankenwagen die Zwönitzer Straße hinab, die Rotkreuzflagge an der Fahrertür und Martinshorn, Blaulicht gab es noch nicht. Untrüglich erkennbar, daß jemand in Not war. Als ich mittags von der Schule kam, war Vater allein zu Hause und teilte mir mit, Mutter sei bei Hans-Joachim im Krankenhaus, er hatte einen schweren Unfall in einer Linkskurve kurz vor Thalheim. Ohne Helm, nur mit Skimütze bedeckt war er der Fliehkraft folgend gegen einen Baum geknallt und hatte einen Schädelbasisbruch erlitten. Mutter war in die städtische Klinik geeilt, daneben lag die deutlich besser ausgestattete Wismut-Klinik. Hans- Joachim lag im Koma. Drei Tage wechselten sich Vater und Mutter an seinem Krankenbett ab.

Dann, am Sonntag, dem 13. März 1960 nach dem Spielen in der Nachbarschaft und nachdem Mutter von der Klinik zurückgekommen war, fand ich Vater und Mutter bitterlich weinend und schluchzend auf dem Sofa der Wohnküche. Auch ich mußte sofort anfangen zu heulen, hatte ich meinen Vater doch nie weinen sehen, ihn, den Bergmann, der im Krieg unsägliche Dinge hatte erleben müssen und mir unverwundbar schien. Der auch mir entsprechend dem Zeitgeist zu vermitteln versuchte: Ein richtiger Mann und Junge weint nicht! Bis zu diesem Tag. Hansi, wie wir Hans-Joachim auch oft mit Kosenamen nannten, war am Vormittag verstorben! Am 10. Februar dieses Jahres war er 17 Jahre alt geworden.

Ich hatte einen Tag nach seinem Todestag Geburtstag und wurde neun Jahre alt. Zum ersten Mal sah ich einige Tage später bei der Beerdigung auf dem Stollberger Friedhof in der Feierhalle einen Toten liegen. Als Mutter mich ermunterte, ihn noch einmal zu berühren, stellte sich eine unbeschreibliche Leere ein und da die Haut kalt war, was ich vorher bei einem Menschen nie erlebte, war ich mir schlagartig sicher, dies hätte ich nicht tun, sondern ihn in allein optischer Erinnerung behalten sollen.

Es brauchte lange Zeit, bis sich das Familienleben normalisierte. Der Schulalltag hielt mich inzwischen in der dritten Klasse auf dem Weg in die vierte Klasse gefangen. Ich begann, in Fächern, die in besonderer Weise ideologisch belastet waren, zunehmend Fragen zu stellen. Ein lautstarker Protestierer war ich nie, aber ich war mir schon als Kind sicher, daß man sich der Wahrheit am ehesten mittels Fragen nähert, dieser einen objektiven Wahrheit, die den ungezählten subjektiven Wahrheiten entgegensteht, die jeder Mensch in sich trägt. Schon früh begann ich Mißtrauen zu hegen, wenn jemand mit dem Verkünden der Wahrheit kam, wie es angesichts des wissenschaftlichen Sozialismus in der DDR gang und gäbe war. *„Die Lehre von Marx ist allmächtig, weil sie wahr ist"*, stand in großen Lettern an der Fassade des Hauptgebäudes der Dresdner Universität. Gewiß, heut, da ich diese Zeilen schreibe, habe ich einen anderen Bewußtseinsstand als damals im Kindesalter; und dennoch hatte ich früh Antennen, Seismografen entwickelt für Entwicklungen, vielleicht auch der Warnungen Mutters wegen und wegen der Schlüsselerlebnisse.

Endlich, zu meinem 10. Geburtstag 1961 erhielt ich zu meiner großen Überraschung mein erstes Fahrrad, ein gebrauchtes Diamant-Sportrad mit Dreigangschaltung. Es sollte bis zu meinem späteren Führerschein, als ich auf Motorrad wechselte, mein treuer Begleiter sein auf zahlreichen Touren durch das schöne Erzgebirge, oft mit meinem Freund Stefan, der ebenso eines besaß. Stefan und ich hatten Gustav-Adolf Schur, genannt Täve zum Vorbild, später Klaus Ampler, die so manches internationale Radrennen gewinnen konnten. Vor allem die Friedensfahrt Warschau-Berlin-Prag war ein Publikumsmagnet, wenn es an die Steilwand von Meerane ging und sich die Fahrer mit ihren damals noch lange nicht so ausgereiften Rädern wie heut hinauf quälten, einige mußten schieben! Tausende standen Spalier und jubelten den Helden der Landstraße zu. Nicht zu vergessen der marokkanische Fahrer auf einer Etappe der Friedensfahrt, die durch Stollberg führte, mit Zieleinfahrt ins Stadion Aue. Er hatte lange nachdem das Fahrerhauptfeld den Marktplatz Stollberg passiert hatte, sich auf eine Bank an einem Kiosk gesetzt, um erst einmal zu verschnaufen. Die Oberstufenschüler, die des Englischen oder Französischen mächtig waren und sich mit ihm auf Englisch oder Französisch unterhalten konnten, berichteten, er fahre zum ersten Mal ein solches großes Rennen und hätte nicht gedacht, wie anstrengend das ist.

Es kam der schicksalhafte Sommer 1961!

Ost und West – Zwei gegensätzliche Welten

Zu Oma Minna hatte Mutter eine besonders innige Beziehung. Diese Beziehung war damals, als Oma noch mit Tante Hilda in Bockau wohnte durch möglichst häufige Besuche lebendig gehalten worden und später, als Oma in Braunschweig ihre neue Heimat hatte, war es zunächst der intensive Briefkontakt, der das innere Band zusammenhielt. Oma war das Zentrum! Immerhin neun Kinder hatte sie zur Welt gebracht. Und was hatten sie nicht alles erlebt in den Wirren des Krieges, auch schlimme Dinge, die aus ihnen eine Notgemeinschaft formte, in der einer auf den anderen angewiesen war.

Eigentlich wollten Mutter, Oma und Tante Hilda gegen Ende des Zweiten Weltkrieges noch vor Eintreffen der Roten Armee in Schlesien ihre Heimat aus eigenem Antrieb verlassen, was sich mit Rücksicht auf die noch kleineren Kinder Walter, Hans-Joachim und Christel aber verbot, es wäre sehr riskant gewesen. Der inzwischen auch im schlesischen Kreis Schweidnitz aufgebaute Volkssturm, der klägliche Rest blutjunger Jugendlicher und betagter Männer, Hitlers letzte Reserve, sollte den *Endsieg* mit Unterstützung der von Vielen erhofften *Wunderwaffe* herbeiführen; und er sorgte mit Unterstützung der restlichen, langsam zerfallenden Verwaltungsbehörden und noch verbliebener Reste von SS-Verbänden dafür, daß niemand floh. So blieben sie, bis die Sowjets die Städte im Umkreis, das Dorf und das Gut, auf dem Mutter mit Hilfe sogenannter Fremdarbeiter wirtschaftete, besetzten, während Vater bereits in Gefangenschaft geraten war. Noch etwa ein Jahr mußten sie sich mit den sowjetischen Besatzern arrangieren! Ein Jahr voller Ängste und Schicksalsschläge, ein Jahr mit Mißhandlungen und Vergewaltigungen.

In den letzten Wochen vor Eintreffen der Roten Armee war Onkel Gotthard, der Mann von Tante Hilda auf kurzem Fronturlaub in Zirlau. Zu seinem Schicksal wurde, daß eine SS-Einheit ihn ohne gültige Urlaubspapiere antraf! Es wurde kolportiert, er sei auf dem Marktplatz von Freiburg in Schlesien exekutiert worden, jedoch gab es weder den Angehörigen gegenüber noch andernorts darüber offizielle Mitteilungen. Offiziell galt er als vermißt.

Ein weiterer Bruder von Mutter und Tante Hilda, Onkel Erich war bei der SS. Onkel Erich machte später, als der Krieg längst Geschichte war, kein Hehl daraus, immer noch des Führers Buch *Mein Kampf* – wenn auch etwas versteckt – im Bücherregal aufzubewahren.

Omas und Tante Hildas neue Heimat in Braunschweig verschaffte mir ein Privileg!

All das, was Oma erlebte, wäre Grund genug gewesen, bei ihr aufgrund des zunehmenden Alters ernstere Alterskrankheiten zu vermuten. Indes erfreute sie sich bester Gesundheit. Aber die Vermutung reichte, ihr durch einen wohlgesonnenen Hausarzt ein Attest auszustellen, aus dem schwere Alterserkrankungen hervorgingen, die ein zu erwartendes baldiges Ableben nicht ausschließen könnten. Dieses

Attest diente, wie ich später von Mutter hinter vorgehaltener Hand erfuhr, lediglich dazu, Mutter eine offizielle Ausreisegenehmigung aus der DDR besuchsweise in die Bundesrepublik, in den Westen zu erteilen. Bedingung war, mit nur maximal einem der insgesamt vier weiteren Familienangehörigen zu reisen – und das war ich als Nesthäkchen! Skrupel ob solcher Tricksereien hatten die Menschen in diesen für Alle sehr schwierigen Zeiten nicht; vor allem Mutter betonte immer wieder, jeder müsse sehen, wo er bleibt. Das Leben hatte sie hart gemacht und gelegentlich auch verschlagen, mit einem kleinen Schalk im Nacken, die ernsten Dinge des Lebens nicht immer so ernst nehmend.

So reiste ich mit Mutter erstmals im Sommer 1954 als Dreijähriger in den Westen, ganz offiziell. Und ferner erreichte uns Jahr für Jahr das Attest. Analog zur Zunahme der Jahre nahm auch die potentielle Gefahr zu, daß es nun tatsächlich ein letztes Mal sein könnte, da die Erkrankungen ihren Fortschritt nähmen. Oma verstarb jedoch erst im Juli 1972 mit 87 Jahren.

Ab 1958 verbrachte ich nach meiner Einschulung die Sommerferien nun im Westen. Bruchstücke meiner Erinnerung lassen mich bis ins Alter von etwa fünf oder sechs Jahren Eindrücke an diese Reisen nur schemenhaft wiedergeben, ungeordnet und noch ein wenig nebulös. Danach werden die Erinnerungen konkreter.

Jeweils drei bis vier Wochen verbrachten wir im Westen. Oma hatte sich mit Tante Hilda und Cousine Christel in Braunschweig-Lehndorf, Große Straße 16, auf dem Gut von Otto Bewig eine neue Bleibe besorgt. Sie bewohnten einen Wohnraum im Erdgeschoß eines Hauses auf dem Gutshof neben dem eigentlichen Gutshaus, mit einer neben dem Wohnraum gelegenen sehr kleinen Küche und einem kleinen Schlafzimmer. Das Plumpsklo lag auf der anderen Seite des Hofes neben dem Misthaufen, es bestand aus einem Holzverschlag. Verglichen mit unserer Wohnsituation in Stollberg nach Bezug der oberen Dreizimmerwohnung lebten wir auf einem höheren Niveau. So manches Mal fragte ich mich schon als Kind, wie es sein muß, wenn Christel, Tante Hilda oder gar Oma im Winter bei heftigen Minusgraden nachts mal mußten. Dabei lernte ich, wie hilfreich Nachttöpfe waren. Sie hatten ihren Platz unter dem Bett und nach Benutzung einen Deckel zur Geruchsdämpfung. Natürlich waren diese Nachttöpfe nur für das kleine Geschäft gedacht.

Tante Hilda war bei Bewigs dank ihrer Erfahrungen aus der Land- und Hauswirtschaft rasch eine große Hilfe im Haushalt, sie wurde deren ständige Haushälterin. Auch ging sie dem Schweitzer zur Hand, so hieß damals der für die gesamte Molkereiproduktion in einem solchen Landwirtschaftsbetrieb Verantwortliche, im großen Stall die zahllosen Rinder.

Einmal, Mutter und ich kamen auf dem Braunschweiger Bahnhof an, da holte uns Herr Bewig in Begleitung von Tante Hilda überraschend mit seinem Mercedes ab. Da ich recht früh zu unterscheiden wußte zwischen einem Ost- und einem Westauto, wobei Westautos allgemein als fortschrittlicher und moderner galten, war dies ein bleibender Eindruck.

Auf dem Gutshof gab es neben dem Kuhstall einen Sandkasten für Kinder, den Otto Bewig jun., der Sohn der alten Bewigs für seine beiden Kinder, etwa in meinem Alter, angelegt hatte. Auch ich durfte mitspielen mit den Matchbox- und Bakelit-Autos, die es bei uns in der DDR nicht gab. Eines Tages hatte die Schwiegertochter Bewigs Einkäufe zu erledigen. Sie fuhr in einem Porsche vor und lud den Jüngsten, meinen Spielkameraden im Sandkasten ein mitzufahren und da ich mit ihm so sehr ins Spiel vertieft war, fragte sie auch mich, ob ich mitwolle! Was für ein Angebot! Einige Kilometer in einem Porsche-Sportflitzer mitfahren zu dürfen – allerdings mußte ich ziemlich verkrampft im Fond auf dem hinteren Notsitz unmittelbar vor dem lauten und heißen Heckmotor sitzen, eigentlich kein Vergnügen. Am Ende war ich froh, aussteigen zu dürfen und ich war enttäuscht. So lernte ich früh dank all dieser Erfahrungen auch das sehr oft in den Gesprächen der Erwachsenen einseitig glorifizierte Leben im Westen differenziert wahrzunehmen.

Der alte Braunschweiger Bahnhof, der durch alliierte Luftangriffe teilweise zerstört worden war, war ein Kopf- oder Sackbahnhof. Hier endeten alle Züge und sie mußten bei Weiterfahrt den Bahnhof wieder in entgegengesetzter Richtung verlassen. Der erste Weg bei der Ankunft auf dem Bahnhof führte Mutter in aller Regel zur Wechselstube. Hier konnte sie einige Deutsche Mark, wie die DDR-Mark von deren Einführung 1948 bis 1964 hieß, umtauschen. Für vier Deutsche Mark der DDR erhielt sie eine D-Mark West. Von 1964 bis 1967 hieß die DDR-Mark dann Mark der Deutschen Notenbank und ab 1968 hieß sie nur noch Mark. Und dann ging es zu dem ersten Kiosk, noch im Bahnhofsgebäude vor dem Ausgang, um mir erste Süßigkeiten zu kaufen. Wie farbenfroh dies alles auf mich wirkte, wie elegant verpackt die Dinge waren und vor allem, wie schön es überall roch.

Eine der ersten Westreisen führte uns nach dem eher kurzen Aufenthalt in Braunschweig nach Kaltenhof bei Eckernförde in Schleswig-Holstein zu Tante Martha, einer Schwägerin von Mutter und von dort ging es nach Emden in Ostfriesland zu Helmut und Luzi Rörich, Bekannte von Mutter aus Zirlau. Herr Rörich war in Zirlau der Dorfschmied und hatte auch in Emden in einer großen Schlosserei mit Schmiede unmittelbar im Hafen eine Anstellung gefunden. Wie war das aufregend mit den vielen Schiffen, dem Trubel auf dem Fischmarkt und der riesigen Werkstatt. Als Begrüßungsgeschenk erhielt ich von Rörichs eine kleine Eisenbahn in merkwürdiger Konfiguration, bis ich mitbekam, dies war eine Eisenbahn aus Schokolade, die in mit Eisenbahnmotiven bedrucktes Silberpapier verpackt war.

Am Kai fiel mir auf, der Wasserstand war weit unterhalb der erkennbaren Wasserablagerungen, die an der Kaimauer den oberen Gezeitenstand markierten. Umständlich versuchte Mutter mir zu erklären, das Wasser komme und gehe. So wollte ich dann warten, bis es kommt. Es kam aber nicht, während ich dahockte und wartete, daß es kommt und als ich bald ins Bett mußte, hatte sich nichts getan. Der Wasserstand blieb wo er war. Hatte sie gemogelt? Oder mich veralbert? Am nächsten Morgen war der Wasserstand dann am höchsten, was mich veranlaßte, nun zu warten, bis es wieder ging. Es ging aber nicht und ich glaube mich zu erinnern, wie ich nachhaltig verwirrt mit Mutter wieder abreiste und erst später lernte, was Gezeiten bedeuten und daß sie Zeit brauchen, ungefähr sechs Stunden jeweils, offensichtlich hatte sich bei mir das erste Gefühl von Veränderung und Zeit, wie ich es bei Vaters Steinkohlefisch glaubte gelernt zu haben, doch noch nicht entwickelt.

Kurz danach wanderten Rörichs nach Deutsch-Südwestafrika aus, dem heutigen Namibia. Herr Rörich hatte sich dort als Schmied für die großen Farmen angeboten. Das fand ich spannend und wollte später, als ich begann Abenteuerromane zu lesen und nachdem Mutter Post von Rörichs aus Afrika mit den riesigen bunten Briefmarken erhielt, ebenfalls einmal nach Afrika auswandern. Erst aber wurde ich Briefmarkensammler.

Bei einer der ersten Reisen besuchten Mutter und ich ein älteres Ehepaar, dem Mutter ebenfalls noch aus der Zeit in Zirlau ohne verwandtschaftlichen Bezug verbunden war, das nun in Duderstadt nahe Göttingen lebte. Duderstadt war zum Glück im Krieg von Bombardements verschont geblieben, der komplette uralte Fachwerkbestand in der Altstadt war erhalten. Und in einem solchen Fachwerkhaus hatte das Ehepaar eine kleine Wohnung im ersten Stock. Onkel Paul war ein kleiner, hagerer Herr mit kleinem, schmalen Schnauzbart, etwa Ende sechzig und stets mit Anzug, der viel zu kurze Hosenbeine hatte sowie mit Hut. Irgendwie erinnerte er mich an Charlie Chaplin. Tante Paula hingegen war von äußerst kräftiger Statur, auch war sie mindestens einen Kopf größer als er. Auf noch vorhandenen Fotos ergeben die beiden ein skurriles Paar. Aber sie waren von ausgesprochener Herzensgüte. So mußten Mutter und ich die beiden Nächte, die wir bei ihnen blieben, unbedingt in deren Ehebetten schlafen, während sie sich im Wohnzimmer einrichteten. Das Problem war, Fachwerkhäuser sind oft nicht exakt waagerecht oder senkrecht proportioniert, sondern krumm und schief. So waren die Ehebetten praktisch auf einer schiefen Ebene platziert, vom Kopfende abfallend zu den Füßen. Ich fand mich mehrfach nachts zusammengeprummelt am Fußende der Betten wieder, was mich sehr traurig stimmte. Ich bedauerte die beiden so sehr, daß ich mir einige Tränen verdrückte, ob der schiefen Betten, in denen diese Menschen schlafen mußten. Was hatten wir es in Stollberg demgegenüber doch schön!

Das Reisen war für mich als Kind ein spannendes, prägendes Abenteuer. Schon Nächte vorher schlief ich unruhig. Dann, wenn es soweit war, mußte ich in der Regel sehr früh aufstehen, manchmal mitten in der Nacht. Und dann das viele Umsteigen, wobei so manch ein Zug uns vor der Nase wegfuhr und wir nur noch die Rücklichter sahen, so daß der gesamte Reiseplan durcheinander geriet. Die ersten Jahre waren die Züge oft so überfüllt, daß wir kaum Platz fanden. Mit etwas Glück konnte Mutter dann wenigstens einen der meist zwei Koffer so platzieren, daß wir es uns auf dem Gang des Waggons einigermaßen bequem machen konnten, die Koffer dienten als Sitzbank.

Ein Erlebnis waren in den strukturschwachen Regionen Schleswig-Holsteins oder Ostfrieslands die Schienenbusse. Ich fand sie komisch und interessant gleichermaßen. Waren diese meist zwei zusammengekoppelten, immer roten Wägelchen auch wie ein Zug an die Schienen gebunden, so waren sie aber keine richtigen Eisenbahnen. Eher glichen sie einem Omnibus mit Anhänger auf Schienen. Die Braunschweiger Firma Heinrich Büssing, die ursprünglich Lastkraftwagen und Omnibusse baute, erfand diese mit einem Diesel-Unterflurmotor betriebenen Gefährte, die später auch in Büssing-LKW verbaut wurden. Ansonsten fuhren die Züge in den ersten Jahren weit überwiegend mit Dampfloks. Beängstigend war die Einfahrt dieser Stahlkolosse in die großen Kopf- oder Sackbahnhöfe in Karl-Marx-Stadt oder Leipzig, wenn wir in Erwartung eines guten Platzes dicht am Bahnsteig standen und das Dampf schnaufende Ungetüm nur einige Meter oder weniger vor Mutter mit mir an der Hand den Bahnsteig passierte, bis es zum Stehen kam.

Tatsächlich konnten wir durch die Kontinuität unserer Westreisen über die Jahre feststellen, die Entwicklung des Reisestandards im Westen ging um Längen schneller und effektiver vonstatten. Bereits Ende der fünfziger Jahre wiesen die Personenwaggons der Deutschen Bundesbahn im Westen einen ungleich höheren Standard auf, die ersten Dieselloks zogen die Züge und es folgten recht bald lange Strecken mit Elektrifizierung. Hier konnte die Deutsche Reichsbahn der DDR die immer größeren Lücken in Standard und Qualität nie mehr schließen. Einzig die im Waggonbau Görlitz entwickelten Doppelstockwaggons faszinierten mich. Sie fuhren – zumindest auf unseren Reisen – ausschließlich auf dem Gebiet der DDR, während die sogenannten Interzonenzüge ansonsten sowohl aus westdeutschen oder auch teilweise ostdeutschen Zügen bestanden.

Wenn wir in Braunschweig waren, besuchten wir auch regelmäßig in Braunschweig-Bevenrode Onkel Richard, ein Bruder Mutters, mit Tante Friedel, seiner Frau. Onkel Richard war mit Tante Friedel bereits vor Oma und Tante Hilda nach dem Krieg in Braunschweig geblieben und arbeitete als Kranfahrer einer Spedition.

In konkreterer Erinnerung sind mir die Reisen ab etwa 1957. Nach Erhalt des Attestes von Oma mußte Mutter in Stollberg zum Volkspolizeikreisamt auf der Zwönitzer Straße, von unserem Wohnhaus nur etwa 200 Meter Richtung untere Stadt entfernt. Es war in einer schmucken Gründerzeitvilla untergebracht. Ursprünglich muß es eine Fabrikbesitzervilla gewesen sein, die dem nebenan befindlichen Blechformwerk zuzuordnen war, Genaueres erfuhren wir jedoch hierüber nicht. Zu Identifikationszwecken aller Reisenden und Mitreisenden mußte ich Mutter begleiten.

„Daß Du ja ganz still bist und nichts über Oma und deren Krankheit erzählst!“,

lautete Mutters strenge Weisung! Und da ich im Zusammenhang mit den Familienfeiern gelernt hatte zu schweigen, wenn es sich geziemte, verlor ich auf dem Volkspolizeikreisamt nie eine Silbe. Überrascht war ich einmal, als der unfreundlich wirkende Beamte Mutter begrüßte mit den Worten:

„Na da sind sie ja wieder. Soll's wieder in den goldenen Westen gehen?“

Ein oder zwei Wochen später konnte Mutter sich dann die Reisepapiere abholen.

In Braunschweig angekommen, wußten wir uns nach dem Geldwechsel und dem Kiosk schon gut auf dem Bahnhofsvorplatz zu orientieren, wenn wir nicht abgeholt wurden. Die Büssing-Busse hatten in den ersten Jahren noch Anhänger, die ab etwa 1957 durch ganz neue Doppelstockbusse, die zumindest in der hinteren Bushälfte eine obere Etage hatten, abgelöst worden waren. Außer dem Fahrer war immer eine Schaffnerin oder ein Schaffner in Uniform im Bus, die das Fahrgeld kassierten. In eine lange Umhängekasse mit silbernen Drucktasten kam das Hartgeld und das Rückgeld wurde dann auf Tastendruck wieder ausgeworfen. Auch war es die Aufgabe dieser Busbegleiter, die jeweilige Station auszurufen, die man als nächstes erreichte. Und dann kam das tiefe, sonore Motorbrummen, wenn der Fahrer mit der Motorbremse nachhalf, damit das schwere Gefährt rechtzeitig an Kreuzungen oder den Haltestellen zum Stehen kam. Auch gab es in Braunschweigs Verkehrsnetz bereits erste Ampelanlagen, die ich vorher nicht kannte. In Braunschweig-Lehndorf war es der Saarplatz, der uns Endstation bedeutete. Und dann galt es, mit den schweren Koffern noch etwa einen Kilometer zu bewältigen, bis wir bei Oma eintrafen, für Mutter manches Mal eine Herausforderung.

1958 besuchten wir nach einem wieder eher kurzen Besuch bei Oma erstmals Onkel Erich, den SS-Angehörigen und Bruder von Mutter in Muchelndorf bei Itzehoe, nördlich Hamburg. Hamburg Altona als Umsteigebahnhof, wir mußten länger warten! Was für eine andere Welt, dieses bunte Treiben, die Auslagen der Geschäfte in Bahnhofsnähe. Und es war schon richtig viel Verkehr.

Irgendwie hatte es Onkel Erich als Mitglied der SS geschafft, einer Festnahme oder Gefangenschaft durch die Alliierten zu entgehen. Als Einziger von allen Geschwistern hatte Onkel Erich noch vor dem Krieg das Abitur erworben und danach die Landwirtschaftsschule absolviert. Er war ein gebildeter Mann, drahtig und zupackend und auf mich als Kind wirkte er wie einer, der das Leben zielstrebig und erfolgreich zu meistern versteht. Ich war gern bei ihm, sah zu ihm auf.

Muchelndorf bestand nur aus wenigen Häusern, unter anderem dem Bauernhof, den Onkel Erich mit Tante Gerda, seiner zweiten Frau bewirtschaftete. Das Land war flach wie ein Tisch und der Horizont schien in unendlicher Ferne. Zunächst wurde auf dem Hof wesentlich Milchwirtschaft betrieben, im Stall standen zahlreiche Kühe. Daneben spielte Ackerbau eine weniger bedeutsame Rolle. Angrenzend an das Gut lagen einige Felder, auf denen zur Zeit unseres Besuches überwiegend Kartoffeln und Rüben angebaut wurden. Umgrenzt war der Hof zu großen Teilen von wunderschönen Hecken und Büschen, auch Johannisbeer- und Stachelbeersträucher. Meine Aufgabe war, die reifen Früchte mit einer Milchkanne zu ernten und ich erhielt dafür von Tante Gerda eine D-Mark! Die Gelegenheit, meine Lust auf die damals bereits bei mir hoch im Kurs stehenden Gummibärchen zu befriedigen. Also auf mit Tante Gerdas Fahrrad nach Steinburg, dem Nachbarort, zum kleinen Kaufladen mit allerlei Hausrat und Lebensmittel. Ich wußte von dem großen Glas mit Gummibärchen, die der Kaufmann mit einer kleinen Aluminiumschaufel daraus hervorholte und in kleine Tütchen packte, je nach Geldbetrag. Einmal hatte ich Tante Gerda beim Einkauf begleitet und eine kleine Tüte erhalten. Nun hatte ich eine ganze D-Mark, aber noch kein Verhältnis zum Wert des Geldes. Eine D-Mark wollte ich umsetzen, wenn schon, denn schon! Und als der ältere Herr hinter dem Verkaufstresen mich erstaunt fragte, ob ich tatsächlich für die ganze D-Mark Gummibärchen wolle, gab es kein zurück mehr! Ich erhielt also eine riesige Tüte, wie sie für Äpfel oder Bananen verwendet wurden, voll mit Gummibärchen! Das bedeutete zu Hause Unfrieden, war aber nicht mehr zu ändern und nun hatte ich den Rest der Ferien ausgesorgt.

Bereits damals fiel mir selbst in so kleinen Kaufläden wie in Steinburg oder bei Kaufmann Brinkmann in Braunschweig-Lehndorf das reichhaltigere, buntere und attraktivere Angebot im Gegensatz zu den HO- oder Konsum-Läden der DDR auf, ganz zu schweigen von den Kaufhäusern. Und überall roch es in den Läden anders. Das Wirtschaftswunder bescherte den Bundesbürgern deutlich früher als in der DDR nicht nur die Deckung des täglichen Bedarfes, sondern darüber hinaus erste Luxusgüter. Allerdings war es immer auch eine Frage des Preises und wenn wir mit Tante Hilda und Christel zum Einkauf gingen, mußte schon sehr spitz gerechnet werden. Dennoch konnten Mutter und ich für Hans-Joachim oder Walter die gewünschten Taucherbrillen, Nietenhosen, wie wir damals die Jeans noch nannten oder andere Dinge kaufen. Kein kindlicher Wunsch blieb auch mir unerfüllt. Mir waren anfangs wichtig Wasserspritzpistolen, einmal eine Zündplättchenpistole, die in einem richtigen Holster steckte, das ich mir umschnallen konnte. Dieser silberne Colt glich denen, die wir in den ersten Cowboyfilmen sehen konnten. Er hatte eine in waagerechter Querachse eingebaute Trommel, die man mit einer Zündplättchenrolle bestücken konnte, schmale Papierstreifen ähnlich einer Tesafilm-Rolle, nur bestückt mit kleinen Zunderpickelchen wie Streicholzkuppen, die beim Abdrücken automatisch unter einen Hammer geführt und gezündet wurden, was einem Schuß ähnlich klang, wenn es auch völlig ungefährlich war. Es erfüllte mich mit Stolz, wenn ich zu Hause entscheiden konnte, ob ich sie zum Spiel Wolfhart, einem etwas älteren Nachbarsjungen leihen durfte oder Stefan oder anderen Spielkameraden. Jeweils kurz nach Rückkehr von diesen Ferienaufenthalten im Westen war ich umlagert, was ich wohl wieder mitgebracht hatte. Die Wasserspritzpistolen gingen relativ schnell kaputt und so brachte ich fast jährlich eine neue mit, wobei ich die alten, kaputten gut gegen anderes Nützliches wie blecherne Spielzeugpanzer aus DDR-Produktion tauschen konnte.

Und dann die *Micky Maus*! Als ich zu lesen begann, war schon in der DDR das 1955 erstmals erschienene Comic-Heft *Mosaik* mit Dig, Dag und Diggedag abonnierte Lektüre. Kaum konnte ich ab dem Ende des zweiten Schuljahres die neue monatliche Folge abwarten. Im Westen war es dann die *Micky Maus*, die bereits bei Eintreffen am Bahnhofskiosk sein mußte! Auch sie war bunter, war mit fetziger

Werbung farbig und lebendig gestaltet worden und hat mich noch mehr fasziniert. Zu gern saß ich auf dem kleinen Mülltonnenhäuschen, das unmittelbar vor dem Fenster des Wohnraumes von Oma und Tante Hilda vorgebaut war, gelegentlich neben mir in mittäglicher Hitze die Katzen der Bewigs, die sich in der Sonne räkelnd anschmiegten und las die *Micky Maus*.

Wenn dann das Müllauto kam, so war auch dies schon damals für mich ein Stück andere Welt. Wir hatten in Stollberg in den Hang neben dem Hauseingang ein Aschehaus gebaut bekommen, in das wir unsere Asche brachten, da mit Kohle und Holz geheizt wurde. Einmal im Jahr wurde dieses Aschehaus von städtischen Arbeitern mit Schaufeln geleert und die Asche auf einen kleinen LKW geladen, der abgedeckt war. Dennoch war tagelang der Aschestaub im Hausflur verteilt. Und in der Heizperiode fiel täglich Asche an. Allerdings hatten wir nicht den wie heut üblichen und auch noch getrennten Müll zu entsorgen. Plastikverpackungen gab es nicht. Milch wurde in der Kanne gekauft, Obst, Gemüse, Sauerkraut und Fisch wurden in Zeitungspapier gewickelt und für die Brötchen oder Brote brauchte man einen Beutel, in den diese Lebensmittel unverpackt kamen. Und alles andere, was nach heutigen Maßstäben als Müll zu deklarieren war, wanderte in den Kohlenkasten unter dem Küchenofen der Wohnküche. Zwar enthielt der auch Kohlen und Holz zum Heizen und Anfeuern des Küchenofens, auch im Sommer, damit Mutter kochen konnte. Aber auch der sonstige Abfall wurde einfach in den brennenden Ofen befördert und verbrannt. Ausnahme bildeten Obst- oder Gemüsereste, die Mutter für den Komposthaufen im Garten sammelte.

Das war im Westen bereits damals anders. Da die ersten Wohnungen Heizungen bekamen, gab es bereits eine flächendeckende Müllabfuhr. Wie war das spannend, wenn das große Müllauto kam, wieder der Marke Büssing, mit den Männern auf dem hinten links und rechts angeordneten Tritt, auf dem sie während der Anfahrt standen und dann behende absprangen, sobald die nächste Mülltonnenstation erreicht war. Wie gern ich damals einmal Müllmann gewesen wäre, mit einem solch großen Lastwagen außenbords herumkutschieren und Mülltonnen andocken, die mit geradezu spielerischer Leichtigkeit nach dem Einklinken mehrmals kurz und zackig um etwa 160 Grad nach oben geschwenkt und entleert wurden.

Hatten wir bei unseren Westbesuchen, meist kurz vor der Heimreise dann die geliebten Utensilien gekauft, die mit nach Hause genommen werden wollten, blieb immer auch das Problem des Transportes oder Schmuggels dieser Dinge über die Grenze. Kleidung war meist unkritisch. Die Spielzeugpistolen aber waren eher geeignet, beanstandet zu werden, auf jeden Fall die Zeitschriften, die Mutter mit nach Hause nehmen wollte. Medienartikel, Bücher oder später Tonträger wie Schallplatten waren verboten in die DDR einzuführen und bei Entdeckung solcher konnte es schon zu großen Unannehmlichkeiten an der Grenze kommen. Aber auch hier bewährte sich ein ums andere Mal Mutters Abgebrühtheit und das handwerkliche Geschick Vaters mit dem Ergebnis eines, wenn auch flachen doppelten Bodens in einem der Koffer. Allein Lebensmittel wie die obligatorischen Bananen waren kein Problem.

Auch hier wieder die strikte Anweisung:

„Daß Du ja an der Grenze den Mund hältst und keinen Mucks von Dir gibst!"

Für die Schule waren es später meine neuen Westkugelschreiber, einmal ein Zirkelkasten, den mir Onkel Erich schenkte, das schneeweiß gebleichte Papier der Schulhefte oder Adidas-Turnschuhe, um die ich beneidet wurde. Auch wenn es in der DDR sehr früh flächendeckend alle Schulmaterialien für Kinder gab, so waren die Qualität und vor allem das Design und die Gestaltung sehr unterschiedlich. Ein Problem stellten die Westsachen, die ich in der Schule benutzte, nie dar. Ich glaube, sie fielen den Lehrern auch nicht auf.

1959 fuhren Mutter und ich während des Besuches bei Oma für einige Tage nach Hannover. Dort lebten Onkel Paul, ein Bruder Vaters mit Tante Martha. Onkel Paul war Schöngeist, ein groß gewachsener, schlanker, stattlicher Mann mit für die damalige Zeit recht langen, lockigen Haaren, allerdings nur auf dem Glatzenkranz. Immer wieder strich er mit eleganter Handbewegung die vom Wind verwirbelte Haarpracht hinter die Ohren. Auch kenne ich ihn nur mit Fliege! Selbst auf heut noch vorhandenen Familienfotos ist Onkel Paul nur mit Fliege zu sehen, auch, als er später mit Tante Martha bei uns im Erzgebirge zu Besuch war. Onkel Paul war Berufsmusiker, er war Geiger im damals neuen NDR-Rundfunksymphonieorchester am Maschsee in Hannover.

Man erzählte sich in der Familie, wie Onkel Paul mit Beginn des Zweiten Weltkrieges zur Musterung, der alle jungen Männer sich zu unterziehen hatten, seine Geige mitnahm und vor der Untersuchung auf soldatische Eignung und Tauglichkeit begann, einige Stücke zu geigen, auch das Deutschlandlied, die Nationalhymne. Dies führte wohl bei allen im Raum Versammelten nach erster Verwirrung zum späteren Strammstehen und Mitsingen. Angesprochen auf dieses Tun, fragte Onkel Paul dann, ob er nicht in einer Militärkapelle oder so ähnlich den Krieg begleiten dürfte, da er besser mit der Geige als mit einem Gewehr umgehen könne. Tatsächlich kam Onkel Paul deshalb um den Militärdienst herum, selbst am Ende, als die letzten Reserven im Volkssturm mobilisiert worden waren, blieb er davon verschont und durfte in verschiedenen Orchestern die Truppen, aber auch die Menschen in der Heimat musikalisch wieder aufrichten und von dem martialischen Treiben draußen im Feld ablenken.

Wir saßen bei Onkel Paul und Tante Martha in deren sehr modernem Appartement mitten in Hannover am Kaffetisch, als wir zunehmend Sprechchöre hörten. Auf dem Balkon sahen wir dann einen großen Demonstrationszug mit vielen bunten, meist roten Fahnen und Polizeibegleitung direkt am neu gebauten Haus vorbeiziehen. Wie aufregend! Tante Martha schimpfte:

„Das sind wahrscheinlich wieder diese ollen Kommunisten ...!"

Ursprung und Ziel der Demonstration sind mir nicht mehr erinnerlich, aber sehr wohl erinnere ich mich an meine kindlich vergleichende Wahrnehmung. Diese Demonstration mit lauten Sprechchören und Megaphon-Reden war so ganz anders als unser Defilee in Stollberg am 1. Mai. Und ich konnte schon einordnen, daß die Demonstranten sich in ihren lautstarken Äußerungen kritisch gegen die Bundesregierung äußerten. In Stollberg undenkbar, wo es hieß:

„Daß Du draußen aber ja nichts erzählst!"

So begannen sich in meiner noch kindlichen Wahrnehmung eine zunehmend kritische Meinung zur DDR und ein erstes Empfinden für den Wert der Freiheit zu entwickeln.

Zurück bei Oma in Braunschweig-Lehndorf lernte ich durch nachbarschaftliches Miteinander in einem Omas Wohnung gegenüberliegenden Mehrfamilienhaus Herrn Gödecke kennen. Seine Frau war im Krieg umgekommen und er lebte allein. Bei ihm durfte ich abends für eine halbe Stunde Fernsehen! Ein Erlebnis! Wir hatten noch keinen Fernseher und für mich war das ganz neu. Bereits am ersten Abend ein spannender Krimi, der aber leider ein Einzelfall blieb, die restlichen Tage gab es für mich eher langweilige Unterhaltung.

1960 reisten wir nach einigen Tagen Aufenthalt bei Oma in Braunschweig-Lehndorf zur jüngsten Schwester von Mutter, zu Tante Erna, die mit Sohn Carl-Otto in Eschwege wohnte. Tante Erna hatte ihren Mann 1957 durch eine Krebserkrankung

Onkel Paul, Vaters Bruder (links) mit Tante Martha und Vater sowie Tante Trudel, Vaters und Onkel Pauls Schwester (rechts), um 1960

verloren und bewältigte als Alleinerziehende eine gut gehende Schlachterei. Im Ladengeschäft gab es den üblichen Verkaufstresen und ihm gegenüber, auf der den Kunden abgewandten Rückseite befand sich ein Spiegel. Was war das lustig, wenn ich in der angrenzenden kleinen Wohnküche von Tante Erna durch einen Wanddurchbruch und der Rückseite des Spiegels in den Laden schauen konnte; denn der Spiegel im Verkaufsraum war nicht nur Spiegel, sondern von der anderen Seite eine simple Glasscheibe, die den Durchblick aus der Wohnküche in den Verkaufsraum ermöglichte. Damit konnte Tante Erna sehen, ob Kundschaft im Laden war und im Zweifel konnte sie auch Diebstahl dadurch ahnden, wenn Kunden allein im Laden waren, was aber nie vorkam. Viele Kunden, die den Laden betraten und auf Tante Erna warteten, nutzten die Gelegenheit, sich im Spiegel die Haare zu richten, die Damen eine Haarspange neu zu legen oder einen Pferdeschwanz neu zu binden, mit gelegentlich zum Lachen animierenden Grimassen. Nur wenige Zentimeter davon entfernt lag der kleine Manfred auf der Lauer und belustigte sich ob des bizarren Schauspiels. Allerdings die sehr betagte Oma, die ihre Zähne auf Rückstände untersuchte – und sie kurz herausnahm, war eklig …

Tante Erna hatte einen großen Schäferhund, ein mir anfangs Angst einflößendes Tier. Ich brauchte einige Tage, mich an ihn zu gewöhnen. Dann aber wurden wir Spielkameraden und ich vertrieb mir mit ihm einen Großteil der Zeit, da Carl-Otto, mein Cousin zu dieser Zeit leider in einer bereits seit langem geplanten Ferienfreizeit war. Aber auch Onkel Werner, ein entfernterer Verwandter, der ebenfalls in Eschwege wohnte, nahm sich meiner an. Am nahen Bismarck-Turm auf einem Bergrücken, oberhalb der Werra gab es ein Kaffee, in das er Mutter und mich, Tante Erna und seine Frau führte, die auch Erna hieß und nur die kleine Erna genannt wurde, in Abgrenzung zu Tante Erna mit dem Schlachterladen. In diesem Cafe gab es die leckersten Eisbecher.

Einmal waren wir im Kino: *Die letze Fahrt der Bismarck*. Ein Kriegsfilm ab 12 Jahre, die ich zwar nicht aufzuweisen hatte, aber Onkel Werner reichte als Bürge. Ein Film, dessen Schlachtszenen mir in eindrücklicher Erinnerung geblieben sind. Am Anfang beim Auslaufen aus dem beschützenden Hafen die Gewißheit des Sieges. Und am Ende das blanke Chaos des rette sich wer kann! Ein unendlicher männlicher Katzenjammer mit furchtbaren Schreien nach Mama und sonstigen Angehörigen. Ein plötzlich endloses Durcheinander in dieser anfangs so minutiös einstudierten deutschen Ordnung und Gründlichkeit, in dieser ursprünglich maritimen Präzision. Wie muß es sein, wenn man ertrinkt? Was geht in einem vor, wenn es Gewißheit wird, der Rest des Lebens währt nur noch Minuten, wenn man Glück hat – oder Pech – vielleicht noch eine halbe oder gar ganze Stunde? Woran denkt man dann? Hört das Herz irgendwann unter Wasser einfach auf? Oder stolpert es erst? Ich sah als Kind gern Kriegsfilme, auch begann ich früh zu lesen, zunächst am liebsten Abenteuerromane. Und immer dabei neben der Spannung die Fragen, warum dies alles so ist, wie es ist? Warum tun Menschen sich das alles an? Woher

Mutter mit mir bei Onkel Erich auf dessen Gutshof in Muchelndorf, 1961

Mutter (rechts) und ich beim Ernteeinsatz in Muchelndorf mit
Tante Gerda, Onkel Erichs zweiter Frau und Stiefsohn Peter, 1961

kommt dieses heimliche Gruseln auch bei mir, wenn bei Karl May die Indianer den Kriegsgegnern bei lebendigem Leib die Kopfhaut abziehen und die Trophäen als Skalps zur Schau stellen, wie die realen Schrumpfköpfe im Buch von Zygmund und Hanzelka?

Auch fand ich es als Kind spannend, wenn Vater von seinem Kniedurchschuß erzählte, den er von einer sowjetischen Kugel auf der Flucht vor der Roten Armee erfuhr. Immer und immer wieder wollte ich diese Geschichten hören, wie er dann noch weiter rannte, nachdem die Kugel ins rechte Knie außen eingedrungen und auf der Innenseite wieder ausgetreten war. Wie es dauerte, bis er es überhaupt merkte, Schmerzen verspürte, die unsäglich wurden. Wie er mit letzter Kraft versuchte, sich in die Luke eines bereits im Startmodus befindlichen Fieseler Storch zu retten, eines sehr langsamen Flugzeuges der Deutschen Luftwaffe auf einer Wiese in der Ukraine. Vergeblich! Knapp daneben gegriffen landete er mit zerschossenem Knie auf dem Boden und harrte seines Schicksals, die sowjetische Gefangenschaft.

Im Sommer 1961 führte Mutter und mich die inzwischen zur schönen Gewohnheit gewordene Westreise als erstes wieder zu Onkel Erich nach Muchelndorf. Es war Erntezeit! Und damit Gelegenheit für Mutter und mich, uns als Erntehelfer nützlich zu machen. Erstaunt war ich, als Onkel Erich eines morgens mit einem riesigen Mähdrescher angerattert kam, den er sich im Rahmen eines genossenschaftlichen Verbundsystems geliehen hatte. Mit ihm erntete er die an das Gut angrenzenden Felder, dieses Jahr war Getreide angebaut worden. Da diese Mähdrescher damals noch nicht wie heut als Vollerntemaschinen konzipiert waren, blieben immer noch Strohreste übrig, die zu Garben gesammelt und anschließend ebenfalls wegtransportiert werden mußten. So erhielt ich von Onkel Erich den Auftrag, mit seinem kleinen Trecker und Hänger in exakten Streifen über das abgeerntete Feld zu fahren, damit er und Tante Gerda sowie Mutter die Strohgarben auf den Hänger hinter dem Trecker laden konnten. Immerhin war ich zehn Jahre alt. Und damit war ich laut Onkel Erich groß genug, erstmals in meinem Leben ein Motorfahrzeug selbständig zu fahren, auch wenn ich unsicher war und mächtig geschwitzt habe. Da ich noch nicht genug Beinlänge für das Gaspedal besaß, betätigte ich einfach einen Handgashebel an der rechten Seite neben dem Sitz. Ich fuhr nur im ersten Gang, so erübrigte sich das Kuppeln, allerdings das Bremsen war eine schweißtreibende Herausforderung. Vor allem wenn es am Ende des Feldes auf den angrenzenden Graben zuging, stieg die Anspannung, aber ich habe diese Herausforderung gemeistert und war unendlich stolz.

Wenn Onkel Erich auch Felderwirtschaft betrieb, so war sein Kerngeschäft bislang die Milchwirtschaft gewesen. Dies hatte sich 1961 verändert. Er hatte seine Kühe zu großen Teilen verkauft und sich eine riesige Hühnerzucht aufgebaut, mit der er nun das Kerngeschäft betrieb. Als wir überrascht hiervon erstmals diesen riesigen, mit Rotlicht und allerlei technischen Finessen ausgestatteten Stall mit tausenden Hühnern sahen, fiel uns die Enge der Käfige auf, in denen die Tiere eingesperrt waren. Als Mutter und ich irritiert nachfragten, ob dies nicht Tierquälerei sei, meinte Onkel Erich:

„Nein, um Gottes Willen, die wollen das so und sind hier glücklich!"

So sahen sie jedoch nicht aus, mit ihren an den engen Gittern furchtbar zerschabten, zerschundenen Hälsen, wenn sie sich irgendwie im großen tierischen Chaos der einzelnen Käfige zu arrangieren versuchten. Mir taten die Tiere leid.

Eines Tages, als Peter, der jugendliche Stiefsohn von Onkel Erich Besuch von einem Freund bekam, war die Verabredung der beiden, mit ihren Kleinkrafträdern nach Glückstadt in den Hafen zu fahren. Ob ich mitkommen wolle? Was für eine Frage! Nach Mercedes, Porsche und diversen Verwandtschafts-PKWs nun erstmals eine Zündapp! Mütze auf und ab ging es, was für Mutter nicht ganz leicht zu akzeptieren war. Immerhin war im März des Vorjahres Hansi, mein Bruder mit seiner MZ tödlich verunglückt! Aber alles ging gut und nach einem Eis ging es frohgemut zurück.

Von Muchelndorf fuhren wir dann wieder nach Braunschweig-Lehndorf zu Oma. Erstmals begutachteten wir den neuen Braunschweiger Bahnhof und waren begeistert von der Modernität. Er war im Oktober 1960 eingeweiht worden und lag weiter außerhalb des Stadtzentrums. Und durch die damals ganz neue Kurt-Schumacher-Straße, die Magistrale in die Innenstadt gewann Braunschweig ein ganz neues, wie wir damals empfanden, sehr modernes Stadtbild.

Es war ein heißer Sommer. Die Luft schien zu glühen und der Asphalt, den es bei uns in Stollberg nur selten gab, da die meisten Straßen noch entweder mit Pflastersteinen befestigt oder die kleineren Nebenstraßen geschottert waren, wurde an manchen Stellen weich. Zeit, mit Cousine Christel ins nahe gelegene Raffteichbad zu radeln und nach Blutegeln zu suchen, die obligatorische *Micky Maus* im Campingbeutel.

Und dann, eines Morgens in dieser so schönen Ferienzeit weckte uns Oma sehr früh! Auch wenn sie nicht wirklich so schwer erkrankt war, wie es das Attest für die Reisegenehmigung suggerierte, so schlief sie doch recht unruhig, was Mutter und ich gelegentlich bemerkten, da wir alle in dem selben kleinen Wohnraum schliefen. Und da konnte es schon geschehen, daß Oma gegen 5.00 Uhr erstmals am Tag aus ihrem kleinen Radio die Morgennachrichten im Deutschlandfunk hörte, ganz leise, um niemanden zu wecken. An diesem Morgen weckte sie uns gegen 6.00 Uhr um zu berichten, was sie gehört hatte – und was unser aller Leben verändern sollte! Es war der 13. August 1961!

Der Bau der Mauer

Am 17. Juni 1953 gab es in der DDR einen Volksaufstand, ausgelöst durch zu hohe Normen und die Unzufriedenheit der DDR-Bürger mit der gesellschaftlichen und wirtschaftlichen Entwicklung. Mit zeitlichen Abstand weiß man heut, auch die westlichen Geheimdienste und die Medien der Bundesrepublik, vor allem West-Berlins hatten einen gewissen Anteil an der Stimmung, die dem vorausgegangen war. Mit Hilfe der Sowjets wurde dieser Volksaufstand brutal niedergeschlagen. Dies gab den DDR-Oberen Auftrieb. Fortan wurden die Forderungen immer rigoroser. Das spürten die Menschen. Vor allem die Intellektuellen, die den nötigen Freiraum zur Gestaltung ihres ganz persönlichen Lebens wollten, fühlten sich zunehmend gegängelt, eingeengt und erniedrigt. Das gesamte politische, wirtschaftliche, gesellschaftliche und mediale Leben war in geradezu penetranter Weise gleichgeschaltet. Von morgens bis abends die immer selben Phrasen.

Ende der 1950er und Anfang der 1960er Jahre begann davon unabhängig auch in der DDR ein wirtschaftlicher Aufschwung, wenn auch nicht mit dem westdeutschen Wirtschaftswunder vergleichbar. Aber auch wir hatten um 1960 unseren ersten Kühlschrank, Vater und Walter ihre Motorräder und die Marken für Butter oder Fleisch waren längst abgeschafft. Abgesehen davon, daß es in der DDR bestimmte Luxusgüter einfach nicht gab, war unter Berücksichtigung der Urlaube und Reisen unser Lebensstandard insgesamt sicher höher, als der von Oma und Tante Hilda im Westen. Auch gab es erste Fernsehapparate. Bei uns im Haus waren es unsere unmittelbaren Nachbarn zur Rechten, Familie Baude, die früh einen Fernseher hatten. Rudi Baude war Schlachtermeister und das verschaffte uns im Rahmen der DDR-Schattenwirtschaft des Gebens und Nehmens enorme Vorteile. Wenn Vater oder Walter wieder einmal etwas für Baudes gebaut oder gewerkelt hatten, wie zum Beispiel die neue West-Antenne, dann gab es bei uns Ungarische Salami, die im freien Verkauf praktisch nicht zu bekommen war. Oder es gab eine schöne fette Weihnachtsgans.

Wir erhielten unseren ersten Fernseher 1962. Gerade in den grenznahen Gebieten zur Bundesrepublik oder West-Berlin bauten sich fast alle Neu-Fernsehbesitzer eine Westantenne, um sich ein erweitertes Bild von der Welt zu machen oder einfach einmal etwas Anderes zu sehen als den ideologischen Einheitsbrei der DDR. Im Radio hörten die meisten ebenso überwiegend Westsender. Was machte die SED, die maßgebliche Regierungspartei im Staat der Arbeiter- und Bauerndiktatur Ende der 1950er, Anfang der 1960er Jahre? Sie bildete Gruppen aus linientreuen jungen Erwachsenen und Jugendlichen, die unter der Flagge der FDJ, der Freien Deutschen Jugend durch die Wohngebiete zogen und dafür sorgen sollten, daß die West-Antennen abgebaut wurden. Es gab Szenen wüster Handgemenge, die schnell für den West-Fernseher hatten zu Gefängnis führen können. Am Ende ebbte diese Bewegung Anfang der 1960er Jahre ergebnislos ab, weil es zu viele waren, die hätten gemaßregelt werden müssen und man gab auf. Und praktisch jedes Dach zierte eine West-Antenne, die man an ihrer Bauart und bei uns in der Region an der Ausrichtung auf den Sender Ochsenkopf in Bayern erkennen konnte.

All diese unsägliche Gängelung kam einer aberwitzigen Sägerei gleich, weil die DDR-Oberen damit begannen, den Ast abzusägen, auf dem sie saßen. Immer mehr Menschen suchten ihr Heil in der Flucht in die Bundesrepublik oder nach West-Berlin. Die Grenzen waren immer noch sehr durchlässig. Objektiv mußte die DDR um 1960, 1961 herum handeln, wenn sie nicht dauerhaft hätte wirtschaftlich Schaden nehmen wollen. So blieb, was in den Juli-Tagen 1961 bereits mehrfach in vor allem westlichen Medien Thema war, nämlich die Frage, wann und wie die DDR ihr Land abriegelt, um diese enorme Fluchtbewegung zu stoppen. Walter Ulbricht, der spitzbärtige, geradezu parodistisch sächselnde Vorsitzende des Staatsrates der DDR sagte noch im Juni 1961 vor internationalen Medienvertretern auf die Frage nach einer zu erwartenden Abriegelung der DDR:

„Niemand hat die Absicht, eine Mauer zu bauen!"

Und am 13. August 1961 morgens um 6.00 Uhr berichtete Oma in Braunschweig-Lehndorf von der Nachrichtensendung im Deutschlandfunk, der gemäß in Berlin nachts mit dem Bau einer Mauer begonnen worden war! Wir hörten alle bis zum Frühstück die Sondersendungen und bange Fragen der Erwachsenen verunsicherten mich, vor allem die auch im Rundfunk gestellte Frage nach einem drohenden Dritten Weltkrieg! Die Bilder von den ratlosen Menschen, die plötzlich teilweise ihren Angehörigen wenige Meter gegenüberstanden, ohne sie noch jemals begrüßen oder berühren zu können, weil sie plötzlich Stacheldraht trennte! Die Bilder der schnell noch Flüchtenden, die zunächst noch provisorische Abschnitte nutzten, wie sie über oder unter dem Stacheldraht hindurch hasteten, sich verfingen und grade noch so in den rettenden Westen gelangten. Die Bilder von den aufgebracht schimpfenden Westberlinern, denen gegenüber in stoischer Ruhe die mauernden Vopos Stein auf Stein setzten, Vopos, wie man die Volkspolizisten nannte, die damals die Grenztruppen in Berlin unterstützen. Dann plötzlich, einige Tage nachdem der erste Mauerabschnitt stand, der Grenzsoldat, der mit seinem beherzten Sprung über den Stacheldraht in den Westteil der geteilten Stadt eines der Pressefotos des Jahrhunderts abgegeben haben mag, mit Stahlhelm und seiner Kalaschnikow, die ihm um die Schulter hinterher schlackerte.

Nun vor allem die Frage an Mutter, was sie machen will, da wir damit rechnen mußten, bei der Heimreise nach Stollberg nicht wieder so ohne weiteres in den nächsten Jahren unsere Ferien in Braunschweig-Lehndorf bei Oma verbringen zu dürfen. Für mich doch undenkbar, diese Ferien gehörten inzwischen zu meinem Leben!

Guter Rat war teuer! Wir hatten noch einige Tage und die nutzte Mutter, sich auch mit Onkel Richard und weiteren Verwandten zu beraten. Nur zu oft hörte sie:

„Bleib doch einfach hier, Alfred und Walter werden schon irgendwie noch rüberkommen und dann fangt ihr ganz neu an."

Das war leicht gesagt. Mir wäre es allerdings durchaus recht gewesen, glaubte ich doch, damit meine Micky-Maus-Lektüre, meine Gummibärchen und das ganze Verwöhnprogramm eines DDR-Jungen weiterführen zu können.

Einige Tage später, als das Visum ablief, war der Bau der Mauer weiter fortgeschritten und es wurde begonnen, auch die übrige Grenze zwischen der DDR und der Bundesrepublik hermetisch abzuriegeln. Die sich in Berlin gegenüberstehenden Alliierten, die Sowjets auf der einen und die Amerikaner, Engländer und Franzosen auf der anderen Seite hatten ihre Gemüter wieder einigermaßen beruhigt, zumindest der große Knall blieb aus. Mutter mußte entscheiden und sie entschied sich für die Rückkehr nach Stollberg zu Vater und Walter. Nach dem Tod von Hansi vor einem Jahr war es für sie das Gebot der Stunde, die Familie auch in dieser unsicheren Zeit zusammenzuhalten. So stiegen wir schweren Herzens in den letzten Augusttagen 1961 in den Interzonenzug von Braunschweig über Oebisfelde nach Magdeburg, um von dort aus weiter über Leipzig nach Chemnitz und Stollberg nach Hause zu reisen.

Damit schnappte die Falle zu!

Wir richteten uns wie immer nach diesen Westreisen wieder ein, die Schulkameraden fragten, wieso ich plötzlich nicht mehr sächsele, da ich sehr schnell schon damals in der Lage war, mich sprachlich dialektalen Veränderungen anzupassen und ich zeigte meine neuesten Westerrungenschaften. Aber irgendwie war alles anders. Es war eine sich zuspitzende Gewißheit, daß wir eventuell zum letzten Mal bei Oma waren.

Wie zynisch es angesichts dessen auf mich wirkte, wenn nun nicht nur in allen DDR-Medien, sondern auch in der Schule im Staatsbürgerkundeunterricht vom notwendigen Bau des antifaschistischen Schutzwalls geredet wurde. Ich wußte inzwischen sehr wohl, was Faschismus bedeutete. Auch wenn ich meine Angehörigen inklusive meiner Onkel und Tanten als meine menschliche Heimat betrachtete, so nicht mehr in jedem Fall uneingeschränkt unkritisch. Wie konnte es sein, so fragte ich mich, daß selbst die Ermordung von Millionen Juden und anderer Menschen nicht dazu führte, das dahinter stehende System abzulehnen, zumindest verbal, sondern daß dies mit beschönigenden Verklärungen verharmlost wurde? Wie oft hörte ich:

„Naja, das mit den Juden hätte vielleicht nicht sein müssen, aber ansonsten hatte Hitler doch auch sein Gutes …"

Und auf die kindliche Frage, ob die Verwandten denn nichts von den Konzentrationslagern gewußt hätten, die Antwort:

„Naja, was hätten wir denn machen sollen; wir haben immer gesagt, die kommen ins Konzertlager…"

Ich begann dies alles kritischer zu sehen, wenngleich es meine Angehörigen waren und blieben, mit aller Seelenbindung, auch Onkel Erich mit seiner SS-Vergangenheit war in meinen Augen ein prima Kerl.

Hinzu kam in der DDR eine exzessive Beschäftigung mit dem Nationalsozialismus und Faschismus im Unterricht. Hier gab es glaubwürdige Zeitzeugenberichte von Menschen, die den Faschismus als Widerstandskämpfer oder Abweichler überlebt hatten. Und nun wurde ein Schutzwall gegen einen neuen deutschen Faschismus im Westen gebaut? Etwas Verlogeneres konnte ich mir damals kaum vorstellen und damit begann in mir ein kleiner Widerständler heranzureifen. Ich hatte diese Bundesrepublik erfahren, mit ihren Schwächen, aber auch mit ihren großen Stärken, die dazu führten, daß zahllose Menschen in sie aus der DDR geflüchtet waren. Ich konnte nicht fassen, wie man in offiziellen Verlautbarungen der DDR die Bundesrepublik durch den Bau eines angeblich *antifaschistischen Schutzwalls* mit dem Hitler-Faschismus gleichsetzte, gegen den man vorgab, sich schützen zu müssen.

Nachdem sich relativ früh nach dem 13. August 1961 zumindest die offizielle Politik auf das Alltagsgeschäft zurückbesann, gab es in Berlin noch wochenlang immer wieder Demonstrationen und Unmutsbekundungen der aufgebrachten Westberliner Bevölkerung. Ein weiterer Höhepunkt, der dann auch die große Politik wieder durcheinander wirbelte, war im Oktober 1961 ein Zwischenfall, der mit dem Anspruch der Amerikaner um ungehinderte Durchfahrt nach Ost-Berlin zusammenhing. Die Amerikaner wurden seit dem Mauerbau zunehmend kontrolliert, wenn sie nach Ost-Berlin einreisen wollten. Dies widersprach eindeutig den früheren Vereinbarungen, die den Status dieses sensiblen politischen Gebildes Berlin noch mehr oder weniger provisorisch regelten. Ein verbindliches Viermächteabkommen sollte es erst nach zähen Verhandlungen ab 1971 geben. Jetzt drohten plötzlich die Amerikaner mit Gewalt! Sie setzten ihre Sherman-Tanks, die schnellen aber sehr starken amerikanischen Standardpanzer in Bewegung Richtung Checkpoint-Charlie, dem weltberühmten Übergang von West- nach Ost-Berlin. Auch hier die unvergesslichen Bilder, als der erste amerikanische Panzer in ziemlichem Tempo auf den Checkpoint zudonnerte und mit einer Vollbremsung exakt an der weißen Linie zum Stehen kam, die den Grenzverlauf markierte, während ein sowjetischer T 55 in stoischer Ruhe bereits seit längerem nur wenige Meter gegenüber auf Ost-Berliner Seite Position bezogen hatte. Wieder einmal sprach man von der potentiellen Möglichkeit eines dritten Weltkrieges. Wir alle wußten, daß dies eine atomare Auseinandersetzung hätte werden können, die uns alle sehr wahrscheinlich das Leben gekostet hätte. Ich weiß noch, wie ich diese Dimensionen ebenso wie viele Erwachsene nicht habe einschätzen können und einmal zu Vater sagte, daß wir doch dann in unseren nahegelegenen Wald flüchten könnten, bißchen weiter hinein, wo Vater und ich uns gut auskannten und nicht mehr jeder hinkam. Aber auch das war nun zum Glück nicht notwendig und wieder einmal beruhigte sich das Ganze.

Mutter hatte inzwischen eine Teilzeitbeschäftigung als Haushälterin in einem Arzthaushalt bei Dr. Heusler auf der Bergstraße in Stollberg. Er war der Chefarzt der Stollberger Wismut-Klinik und Parteimitglied, also Mitglied der SED, der

Sozialistischen Einheitspartei Deutschlands. Sie war als Partei die zentrale politische Kraft, die Diktatur aufrecht zu halten. Bereits 1946 war sie in der SBZ, der sowjetischen Besatzungszone, oder wie oft umgangssprachlich gesagt wurde, in der Zone gegründet worden als Zusammenschluß der früheren SPD und der KPD. Also war sie das Sammelbecken aller politisch links orientierten Menschen. Dies führte 1946 zu entschiedenen Protesten vor allem der SPD-Mitglieder in den Westzonen, die Bundesrepublik war noch nicht gegründet.

Ungeachtet dessen waren die politisch Verantwortlichen, die mit der Gründung der späteren DDR von den Sowjets beauftragt worden waren, umsichtig genug, auch für die Menschen eine politische Heimat anzubieten, die entweder vor der Nazi-Diktatur in einer normalen bürgerlichen Partei waren oder die während der Nazi-Diktatur sich in der Nationalsozialistischen Deutschen Arbeiterpartei, der NSDAP, der damaligen Einheitspartei der Nazis als Mitglieder gesammelt hatten. So wurden auch die CDU, die Christlich Demokratische Union, die LDPD, also die Liberaldemokratische Partei Deutschlands, die NDPD, die Nationaldemokratische Partei Deutschlands und der DBD, der Demokratische Bauernbund Deutschlands in der DDR gegründet. Sie alle nannte man Blockparteien. Sie waren keine eigenständigen Parteien, die im politischen Wettbewerb zueinander standen. Davor hatten die Bauherren des Arbeiter- und Bauernstaates doch zu viel Angst. Diese Blockparteien waren zusammengefaßt in der Nationalen Front, einer über die gesamte DDR verteilten, hierarchisch strukturierten politischen Organisation.

Auch die Wahlen in der DDR waren keine echten Wahlen im Sinne einer Abstimmung zwischen gleichberechtigt konkurrierenden Parteien oder sich gegenseitig kontrollierender politischer Kräfte, sondern es galt, im Wahllokal eine Einheitsliste der Nationalen Front lediglich zu falten und in eine Wahlurne zu werfen. Auf der Einheitsliste waren im Vorfeld alle Kandidaten der Nationalen Front aufgelistet, die der SED genehm waren und von denen keine politische Gegenkraft ausgehen konnte. Sicher, aufgeführt waren auch Kandidaten der Blockparteien, aber nur die linientreuen. Zwar bestand für den Wähler auch die Möglichkeit, in einer Wahlkabine Kandidaten zu streichen, aber dieser Wähler wurde dann registriert, mit der Folge, daß ganz schnell berufliche oder schulische Entwicklungen durch die miteinander verwobenen und gleichgeschalteten Staatsorgane eingeschränkt oder ganz verhindert wurden.

Angesichts all der Gleichschaltung waren schon früh in der DDR alle Schlüsselpositionen durch Mitglieder der SED besetzt, was im Umkehrschluß hieß, daß jemand in einer exponierten Position wie der eines Chefarztes zwangsläufig die Mitgliedschaft in der SED zur Voraussetzung haben mußte.

Und soweit Mutter immer wieder berichtete, war Dr. Heusler überzeugter Kommunist. Aber er war ansonsten ein netter Kerl, der keinerlei Standesdünkel pflegte. Auch wurde ich regelmäßig zu den Kindergeburtstagen seiner jüngsten Tochter eingeladen. Er hatte insgesamt vier Kinder, zwei Töchter und zwei Söhne. Und auch

Mutters im privaten Umfeld zugegebene und auch Dr. Heusler bekannte Zuneigung dem Westen gegenüber, machte ihm letztlich nichts aus.

Es kam der Sommer 1962 – und Omas Attest. In der Zwischenzeit seit dem Mauerbau wurde ständig über den weiteren Ausbau der Grenze zwischen der DDR und der Bundesrepublik berichtet, in den Medien beider Seiten, wenn auch mit jeweils ganz anderen Blickwinkeln. Während in den Westmedien die mit der Grenzziehung verbundenen menschlichen Schicksale eine große Rolle spielten, die plötzlich auch Familien im Kern trennten, war die Sicherung des antifaschistischen Schutzwalls aus Sicht der DDR-Medien eine Notwendigkeit. Auch wenn mit historischem Abstand objektiv betrachtet dieser Schritt zum Überleben der DDR notwendig war, so ist die Frage, ob nicht auch eine pluralistischere Ausrichtung der DDR-Strukturen im Sinne eines Sozialismus mit menschlichem Antlitz, wie er viel später nach der Wende als Idee diskutiert wurde, sinnvoller gewesen wäre und die Fluchtbewegung reduziert hätte?

Aber nun war es, wie es war und Mutter hatte mich vorsorglich darauf vorbereitet, sie gehe nicht davon aus, wieder eine Reisegenehmigung zu erhalten. Und so kam es dann auch, wir erhielten eine Ablehnung. Zum ersten Mal sollte ich auf die lieb gewonnenen Ferien im Westen verzichten. Mutters Hoffnung lag noch auf Dr. Heusler. Aufgrund seiner guten Verbindungen und seines Einflusses in der Partei war die Hoffnung, daß er hier hilfreich zur Seite stehen könnte, worauf auch ich sehnsuchtsvoll wartete. Aber diese Hoffnungen zerschlugen sich recht bald. Auch er konnte hier nicht helfen, vielleicht aber wollte er es auch nicht. Jedenfalls ging für mich damit eine prägende Ära zu Ende – und eine neue begann!

Eines Tages im Frühsommer 1962 erhielten wir einen bitterbösen Brief von Herrn Gödecke aus Braunschweig. Ich hatte die beiden letzten Aufenthalte bei Oma genutzt, mit ihm das vorabendliche Fernsehprogramm zu genießen und er lud mich nach Abstimmung mit Mutter zum Eis auf dem Saarplatz in Lehndorf ein, einem großen asphaltierten Platz mit zahlreichen kleinen Geschäften drumherum und einer Eisdiele. Und da ich ab dem letzten Besuch bei Oma statt der obligatorischen Wasserspritzpistolen nun an LEGO-Bausteinen gefallen fand, hatte ich eine kleine Sammlung. Herr Gödecke wußte hiervon. Und nun beschwerte sich dieser alte Mann, der selbst keine Kinder und mit mir Freundschaft geschlossen hatte, wir hätten es nicht für nötig befunden, uns für die beiden großen Pakete einmal zu Weihnachten 1961 und zu Ostern 1962 zu bedanken, offensichtlich Pakete mit zahlreichen schönen Dingen, vor allem mit großen LEGO-Kästen, die ihn viel Geld gekostet hätten!

Wir hatten aber leider nie Pakete von ihm erhalten!

Das war für mich unfaßbar. Wieder ein Schlüsselerlebnis, wieder entlarvte sich das System der DDR mir gegenüber und beflügelte meine tiefer werdende Abneigung! Natürlich hatte ich ihm sofort in Abstimmung mit Mutter einen versöhnlichen Brief geschrieben, mit der vielmaligen Bitte um Entschuldigung. Aber wir hörten nie wieder etwas von Herrn Gödecke und da wir auch nicht mehr reisen durften, war der Kontakt damit zu Ende, ganz im Sinne der DDR-Oberen.

Unser erster Fernsehapparat von 1962 war ein Gerät von RFT. Walter und Vater installierten ihn und bald war neben der vom Wohnzimmer aus drehbaren Antenne für unseren Rundfunkempfang eine Fernsehantenne auf dem Drehgestell installiert, zunächst nur für den Empfang des einzigen DDR-Fernsehsenders. Nicht lange jedoch, bis Walter, der in elektrischen und elektronischen Dingen sehr versiert war, eine Antenne für den Empfang des damals noch einzigen Westsenders baute. 1963 kam dann ein zweiter Westsender hinzu, so daß es dann neben dem Ersten der ARD auch das ZDF gab. Ein Problem war der in Abhängigkeit vom Wetter oder atmosphärischen Störungen sehr unterschiedliche Empfang. Es gab Tage, an denen er fast der guten Qualität des DDR-Empfanges entsprach, aber es gab auch Tage, da war kaum etwas zu erkennen, geschweige denn zu verstehen. Das war lästig und jeden Abend, wenn wir die *Tagesschau* des Westens sehen wollten – DDR-Nachrichten waren zu Hause bei uns fast nie im Programm – war die spannende Frage, ob wir sie würden vernünftig empfangen können. Auch Filme oder andere interessante Sendungen hingen vom Wetter ab. Wir mußten erkennen, daß auch der Drehmechanismus der Antenne, der im UKW-, Mittel- oder Langwellenbereich des Rundfunks eine große Wirkung erzielte, beim Fernsehen nicht gut funktionierte.

Die Bundesrepublik war ebenso aus ideologischen Gründen wie die DDR daran interessiert, zur Aufklärung und Information der DDR-Bevölkerung soweit technisch möglich, ein weitgehend lückenloses Sendeantennensystem zu installieren, um jede Region der DDR zu erreichen. Es gab aber einige Lücken. Für uns im mittleren Erzgebirge war der Sender Ochsenkopf im Fichtelgebirge zuständig. Wenn Stollberg auch ansich gut abgedeckt war, so lagen wir mit unserem Haus aber so ungünstig hinter dem Hügel mit dem Frauengefängnis Stollberg-Hoheneck, daß es oft Einschränkungen gab. Noch schlimmer war es im Osterzgebirge. Bis dorthin kam kein Sender mehr, weshalb man oft scherzhaft über diese Region inklusive Dresdens vom *Tal der Ahnungslosen* sprach.

Guter Rat war wieder einmal teuer, aber Walter hatte eine Idee. Es konnte sich nur um wenige Meter handeln, die uns der Gefängnisbau im Weg stand; denn andere Bekannte, die weiter im Tal wohnten, hatten nicht diese großen Empfangsschwierigkeiten. Und so besorgte Vater einen riesigen Holzmast aus dem Stollberger Sägewerk. Über fünf oder sechs Meter muß er hoch gewesen sein. Unserem Haus gegenüber lag talwärts auf der Martingasse Beckers Garten, ein riesiges, mindestens 5.000 Quadratmeter großes Gartengrundstück mit überwiegend Wiese und einigen Birken und Obstbäumen. Vater bat Herrn Becker um die Genehmigung, in seinem Garten, aber noch nahe genug am Zaun zur Martingasse diesen Mast installieren zu dürfen. Er stimmte zu. Im Nu waren ein stabiles Fundament aus Zement, eine etwa einen Meter hohe Halterung aus stabilstem U-Eisen und eine Verschraubung gebaut, die selbst bei schwerstem Sturm unserem neuen Antennenmast

Stabilität gaben, mit unserer großen, unübersehbaren Westantenne obenauf. Und siehe da, der Empfang erfolgte in einer völlig neuen Qualität. Nur selten kam es noch zu Überreichweiten, die das Bild mehr oder weniger beschränkten.

Das Westfernsehen sollte zunehmend zu unserem medialen Aussichtsturm werden und eine herausragende Bedeutung bekommen. Über den RIAS, den Rundfunk im amerikanischen Sektor Berlins, den Deutschlandfunk, Radio Luxemburg oder den Bayrischen Rundfunk hielten wir uns nicht nur auf dem Laufenden, wir pflegten hierüber auch gute Unterhaltung, ebenso wie nun durch das Westfernsehen. Ob Bernhard Grzimek mit seiner Tiersendung *Ein Platz für Tiere*, Robert Lemke mit *Was bin ich?*, Hans-Joachim Kulenkampff mit EWG, *Einer wird gewinnen* oder später der *Beat-Club* waren uns gute Unterhaltung, ganz zu schweigen von den Samstagabend-Filmen nach dem *Wort zum Sonntag*. Ein Vergnügen der besonderen Art waren alle zwei Wochen dienstags nach der Tagesschau um 20.15 Uhr die Filme der Stummfilmzeit in *Es darf gelacht werden* mit Werner Schwier. Charlie Chaplin, Stan Laurel und Oliver Hardy waren für uns Kinder großartige Helden der Leinwand. Allerdings war gegen 2.00 Uhr oder spätestens 3.00 Uhr nachts dann Sendeschluß und es gab bis morgens gegen 9.00 Uhr ein Testbild. Diesem war der Hinweis auf den Sender Ochsenkopf zu entnehmen. Das Wochenprogramm wurde jeweils sonntags Vormittag, vor der Sendung *Frühschoppen* mit Werner Höfer vorgestellt und hier galt es, aufmerksam zu sein; denn eine Programmzeitschrift oder andere Informationsquellen zum West-Programm gab es für uns nicht. Allerdings wußten wir Jungs uns auch untereinander zu informieren, wenn es etwas besonders Spannendes oder Interessantes gab. Den Frühschoppen sahen wir oft, da dort sehr lebendig und unter ständigem Zigarettenrauchen und Weintrinken zwischen Journalisten und Politikern unter der Moderation von Werner Höfer diskutiert wurde, in dieser Form in der DDR undenkbar.

In einer Diktatur, in der viele Dinge nicht offen kommuniziert werden dürfen, breiten sich Gerüchte aus wie ein Lauffeuer. So gab es ab Mitte der 1960er Jahre das Gerücht, nachts werden zu fortgeschrittener Stunde, wenn seriöse und rechtschaffene Bürger schlafen, im Westfernsehen auf einer besonderen Frequenz Striptease-Programme gezeigt! Was haben wir dann heimlich, wenn die Eltern schliefen und wir von den ersten Tanzveranstaltungen oder als Jugendliche aus der Kneipe kamen, nachts am TV-Gerät herum gekurbelt, um irgendetwas Unanständiges zu erhaschen; stets vergeblich. Einmal bekam ich die Sender nicht wieder in Ordnung gebracht und hab mich am Folgetag Walter gegenüber ziemlich zugeknöpft gezeigt. Mit viel Mühe holte er die alten Frequenzen zurück, mit der verständnislosen Bemerkung:

„Versteh gar nicht, wieso hier alles so verstellt ist."

Ich schon!

Wir haben aber bald wieder gut sehen und hören können, was die Welt bewegte.

DIE ZWEIFEL DER JUGEND

Alfred-Kempe-Oberschule als Heimat – und die Welt in Aufruhr

Alfred Kempe, der Namensgeber unserer Schule war britischer Mathematiker. Damit hatte unsere Schule als eine der wenigen einen Namen, der nicht im engeren Sinne aus der kommunistischen Bewegung kam. Es handelte sich bei der Oberschule in der DDR um die Regelschule. Für Schüler, die weniger leistungsorientiert waren oder einen Handwerksberuf lernen wollten, gab es die Möglichkeit, bereits nach der achten Klasse abzugehen und in eine Lehrstelle zu wechseln. Mein Klassenkamerad Udo Herschel, mit dem mich ab der siebten Klasse eine immer engere Freundschaft verband, gehörte hierzu. Er verließ nach der achten Klasse die Schule und ging ab 1965 in Stollberg-Hoheneck bei Bäcker Gerlach in die Lehre. Die meisten absolvierten die zehn Klassen, um dann eine Ausbildung zu beginnen und ein weiterer Teil wechselte nach der achten Klasse auf die EOS, die Erweiterte Oberschule, auf der man nach 12 Jahren das allgemeine Abitur erwarb. Für diejenigen, die nach der zehnten Klasse in eine Ausbildung wechseln wollten, gab es darüber hinaus die Möglichkeit, eine Berufsausbildung mit Abitur zu absolvieren.

Hinsichtlich der Organisationsstruktur war die Alfred-Kempe-Oberschule eine allgemeinbildende polytechnische Schule. Dies bedeutete eine enge Verzahnung von Bildung und Wirtschaft. Der Ausgangsgedanke war sicher ein ideologischer. Die Schülerinnen und Schüler sollten früh nicht nur mit den Zusammenhängen des sozialistischen Planwirtschaftssystems vertraut gemacht werden, sie sollten damit auch der kommunistischen Ideologie möglichst früh zugeführt werden. Und doch hatte dieses polytechnische System für uns junge Menschen Vorteile. Bereits ab etwa der fünften oder sechsten Klasse erhielten wir einmal alle zwei Wochen Werkunterricht. Eine gut ausgestattete Schülerwerkstatt ermöglichte, hier verschiedene technische Grundfertigkeiten in der Holz- oder Metallverarbeitung zu erwerben. Einmal fertigte ich ein Holzrost zum Wäschetrocknen, das ich Mutter voller Stolz übereignete und das mit einer Eins benotet worden war. Auch Vater war stolz und meinte, das Handwerkliche habe ich wohl von ihm.

Der polytechnische Unterricht im engeren Sinne begann ab der achten Klasse. Einen Tag pro Woche gingen wir im Rahmen des UTP, des Unterrichtstages in der Produktion für vier Stunden in einen Betrieb. Im Wechsel wurden wir in der Folgewoche für vier Stunden in ESP unterrichtet, in Einführung in die sozialistische Produktion. Die erste polytechnische Station war der Einsatz meiner Klasse im Blechformwerk Stollberg, wo wir für Stabilbaukästen die Streben und Metallteile bohren, fräsen und sägen mußten, ganz der Praxis in einem Metallbetrieb entsprechend.

Als zweite Station folgte der Einsatz in der Fabrik von REMA, in der die Rundfunkgeräte hergestellt wurden. Dort lernten wir Löten, elektrische Verbindungen herstellen und weitere elektrische Zusammenhänge in der Praxis kennen. Diese drei Elemente, der Werkunterricht, die erste und zweite polytechnische Station waren wir im Klassenverband alle gemeinsam eingebunden. Die dritte polytechnische Station ab der 9. Klasse wurden die Schüler dann entsprechend individuellen Interessen und der Neigung eingesetzt. Zwar erfolgte die endgültige Bewerbung auf einen Ausbildungsplatz erst Mitte der zehnten Klasse, aber die meisten hatten zumindest grobe Vorstellungen, in welchem Bereich sie später einmal arbeiten wollten und entsprechend gab es dann polytechnische Praktikumsplätze.

Meiner war bei der PGH Bau Stollberg, der Produktionsgenossenschaft des Handwerks Bau angesiedelt. Die PGH Bau war der erzwungene Zusammenschluß der früher unabhängigen und selbständigen Handwerksbetriebe, die in den 1950er Jahren enteignet und zwangsvereint wurden, wie auch die Landwirte und Bauern in den LPGs, den landwirtschaftlichen Produktionsgenossenschaften. Zwar wollte ich mich später bei der Deutschen Seereederei der DDR als Lehrmatrose bewerben und die weite Welt erfahren, aber die Bewerbungen erfolgten erst im nächsten Schuljahr. Und da mein Vater meinte, ich solle unabhängig von der Seefahrt auf jeden Fall einen Beruf an der Frischen Luft lernen, blieb sinnvollerweise der Bau.

Die EOS war für mich damals keine Option, da einerseits die akademischen Impulse aus der Familie fehlten, niemand außer Onkel Erich hatte ein Abitur erworben, und andererseits ging ich zwar ganz gern in die Schule, weil es dort Freunde, Abwechslung und interessante Dinge zu erleben gab, aber ich wollte doch hinaus in die Welt, auch bald Geld verdienen. Gemeistert hätte ich die EOS sicher auch. Ich war ein durchschnittlicher Schüler, auch wenn meine Eltern und die Lehrer mir suggerierten, ich könne viel mehr leisten und bessere Schulnoten bringen, wenn ich nur wolle. Ich wollte aber nur soviel an Aufwand betreiben, wie ich damit die Grundanforderungen schaffte und mir genug Kapazitäten übrig blieben für die Freunde, für die interessanten Dinge dieses Lebens, und das war nach meinem damaligen Empfinden nicht die Schule, zumal ich begann, zunehmend Vorbehalte gegen diesen extrem einseitigen politischen Hintergrund eines jeden Unterrichtsfaches zu entwickeln. Insofern war mir die Schule einerseits der menschlichen Umgebung wegen Heimat, aber andererseits nur bis zum Ausbildungsbeginn. Es kam hinzu, daß der gesellschaftliche und soziale Status von Facharbeitern in der DDR recht hoch war, was sich auch in deren Löhnen und Gehältern im Verhältnis zu den akademischen Berufen ausdrückte.

So ging ich frohgemut am ersten UTP-Tag auf den Bauhof der PGH in Stollbergs Innenstadt. Als Erstes mußte ich die gesamten vier Stunden Holz sägen, mit einer Hand-Bügelsäge! Da ich zeigen wollte, daß ich guten Willens bin und auch fleißig, sägte ich, was das Zeug hielt. Der betreuende Meister war begeistert und meinte, dann könne ich beim nächsten Mal gleich noch einmal sägen. Am Abend waren die Arme im Ausnahmezustand! Allerdings gab es dann bald andere interessante Aufgaben.

Die nächste Station war der Neubau des Stollberger Bahnhofes. Es mußten Decken und Wände verputzt werden. Mit einem Mörtelbrett und Maurerkelle ausgerüstet zeigten mir die Gesellen und ein Lehrling, wie es gemacht werden muß, damit der Putz an der Decke hängen bleibt. Mit der großen Kelle schöpfte man aus der Mörtelwanne Mörtel auf das Mörtelbrettchen, das man in der anderen Hand hielt, rührte noch einmal mit der Kelle etwas um und warf dann mit einem ordentlichen Schwung einen Mörtelklecks an die Decke. Dieser Schwung mußte so intensiv aus dem Handgelenk kommen, daß das Zeug haften blieb. Hatte man drei, vier der Kleckse erfolgreich gelandet, wurden sie mit dem Mörtelbrettchen zunächst grob verrieben und geglättet. War ich froh, als nach dem ersten Wurf alles an der Decke blieb – aber leider nur, bis ich mich erneut gebückt und wieder der Mörtelwanne zugewandt hatte! Nun hatte ich meinen Mörtelklecks im Genick – und die Lacher auf meiner Seite. Nach einiger Zeit hatte ich aber den Bogen raus und konnte einmal mehr voller Stolz berichten, daß ich wieder ein Stück erwachsener geworden war, meine Flügel begannen zu wachsen.

Viele Jahre später nach dem Fall der Mauer, ich war als Referent für Bildungsarbeit beim Arbeitgeberverband Braunschweig und im Auftrag des Bildungswerkes der Niedersächsischen Wirtschaft mehrfach in Ost-Berlin, um zu helfen, die Wende auch im Bildungsbereich zum Gelingen zu bringen, als das polytechnische System Thema war. Leider war ich mit wenigen Ost-Experten auf verlorenem Posten, als die westdeutschen Bildungstheoretiker ihre Interessen des föderalen Flickenteppichs durchsetzten und dem polytechnischen System eine klare Absage erteilten, was ich nach wie vor für einen Fehler halte. Unserem föderalen Bildungssystem wäre es sicher gut bekommen, ein wenig mehr an Lebens- und Realitätsbezug zu erhalten und Schülern das Leben außerhalb der Schule näherzubringen. Das Argument, es habe sich beim UTP um Kinderarbeit gehandelt, weil das marode und an Arbeitskräften mangelnde DDR-Wirtschaftssystem die Schüler als Produktivkräfte mißbraucht habe, ist abwegig und ideologisch motiviert. Erstens erforderte die Betreuung der Schüler mehr Aufwand als Nutzen und zweitens waren die Ergebnisse und die Qualität der Arbeit nicht mit denen von normalen Arbeitskräften vergleichbar.

Das Westfernsehen öffnete uns den Blick in die Welt, vor allem in den sehr unruhigen Zeiten nach dem Bau der Mauer. Bereits früh war ich politisch und an den Konflikten dieser Welt interessiert, vielleicht etwas stärker als normalerweise Jugendliche diesen Alters. Mich faszinierten die Kriegsberichterstatter, die in den damaligen Krisen oft direkt aus den Kampfgebieten berichteten, während ihnen die Kugeln um die Ohren flogen. Ein echter Held war für mich Peter Scholl-Latour, ein Abenteurer. Ich erinnere mich an Dokumentationen, deren Ursprung zwar in meiner frühen Kindheit lagen, die ihn aber in Rückblicken bereits im Frühjahr 1954 als dreißigjährigen Kriegsberichterstatter in Dien Bien Fu zeigten, dem letzten großen

Gemetzel der Franzosen mit Hilfe ihrer Fremdenlegion im Indochinakrieg Vietnams. Sie erlitten eine grausame Niederlage, die letztlich zur Aufgabe der Kolonialansprüche Frankreichs in Vietnam führten. Gleichzeitig war dies der Beginn der Vietmin-Bewegung, der Kommunisten Vietnams, die zum späteren Vietnam-Krieg unter Beteiligung der USA führte. Die Faszination, die diese Dinge auf mich ausübten, war gespeist von der Neugier auf das Leben in all seinen Facetten und dazu gehörte vor allem in damaliger Zeit auch der Krieg. Warum tun Menschen sich das an? Und wieviel Mut und Verwegenheit gehörten dazu, sich als Kriegsberichterstatter diesen existenziellen Bedrohungen zu stellen, anstatt gemütlich zu Hause zu sitzen?

Auch Dieter Kronzucker oder Gerhard Konzelmann und andere Korrespondeten rangen mir großen Respekt ab. Schlachtfelder gab es in dieser Zeit sehr viele. Die bekanntesten waren nach dem Korea-Krieg Anfang der 1950er Jahre und dem schon genannten Indochinakrieg, dem späteren Vietnamkrieg der Algerien-Krieg von 1954 bis 1961, den die Franzosen ebenfalls verloren, infolgedessen sie auch dort ihre Kolonialansprüche preisgaben.

Und dann der Kongo! Dort herrschten apokalyptische Zustände, es wurde geschossen, gemordet, gefoltert und gemeuchelt, wobei gelegentlich nicht mehr erkennbar war, wer welche Interessen vertrat. Vor allem im DDR-Fernsehen wurde Kongo-Müller berühmt und in zahlreichen Interviews als abschreckendes Beispiel mörderischen Söldnertums präsentiert. Er war als ehemaliger Wehrmachtsoffizier ein intellektuell eher schwach strukturierter Glatzkopf und Draufgänger, der in den Interviews keinen Hehl daraus machte, mit Hämmern den Schwarzen, die sich nicht dem Willen der weißen Söldner unterordneten, die Knie oder die Schädel zu zertrümmern. Er stand im Sold der Belgier. Und die Bilder des Fernsehens waren damals deutlich weniger verhalten als heut. Mir sind sehr wohl noch Bilder von Folterungen und Ermordungen präsent, die damals in ganz normalen Nachrichten und Dokumentationen über Konfliktfelder berichtet und gezeigt wurden. Die Belgier hatten damals im Kongo ebenso Interessen wie die Franzosen, Engländer und Amerikaner, und zwar des enormen Reichtums dieses Landes wegen, vor allem in der Provinz Katanga. Neben zahlreichen wertvollen Bodenschätzen gab es Gold- und Diamant-Minen! So war es kein Wunder, daß der nach blutigen Unabhängigkeitsscharmützeln 1960 als erster Präsident des nun unabhängigen Kongo wie Phönix aus der Asche erwachsene Präsident Patrice Lumumba, ein für die damalige Zeit ungewöhnlich gebildeter farbiger Intellektueller, gekidnappt, gefoltert und im Januar 1961 mit Unterstützung der CIA und der Belgier ermordet wurde, bevor Moise Tschombe und später Mobuto kamen und es wieder bergab ging, nicht zuletzt, weil sie mit einer Demokratisierung nichts im Sinn hatten und ihr eigener Vorteil im Zentrum ihres Handelns stand, wie auch später, zu großen Teilen bis heut in vielen Ländern Afrikas die weit verbreitete Korruption die Geschicke bestimmt.

Kurz nachdem wir unseren ersten Fernsehapparat empfangsbereit hatten, sahen wir zum ersten Mal Bilder auch aus Berlin, die man nicht mehr vergißt. Viele vor allem auch junge Ost-Berliner wollten sich nicht mit den neuen Verhältnissen abfinden. Auch hatten sich auf West-Berliner Seite waghalsige Fluchthelfer an die Arbeit gemacht und Tunnel unter der Mauer gegraben, über die sie Ost-Berliner in den Westen schleusten, bis dieser Weg dem Grenzregime der DDR aufgefallen war und diese Tunnel konsequent verhindert wurden. Was aber waren die Alternativen? Sich arrangieren?

Zwei junge Ost-Berliner schmiedeten einen Plan, der einem von beiden zum schicksalhaften Verhängnis werden sollte. Am 17. August 1962 hatte sie ihr Freiheitsdrang insoweit übermannt, daß sie sich auf den Weg an die Grenze machten. Sie hatten eine Flucht mitten in Berlin geplant! Die Selbstschußanlagen waren noch nicht entwickelt und auch die Mauer selbst war noch im Entwicklungsstadium, bis sie später perfektioniert und nahezu undurchlässig wurde. Also auf ging es! Helmut Kulbeik war der Erste. Er schaffte tatsächlich, die ersten Sperranlagen, den *Todesstreifen* und letztlich gar die Mauer erfolgreich zu überwinden und erhielt auf West-Berliner Seite Beifall von den inzwischen herbeigeeilten West-Berliner Bürgern. Und dann folgte Peter Fechter! Ein beherztes, todesmutiges Überrennen des Todesstreifens auf die letzte Mauer zu – und dann, bereits auf der Mauerkrone die Salve aus einer sowjetischen Kalaschnikow, mit der die Grenztruppen der DDR ausgestattet waren, ohne Vorwarnung! Gezielt drangen die Kugeln in den Oberkörper des Jungen, der im Januar dieses Jahres 18 Jahre alt geworden war. Wie ein Stein fiel er zu Boden, leider auf Ost-Berliner Seite. Schrie er anfangs noch vor Schmerzen, so paßte sich seine Stimme dem schwächer werdenden Lebenslicht an, sie wurde leiser und leiser, am Ende zu einem verzweifelten Wimmern und die Todesangst eines jungen Ostdeutschen war greifbar. Letze Zuckungen der Extremitäten, ein verzweifeltes Winken mit dem linken Arm – alles vergebens! Verzweiflung machte sich nur wenige Meter weiter auch auf West-Berliner Seite breit, als die anschwellende Menge wütend schrie, man sollte etwas tun! Aber was nur? Über eine Stunde dauerte Peter Fechters Todeskampf, den er vor den Augen zahlloser machtloser West-Berliner und inzwischen auch infolge der eilig herbeigerufenen Kamerateams vor den Augen der Weltöffentlichkeit verlor.

Als er keine Lebenszeichen mehr von sich gab, kamen sie nach über einer Stunde, die Grenzer mit ihrem Sanka und dem ganzen martialisch militaristischen Brimborium, den getöteten Jungen einzusammeln, aufzuladen und abzutransportieren. Diese Bilder des langsam verblutenden jungen Ost-Berliners haben über Jahre die Abscheu gegen das Regime der DDR genährt und auch mich sehr beeinflußt – bis dann, wenige Jahre später dies alles Geschichte war und die sogenannten *68er* eine neue Weltsicht auch in West-Berlin platzieren wollten, im Herzen plötzlich einen noch brutaleren Kommunismus, der Millionen Menschen das Leben zur Hölle machte, mit der *Mao-Bibel* als Buch-Bestseller unter dem Arm. *„Ho-Ho-Ho-Chi-Minh"* skandierend ließen sie auf sich warten.

Aber erst kam der Oktober 1962! Kuba war inzwischen in der Hand der Kommunisten und Fidel Castro, der seine Mannen zum Sieg gegen den früheren Imperator Batista geführt hatte, war ein erklärter Freund nicht nur der Sowjetunion, sondern auch der DDR. Sofort begannen sich wirtschaftliche Beziehungen zu entwickeln und in vielen weiteren gesellschaftlichen Bereichen, im Sport oder in Kunst und Kultur spielte Kuba in der DDR plötzlich eine Rolle. Die Nachrichten aus der Karibik, diesem sonnenverwöhnten Tropenparadies klangen indes nicht gut; denn nun buhlten die Sowjets auf dem Höhepunkt des Kalten Krieges nicht nur um Fidel Castros Gunst, sie statteten ihn aus mit allem, was das militärische Herz begehrte. Und zu guterletzt sollte Kuba, vor den Toren der USA zu einem Stützpunkt atomarer Sprengköpfe der Sowjets werden. Das konnten sich die USA nicht bieten lassen! Die Kuba-Krise brachte die Welt in einer derartigen Intensität an den Rand eines Dritten Weltkrieges, wie vorher kein Konflikt und auch später kein anderer. Auch bei uns zu Haus war dies Thema und es war die Frage, was das für uns alle bedeuten könnte? Es wäre ein Atomkrieg geworden! Mir sind noch gut die Fernsehbilder in Erinnerung, wie in den USA in Vorbereitung eines sowjetischen Atomschlages die Kinder in den Schulen Schutzübungen durchführten, indem sie auf Kommando der Lehrkräfte schnell unter die Schulbank krochen, in der Hoffnung, sie hielte dem mörderischen Schlag unzähliger Megatonnen atomarer Vernichtungskraft stand. Aber letztlich lenkten die Sowjets dank des beherzten Auftretens der Kennedy-Administration und der US-Militärs ein.

Und im Star-Club Hamburg hatten im Dezember 1962 vier junge Musiker ihren ersten deutschen Auftritt, mit dem sie einen internationalen Durchbruch erzielten und weltberühmt wurden. The Beatles! Auch ich wurde vom Virus der Beat-Musik, wie wir damals noch verhalten diese neue Richtung von Jugendmusik nannten, erfaßt. War ich vorher eher empfänglich für den ersten Rock'n Roll, so hörte ich auch sehr gern den Spatz von Paris, Edith Piaf, die mich als Kind fast zu Tränen rühren konnte, oder Chansons von Jacques Brel, Charles Aznavour oder Gilbert Becaud. Aber die Beatles und später die Rolling Stones sowie das ganze Sechzigerjahre-Oldie-Programm waren für mich im späteren Heranwachsen zum Jugendlichen Subkultur pur. Und dazu brauchte es Westradio und Westfernsehen.

Die Spannungen in Berlin nach dem Mauerbau waren nach einigen Jahren umgeschlagen in eine Art verbitterte Zurkenntnisnahme des neuen Zustandes seitens der meisten West-Berliner. In dieser Zeit gab es noch eine nahezu hundertprozentige Identifikation der West-Berliner Bevölkerung mit ihrer *Frontstadt,* wie sie dieses weltweit einmalige politische Gebilde mit dem sonderbaren Sonderstatus inmitten Deutschlands nannten. Auch wußten sie bis zu diesem Zeitpunkt demütig die Hilfe der Amerikaner in den Zeiten der Luftbrücke mit den tausenden *Rosinenbombern* oder die Hilfe durch den Marshallplan zu schätzen. Die Luftbrücke war von Juni 1948 bis Mai 1949, also fast ein ganzes Jahr zur Versorgung der Berliner Bevölkerung eingerichtet worden, nachdem die Sowjets entgegen allen Absprachen der vier Alliierten nach dem Zweiten Weltkrieg West-Berlin abgeriegelt und den Zugang zu Lande verhindert hatten. Der Marshallplan war vom amerikanischen Präsidenten Harry-S. Truman im April 1948 verabschiedet worden, ein ehrgeiziges Hilfsprogramm für Westeuropa und auch für Deutschland. Dies führte vor allem in West-Berlin, dieser nun wieder pulsierenden Metropole bereits in den 1950er Jahren zu einem wirtschaftlichen Aufschwung ohnegleichen. Auch wenn in den 1950er Jahren ebenso Ost-Berlin nach einem kurzen Rückschlag infolge des Volksaufstandes vom 17. Juni 1953 einen Aufschwung erlebte, so wurde dort die Entwicklung im Vergleich zu West-Berlin bereits erkennbar durch die politisch-ideologische Ausrichtung der Wirtschaft, der Kultur und der gesamten Gesellschaft auf die einheitliche Linie der SED eingebremst.

Demgegenüber sahen wir sowohl im Ost- als auch im Westfernsehen zunehmend negative Auswirkungen des westdeutschen Wirtschaftswunders. Nicht nur waren bereits Anfang der 1960er Jahre die grundlegenden materiellen Bedürfnisse der Menschen im Westen gedeckt, auch die Luxusgüter-Industrie feierte zunehmend Erfolge, die Massenproduktion von Gütern schaffte immer öfter Verwerfungen zwischen Angebot und Nachfrage. Die Folge war, daß wir in der DDR verstörende Bilder von der Vernichtung riesiger Mengen Milch, Obst, Gemüse oder sonstiger landwirtschaftlicher Produkte in den Nachrichten sahen. Das konnten wir, die wir Südfrüchte bis auf seltene Ausnahmen überhaupt nicht erhielten und selbst frisches einheimisches Obst und Gemüse nur als Mangelware, nicht verstehen und vor allem Vater sah hierin, wie er in solchen Zusammenhängen zu sagen pflegte:

„ … etwas Ungesundes.“

Überhaupt waren meine Eltern sehr sparsam und wenn es einmal Überfluß gab, zum Beispiel durch eine besonders ertragreiche Ernte in unseren Gärten, dann wurde dies verschenkt oder gegen einen kleinen Obolus an Bekannte verkauft. Einmal bei einem Verwandtschaftstreffen wurde als Beleg für das Wirtschaftswunder im Westen voller Überschwang von den amerikanischen Soldaten erzählt, die in ihren Kasernen im Westen ihre Socken angeblich nicht in die Wäsche gaben, sondern wegwarfen und sie ständig erneuerten. Unabhängig vom Wahrheitsgehalt solch kolportierter Informationen war für Vater klar:

„ …das ist ungesund!“

Da mich soweit ich mich erinnere, Bücher fesselten, ich vor allem als Jugendlicher eine regelrechte Leseratte wurde, hatte ich auch literarischen Gefallen an John Steinbeck gefunden, der 1962 den Literatur-Nobelpreis erhielt und in einem seiner bekanntesten Romane, *Früchte des Zorns* ebenfalls bereits diese kapitalistischen Verwerfungen thematisierte, als er von den unzähligen verarmten Farmerfamilien erzählte, die den mittleren Westen der USA in den 1930er Jahren verlassen mußten, weil eine mehrjährige Dürre ihr Land heimgesucht hatte und sie nur noch im Staub wühlten; bis sie alle ins *gelobte Land* nach Kalifornien zogen, zu Tausenden in großen Trecks, um dort in Lager aufgefangen zu werden, von wo aus sie die

Vernichtung gigantischer Orangenberge beobachteten, damit die Preise nicht verfielen, während sie Hunger schoben.

Die Ost-Berliner sowie die DDR-Bürger insgesamt waren in zwei Lager gespalten, die sich nur schwer quantifizieren lassen, da verläßliche Untersuchungen seitens der DDR-Administration fehlten. Einerseits gab es diejenigen, die den Bau der Mauer und die Entwicklung hin zu einem neuen sozialistischen Staatenmodell befürworteten, ob aus reinem Opportunismus, aus Selbstschutz und Karrieredenken oder aus tiefster innerer Überzeugung sei dahingestellt. Andererseits gab es diejenigen, die nicht nur unter dem Bau der Mauer litten, die das ganze System ablehnten und sich nicht ansatzweise mit ihm identifizieren konnten. Vor allem diejenigen, die nach früher intensiven persönlichen Verwandtschaftskontakten und Besuchen in West-Berlin nun nicht mehr hinüber durften oder diejenigen, die vor dem Mauerbau als Ost-Berliner Bürger in West-Berlin eine Arbeitsstelle hatten, entweder um sich etwas Westgeld hinzuzuverdienen oder gar als Haupteinkommensquelle, waren nun von einem Tag auf den anderen von der *freien Welt* nicht nur abgeschnitten, sie mußten sich auch beruflich neu ausschließlich im Ostteil Berlins oder der DDR arrangieren.

Auch wenn infolge des Mauerbaus in den Folgejahren die gesamte Grenze innerhalb Deutschlands immer hermetischer abgeriegelt wurde und auch hier zahllose menschliche Schicksale zu beklagen waren, so blieb Berlin lange im Fokus der Weltpolitik; vielleicht war diese ursprünglich deutsche Hauptstadt kraft ihrer Ausstrahlung nach wie vor das geistig-kulturelle Herz Deutschlands, nur noch mit einigen Beipässen und Arrythmien behaftet.

All diese Turbulenzen und ständigen Spannungssituationen waren auch in den USA auf der Tagesordnung, nicht zuletzt, weil sich inmitten Deutschlands nun die Zweiteilung der Welt in einer atemberaubenden Art und Weise zu manifestieren begann. Berlin war der zentrale Punkt für die Entwicklung der kommenden Jahre, die Jahre des Kalten Krieges. Nahezu unversöhnlich standen sich die beiden Lager der westlichen Alliierten, der Amerikaner, Engländer und Franzosen einerseits und der Sowjets auf der anderen gegenüber, der *Eiserne Vorhang* begann wie von Zauberhand seine Maschen enger und dichter zu weben, bis er ab den 1970er Jahren von Kirkenes im nördlichen Norwegen bis nach Burgas im südlichen Bulgarien praktisch undurchlässig wurde für diejenigen, die ihn überwinden wollten. In diese Zeit fiel das Bemühen der USA, neben militärischer Präsenz in Europa und vor allem in Deutschland auch politisch mit Symbolpolitik die Bevölkerung auf ihrer Seite zu behalten. Im Juni 1962 besuchte deshalb der zwei Jahre zuvor gewählte amerikanische Präsident John F. Kennedy während eines Deutschland-Aufenthaltes West-Berlin, wenn auch nur für Stunden. Aber was war das auch für uns zu Hause am Fernseher für eine Gänsehautatmosphäre, als fast eine halbe Million Menschen stundenlang vor dem Schöneberger Rathaus ausharrten, den damals allgemein sehr beliebten amerikanischen Präsidenten leibhaftig sehen und hören zu können. Legendär seine dann folgenden Worte:

„Ich bin ein Berliner!"

Im Oktober 1963 sahen wir durch Zufall und wie durch ein trauriges Wunder Onkel Richard aus Braunschweig-Bevenrode mit seinem großen Auto-Kran im Westfernsehen! In Lengede bei Braunschweig war es in einer Eisenerzgrube zu einem Grubenunglück infolge eines Wassereinbruchs gekommen. 29 Kumpel verloren ihr Leben. Bei der Rettungsaktion war Onkel Richard dabei, bis sie nach zwölf Tagen abgebrochen wurde. Und nachdem erste große Kontingente von schwerem technischem Rettungsgerät aus dem Ruhrgebiet bereits unterwegs auf der Heimreise waren, hörten letzte Aktivisten, die sich nicht mit dem Schicksal von noch 11 Vermißten zufrieden geben wollten, Klopfgeräusche aus der Tiefe, in letzter Minute! Kommando zurück! Alles wieder an die Rettungsarbeit! Die schweren Geräte auf dem Heimweg schnell umdrehen und auf geht's zum letzten Rettungsgefecht! Es wurde gewonnen! Und ist als *das Wunder von Lengede* in die Geschichte des Deutschen Bergbaus eingegangen. Onkel Richard war dabei und wir haben mit vielen bangen Gedanken auch an Vaters Untertagetätigkeit in über 850 Meter Tiefe mit den Kumpel und den Angehörigen am Fernsehgerät ausgeharrt. Was für ein Glücksgefühl, als nach 14 Tagen aus einem erzenen Grab und einer Luftblase alle elf Vermißten in den Rettungsbomben lebend zu Tage befördert wurden, im Beisein des soeben neu gewählten Bundeskanzlers Ludwig Erhard.

Bereits im Februar 1960, kurz vor dem tödlichen Unfall von Hansi, war es in der Karl-Marx-Grube in Zwickau, wie Vaters Karl-Liebknecht-Grube ebenfalls eine Steinkohlegrube, in über 1000 Metern Tiefe ebenfalls zu einer Schlagwetter-Explosion gekommen, infolge derer 123 Kumpel den Tod fanden. Damals war in zwei Rettungsversuchen mit Unterstützung Tschechoslowakischer Rettungsmannschaften über mehrere Tage versucht worden, die in der tödlichen Flammenhölle Eingeschlossenen zu bergen. Immerhin 40 Bergleute konnten gerettet werden! Aus dem Ruhrgebiet angebotene Rettungsmannschaften, die bereits wie später in Lengede über erste Erfahrungen mit neuester Technik für Rettungs-Bohrversuche verfügten, wurden abgelehnt. Die Blöße, sich hier vom Klassenfeind helfen zu lassen, wollte man sich offenbar nicht geben! Am Ende wurden die noch tagelang in Flammen stehenden Flöze, hinter denen noch tote Kumpel zu vermuten waren, jedoch ohne Hoffnung auf Überleben, zugemauert, um die Flammen zu ersticken.

Und dann der 22. November 1963! Meist hörte Mutter beim Frühstück die ersten Nachrichten im Deutschlandfunk. Aber an diesem Tag nicht, warum ist mir nicht erinnerlich. Ich weiß aber noch, wie mir beim ersten Schultreff des Schülerfreundeskreises vor dem Haupteingang zur Schule, wo wir uns vor dem Unterricht trafen, die Unruhe auffiel, bevor ich die Schulkameraden erreichte.

„Hast Du schon gehört?"

„Nein, was ist denn los?"

„Kennedy ist erschossen worden!“

Ein Paukenschlag ohnegleichen. Ich mochte diesen Präsidenten, verkörperte er für mich doch eine Art von American Way of Life, wie er mich damals schon faszinierte. Den ganzen Tag über dann getragene Trauermusik im Radio des Westens, egal, welchen Sender man einschaltete. Dies war damals üblich, auch bei weiteren ranghohen Verstorbenen, um ihnen auch öffentlich medial Respekt und ein letztes Gedenken zu zollen, anders als heut, wenn selbst bei ehemaligen Bundeskanzlern oder Bundespräsidenten die Sender aus vollen Rohren ignorant ihre Beats und Bässe krachen lassen, Hauptsache Spaß. Und wer dann von Demut spricht, läuft Gefahr, sich lächerlich zu machen.

Amerika indes hatte damals die großen Rassenunruhen mit der Ermordung von Martin Luther King noch vor sich. Und den Vietnamkrieg!

Die Zeit war eine extrem militaristische. In der Bundesrepublik war am 12. November 1955 die Bundeswehr als Reaktion auf die in der DDR gegründete kasernierte Volkspolizei gegründet worden. Daraufhin wurde am 1. März 1956 in der DDR die NVA, die Nationale Volksarmee gegründet. Beide Deutsche Staaten führten überdies bald die allgemeine Wehrpflicht für junge Männer ein. Besonders in der DDR nahm der offizielle Militarismus ein solches Ausmaß an, daß kein Schulfach verschont blieb, in dem nicht zumindest assoziativ militaristisch Bezug genommen wurde. Die Berechnung von Flugbahnen im Physikunterricht wurden natürlich anhand der Ballistik von Kanonenkugeln und sonstigen Geschossen berechnet. Später wurde 1978 sogar das Unterrichtsfach Wehrkunde eingeführt. In Betrieben wurden Betriebskampfgruppen gegründet, die im Eventualfall auch für innenpolitische Konflikte einsetzbar waren. Während der späteren Entwicklung hin zum Zerfall der DDR sollten diese Kampfgruppen eine unrühmliche Rolle insofern spielen, als überlegt wurde, sie gegen die Montagsdemonstranten im Sommer 1989 einzusetzen, wozu es dann zum großen Glück nicht kam.

Bereits im siebten Schuljahr wurde ich Mitglied der GST, der Gesellschaft für Sport und Technik. Ihren Ursprung hatte sie in der Idee, Jugendliche früh an das Militär heranzuführen, insofern war es eine vormilitärische Vereinigung. Meine Motivation lag nicht in der Identifikation mit der Ideologie der DDR, aber ich war technisch interessiert. Und so wurde ich Mitglied in gleich zwei Sektionen, in der Sektion Schießsport und der Sektion Motorsport. Je nach Region gab es darüber hinaus Sektionen Segelflug- und Motorflugsport, Segel- und Tauchsport oder Bergsport. Am Schießsport interessierte mich der Umgang mit Waffen. Durften wir anfangs ausschließlich mit KK-Gewehren, also Kleinkaliberwaffen schießen, kamen später auch großkalibrige hinzu. Dies erfolgte dann ausschließlich in Begleitung von Polizisten, die im Wachdienst des Frauengefängnisses eingesetzt waren, auf dessen Schießplatz wir unsere Ausbildung hatten. In diesem Alter hielten sich meine Skrupel, auf dem Gelände eines solch unmenschlichen Gefängnisses das Schießen zu lernen in Grenzen. Später sollte sich das bis zum Abschluß der Realschule ändern.

In der Sektion Motorsport, die sich ausschließlich an Motorrädern orientierte, lernten wir zunächst, solange wir noch keinen Führerschein hatten, Motorräder zu warten, die Technik zu verstehen und natürlich kurvten wir schon einmal auf dem Übungsplatz in Aue herum, wo ich später durch die GST meinen Führerschein erwarb. Davon unabhängig bot mein Vater mir an, mit ihm und seiner MZ RT 125 in den nahegelegenen Wald zu fahren, damit ich dort ein wenig üben und Routine gewinnen konnte. Auf einem Schotterweg, den wir umgangssprachlich komischerweise alle *Hitler-Weg* nannten – weshalb ist mir nicht erinnerlich – machte ich meine ersten Schaltübungen mit der Dreigangschaltung der RT 125 und kurvte die Waldwege entlang. Das war die Gegend um Stollberg, die wir als kleinere Jungs oft für unsere zahllosen Abenteuerspiele auserkoren hatten. Und jetzt wäre eine echte Geländemaschine das Größte gewesen. Aber soweit war ich nicht. Immerhin war ich meinem Vater unendlich dankbar und habe ihm diese Unterstützung auch deshalb hoch angerechnet, weil er durch den Motorrad-Tod von Hansi unendlich gelitten hatte. Aber er war der Meinung, es ist besser, da er meinen schon damals erkennbaren Motorrad-Virus nicht hätte stoppen können, sich mir dann wenigstens zuzuwenden und mich auf Tücken und Gefahren frühzeitig hinzuweisen.

Im Sommer 1966, den letzten Schulsommerferien vor dem Schulabschluß dann zwei Wochen das GST-Lager in Breege auf der Insel Rügen, einige meiner Klassenkameraden waren dabei. Ein Bus, der aus den umliegenden Orten weitere GSTler sammelte, brachte uns nach Karl-Marx-Stadt und von dort startete an einem warmen Sommernachmittag ein Sonderzug, nur besetzt mit jungen Leuten und den Betreuern der GST. Dieser Zug, bestehend aus einfachsten Waggons von Regionalzügen zog seine Bahn im Zickzack-Kurs durch die gesamte Republik und brauchte 24 Stunden, bis er in Sassnitz auf der Insel Rügen ankam. Er benötigte die lange Fahrzeit, weil er alle größeren Bezirkshauptstädte abklapperte und dort die ebenfalls mit Bussen herangeschafften Jugendlichen aufsammelte. Etwa 70 bis 80 Prozent der jungen Leute waren Jungs, die Mädchen waren in der Minderzahl.

Die Mädchen! In meiner damaligen Wahrnehmung gab es solche und solche. Es gab jene, die es nicht wert waren, ihnen hinterdrein zu schauen, diejenigen, denen man schon einmal hinterhersehen konnte und diejenigen, von denen man den Blick nicht lassen konnte. Es reduzierte sich bei mir zunächst auf die Optik. Und es reduzierte sich auf meine ausschließlich innere Befindlichkeit; denn ich war Mädchen gegenüber nicht nur schüchtern, ich war geradezu verklemmt. Petra Irmisch, eine Klassenkameradin begann meinen Blick ab der sechsten oder siebten Klasse immer wieder anzuziehen. Gezeigt habe ich es ihr nie. Sie war die Tochter einer Aufseherin im Frauengefängnis Stollberg-Hoheneck. Da paßte in meinen kindlichen Augen etwas nicht zusammen.

Und dann fand ich zu Hause in einem Schrank im Flur zwischen unzähligen Büchern und Zeitschriften zufällig zwei Ausgaben von *Das Magazin*. Dies war ein schwer zu beziehendes Freizeitmagazin der DDR, erstmals erschienen 1954 und sogar nach der viel späteren Wende noch einige Zeit im Programm, in dem Aktfotos erschienen, zum Teil von sehr renommierten Fotografen wie Klaus Ender oder David Hamilton, für DDR-Verhältnisse ausgesprochen fortschrittlich. Ob Walter oder Hans-Joachim die heimlichen Bezieher dieser aus damaliger Sicht unsittlichen Postillen waren, entzog sich meiner Kenntnis, Vater oder Mutter wohl eher nicht. Als ich allein zu Haus beim heimlichen Blättern im großen Flur auf dem Teppich sitzend zwei der schönen Nackten so betrachtete, begann ich wie schon mehrfach vorher erneut zu spüren, daß da etwas in einem schlummert, das bewältigt werden will! Aber wie nur, wenn ich ab meinen Jugendjahren immer wieder von Mutter hörte:

„Fang mir ja nichts mit Mädchen an!"

Ja, was denn? Ich war Spätentwickler. In diesen Dingen war es eine komische Zeit, in die ich hineingeboren worden war, nicht nur ich war verklemmt, alle waren es, die ganze Zeit war es. Erst später erfuhr ich, daß mein Bruder Walter weit vor der Hochzeit von Vater und Mutter geboren worden war. Vielleicht daher die Sorge, zu frühes Miteinander von Jungs und Mädchen könnten Probleme hervorbringen. Erstmals richtig verliebt war ich nach Abschluß meiner späteren Ausbildung.

Der Koordinator der Geländespiele, in denen es darum ging, Nahkampf zu üben, war im GST-Lager unser Biologie-Lehrer, bei dem wir auch Sexualkunde hatten. Die Handgranaten waren Wurfkeulen aus dem Sportunterricht und die Waffen waren richtige Schießgewehre verschiedener Typen, allerdings entschärft und ungefährlich gemacht. Schade, daß sie nicht richtig krachten; hier hätte man aus den Zündplättchenpistolen des Westens Elemente übernehmen können. Das hätte unser Kriegsspiel spektakulärer gemacht. Die Gasmasken waren unangenehm. Ich hatte eine, die wohl eher für Pygmäen oder kleinere Kinder gemacht war. Wenn diese mich auch im Eventualfall vielleicht vor den Auswirkungen von Giftgas geschützt hätte, so glaubte ich, ich hätte in ihr nach längerer Zeit wohl deshalb ersticken müssen, weil sie einfach zu eng war und mir die Luft abschnürte. Wir übernachteten in großen Zelten, verpflegt wurden wir in der Kantine inmitten des Wehrsportlagers. Ich denke gern an diesen Aufenthalt zurück.

Im Staatsbürgerkundeunterricht der achten oder neunten Klasse ein Aufsatz über die atomare Aufrüstung! Die Erwartung von Herrn Schneider, unserem Staatsbürgerkundelehrer lag auf der Hand. Schneider war als kleinerer, untersetzter Mittfünfziger mit zu großer Brille und mit seinem Habitus der typische SED-Funktionär, auch wenn dies natürlich ein Klischee bedient. Als Stabü-Lehrer war nicht nur die SED-Mitgliedschaft selbstverständlich, es war auch zu vermuten, er erwartete ein Plädoyer für die atomare Aufrüstung durch die ruhmreiche Sowjetunion und im Gegenzug eine klare Verurteilung der Aufrüstung durch die aggressiven und imperialistischen USA. In den DDR-Medien war gebetsmühlenartig von den westlichen Imperialisten und Militaristen die Rede, oft auch von den Revanchisten, wenn es um die Vertriebenenverbände ging. Im Vorfeld des Unterrichts war eine klare ethisch-moralische Grenzziehung zwischen gerechten und ungerechten Kriegen vorgenommen worden, mit der Legitimierung allen militärischen Engagements der Sowjetunion und der DDR als gerecht und einer Verurteilung allen westlichen Engagements als ungerecht. Ausgangsgedanke war, daß mit der Ideologie des Marxismus-Leninismus und deren realer Ausprägung in der sozialistischen Staatengemeinschaft naturgemäß eine ethisch-moralisch höhere Stufe der sozialen Evolution der menschlichen Gesellschaft erreicht sei, in der auch militärisches Handeln zur Durchsetzung von übergeordneten sozialistischen oder kommunistischen Interessen legitim sei. Und dies alles sei wissenschaftlich untermauert.

Nun hatte ich die Chance, meine hiervon abweichenden Gedanken zu Papier zu bringen. Sie hatten im Kern einen pazifistischen Ansatz, also eine Ablehnung jeglichen militärischen Engagements zugunsten eines liberalen Humanismus. Diese Gedanken waren weder ausgereift noch hielten sie einer dezidierten Bewertung stan. Und dies schon gar nicht vor dem Hintergrund meiner damaligen Abenteuerlust, die sich immer wieder – wie auch im GST-Lager – mit einer Faszination für das konventionell Militärische verband. Aber diese Gedanken waren Ausdruck meines Bemühens, mich einerseits nicht bedingungslos dem Staatsgelaber hinzugeben, andererseits aber auch zu zeigen, daß ich mit dem allseitigen Hinterfragen von Rüstung, zumal von Atomrüstung auch die Entwicklung im Westen kritisch bewertete. Dies jedoch reichte Schneider nicht und wie zu erwarten, bewertete er meinen Aufsatz nicht nur kritisch, er stellte mich bei Rückgabe der Arbeiten vor versammelter Klasse zur Rede. Schon damals war ich nicht auf den Mund gefallen und glaube, einige angemessene Gedanken und Sätze formuliert zu haben. Ich ging von einer glatten fünf aus. Allerdings konnte sich Schneider nicht verkneifen, mir am Ende meines Statementes entgegenzuhalten:

„Casper, dich habe ich schon immer für einen fiesen Kerl gehalten und daran wird sich wohl auch nichts ändern! Setzen, Vier!“

Immerhin, die Vier überraschte mich!

Anders mein Physiklehrer Kayser. Er war offensichtlich nicht einer der System- oder Linientreuesten. Auffällig war sein Abweichen vom Schulbuchinhalt, wenn es um militärische Berechnungen ging. Immer dann fiel ihm scheinbar zufällig ein ziviles oder gar wissenschaftliches Beispiel ein, mit dem er uns Zusammenhänge nahe brachte und Inhalte vermittelte. Wie die meisten Lehrer war er im fortgeschrittenen Alter von mindestens fünfzig Jahren, wenn nicht älter. Der Altersschnitt der Lehrer lag generell bei uns an der Schule relativ hoch. Auffällig ist in der Rückschau auch, daß ich außer der Grundschullehrerin Frau Sturm in der ersten Klasse und später mit der Musiklehrerin Frau Schmidt keine weitere Lehrerin hatte, auch kann ich mich darüber hinaus an gar keine weibliche Lehrkraft dieser Schule erinnern. Herr Kayser verstand es, mich neben meinem ohnehin schon recht ausgeprägten technischen und handwerklichen Interesse auch für Physik zu interessieren, was sicher mit seiner lebensnahen Behandlung der Themen zusammenhing und mir gut gefiel.

Ebenso schien Klassenlehrer Bochmann, den ich ab der siebten Klasse hatte, ein Pfundstyp. Nicht nur, daß er seinerzeit den in einer Pause konfiszierten Karl May zurückgab, nachdem er als unser Deutsch-Lehrer ihn selbst gelesen hatte, er war auch ansonsten relativ locker. Auch sprach er mehrfach mit mir über meine Erlebnisse und Erfahrungen aus meinen früheren Westreisen, von denen er wußte. Im Ansatz ergaben sich hieraus Gespräche, wie ich sie mit keinem Erwachsenen außerhalb meiner Familie führen konnte, Gespräche, in denen ich eine verhalten kritische Sicht auf die DDR durchaus anbringen konnte, ohne scharf sanktioniert zu werden und er bemühte sich, seinerseits meine Kritik zu entkräften, teilweise stimmte er gar zu. Dies schaffte großes Vertrauen, wie ich es zu sonst keinem weiteren Lehrer entwickelte. Ebenso über Bücher konnte ich mich mit ihm ausführlich unterhalten. Auf einer Klassenfahrt am Ende der achten Klasse nach Dresden wohnten wir in einer Schule und hier fragte er mich eines Abends auf dem Schulhof, während andere Klassenkameraden Fußball spielten und ich am Rande des Hofes versonnen meinen Gedanken nachhing, ob ich Lust hätte, mit ihm ein Bier trinken zu gehen? Anfangs verdutzt, sah ich hier einen großen Vertrauensbeweis seinerseits mir gegenüber und willigte ein.

Um so entsetzter war ich, als später, am Ende der zehnten Klasse Herr Bochmann eines Morgens mit stolz geschwellter Brust sein neu erworbenes Parteiabzeichen am Revers präsentierte und sich damit als neues SED-Mitglied zeigte. Von da an kühlte sich unser Verhältnis zumindest von meiner Seite die letzten Wochen bis zum Ende der Schulzeit etwas ab, mein Grundvertrauen in ihn war erschüttert. Seine Gründe für den Beitritt in die SED blieben mir verborgen, auch habe ich ihn nie darauf angesprochen.

Allerdings blieb sein Einfluß auf meine Lesefähigkeit auch in dieser letzten gemeinsamen Zeit erhalten. Waren es anfangs die üblichen Abenteuerbücher der Jugend wie *Robinson Crusoe* von Daniel Defoe oder neben Karl May die Klassiker von Friedrich Gerstäcker, dem Braunschweiger Schriftsteller, so waren es später auch modernere Abenteuerromane. So faszinierte mich beispielsweise Bert Traven, der als Deutscher unter diesem Pseudonym in Mexiko lebte und mit Romanen wie *Das Totenschiff* oder *Der Schatz der Sierra Madre*, später von John Huston verfilmt, bekannt wurde. Und dann der breits erwähnte John Steinbeck.

Bochmann war es auch, der am letzten Unterrichtstag vor den Ferien schon einmal eine Vorlesestunde hielt, beispielsweise aus Mark Twains *Bummel durch Europa*. Und wenn es die unvermeidliche literarische Pflichtlektüre *Wie der Stahl gehärtet wurde* von Nikolai Ostrowski oder den Film *Das Russische Wunder* im Deutschunterricht zu behandeln galt, verstand Bochmann es sehr gut, uns trotz der ideologischen Ausrichtung einerseits und der vorherigen inneren Abwehrhaltung durch mich andererseits uns mitzunehmen und die inhaltliche Auseinandersetzung interessant zu machen.

Und Bochmann war es, der mich am Ende der zehnten Klasse in der mündlichen Abschlußprüfung des Faches Deutsch für eine Interpretation des *Abenteuerlichen Simplicissimus Teutsch* von Hans Jacob Christoffel von Grimmelshausen entscheiden ließ, ein Anspruch, der für die Real- oder polytechnische Oberschule ungewöhnlich war. Das Buch hatte mir Bochmann einmal empfohlen und es faszinierte mich. Wieder waren es die Schlachtszenen, das Morden und Meucheln, das mich faszinierte und gleichermaßen herausforderte, diesmal bezogen auf den Dreißigjährigen Krieg, der Deutschland von 1618 bis 1648 überzog, in dem gemordet wurde um des Mordens willen und zerstört um des Zerstörens willen. Auch hier gab es keine klaren, zentralen Fronten, die eine politische und infolgedessen eine militärische Trennlinie hätten erkennen lassen. Waren es anfangs die regionalen und von kleineren Heeren geführten Scharmützel, die ihren Ursprung wesentlich in der Auseinandersetzung der Katholiken mit den Protestanten hatten, so kam später mit Gustav Adolf Schwedens König hinzu, der aus Sorge um die Eskalation des Schlachtgetümmels nach Norden präventiv über Dänemark nach Deutschland vorrückte und dank seines mächtigen und geschlossen formierten Heeres mit Hilfe Schottischer Söldner Region um Region Richtung Süden eroberte. Im November 1632 dann unterlag er dem Heer von Wallenstein in der legendären Schlacht bei Lützen, als in wenigen Tagen über 9000 Soldaten niedergemetzelt worden waren und auch Gustav Adolf der II, der König von Schweden selbst dort den Tod fand. Gleich eingangs dieses als *Schelmenroman* angelegten Buches begannen apokalyptische Reiter das Dorf Gelnhausen, aus dem der einfache Bauernjunge als Erzähler berichtete, in Schutt und Asche zu legen. Der elterliche Hof wurde überfallen, die Eltern und Geschwister wurden bestialisch gefoltert, vergewaltigt und umgebracht, während der Erzähler durch List und Tücke dem Mordbrand entkam. Und dann die Szenen, wie sie auch in der darstellenden Kunst bereits etwa zweihundert Jahre früher als apokalyptische Abstraktionen in beinahe surrealer Weise von Hieronymus Bosch zur Darstellung kamen und wie sie in den größeren Schlachten dieses Dreißigjährigen Krieges etwa in Wittstock oder Magdeburg eine reale Entsprechung fanden. Die Magdeburger Bevölkerung wurde praktisch ausgelöscht und die Geschundenen und Dahingemetzelten in die Elbe geworfen. Warum tun Menschen sich das an? Immer wieder war es diese Frage, die mich umtrieb, wie es sich wohl auch der Bauernjunge gefragt haben mag, als seine Angehörigen dahingemordet wurden – bevor er dann später selbst Soldat wurde!

Im Ergebnis dieser mündlichen Einzelprüfung erhielt ich eine Eins und es näherte sich das Ende der Schulzeit. Es galt für mich, die Weichen für mein Berufsleben zu stellen.

Die Grenze – auch der Berufswahl

In jenen turbulenten Augusttagen 1961, also einige Jahre vor dem GST-Lager waren durch die DDR mit Billigung und aktiver Unterstützung der Sowjets Fakten geschaffen worden, die fortan unser Leben in vielen Facetten bestimmen sollten. Während der Eine oder Andere im weiteren Bekanntenkreis meiner Brüder oder Eltern vorher noch voller Stolz von seinen Erlebnissen im lebendig pulsierenden West-Berlin berichtete, das noch nicht hermetisch abgeriegelt und für DDR-Bürger erreichbar war, hatte dies sein Ende gefunden. Ebensolche Ausnahmereisen in den Westen wie Mutter und ich sie erleben durften, waren nun vorbei. Auch hatten die Gerüchte ein Ende gefunden, was mit plötzlich Verschwundenen wohl geschehen sein mag, sie verschwanden nicht mehr, zumindest diejenigen nicht, die vorher bei Nacht und Nebel mit Sack und Pack in den Westen geflohen waren. Und wenn man, was immer seltener der Fall war, von Fluchtversuchen hörte, hatten diese eine andere Dimension erreicht. Erstens waren sie um ein vielfaches gefährlicher und auch deshalb seltener geworden, da die Grenzanlagen systematisch immer perfekter ausgebaut wurden. Fluchtversuche an der Sektorengrenze in Berlin oder an der innerdeutschen Grenze waren inzwischen hochgradig lebensgefährlich und für ortsfremde Menschen ab etwa 1965/66 durch inzwischen angelegte Minenfelder, durch sogenannte Stolperdrähte, die im Grenzvorfeld gespannt waren und später durch Selbstschußanlagen fasst unmöglich gemacht. Und zweitens waren die Sanktionen für diejenigen, die entweder bei Fluchtvorbereitungen erwischt oder bei einem aktiven Fluchtversuch festgenommen wurden, drakonischer.

All dies begann ab etwa meinem vierzehnten und fünfzehnten Lebensjahr einen immer breiteren Raum in meinem Denken einzunehmen. Ich begann sowohl in meinem Freundeskreis als auch im Kreis notwendiger Kontakte zu Erwachsenen wie den Lehrern oder Nachbarn immer stärker zu differenzieren zwischen system- oder linientreuen Menschen einerseits und jenen, die sich erkennbar von der DDR und diesem System distanzierten andererseits. Natürlich führte das nicht dazu, daß ich in jedem Fall von system- oder linientreuen Menschen hätte Abstand nehmen können, was beispielsweise bei Lehrern nicht möglich gewesen wäre. Auch mein Beitritt in die GST stand dem an sich entgegen. Aber ich begann meinen aufkeimenden, anfangs noch kindlichen inneren Widerstand gegen die DDR zunehmend für mich zu artikulieren und in ein sich entwickelndes Weltbild zu fügen. Dabei bemühte ich mich dennoch schon früh, Zusammenhänge differenziert und nicht nach ideologischen Vorgaben zu beurteilen. Wenn ich nach wie vor und auch später als Heranwachsender nie zu den lautstarken Protestierern oder Agitatoren gehörte, so hatte ich begonnen, mit meinen Fragemethoden, mit meinem Infragestellen die Lehrer und all jene, mit denen ich mich politisch-ideologisch auseinanderzusetzen hatte, zu pisacken.

Als heranwachsender Freigeist begannen mich auch Theater und Kunst im weitesten Sinne zu interessieren, soweit ich Zugang zu diesen schöngeistigen Bereichen erhalten konnte. Brechts *Dreigroschenoper* im Theater in Karl-Marx-Stadt, ich war begeistert und legte mich mit einigen Mitschülerinnen an, die ständig gackerten und sich mit dem stark verfremdeten Stück nicht anfreunden konnten. Gelegentlich bekam ich das Gefühl, dadurch auch ein wenig Außenseiter zu werden, weil nicht nur mein Anspruch in Gesprächen, sondern auch meine Interessen im Allgemeinen immer stärker von dem mir banal scheinenden Alltagsmiteinander und dem Provinzialismus des ansonsten schönen Erzgebirges abwichen. Auch hier aber das Problem, durch die Abschottung der DDR nicht genügend Futter zu bekommen, sehe ich vom Abonnement der *Wochenpost*, einer durchaus interessanten Wochenzeitschrift mit auch kulturellen Beiträgen und der *Jugend und Technik* ab! Diese Bedürfnisse waren durchaus kein Widerspruch zu meinem ansonsten eher geringen schulischen Engagement, ich maß der Schule keine große Bedeutung bei. Selbst in der Späteren Ausbildung auf dem Bau blieb mir dieser weite intellektuelle Horizont als Wesenszug erhalten.

Was blieb, waren auch hier wieder die Rundfunksender des Westens mit ihren Kultursendungen und das Westfernsehen, aus denen ich geistigen Honig saugen konnte, auch in der DDR erhältliche Literatur. Tonträger wie Schallplatten oder auch ein Tonbandgerät besaßen wir noch nicht, allerdings hatte ich mir ein Kofferradio, einen *Stern 111* zusammengespart, mit dem ich nun selbst in der Gartenlaube meine geliebten Westsender hören konnte. Lange hatte ich auf diese Anschaffung warten müssen, da diese vor allem bei Jugendlichen begehrten Kofferradios schnell vergriffen waren. Ich hatte es schließlich über einen staatlichen Versandhandel erworben, mit etwa einem halben Jahr Wartezeit.

Ein Hauch von Freiheit und weiter Welt durchwehte unsere Wohnung, wenn wir Westbesuch bekamen! Nachdem die Mauer alle Träume für unabsehbare Zeit zunichte zu machen schien, jemals wieder in den Westen reisen zu können, hatten Onkel Richard und Oma erstmals 1963 einen Antrag auf Einreise in die DDR zum Besuch bei uns im Erzgebirge gestellt, der bewilligt wurde. Was für eine Freude, die Angehörigen auf diesem einseitigen Weg im Sommer des Jahres wiedersehen zu können, noch vor dem Rettungseinsatz Onkel Richards in Lengede. Onkel Richard hatte bereits einen VW Käfer und somit waren wir ein wenig mobil, um weitere Bekannte im Erzgebirge zu besuchen.

Die jeweilige Abstimmung über die Besuche, die Mitteilungen über die erteilte Genehmigung oder die Terminabstimmungen und vieles Weitere war nicht ganz einfach, wir alle, auch unsere Westverwandten hatten noch keine Telefone. Meist waren es normale Briefe, die man schrieb oder bei Eilbedarf Telegramme. Bei letzteren mußte man auf der Post ein Textformular ausfüllen, bei dem jedes Wort Geld kostete. Wenn dann die schönen Tage vorüber und der Besuch zu Ende waren, war es Abschiedsschmerz mit ungewissem Ausgang, da wir nie die Gewißheit hatten, daß es wieder Besuchserlaubnisse geben wird.

In Hohndorf im Erzgebirge, zwischen Stollberg und Zwickau gelegen, hatten wir weitläufigere Verwandte von Vaters Seite aus Schlesien. Onkel Edgar war im DBD, dem Demokratischen Bauernbund Deutschlands Funktionär, in der Blockpartei für die Bauern. Er hatte für Onkel Erich als Landwirt der Bundesrepublik eine Einreise beantragt, damit dieser an einer Agrarmesse in Leipzig-Markleeberg teilnehmen und bei dieser Gelegenheit uns besuchen konnte. Und natürlich wohnte dann Onkel Erich bei uns, verband also das Angenehme mit dem Nützlichen, was offiziell gebilligt worden war. So kam Onkel Erich im Sommer 1964 mit Tante Gerda zu uns! Ein großer Opel-Rekord auf unserem Hof! Und nach einigen Tagen ging es dann für die notwendige Teilnahme an der Landwirtschaftsmesse in Markleeberg mit seinem Opel die ungefähr 150 Km nach Leipzig. Zu dieser Zeit lebte für etwa ein Jahr meine etwas ältere Cousine Hannelore bei uns, die ursprünglich aus Maltitz bei Löbau in der Lausitz stammte, aber im Nachbarort Thalheim eine Anstellung und deshalb bei uns eine Herberge gefunden hatte. Hannelore war nun ebenso mit von der Partie nach Leipzig, wie Tante Gerda und ich. Die Anfahrt nach Markleeberg führte uns durch Borna und Bitterfeld, die Zentren der DDR-Chemieindustrie. Die Luft war geschwängert von dichtem Nebel, Rauch und Ruß! Uns umgab eine heut kaum noch zu ermessende Umweltverschmutzung und wir versuchten uns vorzustellen, wie es den Menschen gehen muß, die in der dortigen Umgebung lebten, wohnten, ihre Kinder groß zogen und ihre Freizeit verbrachten. In Markleeberg selbst hatten Tante Gerda, Hannelore und ich dann einige Stunden Zeit, uns die durchaus schöne Gartenarchitektur einer Gartenbauausstellung anzusehen, während Onkel Erich mit einer westdeutschen Delegation an der Landmaschinen- und Agrarmesse teilnehmen mußte. Onkel Edgar war mit der DDR-Delegation beteiligt. Wie Onkel Erich anschließend berichtete, war es das Bemühen der DDR-Delegation, die Fortschritte der Landwirtschaftlichen Produktionsgenossenschaften, der LPGs herauszustellen und dem kapitalistischen Produktionssystem eine Absage zu erteilen, wenn auch wohl ohne erhobenen Zeigefinger. Immerhin waren die westdeutschen Landwirtschaftsexperten durchaus in der Lage, mit ebenfalls hervorragenden Wirtschaftsdaten und -fakten aufzuwarten. Was Onkel Erich verwunderte, war das seiner Meinung nach hohe Niveau der Landmaschinentechnik, die aus dem gesamten Ostblock auf der Messe gezeigt wurde. Am Abend ging es dann wieder zurück nach Stollberg. Als sich unser Westbesuch nach einigen Tagen wieder verabschieden mußte, überließ mir Onkel Erich seine Kienzle-Armbanduhr, die ich noch einige Jahre trug.

Am 29. Februar 1964 heiratete mein Bruder Walter. Karin, die zukünftige Schwägerin war Krankenschwester in der Wismut-Klinik Stollberg, sie zogen in ihr Elternhaus und Erlbach-Kirchberg, unweit von Stollberg. Endlich nicht mehr im elterlichen Schlafzimmer schlafen, nun konnte ich mit Vater die Bodenkammer teilen. Wenn Vater morgens von seiner Nachtschicht kam, legte er sich deshalb in der Bodenkammer schlafen, weil er dort mehr Ruhe fand als im Schlafzimmer, neben dem das Wohnzimmer lag und wo Mutter oder ich zugange waren. Das Selbe galt für seine kürzere Schlafenszeit am Abend vor der Schicht. Am Wochenende dann schlief er jedoch im Schlafzimmer. Im Mai 1967 wurde meine Nichte Heike geboren.

Jugendweihe! Für uns Jugendliche war sie der formale Eintritt ins Reich der Erwachsenen, als Alternative zur Konfirmation, die von den Wenigsten genutzt wurde. Im Mai 1965 war es für mich soweit. Bereits in den 1950er Jahren hatte das Bildungsministerium der DDR diese Form der Aufnahme von Jugendlichen in die Gemeinschaft der Erwachsenen entwickelt, um der ungeliebten Tradition der Konfirmation oder Kommunion entgegenzuwirken. Wann, wo und wie auch immer möglich, versuchte die Partei den Menschen Religion und die Kirchen madig zu machen. Laut Karl Marx war Religion *Opium für das Volk*. Vater hatte immer wieder, als ich noch kleiner war, versucht, eine Brücke für uns Kinder, auch für meine Brüder zur Kirche zu bauen. So ging Hans-Joachim in den ersten Stollberger Jahren noch zur Sonntagsschule, einer religiösen Gemeinschaftsveranstaltung für Kinder sonntagmorgens in der evangelischen Lutherkirche Stollberg. Ich selbst lernte als kleiner Junge noch beim Zubettgehen ein kleines Gebet zu sprechen und begleitete Vater bis ins Alter von etwa elf oder 12 Jahren in die weihnachtlichen Gottesdienste. Allerdings waren wir keine intensiven Kirchgänger und ich begann mich zunehmend vor den Weihnachtsgottesdiensten zu drücken. Mutter fehlte ebenso regelmäßig, weil sie die weihnachtlichen Essensgerichte vorzubereiten hatte. Unabhängig von den ideologischen Einflüssen durch die Schule, die GST oder durch andere gesellschaftliche Einflüsse gelang es weder meinem Vater noch der Kirche, mich für die christliche Religion zu erwärmen. Zu ähnlich waren mir damals die theologischen Grundlagen des Christentums und die ideologischen Grundlagen des Sozialismus insofern, als beide von einer Vision ausgingen, die mit der durch mich bis dahin erfahrenen Wirklichkeit nichts gemein hatten. Mir war das alles zu märchenhaft und weltfremd. Auch lag beidem ein Menschenbild zugrunde, das ich in der Realität nicht vorfand. Dies sollte sich viel später, mit fortschreitendem Alter und nach intensiverer Beschäftigung mit religiösen Fragen während meines Studiums ändern.

Natürlich ging es weder meinen Eltern noch mir selbst mit der Jugendweihe um die damit erklärte Zuwendung der sozialistischen Gemeinschaft gegenüber. Es ging darum, dabei zu sein und nicht generell als Außenseiter zu gelten, es war reiner Opportunismus. Ich kann mich an nur zwei Klassenkameraden erinnern, deren Eltern in der katholischen Kirche waren und die deshalb sich der Kommunion zuwandten sowie an eine Mitschülerin, deren Eltern einer freikirchlichen Gemeinschaft angehörten, die es durchaus auch bei uns gab, die es jedoch schwer hatten. Bei Bewerbungen auf bestimmte Ausbildungsstellen, auf eine Einrichtung des Zweiten

Bildungsweges oder einen regulären Studienplatz waren solche persönlichen Dinge durch die Verzahnung aller staatlichen Organisationen, Einrichtungen und Behörden bekannt. Und da wurde man schnell abgelehnt.

Am Ende der achten Klasse im Sommer 1965, kurz nach der Jugendweihe erhielt ich durch Lehrer Bochmann ebenso wie alle Klassenkameraden einen Aufnahmebogen in die FDJ, die Freie Deutsche Jugend. Diese Jugendorganisation unterbreitete allen Mitgliedern eine Vielzahl von Angeboten im Freizeitbereich, im Sportbereich und im Bildungsbereich, mit dem Ziel, die jungen Menschen auch über diesen Weg politisch-ideologisch auszurichten auf die parteiliche Linie der SED, auf den Sozialismus. Erneut stand ich nun vor der Frage, aus reinem Opportunismus auch in diese Organisation einzutreten, oder erstmals in erklärte Opposition zu gehen? Unmittelbare Sanktionen gab es in der Regel nicht, wenn man nicht beitrat. Jedoch mußte man durchaus mit späteren Benachteiligungen rechnen. Und es konnte sein, daß man entweder vor einem Lehrer oder gar vor einem Gremium zur Rede gestellt wurde, hier mögen die Praktiken von Schule zu Schule unterschiedlich gewesen sein. So war für mich die Frage, was mir eigentlich zunächst passieren kann, wenn ich den Beitritt verweigere? Von Verweigern kann man insofern sprechen, als normalerweise der größte Teil der Jugendlichen in der FDJ war, für Viele war es eine Selbstverständlichkeit. Aber hier hatte ich zum ersten Mal eine richtungsweisende Entscheidung in meinem Leben zu treffen – und ich entschied mich gegen die FDJ! Bochmann sammelte alle Fragebögen ein, meinen gab ich unausgefüllt ab. In der nächsten Pause fragte er mich, ob ich es mir nicht noch einmal überlegen wolle und als ich ihm meine Entscheidung bekräftigt hatte, schmunzelte er und meinte, wir würden demnächst nochmals darüber reden, wie schon so oft über so Vieles. Das fiel noch in die Zeit meines Urvertrauens in ihn, bevor er sein Parteiabzeichen präsentierte.

Dennoch stand mein Entschluß fest. Ob noch weitere Klassenkameraden sich verweigerten, ist mir nicht in Erinnerung. Meinen Eltern indes war das ziemlich egal und soweit ich mich erinnere, hatten sie mir hier das Spielfeld selbst überlassen, wie sie ohnehin ab der sechsten oder siebten Klasse sich kaum noch um schulische Belange kümmerten, sie hatten soviel Zutrauen in mich, die Schule, wenn auch mit geringerem Aufwand, aber so doch einigermaßen ordentlich abzuschließen und deshalb nahmen sie auch weder an einem Elternabend noch an sonstigen Schulveranstaltungen teil, zumal diese nur allzuoft auch wieder garniert waren mit politisch-ideologischen Plattitüden. Übrigens fiel in diese Zeit am Ende der achten Klasse auch die Entscheidung für den Abschluß der Schule nach der zehnten Klasse, worüber ich mich ebenfalls nicht erinnern kann, mit meinen Eltern ausführlicher gesprochen zu haben.

Ein Jahr später hatte auch Vater endlich Gelegenheit, sich einem seiner Brüder aus dem Westen zu widmen. Im Frühjahr 1966 besuchten uns Onkel Paul und Tante Martha aus Hannover. Bereichernd, die Gespräche mit Onkel Paul über Musik und über seinen Alltag als Berufsmusiker. Die Welle der Beat-Musik war bei uns Jugendlichen zwar bereits angekommen, aber ich erfreute mich auch damals schon an einem klassischen Konzert in Karl-Marx-Stadts Opernhaus. In Erinnerung ist mir noch, wie uns Onkel Paul anhand des kleinen Rondos von Beethoven *Vom verlorenen Groschen* oder von Rimsky-Korsakovs *Hummelflug* die Lebendigkeit von Musik verdeutlichen wollte. Da er seine Geige nicht mithatte, summte und pfiff er diese kleinen Musikstücke in einer Meisterhaftigkeit, die mich faszinierte. Auch die Alpensymphonie von Richard Strauss brachte er mir nahe, die ich noch nicht kannte, bei der ich aber beim späteren Hören, vor allem als später passionierter Bergwanderer genauestens auf das *Kling* des Triangels achtete, mit dem beim Aufstieg auf den Berg der erste Sonnenstrahl über dem Felsgrat angekündigt wird. Und immer lief Onkel Paul mit Fliege herum, selbst bei unserem Spaziergang um die Querenbachtalsperre und im geliebten Wald. Und bei den geselligen abendlichen Runden in unserem Wohnzimmer, als Vater dann beherzt in die Tasten unseres Klavieres griff, hatten wir unendlich viel Spaß und Trubel mit Onkel Paul, neben seiner musikalischen Passion war er auch ein begnadeter Erzähler und Unterhalter.

Nach meinem GST-Aufenthalt erwartete ich schon wieder Besuch aus dem Westen, diesmal von meinem Cousin Carl-Otto aus Eschwege, der bei meinem Aufenthalt mit Mutter in Eschwege bei Tante Erna seinerzeit leider wegen seiner Ferienfreizeit nicht zugegen sein konnte. Ich kannte ihn aber persönlich bereits aus früheren gemeinsamen Verwandtschaftstreffen während meiner Ferienaufenthalte mit Mutter im Westen, auch wenn wir damals noch kleinere Jungs waren und uns nun einige Jahre nicht gesehen hatten. Zwei Wochen weilte er bei uns im Erzgebirge. In Eschwege ging er auf das dortige Gymnasium, war aber ein Jahr jünger als ich. Die heißen Sommertage setzten sich nach dem GST-Lager fort, die Sonne trocknete das Land aus. Das Schwimmbad im Nachbarort Thalheim war uns bald vertrautes Refugium. Dieses Freibad hatte wegen seiner idyllischen Lage inmitten eines Talkessels am Ortsrand von Thalheim Richtung Stollberg bei uns Jugendlichen einen sehr guten Ruf, auch wegen seiner Größe und den ebenso idyllisch angelegten Liegewiesen. Soviel gab es zu erzählen, zu reden und sich auszutauschen, mit diesem jungen Freund, der aus einer ganz anderen Welt kam, um die ich ihn so sehr beneidete, eine Welt, die auch ich hatte noch vor einigen Jahren erleben dürfen und die nachhaltig bei mir Eindrücke und Spuren hinterlassen hatte. Unendlich traurig mußte ich ihn dann nach Ablauf der genehmigten Zeit verabschieden, zwar in der Hoffnung, sich bald einmal bei uns wiederzusehen, aber nur zu gern wäre auch ich wieder einmal bei ihm zu Besuch gewesen.

Diese Besuche waren immer auch eine Gelegenheit, an Jeans, Shirts oder anderweitige Kleidung aus dem Westen heranzukommen. Da sich diese Kleidung optisch erkennbar von DDR-Kleidung unterschied, war sie nicht nur bei mir begehrt, sondern hatte im Allgemeinen einen Sonderstatus. Wer eine echte Lewis- oder Wrangler-Jeans sein eigen nennen durfte, hatte erkennbar Westkontakte und war im Vorteil. Diese Dinge waren in einer Weise Statussymbole, wie man es heut kaum noch nachvollziehen kann. Da kam es vor, daß man aus einem verschlissenen Westkleidungsstück Etiketten oder Waren-Logos heraustrennte, um sie in ähnlich gestaltete DDR-Kleidung einzunähen und den Anderen etwas vorzugaukeln. Ich selbst allerdings ging nie soweit, in der Regel hatte ich authentische Klamotten. Wer keine Westbeziehungen hatte, konnte die *Exquisit*-Läden der DDR nutzen, die es in den meisten Großstädten gab. In ihnen konnte man gegen viel Geld auch ansonsten nicht erhältliche Luxusgüter erwerben, teilweise auch Westware.

Das Ende der Schulzeit rückte näher. Und nun? Bereits Ende der 9. Klasse erhielten wir eine Übersicht mit möglichen Ausbildungsberufen. Die Vielzahl war ernüchternd und wieder einmal guter Rat teuer. Vater meinte wieder und wieder, ich sollte etwas *„an der frischen Luft"* lernen, im Gegensatz zu seiner sehr kräftezehrenden und ungesunden Untertagearbeit und wir alle gingen davon aus, daß ich einen technisch-gewerblichen Beruf lerne, ein reiner Büroberuf kam nicht infrage. Da fiel mein Blick auf die Ausbildungsmöglichkeit zum Lehrmatrosen bei der Deutschen Seerederei der DDR in Rostock, Stralsund oder Warnemünde – und das Kopfkino begann seine Bilder abzuspulen. Das wär's doch, auf einem Dampfer die Welt erfahren und kennenlernen! Städtenamen wie Rotterdam, Hamburg, Oslo, New York, Rio oder Sidney zogen visionär an meinem Auge vorbei, ebenso die exotischeren Häfen aus den zahlreichen Abenteuerbüchern, die mich inspiriert hatten. Aber die Realität holte mich schnell ein! Da ich damals bereits einzuschätzen wußte, daß es für bestimmte Berufe auch besonderen *gesellschaftlichen Engagements* bedurfte, wurde mir schnell klar, daß mir dieser Weg wahrscheinlich verbaut sein könnte, zumal ich nun auch noch der FDJ abgeschworen hatte.

Und da waren sie wieder, diese Zweifel am System, in dem ich mich inzwischen bereits in diesem Alter in gewisser Weise gefangen sah. Da Bochmann als unser Klassenlehrer gleichzeitig der Berufsorientierungslehrer war, der sich schulseitig mit den Bewerbungen seiner Schüler zu befassen hatte, ging ich auf ihn zu. Auch dies war noch vor seiner stolz geschwellten Parteiabzeichenbrust. Schnell machte er mir unmißverständlich klar, ich komme aus zweierlei Gründen nicht für diese Ausbildung infrage: Erstens sei ich der FDJ ferngeblieben. Da war es wieder, sein Schmunzeln, mit dem er mir deutlich machte, daß ich es mir mit der FDJ ja schnell noch überlegen könne. Allerdings blieben dann zweitens immer noch die zahlreichen Westkontakte und gar persönlichen Westreisen im Kindesalter, die es nicht zuließen, einen solchermaßen belasteten Jugendlichen bei nicht zu vermeidenden Aufenthalten im kapitalistischen Ausland den Gefahren und Verlockungen der westlich-imperialistischen Beeinflussung auszusetzen. Wenn dies auch nicht exakt seine Wortwahl treffen mag, so hatte mich Bochmann damals in diesem Gespräch nachhaltig mit einem Sprachduktus beeindruckt, den ich von ihm nicht kannte und der mich neben der Enttäuschung über die Sache, wegen der ich seinen Rat suchte, zusätzlich schwer enttäuschte. Das kannte ich nicht von ihm. In der Rückschau jedoch verstehe ich es insofern, als Bochmann am Ende eben doch ein opportunistischer Parteigänger war, der zwar eine höhere Toleranzschwelle als andere, teils sehr rigide Lehrer, hatte, wie Schneider zum Beispiel, und der vielleicht bis zum Schluß unserer Verbindung hoffte, mich auf seine tolerante Weise für die Idee des Sozialismus einzufangen.

Also blieb mit Vaters Empfehlung der *frischen Luft* und einem interessanten technischen Umfeld der Baubereich, zumal sich dort die Hoffnung verband, doch ein wenig dezentral herumzukommen in der Welt, vielleicht gar später im Ausland. Und es gab gute Aufstiegschancen hin zu einem eventuell späteren Aufbaustudium als Bauingenieur oder gar Architekt, natürlich mit all den realsozialistischen Fragezeichen. Infrage kamen die Ausbildung zum Hochbaumonteur oder zum Baumaschinisten. Ich entschied mich letztlich für die Ausbildung zum Baumaschinisten beim Volkseigenen Bau- und Montagekombinat Zwickau, Abteilung Industriebau und ich wurde angenommen.

Die letzten Wochen in meiner Schulzeit waren angebrochen und Klassenlehrer Bochmann trug uns die Idee an, gemeinsam mit der Parallelklasse, die ebenfalls Ende Juni 1967 die Schule beendete, eine Abschlußveranstaltung unter Einbeziehung der Eltern mit Tanz und einem Rahmenprogramm mit Rednern auszurichten und fragte, wer sich an der Vorbereitung beteiligen möchte, einige fanden sich bereit. Mir schien das Ganze suspekt. Das alles sollte im Kulturhaus Hoheneck, auf dem Gelände des größten Frauengefängnisses der DDR stattfinden! Mit meiner GST-Truppe auf dem Schießplatz des Gefängnisses zu üben, war das Eine. Aber bei Musik und Gaudi fröhlich das Tanzbein schwingen, während oben in den Zellen die Malträtierten ihr Dasein fristeten, war das Andere. Und das kam für mich nicht infrage, ebensowenig wie die FDJ. Zu meiner Überraschung war ich nicht der Einzige, ein weiterer Klassenkamerad schloß sich mir bei den späteren Anmeldeformalitäten mit seiner Abmeldung an und die Schülerin, die der freikirchlichen Gemeinde angehörte, was aber ohnehin erwartet worden war.

Meine Ablehnung dieser Art Abschlußveranstaltung hing auch damit zusammen, daß ich bereits damals sehr viele Fragen stellte, auf die ich nur unbefriedigende Antworten erhielt, auch Fragen zum Gefängnis Hoheneck. Natürlich wußten alle, was hinter diesen Mauern los war und gelegentliche Schreie von Frauen, die es einfach nicht mehr aushielten und durchdrehten, unterstrichen die Befürchtungen, dort geschieht Unmenschliches. Unmittelbar etwas dagegen unternehmen konnte man als Normalbürger nicht, aber nun war meine Chance, erneut Rückgrat zu zeigen. Dieser allzeit präsente Opportunismus, das unhinterfragte Mitläufertum vieler Menschen in meiner Umgebung konnte ich nicht nachvollziehen. Auch später – und im Grunde bis heut – habe ich nie verstanden, wie Menschen dieses einmalige Leben, das ihnen beschieden ist, oft so unreflektiert fristen wie Lemminge, die von ihrer Herde durch ihr Dasein getrieben werden.

Onkel Erich, Oma Minna und Mutter 1964 beim Besuch in Stollberg

Vater, Mutter, Tante Friedel (Mutters Schwester), Tante Gerda, Onkel Erich, Schwägerin Karin und ich beim Besuch in Stollberg, 1964

1968 – unruhige Zeiten im Westen

West-Berlin war als *Frontstadt* trotz des Mauerbaus eine pulsierende Metropole geblieben, seit Anfang der 1960er Jahre ein Magnet, der immer mehr westdeutsche Studenten in die Stadt zog, sei es, wegen des ambivalenten Flairs der eingemauerten Stadt einerseits, die andererseits kulturell und gesellschaftlich ein Aushängeschild der westlichen Freiheit war, mitten im Herzen der realsozialistischen DDR. West-Berlin hatte etwas exotisch Anziehendes. Auch zahlreiche Wehrdienstverweigerer aus der Bundesrepublik sammelten sich hier, um dem Wehrdienst zu entgehen, denn West-Berliner Männer – damals bestand die Bundeswehr ausschließlich aus Männern – wurden nicht eingezogen. West-Berlin hatte nach wie vor einen Sonderstatus. Hinzu kamen die vielen jungen ausländischen Menschen. Ferner verhinderte die Mauer zwar eine Ausreise der normalen DDR-Bürger nach West-Berlin, aber nicht die der ungezählten Stasi-Spitzel, die in West-Berlin ihr Unwesen trieben. So hatte sich parallel zu den beginnenden Unruhen in den USA und zur zunehmenden Unzufriedenheit der Jugend mit dem Establishment in der gesamten westlichen Welt schleichend auch in West-Berlin eine Bewegung von gesellschaftskritischen Gruppen gebildet. Die hohe Identifikation der West-Berliner Bevölkerung mit Amerika und mit den bisherigen westlichen Werten bekam Risse!

Da sich das Establishment aus den konservativen Kreisen von Wirtschaft und Gesellschaft rekrutierte, wurden plötzlich linke, auch amerikafeindliche Stimmen immer lauter, beeinflußt auch durch die internationalen Widerstandsbewegungen gegen den Vietnamkrieg, der inzwischen in vollem Gange war und durch die Medien der DDR. Es war indes nicht nur Vietnam, dessen Schicksal die Massen in Atem hielt. Vor allem die jungen Idealisten, die eine bessere Welt ohne dieses ewige Morden, Massakrieren und Zerstören wollten, so, wie es noch Jahre zuvor die Kriegsgeneration unmittelbar nach dem Zweiten Weltkrieg propagiert hatte, die *nie wieder eine Waffe in die Hand nehmen* wollte. Was war daraus geworden, sah man die Welt mit offenen Augen? Ich fand anfangs diese Bewegung nicht unsympathisch!

Es begannen auch mich neben den Fragen der großen Weltpolitik in meinem kleinen Erzgebirgsalltag zunehmend das mich umgebende Spießertum und der unsägliche Kleingeist abzustoßen. Im Dezember 1966 war in der Bundesrepublik Kurt Georg Kiesinger zum Bundeskanzler gewählt worden, ein Konservativer, der nach meinem jugendlichen Verständnis doch sehr am Althergebrachten festhielt, da gefielen mir die Sozialdemokraten besser. Aber auch bei uns roch es nach Muff! Allein, sich wie die damals von mir hochverehrten Beatles oder Rolling Stones die Haare etwas länger wachsen zu lassen, war für meine Eltern ebenso wie für viele Lehrer und Ausbilder nur schwer auszuhalten. Und ich setzte mich mit Mutters Hilfe, die meist auf meiner Seite war, durch und begann die Haare einige Zentimeter länger als früher zu tragen.

Sehen und gesehen werden – das war in West-Belin wichtig! In West-Berlin trafen sich inzwischen wegen des internationalen Flairs auch regelmäßig *die Reichen und Schönen*. Eine dieser Schönen war Farah Diba, seit 1959 mit dem Schah von Persien, dem heutigen Iran verheiratet und fortan Farah Pahlavi genannt. Sie besuchte im Geleitzug ihres Gatten Anfang Juni 1967 West-Berlin. Der Iran war damals eine aufstrebende Wirtschaftsmacht mit einem für Länder des Nahen Ostens erstaunlich modernen Antlitz. Mit Gewalt wollte der Schah das Land in die Moderne führen. Um die widerstreitenden ethnischen Gruppierungen und die zahllosen religiösen Strömungen des Islam, im Verein damit auch die Christen unter einen Hut zu bringen, ging er brachial vor und wer nicht in die Moderne des Glanz und Glamour wollte, wurde eingesperrt, oft gefoltert und hingerichtet. Damit konnten sich die noch liberalen Idealisten der West-Berliner Studentenschaft nicht anfreunden, auch wenn sie in der Regel von den sehr komplexen Zusammenhängen in dieser schwierigen Weltregion gar keine Ahnung hatten. So organisierten sie eine Demonstration gegen den Schah, die genehmigt worden war.

Als sich dann die anfangs friedliche Szenerie begann in kleinere Tumulte zu wandeln, wurde erkennbar, der Schah hatte seine eigenen Schlägertrupps mitgebracht, um die Demonstranten vom Kaiser, wie er sich selbst huldvoll nannte, fernzuhalten. Und plötzlich kippte das Ganze! Mit riesigen Stangen und Schlagstöcken hieben die Schah-Schützer auf die West-Berliner Demonstranten ein und begannen ein regelrechtes Schah-Schützer-Scharmützel. Am Rande beobachtete die West-Berliner Polizei das Geschehen, ohne auch nur ansatzweise einzugreifen und ihre eigene Bevölkerung zu schützen. Das mag damit zusammengehangen haben, daß viele alteingesessene West-Berliner damals ebenso wie viele Polizisten mit diesem gesellschaftlichen Wandel nicht umgehen konnten und eine klammheimliche Freude empfunden haben mögen, als die persischen Schlägertrupps die Studenten vermöbelten. Auch die Medien, allen voran die Springer Presse machte Stimmung gegen die Studenten. Indes eskalierte die Lage weiter! Und dann fielen Schüsse, diesmal nicht in den USA, sondern in West-Berlin. Der West-Berliner Polizist Karl-Heinz Kurras schoß dem jungen Benno Ohnesorg, einem Demonstranten aus kurzer Distanz in den Hinterkopf, ähnlich einer Hinrichtung, während der Schah mit seinem Gefolge soeben *Die Zauberflöte* von Mozart in der West-Berliner Oper genoß! Später wurde Kurras nach einem mehr als umstrittenen Gerichtsverfahren freigesprochen und fast weitere 40 Jahre später, 2009, lange nach der Wende wurde er als Stasi-Mitarbeiter enttarnt. Allerdings wurde ebenso bekannt, daß nicht die Stasi den Auftrag zu der Erschießung Ohnesorgs gegeben hatte. Wieder verstörten mich diese Bilder. Und es begann sich nun auch in West-Berlin ebenso wie bereits in London, in den großen Städten der USA, in Paris und Tokyo eine politisch links orientierte Bewegung immer stärker zu formieren. Erstmals wurde in Berlin der Name Rudi Dutschke genannt.

In genau dieser Zeit entflammte im Nahen Osten ein Krieg wie aus heiterem Himmel. Israel hatte sich seit seinem Unabhängigkeitskrieg 1948 und trotz der Suez-Krise 1956 als einzige stabile Demokratie im Nahen Osten etabliert, sich gesellschaftlich und wirtschaftlich mit einer unglaublichen Dynamik entwickelt. Bereits als Jugendlicher habe ich dieses Land bewundert, nicht zuletzt, weil mich die Bilder, Berichte und alles, was ich in der Schule und darüber hinaus über den entsetzlichen Holocaust habe lernen müssen, einen unglaublich optimistischen Lebenswillen der Israelis lehrte. Sie bewiesen nicht nur Mut, sondern auch, daß es selbst in der größten Krise Chancen gibt, wenn man sie zu nutzen weiß, dann, wenn man wie sie 1948 nur gewinnen kann, weil man nichts mehr zu verlieren hat.

Die südlichste Stadt Israels war Eilat, gelegen am nördlichen Ende des Golfes von Akaba. An der Südspitze dieses Golfes gibt es eine Meerenge, die Straße von Tiran, die militärstrategisch damals von Ägypten kontrolliert wurde. Zur Versorgung von Eilat war Israel aber auf die ungehinderte Durchfahrt von Schiffen in den Hafen von Eilat angewiesen. Nun hatten aber die Ägypter, die sich damals nur schwer mit der israelischen Nachbarschaft anfreunden konnten, begonnen, diesem kleinen Nachbarn den Versorgungshahn zuzudrehen, indem sie die Straße von Tiran abriegelten! Nicht genug damit! Gleichzeitig begannen die Ägypter an der Grenze zu Israel auf dem Sinai, also der Halbinsel, die dem westlichen Teil des Golfes von Akaba angrenzte, massive Truppenverbände zusammenzuziehen, was den Schluß nahelegen mußte, daß Ägypten bald Israel würde angreifen wollen. Erste Fragen der internationalen Medien ließen Schlimmstes erahnen. Drohte wieder ein großer Krieg? Diesmal im Nahen Osten?

Am 5. Juni 1967 kam es dann aber ganz anders! Die Israelis hatten sich klammheimlich mit wiederum unglaublicher Finesse auf all das vorbereitet und praktisch in der Nacht vor dem zu erwartenden Schlag der Ägypter deren gesamte Luftwaffe und den größten Teil der Bodentruppen mit ihrer Luftwaffe außer Gefecht gesetzt! Das kam dem Angriff der Japaner auf Pearl Harbour im Zweiten Weltkrieg gleich! Sechs Tage lang versuchten die Ägypter dann noch verzweifelt mit Hilfe der Jordanier, der Syrer, der Kuwaitis, der Iraker, der Algerier und sogar mit Unterstützung der Sowjetunion zu retten, was zu retten war. Vergeblich! Am 11. Juni 1967, sechs Tage nach Ausbruch dieses Krieges war die gesamte Sinai-Halbinsel von Israel besetzt – und das bis 1979! Dieser Husarenstreich hat auf Jahre im Nahen Osten für Ruhe gesorgt, zeigte er doch allen Anrainern Israels, daß die Israelis nicht nur gelernt hatten zu überleben, sondern daß sie inzwischen auch militärisch allen Nachbarn gemeinsam weit überlegen waren.

Und neben dem Verstörenden immer wieder auch der Alltag im Erzgebirge mit dem beinahe täglichen Blick in den Westen. Ende Mai 1967 hatte sich eine sensationelle sportliche Entwicklung in Braunschweig abgezeichnet, die ebenfalls Anfang Juni völlig unbeeinflußt von all dem Weltgetöse ihren Lauf nahm und die Menschen all diese Zerwürfnisse vergessen ließ. Wir verfolgten sie ebenfalls gebannt auf den

Kanälen des Westfernsehens. Es ging um die Deutsche Fußballmeisterschaft, die vierte seit Einführung der Profi-Bundesliga. Braunschweig kämpfte sich in einem Auf und Ab über die zweite Saisonhälfte an die Spitze der ersten Deutschen Bundesliga und Anfang Juni 1967 stand Eintracht Braunschweig als Deutscher Meister fest! Die im Fernsehen in Ausschnitten gezeigte Meisterfeier geriet für Vater, der ebenfalls an Fußball sehr interessiert war und auch für mich zu einem emotionalen Höhenflug, fühlte ich mich dieser fernen Stadt doch so nah.

Einer etwas aufwändigeren Planung bedurfte der Besuch der Motorradweltmeisterschaft auf dem Sachsenring in Hohenstein-Ernstthal im Juli 1967. Diesmal waren wir erstmals mit dem Zelt dabei, leider immer noch mit dem Fahrrad, da wir noch keinen Motorradführerschein besaßen. Im Innenraum des Rundkurses, im Wäldchen am Hang des Queckenberges hatten wir uns einen Standplatz reserviert und die Karten für die Haupttribüne rechtzeitig bestellt. Welch ein befreiendes Gefühl, unser Zelt neben Holländern zu haben, die mit getunten Honda-Motorrädern da waren, an den Windschilden die technischen Daten der Maschinen aufgelistet. Bereits damals empfand ich ebenso wie bei unseren Westbesuchern, daß viele dieser Menschen aus dem Westen sich anders gaben, selbstbewußter, ungezwungener und offener als die meisten DDRler. Sie hatten eben nicht wie wir in der DDR mit Argwohn darauf zu achten, daß man sich mit Seinesgleichen zusammenfand oder man sich vorsichtig abgrenzen mußte, auf der Grundlage politisch-ideologischer Gemeinsamkeiten.

Indes zeigten im Sommer 1967 die Reportagen und Nachrichten des Westfernsehens parallel auch aus den USA wieder irritierende Bilder. Aufgrund verschiedener Vorfälle häuften sich Unruhen, die später als die größten Rassenunruhen in die Geschichte der USA eingehen sollten. Aus Großstädten wie Chicago oder den großen Städten der Südstaaten wie Alabama sah ich zunehmend Bilder, die bürgerkriegsähnliche Zustände zeigten. Ganze Stadtviertel brannten lichterloh, Plünderer stürmten Supermärkte und die Nationalgarde begann ohne Vorwarnung gezielt zu schießen. Orgien der Gewalt zeichneten geradezu apokalyptische Bilder. Unzählige Tote waren die Folge. Was war los in Amerika? Bereits 1966 hatte sich die *Black-Panther*-Bewegung gebildet, eine militante Vereinigung von Farbigen, die dem Joch der ständigen Diskriminierung endlich die bedingungslose Gleichberechtigung und Freiheit entgegensetzen wollte. Natürlich war das auch Wasser auf die Mühlen der DDR-Ideologen, die hier *das wahre Gesicht des US-amerikanischen Imperialismus* wähnten. Und natürlich wurden Aktivisten dieser Zeit wie die durch diese Antiappartheitsbewegung bekannt gewordene, bekennende farbige Kommunistin Angela Davis in die DDR eingeladen und von ihr hofiert. Bei allen Vorbehalten meinerseits gegen die DDR und deren Dogmatiker gefielen mir diese Bilder aus Amerika ebensowenig! Das war nicht das Amerika, in das ich nur zu gern einmal gereist wäre und das ich gern mit eigenen Augen gesehen hätte.

Ebenso der Vietnamkrieg hatte inzwischen seit einigen Jahren die USA fest im Griff. Sie hatten sich begonnen, im guten Glauben an Demokratie und Freiheit in ein politisch-militärisches Abenteuer zu verrennen, aus dem es ohne Gesichtsverlust kein Entkommen mehr gab. Jeden Abend in der *Tagesschau* und in den Berichten und Sonderberichten die Bilder von den unerbittlichen Kämpfen, Bilder die einem den Atem stocken ließen, Bilder von mit Napalm verbrannten und entsetzlich verstümmelten Männern, Frauen und Kindern, Bilder von mit Agent Orange entlaubten Wäldern, um die Vietkong auszuhungern, Bilder von verstümmelten GIs, denen *Charlie*, wie sie die Vietkong nannten, den Garaus gemacht hatte. Vor allem die farbigen GIs waren es, die hier ihr Leben ließen für diese westlichen Werte, während sie zu Hause bis in die Mitte der 1960er Jahre in den Südstaaten der USA nicht im selben Bus wie die Weißen fahren und sitzen durften, ebensowenig wie auf den selben Parkbänken. Wie hatten wir 1964 begonnen, die großen Box-Profikämpfe zur Verteidigung der Weltmeisterschaft im Schwergewicht des Farbigen Cassius Clay mit Herzblut zu verfolgen, auch wenn sie erst nachts übertragen wurden. Bewundernswert sein Selbstbewußtsein, das gelegentlich in aggressive Arroganz umzuschlagen schien, wenn er in die Mikrofone tönte:

„I'm the Greatest!", „Ich bin der Größte!"

Dennoch hatte er unsere volle Sympathie. Und dann verweigerte er den Kriegsdienst in Vietnam, dieser Kämpfer, der wahrlich kein kneifender Angsthase sein konnte. Es stimmte etwas nicht in dieser Zeit in den USA! Aber es gab auch die großen Debatten im Parlament! Und das war wieder die immerhin doch gut funktionierende Basis der Demokratie, die mir den Begriff der amerikanischen Freiheit relativ authentisch erscheinen ließ. Vietnamveteranen, Kriegsgegner und Verweigerer verbrannten vor dem Weißen Haus in Washington, dem Regierungssitz ihre Wehrpässe, ohne, daß sie eingesperrt wurden! Und Hunderttausende demonstrierten gegen diesen Krieg.

Immerhin gab es auch das andere Amerika. Den grausamen Bildern dieses barbarischen Gemetzels standen die Bilder von blumenumkränzten und um Lagerfeuer tanzenden meist jungen Leuten gegenüber, die sich anschickten im Frühjahr 1967 den *Summer of Love* für die Geschichtsbücher vorzubereiten. Ab Juni, Juli 1967 war es soweit in San Francisco und weiteren Städten der USA-Westküste, daß sie mit reichlich Protestkitsch, viel Musik und vor allem Drogen die Städte bevölkerten und eine neue Ära des Friedens entstehen lassen wollten, bis das Ganze in einem ziemlichen Desaster und Drogenchaos endete, bei dem einige raffinierte Geschäftsleute und Dealer gewaltig finanziell profitiert hatten, denen die jungen Idealisten auf den Leim gegangen waren.

Diese lebendige Zeit nutzte ich für ausgiebige Radtouren mit Stefan, der seine Schule zur selben Zeit in Thalheim beendete, genauso wie ich die zehnklassige Oberschule, wo er als Scheidungskind seinen eigentlichen Wohnsitz mit seiner Mutter hatte, aber er kam wann immer es die Zeit erlaubte, zu seinen Großeltern und zu mir nach Stollberg, oft auch an den Nachmittagen. Mit dem Rad war man in etwa einer halben Stunde von Ort zu Ort. Wir durchstreiften die Wälder mit dem Rad und so manche Tour geriet entfernungsmäßig aus den Fugen, so daß wir erst sehr spät am Abend nach Hause zurückkehrten und ich nicht, wie ansonsten inzwischen weitgehend regelmäßig üblich, die West-Nachrichten im Fernsehen schauen konnte; denn die große Weltpolitik sowie gesellschaftliche Umbrüche sollten uns in diesem Jahr weiter in Atem halten.

Die Unruhen in den USA waren nach wie vor ständiges Thema in den Nachrichten und beschäftigten mich. Inzwischen hatten sich immer mehr Weiße mit den farbigen US-Amerikanern solidarisiert und es begann eine Bewegung gigantischen Ausmaßes die Gleichberechtigung aller zu fordern sowie das Ende des Vietnamkrieges. Wieder waren es Hunderttausende, die durch die Metropolen der USA zogen, nicht mehr mit dieser aggressiven Brutalität wie noch 1967, aber eindringlicher. Ein Grund hierfür mag unter anderem ein Foto des Jahrhunderts gewesen sein, als ein südvietnamesischer General, der Polizeichef von Saigon scheinbar völlig beiläufig einen ihm vorgeführten Vietnamesen, der als Vietkong verdächtigt war, öffentlich vor laufenden Kameras und Fotografen standrechtlich ohne jegliche Mine zu verziehen mit einem aufgesetzten Kopfschuß hinrichtete. Der solchermaßen Hingerichtete fiel seitlings auf den Asphalt und man konnte in den Bewegtbildern der Nachrichten das aus der Kopfwunde schießend Blut noch sekundenlang sprudeln sehen, bis sein Herz den Dienst versagte.

Diese Bilder waren es, die immer mehr auch Weiße auf Abwehrhaltung gegen diesen Krieg brachte. Die Tet-Offensive war seit dem Januar 1968 in vollem Gange, in der die reguläre nordvietnamesische Armee und der Vietkong mit Beginn des vietnamesischen Neujahrsfestes eine letzte Offensive zur Eroberung Südvietnams einleiteten, die sich dann aber noch Jahre hinziehen sollte, mit unzähligen Opfern auf beiden Seiten. Neben der Zunahme der Opfer zunehmende Grausamkeiten auf beiden Seiten, wie immer, wenn es um Sein oder Nichtsein geht. In My Lai hatten etwas später im Rahmen dieser inzwischen außer zivilisatorischer Kontrolle geratenen Grausamkeiten GIs ein ganzes Dorf mit über 500 Alten, Frauen und Kindern bestialisch niedergemetzelt. Und man muß heut immer wieder darauf hinweisen, daß diese grausamen Bilder wie die Erschießung des vermeintlichen Vietkong auf Saigongs Straßen oder die Opfer von My Lay real und nicht unkenntlich gemacht gesendet wurden, wenn wir beim Abendbrot zusammensaßen. Vor allem auch Vater hatte große Mühe, diese Bilder zu ertragen, hatte er doch im Zweiten Weltkrieg ähnliche Dinge live erleben müssen. Oft sagte er geradezu verzweifelt:

„Warum hört denn das niemals auf?“

Dies alles wollten selbst konservative Amerikaner in den USA nun nicht mehr länger erdulden und die Protestbewegung wuchs und wuchs – und hatte inzwischen auch meinerseits wieder eine gewisse Sympathie! Dies schien indes in den USA die Spannungen zwischen den Radikalen weißen Befürwortern einer strikten

Rassentrennung und deren Gegnern nicht aufzuheben, sondern im Hintergrund und im Verborgenen zu fördern. Auch vor diesem Hintergrund lag wieder etwas in der Luft! Am 4. April 1968 kam es dann zu einem dramatischen Zwischenfall. Kurz zuvor hatte der in den Wochen vorher wie ein aufgehender Stern am Gleichberechtigungshimmel erschienene farbige Martin Luther King vor einer halben Million Menschen eine bewegende Rede gehalten, die in die Geschichtsbücher eingehen sollte.

„I have a dream …", „Ich habe einen Traum …",

den Traum eines freien, gleichberechtigten Amerikas. Und am 4. April 1968 fielen die Schüsse, die ihn in Memphis, Tennessee niederstreckten – und an denen er starb! Wieder war ein bedeutender US-Amerikaner durch ein Mordattentat ums Leben gekommen. Wieder war die Frage, was denn los war in diesem Land, das sich selbst immer wieder als das freieste Land der Welt bezeichnete und das immerhin auch uns Deutschen letztlich die Demokratie gebracht hatte, wenn auch nach der unsäglichen Nazi-Diktatur erzwungenermaßen. Geriet die Welt vollends aus den Fugen?

Ebenso war zunehmend auch West-Berlin wieder im Fokus der Medien, wenn immer größere Studentendemonstrationen die Straßen blockierten, beantwortet gelegentlich aber auch von Gegendemonstrationen, einmal durch eine unendliche Schar von hunderten Berliner Taxifahrern, die den rebellierenden Studenten den Weg versperrten und ihnen auf dem Kudamm den Spaß vermiesten beziehungsweise die Show stahlen. Nach wie vor waren viele alteingesessene West-Berliner sehr betroffen von dieser neuen und für sie unheimlichen Entwicklung. Immer öfter hörten sie, was sie in den DDR-Medien auch hören konnten, linke Parolen und nicht mehr nur ein vielleicht berechtigtes Aufbegehren gegen den alten Muff und die Spießer.

Hatte die Aufarbeitung der NS-Vergangenheit in den 1950er Jahren auch in West-Berlin nur schleppend Ergebnisse produziert und waren noch all zu viele altgediente Nazis in gesellschaftlichen Positionen, so gab es nun die Quittung! In dieses Vakuum der Aufarbeitung stießen immer aggressiver die entgegengesetzten politischen Kräfte, die Linken, bis zu den Extremen. Einer der linken Rädelsführer sollte nun ein ums andere Mal in den Medien Furor machen: Rudi Dutschke. Einst aus der DDR geflüchtet, hing er dem Ideal eines utopischen Sozialismus an. Extrem eloquent und rhetorisch sehr begabt, lullte er seinesgleichen ein, hielt schwärmerische Reden auch in Funk und Fernsehen, propagierte die Notwendigkeit der Enteignung Springers als das größte Medienunternehmen. Am 11. April 1968 begab sich Dutschke mit seinem Fahrrad und seiner Aktentasche, die ihm ein wenig als Markenzeichen anhing ins SDS-Büro der Universität. Er war aktiv im SDS, dem Sozialistischen Deutschen Studentenbund. Und da kam Josef Bachmann, ein junger Hilfsarbeiter, stellte sich ihm in den Weg und schoß ihm zweimal in den Kopf und einmal in die Schulter mit den Worten:

„Du dreckiges Kommunistenschwein".

Dutschke konnte gerettet werden, wenngleich seine politische Karriere damit beendet war. Er brauchte lange, um sich einigermaßen gesundheitlich zu rehabilitieren und starb dann auch relativ früh 1979 an den Folgen dieser schweren Verletzungen.

Frankreich, das neben der Rolle als Alliierte Siegermacht nach dem Zweiten Weltkrieg zwar international und vor allem Deutschland gegenüber selbstbewußt auftreten konnte, hatte aber seine unrühmlichen Kolonialkriege verschmerzen müssen, mit unzähligen Opfern und Niederlagen, beispielsweise in Vietnam oder in Algerien. Auch hier wurde Vieles verdrängt. Und nun kamen auch hier die nächsten Generationen und wollten Antworten auf ihre Fragen nach der Geschichte und Vergangenheit, Fragen nach der Rolle der Vorgängergeneration in den unrühmlichen Scharmützeln, Fragen nach den gesellschaftlichen Werten, nach den Sitten und Gebräuchen, die sich immer noch sehr traditionell an der Vergangenheit orientierten.

Im Mai 1968 eskalierten in Paris nach tagelangen Demonstrationen von Studenten für bessere Studienbedingungen die Auseinandersetzungen mit der Polizei, die in Frankreich damals generell als ausgesprochen rüde und brutal galt. Es kam zu tagelangen Straßenschlachten, wie ich sie ein Jahr zuvor in den Westnachrichten aus den USA gesehen hatte. Anschließend lähmte ein wochenlanger Generalstreik die Wirtschaft Frankreichs. Mich bedrückten diese Bilder, störten sie doch mein Ideal einer gut funktionierenden, friedlichen Demokratie mit dem Wert der Freiheit als oberste Prämisse. Selbst aus Tokyo, dieser so extrem fernen Metropole kamen nun Nachrichten von jungen Demonstranten, die gegen das erzkonservative Establishment Japans demonstrierten und gegen den Vietnamkrieg der Amerikaner. Überhaupt spielte dieser unsägliche Krieg immer stärker den weltweiten Demonstrationsbewegungen in die Karten. Was hatten sich die Amis da verrannt!

Und im Juni 1968 waren es wieder die USA! Ursprünglich war John F. Kennedy, der als amerikanischer Präsident 1963 ermordet worden war, ein liberaler Hoffnungsträger für viele gemäßigte Amerikaner, die Frieden, Freiheit und Demokratie in ihrem Land bewahren und eine neue Gleichberechtigung der Rassen erringen wollten. Und in diese Fußstapfen traten nun weitere Mitglieder des Kennedy-Clans. Ein weiterer Hoffnungsträger war sein Bruder Robert Kennedy, genannt *Bobby*. Er ging ins Rennen um die Präsidentschaftswahlen 1968. In Kalifornien hatte er die Vorwahlen im Mai 1968 für die Demokraten gewonnen. Und dann kam der 6. Juni 1968! Wieder fielen Schüsse! Und diesmal streckten sie in Los Angelos Robert Kennedy nieder, er überlebte nicht!

Man mag in der Rückschau auf diese 1960er Jahre den Eindruck gewinnen, wer sich ernsthaft für politische Zusammenhänge und Entwicklungen interessierte, kam gar nicht mehr hinterher mit dem Erfassen der Ereignisse, Attentate, Kriege und Unruhen.

Die weiteren Bilder aus West-Berlin zeigten uns 1968 plötzlich immer öfter nicht mehr nur ein Aufbegehren gegen das Establishment, immer öfter meldeten sich sogenannte K-Gruppen, sektiererische kommunistische Zellen zu Wort, sie wollten aus dieser freien Welt des Westens, so viele Schwächen sie haben mochte, eine *kommunistische Diktatur des Proletariats* machen. Immer mehr rote Fahnen und linksextreme Sprüche waren den Demonstrationen zu entnehmen. Unzählige politisch eher Ungebildete rannten hinterher, vielleicht war es auch einfach schick dabei zu sein. Man erzählte sich, die Buchbinder begannen Nachtschichten einzulegen, um die *Mao-Bibel* unter die Leute zu bringen, wie früher in der NS-Zeit Hitlers *„Mein Kampf"* und bei Demonstrationen von Zigtausenden wieder und wieder das *„Ho Ho Ho Chi Minh"*.

Natürlich sollte hiermit auch ein Gegengewicht gegen den Vietnamkrieg der Amerikaner gesetzt werden. In den Hochschulen begannen immer öfter Störer den Lehrbetrieb zu blockieren, ganze Fakultäten wurden lahmgelegt, inzwischen über West-Berlin hinaus auch in anderen westdeutschen Großstädten, vor allem Frankfurt/Main. Die Versuche, auch die Arbeiterschaft zu überzeugen, scheiterten indes kläglich. Wie sollte man auch denjenigen, die nach Jahren des Krieges und der Entbehrungen nun endlich begannen am Wohlstandskuchen zu knabbern, und die begannen, die von den Alliierten erst verordnete und dann geliebte Freiheit zu genießen, nahebringen, dies alles einem neuen sozialistischen Modell zu opfern? Zu verworren, zu unausgegoren und utopisch waren die ideologischen Attacken der Linken, als daß sie in die Fläche hätten transformiert werden können. Um so peinlicher wirkt es heut, wenn in diversen Dokumentationen die inzwischen greisen Politsenioren immer noch verklärt ihren Mythos von der 68er-Revolution vor den Kameras ausbreiten, im unerschütterlichen Glauben, sie hätten die Welt ein Stück vorangebracht, eine Welt, die kraft einer ungeheuren Wirtschaftsdynamik und einer endlich in der Freiheit angekommenen Gesellschaft schon längst unterwegs war zu mehr Liberalität, gelebter Freiheit und Toleranz. Der Minirock und die freizügige Mode waren kein Relikt der *68er*, die Antibabypille ebensowenig, oder die neuen, sich stets verändernden und sich hin zu mehr Humanität weiterentwickelnden gesellschaftlichen Strukturen.

Im Gegenteil: Als sie kapierten, daß ihnen das Volk, für das sie doch so gern gedacht und gesprochen hätten, einfach nicht folgen wollte, sahen sie zunehmend verbittert das Heil in der späteren RAF, der *Rote Armee-Fraktion* um Baader, Meinhoff, Enslin, Raspe und Konsorten, die es letztlich richten sollten mit ihren Mordkomplotten gegen *„die Schweine"*, wie sie die Staatsdiener nannten. Wer von den bekannteren sogenannten *68ern* hat sich eigentlich jemals dazu bekannt, daß er oder sie einem großen Irrtum unterlegen ist? Wer von ihnen hat sich dazu bekannt, die Humanität, die Menschenrechte und die Menschenwürde mit seinem kommunistischen Gehabe verraten und mit Füssen getreten zu haben? Allerdings ist es auch nie mit Wehemenz verlangt worden. Bei den *68ern* nehmen wir eher belustigt zur

Kenntnis: Da war doch was? Und wie viele der damaligen Akteure und Sympathisanten genießen heut, nach dem langen *Marsch durch die Institutionen* unerschütterlich selbstgerecht als ehemalige Anwälte, Richter, Professoren, Ärzte, Lehrer oder als Behördenleiter ihr gut betuchtes Pensionärsdasein. Es ist, wie es ist!

Cousine Christel Meyer, Jürgen Meyer, Tante Hilda, ich, Schwägerin Karin und Mutter bei einem Treffen in Ost-Berlin, 1968

Zäsur 1

Die erste Gratwanderung eines frühen Lebensabschnittes hatte ich mit der Schule ganz gut bestanden, die ersten Federn meiner Flügel bildeten einen zarten Flaum. Das begonnene Lavieren zwischen einem ausgesuchten, eher westlich orientierten Freundeskreis und den notwendigen Arrangements mit Lehrern, GST-Leitern und sonstigen systemtreuen Bekannten faßte Klassenlehrer Bochmann in meiner Beurteilung am Ende der zehnten Klasse – wie ich meine treffend – auf dem ansonsten durchschnittlichen Zeugnis zusammen:

„Manfred war ein ruhiger, verschlossen wirkender Schüler. Er zeigte nicht immer genügend Interesse für die schulische Arbeit und versuchte, seine unausgeglichene Lerneinstellung hinter betonter Zurückhaltung zu verbergen. Er beteiligte sich an gesellschaftlichen Aufgaben, lehnte auch die Klassengemeinschaft nicht ab, doch suchte er das Kollektiv nicht."

Empfand ich einerseits all diese Ereignisse und atemberaubenden Entwicklungen damals sehr ambivalent und wußte oft nicht, in welcher Richtung ich selbst zukünftig marschieren sollte, so hatte ich andererseits irgendwie die unausgereifte jugendliche Ahnung, ich bin in dieser verrückten Welt vielleicht am besten beraten, wenn ich die vielen Fragen, mit denen ich die Welt zu erfassen suchte, mit einem individuellen Moralethos beantworte. Es reicht nicht, nur Fragen zu stellen, schließlich wollen Entscheidungen, zumal wichtige Lebensentscheidungen von Antworten geleitet sein. Meine Antworten entwickelten sich zunehmend dahin, die Anderen so zu behandeln, wie ich selbst erwartete, behandelt zu werden, ganz dem kategorischen Imperativ Immanuel Kants folgend. Und dort, wo man Unrecht vermutet oder gar mit Gewißheit von ihm weiß, muß man seine eigenen, individuellen Konsequenzen ziehen, seien sie auch noch so unpopulär. Immerhin könnte dies dazu führen, sich mit einem guten Gewissen jeden Morgen zufrieden und entspannt im Spiegel betrachten zu können. Und um dies zu leben, muß man gelegentlich Rückgrat zeigen, wie mit dem Verweigern der FDJ oder dem Fernbleiben der schulischen Abschlußveranstaltung! Ein Heiliger wird man dadurch gewiß nicht und eigene Verfehlungen blieben in der Rückschau auch in meinem weiteren Leben nicht aus, die ich heut sehr bedaure; dennoch aber kann ein solcher Leitgedanke hilfreich und letztlich eingedenk aller Fragerei ein Standpunkt sein.

Werde ich heut gelegentlich im Rahmen meiner Vorträge zu meinen noch zu schildernden, traumatischen DDR-Erlebnissen und zur Stasi-Akte gefragt, ob mir nicht manchmal die Zornesröte ins Gesicht stünde oder *„das Messer in der Tasche"* aufgehe, wenn mir ewig Gestrige unter Vorgabe zahlreicher banaler Beispiele beschwören:

„War doch nicht alles schlecht in der DDR!",

oder noch radikaler:

„Die DDR hatte doch auch ihr Gutes!",

dann kann ich versichern, nicht mehr besonders erhitzt zu sein. Erstens habe ich mit meiner Haltung später viel erreicht, beruflich, auch ganz persönlich, ich habe letztlich heut meine innere Mitte gefunden! Und zweitens ist es, wie es ist und die Menschen sind, wie sie sind, auch in der Bundesrepublik sind sie nicht anders; das System der DDR war ein anderes, was durch ein viel späteres Beispiel aus der Zeit nach der Grenzöffnung belegt sei:

Anläßlich einer gesellschaftlichen Veranstaltung um das Jahr 2000 herum im Rahmen meiner viel späteren, verantwortlichen Tätigkeit als Hauptgeschäftsführer eines großen Arbeitgeberverbandes in Braunschweig gab es am Stehtisch eine Diskussion um die Enttarnung eines damals ehrenamtlichen Magdeburger Repräsentanten der Wirtschaft als ehemaligen IM, also als informellen Mitarbeiter der Stasi. Sollte man diesen Mann nicht sofort aus einem solchen ehrenamtlichen Repräsentationsamt entfernen? Das war allgemeine Frage am Tisch. Eine Antwort gab ein maßgeblicher Repräsentant der Braunschweiger Wirtschaft sinngemäß und zum Teil mir wörtlich tief im Gedächtnis verblieben: Man solle doch nun diese *„ollen Kamellen"* endlich einmal ruhen lassen und zur *„Tagesordnung"* übergehen.

„Im Übrigen hätten wir uns notgedrungen ja wohl in der DDR ebenfalls arrangiert, schließlich hätten auch wir es ja zu was bringen wollen!"

Da waren sie wieder, meine diesmal nur still mir selbst gestellten Fragen! Zu etwas bringen? Wozu? Karriere um jeden Preis, auch um den Preis des Verrats, vielleicht an guten Freunden, Bekannten oder gar der Familie? Wer sieht schon bis auf den Boden der menschlichen Abgründe! Gewiß, ich hätte mit der Faust auf den Stehtisch hauen und mit Zornesröte im Gesicht ein Schlachtgetöse entfachen, ein *verbales Messer* zücken können. Aber erstens entspricht das nach wie vor nicht meiner Natur und zweitens bin ich immer noch pragmatisch genug zu wissen, wann, wo und wie ich tatsächlich Einfluß nehmen und etwas Positives bewirken kann und wo meine Grenzen sind. Wo und wann im Alltag soll ich dann noch meinen Frieden finden, wenn man selbst im Beruf, im Privaten und überall mit derlei Oberflächlichkeit umgeben ist? Ich bin nicht der liebe Gott, auch kein Richter. Nicht fehlender Mut bremste mich hier ein, es war reiner Pragmatismus. Es ist, wie es ist!

Gleichzeitig begann ich in dieser Zeit als Jugendlicher zu erahnen, was sich auf meinem weiteren Lebensweg nur all zu oft bestätigen sollte: Das Leben ist immer auch eine Frage von Alternativen! Gelange ich an einen Scheideweg, an dem es gilt, die Richtung neu festzulegen, dann vor dem Hintergrund der Antworten, die ich mir aus meinen Fragen zu einem Bild, zu meinem Meinungsbild geformt habe.

Demgegenüber wird immer eine Frage unbeantwortet bleiben: Was wäre gewesen, hätte ich mich für einen anderen Weg entschieden? Sofort bin ich im Modus kontrafaktischer Betrachtung von Ereignissen! Nie werde ich erfahren, was sich hinter der nächsten Biegung eines Weges verbirgt, den ich nicht beschreite. Dieses Paradoxon kann ich nicht auflösen. Ich kann es lediglich relativieren – indem ich so gründlich wie möglich prüfe, so viele Fragen stelle, wie möglich, um über eine bloße Meinung hinaus eine feste Überzeugung zu gewinnen und meinen Weg festzulegen – und dann: Augen zu und durch! In der Hoffnung, richtig entschieden zu haben! Mit aller Konsequenz! Wer A sagt, muß auch B sagen!

Hier hatten wir in der DDR immer noch einen Spielraum, der bei objektiver Betrachtung ungleich größer war, als beispielsweise im Kommunismus der Sowjetunion, wo bis in die 1960er Jahre die Menschen einem System ausgeliefert waren, das eine Individualität mit der Möglichkeit, Lebensentscheidungen ganz ausschließlich allein zu treffen, nur sehr eingeschränkt zuließ, viele Wege waren dort bis ins Private vorgegeben.

Noch schlimmer in China, dem volkreichsten Land der Welt, von dem man damals erstaunlich wenig hörte. In all dem weltpolitischen Wirrwarr und dem medialen Wust ging die Entwicklung im China Mao Tse-tungs erstaunlich geräuschlos vonstatten, obwohl gerade sie, wie man heut weiß, für die dort lebenden ungefähr eine Milliarde Menschen eine unvorstellbare kommunistische Hölle gewesen sein muß. Ein wesentlicher Grund, warum wir damals so wenig erfuhren, war sicher die konsequente Abriegelungspolitik Chinas. Wie gern ich damals mehr aus diesem Land erfahren hätte. Kaum einem ausländischen Journalisten- oder Kamerateam gelangen authentische Berichte, ähnlich wie in Albanien unter Enver Hodscha bis zur Wende um 1990 oder in Nordkorea bis heut. Das war in der freien westlichen Welt viel einfacher, wo ganze Heerscharen von Journalisten und Kameraleuten nur darauf warteten, daß es endlich irgendwo wieder krachte, zu großen Demonstrationen oder zu Gewalt kam.

Nach den ersten Versuchen der Nachkriegszeit unter Mao, die Chinesen in ein kommunistisches Korsett zu pressen, hatte er die ungeheure Dynamik solch erzwungener Diktaturprozesse unterschätzt, mit der Folge einer unsäglichen Hungersnot um 1960 herum, der Millionen Chinesen zum Opfer fielen, genau, wie bereits in den 1920er Jahren in der Sowjetunion. Hinzu kamen in China die Millionen, die eingesperrt, gefoltert und teils bestialisch, auch öffentlich hingerichtet wurden. Seine Lösung des Problems? Nachdem kurze Zeit eine Art Liberalisierung unter seinem früheren Stellvertreter Deng Xiaoping Hoffnungen zuließ, wendete Mao das Blatt und ging nun noch härter gegen Konterrevolutionäre vor! In einer sogenannten *Kulturrevolution* wurden ab 1966 Intellektuelle, die sich erlaubt hatten, liberale oder kritische Gedanken zu äußern, gnadenlos hingerichtet. Allein die Begrifflichkeit Kulturrevolution unterstrich den unglaublichen Zynismus, der diesem diktatorischen Denken zugrunde lag. Jeder akademisch Gebildete war fortan zur Landarbeit verpflichtet und es hatte sich ein Klima der völligen Entmenschlichung entwickelt.

Wenn auch damals wenig an objektiven Informationen aus China zu uns gelangten und wenn das ganze Ausmaß der millionenfachen Opfer erst viel später bekannt wurde, so waren aber die Grundzüge dieser Kulturrevolution bekannt, auch, daß vor allem die Intellektuellen unter ihr zu leiden hatten. Millionen Studenten und Akademiker durften nicht mehr studieren und ihren akademischen Berufen nachgehen, sie wurden von einem Tag auf den anderen aufs Land beordert, dort den Bauern zu helfen, die Hungersnot zu lindern; wer sich widersetzte, wurde in Umerziehungslager gesteckt oder hingerichtet, teils in großen, öffentlichen Schauprozessen. Im China Maos wurden, wie man heut weiß, Kinder in den Schulen dazu erzogen, ihre Eltern zu beobachten und zu denunzieren, verhielten sie sich nicht systemkonform.

Vor dem Hintergrund all dessen stellt sich mir die Frage, wie weit dieses auf Andersdenkende gerichtete, unmenschliche Volksmorden in dieser sogenannten Volksrepublik von der systematischen, industriell entwickelten Vernichtungsmaschinerie der Faschisten im Rahmen des Holocaust entfernt war? Zahlenvergleiche helfen hier wohl nicht weiter; wer vermag sich schon 60 Millionen Tote vorzustellen, die der Zweite Weltkrieg zur Folge hatte, inklusive dem Holocaust? Und wer vermag sich die ebenso vielen Millionen Toten des Terrorregimes im kommunistischen China in den 1950er Jahren bis zur großen Hungersnot und dann der Kulturrevolution in den 1960er und den 1970er Jahren vorzustellen, inklusive der Millionen Toten der systematischen sowjetischen Säuberungen unter Stalin? Jeder Einzelne dieser Ermordeten war einer zuviel! Wer kann die tragischen psychologischen und mentalen Dimensionen erfassen, unter denen die Menschen in dieser Zeit des permanenten Terrors gelitten haben?

Einer der weltbesten Komponisten seiner Zeit war Dmitri Schostakowitsch, der die Sowjetunion als seine Heimat über alles liebte und der sie 1949 einmal als künstlerischer Repräsentant auf Stalins Geheiß in New York bei einem großen Künstlerkongreß vertrat. Zahlreiche Angebote, in den USA zu bleiben und die Freiheit zu genießen, lehnte er ab. Und dennoch war sein Zutrauen in die Regierenden, zumindest unter Stalin so gering, daß er Jahrelang nachts neben seinem Bett zwei gepackte Koffer bereithielt für den Fall, daß auch er, wie zahllose Künstler und Intellektuelle in willkürliche Ungnade fiel und von der Kommandantura abgeholt wurde, um entweder im besten Fall nur kurz eingesperrt und ideologisch sensibilisiert zu werden, im schlimmeren Fall jahrelang nach Sibirien deportiert zu werden oder im schlimmsten Fall erschossen zu werden. Ein Koffer für die Wäsche, einer für Notenpapier und Unterlagen seines künstlerischen Schaffens. Kalkulierbar waren diese Risiken für die Betroffenen nicht! Was für eine Stimmung, für ein Klima der ständigen Angst muß diese Menschen umgetrieben haben. Auch wenn die DDR selbst weder Massendeportationen, Massenmorde noch politische Säuberungen mit riesigen Opferzahlen zu verantworten hatte, weshalb sie vom System des Nationalsozialismus ebenso zu unterscheiden ist wie auch von dem in China und der Sowjetunion, so hat sie sich aber zumindest durch die Anbiederung an die Sowjetunion als ihr großes Vorbild mit ihr gemein und dadurch moralisch mitschuldig an deren Verbrechen gemacht!

Und all dies bekam nun auf eine geradezu schizophrene Weise in West-Berlin 1968 einen derartigen ideologischen Aufwind, daß Vielen Hören und Sehen verging. Auch mir schien hier etwas aus den Fugen zu geraten, konnte ich doch nicht nachvollziehen, wie man einem freien, demokratischen Land solch krude Ideologien überstülpen wollte.

Auch wenn mit 1968 und der dazugehörigen Bewegung nicht das Ende der Verwerfungen erreicht war, sondern vor allem die RAF, die Nachrüstungsdebatten und zahlreiche weitere markante Ereignisse unser Land noch kräftig rütteln sollten, so konnten wir aber auch daran wachsen. Das jedoch wird uns nicht davon befreien, auch zukünftig vernünftige, pragmatische und zielführende Fragen zu stellen, um uns weiter in Wohlstand und Stabilität voranzubringen. Hierauf wird am Ende dieses Buches im Epilog noch einzugehen sein.

1968 – Prager Frühling im Osten

Ein treuer Begleiter meiner Jugendjahre in Stollberg war neben Stefan auch Udo Herschel. Seit dem sechsten oder siebten Schuljahr waren wir immer öfter zusammen unterwegs, die Welt um uns herum zu erkunden, jedoch mehr auf die Abende in den Tanzlokalen und die Kneipen bezogen. Mit dem Rad oder später mit dem Motorrad die Gegend zu erkunden, war Stefan mir der Vertraute, ebenso auf dem Sachsenring, wo Stefan später gar selbst Rennen auf MZ fuhr, auch begann ich bereits damals größere Unternehmungen in den umliegenden Wäldern des Erzgebirges gern allein in Angriff zu nehmen.

Udo war ein eher schwacher Schüler, hatte aber das Herz auf dem rechten Fleck. Noch kurz bevor Udo die Schule nach der achten Klasse verließ, um seine Bäckerlehre beim Gerlach-Bäcker in Stollberg-Hoheneck anzutreten, hatten wir beide im Sportunterricht einen Boxkampf, der kein wirklicher Kampf werden sollte. Unser Sportlehrer, Herr Bergmann bot uns an, einmal richtige Boxhandschuhe überzuziehen und sich zu messen. Das reizte mich! Da Udo mein Freund war, meinte ich, er sei auch der richtige Gegner. Auch ein weiterer Klassenkamerad wäre infrage gekommen, aber der schien mir zu sportlich, schließlich wollte ich nicht verhauen werden. Allerdings war Udo mindestens einen Kopf größer als ich und ein Schwergewicht, während ich damals noch eher schmalbrüstig war. So hatten wir die Handschuhe kaum geschnürt und der Lehrer als Ringrichter hatte mit einem zünftigen *„Box"* den Kampf freigegeben, da lag ich schon auf dem Boden. Eine so kräftige Rechte hatte mich regelrecht niedergemäht, wie ich sie nie erwartet hätte. Dummerweise fing die Nase auch sofort an zu bluten und ich bin des Gefühls noch erinnerlich, wie es ist, wenn man sich mit den Händen nicht behelfen kann, das Blut zu stoppen, weil man in diesen Handschuhungetümen feststeckt. Udo war das ziemlich peinlich, obwohl er doch nur gewonnen hatte. Ich habe nie wieder geboxt.

Udo hatte durch seine Mutter Verwandte im Westen, mit denen er in ständigem Briefkontakt stand und die ebenfalls zu Besuch kamen. Einmal waren merkwürdige Freunde seines Bruders Dietmar aus der DDR zu Besuch. Dietmar war etliche Jahre älter als Udo und studierte damals Sport für das Lehramt. Seine Freunde fand ich einerseits faszinierend, andererseits waren da Dinge, die ich mir nicht erklären konnte. Es war ein junges Pärchen, beide drahtig, extrem durchtrainiert und mit Gitarre ausgerüstet. Wir sangen gemeinsam Lieder von Bob Dylan und anderen Protestbarden dieser Zeit. Ich habe einen wunderschönen Abend in Erinnerung. Allerdings gerieten mir ihre Erzählungen von den Aufenthalten der beiden in der Schweiz und Österreich zu rätselhaft, als daß ich sie mir hätte erklären können. Und wie geschickt sie meiner inzwischen gereiften Fragekunst auswichen, mir rhetorisch weit überlegen, wenn auch deutlich älter. Ein großes Geheimnis umweht sie noch heut, wenn ich an dieses seltsame Paar und unser Zusammentreffen zurückdenke. Offensichtlich gehörten sie zu den Privilegierten der sogenannten Reisekader. Dies waren Menschen, die in den unterschiedlichsten Zusammenhängen, sei es aus wirtschaftlichen, sportlichen, kulturellen oder sonstigen Gründen in das NSA reisen durften, in das nicht sozialistische Ausland. Oder war es ein Stasi-Auftrag?

Nach dem Beginn von Udos Bäckerlehre behielten wir den Kontakt. Die ersten Besuche von Tanzveranstaltungen im *Bürgergarten*, einem Hotel inmitten Stollbergs mit angeschlossenem Tanzsaal oder in den Nachbarorten unternahmen wir gemeinsam. Dies setzte sich fort bis in meine spätere Lehrzeit hinein. Waren wir sonntagabends unterwegs, kam es vor, daß Udo durchmachte bis etwa gegen ein oder zwei Uhr nachts und dann ging er gleich zu seinem Bäcker, nachdem wir gelegentlich vorher noch an unserem TV-Gerät verzweifelt – und immer vergeblich – die angeblichen Stripteas-Programme des westdeutschen Fernsehens herbeizuzaubern suchten. Er wurde Bäcker mit Leib und Seele.

Anfang September 1967 fuhr ich eines Montags mit dem Bus, einem großen Ikarus-Bus mit Heckmotor nach Aue, um in der dortigen Berufsschule meine Ausbildung zum Baumaschinisten beim VEB Bau- und Montagekombinat Zwickau, Abteilung Industriebau zu beginnen. Lehrer Baufler war mein Berufsschulklassenlehrer, ein grauhaariger etwa Mittfünfziger von mittlerer Statur und schlank, aber stets düster dreinblickend. Seine Aura hielt uns auf Distanz und war Respekt einflößend. Wir erhielten die Ablaufpläne unserer Ausbildung, die Stundenpläne und alle übrigen, für eine Ausbildung notwendigen Informationen. Interessant war für mich die Perspektive, neben der Grundausbildung in der Lehrwerkstatt Hakenkrümme bei Aue bereits im ersten Lehrjahr gelegentlich auf Baustellen im gesamten südsächsischen Raum eingesetzt zu werden. In der Hakenkrümme erwartete uns die Ausbildung in der Metallverarbeitung, im Schweißen und Löten, in der Schmiede und in der Elektrowerkstatt. Im zweiten Lehrjahr stand eine schwerpunktmäßige Ausbildung in Zwickau an, wo wir dann in einem Lehrlingswohnheim die Woche über untergebracht wurden, aber ebenfalls auf verschiedenen Baustellen zum

Einsatz kommen sollten, um bereits auf Baumaschinen, beispielsweise auf Baggern, Kränen und Planierraupen Erfahrungen zu sammeln. Zwei weitere Stollberger Jugendliche aus der Parallelklasse der Alfred-Kempe Oberschule waren ebenfalls in dieser Ausbildung.

In der Ausbildungswerkstatt Aue-Hakenkrümme war Herr Ficker unser Ausbildungsleiter, ein ebenfalls Mittfünfziger von etwas kleinerer, untersetzter Statur mit schwarzen Haaren um seinen Glatzenrand und mit einer großen, runden Brille, die sehr dicke Gläser zu haben schien, er war ein durchweg verständnisvoller, angenehmer und schnell Vertrauen erweckender Mann. Dieser für uns im Erzgebirge nicht selten vorkommende, wenn auch gewöhnungsbedürftige Familienname war vor allem um Aue herum weit verbreitet. Dem gegenüber stand Herr Paschlik als Ausbilder im Metallbereich, ein junger Dreißigjähriger von sehr sportlicher Figur mit einem kleinen Sprachfehler, der uns zu Hänseleien reizte. Paschlik war ebenso in der GST sehr engagiert. Und dann gab es den Ausbilder der Elektrowerkstatt, Herrn Müller, ein kleiner, sehr drahtiger Vierzigjähriger mit lockigem Haar und einer ausstrahlenden Dynamik, die einerseits motivierte, andererseits abschreckte. Er war der Parteisekretär der Werkstatt Aue!

Die Werkstatt der Hakenkrümme war ansich eine größere Reparaturwerkstatt des gesamten VEB für Transportgeräte, also Förderbänder, auch für Kompressoren, mit einer angegliederten Lehrwerkstatt. Wir waren also nur Teil eines größeren Ganzen. Und leider war der Elektroausbilder in seiner Abteilung meist präsent, so daß die Radiosender an unseren Werkstatt-Rundfunkgeräten von ihm immer auf DDR-Sender eingestellt waren. Hatte er einen Außentermin oder eine Parteitagung, war sofort ein Westsender eingestellt, mit stillschweigender Billigung von Herrn Ficker und Herrn Paschlik.

Auch weitere menschliche Erfahrungen bereicherten diese Ausbildung. Bei den Gesellen gab es Fritz, der um Mitte fünfzig gewesen sein mag und durch eine Nervenerkrankung seit dem Zweiten Weltkrieg extreme, parkinsonähnliche Zitterbewegungen beider Hände aufwies. Wie er berichtete, hatte er sich dies als Wehrmachtspionier im Zweiten Weltkrieg an der Ostfont geholt, wo er mehrfach *„dem Sensenmann ein Schnippchen geschlagen"* habe und ihm *„von der Schippe"* gesprungen sei. Ich fand es faszinierend, wie sicher er die Muttern an selbst unzugänglichsten Stellen auf die Schrauben fädelte, um diese anzuziehen, trotz seiner zitternden Finger. Und wenn er seinen Kaffe trank, ging kein Töpfchen daneben. Wie machte er das nur?

Und dann war da Paul, ein altersmäßig schwer einzuschätzender Mann mit sehr verwachsenem Rücken, einem kleinen Buckel, der stets in Beugehaltung ging, wenn auch äußerst flink und behende. Aber die Haupthandicaps waren sehr unansehnliche Gesichtszüge und ein Sprachfehler. Er erinnerte mich sehr an Anthony Quinn als Quasimodo im damals legendären und 1956 gedrehten Film *Der Glöckner von Notre Dame* mit Gina Lollobrigida als Esmeralda. Auch konnte Paul einem nicht mit geradewegs zugewandtem Gesicht in die Augen schauen, er drehte sich grundsätzlich etwa 45 Grad ab und schaute einen von der Seite aus den Augenwinkeln an, was den Eindruck erweckte, er mustere einen aus bewußt gewählter Distanz, gleichsam einem in die existenzielle Defensive gedrängten Tier. Daran mußte auch ich mich erst gewöhnen, bis mir klar wurde, Paul, der seit Beginn der Ausbildung in der Hakenkrümme Mitte der fünfziger Jahre dort als Heizer tätig war, hatte schon zu viele Lehrlingsattacken erdulden müssen und er traute einfach niemandem mehr. Sein Blick war Person gewordenes Mißtrauen! Ich konnte es nicht gut aushalten, wenn meine Lehrlingskameraden – wir waren in der Klasse und der Werkstatt ausschließlich Jungs – ihn hänselten und ihm arg unschöne Streiche spielten. Dann hatten wir durchaus auch gelegentlich Krach miteinander. Überhaupt konnte und kann ich nicht gut damit umgehen, wenn Menschen mit Handicaps oder schwächere Glieder der Gesellschaft verhunepipelt werden. Allerdings war Paul morgens am Beginn seines Dienstes als Heizer im Kohleheizkraftwerk der Werkstatt immer sauber und sehr gepflegt. Und dann erzählte er oft am Wochenbeginn, nachdem wir uns ein wenig angenähert hatten, zu meinem Erstaunen von seinen Ausflügen mit Wochenendreisegesellschaften in Museen und Kultureinrichtungen, die es ja auch in der DDR gab. Seines kulturellen Interesses wegen war mir Paul oft interessanterer Gesprächspartner als meine Mitlehrlinge, deren Gesprächshorizonte leider allzuoft sehr zotig an Mädchenthemen, an Fussball oder an einfachsten politischen Klischees ihre Grenzen fanden und da Paul die Kollegen eher aus dem Weg gingen, hatte er in mir ein wenig einen Vertrauten gefunden, wie ich auch später oft gerade jene Menschen interessant fand, die als Außenseiter eher abseits standen. Vielleicht waren sie mir deshalb interessant, weil sie oft ihre Individualität im Gegensatz zu den Lemmingen um mich herum bewahrt hatten. In den Pausen begannen Paul und ich öfter unsere Pausenbrote gemeinsam auf einer Bank neben dem Heizgebäude einzunehmen oder bei kaltem, schlechtem Wetter im Heizhaus neben den Kohlen. Familie hatte er keine mehr, Geschwister nie gehabt, Vater war im Krieg geblieben und Mutter war früh verstorben.

Von Aue aus waren es nur wenige Kilometer bis zur Grenze in die CSSR, die Tschechoslowakische Sozialistische Republik. Viele Erzgebirgler nutzten seit 1967 einen sich etwas lockernden Grenzdurchlaß, um in Karlovy Vary, dem früheren Karlsbad oder in Prag Einkäufe zu tätigen, da die DDR ab Ende der 1960er Jahre begann, sich wirtschaftlich kontinuierlich zurückzuentwickeln, nachdem es vorher durchaus auch in der DDR, wenn auch langsam, wirtschaftlich vorwärts ging. Galten bis dahin noch bei den meisten Arbeitern und Angestellten die alten deutschen Tugenden des Fleißes, der Pünktlichkeit und Zuverlässigkeit, begann sich langsam ein unüberschaubarer Schlendrian einzuschleichen. Einerseits wußten alle, daß sie an ihrer Lebenssituation kaum noch etwas nachhaltig werden verändern können, da sich durch die Grenzziehung und die Abriegelung die Strukturen gefestigt hatten, andererseits begannen die meisten, aus der Not eine Tugend zu machen. Wenn Fritz nach ausgiebiger Mittagspause mit dem Fahrrad davon fuhr, um angeblich etwas Wichtiges für die Werkstatt zu erledigen, wußten alle, daß er zu Hause seinen Hasenstall weiterbaute, für den er das Material aus der Werkstatt entfremdete. Arbeitsrechtliche Konsequenzen gab es infolge solcher Ungereimtheiten nicht, die gab es nur, wenn jemand in einer guten, interessanten beruflichen Position politisch unangenehm auffiel. Dann konnte man schnell seinen Arbeitsplatz, vielleicht gar eine exponierte Position verlieren und sich in kürzester Zeit als Friedhofsgärtner oder als Hilfskraft wiederfinden, ganz gleich, ob man einen akademischen Abschluß in der Tasche hatte oder nicht. Die Grundversorgung mit Lebensmitteln und den Gütern des täglichen Bedarfes allerdings war nach wie vor sichergestellt, im Grunde bis zur Auflösung der DDR.

Dies alles waren Gründe, weshalb die Erzgebirgler, die mobil waren, gern in der CSSR zum Einkaufen fuhren. Dort gab es ein vielfältigeres Angebot sowohl von Gemüse, Obst und Südfrüchten und ab Ende 1967, Anfang 1968 gab es sogar eine deutliche Öffnung für Waren aus dem Westen. Plötzlich kauften sich die Erzgebirgler Ihre Jeans, wie die früheren Nietenhosen nun auch in der DDR hießen, in Karlsbad, ebenso ein Kofferradio oder eines der heiß begehrten Tesla-Tonbandgeräte. Auch ich hatte nun fest vor, demnächst in die CSSR zu reisen, um dieses zarte Pflänzchen der Wirtschaftsliberalisierung in Augenschein zu nehmen. Allerdings hatte ich immer noch keinen Führerschein, war insofern nur eingeschränkt mobil und mit dem Fahrrad wäre die Tour zu lang geraten. Aber Ende 1968 stand der Beginn der Fahrschulausbildung auf dem Ausbildungsprogramm und das ließ mich voller positiver Erwartung in die Zukunft blicken.

Hinzu kam dann Anfang 1968 eine politische Entwicklung in der CSSR, die uns fast die Sprache verschlug. Erstmals im April oder Mai 1968 muß es gewesen sein, daß ich im Westfernsehen vom sogenannten *Prager Frühling* hörte. Was war denn nun plötzlich bei uns im Ostblock los? Sollte jetzt tatsächlich sich die Welt auf den Kopf stellen und der Ostblock einer Liberalisierung unterzogen werden, während der Westen im Chaos der Unruhen versinkt? Alexander Dubcek hieß der große Hoffnungsträger der Tschechen. Er war der erste Sekretär des Zentralkommitees der Kommunistischen Partei der CSSR und wurde im Frühjahr 1968 Generalsekretär, damit der stärkste Mann in diesem Land. Bekannte eines Lehrlingskameraden berichteten davon, auf einem Flohmarkt, einer uns bislang völlig unbekannten Art von öffentlichem Markt in Karlsbad sogar Schallplatten der Rolling Stones, die ich damals schon verehrte, ganz legal erworben zu haben. Das ließ hoffen!

Im Juli folgte mit Stefan wieder das obligatorische Sachsenringabenteuer, zum letzten Mal mit den Fahrrädern zum Weltmeisterschaftslauf für Motorräder.

Dann aber kam der 20. August 1968! Familie Heusler, bei der Mutter als Haushälterin arbeitete, war für einige Tage mit dem PKW nach Ungarn gereist, ich glaube mich zu erinnern, daß Dr. Heusler einen Ärztekongress mit einem privaten Aufenthalt verband. Die ältere Tochter Gisela, sie war etwa ein Jahr jünger als ich, mußte aus einem mir nicht mehr erinnerlichen Grund zu Hause bleiben. Da die Eltern sie nicht allein lassen wollten, war die Frage, ob sie nicht die paar Tage bei uns übernachten könnte, was Mutter sehr gern anbot. An diesem Abend, einem Dienstagabend waren Gisela und ich allein zu Haus, Mutter war bei Bekannten und hatte eine spätere Heimkehr angekündigt, während Vater sich um diese Zeit auf den Weg in den Schacht machte. Gisela war ein sehr hübsches Mädchen, schlank, mit wunderbaren blonden Locken. Was mich bei ihr jedoch eher distanziert bleiben ließ, waren das kommunistische Elternhaus, das in unseren Gesprächen permanent Präsenz zeigte und ihr damaliges Engagement in der sozialistischen Singebewegung, einem Verein zur musikalischen Erbauung mit allerlei sozialistischem Trallala. Das war nicht meine Welt. Ich hörte inzwischen lieber die *Stones, Jimmy Hendrix, The Who, The Doors* oder *Bob Dylan*. Dennoch bemühten wir uns und wir waren uns nicht unangenehm, im Grunde war sie ein gutherziges Mädchen, sehr intelligent, nicht umsonst wurde sie später auch Ärztin.

In Erinnerung ist mir ein verbaler Schlagabtausch an diesem Abend, mit dem sie sich als vorakademisch gebildete Schülerin der Erweiterten Oberschule Stollberg behaupten wollte, während ich ihr zeigen wollte, daß auch Absolventen der polytechnischen Oberschule durchaus mitreden können. Immerhin hatte ich bereits damals ein über dem normalen Niveau liegendes Interesse und Wissen über weltpolitische Zusammenhänge, wenn auch aus ganz anderer Perspektive. Insofern geriet unser dialektisches Ringen auch ein wenig zu einer ideologischen Auseinandersetzung, respektvoll und in der Erinnerung bereichernd. Bis sie dann mittels eines abrupten Themenbruchs punkten wollte, mit einem recht unanständigen, zotigen Witz. Es ging irgendwie um Frauen im Vergleich mit Fisch, ein Witz, den ich damals nicht verstand. Und als sie fertig gewitzelt hatte, während ich mangels Verständnis auf noch die eine oder andere Pointe wartete, fing sie plötzlich aus vollem Halse so herzerfrischend an zu lachen, daß dies das Ende des Witzes schien. Meine Ratlosigkeit blieb ihr nicht verborgen. So blieb ihr denn auch das Lachen ein wenig im Halse stecken und ich hatte nun endlich wieder rhetorisches Oberwasser, ob meiner ernsthaften Fortsetzung des Diskurses.

Es mag gegen 20.00 Uhr oder 21.00 Uhr gewesen sein, als wir bei geöffnetem Fenster plötzlich ein unverkennbar heftiges Getöse die Zwönitzer Straße heraufpoltern hörten. Bereits als kleinere Kinder erlebten wir ab und zu, daß eine der früher noch mit Dampf betriebenen Straßenwalzen die Straße passierten, die ähnlich vollvolumige Geräusche machten. Es wurde indes stärker und stärker. Sehr genau weiß ich noch, wie mir die scherzhaft gemeinte Bemerkung über die Lippen ging:

„Ich glaube, die Russen kommen!“

Das gefiel Gisela nicht und sie ließ es mich spüren, daß man mit so etwas keinen Scherz treibe, da sei die Ernsthaftigkeit der sowjetischen Friedensarmee davor. Jetzt war genaueres Betrachten gefragt. Auf der Straße, die wir nun inspizierten, reihte sich indes Panzer an Panzer! Und zwar sowjetische! Ich konnte nun beruhigt feststellen, daß ich zumindest insoweit recht hatte. Wir glaubten an ein großangelegtes Manöver sowjetischer Truppen aus der nächsten großen Garnison. Inzwischen hatten sich nach zwei, drei Stunden erste Staus gebildet. Vor unserem Haus standen nun große, ältere sowjetische T55 oder die noch größeren und schlagkräftigeren neueren T-10M! Es war inzwischen gegen 23.00 Uhr, eigentlich Zeit, schlafen zu gehen, Gisela in ihr Bett bei Mutter im Schlafzimmer, ich in meine Bodenkammer. Zwischendurch kam ein Amphibienfahrzeug oder ein Schützenpanzerwagen auf Rädern. Nichtsahnend beeindruckte mich dieses militärische Spektakel, hatte ich doch bei der GST bislang lediglich kleineres Kriegsgerät in den Händen gehabt. Die Zeit ging hin und die Panzerkolonne setzte sich die ganze kommende Nacht fort, unüberhörbar auch im Schlafzimmer, da wir wegen des sehr warmen Abends nach einem schönen, sonnigen Tag die Fenster geöffnet hielten.

Da wir zu spät ins Bett gegangen waren, war ich auch am Morgen des 21. August 1968 knapp in der Zeit und mußte mich sputen, den nächsten Bus zu erreichen, so daß ich entgegen meiner Gewohnheit keine Gelegenheit nahm, die Frühnachrichten im Deutschlandfunk zu hören. Dies war mir normalerweise deshalb ein Bedürfnis, weil in dieser Zeit ständig etwas Gravierendes passierte und ich informiert sein wollte. An diesem historischen Datum hatte ich insofern die informelle und mediale Tagespointe verpaßt! Erst als ich die Dumper- und Dieselfahrzeugreparaturwerkstatt in Alberoda bei Aue erreichte, in der ich mittlerweile eingesetzt war, ahnte ich wieder einmal Weltbewegendes. Sämtliche Gesellen, Heinz der Wekstattmeister und meine zwei Lehrlingskameraden arbeiteten noch nicht, vielmehr saßen sie um das Werkstattradio und es ging im Disput mit dem dortigen Parteisekretär hoch her. Fast konnte der Eindruck entstehen, eine Prügelei stehe bevor. Unvergessen der Satz des Werkstattmeisters zum Parteisekretär:

„Wenn das in dieser scheiß Zone so weitergeht, dann könnt ihr euren Firlefanz bald ohne mich machen und mich einsperren oder ich hau ab …“

Zone? Das war als verbales Relikt der Nachkriegszeit das negativste Schimpfwort für die Ohren der SED! Und abhauen, wohin? Doch wohl nicht in den Westen? Was war denn das plötzlich für eine stimmungsvolle Eskalation von Adrenalinschüben? Wußte Heinz nicht, daß ihn dies einige Jahre Stasi-Haft kosten könnte? Immerhin lenkte der Parteisekretär weise ein, wir sollten uns doch alle nun erst einmal beruhigen, die Lage müsse eben erst stabilisiert werden und die Konterrevolution müsse unter Kontrolle gebracht werden. Dann würden wir alle wieder zur Normalität finden. Ich konnte mich des Eindruckes nicht erwehren, daß er unter großer Angst und Anspannung litt, mit der Sorge, jeden Moment verprügelt zu werden.

Hatte er von Konterrevolution geredet? Hatte ich richtig gehört? Konterrevolution? Hatte ich nicht in irgendeinem Zusammenhang mit dem *Prager Frühling* diesen Begriff gehört, sogar von meiner neuen, platonischen Freundin Gisela Heusler? Genau das war die weltpolitische Lösung des Rätsels, als ich, endlich angekommen, gemeinsam mit den Kollegen – und dem Parteisekretär, der sich nicht zu intervenieren traute – die nächste Nachrichtenmeldung in einer Sondersendung des Bayrischen Rundfunks hörte: Sowjetische Truppen waren in der vergangenen Nacht des 21. August 1968 in die CSSR einmarschiert, um den *Prager Frühling* niederzuschlagen, vorbei an der Martingasse 1 in Stollberg, hoch ins Erzgebirge über Annaberg-Buchholz und Oberwiesenthal nach Karlovy Vary, dem früheren Karlsbad und weiter nach Prag. Eine Hiobsbotschaft auch für mich und am liebsten wäre auch ich sogleich über den Parteisekretär hergefallen. Nie wieder habe ich meine noch verbleibende Lebenszeit in der DDR eine solche politische Anspannung und selbstvergessene Opposition von aufgeheizten DDR-Bürgern erfahren. Viele hatten große Hoffnungen in diese neue tschechoslowakische Bewegung gesetzt, und wieder einmal hatte, wie schon 1953 am 17. Juni in der DDR oder 1956 bei der Niederschlagung des Aufstandes der Ungarn der *Große Bruder* deutlich gemacht, wer hier das Sagen hat. Wo sollte ich nun meine Stones-Platten herbekommen? Wo einen Tesla-Plattenspieler oder ein Tonbandgerät ergattern, wenn nicht mehr in der inzwischen liberalisierten CSSR? Wo eventuell auch eine westdeutsche Zeitschrift legal erwerben, was in der CSSR inzwischen möglich schien? Eine unglaubliche Wut erfaßte mich! Da auch aus Polen bereits im Frühjahr 1968 erste Unruhen in den nördlichen Bezirken und in den großen Werften von Gdansk oder Szeczin zu vernehmen waren, wurde es bekanntermaßen schwierig, nach Polen zu reisen. Es war ein Visum erforderlich, das aber nicht jeder bekam. Jetzt war nach dem Einmarsch der Sowjets in die CSSR zu erwarten, daß es auf Sicht ebenso keine einfache Einreisemöglichkeit mehr in die CSSR geben wird. Wo sollten wir denn eigentlich noch hin, wenn wir die Welt ein wenig außerhalb unserer eng umgrenzten DDR erfahren wollten? Es war zum Verzweifeln. Und so begannen erstmals bei mir Gedanken an eine Republikflucht zu reifen. Was sollte denn in diesem Land, in diesem System der Reglementierung, Unterdrückung und zunehmenden Mangelwirtschaft aus mir werden? Mich einfach arrangieren, den Lemmingen gleich? Das kam nicht in Frage!

Nachdem wir den ganzen Vormittag nicht gearbeitet hatten und sich der Werkstattmeister nach einer Beruhigung der Gemüter mit dem Parteisekretär zurückgezogen und beide unter vier Augen geredet hatten, teilte der Meister mit, wir könnten nach dem Mittag unsere Sachen packen und ausnahmsweise nach Hause gehen. Bis dahin aber sollten wir die verbleibenden zwei bis drei Stunden doch bitte noch die wichtigsten Arbeiten fertigstellen und am nächsten Tag würde es dann wieder ganz normal weitergehen. Ich fuhr nach Hause und Gisela kam am Abend wieder aus der Schule. Merkwürdigerweise habe ich nicht mehr in Erinnerung, wie wir uns begegneten, angesichts der Ereignisse, auch nicht, wie die Stimmung war. Ich erinnere lediglich, daß sie eigentlich an diesem Abend bereits von ihren Eltern hätte abgeholt werden sollen, was sich aber nun um zwei Tage verzögerte. Dr. Heusler konnte aus Ungarn kommend nicht mehr im Transit über die CSSR in die DDR zurückreisen, er mußte wegen der Ereignisse einen Umweg über die Ukraine, damals noch Sowjetunion und Polen machen, was zwei Tage Verzögerung bedeutete. Er schien am Folgetag ziemlich deprimiert, was in der langen Rückschau aber auch täuschen kann.

Mir wurde klar, daß ein *„Sozialismus mit menschlichem Antlitz"*, wie Dubczek ihn in der CSSR einführen wollte, realsozialistisch in dieser Epoche nicht möglich war. Damit war für mich auch das politisch-ideologische Gerede der Linken, dem ich vorher durchaus an der einen oder anderen Stelle Sympathie zollte, immer suspekter. Es war wie bei den Christen, sie predigten Wasser, tranken Wein und hatten eine Weltsicht, die mit der objektiven Realität nicht viel zu tun hatte. In was für einer verlogenen ideologischen Welt war ich hier gefangen! Erst der *antifaschistische Schutzwall*, der mir die Freiheit des Reisens verhagelt hatte, das mir soviel bedeutete, der Herrn Gödecke und mich trennte, dann die *Konterrevolution*, die niedergeschlagen wurde und schließlich die permanenten Phrasen vom großen Wohlstand, den wir bald im Sozialismus würden genießen können, obwohl jeder wußte, die wirtschaftliche Kluft zum Westen wird immer größer und niemals mehr einzuholen sein. Unerträglich!

Das Leben ging weiter. Im September 1968 zog ich in das Lehrlingswohnheim des VEB BMK Süd in Zwickau auf der Saarstraße. Das Zimmer teilte ich mir mit Mathias Pombach, einem der beiden weiteren Stollberger Lehrlinge. Wir kamen gut miteinander aus, zumal auch er viel Verwandtschaft im Westen hatte und von dort ebenso wie ich reichlich mit Westkleidung ausgestattet wurde. Auch lagen wir in unseren politischen Ansichten dicht beieinander.

Die interessanteste Aufgabe war, im Rahmen der PVI, der planmäßig vorbeugenden Instandsetzung auf verschiedenen Baustellen im südlichen Bezirk Karl-Marx-Stadt eingesetzt zu werden. Es gab zwei Flotten aus jeweils mehreren kleinen Werkstattwagen, die jeweils morgens auf die Baustellen ausrückten, gelegentlich mußte am Einsatzort übernachtet werden, weil die Rückkehr und erneute Anfahrt unrentabel gewesen wäre. Die eine Flotte bestand aus Barkas-B-1000-Fahrzeugen aus DDR-Produktion, die andere aus rumänischen Fahrzeugen der Baureihe TV 12, später aus TV 14 usw. des Herstellers ROCAR S. A., ein Lizenzbau der französischen Renault-Werke. Diese Werkstattwagen waren mit dem Wichtigsten ausgestattet, um an Planierraupen, Kränen, Baggern oder sonstigen Baumaschinen Wartungs- und Reparaturarbeiten vornehmen zu können. Ich zog die Barkas B 1000 den rumänischen Werkstattwagen vor, da sie solider, zuverlässiger und komfortabler waren. Neben dem Fahrer und dem Beifahrer hatten beide Typen eine hintere Bankreihe im Fahrerhaus, die von uns Lehrlingen besetzt werden konnte. Es war interessant und aufregend zugleich, zum Beispiel in Plauen an einer großen sowjetischen Raupe der T-100-Reihe, der später die T 130 und die T 170 folgten, die Raupenkette abzulegen, zu warten, also zu fetten und zu schmieren, Teile zu tauschen und dann wieder aufzulegen. Auch die rumänische UTB S-651, ein Lizenzbau von FIAT und Deutz war viel im Einsatz. Ebenso erste Fahrversuche durften wir Lehrlinge hierbei unternehmen, wenn es galt, das schwere Gefährt zu rangieren oder es auf der Baustelle umzusetzen. Diese Raupen hatten kein Lenkrad, sondern rechts und links neben dem Fahrersitz einen langen, aus dem Boden ragenden Hebel, bei dessen ziehen die Raupenkette der jeweiligen Seite gebremst und damit das Raupenungetüm durch die Vorwärtsbewegung der anderen Kette in die jeweilige Richtung gelenkt wurde, ähnlich wie früher bei Panzern. Das war gewöhnungsbedürftig, aber nach kurzer Zeit hatte ich den Bogen raus. Das Raupenschild, mit dem man den Erdboden vor dem Gefährt planieren oder mit dem man einen Schüttgut-Hügel aufschieben konnte, bediente man mit einem ebenfalls aus dem Kabinenboden ragenden Schiebehebel, der bei Vorwärtsschub das Schild absenkte und bei Rückzug das Schild anhob. Das Problem war, die Kraft wurde mittelbar, also verzögert und nicht unmittelbar übertragen, mit der Folge, daß man immer Sekunden oder Sekundenbruchteile vorausberechnen mußte, was man wollte, ähnlich dem Steuern eines noch mit konventioneller Analogtechnik ausgestatteten Flugzeuges. So ergaben bei mir die ersten Versuche des Planierens eine Wellenlandschaft, bis ich auch hier den Bogen raushatte. Ich begann mich mit der Kraft dieser Kolosse immer mehr zu identifizieren und ich wollte nach Abschluß der Ausbildung gern auf einem solchen Gefährt eingesetzt werden.

Im November oder Dezember 1968 wurde ich dann im Führerstand einer Großmischmaschine auf einer riesigen Silobaustelle bei Zwickau eingesetzt. Es galt, unter Aufsicht des Maschinenführers ihm zur Hand zu gehen, die Technik zu verstehen, die Maschine zu warten und auch schon einmal selbst Verantwortung für das ganze Geschehen zu übernehmen, wenn er selbst *„wichtige Besorgungen“* zu machen hatte, die sich im Nachhinein oft als private Erledigungen erwiesen. Das nahm man aber inzwischen gelassen zur Kenntnis. Auch auf dieser Baustelle ergab sich ersatzweise ein Einsatz wegen der Erkrankung eines Raupenfahrers auf seiner Planierraupe, einer FIAT AD7C. Laut dem Bauleiter mit schon erstaunlichem Geschick und Feingefühl planierte ich den Grubenboden für ein Gebäudefundament, immerhin war ich erst 17 Jahre alt! Anschließend war ich Herkules, als ich Erde auf einen großen Haufen zum Abtransport durch LKW schieben mußte, immer höher und höher, bis ich obenauf mit einer Drehbewegung das Gefährt zum Stillstand in der Waagerechten brachte und die Aussicht genoß, unter anerkennenden Bemerkungen der Kollegen.

Dann kam der Einsatz auf einem der Kletterkräne, die der zunehmenden Höhe des Siloneubaus angepaßt wurden. Allerdings war ich hier ausschließlich Beobachter des Kranführers, und dies auch nur Stundenweise, der aktive Einsatz eines Lehrlings wäre hier zu gefährlich gewesen, immerhin gehörten mehrere Sonderscheine zur Voraussetzung, ein solch komplexes technisches System bedienen zu dürfen. Aber Spaß machte es dennoch, vor allem das Erklettern der zu diesem Zeitpunkt immerhin schon etwa 40 oder 50 Meter hohen Kanzel. Einige Tage später, kurz vor dem Ende meines Einsatzes auf dieser Baustelle, ereignete sich auf einem der

Kräne ein schwerer Unfall. Jeder Baukran hat einen sogenannten Überlastschutz. Dieser soll die zulässige Höchstlast sicherstellen und bei Überlastung den Hebemechanismus abschalten. Diesen Überlastschutz hatte der Kranführer deaktiviert, um größere als zulässige Betonkübel zu heben. Die Folge war, daß die Verankerung des Kranturmes aus der Silowand gerissen wurde und die Kanzel des Kranführers abstürzte. Er wurde dabei getötet.

Darauf folgte mein Einsatz auf einer Baustelle ganz in der Nähe unseres Wohnheimes, auf der ich einen konventionellen Seilzugbagger kennenlernen sollte, einen ganz neuen UB 1212, einen Standardbagger aus DDR-Produktion der Firma NOBAS in Nordhausen. Ich wurde vom Baggerführer eingewiesen und die nächsten Tage war ich dann am Baggern, was mir durchaus ebenso Freude bereitete. Der Baggerführer kam gelegentlich zum Kontrollieren, gab mir Anweisungen, was als Nächstes zu Baggern sei und verschwand wieder. Wo er die verbleibende Zeit blieb, in der ich seine Maschine bediente und in der er mich hätte eigentlich ständig beobachten und unterstützen sollen, entzog sich meiner Kenntnis. Ich war eigentlich froh, in Ruhe baggern zu können.

Abends, nach Rückkehr von der Baustelle und dem Duschen ging es in eine Bar am Rande des Parks, an dem das Lehrlingsheim lag und für 3,- MDN konnten wir uns einen, zwei oder drei Martini Bianco leisten und einige Zigaretten rauchen, bis dann morgens um 5.00 Uhr der Wecker klingelte und der Werkverkehr uns wieder auf die Baustelle brachte. Ich habe diese Zeit in sehr guter Erinnerung; denn zum ersten Mal von zu Hause weg, allerdings nur in der Woche war ich mit jungen Burschen zusammen, die eine verschworene, wenn auch etwas raubeinige Gemeinschaft waren. Mir begannen weitere Federn meiner noch jungen Flügel zu wachsen.

Den Jahreswechsel in das Jahr 1969 hinein feierte ich mit Udo, der über das Stollberger Reisebüro Intourist eine Silvesterfeier in Schwarzenberg organisiert hatte, etwa 30 Km von Stolberg entfernt, wir wurden mit einem Bus hingebracht und auch wieder abgeholt. Ich glaube mich zu erinnern, daß Udos Mutter hier Beziehungen hatte. In der Gruppe war auch mein früherer Sportlehrer Bergmann mit seiner Frau und als ich ihm zu fortgeschrittener Stunde schon leicht alkoholisiert ein gutes neues Jahr wünschte, bot er mir, ebenfalls leicht alkoholisiert das Du an und fragte scherzhaft, wie es mit einem erneuten Boxkampf aussehe?

Das Jahr 1969 sollte dann für mich wieder ein schicksalhaftes Jahr werden!

EINE FOLGENSCHWERE ENTSCHEIDUNG

Freiheit, die ich meine

Im Winter 1969 setzte ich die Fahrschule fort, die ich im Herbst 1968 zur Vorbereitung des Führerscheins mit ersten Fahrstunden begonnen hatte, es waren erste Fahrstunden auf den Motorrädern der GST, durchweg MZ ETS 250. Allerdings wäre ich lieber auf der AWO 350 von SIMSON Suhl gefahren, was aus irgendwelchen Gründen nicht möglich war. Hierbei kamen mir meine ersten Fahrversuche mit der MZ RT 125 von Vater zugute, so daß ich bereits im Februar nach der geringsten Stundenzahl die Prüfung erfolgreich ablegen konnte. Ich durfte Motorradfahren! Dem schlossen sich unmittelbar die ersten Fahrstunden auf einem IFA H3A, einem mittelschweren LKW an. Unvergeßlich die Anfahrübungen an steilsten Bergstraßen in Beierfeld bei Aue, als mir der Fahrlehrer einmal eine gewaltige Kopfnuss verpaßte, weil ich den Motor aus zunächst unerfindlichen Gründen ständig abwürgte, bis wir feststellen mußten, daß der Bremsmechanismus der Handbremse blockierte und sich nicht mehr lösen ließ. Auf eine Entschuldigung wartete ich indes nach Behebung des Schadens durch einen Werkstattwagen vergeblich, ich glaube auch, er mochte mich nicht. Die Prüfung bestand ich aber ohne Probleme und damit war ich ab dem 14. März 1969 mit 18 Jahren im Besitz aller in der DDR denkbaren Führerscheine für Motorräder, für PKW und für LKW, außer Omnibusse, gleichzeitig war ich berechtigt alle konventionellen Baumaschinen wie Bagger, Planierraupen, Walzen, Kompressoren oder leichte Rüttler usw. zu bedienen.

Stefan, mein Freund von der Martingasse hatte ebenfalls zeitgleich mit mir die Lehre in einer Auto-Reparaturwerkstatt als Kfz-Mechaniker begonnen, seine Ausbildung dauerte etwas länger. Er hatte die Idee, im April 1969 gemeinsam an einem Wochenende zur internationalen Industriemesse nach Leipzig zu fahren. Wir quartierten uns bei einer Bekannten meiner Eltern, bei Lotti Plischke ein. Auch sie stammte aus Zirlau in Schlesien und wohnte nun in einem damals modernen Plattenbau in Leipzigs Innenstadt. Lotti arbeitete als Textilfacharbeiterin in einem großen Bekleidungsunternehmen und war mehrfach *verdiente Aktivistin des Volkes*, also eine Steigerung der Aktivisten-Anerkennung im Vergleich zu Vater. Dafür hatte sie diese Wohnung erhalten und sie genoß das Privileg, zweimal mit der *Völkerfreundschaft*, einem großen DDR-Kreuzfahrtschiff, das auch mit FDGB-Urlaubern belegt wurde, nach Kuba und nach Ägypten reisen zu dürfen. Die Größe ihrer Wohnung ermöglichte es, während der Industriemesse Leipzig jeweils im April, einer der größten Industriemessen weltweit, auswärtige Gäste bei sich einzuquartieren. So konnten wir neben einem Geschäftsmann aus Rostock eine Nacht bei ihr übernachten. Diese Messe war für uns insofern interessant, als uns das internationale

Flair begeisterte und wir uns auch die neueste Technik im Baumaschinenbereich und im Automobilbau ansehen konnten.

Am Abend in einem der Leipziger Restaurants, in dem uns Lotti vorsorglich durch ihre Beziehungen einen Tisch hatte reservieren lassen, genossen wir dann mit ihr und dem Rostocker Gast ein für DDR-Verhältnisse leckeres Essen, am Nachbartisch ein Geschäftsmann aus Stuttgart, dessen unangenehme Begleiterin sich in einer dermaßen überzogenen Weise lauthals über die DDR lustig machte, daß ich als West-Sympathisant hätte in den Boden versinken können; was war diese Schickse peinlich. Demgegenüber genoß ich aber das internationale Flair, ich erlebte auch hier wieder – mit Ausnahme der Stuttgarter Schickse – daß die westlichen Geschäftsleute unbefangener, offener und selbstbewußter auftraten. Diese Menschen waren einfach anders!

Nicht zuletzt dieser Aufenthalt beflügelte meine Gedanken einmal mehr, die DDR zu verlassen! Ich wollte in diesem Land nicht mehr leben, meine Identifikation reduzierte sich immer stärker auf die schöne Erzgebirgslandschaft und natürlich auf das Elternhaus. Schöne Landschaften gab es aber auch anderswo. Und von den Eltern hatte ich mich durch das Lehrlingswohnheim in Zwickau begonnen abzunabeln und mir wurde immer bewußter, daß mein zukünftiges Leben würde nicht mehr wesentlich durch meine Eltern bestimmt werden. Auch reichte mir die Vorstellung nicht als Lebensperspektive, mich vielleicht nach der Lehre zur Erweiterung meines Horizontes technisch weiter zu qualifizieren oder gar zu studieren, was auch in der DDR möglich gewesen wäre. Dies wäre mir aber eben nur in rein technischen Studienfächern möglich gewesen, da mir ein geisteswissenschaftliches Studium mangels gesellschaftlichen Engagements und der zahlreichen Westkontakte wegen sicherlich nicht ohne weiteres genehmigt worden wäre. Es sei denn, ich hätte meine Grundeinstellung geändert und wäre vielleicht gar in die Partei, die SED eingetreten. Mir nicht vorstellbar! Meine Lehre wollte ich erfolgreich abschließen, was sich angesichts meiner bisherigen Berufsschul- und Praxisleistungen als problemlos erwies, dann aber wollte ich mein Glück in der Fremde suchen, entweder in der Bundesrepublik, in Österreich oder der Schweiz, später gar in Amerika oder sonstwo. Einfach raus! Frei sein! Gewiß, auch eine gehörige Portion Abenteuerlust spielte hierbei eine Rolle, hatte ich doch, inspiriert durch meine zahllose Abenteuerlektüre schon in jungen Jahren Impulse bekommen und die Grundeinstellung verinnerlicht, jeder ist seines eigenen Glückes Schmied. Ich war insofern nicht mehr gewillt, mein Schicksal und mein Glück vom Willen und Wollen eines Staates abhängig zu machen, der mir zwar potentiell durchaus Entwicklungsmöglichkeiten bot, aber nur in seinem Sinn und Interesse, die aber nicht meine waren, und im Übrigen hatte mich dieser Staat nur belogen, betrogen und als Mittel zum Zweck benutzt. Die Gedanken über potentielle Möglichkeiten einer Republikflucht hatten nun endlich von mir Besitz ergriffen. Nur: Wie? Welche Wege standen mir offen? Mir wurde immer klarer, daß eigentlich kein Weg offen stand, sondern ich mir eine Öffnung erarbeiten muß!

Schon im Herbst 1968, ungefähr mit Beginn der Fahrschule sprach ich mit Udo, ob er nicht Lust hätte, mit mir im Sommer 1969, am besten im August nach Abschluß der Ausbildung und nach dem ersten vollen Arbeitseinkommen eine zweiwöchige Reise nach Ungarn, Rumänien oder Bulgarien zu unternehmen. Bereits hierbei war der Gedanke einer Republikflucht im Kopf, wenn auch noch nicht so verfestigt wie nun nach dem Messebesuch. Mir war klargeworden, daß ich den Plan einer Republikflucht nicht innerhalb des DDR-Hoheitsgebietes entwickeln sollte, da die innerdeutsche Grenze inzwischen hermetisch abgeriegelt war. Die Lebensgefahr schien mir zu groß und die Bilder von Peter Fechters Todeskampf waren präsent. Davon unabhängig wurde mir aber immer bewußter, daß es auch andernorts in Osteuropa kein Spaziergang werden würde, sondern immer lebensgefährlich war. Ungarn hatte als Bündnispartner des Ostblock-Militärbündnisses Warschauer Pakt eine sehr konsequent abgeriegelte Grenze zu Österreich, auch wenn Österreich neutral und kein NATO-Partner war. Blieb allerdings die Grenze von Ungarn nach Jugoslawien. Jugoslawien war damals zwar sozialistisch in seiner Grundstruktur, aber blockfrei, also im Grunde neutral. Jugoslawische Gastarbeiter konnten durchaus in der Bundesrepublik oder in anderen westlichen Ländern arbeiten und die Jugoslawen durften relativ frei reisen. Hatte es ein DDR-Flüchtling geschafft, nach Jugoslawien zu gelangen und wurde dann dort erwischt und als illegal Eingereister festgenommen, wurde er in das Land, aus dem er nach Jugoslawien geflüchtet war zurückgeschickt, also nach Ungarn, Rumänien oder Bulgarien – und von dort wurde er – oder gelegentlich auch sie – immer in die DDR zurückgebracht. Dies ließ es zunächst nicht ratsam sein, einen Grenzdurchbruch nach Jugoslawien zu versuchen. Und Rumänien? Rumänien spielte einerseits eine sehr eigenwillige Rolle im Sowjetblock, andererseits gehörte es ebenso dem Warschauer Pakt an, wenn auch mit nur einer Grenze zum Westen, und zwar wieder nach Jugoslawien. Bei Bulgarien sah das Ganze etwas anders aus, Bulgarien hatte drei potentielle Grenzen, die erwägenswert waren, die türkische, die griechische oder wieder die jugoslawische. Die türkische war aber nun eine Grenze zu einem NATO-Mitglied, ebenso die griechische Grenze. Immerhin waren in Bulgarien die Optionen vielfältiger und ich hatte die vage Hoffnung, daß die Bulgaren, die als wirtschaftlich nicht sonderlich weit entwickelt galten, ihre Grenzen vielleicht nicht so martialisch befestigt hatten, wie die anderen Ostblockländer, so daß ich Udo eine zweiwöchige Gruppenreise nach Bulgarien vorschlug und er willigte ein. Die letzte Entscheidung einer Fluchtroute behielt ich mir für den Aufenthalt an Ort und Stelle vor. Nach allen Anträgen für Visa und das Quartier hatten wir nun tatsächlich ab dem 3. August bis zum 17. August 1969 eine Gruppenreise nach Arkutino, südlich von Primorsko, das wiederum südlich von Burgas am Schwarzen Meer in Bulgarien lag, bewilligt bekommen, etwa 70 bis 80 Kilometer nördlich der türkischen Grenze. Die Quartiere bestanden aus Campinghütten, ähnlich, wie man sie auch aus Skandinavien kennt. Diese Hütten waren auf Campingplätzen gelegen und boten zwei bis vier Personen je ein Bett, eine einfache Schrankausrüstung und die Sanitäranlagen waren mit dem Campingplatz, also den normalen Campern zu teilen. Ich teilte mir mit Udo eine Zweierhütte.

In meine Fluchtpläne hatte ich weder Udo noch meine Eltern eingeweiht. Bei Udo war ich mir sicher, er würde mit mir einerseits niemals ein solches Risiko eingehen und er würde andererseits am besten aus der Sache selbst herauskommen, wenn er nichts wußte. Andernfalls wäre er Gefahr gelaufen, nach der mit Sicherheit zu erwartenden Vernehmung durch die Stasi als Mitwisser behandelt zu werden, wenn er unter Druck doch etwas ausplaudern sollte, was auch für ihn hätte teuer werden und gar Haft bedeuten können. Von ähnlichen Fällen mußte ich leider später erfahren. Im Grunde wäre er dann verpflichtet gewesen, mich anzuzeigen, wenn ich mich ihm offenbart hätte. Auch meine Eltern wollte ich nicht in Gewissensnöte bringen und hatte ihnen nichts von meinen Gedanken erzählt. Meine Hoffnung war, ihnen dann wenige Tage nach meiner Flucht ein Telegramm aus einer westlichen Stadt senden zu können, in der Gewißheit, daß sie das ebenso wie mich glücklich gemacht hätte. Und außer einigen Vernehmungen hätte ihnen in realistischer Abwägung aller Folgen nicht viel passieren können.

Noch aber war etwas Zeit, bis die Reise begann. Endlich konnte ich nun mit der RT 125 von Vater ein wenig im Erzgebirge herumkurven und mir erstmals den Wind der Freiheit beim Motorradfahren um die Nase wehen lassen. Erste Träume von größeren Touren mit meinem kleinen Pouch-Zelt und einem Gaskocher zum Essenbereiten nahmen mich in Besitz. Und dann kamen auch schon einmal die großen Träume von einer BMW oder einer anderen westlichen Maschine, mit der ich einst durch die Welt brausen würde.

Eines Samstagabends besuchte ich mit der RT ein Konzert der noch jungen DDR-Rockband *Klaus Renft Combo* im *Armor-Saal* in Mülsen St. Nicklas bei Zwickau. Damals nannten wir solche Bands noch Beat-Bands. Es war mein erstes Live-Konzert und ich bekomme noch heut Gänsehaut, denke ich daran, wie verwegen sich die Band in diesem Konzert über die gesetzlichen Vorgaben der Prozentanteile hinweg setzte, die sie eigentlich hätten einhalten müssen, DDR- und Westmusik in Relation zu spielen. Die DDR-Musik sollte laut Vorgabe immer weit überwiegen, wobei sich viele Bands nicht an diese Order hielten, natürlich mit dem Risiko, auch schnell verboten zu werden; denn immer mußte man davon ausgehen, daß die *Kontrolleure* der Stasi zugegen waren und alles genauestens überprüften. An diesem Abend kann ich mich an gar keinen DDR-Hit erinnern! Und dann spielten sie die *Rolling Stones*! Eine unglaublich anarchische Stimmung machte sich breit, die wir unendlich genossen.

Im Juni oder Juli 1969 war meine Musterung! Wie alle jungen Männer in der DDR mußte auch ich mich der Prozedur einer ersten Musterungsuntersuchung unterziehen und wurde für tauglich befunden. Die stereotype Frage, auf die wir Jungs alle vorbereitet waren, ob wir uns nicht für drei Jahre verpflichten und damit eine Offizierslaufbahn einschlagen wollten, konnte ich ganz gut mit einem sehr entschiedenen *„Nein"* abwehren. Merkwürdigerweise bohrte der Auswahloffizier nicht nach, vielleicht ahnte er, daß die DDR mit mir einen eher widerspenstigen Burschen hatte heranwachsen lassen, der zwar vormilitärisch vorgebildet war, aber dann begonnen hatte, enorme ideologische Widerstände zu entwickeln. Letztlich hieß es, ich käme ab ungefähr Herbst dieses Jahres 1969 zu den Pionieren, Näheres würde mir noch mitgeteilt werden. Nun, dachte ich, schauen wir mal!

Auch hatten Stefan und ich wieder unsere Tribünenkarten für den Sachsenring, wo Mitte Juli erneut die Weltmeisterschaftsläufe für Rennmotorräder stattfinden sollten. Leider war das Wochenende diesmal sehr verregnet und es versprach kein so großes Vergnügen zu werden, obwohl es insgesamt ein heißer Sommer war. Zum Glück hatten wir dieses Mal keine Zeltübernachtung vorgesehen, da Stefan am Samstag verhindert war. So war ich am Samstag zum Training allein. Alle Größen des Motorradrennsportes waren wieder anwesend. Trotz der nassen Fahrbahn wurden erstaunlich schnelle Runden gefahren, vor allem vom mehrfachen Weltmeister der 250er Klasse, dem Briten Bill Ivy. Und dann passierte es! Aus einer Trainingsrunde kam er nicht zurück ins Ziel und es wurde die rote Flagge gewunken, was bedeutete, daß jemand schwer gestürzt war und die Strecke gesperrt werden mußte. Und dann kam die Durchsage, Bill Ivy hätte einen schweren Trainingssturz gehabt. Später stellte sich heraus, daß er im Ort Hohenstein-Ernstthal der Fliehkraft folgend aus einer Kurve getragen wurde und gegen einen Mast geschlagen war. Damals wurde noch auf reinen Strassenkursen gefahren, also öffentlichen Straßen, die für die Rennen gesperrt wurden und wo es nur wenige Abschnitte gab, die eigens für die Rennen konzipiert waren, wie der Start- und Zielbereich mit den ständigen Tribünen. Bill Ivy wurde mit einem Krankenwagen sofort in die Wismut-Klinik Stollberg gefahren, wo ausgerechnet an diesem Samstag meine Schwägerin Karin, die Frau von Walter Einsatzbereitschaft als Krankenschwester hatte und somit Bill Ivy bei ihr auf dem OP-Tisch lag. Leider waren aber die Verletzungen derart schwer, daß er kurz darauf verstarb!

Ein ganz anderes Rennen aber hatten zunächst die Sowjets überraschend für sich entschieden, nämlich das Rennen um die Vorherrschaft im Weltraum. Bereits nach dem *Sputnik-Schock*, den die Amerikaner im Oktober 1957 verkraften mußten, als die Sowjets mit Sputnik 1 den ersten Himmelskörper in den Orbit schickten, war im April 1961 mit Juri Gagarin der erste Mensch, ein Oberst der sowjetischen Luftstreitkräfte mit der Wostok 1 in den Orbit geflogen. Bis dann die Amerikaner alle Energie und finanzielle Ressourcen über die NASA in die Raumfahrt steckten und am 21. Juli 1969 nachts nach europäischer Zeit mit Neil Armstrong und Buzz Aldrin erstmals zwei Menschen den Mond betraten, nachdem sie mit Apollo 11 ihre große Reise in dieses Abenteuer gestartet hatten. Nur schwach erinnere ich, daß ich dieses große Ereignis leider nur am Rande wahrgenommen hatte, zu sehr war ich inzwischen mit meiner Fluchtvorbereitung beschäftigt und für die mich umgebende Realität nur noch eingeschränkt aufnahmefähig. Erst später wurde mir dieses unglaublich bedeutsame Ereignis und die Symbolkraft der Worte von Neil Armstrong bewußt, als er den ersten Fußabdruck auf dem staubigen Mondboden markierte:

„That's one small step for [a] man, one giant leap for mankind.", „Dies ist ein kleiner Schritt für einen Menschen, aber ein gewaltiger Sprung für die Menschheit."

Die Vorbereitungen für unsere Reise sollten beginnen! Es galt, möglichst gutes Kartenmaterial von Bulgarien zu organisieren, was nicht ganz einfach war. Genauere topografische Karten zu bekommen, war ohne gute Beziehungen nicht möglich. Und diese Beziehungen hatte ich nicht. Blieb also nur die Hoffnung, über das Reisebüro Intourist und den normalen Buchhandel zumindest ein wenig oberflächliches Material zu erhalten sowie über den ADMV, den allgemeinen deutschen Motorsportverband der DDR. Allerdings mußte ich mit Fragen rechnen, wozu ich diese Karten benötige. Hierfür hatte ich mir bereits entsprechende Ausreden ausgedacht. Auch bei einer Gruppenreise ans Schwarze Meer war es durchaus legitim, individuelle Ausflüge in die weitere Region zu unternehmen, was als Argument gedient hätte. Aber zum Glück blieb ich hier ungefragt und bekam tatsächlich die für Bulgarien übliche Standardkarte über einen Versandhandel des ADMV zugeschickt, wenn auch in einem leider sehr großen Maßstab und als reine Straßenkarte. Aber immerhin! Auch der Schulatlas gab einige topografische Hinweise auf Gebirge, Savanne, Flüsse oder sonstige landschaftliche Beschaffenheit, die ich ganz gut interpretieren und mir in Skizzen aufzeichnen konnte, zunächst noch auf alle drei Grenzsituationen bezogen, die türkische, die griechische und die jugoslawische. Karten zu lesen hatte ich sowohl von Vater bei unseren Wanderungen gelernt, wenn wir eine der oberflächlichen Skizzenkarten eines DDR-Tourismusverbandes an den Orten unserer Urlaube erhielten, als auch bei der GST, wo es bei Geländespielen durchaus gutes Kartenmaterial gab, das aber immer wieder eingezogen wurde. Hier lernte ich auch einigermaßen, mit Kompass zu navigieren.

Bereits damals wurde kolportiert, daß Landkarten, die DDR-Grenzregionen abbildeten, bewußt verfälsche Angaben enthielten, um potentielle Grenzverletzer zu irritieren. Jedoch habe ich dies nie bestätigt bekommen. Insofern mußte ich bei allen Karten, die ich mir organisierte, aufmerksam sein und in der Realität mit Abweichungen und Problemen rechnen. Da ich bereits jetzt begann, mich mental auf die Flucht einzustellen, begann ich auch in Gedanken Grenzsituationen durchzuspielen. Großen Respekt hatte ich vor Minenfeldern, mit denen man immer an jeder Grenze rechnen mußte und die verheerende Wirkung haben konnten. Gerüchteweise hörte ich gelegentlich von Fluchtversuchen, bei denen ein Flüchter oder eine Flüchterin ein Bein oder beide Beine durch Minen verloren hatten oder getötet wurden. Andererseits hatte ich bei der GST gelernt, daß in Flussläufen normalerweise keine Minen gelegt werden, da bei Überschwemmungen ein unkontrolliertes

Wegschwemmen der Minen möglich ist und dies insofern für die übrige Bevölkerung ein großes Risiko werden könnte. Blieb also meine Aufgabe, mich nach Eintreffen in Arkutino gründlich mit den Gegebenheiten auseinanderzusetzen und dann zu entscheiden, möglichst unter Berücksichtigung eines Baches oder Flusses. Erst viel später erfuhr ich, daß es in Bulgarien keine Minen an den Grenzen gab.

Ansich benötigt man für einen Urlaub in südlichen Ländern nicht viel Kleidung, da die warmen Temperaturen dies nicht erfordern. Dennoch legte ich mir für den kleinen, neuen Stoffkoffer, den ich heut noch besitze, alle meine synthetischen Westhemden, die mir in den letzten Jahren von meinen West-Verwandten geschickt worden waren zurecht und ebenso alle Jeans. Als Mutter mich fragte, wieso, gab ich vor, wenn ich abends ausgehe, schick sein zu wollen. In Wahrheit schloß ich nicht aus, länger in Bulgarien unterwegs zu sein und dafür benötigte ich Geld. Beliebig tauschen konnte man nicht, da waren die Vorgaben streng, dies durften nur die Bundesbürger, da ihre Westmark heiß begehrt war, entweder offiziell als Devisen oder als Schwarzgeld. Meine Kasse wollte ich durch den Verkauf der Hemden an bulgarische Kellner füllen. Diese bügelfreien Nyltesthemden, wie sie auch hießen, waren im gesamten Ostblock heiß begehrt, ebenso Jeans und bekanntlich waren Kellner gut betucht. Sie genossen kraft ihrer Weisungsbefugnis, Gäste in die Restaurants einzulassen oder sie abzuweisen das Privileg privatwirtschaftlicher Autorität, was ihnen oft enorme Trink- und Bestechungsgelder einbrachte. Diese Idee sollte sich später auch tatsächlich als richtig erweisen.

All diese Vorbereitungen waren begleitet von einem schlechten Gewissen, nicht etwa meinem Heimatland gegenüber, das die DDR ja bisher für mich war, sondern gegenüber meinem Freund Udo. Nicht so sehr meinen Eltern gegenüber, die ich mit einer positiven Nachricht über meine neue Heimat im Westen angenehm überraschen wollte. Udo aber mußte sich nach meinem Verschwinden, wie ich es plante, benutzt vorkommen. Und im Grunde entsprach das auch der Realität, insofern, als ich nicht allein reisen wollte, denn das hätte wahrscheinlich zu unangenehmen Fragen oder gar zur Ablehnung geführt. Warum fährt ein junger Mann mutterseelenallein soweit weg? Aber ich sah keine Alternative und hoffte, ihm alles später in Ruhe mit der Bitte um Vergebung erklären zu können.

Zunächst waren aber die letzten Tage vor der Reise noch zu gestalten. Meine Lehre hatte ich inzwischen Anfang Juli erfolgreich abgeschlossen und ich wurde tatsächlich ab Mitte Juli 1969 auf einer FIAT-Planierraupe BD 14 B eingesetzt. Die erste Baustelle nach der Lehre, auf der ich mit meiner Raupe arbeitete, war in Niederwürschnitz, einem Stollberg nahe gelegenen Nachbarort. Hier wurde ein neues Fabrikgebäude für eine Textilfabrik gebaut und meine Aufgabe war wieder das Planieren des Fundamentbodens sowie das Aufschieben diverser Schüttgüter, die im Laufe des Baus anfielen.

Eines Nachmittags kam ein Anwohner, der etwa 200 bis 300 Meter entfernt ein Einfamilienhaus zu sanieren schien und fragte, ob ich mir nicht durch das Planieren seines Hofes etwas dazuverdienen wollte. Das ließ ich mich nicht zweimal fragen und nach einer ersten Besichtigung war ein Termin nach Feierabend vereinbart. Auch der Bauleiter hatte damit kein Problem, sofern ich es nach Feierabend anging und ich einen straßenunabhängigen Zugang zu dem Grundstück fände; denn mit einer Planierraupe, noch dazu mit einer dieses Gewichtes von knapp 20 Tonnen über eine normale Pflasterstraße zu rumpeln, war nicht erlaubt und hätte gewiß auch Schäden verursacht, für die ich hätte aufkommen müssen. Aber suchet, so werdet ihr finden und so fanden wir parallel zur Straße bald einen Weg, auch, wenn ich dabei schon ein wenig mit dem Schild nachhelfen und nach Abstimmung mit einem weiteren Anwohner seinen Zaun kurz öffnen mußte. Dafür erhielt dieser ebenfalls einen kleinen Obolus und schon war ich im Kreislauf der DDR-Kompensationswirtschaft angekommenen. Nun war nur noch ein etwa zwei Meter breiter Ackerstreifen der LPG Niederwürschnitz zu planieren, was ich verantworten konnte. Der Anspruch des Hausbesitzers war indes nicht gering, weil er gern den quadratischen Hof, in dessen Mitte sich ein etwas tiefer liegender Gulli-Abfluß befand, allseits zu diesem Gulli hin leicht abfallend planiert haben wollte. Die Ausgangssituation waren diverse Erdverwerfungen durch verschiedene Bau- und Gartenarbeiten. Aber ich bekam es mit Geduld und Einfühlungsvermögen hin, nachdem der Gulli ordentlich abgedeckt und gesichert worden war und ich mich dann zunächst von der Mitte nach außen vorarbeitete, bis ich letztlich die Schrägen von der Seite anging. Voller Stolz denke ich noch heut gern an diesen "Sonderauftrag", der mir viel Lob und 100,- MDN einbrachte.

Bereits eine Woche vor Reisebeginn hatte ich Urlaub. Diesen hatte ich vorgesehen für Entspannung und viel Badengehen wegen der Hitze und ab und zu für das Kartenstudium. Wann immer es ging, lieh ich mir Vaters MZ und ab ging es nach Thalheim ins Freibad oder auch zu einer kleinen Runde, beispielsweise an den Geyrischen Teich, einem sehr schön gelegenen Naherholungsgebiet etwas weiter oben im Erzgebirge, an dem wir als Kinder und Jugendliche auch mehrfach zelteten, mit schöner Badegelegenheit.

Und wie ich am ersten Urlaubstag auf der Liegewiese des Stadtbades Thalheim lag und lesen wollte, entdeckte ich sie! Sie kam allein, so, wie auch ich allein war, da meine Kameraden alle keine Zeit hatten und sie nahm sofort meinen Blick gefangen, bis sich unsere beider Blicke trafen, immer und immer wieder! Ein – wie ich empfand – bildschönes Mädchen, wie ich bald erfuhr 17 Jahre alt. Ihre sportliche Figur war anziehend, die etwas kräftigeren Wangenknochen ergänzten dies und waren umrahmt von den langen, blonden Haaren, die auf die Schulter fielen. Sie strahlte aus ihren wunderbaren blauen Augen mit einem kleinen Grünstich großes Selbstbewußtsein aus. Ich hoffte nun inständig, daß nicht noch ein späterer Begleiter hinzukommt, was nach einiger Zeit aber nicht mehr zu erwarten war. Zum ersten Mal in meinem Leben empfand ich, mir vernebelt da etwas die Sinne, wie ich es nicht kannte. Plötzlich war diese Welt, die ich immer bemüht war, sehr rational, differenziert und klar strukturiert zu erfassen, völlig aus den Fugen. Das Herz schlug mir zum Halse heraus, bis ich mich endlich auf offensichtlich geschickte und angemessene Weise an sie herangepirscht hatte und sie mir einen Platz ummittelbar neben ihrer Decke gewährte! Das war so ganz anders als die Empfindungen vor wenigen Jahren auf dem Teppich im Flur, als ich allein und unbeobachtet die Aktfotos in *Das Magazin* entdeckt und ausgiebig betrachtet hatte. Das hier war eine andere Dimension! Wie weit weg meine Fluchtpläne plötzlich schienen! Barbara Nebel, wie sie hieß, stammte aus der Nähe von Cottbus und verbrachte als Krankenschwesternschülerin nach dem ersten Lehrjahr einige Tage bei ihrer Oma in Thalheim. Wir kamen zügig in ein angenehmes Gespräch, begleitet von ersten Berührungsversuchen, die sie aber doch noch zurückwies, dennoch waren wir uns auf Anhieb nahe. Bis zum letzten Sonnenstrahl, bis kurz vor Schließung des Bades waren wir beieinander – und ich war aus dem Stand zum ersten Mal bis über beide Ohren verliebt. Ich durfte sie mit meiner kleinen, leider inzwischen etwas altmodischen MZ RT nach Hause bringen, obwohl sie keinen Helm hatte, aber bereits Helmpflicht für Motorradfahrer in der DDR eingeführt worden war. So genau nahm man das aber noch nicht. Da meine Maschine noch keine der moderneren Sitzbänke sondern den klassischen, alten Soziussitz mit einem Haltegriff zwischen Fahrer- und Soziussitz hatte, erwartete ich, sie hielte sich ganz normal an diesem Griff fest, wie man das üblicherweise tat. Weit gefehlt, sie stieg mit einem eleganten Schwung auf und umklammerte mich zu meiner großen Überraschung mit festem Griff um die Hüften, ich war schier aus dem Häuschen. Angekommen, begleitete ich sie zur Tür des Mehrfamilienhauses am Rande von Thalheim, wo ihre Oma wohnte, während sie dann meinen geradezu verwegenen Versuch, sie zum Abschied richtig auf den Mund zu küssen geschickt abwehrte, indem sie mir im Bruchteil einer Sekunde die Wange hinhielt, deren zarte Haut ich mit den Lippen berühren durfte. Da sie am nächsten Tag bereits fest mit Oma verplant war, verabredeten wir uns für den übernächsten Tag, gemeinsam an den Geyerischen Teich zu fahren, sie würde sich einen Helm von Bekannten organisieren.

Die Stunden bis zu unserem Wiedersehen waren qualvoll! Ich hatte nur noch einen Gedanken, und das war sie. Ein Problem war, das ich in diesen Tagen eigentlich hatte zur Ruhe kommen und völlig abschalten wollen, da ich ja einiges Lebensveränderndes vorhatte. Und nun trat sie in meine Gedankenwelt. Schon vor dem vereinbarten Termin am Vormittag traf ich bei ihr ein, während sie bereits auf einer Bank unter einem Baum in der Nähe des Hauses wartete. Auch hierbei war ein Küsschen auf die Wang erlaubt, immerhin. Die alte Halbschale als Helm, die sie dabei hatte, war von ihrem bereits verstorbenen Opa. Da waren nun zwei junge Menschen, ein Fahrer mit einem modernen Jet-Helm auf einem oldtimerähnlichen Motorrad des Vaters und als Sozia ein hübsches Mädchen mit Minirock und einem Helm aus Opas Zeiten. Ich glaube, wir boten ein drolliges Bild – aber waren unendlich glücklich.

Am Geyrischen Teich angekommen, suchten wir uns einen Platz etwas abseits. Ich war verblüfft, wie schnell wir uns auf solcherlei Dinge einigen konnten. Auch als ich meine Decke neben die ihre legen wollte und sie mir anbot, gemeinsam ihre etwas größere Decke zu nutzen, waren wir schnell einig. Bald suchte ich mittels eines Grashalmes eine Brücke zu ihr, indem ich sanft ihre Schulter und später ihre Hüften streichelte, bis wir uns dann, beide noch unerfahren und etwas tollpatschig gegenseitig die ersten Küsse beibrachten.

Hätte mir ein Pastor in diesem Moment gesagt, dies sei eine göttliche Fügung, wäre ich aus dem Stand in die Kirche eingetreten. Auch war sie Intelligent, klug, wenn auch nicht sehr politisch interessiert. Das war alles unwichtig! Weitläufig Verwandte im Westen hatten ihr zwar schon einmal eine Jeans geschickt, aber ansonsten war ihr Politik ziemlich gleichgültig. Viel zu schnell verflogen die Stunden und es nahte der Rückweg, auf dem ich mir dann doch Hoffnungen auf eine Gelegenheit zu noch mehr Nähe machte, die sich aber nicht erfüllen sollte, Barbara war bis zu einem bestimmten Punkt sehr offen für mich, für meine Nähe, unsere inzwischen innigen Küsse, aber mehr ließ sie noch nicht zu. Es mögen Stunden gewesen sein, die wir nach dem Sonnenuntergang am Geyrischen Teich und der Rückfahrt noch auf der Bank unter dem Baum in der Nähe ihrer Omas Wohnung verbrachten. Bis wir Abschied nehmen mußten, ein Abschied, der mir sehr schwer fiel.

Die folgenden zwei Tage war sie wieder fest verplant und den Tag darauf ging mein Flug mit Udo nach Bulgarien. Innerlich zerrissen mußte ich von ihr lassen und ich raste nach Hause. Wir hatten uns versprochen, sobald ich aus Bulgarien zurückkäme, uns dann zu besuchen, entweder indem ich zu ihr käme oder sie mit Bahn und Bus wieder nach Thalheim. War es nicht in der DDR vielleicht doch viel schöner, als ich immer dachte? Sollte ich nicht vielleicht doch bleiben? Ich wollte doch so gern mit Barbara wieder zusammentreffen. Es war so ganz anders als vor einem Jahr mit Gisela Heusler. Auch sie war ein ausgesprochen attraktives Mädchen. Aber es sprang kein Funke über. Bei Barbara loderten inzwischen Herz und Hirn lichterloh.

Diese ambivalenten Gedanken prägten die kommenden Tage. Und dann kam die konkrete Vorbereitung, das Packen, das Ordnen der Reiseunterlagen und mir wurde schlagartig bewußt, daß Barbara und ich nach einer Rückkehr nur insoweit wieder zusammensein könnten, wie mir der Einberufungsbescheid der NVA, der Nationalen Volksarmee ins Haus flattern und uns den Spielraum strikt vorgeben würde! Und das wahrscheinlich schon im Oktober! Es sähe dann düster aus mit unserer Beziehung. Natürlich hatte ich auch sie im Unklaren gelassen über meine Fluchtabsichten, zu neu und am Anfang stand unser Miteinander, ich wollte sie ebensowenig wie Udo mit diesem Wissen belasten. Hatte ich bei Udo schon einige Skrupel, ihn wegen der Flucht nur zu benutzen und hatte ich auch gegenüber meinen Eltern, wenn auch kein schlechtes Gewissen, so doch ein mulmiges Gefühl, so kam nun auch noch Barbara hinzu, der ich ein baldiges Wiedersehen versprochen hatte, im Wissen, daß meine Absicht eine ganz andere ist.

Zum ersten Mal in meinem Leben stellte sich mir die Frage, inwieweit Freiheit, die ich im Westen suchte, der Verantwortung gegenüberzustellen ist, die auch mit Aufrichtigkeit zu tun hat. *„Jeder ist seines Glückes Schmied"*, war inzwischen mein Credo und ist es aus tiefer Überzeugung bis heut. Kann das aber unhinterfragt bedeuten, jeder ist sich selbst der Nächste? Komme nach mir und meinen egoistischen Interessen ruhig die Sintflut? Diese Fragen beschäftigten mich in dieser Zeit und damit war der Reiseantritt am 3. August 1969 begleitet von zahllosen Zweifeln und Selbstzweifeln, die an meinem Innern nagten.

Unterstellt mein Credo das Primat der individuellen Willensentscheidung, so sehen die Kommunisten das anders, wenn sie Karl Marx folgen. Nach ihm bestimmt das Sein das Bewusstsein. Auch wenn ich damals in jungen Jahren noch nicht so vertraut mit solcherlei Gedanken war, so war mir diese marx'sche Prämisse aber durchaus schon bekannt. Eigentlich wäre sie geeignet gewesen, die Kommunisten hier mit den eigenen Waffen zu schlagen: Wenn auch mein Bewußtsein, also meine Gedanken als Grundlage und mein Handeln als Ergebnis durch das Sein, also die mich objektiv umgebende Welt bestimmt werden, so bestätigt sich als Ursache meines Handelns, also auch meiner Fluchtpläne die negative Situation in der DDR! Aber soviel ich auch gegrübelt haben mag, so turbulent ging es in meinem Kopf zu und jetzt galt es erst einmal, die Zeit zu nutzen, sich Dinge entwickeln zu lassen.

Am 3. August 1969 nahmen wir sehr früh den ersten Bus nach Karl-Marx-Stadt und von dort ging es mit dem Zug nach Berlin-Schönefeld. Alles war sehr aufregend, waren doch weder Udo noch ich jemals geflogen. Aber alles klappte wie am Schnürchen, die Reiseformalitäten waren erledigt und am frühen Nachmittag saßen wir in der Maschine. Auch der etwa drei bis vier Stunden dauernde Flug verlief bis auf das eine oder andere Luftloch, daß uns den Magen etwas verdrehte, reibungslos, der Zielflughafen war Burgas. Bereits in der Luft konnten wir das Schwarze Meer als blaues Wasserparadies erkennen, es versprach die kommenden Tage unsere liebste Beschäftigung zu werden. Ein Bus übernahm uns und brachte uns die ungefähr 40 bis 50 Km bis Arkutino, südlich von Burgas bzw. Primorsko. Einige durchaus moderne Hotels säumten den Weg und bereits kundige Bulgarien-Touristen klärten uns darüber auf, daß die den West-Touristen von Neckermann und Co. vorbehalten seien. Auch angrenzend an unseren Campingplatz, der sehr idyllisch unmittelbar hinter einer Dünenlandschaft gelegen war, stand ein ganz neu gebautes Nobelhotel. Der zum Campingplatz gehörende Strand war durch einen Zaun von dem des Hotels abgegrenzt, allerdings nicht hermetisch. Es war schlicht eine Grenzziehung zwischen unterschiedlichen Arealen, wie man sie auch an westlichen Stränden in Italien oder Spanien kennt, wo Herbergen den Gästen ihren eigenen Strandabschnitt bereithalten. Insofern kann ich zumindest für unseren Strandbereich nicht bestätigen, was oft berichtet worden war, daß hier die westlichen Touristen, vor allem die Bundesbürger hermetisch, womöglich noch mit Stacheldrahtzäunen von den DDR-Touristen getrennt worden wären. Hier war sicher wieder gewaltig übertrieben worden, wie nur allzuoft in der deutsch-deutschen Gemengelage. Diese hermetischen Trennungen wären übrigens gar nicht möglich gewesen, da es ja auch außerhalb der Anlagen in den Touristenorten oder den nicht zugeordneten Strandbereichen immer zu Kontakten und Begegnungen kommen konnte.

Wir bogen von Burgas, also von Norden kommend links von der Strandstraße ab zum Eingang und der Rezeption des Campingplatzes, die mit einer Schranke gesichert waren. Dann öffnete sich zunächst ein Platz, von dem aus es links ein Campingareal mit ausschließlich Campingurlaubern gab und rechts ein Areal, auf dem neben einem reinen Campingareal in Zweierreihen gegenüberliegend unsere kleinen Hütten standen, der Weg zwischen den Reihen führte geradewegs auf die Dünen zu. An den linken Abschnitt angrenzend befand sich etwa 200 Meter entfernt das Hotel. Zwischen unserer kleinen Hüttenstadt und dem Dünengürtel befanden sich ein sehr ansprechendes Restaurant mit Terrassenbereich und eine Bar im Stile einer afrikanischen Strohhütte. Jedes der Areale hatte einen Sanitärbereich mit Toiletten, den Duschen usw.. Während die Hütten durchaus einen sauberen und ansprechenden Eindruck machten, war der Sanitärbereich etwas gewöhnungsbedürftig.

Beim Auspacken fiel mir eine Schreibmappe, die ich für Notizen und Kartenskizzen verwenden wollte, aus dem Koffer und Udo fragte, ob ich nun Barabara, von der ich erzählt hatte, jeden Tag Briefe schreiben wolle? Wieder einmal wurde mir klar, daß ich vorsichtig sein mußte, wenn ich meine Flucht nicht gefährden wollte. Nun war erst einmal die nähere Umgebung zu erkunden. Badehose an, Handtuch über die Schulter und einige wenige Lewa, wie das bulgarische Geld hieß, in einen kleinen Brustbeutel, für eine Orangina in der Bar, die auch einen Außenbereich hatte. Der sehr schöne Sandstrand lag gleich hinter den Dünen. Die Belegung am Strand war durchaus angenehm, wir lagen nicht, wie so oft an solchen Touristenorten, wie die Heringe in der Dose. So ging es erst einmal in das recht warme Wasser und im Wechsel von Schwimmen und Strandliegen blieben wir bis zum Abend. Da wir mit Verpflegung gebucht hatten, gab es bald im Restaurant unser erstes Abendbrot. Beim ersten abendlichen Bummel durch die Reihen der Camper stellten wir fest, daß die meisten Zelturlauber aus dem gesamten Ostblock stammten, auch viele DDR-Zelter waren anwesend. Es gab aber ebenso schon Wohnwagen oder eigenwillige Eigenbauten. Dazwischen waren immer wieder auch Camper aus dem Westen, aus der Bundesrepublik, Österreich oder der Schweiz auszumachen, auch wenn sie deutlich in der Minderheit waren. Das war dennoch interessant! Hier konnten Kontakte vielleicht mein Kartenmaterial bereichern!

Die ersten zwei, drei Tage vergingen. Erste Kontakte zu DDR-Campern ergaben, das man als DDR-Bürger durchaus mit dem PKW, also seinem Trabant, einem Wartburg oder Skoda nach Bulgarien reisen konnte, mit einem Zelt oder mit einem kleinen Wohnwagen, wenn eine aufwändige Antragsprozedur bewältigt worden war. Die Behörden wollten schon wissen, wem sie erlaubten außer Landes zu reisen und mit welchen Risiken. Auch viele Vorgaben wie beispielsweise zum Geldtauschen oder zur Reiseroute wollten ebenso genauestens eingehalten werden, wie der Aufenthalt am beantragten Zielort. Es war wieder möglich, durch die CSSR zu reisen, nachdem dies vor einem Jahr einige Wochen nach der Zerschlagung des *Prager Frühlings* im Rahmen eines Ausnahmezustandes nicht möglich war. Die westlichen Camper waren meistens ein wenig auf Abenteuer eingestellte jüngere Leute oder leidenschaftliche Camper, die bereits viel in Westeuropa kennengelernt hatten und nun einmal auch Osteuropa erobern wollten, möglicherweise waren auch die einen oder anderen Familien aus dem Westen schlicht an einem sehr preiswerten Urlaub interessiert, denn Bulgarien war für Bundesbürger sehr billig. Und weiter als Sizilien oder Griechenland war es auch nicht. Erste Kontakte mit den üblichen Fragen des Woher und Wohin sowie der unverblümten Frage nach Kartenmaterial, um die Gegend ein wenig per Anhalter zu erkunden, ergaben zu meiner Enttäuschung keine genaueren Informationen, da die Karten der Westler, meist vom ADAC oder von Shell auch reine Straßenkarten größeren Maßstabes waren. Sie waren zwar bunter, edler und teils mit Werbung ergänzt, aber das half mir nicht. Mir wurde klar, daß auch die Westler ja nicht zum Wandern hier waren, sondern ihre Karten lediglich zum zügigen durchfahren der Länder Österreich, Jugoslawien und Bulgarien benötigten.

Am dritten oder vierten Abend kam ein buntbemalter Citroen 2 CV, eine sogenannte *Ente* mit einem jungen Pärchen aus Hamburg angefahren, offensichtlich zwei junge Hippies, wie die jungen Leute einer auf Frieden, Freude und Leichtigkeit aufgebauten Jugendkultur dieser Zeit genannt wurden, zur Erweiterung des geistigen Horizontes oft spirituell begleitet oder von Drogen. Einige, die das Ganze nicht so ernst nahmen, sprachen ironisch oft von einer Friede-Freude-Eierkuchen-Mentalität. Natürlich wußte ich aus dem Fernsehen von dieser Jugendkultur und dieser oft unbedarften Leichtigkeit, mit der diese Leute inzwischen in der ganzen Welt unterwegs waren, ich konnte ihr durchaus ein wenig Sympathie abgewinnen, auch, wenn ich im Grunde viel zu realistisch und rational war, um zu wissen, daß sich allein durch bunte Blümchen auf Autos und wilde Tänze im Drogenrausch die Welt nicht nachhaltig verbessern wird. Vielleicht bewunderte ich sie aber gerade um diese Naivität.

Was mich indes beeindruckte, war die auf ihre Kofferraumklappe am Heck aufgemalte Reiseroute. Demnach begannen sie ihren Trip eben erst, denn über die vordere Türkei sollte es weiter über die östliche Türkei mit Anatolien nach Syrien gehen, von dort in den Irak, in den Iran, nach Afghanistan, Pakistan und schließlich nach Indien. Da waren sie wieder, meine Zweifel an diesem System des Sozialismus, der mir als DDR-Jugendlichen versprach alles zu tun, daß ich in diesem Land glücklich werden kann, aber nur solange es seinem übergeordneten und angeordneten Interesse diente! Und der mir auf absehbare Zeit nie die Chance zu einer derartigen Reise geben würde. Freiheit als Einsicht in die Notwendigkeit, zum Beispiel die Notwendigkeit, nicht ins westlich kapitalistische Ausland zu reisen, könnte ich dort doch von imperialistischen Mächten mißbraucht und verführt werden, deren Werte anzunehmen. Auf diese Art verordneter Freiheit konnte ich gern verzichten. Und wie hatte man uns Jugendliche mit allen möglichen ideologischen Tricks beschworen zu erkennen, daß die westliche Jugend keine Lebensperspektiven habe, weil sie ja lediglich als Mittel zum Zweck des ausbeuterischen Kapitalismus diene. Und die ausgebeuteten, Anfang Zwanzigjährigen kamen nun nach Arkutino, mit ihrem eigenen PKW, wahrscheinlich aber nicht, um endlich in die Freiheit des Sozialismus zu fliehen; und wenn ich stets von der DDR-Propaganda hörte, wir seien in der DDR inzwischen – auch infolge der konsequenten Abriegelung durch den *antifaschistischen Schutzwall* – nun endlich auf die Zielgerade zum Kommunismus eingebogen, dann waren da wieder meine Fragen, was das denn letztlich bedeutete? Etwa, daß es uns bald ginge wie den Chinesen? Oder den Menschen in der Sowjetunion, von denen alle wußten, auch die DDR-Funktionäre, daß sie nicht annähernd unsere Freiheit und unseren Lebensstandard der DDR hatten? Warum auch wollten Sowjetsoldaten unbedingt in der DDR ihren Militärdienst leisten? Weil es ihnen hier deutlich besser ging als zu Hause oder später in Afghanistan; aber Afghanistan war 1969 noch ein multiethnisches und multireligiöses Paradies im Vergleich zu einigen Jahren später. Meine Pläne verfestigten sich erneut – und Barbara lag ja auch schon einige Tage zurück, wobei ich mir fest vornahm, sie sobald wie möglich aus dem Westen anzuschreiben und vielleicht ergab sich irgendwann eine erneute baldige Möglichkeit der Begegnung.

Die Enten-Besatzung mußte ich kennenlernen, sollten sie aber zunächst in Ruhe ihr kleines Zelt aufbauen. Es kam der geeignete Augenblick, als sie mit ihrem Abendbrot ein wenig fortgeschritten waren. Angesprochen auf ihre Reiseroute, wie lange sie planten usw., kamen wir ins Gespräch. Wir, das waren Udo, Iwan und ich sowie die beiden Hippies. Iwan war ein tschechoslowakischer Jugendlicher, der mit seinen Eltern auf dem Campingplatz weilte, wir hatten uns ein wenig angefreundet, da er ohne Geschwister allein war, auch sprach er erstaunlich gut Deutsch. Er war erst 15 Jahre alt, aber ein sehr intelligenter und sehr sympathischer Junge. Die Hamburger luden uns zu einem Budweiser-Bier ein, von dem sie noch einige Dosen aus Jugoslawien dabeihatten. Sie kamen an diesem Tag aus Rila, im Westen Bulgariens gelegen, wo sie sich das weltberühmte Rila-Kloster angesehen hatten und tags davor kamen sie von Nis in Südjugoslawien über die Grenze nach Bulgarien bei Dragoman/Kalotina, westlich von Sofia und etwas nördlich des Rila-Gebirges. Sie berichteten von langen LKW-Staus vor der bulgarischen Grenze, aber ansonsten wäre es sehr zügig gegangen. Damals spielten auf Westeuropas Straßen die großen Brummis bulgarischer Fernspeditionen eine bedeutende wirtschaftliche Rolle, sie transportierten zu günstigen Preisen Waren durch ganz Europa, vor allem Westeuropa und brachten Bulgarien wertvolle Devisen. Die Flotten der Speditionen bestanden fast ausschließlich aus Fahrzeugen von Mercedes. Unsere beiden waren in Rila sehr früh gestartet und auch die Durchquerung Bulgariens auf der Nationalstraße Nr. 6 sei völlig unproblematisch verlaufen. Die Grenze sei gar nicht so martialisch gewesen, wie sie geglaubt hätten. Überhaupt fänden sie Bulgarien als erstes Ostblockland, in das sie reisten, toll, die warmherzigen Menschen, die Entspanntheit und Lässigkeit. Es wirke alles so ursprünglich, nicht so kommerzialisiert. Meine ersten Eindrücke waren allerdings insofern anders, als ich die Bulgaren, zumindest diejenigen, die mir bisher begegnet waren, als eher sehr zugeknöpft und etwas ruppig wahrgenommen hatte und die Lässigkeit interpretierte ich als Schlendrian. Und was das Kommerzielle anging, war mehr als ersichtlich, daß vor allem Westgeld sehr gern genommen und allemal der DDR-Mark vorgezogen wurde. Beide waren Studenten, er Maschinenbau, weil sein Vater Ingenieur war und dies auch von ihm erwartete, sie wollte Lehrerin werden. Er hatte sein Studium nach dem Zivildienst begonnen, von dem ich damals noch gar nichts wußte. Vor allem er drängte aber seine Eltern und die Freundin, sich für etwa ein halbes Jahr eine Auszeit zu nehmen, da das Studium sehr anstrengend sei und er wüßte auch nicht, ob er das überhaupt zu Ende führen wollte oder ob er nicht etwas ganz anderes, etwas mehr geisteswissenschaftliches machen sollte. Ebenso die Überlegung, einige Zeit länger durch die Welt zu tingeln und *„in Schmuck"* zu machen, also Modeschmuck herzustellen und überall zu verkaufen, war eine Option, insofern gar kein Studium abzuschließen. Die *Ente* war gebraucht und von ihren Eltern vorfinanziert, sie müßte das irgendwann mal zurückzahlen. Das Geld für die Reise hatten beide durch Ferien- und Studentenjobs verdient.

Vor allem seine Planlosigkeit stand erkennbar im Widerspruch zu seinem aufgesetzten Selbstbewusstsein, das diesmal schon in arrogante Überheblichkeit mündete und mich enttäuschte. Ich konnte mich des Eindruckes nicht erwehren, daß ich nicht die ihm gemäßen Fragen stellte, wie ich es immer tat, wenn ich jemanden kennenlernen wollte, ich gehörte dadurch für ihn wohl eher zu den Spießern, von denen er Abstand suchte in seiner Hippiewelt. Oder hatte ich ihn durch zu viel Fragerei genervt? Ihr schien sein Verhalten unangenehm; denn einmal maßregelte sie ihn, als er mit seinem unerschütterlichen Gestus des Allwissenden mich, den unbedarften Baumaschinisten aus der DDR in die Schranken weisen wollte, als es dann, wie nur all zu oft bei Begegnungen von DDR-Bürgern mit Bundesbürgern beinahe unvermeidlich politisch-ideologisch wurde. Gänzlich erschüttert zeigte er sich, weil ich die mangelnde Reisefreiheit beklagte und ich sie beneidete. Wir seien doch beide in einem fremden Land, ich genauso wie er, was ich mich beschwere? Damit hatte er faktisch nicht einmal Unrecht! Und im Übrigen sei die Idee des Sozialismus ohnehin nicht aufzuhalten und die Länder wie Bulgarien und des übrigen Ostblockes, wo die Menschen in ihrem Bewußtsein schon weiter seien als im Westen, hätten einfach einen Vorsprung! Ach so! Auch solcherlei Erlebnisse und Erfahrungen beflügelten ein wenig den Wuchs meiner Federn. Es war, wie es war!

An einem der nächsten Nachmittage fuhren Udo und ich mit dem Bus nach Burgas, unsere Hamburger Weltenbummler waren bereits früh weitergezogen, Richtung Mitschurin, Ahtopol und darüber hinaus in die Türkei nach Edirne, Istanbul Richtung Osten. Auch die nächstgelegene, etwas kleinere, aber nicht minder reizvolle Touristenstadt Primorsko hatten wir besucht. Es war für uns kein Problem, unabhängig von der Reisegruppe allein Unternehmungen zu planen, der Gruppencharakter reduzierte sich weitgehend auf die gemeinsame An- und Abreise, das gemeinsame Frühstück und Essen, wobei man auch da unhinterfragt fehlen konnte und es gab einige Angebote zu Ausflügen, einer Abendveranstaltung mit Tombola und einer Miss- bzw. Mister-Wahl, die ich als ziemlichen Klamauk verweigerte, während Udo sich dabei trefflich vergnügte.

Eine Dame war als Gruppenleiterin installiert, die wir bei Problemen ansprechen konnten, sie wohnte in einem separaten Trakt für Bedienstete des Campingplatzes. Wir hatten ansich die ganze Zeit nichts mit ihr zu tun, es gab keine Anlässe. Was für mich jedoch wichtig schien, waren ihre Erläuterungen unmittelbar nach der Ankunft, bei Buchung eines Ausflugsschiffes in Burgas oder Primorsko unbedingt darauf zu achten, daß es sich um eines für die sozialistischen Bruderländer handelt und wir nicht aus Versehen auf eines geraten, das für West-Touristen unterwegs ist, das gäbe erhebliche Probleme! Allerdings käme man da ohnehin nicht ohne Weiteres drauf und es würde natürlich strengsten kontrolliert. Die fuhren bis Istanbul, was für uns tabu war. Auch sollten wir nicht weiter als bis Mitschurin oder Ahtopol, zwei Orte etwa 50 bis 70 km südlich von Arkutino und ungefähr 50 bis 30 km nördlich der türkischen Grenze fahren, wenn wir uns die Gegend ansehen wollten. Wer weiterfährt, läuft Gefahr im Sperrgebiet verhaftet zu werden, wenn er keine Genehmigung hat und es kann dann sehr ärgerlich werden, die Grenzregion sei konsequent abgeriegelt.

Nun fuhren wir aber erst einmal nach Burgas. Wir wollten uns die Stadt ansehen und dann schön essen gehen. Dies gestaltete sich jedoch schwierig; denn die meisten Restaurants waren gut gefüllt und es wurde Grundsätzlich nur durch Einlasspersonal eingelassen. Einige der Gäste hatten wohl vorbestellt, wir jedoch nicht, da wir das nicht wußten. Und als wir dann vor der Frage standen, unverrichteter Dinge schnell mit dem nächsten Bus zurückzufahren, um zu Hause etwas zu essen oder es doch noch einmal zu versuchen, sahen wir, wie an einem Restaurant ein westdeutsches Pärchen mit einem Geldschein Einlass begehrte und anstandslos eingelassen wurde. Da hätte ich nie mit einem DDR-Geldschein oder gar einigen bulgarischen Lewa mithalten können, auch wenn wir Klassenbrüder in unserer sozialistischen Gemeinschaft waren; denn bei Geld hört bekanntlich die Freundschaft auf, auch im Sozialismus. So fuhren wir zurück, nachdem ich mir in einem Souvenierladen noch eine Basttasche gekauft hatte, die ich vorgab, Barbara schenken zu wollen. Insgeheim schien sie mir indes gut geeignet, auf meinem geplanten Weg durch dieses

Balkanland mir die zumindest wichtigsten Utensilien aufzubewahren, ich konnte ja nicht mit meinem Koffer losziehen.

Weitere Tage vergingen. Zu meiner großen Überraschung sah ich zufällig bei Iwan im Skoda der Eltern Landkarten, die ich nie erwartet hätte. Und zwar war sein Vater bei der CSSR-Luftwaffe Pilot! Und er hatte mehrere Landkarten, die er zwar nicht weitergeben durfte, aber sein Sohn konnte sie schon einmal kurz stibitzen, damit ich mir ganz gute Skizzen fertigen konnte. Ein Problem hierbei war jedesmal, dies so diskret hinzubekommen, daß Udo nichts mitbekam.

Ich mußte nun langsam auch entscheiden, wie und vor allem wo ich das Ganze angehen wollte. Nach vielem Hin- und Herüberlegen entschied ich mich für den Grenzdurchbruch nach Jugoslawien! Es gab eine Reihe von Indizien, die dafür sprachen und die gegen die türkische und die griechische Grenze sprachen. Auch ein Versuch, illegal auf einen dieser Ausflugsdampfer für Westbürger zu gelangen, schien aussichtslos. Ein Grund für Jugoslawien waren auch die Schilderungen der beiden Hippies, demnach die Grenze nach Jugoslawien *„nicht martialisch gesichert"* sei. Vielleicht waren diese Gründe nicht ganz zu Ende gedacht, aber allein die Warnungen der Reiseleiterin hatten mich so beeindruckt, daß ich nun mit Jugoslawien doch ein etwas leichteres Spiel vermutete. Allerdings mußte ich dort erst einmal hinkommen, denn dazu war die Durchquerung des gesamten Landes Bulgarien nötig, die jugoslawische Grenze lag genau gegenüber dem Schwarzen Meer!

Die erste Woche war mit reichlich Schwimmen, Ballspielen und Strandwanderungen vergangen. Auch nahmen Udo und ich an einem Ausflug mit einem Bus in ein nahes Mittelgebirge teil, wo wir abends in einer Art Kolchose, also einem landwirtschaftlichen Produktionsbetrieb auf fürstliche Art und Weise bewirtet wurden. Ich glaube, in meinem Leben nie soviel schmackhafte Salami und leckere Salate gegessen zu haben, das alles bei Erläuterungen zum Betrieb und mit musikalischer Begleitung, es wurde bulgarische Volksmusik geboten. Das war zwar nicht mein Musikgeschmack, paßte dennoch aber in diesen Rahmen, sie hatten sich viel Mühe gegeben und insgesamt war das eine überraschend schöne Veranstaltung, vor allem auch des reichlichen Schnapsgenusses wegen, es wurde ein heimischer Brand gereicht.

Anfang der zweiten Woche hatte ich entschieden, am Samstag, dem letzten Tag unseres Aufenthaltes nach Burgas zu fahren, um von dort dann in illegaler Mission meinen Weg durch Bulgarien bis an die jugoslawische Grenze zu suchen. Nach zahlreichen Gesprächen mit Westlern und durch Informationen, die ohnehin in der DDR allgemein bekannt waren, hatte ich einen Weg überwiegend abseits der großen Überlandstraßen im Sinn, da man auf den großen Ausfallstraßen größerer Städte mit stichprobenartigen Kontrollen rechnen mußte. Ich hatte dann ab Sonntag kein Visum mehr, das zudem bis Samstag an eine Reisegruppe gebunden war. Nach all den Gesprächen mit den DDR-Campern wurde mir klar, daß Udo und ich hätten vielleicht doch eine eher individuelle Reise planen können, vielleicht hätten wir das hinbekommen. Aber wir hatten damit noch keine Erfahrungen. Allerdings wären dann meine Skrupel, ihn allein zurückzulassen, sicher noch viel größer gewesen, dies hätte ich ihm eigentlich nicht antun können. Nun war es, wie es war und es war eigentlich gut, wie es war. Ich war sehr zuversichtlich und die Vorfreude auf die ersten Eindrücke aus dem alpendurchzogenen Österreich nahm mich voll in Beschlag.

Die verbleibenden Tage sollten wiederum nur dem Faulenzen, Schwimmen und Sonnenbaden gelten. Wenn da nicht plötzlich, wie aus heiterem Himmel Miluse Skudowa gewesen wäre! Wir hatten am Dienstag oder Mittwoch der zweiten Woche ein Plätzchen am Strand neben Iwan und seinen Eltern belegt, sehr nette Leute, vor allem sein Vater, der ebenfalls sehr gut Deutsch und Russisch sprach. Er war ein interessanter Mann, sehr durchtrainiert und gebildet. Iwans Mutter indes war sehr unscheinbar, etwas untersetzt und eher dem Typus Hausmütterchen zuzuordnen. Und neben ihnen hatten sich tschechoslowakische Neuankömmlinge platziert, eine junge Frau mit ihrem etwa fünfjährigen Sohn und ihrer Mutter. Auch wir kamen miteinander ins Gespräch und lernten uns kennen, die junge Mutter sprach ebenfalls gut Deutsch. Bis ich das untrügliche Gefühl bekam, sie suchte meine Nähe, zunächst im Gespräch, dann bei einem Cocktail in der Bar, wohin wir uns am Nachmittag auf ihre Einladung hin allein zurückgezogen hatten, Udo war mit Iwan irgendwo anders. Vor allem, als wir anschließend gemeinsam ins Wasser gingen, wurden ihre Berührungen eindeutig! Ihre Mutter hatte sich bereiterklärt, den Junior zu beaufsichtigen, wir sollten ruhig gehen und uns gut unterhalten. Miluschka, wie ich sie bald nennen durfte, war etwas kleiner als ich, hatte als Leichtathletin eine sehr sportliche Figur, die goldblonden, langen Haare zu einem Zopf gebunden. Ihre blauen Augen erinnerten ein wenig an Barbara. Allerdings war Barbara 17, und Miluschka 29! Da paßte etwas gar nicht und bei aller Sympathie für sie kam ich mit der Situation nicht zurecht. So etwas hatte ich noch nie erlebt, auch war es so ganz anders als bei Barbara. Eigentlich sprang kein Funke über, der mich hätte schlagartig entflammen können. Und dennoch war da etwas, dem ich mich nicht entziehen konnte. Immerhin war nun erstmals in meinem Leben die Verlockung sehr real, mit einer Frau zusammensein zu können, wie bisher nur in Träumen. Auch ihr stets verschmitztes Schmunzeln, das unsere Gespräche begleitete, schien vieldeutig, sie schien meine enorme Unsicherheit mit größerem Vergnügen zu genießen. Am Abend gingen wir zunächst getrennte Wege, sie mit ihrer Mutter und dem Sohn zum Abendessen, ich in unsere Gruppe. Danach hatten wir uns wieder zum Cocktail in der Bar verabredet. Wie war ich aufgeregt.

Hier kam etwas auf mich zu, mit dem ich so gar nicht gerechnet hatte und das mich wieder einmal aus dem Gleis warf. Aber es war so spannend! Udo hatte inzwischen mitbekommen, daß sich da eine etwas untypische Zweisamkeit zwischen seinem 18jährigen Freund und einer 29jährigen, jungen Mutter entwickelte, er ließ mich rücksichtsvoll in Ruhe. In der Bar hatten wir eine kleine Nische nur für uns

– und da wurde sie sehr eindeutig, indem sie mir nach einem sehr langen, intensiven Blick in die Augen ihre Lippen näher und näher anbot, bis es zu einem ersten, langen Kuß kam, wie ich ihn dank Barbara schon einigermaßen beherrschte.

Lange nach Einbruch der Dunkelheit und weiteren Cocktails kam sie dann auf die Idee, mit mir im Dunkeln baden zu gehen, was ich für grandios hielt, konnte ich doch im Dunkeln meine extreme Unsicherheit und Aufregung kaschieren. Die Nacht war noch lauwarm und der leichte Wind bestrich die Haut auf angenehme Weise, wir hatten uns ein Plätzchen etwas abseits gesucht, niemand war mehr zugegen, nur sie und ich. Und auf der großen Decke, die sie mitgenommen hatte, hatte sie dank ihrer Erfahrung einer erwachsenen Frau leichtes Spiel, mich zum ersten Mal dem Paradies sehr nahe zu bringen. Ein wunderbarer, unvergleichlicher Abend, der bis zum Morgen dauerte. Hatte Barbara mich im Handstreich verzaubert und mir den Geist verdreht, so hatte mich Miluschka mit ihren grazilen, dennoch sportlichen Armen und Beinen Tentakeln gleich ohne Gegenwehr gefangengenommen, gefangen in einem goldenen Käfig. Allerdings war dessen Tür weit geöffnet; denn das magische Band, das diese Tür wie bei Barbara verschlossen gehalten hätte, war hier nicht vorhanden.

Die verbleibende Zeit verging am Strand, in der Bar und später auch allein mit Miluschka in unserer kleinen Holzbehausung wie im Flug und es kam der Samstag. Auf einem kleinen Zettel hatte ich die Mitteilung formuliert, daß ich die Gruppe verlassen und nicht mehr die Heimreise antreten werde. Auch formulierte ich den hochriskanten Hinweis, ich wolle in Richtung Mitschurin bzw. Ahtopol die türkische Grenze ansteuern und versuchen, über die Grenze letztlich in den Westen zu fliehen. Das Risiko bestand darin, daß jemand diese Botschaft zufällig liest, bevor sie gelesen werden sollte. Mit der Botschaft war die Absicht einer bewußt gelegten falschen Fährte verbunden. Ich mußte nach einiger Zeit, nachdem ich länger nicht zurückgekehrt war, damit rechnen, daß plötzlich eine Fahndung ausgerufen und nach mir gesucht wird. Diese Zeilen und auch die Bitte an Udo, meinen Koffer mitzunehmen sowie herzliche Grüße an meine Eltern legte ich in ein Couvert mit der Aufschrift: *„Für Udo“* und deponierte es in meinem Koffer obenauf, so daß man es sofort bei Öffnen des Koffers unverkennbar entdecken mußte. Mein Kalkül war, daß ich am Samstag den Campingplatz verlasse mit dem Hinweis an Udo, ich wolle am letzten Urlaubstag eine lange Strandwanderung unternehmen. Sie könnte durchaus den ganzen Tag dauern, woran er mit Sicherheit kein Interesse haben konnte, Udo war grundsätzlich unsportlich, abgesehen von unserem Boxkampf. Miluschka hatte ich ebenfalls vorgegeben, eine kleinere, letzte Strandwanderung zu unternehmen, bevor wir dann am Nachmittag ein letztes Mal zusammensein könnten. Beinahe hätte sie mich begleiten wollen, was ich aber mit Verweis auch auf Ihre Mutterpflichten Laslo, ihrem Sohn gegenüber abwehren konnte. Das Kalkül war weiter, daß Udo nach meinem Verschwinden spätestens am Folgetag, also dem Abreisetag, vielleicht auch schon am späteren Abend des Samstages Meldung bei der Gruppenleiterin macht, weil ich nicht zurückgekehrt bin und sie sich dann zunächst meines Gepäckes annehmen. Und dann finden sie den Brief, mit dem Hinweis auf die Fluchtroute. Wie ich später erfuhr, ging zumindest dieser Teil meiner Fluchtpläne voll und ganz auf. Die, wie ich ebenfalls später erfuhr, am frühen Morgen des Abreisetages eilig herbeigerufene Miliz setzte sofort in diese Richtung Fahndungsmaßnahmen in Gang.

In die Basttasche, die in ihrer Art oft auch von jungen Einheimischen getragen wurde, hatte ich einige Utensilien wie meine Zahnbürste und Zahncreme, Rasierzeug, Unterwäsche, meine Badehose und wenig Wäsche zum Wechseln verstaut, eine Jeans und eine feste, etwas dickere Jacke, ferner ein Paar feste Schuh, ebenso zunächst soweit möglich Reiseproviant, den ich dem reichlichen Frühstück entnahm und ein Campingbesteck, das ich in meinem Koffer heimlich platziert hatte. Mein universelles Taschenmesser, das ich mir nach der kindlichen Episode mit dem Hirschfänger schon vor zwei Jahren von meinem ersten Lehrlingsgehalt zugelegt hatte, war ebenfalls verstaut. In Flughäfen wurde damals noch nicht wie heut auf solche Dinge hin kontrolliert, so daß dies beim Einchecken in Schönefeld kein Problem war. Auch meine Karten sowie die Skizzen waren wohlverstaut. Das alles mußte nun aber denkbar diskret und ohne daß mich Udo dabei beobachten konnte geschehen, was mir aber ganz gut gelang, da wir uns im täglichen Miteinander unsere Freiräume geschaffen hatten. Die eigens zum Verkauf an einheimische Kellner mitgebrachten Westkleidungsstücke hatte ich vom zweiten Tag an immer wieder in Etappen in der Umgebung des Campingplatzes, in der Bar und auch in dem angrenzenden Hotel angeboten, mit großem Interesse der Käufer, so daß ich hier eine stattliche Reisekasse, verstaut in meinem ledernen Brustbeutel, hatte füllen können.

Gekleidet mit meinen Sandalen, einer kurzen Hose und einem einfachen blauweißgestreiften T-Shirt, das ich in Primorsko erworben hatte und das von zahllosen einheimischen Jugendlichen getragen wurde, einem damals sogenannten Matrosen-Nicki und mit meiner Basttasche zog ich an den Strand und wandte mich Richtung Süden, Richtung Mitschurin bzw. Ahtopol und die Türkei. Obenauf deckte mein Badehandtuch die weiteren Utensilien ab. Weder Udo, der bereits am Strand oder andernorts war, noch Miluschka nahmen mich wahr. Das große Abenteuer Freiheit konnte beginnen!

Allein durch Bulgarien

Die Strandwanderung Richtung Süden dauerte nicht lange. Bald hatte ich die letzten Sonnenanbeter hinter mir und es folgte ein langer, einsamer Strandabschnitt, mit der Chance, nun über die Dünen in Richtung der Strandstraße zu stapfen und per Anhalter Richtung Norden nach Burgas weiterzureisen. Letzte Unsicherheiten ob eines immer noch denkbaren dummen Zufalles, der mich hätte auffliegen lassen können, zerstoben nach dem Wechsel des Fahrzeuges in Burgas, bis wohin ich mit einem Lieferwagen mitgenommen wurde und von wo ich dann mit einem LKW weiterfahren konnte.

Ein unglaubliches Gefühl völliger Freiheit und Gelöstheit ergriff Besitz von mir, wenn auch hier und da begleitet von meinem immer schlechteren Gewissen Udo gegenüber, auch Miluska und Barbara hingen mir nach, vor allem meine Eltern. Ich war vogelfrei und konnte von Etappe zu Etappe entscheiden, wie ich mich weiterbewegen wollte, einen konkreten Zeitplan hatte ich nicht, das alles aber nach wie vor mit weiterhin gebotener Vorsicht. Im Blick hatte ich vor allem die Variante, mich per Anhalter zu bewegen, was in Bulgarien durchaus üblich war, wie ich bald feststellen sollte, auch vor allem durch die zahllosen Hippies aus dem Westen, die ebenso wie unsere Enten-Besitzer durch Bulgarien weiter in die Türkei wollten oder zurück in die andere Richtung, Richtung Westeuropa. Auch eine längere Eisenbahnfahrt war in meinen Überlegungen nicht ausgeschlossen, jedoch begleitet von der Sorge, daß dann zufällige Kontrollen mich hätten enttarnen können. Immerhin war ich ab Montag illegal in Bulgarien. Aber ich hatte ja Zeit, niemand drängte mich und ich würde schon nicht verhungern, auch, wenn ich ebensowenig einen genaueren Plan hatte, wie ich meine Versorgung mit Nahrung sicherstellen wollte. Ich hatte Geld und es gab auch in Bulgarien in allen einigermaßen größeren Städten, die ich vorhatte zu queren, Kaufläden mit ausreichend Lebensmitteln und es gab auch Kioske, an denen man kleine einheimische Gerichte bekam. In Städten wie Burgas gab es sogar eine touristische Infrastruktur, die mich überraschte. Dies lag an den zahlreichen Westtouristen.

Von Burgas führte mich der Weg nun erstmals Richtung Westen auf der Hauptverkehrsachse, der Nationalstrasse Nr. 6. Der LKW, in den ich einsteigen konnte, war soeben im Begriff, eine Baustelle am Stadtrand von Burgas zu verlassen, als ich den Fahrer noch im Stehen des Fahrzeuges ansprechen konnte. Er fuhr bis Ajtos, womit ich von Burgas aus die ersten ungefähr 30 Kilometer in Richtung Freiheit hinter mich brachte. Für die logische Frage eines jeden Chauffeurs, wohin ich wolle, hatte ich mir als Zielorte die jeweils nächste größere Stadt ausgesucht. Bei weiterer Neugierde eines Chauffeurs gab ich vor, mich mit Freunden aus der DDR bei bulgarischen Freunden in Sofia treffen und auf dem Weg dorthin das Land ein wenig kennenlernen zu wollen. Dies artikuliert nur mit wenigen Brocken Russisch oder Bulgarisch, Englisch konnte ich noch nicht. Ansonsten ermöglichten die Hände und Füsse ausreichende Unterstützung der Konversation. Was mich aber später erstaunte war, daß mehr als erwartet vor allem jüngere Bulgaren einigermaßen oder gar ganz gut Deutsch sprachen. Dennoch überwog eine nur rudimentäre Konversation.

Was hatten die beiden Hippies, die an einer meiner Straßenseite gegenüber liegenden Tankstelle mit einem großen Pappschild anzeigten, nach Istanbul zu wollen, für tolle Rucksäcke! Voll bepackt mit allem Nötigen und obenauf Schlafsack und Zelt. Mir wurde klar, daß auch ich viel besser gefahren wäre, hätte ich eine solche Ausrüstung. Wie ich später erfuhr, gab es durchaus auch junge DDR-Tramper, wie wir sie nannten, die solchermaßen durch Bulgarien zogen, mit einem besonderen individuellen Visum. Allerdings galt auch für diese Tramper, Vorgaben einzuhalten, wie für die DDR-Camper auf unserem Campingplatz. Sie hatten ihre Reisepläne genauestens darzulegen und einzuhalten, auch die getauschte Menge bulgarischer Lewa war begrenzt. Wie hätte ich aber gegenüber Udo und meinen Gruppenmitgliedern plausibel einen Rucksack rechtfertigen können, vielleicht noch mit Schlafsack und Zelt? Für eine Strandwanderung wohl kaum und zu mehr konnte ich mich als Reisegruppenmitglied auch nicht erklären. So war meine Basttasche ein Kompromiß, so, wie diese ganze Aktion.

In Ajtos verließ ich die Ost-West-Achse Richtung Norden, zunächst Richtung Provadija, um von der großen Ost-West-Magistrale Abstand zu bekommen. Mir war daran gelegen, in eher einsamen Regionen den Weg nach Westen zu suchen, um den immer wieder kolportierten Kontrollen auf großen Hauptverkehrsstraßen zu entgehen. Die Straße änderte ihren Belag von einer anfangs noch gut ausgebauten Asphaltstraße über eine Pflasterstraße in eine unbefestigte Wegstrecke, immer noch aber mit gelegentlichen Verkehrsschildern, so daß sie den Charakter einer Landstraße behielt. Auch ein Hinweisschild nach Provadija wies mir die Richtung. Der Verkehr nahm deutlich ab, was mir einerseits Sicherheit im Hinblick auf nicht zu erwartende Polizeikontrollen gab, andererseits aber weniger Transportmöglichkeiten bot. So ging ich geraume Zeit zu Fuß, zum Glück im Gepäck nun die verbliebene Frühstücksration, von der ich gegen Mittag einen Teil verzehrte.

In dem Dorf, das ich bald erreichte, machte ein am Rand stehender Lieferwagen Anstalten, weiterzufahren und auf meine Bitte, ein Stück mitgenommen zu werden, willigte der ältere Herr, von dem ich das Gefühl hatte, er verstand kein Wort, mürrisch ein. Für uns übrige Europäer ist es ein Problem, wenn die Bulgaren bei der Bejahung einer Frage den Kopf schütteln, während sie bei einer Verneinung nicken. Es dauert, bis man dies verinnerlicht hat. Und immer wieder nahm ich diese anfängliche Reserviertheit mir als Fremdem gegenüber, wahr. Vielleicht lagen in der Historie Bulgariens an der Nahtstelle von Orient und Okzident prägende Ereignisse, die den Menschen zum Selbstschutz diese Zurückhaltung auferlegt hatten, vielleicht hing dies auch mit einem besonderen Verhältnis zu uns Deutschen infolge des Zweiten Weltkrieges zusammen?

Die Dörfer, die ich nun passierte, wurden in ihrer Infrastruktur immer einfacher, der Touristenstrom lag immer weiter hinter mir, die Gegend wurde ländlicher. Die Dörfer erstreckten sich zum Teil über Kilometer entlang der Straße, die zunehmend baufällig und in schlechtem Zustand war, die kleinen, bescheidenen, aber oft auch liebevoll mit Blumenschmuck herausgeputzten Häuser wie Perlen aufgereiht auf einer Straßenschnur. Die Stromversorgung stellten ältere Holzstrommasten entlang der Straße sicher, die den Stromleitungsdraht führten, während für die Häuser am jeweils nahestliegenden Strommast eine individuelle Leitung zu dem jeweiligen Haus abzweigte. Auch wenn dies nicht dem deutschen Sicherheitsstandard entsprach, so war inzwischen jedes Haus mit Strom ausgestattet. Leider fuhr der ältere Herr nicht weit und nun wechselten sich längere Fußmärsche mit wenigen Kilometern auf einem Eselskarren, einem Pferdefuhrwerk und wieder einem kleineren LKW. Immerhin bot mir der Eselkutscher als Geschenk eine seiner Wassermelonen, die er transportierte und die ich alsbald ausgiebig genoß, nachdem er sein Gehöft erreicht hatte. Aber ich kam nicht gut voran.

Gedankenverloren trottete ich vor mich hin, von der Freiheit im Westen träumend, als völlig unvermittelt auf freier Landstraße ein Wolga, eine sowjetische PKW-Nobelmarke neben mir hielt und mir einen gehörigen Schrecken einjagte. Mit solch einer Limousine hatte ich in dieser inzwischen recht einsamen Gegend nicht gerechnet und schon gar nicht damit, daß sie neben mir hielt und ich von deren Chauffeur angesprochen wurde. Ob ich mitwollte? Nach dem ersten Schrecken erkannte ich, daß hier tatsächlich keine Kontrollorgane herumkutschierten, sondern ein Taxi, dessen einsamer Taxifahrer, der jemanden auf's Land gebracht haben mochte, sich durch mich einen kleinen Zusatzverdienst versprach. Ich indes verneinte sehr vehement und flugs stob er durch eine Staubwolke davon. Ein Taxi wollte ich mir nicht leisten, dafür war mir mein Budget an Lewa zu wertvoll, wer weiß, wozu ich sie noch benötigte.

Einige Kilometer vor Dalgopol, einer Kleinstadt etwa 50 km nördlich von Ajtos, wies ein arg beschädigter, aber gerade noch erkennbarer Wegweiser die Möglichkeit einer ebenfalls recht baufälligen Straße über 110 km nach Westen in Richtung Targoviste, einer größeren Stadt. Irgendwie mußte ich letztlich nach Westen, wenn ich die jugoslawische Grenze erreichen wollte, ich konnte mich nicht ständig nach Norden bewegen, dann landete ich in Rumänien. Der Tag war weit fortgeschritten und ich hatte erst ungefähr 150 km hinter mich gebracht, keine große Entfernung. Auch galt es nun, sich Gedanken über ein Nachtlager zu machen. Mag sein, daß man auch damals bereits in Hotels hätte spontan übernachten können, wenn man ein freies Zimmer bekam, aber das kam für mich nicht infrage, zumal ich in dieser einsamen Gegend wohl ohnehin keines gefunden hätte. Und wenn, dann mußte man mit Sicherheit seine Papiere, sein Visum und seinen Paß vorlegen, was ich nicht mehr konnte. So blieb mir das große Sternenzelt oder eine Hütte auf einem Feld. Aber vier bis fünf Stunden blieben noch, bis die Dunkelheit sich über das Land legen würde. Auch in Bulgarien, wie überall im Süden ist der Zeitraum von einer ersten Abenddämmerung bis zur völligen Dunkelheit sehr kurz.

Der Weg führte zunächst weiter auf der staubigen Landstraße von Dalgopol nach Targoviste. Die Sonne brannte unerbittlich und erhitzte die Straße und die Felder sicher auf weit über 30° C, wie auch bereits in den Tagen meines Aufenthaltes am Schwarzen Meer. Zum Glück aber war es keine Asphaltstraße, die sicher noch einige Grad mehr abgestrahlt hätte. Sehnsuchtsvoll erinnerte ich mich nun der kühlenden Wellen in Arkutino. Überraschend kleine Felder säumten die Straße, auch

Maisfelder und Weinfelder, eine Gelegenheit, meine Nahrungsaufnahme abwechslungsreich zu gestalten und um die eine oder andere selbst geerntete Feldfrucht zu ergänzen. Vor allem der Mais stand bereits gut ausgereift, während die ausschließlich grünen bzw. gelben Weintrauben noch nicht die ausreichend schmackhafte Süße aufwiesen; aber immerhin gaben sie etwas Abwechslung.

Von weitem schon konnte ich weiter westlich von Dalgopol am späten Nachmittag Erntearbeiten auf einem Getreidefeld in der Ferne erkennen, ein Feld, das ungleich größer war, als all jene, die ich bislang passiert hatte. Mehrere Mähdrescher sowjetischen Typs und einige weitere Fahrzeuge ließen eine erneute Transportgelegenheit für mich erhoffen. Und tatsächlich war ein Traktor, ein tschechoslowakischer Zetor bereits mit zwei Anhängern soweit beladen, daß er fast fahrfertig schien und er stand bereits in meiner Richtung. Der Fahrer war ein junger Bursche, nicht viel älter als ich und wir hatten sofort eine gewisse Sympathie für einander, als ich ihn ansprach. Er war so ganz anders als die bisherigen Bulgaren, sehr humorvoll und ständig lachend, auch wenn er leider kein Deutsch sprach, sondern wir erneut mit Russisch und ich ein klein wenig mit meinen inzwischen gelernten bulgarischen Sprachbrocken zurechtkommen mußten. Zwischen dem Bulgarischen und dem Russischen gibt es Ähnlichkeiten, die immer wieder sprachliche Brücken bauten. Also ging es nach einigen Minuten, die er noch für die letzten Vorbereitungen zur Abfahrt benötigte, los, er hinter dem Steuer, das auch ich gern einmal übernommen hätte und ich auf einem Notsitz über dem rechten, großen Kotflügel. Die Temperatur war inzwischen etwas angenehmer, zumal er die Frontscheibe mittels eines am oberen Rand angebrachten Scharniers nach vorn hochklappen und mit einer Strebe abstützen konnte, so daß der Fahrtwind uns angenehm umwehte. Auch bot er mir eine Zigarette an, für die ich mich später revanchierte. Zu meiner großen Freude bot er mir ebenso an, mich bis Veliki Preslav, einer größeren Stadt auf dem Weg nach Targoviste mitzunehmen, insgesamt etwa 40 km! Das war ein großer Schritt, auch wenn er nicht viel schneller als mit 20 bis maximal 40 Km/h fahren konnte, je nach Beschaffenheit der Straße. Der Zeitpunkt, ihn ohne Bedenken und Umschweife auf die Möglichkeit einer Übernachtung in Veliki Preslav anzusprechen war gekommen, nachdem ich auch ihm die erfundene Geschichte von meinem Treffen mit weiteren DDR-Freunden bei Bekannten in Sofia in einigen Tagen aufgetischt hatte und mein Interesse, das Land ein wenig kennenzulernen. Und siehe da, er bot an, in dem landwirtschaftlichen Betrieb, wo er seinen Traktor am Abend deponieren mußte, in einem Aufenthaltsraum zu übernachten.

Also ging es frohgemut über etwa eineinhalb Stunden nach Veliki Preslav in eine Art Getreidelager, in dem er seine beiden Hänger entlud und danach auf den Hof der Kolchose. Sie lag am Rande der Stadt in Richtung Targoviste. Hinter einer sehr breiten Einfahrt öffnete sich ein riesiger, quadratischer Hof, auf dem an verschiedenen Stellplätzen unterschiedliche landwirtschaftliche Großgeräte wie Mähdrescher, Kartoffel- oder Rübenroder, Pflüge und Eggen abgestellt waren. Was mich überraschte, waren auch westdeutsche Maschinen von Claas. Zur Linken erstreckte sich eine Reihe großer Hallen, die der Aufbewahrung weiterer landwirtschaftlicher Geräte und Maschinen zu dienen schienen, während zur Rechten Werkstätten eingerichtet waren. Und geradezu begrenzte ebenfalls eine Gebäudereihe das Areal, der Verwaltungs-, der Personal- und Sozialtrakt. Tierhaltung wurde auf diesem Areal nicht betrieben. Und in diesem Personal- bzw. Sozialtrakt konnte ich auf Vorschlag meines Traktoristen in einem Aufenthaltsraum eine Art Sofa beziehen. Eine Decke benötigte ich wegen der auch nachts recht milden Temperaturen nicht. Überhaupt forderte ich nicht zuviel, da ich froh war, überhaupt ein Dach über dem Kopf und nun meine Ruhe zu haben. Einen Schlüssel brauchte es laut dem jungen Traktorfahrer ebenfalls nicht, da der ausschließlich als Aufenthaltsraum genutzte Raum nicht abgeschlossen würde, abgeschlossen waren nur die privaten Spinde und Schränke der Landarbeiter in einem anderen Raum. Allerdings müsse ich gelegentlich mit Landarbeitern rechnen, die sich hier eventuell zu schaffen machen könnten und die auch am nächsten Morgen durchaus schon ab etwa 5.00 Uhr aufkreuzen könnten, wenngleich der kommende Tag ein Sonntag war, der auch in Bulgarien in der Regel frei war. Sollte ich dennoch angesprochen werden, empfahl er, auf Vanja, wie er hieß, zu verweisen, der mir dieses Nachtlager genehmigt habe. Er könne nicht ganz ausschließen, daß auch am Sonntag ein besonderer Ernteeinsatz anstehe und jemand erscheine. Meine letzten kulinarischen Reserven waren verzehrt und auch die Abendtoilette mit Zähneputzen war kein Problem im nahegelegenen Sozialtrakt, alles in allem fast Tramperluxus! Sogar Duschen gab es, die ich mir für den Morgen aufsparte.

Die Nacht war sehr unruhig, ich fand kaum Schlaf, auch wenn nur einmal mehrere Arbeiter in den Raum kamen, nachdem sie die Mähdrescher, die ich auf dem Feld gesehen hatte und die weiteren Fahrzeuge gegen Mitternacht abgestellt hatten. Sie verbreiteten natürlich erhebliche Unruhe, als sie sich im Nachbarraum umkleideten und im Duschraum duschten. Unter Bezug auf Vanja verwies ich darauf, hier bis zum Morgen zu nächtigen, dann weiterzuziehen nach Sofia, wo ich mich mit Freunden treffen wollte und niemand sah ein Problem.

Es waren weniger äußere Einflüsse, die mich beunruhigten, sondern die nun eskalierenden Gedanken über all das, was ich hier begonnen hatte. In der Stille des dunklen Raumes kamen sie, die Gedanken an meine Eltern, die mich am kommenden Nachmittag erwarteten und die noch keine Ahnung von meinen Freiheitseskapaden hatten. Und Udo: Ob er schon Meldung gemacht hatte? Immerhin war ich nun um Stunden und mit jeder weiteren Stunde immer länger überfällig; vielleicht hatte man nun auch Sorge, mir könnte etwas zugestoßen sein und meine Nachricht war noch nicht entdeckt? Und Barbara? Immer wieder mußte ich auch an sie denken, nicht so sehr an Miluschka, auch, wenn ich mich mit ihr ebenso wie mit Barbara im Erzgebirge verabredet hatte. Der Altersunterschied zwischen Miluschka und mir verhieß auf Dauer keine Perspektive für uns beide, ganz anders bei Barbara.

Miluschka stammte aus Litvinov im Ortskreis Most, unweit der erzgebirgischen DDR-Grenze zur CSSR. Uns hätten von Stollberg aus nur etwa 50 km getrennt. Jedoch in Barbara war ich verliebt, wäre sie doch bei mir.

Aber es war wieder einmal, wie es war und ich hatte nicht nur mich in ein größeres Abenteuer gestürzt, ich hatte die Staatsmacht herausgefordert, getäuscht und auf eine falsche Fährte geführt. Sollte nun etwas meine Pläne durchkreuzen, mußte ich mit allem, auch mit einer längeren Haftstrafe rechnen! Und was würde mich an der bulgarisch-jugoslawischen Grenze erwarten? Viele Geschichten, ob wahr oder nicht, kursierten schon zu Hause, als in der Lehrwerkstatt oder auf den Baustellen die Gerüchte ihre Runde machten, Geschichten von Flüchtern, die ihr Leben oder ihre Beine verloren hatten, Geschichten oder Gerüchte, die mich nun vehement einholten. Erst viel später erfuhr ich, wie schon erwähnt, daß in Bulgarien weder an der Grenze zur Türkei, noch an den Grenzen zu Griechenland und Jugoslawien Minen verlegt waren, all dies waren letztlich ausschließlich Gerüchte.

Erstmals stellte ich mir die Frage, was wäre, wenn ich das Ganze abbräche und ich mich stellte, mit einer erfundenen Geschichte, daß ich mich irgendwie bei einer letzten Erkundungstour vor der Heimreise verirrt hätte? Noch hätte man mich vielleicht mit einem Taxi schnell nach Arkutino bringen können, so daß ich die Heimreise mit den Anderen hätte antreten können, wenn auch vielleicht mit viel dummer Fragerei und Polizeiprotokollen?

Dies indes war nur ein Teil der Fragen! Ich stellte mir auch die Frage, was würde im Oktober mit meiner Einberufung werden? In welche Kompanie, in welches Regiment an welchem Ort der DDR würde ich einberufen? Wie oft könnte ich Barbara, meine Eltern und Freunde sehen? Und was für ein System sollte ich eigentlich in der NVA verteidigen, das ich nicht ansatzweise für verteidigenswert hielt, sondern wegen seiner Verlogenheit und seinem als sozialistischem Humanismus vorgegaukelten Zynismus verachtete? Wie sollte ich wieder in den Spiegel schauen können? Wer A sagt, muß auch B sagen; oder: Jeder ist seines Glückes Schmied! Ich hatte es in der Hand, meine aufkeimenden Ängste unter Kontrolle zu bringen und an ihnen zu wachsen! Also: Auf ging es und mein Gefieder wuchs! Bald war ich wieder ich!

Unausgeschlafen, aber im Umkleideraum frisch geduscht, sogar mit einem Rest gefundener Seife einigermaßen gut riechend machte ich nun kurz nach Sonnenaufgang wieder voller Freiheitsdrang Anstalten weiterzuziehen. Allerdings wäre etwas zu essen nicht schlecht, ein Achtzehnjähriger braucht Kalorien, zumal, wenn er solche Abenteuer angeht! Ob es hier eine Küche gab? Man könnte sich ein letztes Mal umschauen, bevor man die Kolchose verließ und siehe da, in einem weiteren Aufenthaltsraum, der auch Kochgelegenheiten bot, befand sich ein offen zugänglicher Schrank mit allerlei Eßbarem. Vor allem eine etwas größere Salami, wie ich sie während unseres Ausfluges mit der Reisegruppe auf die Kolchose in der Nähe von Arkutino schätzen gelernt hatte, ließ mich alle Konventionen der Ehrlichkeit und Aufrichtigkeit vergessen; große Taten erfordern Kompromisse und so schnitt ich nicht erst ein Stück von ihr ab, sondern verstaute sie insgesamt in meinem Bastkörbchen. Und dann ging es zum großen Tor, nicht mitten über den Hof, wo ich zu exponiert hätte vielleicht doch gesehen werden können, sondern es ging immer an der Wand des Werkstattbereiches entlang. Die großen Hallentore waren verschlossen, aber an einem Nebengebäude fiel mir eine kleine Seitentür auf, die tatsächlich nicht verschlossen schien und richtig, bei genauerer Prüfung ließ sie sich öffnen. Vielleicht gab es Interessantes zu entdecken? Kein Mensch schien morgens gegen 6.00 Uhr am Sonntaq zugegen, so daß ich mich in Ruhe umsehen konnte. Immerhin mußte ich an der Grenze mit Drahtzäunen und anderen Hindernissen rechnen, für deren Überwindung die große Kombizange und der Saitenschneider, die auf einer Werkbank lagen, ebenfalls wie die Salami einen großen, wenn auch etwas einseitigen Kompromiß zu meinen Gunsten bedeuteten. Auch die kleine Handbügelsäge für Metall an einer Halterung an der Wand konnte ich gut gebrauchen. Ich verstaute alles in meinem Basttäschchen, wenn auch mit einem schlechten Gewissen; denn ein Dieb war ich eigentlich nicht. Aber das Sein bestimmt das Bewußtsein. Nun galt es schnell Abstand von dieser Kolchose zu gewinnen, immer darauf bedacht, nicht überraschend entdeckt zu werden. Auch dabei mag mir die Sonntagsruhe entgegengekommen sein.

Wie bis heut üblich diente auch damals eine herausgestreckte Hand, mit dem Daumen die Richtung anzeigend, in die man mitgenommen werden möchte, den Trampern und auch mir als Haltewunsch für Fahrzeuge. Und darauf reagierte noch vor Veliki Preslav ein sowjetischer Saporoschetz, ein kleinerer Viertürer mit Heckmotor, der ein wenig wie ein VW Käfer klang. Ein Landarbeiter war auf dem Weg, schon sehr früh seine Frau in einer Klinik in Targoviste zu besuchen und damit hatte ich wieder eine ordentliche, motorisierte Etappe von etwa 35 km vor mir. Wir sprachen wenig, er schien bedrückt, vielleicht seiner Frau wegen. Und nun war ich wieder in einer bulgarischen Großstadt angekommen, die allerdings, wie auch bei uns in sonntäglichen Morgenstunden recht verschlafen wirkte. Einige Sportler drehten ihre Runden, Hundebesitzer gingen Gassi und wenig Verkehr belebte die Straßen. Zu meiner großen Freude war an der Hauptstraße durch die Stadt eine Art Cafe für Frühaufsteher zum Frühstücken geöffnet und damit hatte ich nun endlich die Gelegenheit, neben dem Wenigen, was ich aus dem Kolchosenschrank stibitzt hatte und neben der Wurst, die mir als eiserne Ration dienen sollte, mir ein ordentliches Frühstück zu genehmigen, was mir erneut auch mental enormen Aufwind gab. Die Zweifel und unruhigen Gedanken waren nicht nur verflogen, ich wußte wieder, was ich wollte!

Zunächst in nordwestlicher und recht bald in westlicher Richtung ging es nun über ungefähr 45 km nach Popovo. Ich hielt nichts davon, sich irgendwo hinzuplatzieren, um dann auf den Zufall des Mitgenommenwerdens zu warten, so, wie man auf eine Dienstleistung wartet, sondern ich ging gern zu Fuß, bis sich etwas an Mitfahrgelegenheiten ergab, immerhin kommt man auch zu Fuß voran. Ich legte wieder eine geraume Strecke zu Fuß zurück, ehe ein bulgarischer Wolga mit einem sehr freundlichen Ehepaar hielt, das unterwegs war zu einem Ausflugsziel in der Nähe von Popovo, so daß ich auch hierdurch wieder eine gehörige Strecke vorankam. Er war Professor an einer Hochschule und sprach fließend Deutsch, was mir gehörig zu schaffen machte. Der Mann stellte Frage um Frage, so, wie auch ich mich mit ungezähmter Neugier gern fremden Menschen nähere. Nur mußte ich meine fatale Lügerei konsequent beibehalten, wenn ich nicht Gefahr laufen wollte, mich zu verraten. Das war die bislang anstrengendste Etappe und wie war ich erleichtert, als wir endlich ihr Ziel erreicht hatten, an dem es für mich Abschied nehmen hieß.

Die weitere Straße war sehr gut asphaltiert und der Verkehr nahm zu. Auch wenn sich mir hierfür keine Gründe erschlossen, so war ich dankbar, denn es schien nun kein Problem, die nächsten etwa 70 km bis Veliko Tarnovo zurückzulegen, eine Großstadt in westlicher Richtung. Und in der Tat hielt bereits kurz nach Popovo ein bulgarischer Skoda. Ein älteres Ehepaar war auf dem Weg zu den Kindern in die Stadt, also nach Veliko Tarnovo. Die Unterhaltung blieb zum Glück wieder bei den üblichen Oberflächlichkeiten stecken und wir schwiegen uns guten Gewissens an, sie, weil sie mit meinem Anhaltertransport eine gute Tat getan hatten und ich, weil ich sie nicht weiter mit gewitzten Ausflüchten belügen mußte. Veliko Tarnovo kam in Sichtweite, die Silhouette der Häuser zeichnete am Horizont das Bild einer moderneren bulgarischen Großstadt. Dafür war ich nun dankbar.

Der unendlichen Müdigkeit, die sicher mit dem wenigen Schlaf in der Kolchose zusammenhing, wurde ich gerecht, indem ich in einer gepflegten und mit großem, altem Baumbestand bewachsenen Parkanlage vielen, meist jungen Menschen gleich ein Plätzchen für ein Nickerchen suchte und fand. Und wie ich mich auf den angenehm erfrischenden weichen Rasen im Schatten eines riesigen Baumes gebettet hatte, schlief ich sogleich ein – und erwachte erst ungefähr zwei bis drei Stunden später. Wie gerädert stellte ich fest, daß viel mehr Zeit vergangen war, als ich eingeplant hatte, aber was hieß schon geplant, einen festen Zeitplan hatte ich ja nicht. Und so war es gut, daß ich ausgeruht und wieder guter Dinge war.

Erneut kam der Hunger. Ein nahe gelegener Imbiß bot mir Gelegenheit zu einem ausgiebigen Mittagessen. Ich hatte berechnet, daß ich bei dieser Art Lebenswandel mit einem Frühstück und einem Mittagessen pro Tag sowie einigen wenigen Zusatzkosten für Dies und Das sowie ein kleines Abendbrot etwa drei Wochen finanziell hinkommen sollte. Allerdings wollte ich nicht drei Wochen durch Bulgarien trampen, sondern höchstens eine Woche. Immerhin benötigte ich auch in Jugoslawien noch Geld. Durch die große Glasscheibe des Restaurants erkannte ich auf der gegenüberliegenden Seite der Straße eine Gruppe Jugendlicher mit Motorrädern und Mofas. Und siehe da, es waren mehrere MZ ETS 250, hergestellt in Zschopau, DDR und Jawas aus der CSSR.

Eilig zahlte ich, packte meine Utensilien und überquerte die Straße zu den Jungs. Wir kamen ein wenig ins Gespräch und nachdem ich meine Herkunft und einiges

Fachwissen zu den Maschinen soweit es die Sprachbarrieren zuließen, platziert hatte, gewann ich ihr Vertrauen. Einer der jungen Burschen hatte ein 80ccm-Mofa bulgarischer oder rumänischer Produktion, von dem ich nie gehört hatte. Es war eine ordentliche Zweisitzermaschine. Und als auch wir ins Gespräch kamen, stellte sich heraus, daß der Bursche, der sich später als Iwan Michov vorstellte, nach Kazanlak fuhr. Er hatte sich hier in Veliko Tarnovo mit Freunden getroffen und bei ihnen übernachtet, nachdem er bereits am Vortag in Varna, einem bekannten und ebenfalls touristisch sehr erschlossenen Badeort am Schwarzen Meer, etwa 130 km nördlich von Burgas gestartet war. Dort hatte er in den Ferien seine Eltern besucht, die jedes Jahr im Juli und August in der Gastronomie in Varna arbeiteten. Iwan sprach einigermaßen Deutsch und ergänzt um meine wenigen Brocken Bulgarisch und Russisch, das er ebenfalls sehr gut beherrschte, kamen wir in eine flotte Konversation.

Kazanlak lag südwestlich von Veliko Tarnovo und eigentlich nicht auf meiner Wunschroute, wenn da nicht die Frage von Iwan gewesen wäre, ob ich mit ihm ein Stück mitfahren wolle, nachdem ich auf die verständlichen Fragen nach meinem Reiseziel meine Version des Freundschaftsbesuches in Sofia angebracht hatte. Seine Strecke führte über eine große Hauptverkehrsstraße, die ich eigentlich meiden wollte. Aber nach meinen bisherigen Erfahrungen und nach der Überlegung, daß eine denkbare Kontrolle wohl kaum zwei Jugendliche auf einem Mofa erfassen würde, willigte ich ein; immerhin erneute etwa 100 km konnte ich nun mit Iwan bewältigen, langsam in den westlichen Teil Bulgariens hinein. Noch eine Zigarette, dann ging es los, er am Steuer, ebenso wie ich ohne Helm. Meine Basttasche hatte ich unter seine Gepäckrolle auf dem Gepäckträger mit einem Lederriemen befestigt, so daß ich die Hände freihatte, mich an zwei Haltegriffen seitlich am Soziussitz festzuhalten. Es war eine sehr eindrucksvolle Fahrt der immer idyllischeren Landschaft wegen, die wir an diesem ausgesprochen milden Nachmittag durchfuhren, in Richtung des berühmten, geschichtsträchtigen Schipkapasses, in dessen Nähe 1877/1878 mehrere bedeutende Schlachten im Russisch-Osmanischen Krieg zur Befreiung Bulgariens geschlagen wurden. Zunächst noch mit wenigen Steigungen, mußte Iwans kleines Maschinchen dann aber doch gewaltig kämpfen, um uns über den Paß zu bringen. Während einer Zigarettenpause auf dem Paß umgab uns dann auf dessen Höhe in ungefähr 1200 m eine imposante Landschaft mit einer grandiosen Aussicht vor der sich langsam dem Horizont zuneigenden Sonne. So wurde meine Fluchtroute noch zu einer individuellen, touristischen Attraktion.

Der zweite Tag meiner Flucht, der Sonntag war nun gut fortgeschritten und am späten Nahmittag erreichten wir Kazanlak. Auch diesmal lag meine Frage nach einem Nachtquartier nahe und auch dieses Mal war mir das Glück gewogen. Iwan bot mir eine Übernachtung bei sich zu Hause an und sein Großvater, der mit in dem kleinen Haus auf der Uliza Trakia, der Straße der Traker wohnte, würde sicher kein Problem damit haben. Seine ältere Schwester war für längere Zeit studienhalber in Moskau. So mußte ich inzwischen doch mein Bild von den etwas mürrisch wirkenden und spröden Bulgaren relativieren. Es gab eben auch jene, die mir bislang durch Mitfahrgelegenheiten und sogar mit dem Angebot von Nachtlagern unter die Arme griffen.

Bereits aus der Ferne konnten wir bei der Abfahrt aus den Bergen die Stadt in einem Talkessel liegen sehen, die ersten Lichter kündigten den Abend an. Am Haus von Iwans Eltern angekommen, stellte er mich seinem Opa vor. Mich begrüßte ein ruhig und weise wirkender, alter Mann von sicher weit über 70 Jahren etwa meiner Größe mit hageren Zügen, sein Gesicht war von einer großen Narbe auf der linken Wange und durch bereits fortgeschrittene Falten und Furchen gezeichnet, umrahmt von einem grauen, kurzen Vollbart. Eine Kappe, wie sie entweder muslimische oder als Tracht tragende, meist ältere Bulgaren aufhatten, bedeckte seinen Kopf. Muslime aber waren sie, wie ich später von Iwan erfuhr, nicht. Auch Großvater war wieder einer von jenen, die mit einem abschätzigen ersten Blick auszukundschaften suchten, mit was für einem Gegenüber er es hier wohl zu tun habe. Er wirkte insofern zunächst wieder nicht sonderlich freundlich. Aber wir drei hatten dann ein auskömmliches Miteinander und Iwan dolmetschte, sein Opa beherrschte nur Bulgarisch.

Wieder einmal hatte ich das Gefühl, diese anfängliche Reserviertheit der Bulgaren ist das Ergebnis großen Mißtrauens Fremden gegenüber, bis man sich einigermaßen kennengelernt hat und dann tauten sie auf, wurden durchaus freundlich und gar herzlich. Immerhin bereitete er uns dann ein leckeres Abendbrot, dessen Tomatensalat mit einer Art Schafskäse mir in noch sehr guter Erinnerung ist. Auch begann er einige lustige Geschichten aus seiner Jugend zum besten zu geben, die mir Iwan übersetzte, die ich allerdings nicht in Gänze verstand. Mein Nachtlager sollte auch diesmal wieder ein großes Schlafsofa im geräumigen Zimmer von Iwan sein. Durch das Umklappen des einen Seitenteils, das als Armlehne diente, hatte ich nun eine komfortable Liege, auch gab er mir eine Zudecke. Wie Iwan erzählte, hatte er im Juni seinen dem deutschen Abitur entsprechenden Abschluß an einer Schule in Kazanlak erworben und war nun in Erwartung eines Elektrotechnikstudiums in Sofia ab Anfang Oktober. Wenn ich mich recht erinnere, war er etwas verunsichert, weil er parallel noch auf eine Bestätigung seiner Militärmusterung wartete mit der Nachricht, wann er zu einer Einheit der Luftsicherung als Funker eingezogen werden sollte. Dies hätte eine Verschiebung des Studiums um die Dauer des Wehrdienstes bedeutet und eine gravierende Veränderung seiner nächstliegenden Zukunftspläne.

Nach dem Abendbrot war Iwan mit Freunden in einem Zeltlager am Koprinkasee, einem Stausee und wunderschön gelegenen Naherholungsgebiet etwa 10 km vor den Toren Kazanlaks verabredet und natürlich bot er mir an mitzukommen, was ich annahm. So düsten wir beide mit seiner Maschine in den Abend hinein und fanden in einem Zeltlager eine groß Gruppe junger Menschen, die mich sofort sehr herzlich aufnahmen und mit viel Überschwang als ihren Deutschen Gast betrachteten. Wie unschwer zu erkennen war, war diese gelöst heitere Stimmung vor allem reichlich Alkohol zuzuschreiben, den sie bereits genossen hatten. Sehr süßer bulgarischer Wein, ähnlich dem damals auch in der Bundesrepublik weit verbreiteten italienischen Lambrusco oder dem spanischen Sangria. Auch wir waren alsbald mitten drin im Trubel junger bulgarischer Jungen und Mädchen und es versprach ein feuchtfröhlicher Abend zu werden. Ein Teil der insgesamt etwa 150 bis 200 Jugendlichen stammte aus Kazanlak und der Umgebung, ein weiterer Teil aus anderen bulgarischen Landesteilen. Das Lager war in verschiedene Segmente aufgeteilt und sowohl mit großen Massenzelten für 10 bis 20 Personen ausgestattet sowie auch mit kleinen Zweipersonen- bis Sechspersonenzelten. Ich war indes darauf bedacht, mich hinsichtlich des Alkohols unter Kontrolle zu halten. War ich noch in Stollberg mit Beginn der Lehre durchaus ganz gern gelegentlich alkoholisiert, so mußte ich hier aufpassen, mich nicht mit zu viel Alkohol durch dummes Gerede zu verraten. Bereits anfangs fiel mir eine riesige Leinwand auf, die am Ende einer großen Liegewiese direkt am Strand des Sees gespannt war und siehe da, nach fortgeschrittener Zeit, so gegen 21.00 Uhr begann plötzlich eine Filmvorführung mit Filmen der Stummfilmklassiker Charlie Chaplin, Stan Laurel, Oliver Hardy und vieler anderer dieser großen Schauspieler aus der Film- und Kinopionierzeit, ein Film, der ein Zusammenschnitt verschiedener Stummfilmklassiker war und den ich bereits in der DDR gesehen hatte, der uns auch dort unglaubliches Vergnügen bereitete.

Nach dem Ende des Filmes gegen 23.00 Uhr ging das Trinken und Feiern weiter und auch Iwan war dem Alkohol reichlich zugetan. So langsam stellte ich mir die Frage, wie wir mit seinem Alkoholpegel und dem Mofa nach Hause kommen sollten; denn auch in Bulgarien durfte man sich nicht mit Alkohol am Steuer, sei es eines PKW oder eines Motorrades erwischen lassen, abgesehen davon, daß es auch gefährlich war. Und wie dann einige Zeit nach Mitternacht Iwan reichlich alkoholisiert auf mich zukam und mir in mittlerweile unverständlichstem Deutsch zulallte, wir sollten die Nacht hier verbringen, war mir klar, ich muß mir irgendwo in einem dieser Zelte ein Bett suchen oder auf der Liegewiese. Die Nächte waren nach wie vor sehr lau und man konnte ohne Probleme sogar ohne Decke draußen schlafen. Aber es gab noch das eine oder andere leere Feldbett in den größeren Zelten und diese hatten sogar je eine ordentlich am Fußende gefaltet liegende Decke mit einem Aufdruck der sozialistischen Jugendorganisation der bulgarischen kommunistischen Partei, die der FDJ, der Freien Deutschen Jugend der DDR entsprach. Einer der erwachsenen Betreuer, die über die Grunddisziplin wachten, die allerdings zum Teil selbst ganz gut getrunken hatten, wies mir dieses Bett zu. Dies war relativ unkritisch, da ich als Freund von Iwan vorgestellt worden war und ich insofern nicht als Exot herumirrte, dem man ständige Fragen stellte. Mein Zelt lag unweit der Toiletten- und Sanitäreinrichtung, die als fest gemauertes Haus diesen Platz als ständigen Zeltplatz auswies.

Plötzlich wurde mir aber siedend heiß klar, daß ich nicht nur keine Zahnbürste mit Zahnkreme bei mir hatte, die in meinem Basttäschchen waren, sondern daß ich das Ganze bei Iwan in dessen Zimmer hatte liegen lassen, bis auf die Zigaretten, die ich immer bei mir in der Hosentasche hatte und dem kleinen Feuerzeug sowie meinen Brustbeutel mit dem Geld und dem DDR-Reisepaß. Was, wenn Iwans Opa auf die Idee kam, sich einmal meine Tasche näher anzusehen? Was, wenn er dann neben der Wurst und meinen Utensilien ganz unten auch meinen Stift und die Karten sowie die Skizzen von den Grenzregionen findet? Und meinen Saitenschneider mit der Kombizange und der Metallsäge? Nicht auszudenken, was daraus hätte werden können; wie leichtfertig ich hier ein Risiko eingegangen war. Andererseits hätte ich doch nicht das Täschchen mitnehmen können, das wäre auch aufgefallen, zumal wir die Übernachtung im Zeltlager ja nicht geplant hatten. Wieder einmal beunruhigte mich die Situation zutiefst und mir wurde erneut bewußt, auf welch dünnem Eis ich hier lavierte. Am liebsten wäre ich sofort zu Iwan nach Hause gefahren und hätte mich von der Unberührtheit meiner Basttasche überzeugt. Stattdessen war ich wieder unruhig eingeschlafen, während nach und nach die weiteren Zeltbewohner eintrafen und mehr oder weniger ruhig in ihren Schlaf fielen. Iwan war in einem der anderen Zelte untergekommen und wir hatten uns auch ein wenig aus den Augen verloren, nachdem ich mich mit weiteren Jugendlichen durchaus angeregt und gut unterhalten hatte.

Der nächste Morgen, der Montag begann zu meiner Überraschung mit Fanfarengetön und schmissigem Trommelwirbel, die uns alle aus dem Schlaf rissen, so gegen 8.00 Uhr muß es gewesen sein. Eigentlich war ich erst kurz vorher so richtig in den Schlaf gekommen und nun war es schon wieder vorbei. Vergleichbar mit meinem GST-Lager war das Erwachen und sich Versammeln der um mich Liegenden zu einem Appell nicht, zu viele waren viel zu schläfrig, als daß sich das große Quadrat, das mit Fähnchen abgesteckt war, zu einem lebendigen Geviert für den Morgenappell formiert hätte. Es schien eher ein ziemliches Durcheinander und die Autorität der Aufsichtspersonen, von denen mir einer das Bett zugewiesen hatte, war begrenzt. Ich als Gast hatte ohnehin keine Lust, mich in dieses Quadrat zum Appell einzureihen und als ich in dem großen Gewusel Iwan gewahr wurde, waren wir uns beide schnell einig, sich hurtig aus dem Staub zu machen. Ob er einen Alkoholtest bestanden hätte und wirklich fahrtüchtig war, vermag ich nicht zu sagen, ich weiß nur noch, wie er Mühe hatte, die Maschine in Gang zu setzen.

Schließlich kamen wir bei seinem Großvater an, von dem ich nun unendlich viele besorgte Fragen erwartete, aber er stellte keine Fragen. Es schien ihm gleichgültig, wo wir die Nacht verbracht hatten, er machte sich in dem wunderschön bunten Gemüsegarten zu schaffen und nahm von uns kaum Notiz. Um so besser. Und als ich meine Basttasche inspizierte, war alles am rechten Fleck – und die Welt war für mich wieder in Ordnung, auch wenn ich erneut hundemüde war.

Iwan hatte an diesem Morgen etwas in der Stadt zu erledigen und er fragte, ob ich nicht noch bleiben und ein wenig Schlaf nachholen wolle, ich könne gern noch einen Tag, auch noch eine Nacht bleiben! Das war ein Angebot und ich sagte zu, es mir zu überlegen, auf jeden Fall noch bis zu seiner Rückkehr zu bleiben. Also zauberte er uns ein Frühstück mit gebratenen Eiern und Tomatensalat, das gut bis zum Nachmittag vorhielt. Sich jetzt noch einmal ordentlich waschen, Zähne putzen und sich ein wenig auf das Sofa legen war eine Verlockung, der ich nicht widerstehen konnte. Und so war ich dann am frühen Montagnachmittag, meinem dritten Fluchttag wieder gut beieinander und widmete mich Iwans Radio, da er noch nicht zurück war. Endlich wieder einmal Rundfunk hören, sogar die Deutsche Welle konnte ich über Kurzwelle empfangen. Und was erfuhr ich? Zur selben Zeit, in der ich auf dem Weg in die Freiheit war, hatten sich jenseits des Atlantik in der Nähe von New York auf einem gigantischen Festivalgelände bis Sonntagabend die größten Rock-, Blues- und Folkbarden Amerikas zu einem Festival getroffen, das letztlich zwar wegen des einsetzenden Dauerregens und der Drogenexzesse in einem Chaos endete, aber friedlich blieb und das mit mehr als 400000 Besuchern heut als eines der größten friedlichen Musikfestivals der Musikgeschichte gilt. Das Festival von Woodstock! Zahlreiche Musiklegenden wie Jimi Hendrix, Janis Joplin oder The Who, die dort auftraten, waren auch mir vertraute Rocklegenden. Und ich war nun auf dem Weg in die Freiheit!

Nach Iwans Rückkehr plauderten wir noch ein wenig miteinander und ich teilte ihm meine Entscheidung mit, das Angebot einer weiteren Übernachtung bei ihm anzunehmen. Der Nachmittag verflog mit einem Besuch bei einem Freund von Iwan und dessen Freundin, die ebenfalls wie Iwan bei ihren Eltern wohnten und am Abend gab es wieder ein von Iwans Opa bereitetes Abendbrot. Dies war begleitet von einem heftigen Gewitter, das zwischenzeitlich aufgezogen war, der erste Regen in der gesamten Zeit meines Aufenthaltes in Bulgarien gab den Pflanzen in Opas Garten und im Umland die langersehnte Labung.

Mit meinem Aufenthalt bei Iwan war ich seit meinem Abschied von der Reisegruppe vor nunmehr drei Tagen trotz aller Gefahren und inneren Unruhen in einer relativen Komfortzone eingebettet, was ich mir als ein gutes Omen anrechnete. Zum ersten Mal schlief ich deshalb bei Iwan wie im siebten Himmel – und am Morgen des Dienstag, beim Frühstück mit Iwans Opa erhielt diese Komfortzone einen gehörigen Dämpfer!

Wir saßen beieinander und inmitten einer belanglosen Plauderei platzte Opa dazwischen mit der Feststellung, es sei Zeit, mich als Besucher bei der nächsten Polizeistation registrieren zu lassen! Dies war Vorschrift in Bulgarien, wie ich später bestätigt bekam, wenn man nicht familiäre Besucher empfing und man diese länger als eine Nacht beherbergte. Mir rutschte das Herz in die Hose! Sofort wandte ich ein, ich sei nun aber doch wegen meiner Verabredung in Sofia etwas in Zeitverzug und müsse los! Ob das denn so zwingend sei? Opa betonte, das sei nun einmal die Vorschrift und er wolle keinen Ärger! Ich aber auch nicht! Und nun?

Das rettende Argument kam von Iwan: Ich sei schließlich erst eine Nacht bei ihnen gewesen, den Aufenthalt im Zeltlager sollten wir nicht mitrechnen, dann sei das doch kein Problem. Damit war Opa zum Glück zufrieden, immerhin war es nicht Argwohn seinerseits mir gegenüber, der ihn zu dieser Pflichtübung einer polizeilichen Anmeldung veranlaßte, es war schlicht sein Gehorsam als bulgarischer Bürger, dem er gerecht werden wollte. Natürlich wußte auch er, daß niemand im Umfeld mich wahrgenommen oder sich meines Besuches wegen gar ernsthafte Gedanken gemacht hatte und damit ging dieser Kelch zu meinem großen Glück an mir vorüber!

Nun hieß es aber tatsächlich zügig Abschied nehmen, bevor noch weitere Überraschungen mich in ernsthafte Schwierigkeiten brachten. Ich packte mein Täschchen und verließ das Haus von Iwan und seinem Opa mit meinem herzlichen Dank für die Gastfreundschaft Richtung Innenstadt, um dann meinen weiteren Weg in Ruhe zu planen. Iwan wollte mich noch bis zur nächsten Ausfallstraße bringen, was ich aber ablehnte und er akzeptierte das.

Weiter hieß es, sich zu orientieren und ich steuerte als nächstes Ziel Plovdiv, eine Großstadt etwa 100 km südwestlich von Kazanlak an. Gut gefrühstückt wanderte ich frohgemut die große westliche Ausfallstraße, wieder die Nationalstraße Nr. 6 entlang, die nach Sofia führte. Ungefähr eine halbe Stunde war ich unterwegs, um von dieser Straße eine Abzweigung nach links, also nach Süden zu finden, als ich am Stadtrand von Kazanlak zum ersten Mal gegenüberliegend auf beiden Straßenseiten je ein kleines Holzwachhäuschen mit je zwei Polizeiposten wahrnahm, die offensichtlich für Kontrollzwecke postiert waren. Zu Fuß war es kein Problem, sie zu umgehen. Allerdings hielten sie in der Zeit, die ich sie im Auge hatte, keinen einzigen PKW an; vielleicht war die Sorge einer Kontrolle unbegründet? Vielleicht war das alles mit den Kontrollen wieder einmal übertriebenes Gerede? Wenn schon, was hinderte mich, doch lieber auf Nummer sicher zu gehen und etwas abgelegenere Straßen zu nutzen, auf denen ich bislang über nunmehr insgesamt ca. 450 km gut vorangekommen war. Der Weg zog sich, bis ich das ersehnte Hinweisschild Richtung Südwesten endlich sah. Und siehe da, die abzweigende Straße war keine gar so kleine, es war eine gut ausgebaute Asphaltstraße.

Die nächsten ungefähr 70 km ging es mit einem LKW, der auf meinen Daumen hin hielt, bis Rakovski. Dorthin hatte der Laster Chemikalien in eine Zementfabrik zu transportieren und der Fahrer war froh um ein wenig Gesellschaft, auch wenn wir uns überhaupt nicht unterhalten konnten, da er weder Deutsch noch Russisch sprach und meine wenigen Brocken Bulgarisch für mehr nicht reichten. Gemeinsam rauchten wir die eine und andere Zigarette. Schon weit vor Rakovski sah man die großen Silos der Fabrik, in die er steuerte, nachdem er mich abgesetzt hatte.

Ich hatte die Fabrik passiert, als ich die Bahnstrecke einer kleinen Lorenbahn bemerkte, die Material in die Fabrik oder weg von der Fabrik transportierte und als die Bahntrasse der Straße immer näher kam und der nur sehr mäßige Verkehr mir nicht so rechte Tramperangebote machte, sprang ich kurzentschlossen auf einen dieser zufällig vorbeikommenden Lorenzüge, der von einer kleinen Diesellok etwas schneller als im Schritttempo weiter Richtung Westen gezogen wurde, ich sprang hinten auf die letzte Lore. Dieser kleine Güterbummelzug mit kleinen Kipploren war leer, was darauf schließen ließ, daß er ein Zulieferzug für die Fabrik war; denn er fuhr von ihr weg. Und da er seine Geschwindigkeit kontinuierlich hielt, kam ich einige wenige Kilometer voran, bis das Gleis in der Ferne von der Straße wegzuführen schien, offensichtlich hin zu einem in der Ferne weiß schimmernden Kalksteinbruch, so daß ich an einer geeigneten Stelle wieder absprang. Gesehen hatte mich der Lokführer sicher nicht, da ich auf die hinterste Lore aufgesprungen war und mich auf einem kleinen Rahmengestell abduckte.

Weiter ging es die nächsten ca. 25 km bis Plovdiv mit dem Lieferwagen eines Schlachthofes, der in Plovdiv Fleischereien belieferte. Der Ort war eine überraschend lebendige Wirtschaftsmetropole, in der ich wieder in einem Schnellrestaurant mein Mittagessen einnehmen konnte. Auch konnte ich damit dem schweren Gewitter entgehen, das sich inzwischen von Südwesten her aus dem Rilagebirge heraus aufgebaut und bereits auf der Lorenbahn seine ersten Sturmboten gesandt hatte, begleitet von einem ersten tiefen Grollen in der Ferne.

Über Pazardzik führte mich mein weiterer Weg nach Kostenec, weitere 100 km westlich, nachdem sich der Himmel wieder beruhigt und erneut eine unsägliche Schwüle eingesetzt hatte, ebenso, wie das schrille Zirpen der Grillen und Zikaden pünktlich zur täglich selben Zeit sein Konzert begann. Der Musala, der höchste Berg Bulgariens, einer der höchsten auch des gesamten Balkan mit knapp 3000m Höhe ließ in der Ferne nun erstmals seine Silhouette erkennen, umrahmt von weiteren Zweieinhalbtausendern im nördlichen Teil des Rila-Gebirges. So sehr ich viele Jahre später und bis heut die Berge lieben und schätzen lernte, so respektvoll hielt ich Abstand auf meinem abenteuerlichen Weg, da ich in keiner Weise für deren unwägbare Natur ausgerüstet war. Selbst im bekanntlich heißen, subtropischen bulgarischen Sommer konnten sie sich nach Wetterstürzen innerhalb kürzester Zeit in eisige Höhen verwandeln. Die einigermaßen gut ausgebaute und abwechselnd gepflasterte und asphaltierte Straße bot mäßigen Verkehr, der aber ausreichte, mich recht unspektakulär in kleineren Etappen voranzubringen, wiederum mit einem Lieferwagen, einem weiteren LKW und einem rumänischen Renault. Er gehörte dem Vertreter der staatlichen Versicherungsgesellschaft, der mich bis Kostenec mitgenommen hatte, damit bereits bis auf ca. 70 km an Sofia heran.

Wieder begann der Tag sich zu neigen, nun der vierte Tag meines Aufbruches in die Freiheit und wenn ich die nördlich liegende Metropole Sofia umgehen und mich nicht in die südlichen Berge des Rilagebirges verirren wollte, mußte ich in

Richtung Westen bleiben. Wieder einmal stellte ich zu meiner Freude fest, mein Kartenmaterial war eine sehr gute und ausreichende Orientierungsgrundlage. Und wenn ich die Karte richtig las, müßte es ungefähr in 40 km westlich von Kostenec einen größeren See geben, der auf der Karte sogar einen Campingplatz auswies, der Iskarsee, wieder ein Stausee. Vielleicht eine Gelegenheit zu einer Übernachtung? Also ging es wieder frohgemut die Straße entlang Richtung Samokov und siehe da, auch hier sollte sich mein Optimismus wieder einmal voll und ganz bestätigen, indem ein jüngeres Ehepaar mit zwei kleineren Kindern auf dem Rücksitz eines Skoda mir anbot, bis Samokov mitzufahren, obwohl es eigentlich der Kinder wegen ziemlich eng wurde. Sie sprach wieder erstaunlich gut Deutsch, womit er sich etwas schwer tat. Zum ersten Mal in diesen Tagen sagte mir mit ihnen jemand, sie hätten angenommen, ich sei Bulgare, wegen meiner damals etwas dunkleren Gesichtszüge, wegen der Kleidung, wie sie auch von jungen Bulgaren oft getragen wird und wegen meiner Basttasche! So sollte es sein!

In Samokov war der Iskarsee sogar in nordwestlicher Richtung beschildert. Da ich nicht so genau wußte, ob ich es noch im Hellen bis dorthin schaffe, ließ ich mir in einem kleinen Imbiß in Samokov einige Grillwürste schmecken. Im Übrigen konnte ich mir zwischendurch nicht verkneifen, mich meiner leckeren Salami anzunehmen, die zur Neige ging. Und nun ging es in die beginnende Dämmerung Richtung Iskarsee. Nicht lange mußte ich die Straße entlang schlendern, bis ein Lieferwagen hielt und mich mitnahm bis an einen Campingplatz direkt am Iskarsee. Dort gab es neben zahlreichen Campern auch kleine Hütten, ähnlich denen in Arkutino. Aber mieten konnte ich keine, dann hätte ich die Papiere zeigen müssen. Auch mußte ich die Schranke an der Einfahrt umgehen und mich etwas abseits der Rezeption halten, um nicht entdeckt zu werden. Immerhin gab es auf dem Gelände ein kleines Restaurant, wo ich auch hätte essen können, aber es war am kommenden Tag ja auch ein Frühstück nicht zu verachten und gegessen hatte ich.

Ich bummelte unauffällig durch die Zeltreihen, auch westdeutsche Camper waren zugegen. Einige offene Hütten direkt am See, die einen großen Grillplatz umrahmten und als Eßplatz dienten, schienen mir eine passable Schlafgelegenheit zu sein, zwar insofern etwas unbequem, als ich keine Decke oder etwas Weiches zum Hinbetten hatte, jedoch diente meine Tasche als Kopfkissen, damit ich mein Haupt etwas bequemer betten konnte und ich hatte die Kontrolle über die Tasche. Die Schlafstatt selbst war eine Holzbank, die außer im Eingangsbereich umlaufend eingebaut war, in der Mitte ein Holztisch. Wenige Camper waren noch im Wasser, beim Grillen oder in den Nachbarhütten, aber meine Anwesenheit schien niemanden zu interessieren, so daß ich alsbald in einen wieder einmal unruhigen Schlaf fiel. Unruhig deshalb, weil es unbequem war, ungedämpft auf einer Holzbank zu liegen und weil es diese Nacht erstmals recht kühl war, wegen der Höhe von ca. 800 m kühler als die Nächte davor. Gegen Mitternacht, nachdem sich die Camper in ihre Zelte zurückgezogen hatten und ich nur allein noch herumwuselte, suchte ich mir dann doch ein Plätzchen am Rande der Liegewiese am See, etwas abgelegen, wo es allerdings noch kühler wurde. Meine Jacke und meine Jeans halfen ein wenig, aber zu ruhigem, ausgeglichenem Schlaf trugen sie nicht bei.

So begann ich erneut den Tag, den Mittwoch wie gerädert. Die Wasch- und Toilettenräume ließen mich erneut frisch machen, leider nur war das Restaurant nicht für Frühstücksgäste geöffnet, ich mußte mich zunächst mit dem kleinen Einkaufsladen begnügen, der für die Camper Brot, Brötchen und das Nötigste an Lebensmitteln parat hielt. Immerhin konnte ich meinen Vorrat im Basttäschchen auffüllen.

Plötzlich war beim Studium der Landkarten für die weitere Fluchtroute erkennbar, daß mir am Vortag bei der Routenplanung ein Fehler unterlaufen war: Wenn ich nun die Straße, die ich bis zum Iskarsee gefahren war, weiter in nordwestlicher Richtung verfolge, gelange ich unweigerlich in ca. 30 km direkt nach Sofia! Das wollte ich eigentlich nicht! Aber eine andere Richtung wäre des uns umgebenden Gebirges wegen nur zurück bis Samokov und von dort in südwestlicher Richtung möglich gewesen, ein großer Umweg. Und dazu hatte ich keine Lust, zumal ich mir die Frage stellte, warum eigentlich nicht Sofia? Schon bei der Frage, ob ich nicht noch das weiter südlich gelegene, schon damals weltberühmte Rila-Kloster besuchen sollte, hatte ich mich dagegen entschieden. Schließlich war ich nicht auf Sightseeing-Tour, sondern auf der Flucht! Und wer weiß, was mich dort erwartet hätte. Aber Sofia konnte eigentlich so riskant nicht sein, wenn ich an den großen Ein- und Ausfallstraßen wieder achtsam eventueller Kontrollstellen gewahr würde. Also ging es nun doch Richtung Sofia.

Gewohnt zünftig wanderte ich Richtung Sofia, bis ein sowjetischer Moskwitsch, eine Mittelklasselimousine mit einem Ehepaar mittleren Alters mich mitnahm, das direkt nach Sofia wollte. Erste Hochhäuser kündigten als Vorboten die Metropole an, als wir aus dem Vorgebirge auf den Talkessel zufuhren, in dem Sofia lag. Die Straße war keine der großen Magistralen, dennoch war ich bemüht, eventuelle Kontrollhäuschen rechtzeitig zu erkennen, was sich aber als überflüssig herausstellte. Es kamen keine. So gelangte ich nun am Vormittag des Mittwoch in die Hauptstadt Bulgariens.

Wie wohl in allen Metropolen dieser Welt beherrschte auch in Sofia dichter Verkehr die Straßen, die bei der Zufahrt in einem eher dürftigen Zustand, im Zentrum aber einigermaßen ordentlich waren. Breite Boulevards mit vielen Menschen und große, imposante Bauten aus der Stalin-Ära prägten das Bild. Auch gab es auffällig viele West-PKW mit Kennzeichen aus allen möglichen westlichen Ländern. Sich in diesem Trubel zu bewegen, schien mir nach kurzer Zeit fast ein Vergnügen, auch wenn ich am Vormittag wieder einmal hundemüde wurde. Gelegentlich waren Touristen daran zu erkennen, daß sie sich mit kleinen Karten-Faltplänen zu orientieren suchten und ich kam auf die Idee, in einem der großen Hotels, die ich passierte, einmal ganz verwegen zu fragen, ob sie nicht solch einen Plan hätten. Daß man sich hierzu mit seinen Papieren legitimieren mußte, war nicht zu vermuten und so erhielt ich tatsächlich einen kleinen, hoteleigenen Plan der Stadt Sofia und damit eine gute Gelegenheit, sich zu orientieren und in einem der nächsten Parks wieder ein wenig auf das Gras zu betten. Mit dem in Veliko Tarnovo war der Park nicht vergleichbar, aber ehe ich nun lange herumsuchte bot mir die inzwischen braune Grasnarbe und wieder der Schatten eines Baumes wie weiteren, wieder meist jungen Leuten etwas Ruhe und etwa eine Stunde Schlaf.

Erneut meldete sich der Hunger, der Magen knurrte. Diesmal half ein Imbiß im großen Gebäudetrakt des Hauptbahnhofes. Auch für mein Basttäschchen hatte ich in einem Lebensmittelladen, ähnlich den DDR-Konsum-Geschäften einen kleinen Lebensmittelvorrat eingekauft, einige Dosen mit Fleisch und Wurst sowie Fladenbrot.

Wie sowohl dem Plan zu entnehmen als auch auf der Straße zu erkennen war, führte die große Ausfallstraße Richtung Westen eine Linie der vielen Oberleitungsbusse, die es hier wie in vielen großen Ostblockstädten, auch in Moskau gab. Und da ich wieder ein wenig Strecke machen wollte, war mir einer dieser Busse gerade recht. Daß man im dichten Gedränge dieser Busse Ausweiskontrollen durchführte, war nicht zu erwarten, auch beobachtete ich zunächst die ein- und aussteigenden Fahrgäste an einer der zahlreichen Haltestellen und so gelangte ich am Nachmittag des Mittwoch bis an den Stadtrand von Sofia. Richtung Westen breitete sich zwischen den Bergen im Süden und im Norden eine Ebene, in die hinein sich die Hauptstraße von Sofia bis zur jugoslawischen Grenze schlängelte, mein Weg in die Freiheit! Blieben nun noch etwa 50 Km bis zur Grenze, 50 km, die ich mit besonderer Vorsicht zu bewältigen suchte. Im Grunde wäre es ein Leichtes gewesen, jetzt mit einem Fahrzeug noch die letzten Kilometer bis zur Grenze zu bewältigen und ein erstes Mal in Jugoslawien zu nächtigen, wenn da nicht die Notwendigkeit besonderer Vorsicht gewesen wäre. Und die Grenze!

Also ging es nun zu Fuß weiter. Erneut erkannte ich bereits von weitem zwei sich gegenüberliegende Postenhäuschen auf der großen Ausfallstraße, der Nationalstraße Nr. 8 und umging diese ohne Probleme, wie ich auch dieses Mal wieder feststellte, daß sie nicht kontrollierten, sondern einfach nur da waren, mit je zwei offenbar gelangweilten Polizisten. Der Sinn erschloß sich mir insofern nicht, aber vielleicht waren sie für eilig einberufene Krisenfälle da oder für unkoordinierte, spontane Zufallskontrollen?

Weiter Richtung Slivnica lichteten sich die Häuserreihen und alsbald begannen sich ausgedehnte Vorortgärten, ähnlich unseren deutschen Schrebergärten auszubreiten, mit teils massiv gebauten Datschen, wie im Ostblock die Gartenhäuschen hießen, vor allem mit großen Gemüsebeeten. Der immer dichtere Verkehr ließ zunehmend Internationalität erkennen! Große LKW wechselten sich mit immer mehr westlichen Lieferwagen, voll beladen mit Menschen und Gepäck, viele PKW waren unterwegs. Reisende aus der Türkei oder aus Griechenland nach Westeuropa nutzten diesen Streckenabschnitt, der eine bulgarische Verlängerung und Variante des berüchtigten jugoslawischen Autoput war, berüchtigt der zahlreichen schweren Unfälle wegen, die ersten Autowracks am Straßenrand etwa drei Kilometer westlich von Sofia kündeten hiervon.

Die Stadtgrenze war erreicht, wieder säumten Felder die große Überlandstraße, bis etwa nach fünf Kilometern auf der südlichen Seite der Straße eine große Tankstelle mit einem ebenso riesigen Parkplatz für LKW und PKW mir Gelegenheit zu einer Pause gab. Was für ein Trubel hier herrschte. Eigentlich konnte das doch die Gelegenheit sein, sich im Umfeld des Trubels ein Schlafplätzchen zu suchen, da man hier bestimmt nicht sonderlich auffiel, man konnte sich auf dem Toilettenhäuschen an der Tankstelle ein wenig waschen und man bekam auch an dem Imbiß für die LKW-Fahrer bestimmt etwas zu Essen. Außer im unmittelbaren Tankstellenbereich war der Platz nur planiert, aber nicht befestigt, so daß die großen LKWs und Überlandbusse mit ihrem Gewicht über die Zeit enorme Schlaglöcher verursacht hatten und alles Mobile sehr vorsichtig rangieren mußte. Mit dem Standard eines Autohofes, wie wir sie heut an allen europäischen Autobahnen und großen Überlandstraßen finden, war das Ganze nicht zu vergleichen, auch war alles ziemlich schmuddelig, überall lag Müll.

Hinter dem Areal schlossen sich große Maisfelder an, inmitten derer sich zur Linken, also in Richtung Süden eine Art Scheunendach erkennen ließ, auch ein Weg zweigte von dem Areal ab, der dorthin zu führen schien. Das sollte man sich näher ansehen und so schlenderte ich durch die Felder, bis ich tatsächlich eine große, offene Scheune mit Maschinen, aber auch mit Stroh und Heu vorfand, somit eine hervorragende Schlafstätte. Und daß nun ausgerechnet noch am Abend oder gar nachts jemand kommt, mich aufzustöbern, war mehr als unwahrscheinlich. Ich richtete mich ein, zerschnitt einen der maschinell fest gebundenen Strohballen und breitete das lockere Stroh zu einer kleinen Lagerstatt, naschte noch einmal am letzten Zipfel der Salami aus Veliki Preslav und ich schlief einen überraschend ruhigen Schlaf, auch wenn, wie in den letzten Nächten meine Eltern, Barbara und Udo stets präsent waren, nicht mehr so sehr Miluschka.

Der nächste Morgen ließ die noch im städtischen Trubel Sofias gefühlte Gelassenheit und Entspannung einer beginnenden, inneren Anspannung weichen, jetzt wurde es ernst! Die nächsten Kilometer und Erlebnisse sollten schicksalhaft werden und mein Leben in dramatischer Weise verändern!

Die Fluchtroute

Targoviste
Popovo
Mitfahrgelegenheit
durch Vanja
Erste
Übernachtung
in Veliki Preslav
dank Vanjas
Vermittlung
Veliko Tarnovo,
Mitfahrgelegenheit
durch Iwan Michov
Wegweiser nach Targoviste
ein sowjetischer „Wolga"-PKW
stoppt unvermittelt
Ajtos
Kazanlak mit zweiter Übernachtung am
Koprinkasee und der dritten zu Haus bei Iwan
Burgas
Sozopol
Beginn der Fluchtroute,
Campingplatz „Arkutino"
Schwarzes Meer

Nišava

Jähes Ende eines Traumes

Mein erster Weg führte mich am Morgen des sechsten Tages, des Donnerstags, dem 21. August 1969 und damit zufällig dem Jahrestag des Einmarsches der Ostblockstaaten in die CSSR zur Niederschlagung des *Prager Frühlings* zum Tankstellenareal. Zwar war dort eine Toilette, aber eine der auf dem Balkan üblichen Stehtoiletten, die seit langem nicht gereinigt worden war. Zum Glück floß aus dem Wasserhahn an dem defekten Blechwaschbecken ein wenig Wasser, was ich mich aber des Ambientes wegen nicht zu trinken traute, selbst die Zahnbürste blieb verstaut. Immerhin sich ein wenig frisch zu machen, reichte es. Sogar einen Kaffee bekam ich an dem Imbiß bei der Tankstelle und so etwas ähnliches wie ein belegtes Brötchen. Eine kleine Bank bot mir eine Sitzgelegenheit und wie ich nach dem Notfrühstück bei einer Zigarette den weiteren Weg überlegte, fielen mir die zwei Triumph Bonneville 650 auf, zwei britische Motorräder mit schweizer Kennzeichen und zwei junge Burschen in Jeans und mit Belstaff-Motorradjacken um sie herum. Natürlich interessierten mich allein schon die Maschinen, die mit Packtaschen an den Seiten sowie mit großen Gepäckrollen auf den Soziussitzen ausgestattet waren. Aber auch die beiden Typen schienen interessant.

Interessiert pirschte ich mich an und wir kamen ins Gespräch. Sie waren als angehende Ingenieure der ETH Zürich am Ende ihres Studiums auf dem Weg über die Türkei nach Aleppo in Syrien und über den Irak zu den wichtigsten Sehenswürdigkeiten im Iran. Vier bis fünf Wochen Zeit hatten sie für ihren Trip, bis zu letzten Examensvorbereitungen – und wieder beneidete ich diese jungen Westler um ihre Freiheit. Wir fachsimpelten über die Maschinen, bis sich überraschend eine attraktive Dame mittleren Alters ihnen gegenüber in perfektem Deutsch bemerkbar machte, sie wolle sich nun bald auf den weiteren Weg machen Richtung Jugoslawien und verabschieden. Ich bekam mit, daß die Jungs und die Dame sich wohl schon in dem Imbiß kennengelernt und unterhalten hatten. Ihr gehörte der vollgepackte, etwas seitlich neben dem Tankstellengebäude geparkte Mercedes 280 SE mit einem westdeutschen Kennzeichen. Neugierig fragte ich auch sie nach dem Weg, woher und wohin und siehe da, während die Jungs Richtung Süden wollten, war die Dame auf dem Weg aus der Türkei zurück nach Deutschland, wo sie in Düsseldorf eine Modeboutique betrieb, nachdem sie in der Nähe von Istanbul ihre Angehörigen wie jedes Jahr im Sommer besucht hatte. Als sie mich unvermittelt fragte, wohin ich wolle, sah ich keinerlei Risiko, mich ihr insoweit zu offenbaren, daß ich weiter Richtung Westen will. Wieder einmal kam mir der Zufall zu Hilfe, als sie mir anbot, mich mitzunehmen, da sie zwar viel Gepäck habe, aber der Beifahrersitz frei sei und ich hatte ja nur mein Basttäschchen. Die Jungs hatten das alles nicht so sehr wahrgenommen, da ich mich von ihnen mit der Dame zügig zu ihrem Wagen verabschiedet hatte. Ihr Gepäck bestand zu großen Teilen aus türkischen Textilien,

Fellen, Lederwaren, Tee- und Mokkakannen sowie Haushaltsgegenständen und weiteren für ihre Boutique interessanten Waren.

Zwei Dinge kreisten wie Feuerwerkskörper durch mein Hirn: Erstens, was, wenn ich mich ihr offenbare? Sie müßte die Zusammenhänge aus ihrem Leben zwischen Orient und Okzident kennen und ich konnte mir nicht vorstellen, daß sie mich dann verrät; schlimmstenfalls, so stellte ich mir vor, will sie kein Risiko eingehen, mit einem DDR-Flüchtling zu fahren und setzt mich kurzerhand wieder ab. Außerdem bildete ich mir eine gewisse Sympathie zwischen uns ein, sie war sehr herzlich. Zweitens war mir wichtig, sie dann, wenn ich mich offenbarte, zu sensibilisieren für eventuelle Kontrollposten, die ich erneut in Richtung Grenze – sie war jetzt nur noch ungefähr 40 km entfernt – erwartete. Sie könnte mich noch etliche Kilometer mitnehmen, bis ich endlich auch ihr adieu sagen und mich abseits der Straße begeben mußte.

Dann war es soweit! Natürlich fragte sie mich nach dem Woher? Und Wohin? Und ich offenbarte mich ihr, nicht unvermittelt, sondern häppchenweise. Ich berichtete ihr, ich sei mit einer Reisegruppe am Schwarzen Meer bei Burgas gewesen und sei nun inzwischen am sechsten Tag illegal in Bulgarien, weil ich mich von der Gruppe abgesetzt und auf die Flucht begeben habe. Ich wolle in den Westen, da ich in der DDR für mich keine Perspektive mehr sähe. Sie stutzte, sah mich mehrfach durchdringend von der Seite an und fuhr rechts heran. Der inzwischen dichte Fernreiseverkehr war aber nicht gestört, die Straße war sehr breit und gut ausgebaut, auch hatte sie die damals neuen Warnblinklichter aktiviert, die ich staunend registrierte. Beinahe rührend mütterlich begann sie dann, mir die Gefahren aufzuzeigen und fragte immer wieder, ob ich mir das gut überlegt habe; hatte ich aber, und jetzt war ich mir auch sicher, daß sie keine Gefahr, sondern eher Hilfe sein konnte, wenn sie mich noch soweit wie möglich bis Dragoman mitnehmen würde, dem letzten größeren Ort vor dem eigentlichen, kleinen Grenzort Kalotina.

Nach ihrem intensiven Belehrungsgespräch über die Gefahren und alles Mögliche, wünschte sie mir viel Glück – und zeigte Verständnis! Und sie stellte sich vor als Feyza Kosamacz. Weiter ging es, zurück auf die Straße in Richtung Dragoman, danach mußte ich notgedrungen zu Fuß Wege abseits der Straße suchen. Sie fuhr verhalten, auch wenn sie mir versicherte, die ersten richtigen Kontrollen beginnen erst unmittelbar an der Grenze im kleinen Grenzort Kalotina, im Übrigen sei dies mit den Kontrollen alles nicht so schlimm, sie sehe zwar auch immer die Postenhäuschen, sei aber noch nie kontrolliert worden und hätte auch noch nie gesehen, daß die jemanden kontrollierten. Ich könne ihr vertrauen, sie sei diese Strecke schon viele Male gefahren. Auch in Dragoman gäbe es keine Kontrollen. Dennoch entschied ich, ab dort zu Fuß den Rest des Weges bis zur Grenze zu suchen. Was mich ebenso wie der Hinweis auf nicht so starke Kontrollen sehr beruhigte, war ihre Bemerkung, soweit sie die Grenzanlagen von der Kontrollstelle aus beurteilen könne, die sie schon unzählige Male passiert habe, seien die nicht so martialisch wie nach West-Berlin, wenn man im Transit durch die DDR fuhr oder wie an der übrigen DDR-Grenze. Das deckte sich mit den Schilderungen der beiden Hippies mit ihrer *Ente* auf dem Campingplatz in Arkutino.

Dragoman kam in Sicht, ein kleiner, für bulgarische Verhältnisse gepflegter Ort, wahrscheinlich der großen Durchgangsstraße wegen. Auch gab es an beiden Straßenseiten kleine Imbißstände und da die wieder brütend heiße Sonne fast im Zenit stand, war dies die letzte Gelegenheit, noch einmal kräftig zu futtern, als mich meine Chauffeurin fragte, ob ich mit ihr etwas essen möchte, da sie ebenso wie ich an der Tankstelle, wo wir uns kennengelernt hatten, nur eine Kleinigkeit gegessen und auch sie noch nicht gefrühstückt hatte. So genehmigten wir beide uns gemeinsam einen ordentlichen Imbiß. Sie lud mich ein, bezahlte alles zusammen und ich hatte keine Chance, Widerspruch geltend zu machen, wir stiegen wieder ein. Auch ihr war aber jetzt klar, daß ich mich unmittelbar nach dem Ortsausgangsschild werde verabschieden müssen. Sie hielt an einer geeigneten Stelle, belehrte mich ein letztes Mal mütterlich fürsorglich und ließ es sich nicht nehmen, mir noch 100,- DM mit auf den Weg zu geben, nachdem sie mich auch auf meine finanzielle Situation hin angesprochen hatte. Auch drückte sie mich noch einmal herzlich, wünschte mir viel Glück und gab mir ein kleines Pappkärtchen mit ihrem Namen und ihrer Adresse in Düsseldorf, zum ersten Mal in meinem Leben hielt ich eine Visitenkarte in Händen. Ich sollte mich doch bitte sobald möglich einmal melden und berichten, wie es mir ergangen sei.

Sie setzte mich an einem Feldweg ab, der in nördliche Richtung führte. Noch ungefähr zehn Kilometer waren es von hier aus zur Nišava, einem Fluß, der in den Bergen nördlich von Sofia entspringt und etwa weitere fünfzehn Kilometer nördlich von Kalotina seinen Weg über die Grenze nach Jugoslawien sucht. Von vorn herein hatte ich der vermeintlichen Minengefahr wegen den Grenzdurchbruch in Flußnähe angesteuert. Die Landschaft war wegen der wochenlangen Hitze ausgetrocknet, das Gras inzwischen fast durchweg braun, die Felder standen dürftig, die Blätter der noch spärlichen Büsche hingen saft- und kraftlos am Geäst. Von nun an suchte ich im Wissen, daß es die nächsten etwa zehn Kilometer in nordwestlicher Richtung weg von der großen Ausfallstraße bis zur Grenze keine weiteren, auch keine kleineren Straßen und keine Orte mehr geben wird, meinen Weg auf der Karte nach Gefühl, wie so oft mit Vater bei unseren abenteuerlichen Touren durch die heimischen Wälder, bis wir immer einen angestrebten Zielpunkt erreichten. Auch meine festen Schuhe und die Jeans hatte ich nun übergezogen. Die Felder begannen abzunehmen, mehr und mehr folgte savannenähnliches Terrain, in dem sich Tiere, vielleicht auch einheimische Jäger, Bauern oder Landwirte ihre Fährten und Pfade zwischen dem dichten Gebüsch und den wenigen Bäumen gebahnt hatten, die ich nutzte. Die nachmittägliche Sonne neigte sich langsam dem Horizont, die Grillen und Zikaden begannen erneut ihr tägliches Schrillkonzert.

Nach Stunden Fußmarsches im einsamen Gelände machte ich nun in der Ferne erstaunlich grünes Blattwerk aus, nicht nur an höher werdenden Büschen, auch an richtigen, teils großen Bäumen, was auf Wasser schließen ließ und richtig: Jetzt hatte ich die Niederung der Nišava erreicht. Es war nun ein Leichtes, entsprechend ihrer Fließrichtung einen kleinen Uferpfad zu beschreiten, der unweigerlich in drei bis vier Kilometern die Grenze erreichen sollte. Auf ging es, die Anspannung stieg enorm!

Ich pirschte mich links der Nišava, also auf der südlichen Seite der Fließrichtung voran, die Landschaft immer ähnlicher einem deutschen Mischwald. Gelegentliche Pfade oder Fährten wechselten mit üppigem Gebüsch und Unterholz. Ein wenig erinnerte das Ganze an die früher geliebten Geländespiele – nur war es kein Spiel mehr; die Pirsch, die ich hier begonnen hatte, wurde existenziell! Die Sonne stand mittlerweile tief im Westen, etwa eine bis eineinhalb Stunden hatte ich noch Sonnenlicht.

Und dann, nach weiteren ungefähr zwei Kilometern lichtete sich der Wald. Ein Fahrweg kam in Sicht, zwar unbefestigt, aber durch offensichtlich ständiges Befahren ausreichend präpariert für militärische beziehungsweise Geländefahrzeuge. Jetzt hieß es achtsam sein, sich nur noch in Deckung bewegen. Der Weg kreuzte das Ende des Waldes, das in Sichtweite kam, von links nach rechts. Während die Nišava aus dem Wald heraus munter unter einer kleinen, provisorisch wirkenden Brücke des Fahrweges geradewegs nach Jugoslawien dahinfloß, erkannte ich weitere etwa einhundert bis zweihundert Meter entfernt, ebenfalls im rechten Winkel zu meiner Laufrichtung und parallel zum Fahrweg die Grenzbefestigung! Soweit ich sehen konnte, bestand sie aus einem einzigen Stacheldrahtzaun und einem dahinter liegenden Gitterzaun! Mehr war nicht erkennbar. Auf ganzer Breite waren zwischen dem Fahrweg und dem Zaun sowohl in dem savannenähnlichen Gelände als auch am Ende des Waldes alle größeren Pflanzen gerodet, bis auf den einen oder anderen Busch, der in Mannshöhe gewachsen und noch nicht wieder entfernt worden war. Sollte das die berüchtigte Grenzanlage sein, an der angeblich so viele Menschen bereits ihr Leben ließen? In unmittelbarer Nähe des Grenzüberganges für die unzähligen Fahrzeuge und Touristen in Kalotina war eine Reduzierung martialischer Sperranlagen denkbar, wie es Feyza Kosamacz prophezeit hatte, aber hier, im weit davon entfernten, offenen Gelände? Wie auch immer, ich nahm dies zunächst mit großer Erleichterung wahr, mir fiel regelrecht ein Stein vom Herzen! Wenn ich in Ufernähe bliebe und es auch bei diesem einen, einzigen, offensichtlichen Stacheldrahtzaun, der über die Nišava gespannt war, bliebe, dürfte das ganze Unternehmen Republikflucht schon gelaufen sein! Mit meinen kleinen Werkzeugen war ein Stacheldrahtzaun kein Hindernis, ebensowenig der Gitterzaun .

Ich wagte mich ein wenig aus der Deckung, näherte mich dem Weg auf wenige Meter, um die Situation links und rechts auf den angrenzenden Hügeln zu erkunden. Zur Linken zog sich der Fahrweg etwa einen bis eineinhalb Kilometer in einer langen Rechtskehre hoch auf einen Hügel, hinter dem er verschwand, ebenso der Grenzzaun, der parallel zum Fahrweg verlief, verschwand hinter diesem Hügel. Auf einem noch weiter entfernten Hügel war ein Wachturm erkennbar, wohl mehrere Kilometer entfernt. Und zur Rechten zogen sich Fahrweg und Grenzzaun ebenfalls in einem großen, nach Jugoslawien hin ausladenden Bogen hoch auf einen Hügel. Beide Hügellandschaften im Süden und Norden faßten den Lauf der Nišava nach Westen ein. Aber Menschen waren nicht zu sehen! Welch ein Glück mich jetzt trotz aller Anspannung befiel!

Wäre ich doch sofort losgegangen und hätte mich dem Zaun genähert, ihn überwunden. Aber nein, ich hatte entschieden, um letzte Unsicherheiten des entdeckt Werdens auszuschließen, noch etwa eine halbe Stunde zu warten, bis die Dämmerung mir zusätzlichen Sichtschutz gab, vielleicht war ich mental auch einfach noch nicht so weit. Etwa zehn Minuten dauerte erfahrungsgemäß der Zeitraum, bis die Sonne hinter dem Horizont verschwunden und es dann endgültig dunkel war. Diesen Zeitraum wollte ich nutzen.

Das war Fehler Nummer eins!

Fehler Nummer zwei war eine geradezu peinliche Eselei, die ich hätte aus den Erfahrungen der GST-Zeiten vermeiden müssen. Ich war mir so sicher, niemand außer mir sei in dieser einsamen Gegend. Und so wollte ich die etwa halbe Stunde hinter einem dieser mannshohen Büsche auf der anderen Seite des Fahrweges warten, zwar mit einer kleinen Kuhle hin zur Grenzseite, in die ich mich im Falle einer Streife hätte abducken können, aber ohne Rückzugsraum. Und wenn ich dann in Jugoslawien angelangt bin, so mein Plan, nächtige ich zunächst ebenfalls in der freien Natur, bis ich am Morgen dann im ersten Sonnenlicht weiterziehen wollte. Nur hatte ich mich hinter diesem Busch eines Rückzugsraumes beraubt!

Ich hockte wie das Kaninchen in der Grube, hatte eine der Konservendosen verzehrt, etwa fünfzehn bis zwanzig Minuten waren vergangen. Vernahm ich jetzt etwa Hundegebell? Die Geräusche kamen von Süden her. Immer wieder gab es in Bulgarien wie auch in vielen anderen südlichen Ländern streunende Hunde, die mich bislang verschont hatten. Sie sollten mir doch nicht ausgerechnet jetzt in die Quere kommen? Dann vielleicht doch schnell weiter zum Zaun? Und wie ich vorsichtig aus meinem Versteck lugte, traf mich mit voller Wucht wie ein schwerer Keulenschlag die Gewißheit, daß ein Trupp von sechs oder sieben – genau weiß ich es nicht mehr – verwegen wirkenden, uneinheitlich gekleideten Soldaten mit Kalaschnikows im Anschlag und zwei Hunden an langer Leine den Fahrweg von Süden soeben über den Hügel kommend schon viel näher war, als ich es dem Bellen nach hätte vermuten können, so nahe, daß ich damit rechnen mußte, sie sehen mich vielleicht bereits, wenn ich aus der Deckung komme. Sie kamen nicht nur unweigerlich näher und näher, sie schienen jemanden zu suchen, waren doch auch sie um Deckung bemüht! Da saß ich nun, einzig von einem kleinen Gebüsch geschützt, während nur etwa dreißig Meter weiter ein schöner, dichter Wald mir Gelegenheit zum Rückzug gegeben hätte, mit der Chance, auch die Nišava mit kleinen Wasserpassagen zu nutzen, damit die Hunde keine Witterung aufnehmen können.

Hin- und hergerissen, was jetzt zu tun sei, ließ ich den Reflexen ihren Lauf und suchte aus der Deckung heraus nun im gebückten Sauseschritt mein Heil in der Flucht nach vorn, indem ich einfach auf den Zaun zurannte: Wer wagt gewinnt und vielleicht sehen sie mich doch noch nicht!

Weit gefehlt!

Es gibt Momente, in denen dieses Kalkül nicht aufgeht, nämlich dann, wenn man sich überschätzt oder man zu tollkühn und unachtsam wird, oder wenn man einfach nur dilettantisch war. Und im Nachhinein ist man immer klüger; denn lernen kann man nur aus der Vergangenheit, nicht aus der Zeit, die vor einem liegt. Es war alles so glatt gelaufen, auch die Perspektive der leicht zu überwindenden Sperranlagen konnte jetzt nicht einfach durch einen dummen Zufall zunichte gemacht werden. Glaubte ich! Manchmal aber brauchen sich selbst erfüllende Prophezeiungen, wie ich sie mir in den letzten Tagen und Wochen im Hinblick auf ein Leben im Westen immer und immer wieder eingeredet hatte, etwas länger, bis sie sich erfüllen, wie ich alsbald schmerzlich erfahren sollte; denn als ich nur wenige Schritte meines Sprints hingelegt hatte, bellten die Kalaschnikows stakkatoartig zweimal kurz und durchdringend, während die Kugeln durch die Blätter des Busches flatschten!

Das war's!

Körperlich unversehrt, waren dies zu meinem großen Glück im Unglück zwei Warnsalven, die mich stoppten. Wie ich später erfuhr, waren die bulgarischen Grenzer bekannt dafür, ziemlich unnachsichtig und schnell gezielt zu schießen. Hier mag mir zugute gekommen sein, daß der Weg bis zum Zaun noch so weit war, daß sie mich ohne jegliche Mühe mit der dritten oder auch erst der vierten Salve sehr zielgenau hätten zur Strecke bringen können. Auch war ich vielleicht unbewußt einem richtigen Reflex gefolgt; denn in die andere Richtung, zurück in den Wald zu fliehen, hätte ich den Schergen nur wenige Meter über den Weg freies Schußfeld geboten, das sie sicher anders genutzt hätten. Mit erhobenen Händen blieb ich völlig verdutzt und ohne jegliche Erklärung für diese Entwicklung stehen, während einer der Hunde gelöst wurde und nach einem Spurt mit einem Satz auf mich zukam. Ich hatte immer schon großen Respekt vor Hunden, aber dieser war doch angsteinflößender als all jene, die ich vorher um mich hatte.

Die Gefühle zu beschreiben, die mich nun übermannten, ist müßig. Zu explosionsartig sind sie durch die Gehirnwindungen geschossen, als daß sie noch artikuliert werden könnten. Auch ist die eine oder andere der diffusen Regungen inzwischen verdrängt. Der Rest läuft noch heut wie ein Film: Stehenbleiben, Hände heben und Beine spreizen, um devot Unterwürfigkeit zu demonstrieren, was an sich nicht meinen Prinzipien entsprach, aber nun Überlebenskalkül war. Dann den linken Arm nach außen neigen, um dem Hund eine Angriffsfläche zu bieten und nicht etwa noch den Hals, und dann zu Boden gehen mit ihm, weil selbst der Stärkste in einem solchen Moment der Überraschung einem ausgewachsenen, auf Angriff getrimmten Schäferhund nicht widersteht und zu Boden geht, wenn dieser das will.

Und dann kamen sie, hohnlachend, fast johlend, ob des geschaßten Wildes in der Falle. Der Anführer, ein älterer, grimmig dreinblickender Offizier trat aufgebracht und wutschnaubend auf mich zu, ich glaubte erneut, mein letztes Stündlein hat geschlagen, stattdessen trat er mit seinem Stiefel zu, ohne Gnade, immer und immer wieder, auch ins Gesicht, während gleichzeitig der unglaublich laut und aggressiv bellende Hund von mir gelöst und wieder angeleint wurde. Dies alles geschah als unendliche Demütigung innerhalb kürzester Zeit. Das Gesicht infolge einer Platzwunde an der Augenbraue und einer aufgeplatzten Lippe inzwischen blutig, suchte ich mich zu sortieren, stand aber mental völlig neben mir! Vor allem der Arm fing entsetzlich an zu bluten, immer noch lag ich. Eine erneute Brüllorgie des Chefs ließ mich vermuten, ich solle aufstehen, was ich fehlinterpretiert hatte. Kaum auf den Knien, um mich zu erheben, hatte ich den Kolben einer Kalaschnikow in den Rippen, mit der Folge, daß ich erneut rücklings lag wie ein Maikäfer und nun in den Lauf dieses Maschinengewehres sehen konnte, das er gezielt auf mich gerichtet hatte, unter erneutem Hohngelächter der Umstehenden. Welch ein trauriges Häuflein Elend. Dies alles bleibt für immer unvergessen. Und erstmals in meinem noch so jungen Leben mußte ich so richtig Federn lassen!

Einer der Soldaten hatte ein Feldtelefon, wie ich erst etwas später bemerkte, damit hatte er gleich nach meiner Festnahme telefoniert. So kamen schon nach wenigen Minuten ein GAZ 69, ein sowjetischer Militär-Geländejeep und ein Motorrad mit Beiwagen, ein sowjetischer Nachbau von BMW mit Boxermotor. Möglicherweise hatten die den kleinen Trupp in die Nähe des Ortes gebracht, wo ich mich befand, während der Trupp das letzte Stück zu Fuß unterwegs war. Irgendwie wirkte das ganze Geschehen so zielgerichtet, was ich mir immer noch nicht erklären konnte. Hatte ich mit meiner Beichte der türkischen Boutique-Besitzerin gegenüber einen weiteren Fehler begangen? Hatte sie mich möglicherweise an der Grenze denunziert? Das wäre eine logische Erklärung gewesen, auch wenn ich ihr dies eigentlich nicht zugetraut hätte, sie war so nett, vertrauenswürdig und sympathisch.

Ich mußte im Beiwagen der Maschine Platz nehmen, nachdem mir Handschellen angelegt worden waren, hinter dem Fahrer als Sozius einen der Soldaten mit seiner Kalaschnikow im Anschlag, die übrigen Soldaten stiegen in den Geländewagen, der hinter uns herfuhr. Und ab ging es, inzwischen mit Licht, die Dunkelheit begann! So gern ich schon damals Motorrad fuhr, aber einen solch kuriosen Transport unter solch ebenfalls mißlichen Umständen hätte ich mir weder gewünscht noch träumen lassen. Was war hier eigentlich passiert? Immer und immer wieder war es diese Frage, die mein Entsetzen steigerte, ich hätte heulen können, bis wir nach etwa zehn bis fünfzehn Kilometern durchgerüttelt die Lichter in den Häusern von Kalotina erkennen konnten.

Im Ort ging es geradewegs auf die große Nationalstraße Nr. 8 zu, die große Magistrale nach Jugoslawien und in die Freiheit, die von einer Minute auf die andere für mich in jetzt scheinbar unendliche Ferne gerückt war. Nichts mit Alpen! Nichts mit Wien, München oder Braunschweig, mit Oma und meinen Verwandten.

Alles im Eimer!

Der Grenzübergang war taghell erleuchtet und nach wie vor dichter Verkehr staute sich bis etwa fünfhundert Meter vor die Abfertigung. Auch auf jugoslawischer Seite gab es einen Rückstau. Wir kreuzten die Hauptstraße und auf der anderen Seite ging es eine kleine Gasse durch einige Häuser hindurch, bis oberhalb eines Hügels, schon am Rande von Kalotina in eine Baracke mit vergitterten Fenstern gebracht wurde. Zunächst durfte ich mir in einem Waschraum das Blut vom linken Arm waschen und soweit möglich, ohne einen Spiegel auch das Gesicht einigermaßen säubern, was recht schmerzhaft war. Die Wunden waren zwar verkrustet, das Blut inzwischen gestoppt, aber es schmerzte enorm, vor allem die Lippe. Zum Glück schienen die Zähne unversehrt und auch nichts gebrochen. Aber Blutergüsse würde es wohl zahlreich geben. Unterstützung oder Hilfe hierbei mit Pflaster oder einem Verband für den Arm durch die Soldaten bekam ich nicht.

Die Gruppe der Soldaten aus dem Militärwagen war unmittelbar nach Eintreffen an dem Gebäude umgedreht und weggefahren, bis auf den Offizier. Er verblieb, ebenso der Fahrer des Motorrades und der Sozius. Danach wurde ich in einen offensichtlichen Verhörraum geführt, in dem sich bereits zwei weitere Personen befanden und erwartungsoll auf mich blickten, eine sehr kräftige aber gut gekleidete und gepflegte Dame mittleren Alters, mit weltläufigem Wesen und als Kontrast ein älterer, sehr hagerer und etwas ungepflegt wirkender Herr meiner Größe, grauhaarig unter einer Art Baskenmütze, mit ebenfalls grauem Schnauzbart, vermutlich ein Bauer oder Landarbeiter in blauer Arbeitskluft. Der Raum war mit Neonlicht erhellt und bis auf einen länglichen Tisch mit einigen Stühlen inmitten des Raumes ohne jegliches weiteres Einrichtungselement. Auf der einen Längsseite des Tisches saß in der Mitte die Dame, daneben der ältere Herr und an die Stirnseite setzte sich der Offizier. Auf der anderen Längsseite mußte ich mich dann ebenfalls in der Mitte des Tisches der Dame direkt gegenübersetzen, links und rechts hinter mir der Fahrer sowie der Sozius des Motorrades mit ihren Waffen im Anschlag. Immer noch konnte ich mir auf das Ganze keinen Reim machen und war gelegentlich unsicher, ob dies nicht ein böser Traum sei. Aber wieder einmal war es, wie es war – und es war bittere Realität!

Das Verhör begann mit den üblichen Fragen zur Identifizierung, Name, Geburtstag, Wohnort und so weiter. Damit wurde die Grundlage für meine erst viele Jahre später von mir einsehbare Stasi-Akte gelegt (ANLAGE 1, SEITE 156). Die Fragen stellte zuerst ausschließlich die Dame, die sich als Dolmetscherin vorstellte, auch mit Namen, den ich aber nicht erinnere. Und dann ging es los mit den Fragen des Woher und Wohin und der Offizier kam ins Spiel, sein Ton wurde unangenehm, teils

DER BUNDESBEAUFTRAGTE
für die Unterlagen des Staatssicherheitsdienstes
der ehemaligen Deutschen Demokratischen Republik
Außenstelle Magdeburg

BStU · Postfach 34 48 · 39043 Magdeburg

Herrn
Manfred Casper
Bindestr. 11 c

38162 Weddel

Ihr Zeichen, Ihre Nachricht vom	(Bitte bei Antwort angeben) Mein Zeichen, meine Nachricht vom	☎ (03 91) 55 44 15	Magdeburg
	007530/92M Sa	Nbst. 182	26.03.1996

Verwendung personenbezogener Unterlagen des Staatssicherheitsdienstes der ehemaligen Deutschen Demokratischen Republik
Ihr Antrag vom 16.01.1992

Sehr geehrter Herr Casper,

die Recherchen zu Ihrem Antrag in der Zentralstelle Berlin und den Außenstellen, die auf Grund der von Ihnen angegebenen Wohnorte in Frage kamen, sind abgeschlossen.

Ich lade Sie zur Einsicht in die aufgefundenen Unterlagen zum

07.05.1996, um 9.00 Uhr

in die Dienststelle des Bundesbeauftragten

39116 Magdeburg, Wilhelm-Höpfner-Ring 3

ein.

Der Umfang der Unterlagen beträgt ca. 700 Seiten.

Bitte berücksichtigen Sie, daß die Einsicht in Ihre Unterlagen **nur Ihnen persönlich** oder **einem ausdrücklich bevollmächtigten Rechtsanwalt** gewährt werden kann.
Sollte Ihnen die Einsicht zum genannten Termin nicht möglich sein, teilen Sie mir dies bitte schriftlich, besser jedoch telefonisch, verbunden mit einem Terminvorschlag, unter Angabe des o. g. Geschäftszeichens mit.

Ihr gültiges Personaldokument und diese Einladung legen Sie bitte zum Nachweis Ihrer Identität am Eingang vor.

Mit freundlichen Grüßen
im Auftrag

Stöter
Stöter

Anlagen
Lageskizze
Merkblatt zur Akteneinsicht

Hausanschrift
Wilhelm-Höpfner-Ring 3
39116 Magdeburg

Dienstgebäude
Wilhelm-Höpfner-Ring 3
Magdeburg - Sudenburg

Telefon
(Vermittlung)
(03 91) 55 44 15

Telefax
(03 91) 55 44 10

(ANLAGE 1)

laut und aggressiv. Ein Vertuschen oder Ausflüchte gab es nicht mehr, ich bekannte alles frei heraus, nicht aus Angst oder der Hoffnung, möglichst glatt aus der Sache rauszukommen, sondern im Bewußtsein, daß mir der Sozialismus wieder einmal sein wahres Gesicht gezeigt hatte, mit dem ich innerlich vor meiner Bulgarienreise bereits abgeschlossen hatte – und nun erst recht! Als ich dies dann unverblümt deutlich gemacht hatte, begann der Offizier ein wenig die Fassung zu verlieren und ich hatte Sorge, daß er wieder zuschlägt, aber da waren noch die beiden anderen, neuen Gäste im Raum, es blieb zum Glück bei Verbalattacken.

Nach einigem Hin und Her der Fragerei und nachdem die Dolmetscherin alles mit Bleistift auf einem Block als Protokoll aufgeschrieben hatte, war es soweit!

Mir wurde die Auflösung des Rätsels präsentiert!

Der ältere Herr wurde mir als ehemaliger Partisan vorgestellt; er sei ein ehrlicher Kommunist und Antifaschist, der als Partisan schon gegen die Faschisten im Zweiten Weltkrieg gekämpft habe und der nun als treuer, im Grenzgebiet wohnender Bulgare gelegentlich auf Streife gehe, wenn er seine kleine landwirtschaftliche Parzelle in Grenznähe bei der Nišava bestellt, zu der er mit seinem Fahrrad fährt. Und diesen bulgarischen Kommunisten hatte ich nicht gesehen, nicht einmal erahnt, wenn ich von der abstrakten und unkonkreten, nur potentiellen Möglichkeit des entdeckt Werdens absah. Während ich um Deckung bemüht durchs Unterholz kroch, hatte er mich also beobachtet und einem ordentlichen Kommunisten entsprechend schnell mit seinem Fahrrad Meldung gemacht, was sofort die Suchaktion ausgelöst hatte. Wo genau er mich entdeckt hatte, hat sich mir allerdings nie erschlossen, es war auch nicht mehr wichtig, es war wieder einmal, wie es war!

Und nun saß er hier, mich mit dem überlegenen Lächeln eines billigen Denunzianten zu identifizieren, was er hiermit lauthals tat! In die erneute Brüllorgie des Offiziers hinein, die Schlimmeres nicht ausschloß, versuchte die Dolmetscherin wieder ziemlich mütterlich fürsorglich beruhigend einzuwirken, auch mit der Aufklärung, sie sei viele Jahre in Österreich und der Schweiz gewesen, beruflich, und hätte dort das wahre Gesicht des bösen Kapitalismus kennenlernen dürfen. Ich sei schlecht beraten, wenn ich mich durch die bunte Gold- und Glitzerwelt blenden ließe und ich solle doch nach meiner nun zu erwartenden Strafe lieber tatkräftig zu einer guten Zukunft im Sozialismus der DDR beitragen!

Nein, danke!

Das wollte ich nun erst recht nicht mehr. Bei dem Enten-Hippie auf dem Campingplatz in Arkutino war ich zwar entsetzt über dessen naiven Glauben an die propagierte sozialistische Zukunft, er war eben als naiver Dummkopf den linken, ideologischen Bauernfängern aufgesessen. Aber bei einer erwachsenen, durch das Leben in Westeuropa weltläufig gewordenen Frau solche verlogenen Phrasen zu hören war entwürdigend. Wie oft ich in den Ost-Medien, in der Schule, der Berufsschule, im Betrieb und sonst wo immer und immer wieder diesen gebetsmühlenartigen Verbalmüll erdulden mußte, immer mit der ernsthaften Frage: Glauben diese Menschen, was sie von sich geben? Ich begriff es auch hier nicht und es stachelte mich regelrecht an, mich bockbeinig zu geben. Bis dann endlich, nach etwa zwei Stunden dieses Verhör beendet wurde und ich in eine Zelle am anderen Ende der Baracke gebracht wurde, nachdem meine Hände mit einer Handschelle auf dem Rücken fixiert wurden. Die Dolmetscherin teilte mir mit, am nächsten Morgen würde ich abgeholt und nach Sofia gebracht werden, in die Untersuchungshaftanstalt der bulgarischen Staatssicherheit, dort würde ich auch medizinisch versorgt und verpflegt werden.

Die Zelle war etwa vier Meter lang, drei Meter breit und an der Stirnseite gegenüber der Tür mit einem vergitterten Glasziegelfenster versehen, das Gitter befand sich innen! Rechts an der Längsseite stand eine Holzpritsche und links, in der vorderen Ecke zur Tür ein Kübel für die Notdurft, der bestialisch stank. Das war alles. Zunächst sitzend, dann in allen möglichen Liegepositionen, soweit dies die Handschellen mit den Händen auf dem Rücken zuließen, versuchte ich mich zu sammeln und zu finden – und ein wenig weinte ich still und verzweifelt in mich hinein, es sah ja niemand!

Bis dann irgendwann meine Blase Bedarf meldete, geleert zu werden. Das ist aber schwierig, wenn die Hände auf dem Rücken fixiert sind und man voll bekleidet ist. Guter Rat war wieder einmal teuer, bis ich dann ungeniert, aber verhalten und bittend nach den Posten rief. Es meldete sich aber niemand, auch nicht, als ich dies wiederholte, bis ich beim dritten Mal sehrt laut rief, fast schrie, da ich jetzt nicht wußte, was ich machen sollte. Und als wieder niemand kam und ich in aller Verzweiflung auch die Hände herumdrehte und wand, hatte ich nach geraumer Zeit das Gefühl, an der Handschelle eine oder gar zwei der gegenläufig angeordneten Zacken, die ein Einrasten beim Schließen ermöglichen, aber das Öffnen durch die Widerhaken der Zacken verhindern sollen, bei bestimmter Bewegung geöffnet zu haben. Der zweite Versuch brachte Gewißheit, daß ich tatsächlich diese Handschelle öffnen konnte und nach einigen Verrenkungen sowie ein wenig Druck hatte ich die Handschelle insoweit geöffnet, als ich einen Arm lösen konnte. Sie war offensichtlich defekt. Der andere Verschluß jedoch, der sie nun noch an der linken Hand baumeln ließ, gab keinen Millimeter nach. Schnell den Kübel nutzen und sich Erleichterung verschaffen!

Und wie ich am Kübel stehend mir die Tür halb unbewußt anschaute, bekam ich auch hier wieder den Eindruck, sie sei nicht ganz verschlossen. Genaueres ergab dann ein sanfter Stoß mit meinem Fuß , der sie zu meiner größten Überraschung einen großen Spalt öffnen ließ, obwohl der Soldat sie nach meiner Einlieferung doch mit klar erkennbarem Ratschen verschlossen hatte! Mein erster Gedanke war: Wieder einen Fluchtversuch wagen? Wieder einmal Glück im Unglück gehabt? Sofort aber wurde dieser Gedanke vom zweiten, rationaleren Gedanken überlagert, der mir sogar etwas Angst einflößte:

Die spielen mit dir Katz und Maus!

Und wenn die Katze das Spiel mit der Maus beendet hat, bringt sie die Maus unweigerlich um, das steckt in ihr, und wer weiß schon, was in solch rüden bulgarischen Hirnen steckt? Also: Kleine Brötchen backen, die Tür wieder sanft ohne Geräusche heranholen, schließen und sich nun etwas bequemer wegen der gelösten Handschellen hinlegen und warten, bis der Tag graut – und sich seinem Schicksal hingeben. Nie werde ich erfahren, ob meine Ahnung real war, oder ich doch hätte erneut fliehen können. Jetzt kamen natürlich auch die Eltern, Barbara und Udo ins Bewußtsein, an die ich in den jüngsten Turbulenzen nicht gedacht hatte, bis ich sogar ein wenig Schlaf bekam, wenn auch nicht nachhaltig und am Ende, als die Nacht und dann das Morgengrauen dem hellen Tag wichen, holten sie mich. Wieder fühlte ich mich wie gerädert – und harrte dessen, was mich nun erwarten sollte.

ZUCHTHAUS ALS SCHULE DES LEBENS

Untersuchungshaft in Sofia und Karl-Marx-Stadt

Meine Ruhla-Uhr, die ich zur Jugendweihe bekommen hatte und meine Basttasche hatten sie mir abgenommen. So wußte ich nur grob zu schätzen, daß es gegen 6.00 Uhr gewesen sein muß, als sie kamen und mich holten. Dabei konnte ich mich des Eindruckes nicht erwehren, der Schließer, ein neuer Soldat, hatte einmal kurz zu- und gleich wieder aufgeschlossen, was Beleg für meine Katze-und-Maus-Theorie gewesen wäre. Aber mit Bestimmtheit konnte ich das nicht sagen, wahrscheinlich ging mit mir angesichts der Anspannung hier die Fantasie durch und alles war reiner Zufall oder bulgarischer Schlendrian.

Jedenfalls war es für mich dennoch vergnüglich, als ich angesprochen wurde, ich nun die Hände nach vorn halten und stolz meine geöffnete Handschelle präsentieren konnte, was dem Offizier von gestern Abend gar nicht gefiel; brüllte er doch nun den zweiten neuen Soldaten furchtbar zusammen, der Haltung annahm und zusammenzuckte, obwohl er gar nichts dafür konnte, er war ja am Vorabend noch gar nicht anwesend. Rasch holte er neue Handschellen, die mir zum Glück aber diesmal vorn angelegt wurden, immerhin. Auch durfte ich noch einmal auf eine Toilette in der Baracke. Diesmal erwartete mich auf dem Hof vor der Baracke wieder ein sowjetischer Jeep, in dem der Offizier, die beiden Soldaten und ich sowie der Fahrer Platz nahmen und ab ging es nach Sofia, vorbei an Dragoman, der Stelle, wo mich Feyza Kosamacz abgesetzt hatte, vorbei an Slivnica und vorbei an der Tankstelle, an der meine letzte Etappe begann. Meine Tasche hatten sie immerhin auch dabei, obenauf lag meine Uhr.

Die Fahrt durch Sofia weckte Erinnerungen an den gestrigen Tag. Alles war noch ein wenig wie im Film und so richtig hatte ich das Ganze noch immer nicht verinnerlicht. Die Fahrt ging Richtung Flughafen und führte aus der Stadt, bis uns auf einem sehr großen, weitgehend unbebauten Vorstadtgelände ein weißes, architektonisch durchaus ansprechendes, modernes und offensichtlich neues Gebäude, von einer hohen Mauer umgeben, empfing. Der Wagen hielt und wie von Geisterhand öffnete sich ein großes, ebenfalls weißes Tor, durch das hindurch man sofort erkannte, daß die äußere Fassade nicht dem Innenleben entsprach! Es war das Untersuchungsgefängnis der bulgarischen Staatssicherheit.

Im Inneren öffnete sich ein größeres Areal, in dessen Mitte wie die schwarze Kaaba in Mekka hier das weiße, vier- oder fünfstöckige Gebäude mit umlaufenden Balkonen stand, die ihm von außen betrachtet den Anschein eines modernen Appartementgebäudes gaben. Die in einem größeren Abstand umlaufende Mauer war innen im oberen Bereich mit Stacheldraht und weiteren Wehrelementen ausgestattet, während einige Meter vor der Mauer noch zusätzlich ein hoher Drahtgitterzaun installiert war. Das Ganze wirkte deshalb gespenstisch, weil nur wenige Menschen zu sehen waren, selbst als der Wagen nach dem Passieren des äußeren Tores, das sich hinter uns wie von Geisterhand schloß, wieder vor einem kleineren Tor an einer Gebäudeseite hielt, auch dieses Tor ging automatisch auf und der Wagen fuhr in eine Tiefgarage.

Ich wurde in einen Raum gebracht, wo ich zum ersten Mal Menschen zu Gesicht bekam, die hier ihren Dienst verrichteten, indem ich, begleitet von einem Dolmetscher registriert wurde, sie mir mein Basttäschchen nebst Inventar abnahmen und ich Gefängniskleidung erhielt, auch wurden mir als Erstes die Haare kurz geschoren. Dies also war eine Effektenkammer. Mit dieser Gefängniskleidung wurde ich in einen Duschraum geführt, in dem je eine lange Reihe von Duschen zwei gegenüberliegende Wände zierte und wo ich mich auch rasieren und mir die Zähne putzen konnte. Auch wurde mir dort eine kleine nummerierte Fläche auf einem von mehreren Regalen zugewiesen, auf der ich meine Zahnbürste in einem Plastikbecher und mein Rasierzeug platzieren konnte. Beim Rasieren stand in unmittelbarer Nähe immer ein Wachposten, um zu verhindern, daß man sich mit der Klinge etwas antun könnte.

Anschließend ging es zurück zur Effektenkammer, meine eigene Kleidung abgeben und im Nachbarraum wurde ich fotografiert. Alle mir von nun an begegnenden Menschen waren sehr ordentlich mit einer einheitlichen Uniform gekleidet, ganz anders als der Trupp an der Grenze. Der Umgangston war ganz im Gegensatz zur Akkuratess aber ausgesprochen rau und ruppig, man bekam das Gefühl, daß hier auch gelegentlich bei Zuwiderhandlungen geschlagen wird, auch wurde man schon einmal mit Nachdruck zum schneller Gehen geschubst oder in die Räume gestoßen, begleitet von Brüllorgien. Dieses offensichtlich aus psychologischen Gründen angeordnete Verhalten stand im eklatanten Gegensatz zum äußeren Eindruck des Gebäudes und war einschüchternd und entwürdigend.

Und dann ging es in eine der oberen Etagen. Hierzu durchschritten wir mehrere Sicherheitstüren und man spürte, wie von Tür zu Tür die Luft wärmer wurde, die bisherigen Räume schienen angenehm klimatisiert, denn draußen waren immer noch tagsüber, gegen Mittag weit über 30 Grad. Wir gingen einen langen, etwa zwei Meter breiten Gang entlang, der nach außen in etwa zwei Metern Höhe durchgehend umlaufende Fenster hatte, was dem Gebäude von außen den Eindruck der Modernität verlieh, allerdings den Menschen im Innern den Blick nach außen verwehrte, da niemand in dieser Höhe aus dem Fenster schauen konnte. Und auf der gegenüberliegenden Innenseite des Ganges waren dicht an dicht befindliche, sehr massive, nummerierte Türen mit Spionen, Sperrriegeln und über der Tür jeweils einem vergitterten Oberlicht, einer kleinen viereckigen Öffnung mit einer überall brennenden, kleinen Glühlampe.

Wirkte bis hierher das Ganze beinahe gespenstisch surreal, so kam die Realität wieder mit einem Paukenschlag, als mir die Zellentür, deren Nummer mit der auf dem Zahnputz- und Rasierregal identisch war, nach außen hin geöffnet wurde. Ich wurde in einen Raum gestoßen, höchstens drei Meter breit, also unwesentlich breiter als die Tür und maximal vier Meter lang, etwa drei Meter hoch, völlig fensterlos! Die Tür hatte einen kleinen Spion, ein Guckloch mit einer kleinen, zum Öffnen und Verschließen angebrachten Klappe. Circa zwei Meter von der Tür entfernt war ein etwa 50 cm hohes Podest fest gemauert, das auf gesamter Breite des Raumes die übrige Fläche des hinteren Raumes einnahm, mit einer dünnen, matratzenartigen und unansehnlichen, befleckten Auflage belegt und am vorderen Ende eine ordentlich gefaltete Decke. Der Putz an den Wänden war ein grauer, extrem grobkörniger Rauputz, der ein entspanntes Anlehnen des Delinquenten verhindern sollte, schließlich war dies hier kein Sanatorium. Da die Tür nicht ganz mittig, mehr zur rechten Seite hin eingebaut war, bot innen die etwas großflächigere linke Seite genug Platz für einen Kübel zur Verrichtung der Notdurft, daneben ein Hocker mit einer Schüssel und etwas Wasser sowie einer Rolle Toilettenpapier. Diese Kübel hatten Ähnlichkeit mit einem mittelgroßen Ölfaß, aufrecht stehend und auf dem oberen Rand war ein Sitzring fest verbaut, auf dem man saß wie auf einer Toilette. In dem Kübel war der Boden mit Wasser bedeckt, die Geruchsbelästigung einigermaßen im Zaum zu halten. Auf dem Hocker unmittelbar daneben stand ein Plastikteller mit einer dicken Scheibe Schwarzbrot und einem etwas größeren Würfel einer gallertartigen Substanz, die sich später als synthetische Marmelade herausstellte. Daneben ein Plastikbecher mit kaltem Tee. Mehr an Einrichtung gab es nicht! Auch nicht mehr zu essen, aber immerhin! Schon beim Betreten des Ganges war die Luft inzwischen unangenehm, aber im Inneren der Zelle war sie eine Herausforderung, obwohl es noch früh am Morgen war.

Da will man in die Freiheit, und landet in solchen Verhältnissen! Damit muß man erst einmal klarkommen! Und was macht man jetzt den ganzen Tag? Und wieviele Tage werden es wohl? Oder Wochen? Diese Frage einem der Schließer zu stellen, dürfte müßig sein! Jetzt war viel Zeit nachzudenken, über die Eltern, über Barbara, über Udo und Miluschka, auch über das vergangene Geschehen und über Gott und die Welt. Und ich konnte mir in Erwartung der kommenden Vernehmungen zurechtlegen, wann, wo und wie ich die Nächte verbracht hatte, immerhin wollte ich weder Vanja, noch Iwan oder Feyza als Unterstützer ins Spiel bringen. Auch konnte ich erst einmal etwas essen! Schnell lernte ich auch in den kommenden Tagen, wie gut eine einfache Scheibe Brot ohne jeglichen Belag schmecken kann und sogar synthetische Marmelade.

Nicht lange, und ich wurde noch am Vormittag zum ersten Mal aus meiner Zelle zu einer Sanitäterin geführt. Sie trug ebenfalls eine akkurate Uniform, allerdings einen weißen Kittel darüber. Sie herrschte mich in gebrochenem Deutsch an, ich solle mich entkleiden und untersuchte mich oberflächlich, zu den inzwischen verkrusteten Wunden, die allerdings noch heftig spannten, stellte sie weder Fragen noch behandelte sie daran etwas, genau so wenig hinterfragte sie die zahllosen blauen Flecke und Blutergüsse.

Von der Sanitäterin ging es direkt zur ersten Vernehmung. Es war wieder einer der klimatisierten Räume, wie schon der Sanitätsraum, diesmal mit Ausblick auf den Innenhof, in dem ich jetzt ein kleineres Areal mit einer Art größeren Käfigen ausmachte, in denen offensichtlich Gefangene kleine Rundgänge machen durften. Vielleicht war das ja die Gelegenheit, einmal am Tag oder gar öfter ein wenig den Himmel sehen zu können? Die Hoffnung stirbt zuletzt und als Optimist, der ich schon damals war, glaubte ich fest, dies würde zutreffen. Es traf aber nicht zu, ich war die nächste Zeit nie draußen, außerhalb des Gebäudes!

Der höchstens dreißigjährige, ausgesprochen gut aussehende, schlanke und groß gewachsene Vernehmer stellte sich als Offizier der bulgarischen Staatssicherheit vor, den genauen Dienstgrad erinnere ich nicht mehr, er war in Zivil und wirkte sehr durchtrainiert. Er sprach fließend Deutsch und war der erste Lichtblick in diesem absurden Theater insofern, als er anfangs überraschend freundlich war. In der Rückschau habe ich ihn in Erinnerung als starke Persönlichkeit, die Eindruck machte, eingedenk der einen oder anderen Schwäche. Die Vernehmung diente der Erfassung aller meiner Daten und der ersten Erfassung der objektiven Zusammenhänge, auch führten wir einen ersten, fast philosophischen Dialog über den Sozialismus und gesellschaftliche Zusammenhänge, soweit mir dieser Dialog mit meinen gerade einmal achtzehn Jahren möglich war. Diese Vernehmung war relativ kurz, bis ich wieder eingeschlossen wurde.

Gegen Mittag reichte der Kalfaktor, wie die zur Essensausgabe eingesetzten Gefangenen hießen, durch die geöffnete Tür eine undefinierbare, lauwarme Suppe mit einer dicken Scheibe Schwarzbrot, am Abend wiederholte sich das Schwarzbrot mit einer Scheibe Wurst, ähnlich einer Blutwurst. Den ganzen Tag über sowie die folgenden Tage und gelegentlich auch nachts vernahm ich durch die dicke Holztür weitere Auf- und Einschlüsse von Gefangenen aus der Nachbarschaft und gelegentlich hörte ich Schreie, offensichtlich von Gefangenen, die, aus welchen Gründen auch immer, durchdrehten oder möglicherweise geschlagen wurden. Dies verstärkte bei mir die Unsicherheit, was auch ich hier noch an Drangsal zu erwarten habe.

In den kommenden Tagen folgten weitere Vernehmungen. Iwan Michow jedoch erwähnte ich wie geplant nicht, ich wollte vermeiden, daß er oder sein Opa Ärger bekommen. Überhaupt ging ich soweit irgend möglich nicht in Details, auch Vanja und Feyza Kosamacz erwähnte ich nicht. Allerdings mußte ich letzteres auch nicht; denn nachdem wir bei der zweiten oder dritten Vernehmung wiederholt über meine Fluchtroute, die einzelnen Etappen und den Verlauf der sechs Tage gesprochen hatten und ich wieder einmal zum Schutz von Vanja, Iwan und Feyza Kosamacz gelogen hatte, daß sich die Balken bogen, präsentierte mir mein Vernehmer die Visitenkarte von Feyza Kosamacz! Wer das gewesen sei? Nur kurz verunsichert, gelang es mir aber erstaunlich gut, ihm klarzumachen, die Dame hätte ich auf einem Parkplatz gemeinsam mit zwei Schweizer Motorradfahrern kennengelernt und sie habe eigentlich hauptsächlich den Schweizern die Visitenkarten geben wollen, falls die einst nach Düsseldorf kämen, daß sie dann bei ihr reinschauen sollten und da ich ebenso mit den Jungs über Motorräder im Gespräch gewesen sei, habe sie mir ebenso eine Karte gegeben, mehr zufällig, ohne tiefere Absicht, sie und ich hätten uns auch nicht allein unterhalten. Offenbar kaufte er mir dies ab. Daß sie mich dann mitgenommen hatte, blieb mein Geheimnis, stattdessen mußte ein fiktiver Lastwagen herhalten, dessen Fahrer mich angeblich ebensowenig verstand wie ich ihn. So habe ich in der Rückschau die Hoffnung, niemandem geschadet zu haben.

Es war, wie ich später feststellen sollte, in der DDR und im gesamten Ostblock sehr verfänglich, sich in irgendeiner Weise mit Flüchtern abgegeben zu haben und ehe man sich's versah, war man unfreiwillig Fluchthelfer. Ebenso die Herkunft der Werkzeuge in meinem kleinen Basttäschchen ordnete ich einem fiktiven Werkzeuggeschäft in Burgas zu, was ja durchaus denkbar war.

Als er in einer Vernehmung die unvermeidliche Frage stellte, ob meine Eltern etwas von meinem Verbrechen, wie er es einstufte, gewußt hätten, verneinte ich dies nicht nur, sondern erklärte ihm, sie schon deshalb nicht informiert zu haben, weil sie mich dann mit Sicherheit von diesem Vorhaben hätten abbringen wollen. Dies erzählte ich ihm auch, um sie zu schützen. Als ich an dieser Stelle die Gelegenheit beim Schopfe packte und ihn fragte, ob sie bereits informiert seien und vor allem, wie es ihnen gehe, wurde er zum ersten Mal etwas unfreundlich, mit dem Hinweis, daß er hier die Fragen stelle und ich gefälligst dieses Verfahren nicht umzudrehen habe. So fügte ich mich zunächst notgedrungen, ging aber davon aus, daß zumindest Udo sie informiert hatte; denn auch er war ein Thema.

Wie ich viel später erfuhr, wurden meine Eltern unmittelbar nach seiner Rückkehr durch Udo informiert und mehrmals auf dem Volkspolizeikreisamt in Stollberg durch die Stasi verhört, auch die Wohnung wurde einmal durchsucht, mehr hatten sie zum Glück nicht zu erdulden. Auch zu Udo wurde ich befragt, ob er von dem Fluchtplan wußte, was ich ebenso vehement verneinte und im Übrigen konnte ich davon ausgehen, daß dies eine eher rhetorische Frage war. Mir wurde ja schließlich vorgehalten, mit meinem Zettel im Koffer, mit dem ich eine falsche Fährte legen wollte, alle getäuscht zu haben, auch meinen besten Freund. Insofern war ich auch bei ihm sicher, daß er durch meine Aktion nicht zu Schaden gekommen war.

Wie ich ebenfalls später erfuhr, hatte Udo in der Tat die Gruppenbetreuerin unserer Reisegruppe gleich am Sonntagmorgen unterrichtet, daß ich verschwunden sei, nachdem er noch die Hoffnung hatte, ich hätte die Nacht mit Miluschka verbracht, die er noch vor der Betreuerin gefragt hatte. Die von der Betreuerin umgehend herbeigerufene bulgarische Polizei veranlaßte dann, daß Udo meinen in unserer kleinen Hütte zurückgelassenen Koffer öffnete – und siehe da, jetzt löste sich das Rätsel für die Umstehenden, für Udo, die Polizei und die Betreuerin; denn sie fanden – gewissermaßen planmäßig – meinen Zettel! Und sofort leiteten sie eine Fahndung Richtung türkische Grenze ein.

Als Udo später in Deutschland die wegen mir deutlich verspätete Maschine mit meinem Koffer in Berlin-Schönefeld verlassen hatte, wurde er sofort nochmals durch die Stasi vernommen und dann beauftragt, meinen Eltern den Reisekoffer zu überbringen und sie zu informieren. Dies tat er, nachdem er bei ihnen geklingelt hatte, mit der Information, ich hätte die Gruppe wegen Republikflucht über die bulgarisch-türkische Grenze verlassen. Allerdings fügte er eine sinngemäße Ergänzung hinzu, die meinen Eltern leider einen gehörigen Schrecken einjagte, ich würde wohl an der türkischen Grenze sowieso erschossen! Als mir dies meine Mutter später berichtete, war ich ein wenig außer mir, führte dieses merkwürdige Verhalten Udos aber auf seine eigene Verletztheit zurück, denn zu diesem Zeitpunkt wußte ja noch niemand vom tragischen Ausgang der Aktion, auch nicht von der ganz anderen Fluchtroute und dem Ausgang des Dramas an einer ganz anderen Grenze.

In allen Vernehmungen folgten die immer selben Fragen danach, wieso ich die DDR verlassen wollte, wie meine Fluchtroute war, wer davon wußte und wer mir geholfen habe. Inzwischen aber war ich routiniert genug, mein fiktives Fluchtgespinst so sicher herunterzubeten, daß es wohl glaubhaft schien. Einmal sagte mein Vernehmer, ich hätte nun viel Zeit, über alles nachzudenken, auch darüber, ob ich mich nicht doch noch mit der Idee des Sozialismus anfreunden könne, dieser Weltanschauung, der einst auf der ganzen Welt unweigerlich die Zukunft gehöre, dies sei wissenschaftlich bewiesen. Auch verwickelte er mich immer wieder in Gespräche über meine Ansichten zum Sozialismus, wobei ich einerseits sehr mutig und ehrlich Position bezog, er mich andererseits aber nicht sanktionierte, sondern er argumentierte. Vor allem dies hinterließ bei mir den Eindruck, er nahm mich ernst! In der Rückschau ist mir heut klar, daß dieser Mann gut geschult war und sich zum Ziel gesetzt hatte, mich mit einer vorgegaukelten Toleranz in Kombination mit dem Druck der Zellenhaft ein wenig gefügiger zu machen.

Mir war aber zunächst wichtiger als der Sozialismus, was das denn hieße, mir bliebe viel Zeit zum Nachdenken? Wieviel? Sieben oder acht Tage war ich nun schon in diesem Verließ. Eine konkrete Antwort blieb er erwartungsgemäß schuldig, es könne dauern, auch herrschte er mich einmal erneut an, er stelle hier die Fragen. Je nachdem, wie kooperativ ich sei, ginge es schneller oder dauere länger, bis ich zurück in die DDR gebracht würde. Letzteres aber sei sicher, auch, daß mich in der DDR ein Verfahren wegen versuchter Republikflucht erwarten und ich infolgedessen mit einer Haftstrafe rechnen müsse. Genaueres könne er aber im Vorgriff nicht sagen.

Und zu meiner wiederum großen Überraschung präsentierte er mir dann die Perspektive, ich könne in der DDR eventuell noch neben dem Verfahren wegen Republikflucht ein Verfahren wegen Devisenschmuggel bekommen, was das zu erwartende Strafmaß erhöhen dürfte; es sei denn, ich verriete ihm endlich die Wahrheit, woher ich diese 100,- DM habe! Im Vorfeld hatte ich ihm erzählt, die 100,- DM hätte ich noch von zu Hause, von einem meiner verwandtschaftlichen Westbesuche. Dabei blieb ich, sollten Sie mir doch das Gegenteil beweisen.

Zurück auf Zelle, harrte ich jedes Mal der Dinge, die da kommen mochten. Das war dann gegen Mittag ein Süppchen, von dem ich nicht zu sagen vermochte, woraus es bestand. Immerhin gab es auch hier immer als Beigabe eine dicke Scheibe Schwarzbrot. Und am Abend folgte erneut eine zum Glück recht dicke Scheibe Schwarzbrot mit einem Ende Wurst und einem Becher Tee, immer fast kalt. Diese Mahlzeiten, die sich in den kommenden Tagen nur in geringen Variationen von Tag zu Tag unterschieden und die ich in Freiheit nie gegessen hätte, begannen mir von Mal zu Mal besser zu schmecken und in der Rückschau wundere ich mich selbst, wie man sich auf eine einfache Scheibe Schwarzbrot oder einen kleinen Würfel synthetischen Honig oder Marmelade ebenso wie auf undefinierbare Wurst freut, wenn der Hunger von einem Besitz ergreift.

Ab und zu am Morgen war geraume Zeit nach der Scheibe Schwarzbrot und dem synthetischen Würfel meine Aufgabe, den Kübel für die Notdurft in Begleitung eines Schließers in einen eigens dafür ausgestatteten Raum neben dem Duschraum zu bringen, den Kübel zu leeren und nach dem Ausspülen erneut mit ein wenig Wasser zu füllen. Aber auch daran gewöhnt man sich, ebenso wie an die stickige Luft, die man bald nach Einschluß nicht mehr als stickig wahrnimmt, man bewegte sich ja auch kaum. Und bevor es nach dem Kübelreinigen in die Zelle zurück ging, konnte ich unmittelbar danach im Waschraum neben dem Kübel-Reinigungsraum meine Zähne putzen, mich ein wenig waschen und mich rasieren.

Die Tage vergingen, es wechselten sich die Schwarzbrotscheiben mit den synthetischen Würfeln und gelegentlich war die Freude groß, wenn auch der Würfel größer war. Einmal gab es überraschend mittags statt der meist dünnen Suppen eine Schale mit Kartoffeln, wenn auch ungeschält, mit einem gulaschartigen Brei, der angesichts des immer stärker werdenden Hungers erstaunlich gut mundete. Gern hätte ich noch eine Portion verputzt, wenn ich sie bekommen hätte. Immerhin waren diese Vernehmungen, das Kübelreinigen und das Öffnen der Tür zum Reichen der Nahrung ein wenig Abwechslung in diesem tristen Dasein der Zellenhaft. Auch zu lesen gab es nichts.

Nach etwa zehn Tagen erklärte mir mein Herr Vernehmer, es seien die wichtigsten Fakten erfaßt und ich solle mich nun in Geduld wiegen, bis ein Transport in die DDR gehe, da käme ich dann mit. Und die 100,- DM? Sie spielten plötzlich keine Rolle mehr, möglicherweise war der Betrag auch zu gering, als daß ich hier mit größeren Problemen hätte rechnen müssen. Auf meine Frage, ob ich nach über einer Woche nicht wieder einmal duschen dürfe, meinte er, sich für mich einzusetzen, aber es dauerte weitere Tage, bis zum letzten Tag dieser bulgarischen Untersuchungshaft.

Etwa zehn oder elf Tage muß ich in der Zelle gewesen sein, als plötzlich nachts mit lautem Ratsch Ratsch die Tür geöffnet und Steffen mit einer Decke und einem Becher auf den nach vorn gehaltenen Händen, zu mir in die Zelle geschubst wurde! Steffen war Student, Mitte zwanzig und ziemlich mitgenommen. Auch er wies einige Blessuren wie zahlreiche blaue Flecken und eine Wunde im Gesicht auf. Steffen war etwa so groß wie ich, sehr schlank, um nicht zu sagen dünn und hatte ebenso wie ich ganz kurz geschorene Haare, da wohl alle eingelieferten Häftlinge am Anfang bei der Aufnahme in der Effektenkammer kurz geschoren wurden. Fast wirkte er wie eine Karikatur von Wilhelm Busch. Er stammte aus Leipzig und stand im Verdacht, zusammen mit einem Freund ebenfalls wie ich einen Fluchtversuch unternommen zu haben. Nur stellte sich im Unterschied zu mir bald heraus, er wollte tatsächlich nicht fliehen, sondern hatte sich mit diesem Freund zusammen ins bulgarische Grenzgebiet nach Griechenland verirrt und war schon Kilometer vor der eigentlichen Grenze festgenommen worden. Er studierte nach drei Jahren Militärdienst bei der NVA, der Nationalen Volksarmee der DDR in Leipzig Archäologie oder Geologie, genau erinnere ich es nicht mehr, und war mit diesem Freund am Nachmittag auf der Suche nach entsprechenden Fundstätten, die etwas abgelegen in dieser südlichen Region Bulgariens in einer Sicherheitszone lagen, verhaftet worden. Ebenso wie bei mir waren es Einheimische, die ihn mit seinem Freund bei den Grenztruppen gemeldet hatten, auch war er wie ich zunächst unmittelbar an der Grenze erstmals vernommen worden, nachdem man die Freunde getrennt hatte, um dann mit einem Militär-Jeep nach Sofia gebracht zu werden.

Schlug anfangs mein Herz höher, da ich nun endlich einen Zellengenossen zum Reden hatte, so brauchte es nur kurze Zeit zu erkennen, daß er eher belastend war. Steffen jammerte mir die restliche Nacht die Ohren voll, was er für ein Pech gehabt habe, wo er sich doch immer in der FDJ und im Studentenkollektiv engagiert habe, wo er doch für Vietnam Geld gesammelt und er sich in der Deutsch-Sowjetischen Freundschaft engagiert habe, auch habe er drei Jahre NVA hinter sich. Und nun so etwas! Ausgerechnet er! Er war ein einziges Jammertal, das mir bereits nach kurzer Zeit ziemlich auf die Nerven ging. Immerhin gelang es mir nach einiger Zeit, ihm mit einem Rat Mut zu machen, bei der ersten Vernehmung von Anfang an und dann bei allen weiteren Vernehmungen beharrlich sehr deutlich sein bisheriges Engagement hervorzuheben und die Absicht zu bekunden, sobald dies möglich sei, in die Partei, die SED einzutreten, weil er von der Idee des Sozialismus überzeugt sei. Dieser Rat entsprang rein egoistischem Interesse meinerseits. Ihn in dieser Situation, in der wir beide nun im Wortsinn gefangen waren, in einen rationalen Dialog über den Sozialismus zu verwickeln, wie ich ihn sah, war offensichtlich aussichtslos, ohnehin war ich nie Missionar in ideologischen Belangen, immer eher der Fragende. Und wenn mir ein kritisch-konstruktiver Dialog mit ihm versagt war, konnte ich wenigstens für mich etwas mehr Ruhe dadurch erlangen, daß er mir nicht ständig die Ohren voll wimmerte. Tatsächlich fruchtete dies und da wir beide davon ausgehen mußten, in der DDR wieder getrennt und in unterschiedlichen Untersuchungshaftanstalten von der Stasi übereinander befragt zu werden, versprach ich ihm, die feste Überzeugung vorzutragen, er sei wirklich unschuldig und durch dumme Zufälle in diese Situation geraten. Diese gegenseitige Befragung sollte Wochen später tatsächlich Realität werden. Umgekehrt nutzte ich die Chance, ihn als Referenz für meine totale Ablehnung des Sozialismus zu instrumentalisieren, indem ich deutlich machte, wann immer sich die Gelegenheit böte, erneut zu versuchen, die DDR zu verlassen, da ich in ihr keinerlei Perspektive mehr sähe. Auf meine Einlassungen reagierte er allerdings wie erwartet völlig regungslos, er nahm meine Ablehnung zur Kenntnis, ohne auch nur einmal mit mir in eine Diskussion zu kommen. Steffen war ein Lemming!

Damit begannen sich aber auch erstmals bei mir massive Ängste breitzumachen, wie meine Zukunft aussehen könnte. Für den Fall meiner gelungenen Republikflucht hatte ich klare Vorstellungen, was ich im Westen anfangen wollte. Zunächst sich schnell einen Job als Baumaschinist oder etwas Ähnliches suchen, um das erste Geld zu verdienen und die ersten Reisen zu unternehmen. Dann mal sehen, wie man sich beruflich weiter qualifizieren kann, vielleicht Abitur nachholen, gar noch ein Studium anstreben, wenngleich damals noch ohne konkrete Vorstellungen in welche Richtung. Eigentlich könnte ich dann auch ganz auswandern, nach Südafrika, Australien oder Südamerika.

Das alles war erst einmal nur Vision! Es gab andererseits in der DDR, in der ich nach Bulgarien auf unbestimmte Zeit festsitzen würde, Häftlingskarrieren, die durch ein ständiges Festnehmen, Verurteilen und wieder Freilassen bis zur nächsten Festnahme geprägt waren. Diese Biografien waren nicht nur tragisch, hier wurden systematisch Lebensperspektiven zerstört. Und die Anlässe für Festnahmen waren nicht nur versuchte Republikflucht, da fand man bei auffällig Gewordenen immer etwas, entsprechend dem Motto: Suchet, so werdet ihr finden! Auch hier wieder kochte die Gerüchteküche schon vor meiner Inhaftierung ein übelriechendes Süppchen von angeblichen Einzelschicksalen. Ein späterer, sehr glaubwürdiger Mithäftling berichtete, er sei als Kunststudent wegen des Verdachtes der versuchten Republikflucht festgenommen worden, wobei aber auch er wie Steffen gar nicht hatte fliehen wollen, man konnte die Fluchtabsicht auch nach langer Einzelhaft nicht nachweisen. Nach vielen Wochen dieser langen Stasi-Untersuchungshaft in Karl-Marx-Stadt veranlaßte ihn dies, seinen Vernehmer mutig und selbstbewußt zu fragen, ob er nicht bald freigelassen werden müßte, da man nichts in der Hand habe. Daraufhin sein Vernehmer barsch und aggressiv in einer der üblichen Brüllorgien:

„Jetzt wern'se nich frech, Beier! Sie wissen ganz genau, wer bei uns einsitzt hat Dreck am Stecken, sonst säße er nicht ein! Und wenn das bei Ihnen mit dem Nachweis der Flucht nichts wird, machen wir staatsfeindliche Hetze draus!"

Man hatte bei ihm zu Hause nach gründlichen Hausdurchsuchungen zahlreiche selbstverfaßte systemkritische Literaturhinweise und Westliteratur gefunden, die als staatsfeindliche Hetze reichten, ihm letztlich ein Jahr und sechs Monate Zuchthaus aufzubrummen! Die DDR war ein Willkürstaat, in dem der- oder diejenige, der oder die in die Fänge der Stasi gerieten, gnadenlos ausgeliefert waren. Da gab es kein Entkommen! Sicher, diejenigen, die heut noch für sich reklamieren, in der DDR glücklich, vielleicht gar glücklicher als nach der Wende in der neuen Bundesrepublik gewesen zu sein, waren entweder von vornherein von der Idee des Sozialismus überzeugt oder hatten ihr Fähnchen in den Wind gehängt. Das konnte ich aber nicht! Die Zweifel an meiner Zukunft nahmen zu. Das Schlimme war auch, ich konnte mit niemandem darüber reden.

Weitere Tage vergingen, Steffen und ich hatten uns einigermaßen aneinander gewöhnt. Blieb allerdings neben seinem Wesen noch der tragische Umstand, daß er entweder wegen der andersartigen Ernährung oder wegen der Aufregung einen ordentlichen Durchfall mitgebracht hatte. Auch dies war ein Grund, weshalb er mir auf die Nerven ging. Kaum hatte er diesen ekelerregend übelriechenden Kübel verlassen, saß er wieder drauf. Und das Papier wurde knapp. Immerhin erhielt ich sein Einverständnis, die verbleibenden Tage morgens der Kübel-Entlehrer sein zu dürfen, damit ich einmal mehr aus dieser Zelle herauskam. Welch ein Segen! Und an den Dreck in dem Kübel-Reinigungsraum sowie den Gestank und die Fäkalien gewöhnte man sich schnell, was alles sehr im Kontrast zu dem relativ neuen Gebäude stand.

Einmal hatte ich meine Kübel-Reinigung soweit erledigt und stand am Ausgang des Kübel-Reinigungsraumes wartebereit zum Einschluß in meine Zelle, als mich der Schlag traf: Die Tür ging auf und vor mir stand eine bildhübsche, ebenfalls in Häftlingsuniform und mit einem Kübel ausgestattete junge Frau, etwa Ende zwanzig, ebenso wie wir geschoren. Ein kurzes, beiderseits erwartungsvoll überraschtes *„Hallo"* war uns vergönnt, mehr nicht. Wir waren Leidensgenossen, nur war sie irrtümlich zu früh geholt worden; denn Häftlinge sollten sich ansich nicht begegnen. Sofort wurden wir wieder getrennt, indem die Schließerin, welche die junge Frau begleitete, zu brüllen begann und sie an mir vorbeischubste, fast wäre sie gestürzt mit ihrem Kübelinhalt! Wie gern ich sie das Eine oder Andere gefragt hätte, und dann die Vorstellung, sie wäre anstatt Steffen in meine Zelle befohlen worden …

Steffen hatte bei seinen Vernehmungen inzwischen tatsächlich punkten können. Sie machten ihm Hoffnungen, nach einer weiteren Stasi-Untersuchungshaft in Leipzig eventuell freizukommen, wenn sich seine Unschuldsbehauptungen mit denen des Freundes deckten und wenn man tatsächlich nichts fände, was eine Fluchtabsicht belege. Auch dies gab es also, im Gegensatz zu der Aussage:

„Wer bei uns sitzt, hat Dreck am Stecken, sonst säße er nicht bei uns …!"

Man war der Willkür ausgeliefert und man hatte entweder Glück oder Pech. Ich indessen schmorte in der stickigen Zelle vor mich hin, hatte aber immerhin noch den Kübeldienst, auf den ich mich neben dem Waschen, Zähneputzen und Rasieren inzwischen morgens freute, vor allem nachdem sich Steffens Durchfall besserte. Steffen wurde jeweils separat zum Waschen, Zähneputzen und Rasieren geholt.

Es kam der 4. September 1969! Nach dem Schwarzbrot mit dem Würfel und meiner Kübelreinigungszeremonie, mit dem Waschen, dem Zähneputzen und dem Rasieren kam ein Aufschluß und wir beide, Steffen und ich wurden aus der Zelle geholt. Man führte uns in die Effektenkammer, wir erhielten unsere zivilen Anziehsachen und dann ging es endlich wieder einmal zum Duschen. Wir ahnten, daß nun, für mich nach gut zwei Wochen und für Steffen nach wenigen Tagen die Verlegung nach Deutschland kommen würde. Da der Duschraum diesmal bereits beim Betreten voller Dampfwolken war, konnten wir ebenfalls schließen, daß wir nicht die Einzigen waren, die heut eine Dusche erhielten und auch unmittelbar nach uns vernahmen wir erneute Auf- und Einschlüsse, wie sich überhaupt eine lebendige Unruhe ringsum breit machte, voller Geräusche, die neu waren, gelegentlich war eine Brüllorgie dazwischen auszumachen.

Erneut wurden Steffen und ich unvermittelt getrennt, er wurde von einem anderen Schließer als ich in Begleitung genommen. Mein Schließer führte mich dann zu meinem Vernehmer, der mir kurz, knapp und eilfertig mitteilte, wir würden nun nach Berlin ausgeflogen und alles Weitere läge in der Hand der sozialistischen Brüder in der DDR. Auch erhielt ich mein Basttäschchen zurück, tatsächlich mit allem Inhalt, mit meinen Toilettenutensilien, meiner weiteren Zivilkleidung, sogar mein Messer und mein Werkzeug waren kurioserweise dabei, obenauf meine Uhr. Allerdings wurde mir dies alles schon nach kurzer Zeit wieder abgenommen, als ich ebenso wie weitere etwa zwanzig bis fünfundzwanzig Männer und Frauen aus dem Gebäude in den Innenhof geführt und in einen Reisebus verfrachtet wurde. Auch die junge Frau, die Zufallsbegegnung aus dem Kübel-Reinigungsraum war dabei, wir lächelten uns kurz zu. Vor dem Bus erhielt mein Basttäschchen einen Zettel mit meinem Namen und wurde wie die Gepäckstücke auch der anderen Mithäftlinge im Gepäckraum des Busses verstaut. Es war eine eigenartige aber hochprofessionelle Logistik, die dem Ganzen zugrunde lag. In den Kreis der an den Haarschnitten erkennbaren Gefangenen mischten sich so geschickt weitere Menschen, daß man nicht zuordnen konnte, wer welche Rolle spielte, vor allem nachdem einer der offensichtlichen Stasi-Offiziere immer wieder im sonoren sächsischen Dialekt befahl, nicht zu sprechen, außer ihm! Der ausgesprochen scharfe Ton schaffte Disziplin. In einiger Entfernung standen bewaffnete Posten. Alle Stasi-Begleiter waren in Zivil. Und im Bus verteilte dann ein weiterer Stasi-Mensch die einzelnen Delinquenten auf die Sitze am Fenster und daneben setzte sich zum Gang hin jeweils ein Stasi-Mensch, bei den männlichen Gefangenen immer ein Mann, bei den weiblichen eine Frau, bis der Bus fast vollständig besetzt war. Alle, bis auf gelegentliche Kommandos der Stasi-Leute, schwiegen. Steffen saß weit von mir im hinteren Bereich.

Und ab ging es, endlich heraus aus diesem Molloch, niemand traute sich ein Wort zu sprechen. Das Tor öffnete sich, die Fahrt ging Richtung Flughafen und nun konnten wir endlich wieder einmal Menschen, Autos, Vorstadtgetriebe und grüne Bäume mit einem wunderbar blauen Himmel darüber sehen. Auch wurden wir der beiden Begleitfahrzeuge gewahr, eines hinter uns und eines vor uns, besetzt mit bewaffneten Soldaten. Was waren wir offenbar gefährlich!

Angekommen auf dem Flughafen fuhr der Bus durch einen Seiteneingang vorbei an allen Gebäuden direkt auf das Flugfeld, wo bereits eine Maschine mit laufenden Motoren wartete, in die wir unmittelbar umstiegen, inklusive der Sitznachbarn! Allerdings waren hier die Abstände zwischen den Gefangenen etwas größer, da die Maschine recht groß war und mehr Passagiere als uns faßte. Kaum saßen wir, mußten wir uns anschnallen, erhielten ein Lunchpaket mit unglaublich leckeren belegten Broten und schon waren wir in der Luft! Die ganze Aktion verging im Wortsinn wie im Flug.

Das Wetter war ruhiges, spätsommerliches Traumwetter, angenehm warm und der Flug verlief ohne besondere Vorkommnisse. In Schönefeld angekommen, ging die ganze Prozedur rückwärts, ein Bus stand bereit und brachte uns in ein Untersuchungsgefängnis der Stasi in der Nähe Berlins, wo wir wieder unser Gepäck erhielten, einige ihre Koffer, andere Rucksäcke, nur ich mit meinem kleinen Basttäschchen, was den offensichtlichen Chefkoordinator zur Frage animierte, ob ich alles habe, oder ob noch was fehle? Ein wenig war ich wohl Exot, auch meiner noch jungen Jahre wegen. Wo genau wir waren, wurde uns nicht mitgeteilt und da ich die Gegend nicht kannte, blieb der Ort unbekannt. Ich wurde in einen Gang geführt, alle Anderen in andere Richtungen verteilt, wir verloren uns im Nu aus den Augen, auch Steffen sah ich nie wieder.

Das Angebot war, noch einmal kurz auf Toilette zu gehen, da dann eine längere Fahrt in einem Gefangenentransport angekündigt wurde, während der es keinen Halt gäbe, aber ohne konkrete Zielangabe. Nach dem Toilettengang standen plötzlich noch zwei weitere Männer, einer mittleren Alters, der Andere etwa Mitte zwanzig und eine junge Frau auf diesem Flur mit mehreren Stasi-Angehörigen in Uniform. Auch das alles ging so schnell und reibungslos, mit der Maßgabe, nicht zu sprechen, es ließ große Routine erkennen. Nach wenigen Minuten waren wir in Begleitung der Stasi-Uniformierten auf dem Hof, wo wir zum Einsteigen in einen Barkas B 1000 aufgefordert wurden, in dem es sehr kleine Zellen ohne Fenster gab, die einem lediglich geradeso das Sitzen auf einem kleinen Notsitz ermöglichte – und ab ging es! Das Basttäschchen war mir vorher wieder abgenommen und separat verstaut worden. Der Barkas B 1000 entsprach in seinen Ausmaßen etwa einem VW-Bus.

Nach etwa drei Stunden Fahrt angekommen, wurde ich informiert, ich sei in der Untersuchungshaftanstalt der Stasi in Karl-Marx-Stadt! Nun wurde ich wie in Sofia in der Effektenkammer mit Gefängniskleidung ausgestattet, das Basttäschchen wurde mit meiner Zivilkleidung deponiert und ich wurde fotografiert sowie oberflächlich gesundheitlich untersucht (ANLAGE 2, SEITE 172 UND ANLAGE 3, SEITE 173).

BStU
000006

2

MINISTERRAT
DER DEUTSCHEN DEMOKRATISCHEN REPUBLIK
Ministerium für Staatssicherheit

Karl-Marx-Stadt, den 04. 09. 1969

Einlieferungsanzeige

Am 21. 08. 1969 wurde gegen 20.00 Uhr

in Kalotina (VR Bulgarien) wegen des dringenden

Tatverdachtes des ungesetzlichen Grenzübertritts

a) ~~auf der Grundlage eines richterlichen Haftbefehls~~

b) vorläufig festgenommen

und am 04. 09. 1969 in die UHA Karl-Marx-Stadt

eingeliefert.

Name C a s p e r Vornamen Manfred Wolfgang

geb. am 14. 03. 1951 in Stollberg

Beruf Baumaschinist zuletzt Baumaschinist

Anschrift der Arbeitsstelle VE BMK Süd, Betriebsteil Industriebau Zwickau, Planitzer Straße

Familienstand ledig Staatsangehörigkeit DDR Nation. deutsch

Wohnanschrift Stollberg, Martingasse 01

Letzter Aufenthalt VR Bulgarien

Name und Anschrift der nächsten Angehörigen Eltern: Alfred CASPER, Martha CASPER geb. Becker, wohnhaft in Stollberg, Martingasse 01

Nummer der Personaldokumente DPA-Nr.: XIV 1605810

Die Vorführung erfolgte

am 5. 09. 1969, 16⁰⁰ Uhr

durch [signature]

[signature] Ltn.
Name und Dienstgrad des Einliefernden

K 0478 766 20.0 Form 12

(ANLAGE 2)

BStU
000009

4

Das Kreisgericht Karl-Marx-Stadt Stadtbezirk West gericht

Aktenzeichen:
(Bei Eingaben stets anführen)

Karl-Marx-St, den 05. 09. 1969
Fernruf

Haftbefehl

D er am 14. 03. 1951 in Stollberg geborene Baumaschinist Manfred, Wolfgang Casper, wh. in Stollberg, Martingasse 01

ist in Untersuchungshaft zu nehmen.

Er wird beschuldigt, versucht zu haben, auf ungesetzlichem Wege u n t e r A usnutzung einer Genehmigung einer Urlaubsreise nach Bulgarien die bulgarisch-jugoslawische Staatsgrenze zu durchbrechen, um nach Westdeutschland zu gelangen.

Der Beschuldigte fuhr am 03. 08. 1969 nach Bulgarien in Urlaub. Er fand Unterkommen auf dem Campingplatz in Arkutina. Hier bekam er Verbindung zu österreichischen und westdeutschen Touriste Von diesen ließ er sich beeinflussen und faßte den Entschluß, die bulgarisch-jugoslawische Staatsgrenze zu durchbrechen und in der weiteren Folge nach WD zu gelangen.

Vergehen/~~Verbrechen~~ gem. § 213, Abs.1 u. 3 StGB
Er/~~Sie~~ ist dieser Straftat dringend verdächtig.
Die Anordnung der Untersuchungshaft ist gemäß § 122
gesetzlich begründet, weil im Hinblick auf den Charakter der Straftat Fluchtverdacht gegeben ist.

Gegen diesen Haftbefehl ist das Rechtsmittel der Beschwerde zulässig (§ 127 StPO).
Sie ist binnen einer Woche nach Verkündung des Haftbefehls bei dem unterzeichneten Gericht zu Protokoll der Rechtsantragstelle oder schriftlich durch den Betroffenen oder einen Rechtsanwalt einzulegen (§§ 305, 306 StPO).

Ausgefertigt:
Karl-Marx-Stadt, den 05. 09. 69

Wendlandt
Richter am Kreisgericht

Best.-Nr. 22016 Haftbefehl – §§ 124, 127, StPO
VLV Osterwieck

III/18/58 Ag 305/69/DDR 1305/220 T.

(ANLAGE 3)

Alle Gefängnisbediensteten, denen ich von nun an begegnete, steckten in einer akkuraten, grauen Stasi-Uniform, der Ton war streng und bestimmt, gelegentlich betont unfreundlich. Dann ging es durch ein langes, mehrere Etagen hohes und durch ein Glasdach erhelltes Treppenhaus mit umlaufenden, durch Gitter und Fangnetze gesicherte Innenflure beziehungsweise Innenbalkone, die durch innenliegende Treppen verbunden waren. Es ging, wenn ich mich richtig erinnere, in die zweite Etage und bald war wieder eine nach außen zu öffnende Zellentür erreicht, dieses Mal zur Außenseite des Gebäudes hin, ebenso massiv wie in Sofia, allerdings mit einer kleinen Klappe in Hüfthöhe, wieder mit Spion, aber ohne Oberlicht.

Mir war klar, auch diese Herberge würde kein Vergnügen werden, wenngleich ich nach dem Aufschluß angenehm überrascht war. Die Zelle, in der ich die nächste Zeit allein sein sollte, war deutlich größer als in Sofia, etwa einen bis zwei Meter länger und auch breiter. Sowohl zur Rechten wie zur Linken standen je ein Bett mit Matratze, das rechte Bett hatte Bettzeug. Zwischen den Betten stand hinten an der Stirnseite ein kleiner Tisch mit links und rechts je einem kleinen Hocker, die Glasziegelfenster darüber an der Außenwand des Gebäudes spendeten zwar mattes Tageslicht, ließen nach außen aber nichts erkennen. Auch war in dieses Fenster eine Lüftungsklappe eingebaut, deren Funktionsweise mir nicht mehr in konkreter Erinnerung ist, in Erinnerung sind noch sehr deutlich die regelmäßig läutenden Kirchenglocken und die Alltagsgeräusche der Außenwelt, die ich erstaunlich gut hören konnte, die Klappe war der noch recht warmen Tage wegen geöffnet. Licht spendete in dieser Zelle ab der Dämmerung eine simple Lampe über der Tür, die so weit oben angebracht war, daß sie niemand ohne weiteres erreichen konnte, da die Zelle deutlich höher als in Sofia war. Betrat man die Zelle, war unmittelbar links neben der Tür eine Spültoilette, deren Spülung nach Benutzung von außen durch einen Schließer betätigt wurde, indem man einen Schalter betätigt hatte! Welch ein Segen, im Grunde beseitigten hier die Aufseher unsere Notdurft! Und unmittelbar daneben war ein Waschbecken aus richtiger Keramik, sauber und ordentlich mit fließend kaltem Wasser, daneben ein großer Heizkörper. Auch lagen auf dem Waschbecken ein kleiner Wischlappen und ein kleines Handtuch. Was für eine Steigerung gegenüber Sofia! Ebenfalls links oben hing ein kleines Schränkchen über dem Bett, in dem ich einen kleinen Becher mit einer Zahnbürste, Zahncreme und Rasierzeug fand, Letzteres allerdings ohne Klinge. Diese wurde jeweils im Beisein eines Schließers beim morgendlichen Rasieren gereicht und sofort wieder mitgenommen, schließlich hätte man sich damit umbringen können. Auch Schnürsenkel, Gürtel und ähnliche, zum Strangulieren denkbare Gegenstände gab es nicht. Der untere Teil aller Wände war umlaufend einheitlich mit glatter, gründgelber Ölfarbe gestrichen und oberhalb war der selbe Farbton in Wandfarbe.

Wie ich erst viel später erfuhr, war die Untersuchungshaftanstalt der Stasi auf dem Kaßberg in Karl-Marx-Stadt wesentlich komfortabler und besser ausgestattet als alle übrigen Stasi-Untersuchungshaftanstalten in der DDR. Generell hatte jede

Bezirkshauptstadt der DDR ihre eigene Stasi-Untersuchungshaftanstalt, die immer von den übrigen Haftanstalten für *normale* Kriminelle getrennt waren. Auch wenn die DDR bis zuletzt von sich behauptete, keine politischen Gefangenen zu haben, so war diese Trennung indes ein klar erkennbares Strukturmerkmal des Strafvollzugsystems, über das man logisch auch auf das Justizsystem schließen konnte. Karl-Marx-Stadt hatte deshalb eine besondere Bedeutung, weil hier all jene Häftlinge gesammelt wurden, die man in die Bundesrepublik *freigekauft* hatte. Dabei wollte man die letzten Tage vor der Abschiebung offensichtlich nochmals mit einem einigermaßen guten Eindruck punkten. Ich wurde belehrt, wenn ein Aufschluß stattfindet, sich mit den Händen auf dem Rücken und dem Gesicht zur Wand hin vor den Tisch zu stellen und nach Aufforderung durch den Schließer eine Meldung zu machen, deren Wortlaut mir nicht in Erinnerung ist. Mir wurde das rechte Bett zugewiesen. Die Tür fiel ins Schloß.

Erstmals wurde die Klappe an der Tür am Abend geöffnet und ein Teller mit Brot, etwas Margarine und etwas Wurst gereicht, deutlich mehr und in besserer Qualität als in Sofia, auch war der Tee heiß, das Besteck bestand aus einem Löffel und einer Gabel, die aus einfachstem Aluminium bereits im Schränkchen vorhanden waren. Geradezu ein Festessen! Nach geraumer Zeit, die Dunkelheit war hereingebrochen und das elektrische Licht erhellte die Zelle mäßig, hieß es auf dem Flur unüberhörbar:

„Fertig machen zur Nachtruhe!"

Nun noch die Zähne putzen und sich dann endlich auf das Bett legen, was tagsüber untersagt war. Und bald hörte ich, wie von Zelle zu Zelle ein Schließer das Licht löschte. Auch das war ein Vorteil gegenüber Sofia.

Nun war ich wieder in der Heimat, die ich eigentlich hatte verlassen wollen und hing dort erneut meinen Gedanken nach. Die Eltern, Barbara, ein klein wenig Miluschka und Udo, alle waren sie anwesend und ich malte mir aus, wie sie an mich dachten. Bis dann ein anfangs leises, später etwas lauter werdendes Klopfen, offenbar mit den Hand- oder Fingerknöcheln gegen die Wand aus Nachbarzellen hörbar wurde. Erstaunlich, wie man das hört, wie sich dies durch das Mauerwerk überträgt! In Sofia wäre das nicht denkbar gewesen, da der grobkörnige Putz dies nicht ermöglicht hätte.

Aber was soll das jetzt? Ich will meine Ruhe! Ist das die erste Schikane der Stasi? Was hatte man nicht alles über die psychischen Folterungen der Stasi in Untersuchungshaft gehört. Fing es jetzt damit an? Immerhin war die Klopferei insoweit akustisch verhalten, als man sich daran gewöhnen konnte. Also ging ich nun daran, mir erneut meine Fluchtroute, die Kontakte und alles Weitere so im Kopf zurecht zu legen, wie ich es bereits in Sofia offenbar ganz gut hinbekommen hatte. Nach etwa einer Viertelstunde ging erstmals kurz das Licht an, der Spion ließ ein leises Quietschen vernehmen und nur kurz war ein menschlicher Augen-Blick auszumachen, das Licht verlosch. Die Order war, auf dem Rücken liegend die Hände außerhalb der Zudecke sichtbar zu halten.

Der Schlaf war unruhig, alle Gedanken kreisten wieder um die Freunde und Angehörigen so wie um die Frage, was nun werden soll?Auch waren die Geräusche neu, an die ich mich erst gewöhnen mußte. Mitten in der Nacht lautes Schreien einer Frau, die, aus welchem Grund auch immer, völlig panisch zu sein schien. Auch waren eine Reihe Aufschlüsse hörbar, entweder wegen Neuankömmlingen, wegen Verlegungen oder wegen Strafgefangener, wie wir hießen, die zur Vernehmung geholt wurden. Die Klopferei endete mit Fortschreiten der Nacht. Richtig dauerhaft ruhig war es allerdings nie, und das war ein Unterschied zu Sofia, an den ich mich auch die kommenden Tage und Wochen nur schwer gewöhnte, es herrschte ständige, unüberhörbare Unruhe.

Am nächsten Morgen dann ein beherztes:

„Nachtruhe beenden!"

Aufstehen, Zähneputzen, ein wenig waschen, immerhin auf Zelle selbst, und nach kurzer Zeit kam ein Trupp Kalfaktoren mit dem Frühstück, das durch die Luke in der Tür gereicht wurde, zwei Scheiben Brot, ein wenig Margarine, Marmelade und Kunsthonig sowie heißer Tee. Diese Zusammenstellung sollte sich die kommende Zeit täglich wiederholen, während es mittags geringfügig mehr Abwechslung gab, oft Eintopf, aber durchaus auch einmal Gulasch mit Nudeln oder Risotto oder irgendeinen Brei und ähnliche, einfache Kost. Abends dann ebenfalls wieder das Übliche.

Der zweite Abend kam, die Klopferei begann und zum ersten Mal meinte ich, ein System hinter den Klopfzeichen aus den Nachbarzellen zu erkennen. Jemand klopfte so vehement, daß ich meinte, er oder sie will die Wand zerstören. Und da kapierte ich: Die Klopfzeichen hatten einen Rhythmus! Meine Leidensgenossen hatten ein schlichtes und einfaches Morsealphabet angewendet, das jeder, der des Alphabetes mächtig war, beherrschte, um sich zu unterhalten: einmal klopfen ist ein *A*, zweimal klopfen ist ein *B*, dreimal klopfen ist ein *C* und so fort. Plötzlich eröffnete sich mir ein Zeitvertreib, den ich nie vermutet hätte. Und schon war ich im intensivsten Dialog mit Nachbarn, von denen ich nicht exakt zu sagen vermochte, ob neben, über oder unter mir, da dies nur schwer zu lokalisieren war. Aber immerhin war nun Gelegenheit zur Kommunikation. Was das in einer solchen Einzelhaft bedeutet, vermag nur zu ermessen, wer einmal tage-, wochen-, oder gar monatelang in Einzelhaft war, ohne jegliche Information, ohne Zeitung, ohne Nachrichten oder gar Gesprächsmöglichkeit. Ich allerdings war ja noch recht neu und kam ansich bis jetzt mit der Situation erstaunlich gut klar, wie ich überhaupt immer im Leben, auch später gut mit mir in einsamen Momenten zurechtkam, auch später suchte ich die Einsamkeit gelegentlich, zum Meditieren, zur Einkehr und zur Muße.

Nun aber auf zum dialog! Allein der Satz:

„Woher kommst Du?"

oder

„Warum bist Du hier?"

dauerte! Und gelegentlich kam es vor, daß mein Gegenüber mit einem wilden Herumgeklopfe signalisierte, falsch gezählt oder aus anderen Gründen den verbalen Anschluß verpaßt zu haben. Dann ging alles wieder von vorn los.

Bis plötzlich, vermutlich gegen 22.00 Uhr oder 23.00 Uhr nicht nur der Spion sich quietschend meldete, es gab einen unvermittelten Aufschluß und ich stand auf Kommando stramm! Jetzt gibt es Ärger wegen der Klopferei, dachte ich! Das Herz begann zu rasen!

„Anziehen und mitkommen!"

lautete die Weisung. Bereits mit der Ersteinweisung war ich angewiesen worden, keine Fragen zu stellen, sondern ausschließlich Anweisungen zu befolgen. Und siehe da, eh ich mich versah, saß ich in einem Verhörraum einem Vernehmer gegenüber, etwa Mitte vierzig, etwas größer als ich, kräftige Statur, große Hornbrille mit dicken, großen Gläsern und mit nach hinten gekämmten, dicht gewellten, dunklen Haaren. Er war in Zivil. Er stellte sich mit seinem Dienstgrad vor, den ich jedoch nicht erinnere und als mein Vernehmer, mit dem ich die nächste Zeit konfrontiert sei. Wie in Sofia, so waren es auch hier als Gesprächsgegenstände zunächst die Personalien, die ersten groben Zusammenhänge und dann die Fluchtroute. Ganz anders als der Vernehmer in Sofia spielten diesmal ideologische Fragen vorerst keinerlei Rolle. Die Sprache war klar, sachlich und weder freundlich noch unfreundlich. Der Mann schien abzuarbeiten. Nach etwa zwei oder drei Stunden waren wir soweit, daß ich ein von ihm handschriftlich mit Bleistift geschriebenes Protokoll nach nochmaligem Lesen unterschrieb. Zwischendurch steckte er sich zwei oder drei Zigaretten an, fragte, ob auch ich rauche und ich bejate, in der Hoffnung, eine abzubekommen. Weit gefehlt! Soweit ging der sozialistische Humanismus nicht, daß ein Vernehmer einem Strafgefangenen eine Zigarette gab. Im Gegenteil wies er darauf hin, daß dies für mich ungünstig sei, da ich die kommende Zeit ohne Zigaretten auskommen müsse. Das war jedoch insofern kein Problem, als ich bis dahin – und auch später – nie so stark geraucht hatte, als daß ich hier von Entzugserscheinungen geplagt worden wäre. Mir wurde aber klar, was dies für starke Raucher bedeuten mußte, wenn sie den ganzen Tag auf Zelle, womöglich allein mit sich und ihrer Abhängigkeit klarkommen mußten. Möglicherweise waren von diesen Kandidaten schneller Geständnisse zu erlangen, wenn man sie mit einer Schachtel Zigaretten lockte. Von mir aber gab es nicht viel zu gestehen, was ich nicht ohnehin nur zu gern gestanden hatte, nämlich in die Bundesrepublik gelangen zu wollen. Die unbewußten Helfer allerdings, die behielt ich auch diesmal lieber für mich.

In den nächsten Tagen wiederholten sich die Vernehmungen, sowohl wieder spät abends als auch einmal vormittags, einmal unmittelbar nach einem Hofrundgang, den ich nun in unregelmäßigen Abständen, vielleicht auch in Abhängigkeit vom Wetter, genießen durfte. Dazu wurde ich in eine Art ummauertes Gehege, einem dreieckigen Käfig gleich auf dem Hof geführt, in dem ich auf Gehwegplatten einige Runden drehen konnte, jedoch ohne auch nur einen Baum oder einen Dachfirst von Wohnhäusern oder Ähnliches sehen zu können.

Die Frage nach Unterstützern begann in der Vernehmung deutlich größeren Raum einzunehmen. Auch wurde es nun ideologisch insofern, als meine Fluchtgründe immer stärker hinterfragt wurden. Hier bemühte ich mich, in meinen Formulierungen einerseits einen klaren Standpunkt erkennen zu lassen, aber auch nicht zu provozieren.

In der dritten oder vierten Vernehmung, nach ungefähr zwei Wochen plötzlich ein zweiter, recht grimmig dreinblickender Vernehmer in Uniform mit viel Standesabzeichen am Revers und auf den Achselklappen, der sich nicht vorstellte, sondern sofort ungehemmt zu brüllen begann, ich solle nun endlich den Mund aufmachen und berichten, wer mir geholfen habe, sonst würden sie mir Beine machen und ich sie kennnenlernen. Ich wußte nicht recht, wie mir geschah und mir rutschte das Herz in die Hose, jedoch hatte ich auch gelernt, Brüllaffen als unbedarfte Idioten zu betrachten, die sich nicht mehr zu helfen wissen. Nach dem ersten Schreck, den er wohl spürte, fühlte er sich bemüßigt einen drauf zu setzen, indem er begann, mit seinen Knöcheln auf die Schreibtischplatte einzudreschen, daß man meinen konnte, der will sie spalten und unterstrich damit seinen Schreikrampf. Ich spulte devot und kleinlaut meine Version ohne Vanja, Iwan und Feyza ab und dann kam er mir bis auf wenige Zentimeter mit seinem Gesicht auf Tuchfühlung, ich war drauf und dran, ihm zu sagen, sein Atem sei unangenehm. Diesen Mut allerdings besaß ich letztlich nicht, zum Glück, denn als Konsequenz ähnlicher Mutproben wurden mir in späterer Haftzeit von sehr glaubwürdigen Haftkameraden zum Teil heftige Schläge als Reaktion geschildert. Diese wurden in den dazu notwendigen Protokollen mit *„Widerstand gegen die Staatsorgane“* umschrieben. Also wieder einmal mit den richtigen Sensoren kleine Brötchen backen, zum Selbstschutz. Sein Fazit mit Tuchfühlung:

„Wir sehen uns wieder und dann wirst Du reden, das verspreche ich Dir!“

Du meine Güte, was war denn das plötzlich? Bislang diese Korrektheit, selbst gesiezt wurde konsequent. Was gab es denn hier plötzlich für Sensibilitäten? Was für Ängste vor dem Klassenfeind? War mein Vernehmer in den Augen seiner Vorgesetzten eventuell nicht Manns genug, den kleinen Casper gefügig zu machen? Mußte hier sein Chef zeigen, wie es geht und mit den Knöcheln schon mal andeuten, was eine solche Faust noch alles anrichten kann? Das hatte ich in Bulgarien kennengelernt!

Wie erwähnt, war die DDR ein Willkürstaat. Man war nie in der Lage, Entwicklungen, Ankündigungen, Versprechungen oder Verweigerungen mit Bestimmtheit als verbindlich zu sehen. Es konnte immer auch ganz anders kommen. Und nachdem ich mit etwas weicheren Knien in meine Zelle zurückkam und die Anspannung nun zunahm, die Klopfgespräche waren nach Mitternacht verstummt, erhielt ich am nächsten Morgen zu meiner großen Überraschung mit dem Frühstück einen Brief! Ein Brief von meinen Eltern! Und ich erhielt ein Blatt Papier und einen Bleistift. Ich dürfe damit dem Absender antworten, aber ohne jeglichen Bezug zu meinem *Verbrechen*! Der Brief stand im großen Gegensatz zu den Sorgen, die ich mir nach der gestrigen Brüllorgie gemacht hatte.

Nun konnte ich mir doch die eine oder andere Träne nicht verkneifen – es sah ja niemand –, als ich von Mutter geschrieben las, wie sich meine Eltern in größter Sorge befunden hätten, aber nun doch froh seien, weil ich lebend wieder in der Heimat sei. Auch habe vor allem Vater unter den Nachrichten von Udo zur Gefahr an der türkischen Grenze sehr gelitten, immerhin hatten meine Eltern bereits einen Sohn verloren. Aber sie würden mich sehr gern wieder bei sich aufnehmen und wir sollten doch alle gemeinsam sehen, wie wir für mich einen Neuanfang hinbekämen, sie jedenfalls würden mir vergeben. Ich hingegen antwortete so salomonisch wie möglich, um ihnen Dankbarkeit zu zeigen, sie nicht zu verletzen, aber auch deutlich zu machen, daß ich meine Situation neu überdenken werde. Zunächst, so mein vorläufiges Fazit, gelte es, ein zu erwartendes Urteil abzuwarten und dann zu entscheiden, wie es weiterginge. Ansonsten schrieb ich noch einige gefühlige Belanglosigkeiten und verband damit die Hoffnung, sie ein wenig in ihrer Sorge getröstet zu haben. Auch gab ich der Hoffnung Ausdruck, ein Elternteil bald einmal in einer Sprecherlaubnis sehen zu dürfen. Hieran hatte ich bislang noch gar nicht gedacht. Also warum den Vernehmer nicht einmal fragen?

Und mir kam die Idee, mir durch die Schreiberlaubnis zu einem Schachspiel zu verhelfen. Nachdem ich mein Blatt vollgeschrieben hatte, zeigte ich dies bei nächster Gelegenheit meinem Schließer, in der Hoffnung, er liest das Geschriebene nicht sofort und erkennt insofern auch nicht, daß der Brief ansich fertig war, die Grußformel hatte ich bewußt weggelassen. Dann bat ich ihn, mir ein zweites Blatt zu geben, da das erste vollgeschrieben sei. Man kann es ja versuchen. Und tatsächlich war er bereit, mir später ein zweites Blatt vorbeizubringen. Ich setzte die Grußformel auf dem ersten Blatt und der Brief war fertig, so daß ich das zweite Blatt für den Brief nicht benötigte. Dieses leere Blatt zerriß ich in kleine Quadrate, auf die ich mit dem Bleistift die Bauern, die Türme, die Springer, die Läufer sowie Dame und König aufmalte. Auch Schwarz und Weiß konnte ich solchermaßen für mich kenntlich machen. Das Brett war der Holztisch, auf den ich hauchdünn mit dem Bleistift die Quadrate aufzeichnete, mit den alphabetischen und numerischen Markierungen. Den einseitigen Brief gab ich dann dem abendlichen Schließer, der ja nichts von dem zweiten Blatt wußte. Alles ging tatsächlich gut. Das Problem war letztlich, ich fand keinen Nachbarn, der Schach spielen konnte oder in der Lage war, sich ein Spiel zu kreieren, so sehr ich auch Tips klopfenderweise weitergab. Am Ende versuchte ich einige Partien allein zu spielen, was mir aber auch nicht gut gelang, da ich immer schon vorher wußte, was der Gegner will … Diese Methode, mit sich allein zu spielen, war wohl eher für die ganz großen Schachexperten, die berühmte

Partien nachspielen konnten und sich auf einem ganz anderen Niveau bewegten, wozu ich nie gehörte. Wichtig war auch, während des Spiels eine entspannte Sitzsituation am Tisch vorzugaukeln, damit sie mir bei den sporadischen Kontrollblicken durch die Spione der Türen die Figuren nicht konfiszierten. Anschließend verstaute ich die Minifiguren zur Nachtruhe im Schränkchen, wo sie selbst bei den gelegentlichen Zellenkontrollen auf der oberen Ablage ganz hinten als Papierschnipsel nicht auffielen. Das Risiko, ich bin ins Spiel vetieft und sie kommen mich überraschend holen und finden mein Schachspiel, konnte ich nicht ganz ausschließen.

Die kommenden Vernehmungen fanden zunächst wieder ohne den Brüllaffen statt, die Gelegenheit, meinen Vernehmer mutig, wenngleich devot und freundlich etwa in sinngemäßer Wortwahl zu fragen:

„Ich weiß, ich darf ansich keine Fragen stellen, sondern Sie sind derjenige, der hier fragt, aber ich wollte mich wenigstens bedanken, daß Sie mir einen Brief meiner Eltern ausgehändigt haben. Und da möchte ich mir doch die Frage erlauben, ob es hier die Möglichkeit einer Besuchserlaubnis für meine Eltern gibt?"

So oder ähnlich war es meine Art, nach Kompromissen zu suchen, schließlich saß ich am kürzeren Hebel in dieser Machtkonstellation und mit falschen Eitelkeiten kam man hier zu nichts. Nie werde ich sein unerwartetes Schmunzeln vergessen, das er sich nicht verkneifen konnte, als er mir sinngemäß antwortete:

„Strafgefangener Casper, Sie sind ein ganz schöner Schlawiner ...".

Der *Schlawiner* machte mich stolz! Weniger der dann folgende Zusatz:

„Wir kriegen Sie schon auch noch hin!"

Was er damit meinte, weiß ich nicht, vermute aber, er hatte dabei eine sozialistische Persönlichkeit im Sinn. Und zur Sprecherlaubnis hielt er sich geschickt bedeckt, formulierte irgendetwas Verklausuliertes, das ich nicht verstand und war so schlau wie vorher.

Die Tage vergingen, inzwischen muß es Anfang Oktober gewesen sein. Die weiteren Vernehmungen fanden alle ohne den Brüllheini statt, den ich nie wieder sah. Auch dies nahm ich als Beleg für die Unzulänglichkeit dieser Leute. Aus heutiger Sicht jedoch führe ich diese relative Schonhaltung mir gegenüber darauf zurück, daß ich zwar im Sinne der Staatsideologie der DDR und der späteren Anklage ein Verbrecher war, aber erstens ein noch sehr junger, gewissermaßen ein verirrtes Schaf, das sich verirrt hat und auf den Weg der tugendhaften, sozialistischen Herde zurückzuführen ist und zweitens ein nicht sonderlich bedeutender.

„Wir kriegen Sie schon auch noch hin!"

Ich war wohl ein kleines Licht an diesem hell erleuchteten Firmament klassenfeindlicher Aktivitäten. Da waren diejenigen, deren Schreie nachts häufig nicht zu überhören waren und die einem jedes Mal unter die Haut gingen, andere Kaliber! Ungeachtet dessen wuchsen sie weiter, die Federn meiner Flügel!

Eines Morgens wieder Aufschluß, Meldung und Mitkommen! Diesmal in eine ganz andere Richtung als zur Vernehmung oder zu Räumen, die ich in den ersten

Tagen kennengelernt hatte. Ich wurde in einen Raum mit zwei jungen, gut gekleideten Herren in zivil geführt, die sich als Stasi-Mitarbeiter der Justizvollzugsanstalt Leipzig vorstellten. Ob ich einen Strafgefangenen Steffen kenne? Er gab an, mit mir in einer Zelle der Untersuchungshaftanstalt der bulgarischen Staatssicherheit in Sofia gewesen zu sein? Ob ich in unserem Zusammensein Hinweise bekommen habe, daß er eine Flucht mit seinem Freund nach Griechenland geplant habe? Ich bestätigte das Zusammentreffen mit ihm einige Tage auf Zelle in Sofia und konnte nun meine Wahrnehmung hoffentlich authentisch vermitteln, daß er keinen Fluchtversuch mit seinem Freund unternommen habe, sondern daß er zwar durch eigenes Verschulden, aber auch durch ein wenig Pech in diese Situation geraten sei. Im Übrigen habe mich überrascht, wie ihm dies angesichts seiner sozialistischen Überzeugung passieren konnte. Kurz danach sollte ich erfahren, daß Steffen tatsächlich entgegen der üblichen Prozedur:

„Sie wissen ..., wer bei uns sitzt, hat Dreck am Stecken, sonst säße er nicht bei uns ...“

nicht verurteilt worden war. Die Würfel der Willkür waren zu seinen Gunsten gefallen. Auch das war die DDR!

Die ersten Oktobertage sandten ein wenig Herbstluft durch die Lüftungsschlitze der Glasziegelfenster, das ferne Rauschen der Blätter wurde dünner. Ich stellte mir die Morgennebel vor, die hindurchschimmernde, aufgehende Sonne und die Tautropfen auf den Wiesen, an den Büschen und Bäumen. Wie gern ich jetzt mit meinem Rad oder der MZ RT 125, lieber noch mit einer Triumph oder gar einer BMW ein wenig durch den Herbst gebraust wäre. Wie gern ich mit Barbara über die Wiesen, über die Felder und durch den Wald geschlendert wäre. Aber ein wenig verblaßte auch ihr Bild und gelegentlich fragte ich mich, ob ich Sie nach so langer Zeit ohne jeglichen Kontakt überhaupt wiedererkennen würde?

Es war inzwischen Ende Oktober an einem Vormittag, als der Aufschluß kam!

„Fertig machen zur Sprecherlaubnis in circa zehn Minuten!“

Das war ein Paukenschlag, den ich erst einmal dadurch verdaute, daß ich regelwidrig spontan fragte, wer denn zu Besuch sei? Der Schließer war gnädig und maßregelte die Frage nicht, sondern kündigte Vater an! Jetzt hielt ich nicht mehr stand, ich begann hemmungslos zu weinen – es sah ja niemand – und ich war hin- und hergerissen zwischen unendlicher Freude und Ratlosigkeit, da mich wie ein Orkan mein schlechtes Gewissen einholte! Was hatte ich meinen Eltern angetan! Wie sollte ich ihm gegenübertreten?

Nachdem ich mich einigermaßen beruhigt und ich mich wieder unter Kontrolle hatte, wurde ich in den Sprecherraum geführt. Ein schlichter quadratischer Raum mit einem Tisch in der Mitte und zwei gegenüberstehenden Stühlen, an einer Seite ein stark vergittertes Fenster. Ein Aufseher bezog bis zum Ende der Sprecherlaubnis hinter mir Position, er belehrte mich, zur Begrüßung und zur Verabschiedung keinerlei Berührungen, auch keinerlei Bemerkungen zu meinem Verbrechen, zu den Umständen, dem anstehenden Verfahren oder zum weiteren Umfeld. Gespannt wartete ich noch einige Minuten, bis er kam, mein Vater, durchaus gut aussehend und gefaßt, auch er in Begleitung eines Aufsehers, der hinter ihm Platz nahm.

Ich war jetzt froh, daß mein Vater gekommen war, bei Mutter wären mir wahrscheinlich wieder meine Tränendämme gebrochen, derer ich mich damals immer noch schämte. Ich wollte immer hart scheinen, sie indes zeigten ein anderes Inneres, das ich nur zu gern verbarg. Sofort sprang ein Vertrauensfunke zwischen uns über, als er mir zuerst einen Gruß von einem Steffen aus Leipzig ausrichtete, mit dem Hinweis, er könne seine Tätigkeit als Geologe oder Archäologe in Kürze wieder ausüben und sei frei; auch bedanke dieser sich bei mir für meine Aussagen gegenüber den staatlichen Organen. Er habe unsere Adresse gehabt und sich an meine Eltern gewandt, damit sie mir dies ausrichten.

Danach überbrachte mir Vater herzliche Grüße von einer Frau Skudowa, die aus Most, aus der nahen CSSR anläßlich eines Ausfluges ins nahe Erzgebirge kurz bei ihnen gewesen sei und sich nach mir erkundigt habe! Eine sehr sympathische Frau, aber doch wohl älter als ich? Auch habe sie gesagt, wir hätten uns ein wenig angefreundet. Hier war ich peinlich berührt und wurde wieder einmal puterrot, bevor ich verlegen irgendetwas von einer Zufallsbekannschaft stammelte. Vater mußte schmunzeln. Dann ging es um Mutter, die herzlich grüßen lasse, wie tapfer sie das alles verarbeitet habe und um Walter, der ebenfalls zu mir hielte. Von Barbara keine Grüße? Schade! Wir hatten unsere Adressen getauscht, ihre hatte ich sogar im Gedächtnis.

Und nach einigen weiteren Belanglosigkeiten unterlief meinem Vater nach nur wenigen Minuten ein verhängnisvoller Fehler: Er fragte mich, ob sich meine Eltern um einen Anwalt für mich kümmern sollten? Auch wenn dies von Vater sicher nur Gedankenlosigkeit oder ein schlichter Versuch war, mir zu helfen, so hätte er dies laut vorheriger Belehrung nicht tun dürfen! Im sonoren, aber sehr bestimmten Sächsisch sein Aufseher:

„Ich habe sie ausdrücklich belehrt, sich nicht über das Verbrechen oder seine Zusammenhänge auszutauschen! Die Sprecherlaubnis ist damit beendet!“

Rumms! Das War's! In Nullkommanix waren wir nach höchstens fünf, sechs oder sieben Minuten Sprechzeit wieder getrennt – und ich war traurig, ihn nicht noch mehr hinterfragt zu haben, wie ihm sein neuerlicher Ruhestand bekommt, von dem sie geschrieben hatten, immerhin war Vater bereits 60 Jahre alt, wie seine Überlegung gediehen war, sich als Begleiter für die langen Waldwanderungen einen treuen Hund anzuschaffen und Vieles mehr. Aber dazu sollte es nun nicht mehr kommen – und noch ahnten wir beide nicht, daß wir uns nie wieder einmal etwas würden fragen können, ich hatte meinen Vater soeben zum letzten Mal in meinem Leben gesehen!

Zunächst ging der Gefängnisalltag seinen Gang. Bis es Ende Oktober wieder einen unvermittelten Aufschluß gab. Ich mußte alle Bettsachen zusammenpacken, meine Zahnputz- und Rasiersachen in einen Karton legen und mit allem wurde ich in eine, meinem Zellentrakt gegenüberliegende Zelle geführt.

Dort begrüßte mich Alfred!

Ich wußte nicht, wie mir geschah, wurde ich doch plötzlich mit einem Haftkameraden zusammengelegt. Alfred war etwa fünfzig Jahre alt, hatte meine Statur, war sehr sportlich durchtrainiert, selbst nach langer Untersuchungshaft und hatte nicht nur kurze Haare, wie alle Gefangenen, er hatte eine richtige Originalglatze, einfach keine Haare mehr, eine Nase lang wie Pinoccio und Ohren wie die Flügel eines Segelflugzeuges. Nachdem wir beide große Augen gemacht hatten, wen man uns nun zugewiesen hatte, begannen wir unsere Geschichten zu erzählen und es tat unendlich gut, endlich jemanden zum Reden zu haben. Alfred war ein prima Kerl mit dem Herz auf dem rechten Fleck und ein Steher, der sich offensichtlich auch von den Vernehmern nicht so leicht die Butter vom Brot nehmen ließ, die ihn bereits monatelang in die Mangel genommen hatten, nach seinen weiteren Erzählungen ungleich härter als mich, was ihn nicht hinderte, so regelmäßig es ging, zweimal am Tag ein Sport- und Fitnessprogramm auf dem Boden abzuspulen, das mich umhaute. Er machte locker seine 50 sauberen Liegestütze und Übungen, die auch mich animierten, für die mir aber die Gelenkigkeit fehlte. Und das alles bei einem Kalorienangebot, das sicher nicht weit über dem Minimum gelegen haben dürfte. Er saß wegen *„staatsfeindlicher Hetze in Verbindung mit Staatsverleumdung“*, nachdem er in einem Zornesausbruch seine Frau, mit der er in Scheidung immer noch in der gemeinsamen Wohnung lebte, angeschrien hatte, sie solle sich ihre dämliche Partei an den Hut stecken und er wischt sich mit dem Mitgliedsausweis seinen Arsch … . Ein wenig ging es dann wohl noch hoch her, bis sie, die Tür laut knallend, die Wohnung verließ – und gegen Morgen, so etwa 4.00 Uhr holten sie ihn, *„zur Klärung eines Sachverhalts!“*.

Hintergrund war, seine Frau war auf dem Karriereweg in einer großen erzgebirgischen Textilfirma nach oben und deshalb in die SED eingetreten, die Sozialistische Einheitspartei Deutschlands. Er aber war als Handwerkergeselle beruflich stehengeblieben, verdiente zwar sehr viel Geld, vor allem durch Schwarzarbeit, aber sie kaufte ihm nach außen den Schneid ab, was nicht jeder Mann gut verträgt. Vielleicht hatten sie sich auch einfach auseinandergelebt. Und deshalb bekamen sie Krach, auch war er wie ich sehr systemkritisch der DDR gegenüber. Jedenfalls ließ sie sich die Chance nicht entgehen, ihn nun problemlos zu entsorgen, indem sie ihn einfach denunzierte. Auch bei ihm fand man jede Menge Westzeitungen, Magazine, den *SPIEGEL* und so weiter, so daß man einen stattlichen Fundus für eine zünftige Anklage fand. Monate später traf ich ihn zufällig wieder, nachdem er zu drei Jahren und sechs Monaten Zuchthaus in Cottbus verurteilt worden war. Der inzwischen erwachsene Stiefsohn, den seine Frau als vorher Unverheiratete mit in seine zweite Ehe gebracht hatte, hatte sich ebenfalls mittlerweile auf Drängen der Stasi schriftlich von ihm losgesagt, er lege Wert darauf, zu Alfred keinerlei Kontakt mehr zu haben. Alfreds eigene zwei Kinder aus erster Ehe waren dazu bislang noch nicht bereit, dies machte ihm jedoch sehr zu schaffen, bei aller Standhaftigkeit.

Nicht nur all das, Alfred hatte die Tageszeitung *Neues Deutschland* auf dem Bett liegen, das Zentralorgan der Sozialistischen Einheitspartei der Deutschen Demokratischen Republik! Und ein Buch von Tolstoi! Es ging voran auf dem Weg zur Freiheit! Immerhin! Gegen gestern oder noch vorhin! Auch Alfred war froh, nach der Lektüre als Hafterleichterung, die ihm vor etwa drei Monaten gewährt worden war, nun, nach insgesamt etwa 14 Monaten Untersuchungshaft einen Zellengenossen zu bekommen. Auch sein Verfahren sei nun weitgehend abgeschlossen und noch vor Jahresende sollte ihm der Prozeß gemacht werden. Endlich hatte ich in Alfred auch einen Schachpartner, da wir auch Spiele ausleihen durften, wenngleich er ein eher mäßiger Schachgegner war. Mit Stefan, meinem Nachbarfreund von der Martingasse hatte ich mich doch ganz gut in dieses sehr komplexe Spiel hineingefunden.

Eine letzte Vernehmung, zur *„Abrundung"*, wie mein Vernehmer sagte und damit wurde mir für November oder Dezember das Gerichtsverfahren in Aussicht gestellt. Auch kündigte er mir ein Gespräch mit der Frau Staatsanwältin an und die vor dem Prozeß auszuhändigende Anklageschrift, die ich vor dem Prozeß zu lesen bekäme. Mit solcherlei Dingen hatte ich nie etwas zu tun gehabt und keine Ahnung, was hier auf mich zukam. Auch wurde in der Schule nie darüber geredet, wie unser Justizsystem in der DDR funktioniert. Und weil ich nun nicht nur verunsichert war, hinsichtlich dessen, was da auf mich zukam, ich aber trotz allem Ungemach nach der Anwalts-Frage meines Vaters einen Impuls bekommen hatte, faßte ich mir ein Herz, es war ja sowieso die letzte Vernehmung und ich hatte nicht mehr viel zu verlieren. Ich fragte den Vernehmer, wieder so diplomatisch verpackt wie möglich, ob ich nicht auch einen Anwalt, irgendeinen Rechtsvertreter haben könne und wenn ja, was ich dazu tun müßte? Kurz und Knapp verwies er auf das anstehende Gespräch mit der Staatsanwältin und damit war das Kapitel Vernehmungen geschlossen!

Einige weitere Tage vergingen. Die Schachpartie, die Alfred und ich spielten, war am spannendsten Punkt, als es Aufschluß für mich gab. Der Gang über die Gefängnisflure geriet zu einem langen Ausflug durch ein Gängelabyrinth in ein Nebengebäude, jedoch ohne über den Hof zu müssen. Die Gänge wirkten plötzlich sehr zivil, einer gepflegten Behörde ähnlich, der Geruch typisch für DDR-Büros. Nach einigen Minuten Wartezeit im Beisein des Aufsehers öffnete sich eine Tür und ich wurde in einen behaglichen Büroraum geleitet.

Mich traf wieder einmal fast der Schlag, als ich sie stehen und dann freundlichst lächelnd auf mich zukommen sah, die höchstens Ende zwanzig oder dreißig Jahre junge Staatsanwältin, Frau Grebner, die mit ihren langen, fast bis zu den Hüften reichenden schwarzen Haaren und ihren braunen Rehaugen auf mich zukam, mir die Hand reichte und einen Platz auf dem Stuhl vor ihrem Schreibtisch zuwies, hinter dem sie dann auf ihrem ledernen Chefsessel Platz nahm!

„Na, Strafgefangener Casper, da haben wir uns wohl die Hörner eingerannt, was? Haben sie eine Idee, wie sie am besten aus dieser Sache wieder rauskommen?"

So oder so ähnlich stieg sie ein in ein Gespräch, das ich so nicht erwarten durfte, das mir aber wieder einmal vor Augen führte, wie hier mit einem verirrten Schaf nach dem Prinzip von Zuckerbrot und Peitsche verfahren wurde. Da ich immer schon recht schlagfertig und durch ihre fast verwirrende Lockerheit nun auch heiter gelöst war, antwortete ich sinngemäß:

„Indem sie mich einfach in den Westen freilassen!"

Das wiederum war nicht zielführend, ihr Blick verfinsterte sich von einer Sekunde auf die andere und ich erfuhr, sie könne auch anders und daß ich nun auf jeden Fall erst einmal einen Prozeß wegen des Verstoßes gegen § 213 StGB der DDR zu erwarten habe und ich nicht damit rechnen könne, Milde zu erfahren, da ich bislang auch keine Reue habe erkennen lassen. Dies mache auch meine provozierende Antwort deutlich! Sie verstehe das nicht, wo sie ebenso wie die Staatsorgane insgesamt mir immer und immer wieder die Hand reichten. Ich habe eine gute Schulbildung erfahren dürfen, eine gute Berufsausbildung und auch zukünftig alle Möglichkeiten, mich zu entwickeln! Und immer wieder sei ich auch in den Vernehmungen – wobei mir nicht klar war, an welcher Stelle – wiederholt unangemessen kritisch mit dem Staat ins Gericht gegangen, der mir eine gesicherte Zukunft garantiere! Wann würde ich endlich begreifen, daß ich auf einem falschen Weg sei? Da war es wieder, dieses phrasenhafte Staatsgelaber, das zwar im Hinblick auf die gute Schulbildung und Berufsausbildung faktisch zutraf, aber nur insoweit, als es dem Staat nicht um mich ging! Es ging ihm ausschließlich um sich selbst und seine verlogene Ideologie, um seinen einseitigen Machtanspruch! Nie ging es in der DDR am Ende um die Bedürfnisse, Wünsche oder Hoffnungen des Einzelnen! Und dieses war nicht nur mir als kritischem Freigeist klargeworden, dies sahen alle so, die hier einsaßen, ebenso spürten dies die Unzähligen draußen, die sich zwanzig Jahre später auf den Weg machten, diesem System dann endlich den Garaus zu machen!

Und dann ging es weiter mit der Ankündigung der Anklageschrift, in der auf den politischen Charakter der Straftat hinzuweisen sei, das sei mir nicht zu ersparen. Wenn sie gewußt hätte, wie gleichgültig mir dies war, was ich ihr aber nun doch mit einem gewissen Respekt und um nicht zu sehr zu provozieren, nicht sagte, immerhin war sie Staatsanwältin. Wieder einmal dachte ich mir meinen Teil. Es war, wie es war!

Und am Ende dieser etwa einstündigen Belehrung über mein Fehlverhalten im Selbstverständnis des DDR-Systems und nach ihren Einlassungen, was mich in der Anklageschrift erwarten würde, nahm ich mir ein Herz und fragte erneut nach einem Anwalt oder Rechtsvertreter für mich! Und wie sie die Frage vernommen hatte, beugte sie sich zu mir vor, setzte im Bruchteil einer Sekunde wieder eine freundlich grinsende Maske auf, legte mir ihre Hand auf meinen Unterarm, eine Berührung, die ich nie vergessen werde, und riet mir mit süffisantem Lächeln:

„Strafgefangener Casper, vertrauen sie uns Staatsorganen! Wir wissen gut genug, was für Leute wie sie das Richtige ist; und im Übrigen erhalten sie ja deshalb die Anklageschrift bereits vor dem Gerichtstermin, damit sie sich auf das Verfahren vorbereiten können!"

Damit war zwar meine Frage nicht abschließend und schlüssig beantwortet, ich neigte dazu, nachzuhaken, als mir indes schlagartig klar wurde, daß ich tatsächlich keinen Anwalt brauche. Mein Urteil war fertig! Was soll ich noch für jemanden Geld ausgeben, der mir letztlich nicht wird helfen können? Also Schwamm drüber und sich seinem Schicksal fügen, es kommt, wie es kommt!

Und dann kam sie, einige Tage später, die Anklageschrift. Sie war verfaßt nicht von Frau Grebner, sondern von Kreisstaatsanwalt Hennig, den ich nicht kannte. Nach der einleitenden Schilderung der objektiven Fakten mit meinem versuchten, illegalen Grenzübertritt von Bulgarien nach Jugoslawien am 21. August 1969 bei Dragoman/Kalotina wird die Straftat als Verbrechen beschrieben, unter Bezug auf § 213 Abs. 1 und 3 sowie § 21 Abs. 3 StGB (ANLAGE 4, SEITE 187). In einer lang und breit ausformulierten Stellungnahme wurde der Charakter der Straftat als in hohem Maße politisch motiviert beschrieben (ANLAGE 5, SEITE 188). Aber was die Anklageschrift auch erkennen ließ, waren Hinweise auf meine Jugend, immerhin sei ich erst vor einem halben Jahr volljährig geworden, beinahe wäre auf meine Straftat noch das Jugendstrafrecht anzuwenden gewesen, auch sei ich angesichts meiner erkennbaren Protesthaltung der DDR gegenüber noch nicht reif genug, um als voll integriertes Mitglied der sozialistischen Gesellschaft gesehen zu werden. Daran sollte gemeinsam gearbeitet werden! So sei es ratsam, die Straftat zwar deutlich zu sanktionieren, um ein Zeichen zu setzen, aber auch nicht über Gebühr nur mit Sanktion zu belegen, sondern zu ergänzen um Erziehungsmaßnahmen, da man darauf hoffe, ich sei noch *formbar*. Das fehlte mir gerade noch, daß sie nun anfingen, ideologisch an mir herumzubasteln, da würden sie sich die Zähne ausbeißen!

Am 19. November 1969, einem Mittwoch, war es dann soweit. Auf diesen Tag um 11.00 Uhr war mein Gerichtsprozeß vor der Strafkammer des Kreisgerichtes des Kreises Stollberg/Erzgebirge anberaumt. Ich durfte vorher duschen, wie ansonsten in U-Haft ungefähr einmal pro Woche oder alle zwei Wochen und ich erhielt leihweise Zivilkleidung mit Tuchhose, einem weißen Hemd und Jackett sowie schwarze Schuhe. Gegen 10.00 Uhr fuhr dann wieder der Barkas-B-1000-Transporter vor, wieder in einer der dortigen Mini-Zellen ging es nach Stollberg. Während der knapp einstündigen Fahrt in Gedanken noch einmal alles durchgehen, was mir zur Anklageschrift einfiel, war mein Plan, aber als der kleine Transporter losfuhr, schloß ich die Augen und fuhr stattdessen im Geiste durch meine alte Heimat, der ganze Justizkram hing mir inzwischen ziemlich zum Hals raus, ich konnte in dieser Politfarce sowieso nichts beeinflussen. Vom Kaßberg durch Altchemnitz ging es nun hinaus aus Karl-Marx-Stadt, wo ich mich oft die Zeit vor der Inhaftierung im Zentrum-Kaufhaus tummelte, um meinen *Stern 111* zu bekommen, oder

Der Staatsanwalt
des Kreises Stollberg/Erzgeb.

Stollberg/Erzgeb., den 5.11.1969

KStA. He/Ke.

BStU
000072

Az. K I A 186.69
(Im Antwortschreiben anzugeben)

An das
Kreisgericht
-Strafkammer-

Stollberg/E.

Haftsache!

Abgefertigt
zu Ziff. –
am 5.11.69
2 Anlagen

Kreisgericht
5. NOV 1969
915 Stollberg

A n k l a g e s c h r i f t
(Anklageverfasser: Kreisstaatsanwalt Hennig)

Den Baumaschinisten

C a s p e r , Manfred, Wolfgang
geb. am 14.3.1951 in Stollberg/E.,
wohnhaft Stollberg/E., Martingasse 1,
ledig, Bürger der DDR, laut Strafregisterauszug nicht vorbestraft,
in dieser Sache in U.-Haft seit dem
21.8.1969, z.Zt. UHA Karl-Marx-Stadt,
Kaßbergstraße 12

klage ich an,

einen ungesetzlichen Grenzübertritt versucht zu haben.

Der Beschuldigte hat am 17.8.1969 während eines Urlaubsaufenthaltes in Bulgarien nach Entschlußfassung zum ungesetzlichen Grenzübertritt nach Jugoslawien Vorbereitungshandlungen dafür in Form von Orientierung auf der Karte und Abzeichnen von Kartenausschnitten sowie durch Befragen von westdeutschen Touristen getroffen, wobei er das Ziel verfolgte, von Jugoslawien aus nach Westdeutschland zu gelangen. Am 21.8.1969 hat der Beschuldigte versucht, in der Nähe von Kalotina die bulgarisch-jugoslawische Staatsgrenze zu durchbrechen, wobei er gestellt wurde.

Verbrechen:

gemäß §§ 213 Absatz 1 und 3, 21 Absatz 3 StGB.

-2-

Ki 570/63/DDR — III/6/50 1,5 663 (770)

(ANLAGE 4)

Wesentliches Ermittlungsergebnis:

Der 18-jährige Beschuldigte entstammt einer Arbeiterfamilie. Er hat die Polytechnische Oberschule besucht und das Ziel der 10. Klasse erreicht. Er nahm eine Lehre als Baumaschinist im VEB BMK Süd Industriebau Zwickau auf und hat diese Lehre mit Erfolg abgeschlossen. In der letzten Zeit vor seiner Inhaftierung war der Beschuldigte auf der Baustelle des VEB Textima Niederwürschnitz als Raupenfahrer eingesetzt. Seitens des Arbeitskollektivs wird der Beschuldigte so eingeschätzt, daß er während der Lehrzeit bereits wenig Bemühungen erkennen ließ, die Politik des sozialistischen deutschen Staates zu verstehen und zu unterstützen. Seine Arbeiten führte er ordentlich aus. Er braucht auch jetzt während der Arbeit keine besondere Beaufsichtigung. In negativer Hinsicht ist der Beschuldigte weder im Betrieb noch im Wohngebiet in Erscheinung getreten.
Die politische Haltung des Beschuldigten ist dadurch gekennzeichnet, daß er sich nach politischen Sendungen imperialistischer Rundfunk- und Fernsehstationen orientiert und auf der anderen Seite auch die Presse der DDR verfolgt. Die ständige Beeinflussung durch Nachrichtensendungen und Kommentare solcher Sender wie Deutschlandfunk, Radio Luxemburg, Radio Freies Europa und des westdeutschen Fernsehens hat dazu geführt, daß beim Beschuldigten sich die verfälschten Begriffe von Freiheit und Menschlichkeit eingeprägt haben und zu dieser bereits angeführten schwankenden Haltung wesentlich beitrugen. Der Beschuldigte hat dabei nicht erkannt, daß besonders von diesen Sendern politische Kommentare und Nachrichtensendungen dem Ziel der psychologischen Kriegsführung dienen und die sozialistischen Staaten für eine Beseitigung der Macht der Arbeiterklasse reif machen sollen, indem die Bürger der sozialistischen Staaten verwirrt werden. Daß dieses Ziel beim Beschuldigten erreicht wurde, zeigt auch seine Handlungsweise während einer Urlaubsreise im August 1969 in die Volksrepublik Bulgarien.

Der Beschuldigte hat über seine Mutter im Mai 1969 eine Touristenreise in die Volksrepublik Bulgarien für die Zeit vom 4.8. bis 18.8.1969 gebucht. Hierfür erhielt der Beschuldigte die erforderlichen Reisepapiere, insbesondere auch die Anlage zum Personalausweis für die Aus- und Wiedereinreise in die DDR. Nach Bulgarien flog der Beschuldigte am 4.8.1969 und wurde nach der Ankunft gemeinsam mit seinem Freund, dem Zeugen [redacted], auf dem Campingplatz Arkutino in einem Bungalow untergebracht.
Der Beschuldigte hat während des Urlaubsaufenthalts öfters Bars aufgesucht und traf dort mit oesterreichischen und westdeutschen Touristen zusammen. Mit diesen knüpfte er Gespräche über die Lebensbedingungen in Westdeutschland und Oesterreich an. Diese wurden ihm von den Touristen in rosigen Farben geschildert, so daß der Beschuldigte damit seine Informationen aus den imperialistischen Hetzsendern bestätigt fand. Er hat auch hier in keiner Weise eine kritische Einschätzung der Ausführung dieser Touristen getroffen, sondern glaubte willig, was ihm erzählt wurde. Auch daraus geht hervor, daß der Beschuldigte sich bereits völlig von ~~von~~ Zwecklügen über den

-3-

(ANLAGE 5)

angeblich hohen Lebensstandard in diesen Ländern leiten ließ. Vor allem zeigte sich jetzt die Begriffsverwirrung beim Beschuldigten hinsichtlich der Einschätzung seiner persönlichen Freiheit. Er sah diese nunmehr völlig als eingeschränkt an, weil er nicht die Möglichkeit hatte, ins kapitalistische Ausland zu reisen. Über die Gründe der notwendigen Reisebeschränkungen für ihn hat er nicht nachgedacht.
Diese Erlebnisse haben beim Beschuldigten dazu geführt, daß er einen seit 1967 gehegten Gedanken in die Tat umsetzte, die DDR auf ungesetzliche Weise zu verlassen.

Bereits im elterlichen Hause hatte der Beschuldigte einmal mit seiner Mutter darüber gesprochen, was sie dazu sagen würde, wenn er nach Westdeutschland ginge. Daraus geht hervor, daß sich der Beschuldigte seit längerer Zeit mit einem solchen Vorhaben befaßte. Die eigentliche Entschlußfassung erfolgte aber nach einem solchen Gespräch in einer Bar am 16.8.1969. Der Beschuldigte begann auch sofort mit Vorbereitungsarbeiten. Er befragte westdeutsche Touristen, wie er am besten nach Westdeutschland gelangen könne. Von diesen erhielt er die Auskunft, daß dies über die jugoslawische Grenze möglich wäre, wobei er sich dann in Belgrad in der westdeutschen Botschaft melden solle. Der Beschuldigte besorgte sich dann noch von tschechischen Touristen eine Autokarte, machte sich an Hand dieser Karte mit dem bulgarisch-jugoslawischen Grenzverlauf bekannt und machte auch Auszüge der Karte als Skizzen auf ein Blatt Papier. Dies tat er für den Grenzabschnitt in der Nähe von Kalotina. Außerdem skizzierte er den Verlauf seines Weges in Jugoslawien, um sich orientieren zu können.
Am folgenden Tag hat der Beschuldigte mit der Durchführung seines Vorhabens begonnen. Er teilte dem Reiseleiter und seinem Freund mit, daß er Einkäufe in Mitschurin erledigen wolle. Gleichzeitig legte er dem Zeugen [redacted] einen Zettel ins Gespäck, der den Hinweis enthielt, daß er bei Mitschurin über die bulgarisch-türkische Grenze gehen wolle. Dies tat er, um die Nachforschungen nach ihm irre zu führen. In Wirklichkeit fuhr der Beschuldigte mit einem Taxi nach Burgas. Mit angehaltenen Kraftfahrzeugen fuhr er von dort nach Karnobad, wo er sich bis zum 18.8.1969 aufhielt. Auf die gleiche Weise fuhr der Beschuldigte dann bis Sliven. Dort hielt er sich bis zum 20.8.1969 auf und dann wiederum auf die gleiche Weise bis Kalofer fahrend über Sofia, Slivnica, Dragoman. Von dort aus gelangte der Beschuldigte zum Grenzort Kalotina. Auf dem Wege dorthin schrieb der Beschuldigte an seine Eltern eine Briefkarte, in der er ihnen mitteilte, daß er sich nach Westdeutschland begeben habe und sich auch von dort melden werde. Der Beschuldigte wollte am dortigen Grenzkontrollpunkt die Dunkelheit abwarten und dann am Grenzkontrollpunkt vorbei die Staatsgrenze überschreiten. Als er sich zu diesem Zwecke in einem Gebüsch verstecken wollte, wurde er gestellt und inhaftiert.

Dieser festgestellte Sachverhalt ergibt sich aus den vorgefundenen Skizzen, den Aussagen der Zeugen und den Einlassungen

-4-

des Beschuldigten.

Der Beschuldigte hat somit den Tatbestand des § 213 Absatz 1 StGB in der Alternative erfüllt, daß er nicht in das Staatsgebiet der DDR zurückkehren wollte. Zu beachten ist jedoch, daß der Beschuldigte die Handlung unter Mißbrauch einer Ausreisegenehmigung nach Bulgarien zum Zwecke eines Urlaubsaufenthalts beging, so daß es sich um einen schweren Fall des versuchten ungesetzlichen Grenzübertritts im Sinne von § 213 Absatz 2 Ziffer 2 StGB handelt.

Mit dieser Handlung hat der Beschuldigte gezeigt, daß er den Gift der psychologischen Kriegsführung erlegen ist. Er sah nur noch seinen eigenen vermeintlichen Vorteil, durch diesen Schritt Reisen in kapitalistische Länder unternehmen zu können. Dabei durchschaute er nicht, daß er ein Mittel zum Zweck für Ziele der Globalstrategie des Imperialismus geworden ist. Dazu gehört es, Bürger der DDR in ihrer politischen Haltung schwankend zu machen und zu verhindern, daß sich ein sozialistisches Staatsbewußtsein entwickelt. Zu diesem Ziel gehört es auch, daß nach erfolgter ideologischer Verwirrung die Bürger dazu ermuntert werden sollen, Widerstand gegen die Maßnahmen des Staates zu begehen, insbesondere so wichtige Maßnahmen zu durchkreuzen, wie es die Sicherheit der Staatsgrenze der DDR darstellt. Desweiteren ist die Zielsetzung des Imperialismus bei solchen Versuchen der ideologischen Diversion darin zu suchen, daß aus solchen irregeführten Bürgern politisches Kapital geschlagen wird, um damit zu beweisen, daß die DDR international nicht anerkannt werden könne, weil ihre Bürger nicht in Freiheit leben würden. Auch das ist eine Zielsetzung der imperialistischen Globalstrategie. Zum Handlanger solcher Ziele hat sich der Beschuldigte gemacht, und damit unter Berücksichtigung der konkreten Umstände der Tat, der gründlichen Vorbereitung der Handlung und der Art und Weise der Durchführung eine gesellschaftsgefährliche Handlung begangen. Das erfordert, daß er mit strafrechtlichen Mitteln zur Verantwortung gezogen wird.

Beweismittel:

1.) Vorgang der bulgarischen Strafverfolgungsbehörden mit Festnahmeprotokoll und handschriftlichen Geständnis
Anlage zur Akte

2.) Skizzen
(Bl. 28-29 d.A.)

3.) Als Zeugen:
a) Casper, Martha
(Bl. 38-44 d.A.)

b) [redacted]

-5-

(ANLAGE 5)

ich war in einem großen Buchladen auf der Straße der Nationen. Es ging Richtung Leukersdorf, Pfaffenhain und schließlich über Niederdorf hoch nach Stollberg auf den Marktplatz.

Auch wenn diese Minikäfige im Barkas B 1000 keine Fenster hatten, so benötigte ich diese nicht, zu oft war ich diese Strecke mit dem Rad, mit der MZ RT 125, mit dem Bus oder dem Zug gefahren, um sie nun mental zu wiederholen. Auf dem Marktplatz, am Ende der Herrenstraße war in Stollberg im Amtsgericht auch das Strafgericht. Der Gerichtssaal lag als Eckraum im ersten Stock, am Ende eines längeren Flures, zwei Stasi-Bedienstete in Uniform begleiteten mich. Sie hatten mir vor dem Aussteigen aus dem Transporter Handschellen angelegt, die sie mir kurz vor Betreten des Gerichtssaales wieder abnahmen. Drei Fenster des Gerichtssaales wiesen geradezu, der großen Flügeltür gegenüber hin zum Rathaus, das etwas erhöht über dem Markt lag, mit dem *Ratskeller* im Untergeschoß, in dem ich mit Udo, aber auch mit weiteren jugendlichen Freunden so manches Bier getrunken hatte. Drei weitere Fenster wiesen rechts zur evangelischen Kirche, die etwas unterhalb des Marktes lag, der selbst ein ziemliches Gefälle aufwies. Der längere Richtertisch mit Plätzen auch für die Schöffen links und recht neben dem vorsitzenden Richter stand rechts vor den Fenstern zur Kirche. Er bildete mit zwei kleineren Tischen an dessen linker und rechten Seite ein U. Vorn am rechten kleinen Tisch saß die Staatsanwältin Grebner und hinten, an der linken kleinen Tischseite saß eine Justizangestellte, die alles protokollierte (Gerichtsvertreter siehe ANLAGE 6, SEITE 196). Ich selbst mußte an einem kleinen Tisch inmitten dieses Us Platz nehmen. Daneben war ein zweiter kleiner Tisch für Zeugen.

Bevor wir den Raum betraten, war ich belehrt worden, da meine Mutter als Zeuge geladen sei, sie weder vorher zu sprechen, noch sie zu berühren. Ich könne mich nach dem Verfahren von ihr kurz persönlich verabschieden. Mein Vater war nicht anwesend, er hatte kurz zuvor eine Herzattacke erlitten, die es auf Anraten des Arztes geraten sein ließ, sich die Aufregung dieses Verfahrens zu ersparen. Dies erfuhr ich jedoch von Mutter erst nach dem Prozeß. Jetzt war ich doch extrem angespannt, weniger wegen des zu erwartenden Zuchthaus-Urteils, dessen ich mir sicher war, sondern mehr wegen der Umstände dieser sonderbaren Zusammenkunft und wegen meiner Mutter. Wie würde es ihr gehen, sie sich schlagen? Später, in meinem Germanistik-Studium war es der Roman *Der Prozeß* von Franz Kafka, der mich oft an mein eigenes Schicksal erinnerte, in dessen Mittelpunkt sich Josef K. ebenfalls einem obskuren Gerichtsverfahren unterziehen muß, ohne sich jeglicher Schuld bewußt zu sein, wenngleich sein Prozeß nicht in einem geschlossenen Gerichtssaal stattfindet, vielmehr in einem surreal fiktiven Rahmen.

Ich betrat den Gerichtssaal. Zur linken waren dem Tische-U gegenüber etwa drei oder vier Stuhlreihen für insgesamt etwa 30 oder 40 Besucher, es waren dort aber lediglich vier Personen anwesend, Mutter, Herr Paschlik mein Ausbilder, Genosse Suttinger als ABV, der Abschnittsbevollmächtigte, eine Art Quartierpolizist, der im Verein mit der Stasi alle Bewohner des Stadtviertels kannte sowie Herr Fischer, den ich nicht kannte, den Mutter mir viel später als einen guten Bekannten beschrieb, der gern Gerichtsverfahren besuchte und als systemkritisch galt. Er sollte noch eine wichtige konspirative Rolle auf meinem späteren Weg in die Freiheit spielen. Von der Wand hinter den Sitzreihen schien der Erste Sekretär des Zentralkomitees der Sozialistischen Einheitspartei Deutschlands und Vorsitzende des Staatsrates der Deutschen Demokratischen Republik, Genoss Walter Ulbricht mit Argusaugen über das Geschehen mittels eines großen Porträtfotos zu wachen.

Mit Mutter hatte ich zuerst Blickkontakt, sie lächelte mir aufmunternd zu und schien sehr gefaßt! Sie war adrett gekleidet und sah gut aus, man erkannte keinerlei Anspannung, sie war eine starke Frau! Zum Glück war meine eigene Anspannung auf das zu erwartende Geschehen gerichtet, so daß meine Emotionen Mutter gegenüber davon überlagert wurden. Staatsanwältin Grebner war ebenso bereits anwesend wie die Protokollantin. Die beiden Stasi-Bewacher bezogen auf zwei Stühlen rechts und links dicht hinter mir Position, man konnte ja nie wissen, immerhin hatte man es hier mit einem Verbrecher zu tun!

Der Richter und die Schöffen erschienen erst, nachdem alle Platz genommen hatten. Wir mußten uns erheben, der Richter begrüßte die Anwesenden und eröffnete die Sitzung, wir durften uns setzen. Der Richter stellte die Anwesenden, die Staatsanwältin und die Schöffen vor, beschrieb dann nach der Aufnahme der Personalien die objektive Ausgangssituation. Dem folgte eine ausführliche, erste politische Stellungnahme im üblichen Sprachduktus der DDR-Ideologie. Da war von imperialistischen Mächten die Rede, die hier auf einen jungen DDR-Bürger subversiv negativen Einfluß ausgeübt hätten, ihn geradezu verführt hätten zu einer Haltung, die sich am Glanz und Glamour des imperialistischen Klassenfeindes orientiere.

„Der Angeklagte hat sich durch das Gerede von Freiheit und Menschlichkeit blenden lassen und nicht erkannt, daß er sich in die Hände des Klassenfeindes der Arbeiterklasse begibt.“ (ANLAGE 8, SEITE 200)

Damit habe er seine Heimat, seine Eltern und seine Freunde und Bekannte verraten! Und so weiter und so weiter …! Es kam zur ersten Gelegenheit, selbst Stellung zu nehmen und ich hatte mir einige Argumente zurechtgelegt, die meine Entwicklung von einem kritisch-konstruktiven Geist, der auch im Westen durchaus Einiges kritisch sah, hin zu einem jugendlichen DDR-Systemkritiker aufzeigten. Da spielten die Kindheitserfahrungen, die Westreisen mit den dortigen Erlebnissen, Herr Gödecke und das Gefühl eine Rolle, unfrei zu sein und ständig gegängelt zu werden. Ich bemühte mich, dies gut strukturiert und nicht emotional vorzutragen, schon gar nicht aggressiv, sondern wieder eher im devoten Gestus, wenngleich bestimmt und ich gewann das Gefühl, ein wenig Eindruck gemacht zu haben.

Ein erneuter Vortrag des Richters folgte über die Notwendigkeit, in einer Übergangssituation hin zu einer höheren gesellschaftlichen Entwicklungsstufe des Kommunismus auch Kompromisse von den Bürgern abzuverlangen und er gab dem Wunsch Ausdruck, ich möge doch meine Ungeduld noch einige Zeit im Zaume halten, bis auch der Westen begriffen habe, wie weit wir ihm im Sozialismus inzwischen überlegen seien und er uns nicht nur anerkenne, sondern neidisch auf uns und unsere sozialistischen Errungenschaften schaue. Und dann würden sich sicher auch die Reisemöglichkeiten für DDR-Bürger Stück für Stück öffnen. Wie lange dies wohl dauern würde, hätte ich gern gefragt, ersparte dies aber Allen. Auch war es wieder die brennende Frage, ob dieser Mann den Unsinn, den er hier von sich gab, wirklich glaubte? Er wirkte durchaus intelligent, klug, geradezu gebildet. Dies ist im Bemühen, Geschichte zu verstehen, eine der für mich entscheidenden Fragen, die mich immer wieder bis heut bewegt, wenn ich an derlei Sprechblasen denke. Haben die Menschen, die damals in der DDR Verantwortung trugen und so reden mußten, wenn sie bestehen wollten, dies geglaubt? Oder war es ein Schauspiel? Wahrscheinlich gab es beides, bei den Einen so, den Anderen so.

Anschließend durfte die schöne Staatsanwältin ihr Statement abgeben, ebenfalls voller staatstragender Sprechblasen, immerhin aber bereits jetzt mit Hinweisen auf meine jungen Jahre, immerhin sei ich an der Grenze zur Beurteilung nach dem Jugendstrafrecht.

Die Zeugenbefragung war der nächste Schritt hin zum feststehenden Urteil. Mutter schlug sich nicht nur tapfer, ich bewunderte sie, wie sie mir beistand und parallel darauf hinwies, ich habe mir nie etwas zu Schulden kommen lassen, ich sei ein guter, selbstbewußter Schüler gewesen und habe der DDR auch nie aktiv schaden wollen; einzig und allein frei habe ich sein wollen, was ich früher schon gelegentlich habe anklingen lassen, vor allem wollte ich reisen und die Welt kennenlernen. Mein zustimmendes Nicken wurde dann mit der Bemerkung des Richters gemaßregelt, ich solle mir meine gestischen Kommentare sparen.

Als nächstes war Herr Paschlik dran, der sich ebenfalls positiv über mein bisheriges Verhalten äußerte und ein wenig gewann ich den Eindruck, er verstand gar nicht, weshalb ich hier vor Gericht stand, da ich mich bislang untadlig verhalten hatte. Was mich bei ihm wunderte, war, daß er nicht politisch argumentierte, wie man es eigentlich von einem Ausbilder in der DDR erwarten durfte, angesichts seiner Aufgabe, junge Menschen auf den Pfad der sozialistischen Tugenden zu führen. Paschlik blieb sachlich nüchtern und argumentierte zu meinen Gunsten.

„Er war mit mir viel in der GST-Motorradwerkstatt und soviel ich weiß, auch in der FDJ und im FDGB. Wir waren sehr überrascht, als wir davon hörten. Von Casper hätten wir das zuletzt erwartet.“

Mit der beiläufigen Bemerkung zur FDJ hatte Paschlik etwas in Gang gesetzt, das ich so nicht erwarten durfte, das mich irritierte; er hatte aus mir einen FDJler gemacht, obwohl ich bereits in der Schule den Beitritt zur FDJ abgelehnt hatte. Hatte Paschlik dies gesagt, um mich zu entlasten? Oder war es schlicht unbedacht dahingesagt, da fast Jeder in der FDJ war? Ich habe es nie erfahren. Bereits bei den Vernehmungen hatte ich zu Protokoll gegeben, nicht in der FDJ gewesen zu sein, nur war mein Vernehmer nicht anwesend und auch weder der Richter noch die Staatsanwältin hakten nach. Hatten Sie die Vernehmungsprotokolle etwa nicht gelesen? Allein die Protokollantin schrieb fleißig Wort für Wort mit, was die Akteure dieses Schauspiels zum Besten gaben und schaffte damit wohl die Grundlage für die Formulierung in der Urteilsbegründung, die ich kurze Zeit später zur Lektüre auf die Zelle bekam: *„Er hat sich im FDGB, in der FDJ und in der GST organisiert."* (ANLAGE 8, SEITE 198) Auch dies ein erneuter Beweis für den Schlendrian, der selbst in solch banalen Zusammenhängen immer wieder zu beklagen war. Immerhin für mich die Gelegenheit, später in einem Ausreiseantrag argumentativ hierauf nochmals Bezug zu nehmen (ANLAGE 11, SEITE 240).

Schließlich kam noch der Abschnittsbevollmächtigte zu Wort, der ABV, wie wir diesen Kontaktpolizisten, der für unseren Stadtteil zuständig war nannten, den ich persönlich jedoch nicht kannte, und gab sein ideologisches Statement ab, laut dem ich mir zwar habe vor meinem Fluchtversuch nichts zu Schulden kommen lassen, der aber letztlich zeige, wie wachsam man im Sozialismus sein und seine Schäfchen im Auge behalten muß, man wisse ja nie. Und er gehe schon davon aus, ich bekäme nun den starken Arm des Gesetzes zu spüren, damit ich daraus lerne. Immer wieder war es der erkennbare Wille, mich mit allen Mitteln im Sinne der sozialistischen Ideologie gefügig zu machen, was mir zunehmend Sorge bereitete. Was hatten die vor mit mir?

Nun waren sie alle dran gewesen. Mutter hatte mir am besten gefallen; überhaupt war es ein wenig wie im Theater, wo man die einzelnen Akte und Akteure des Stückes zu bewerten sucht, um am Ende ein kritisches Urteil zu fällen. Der Richter und der ABV waren die schwächsten Charaktere, sie laberten den üblichen Politstuß, während ich von Mutter eine aufrechte Haltung erwartet hatte, die sie bot, und Paschlik überraschte mich.

Frau Grebner durfte nun, nach ungefähr eineinhalb Stunden und einer nochmaligen Zusammenfassung des Richters mit einem erneuten ideologischen Verbalfeuerwerk auch ihr Plädoyer halten. Sie schlug zunächst voll in die Kerbe des Richters, führte zum Schluß aber zu wohl unser aller Überraschung erneut meine Jugend, Unerfahrenheit und die negativen Einflüsse als entlastend an, die ich ja selbst geschildert habe, so daß man ein Strafmaß ansetzen sollte, das dem Rechnung trage. Hört hört! Das war unerwartet! Und es verstärkte meine Wahrnehmung aus dem ersten Gespräch mit ihr. Sie war ein Chamäleon, freundlich und zuvorkommend im Moment, und im nächsten Augenblick unwirsch und barsch abwehrend, gelegentlich, wie bei meiner Frage nach einem Anwalt versuchte sie einen Spagat zwischen allem. Sie war ebenfalls noch jung, wußte möglicherweise in diesem Polittheater selbst nicht so recht, welche Rolle ihr zugedacht war, aber auch sie bot Entwicklungspotential! Sie faßte das bereits Gesagte zusammen – und beantragte eine Freiheitsstrafe von einem Jahr und fünf Monaten! Der Richter daraufhin:

„Das Wort zur Verteidigung und zum letzten Wort erhält der Angeklagte." (ANLAGE 7, SEITE 197).

Ich verwies darauf, die Gründe meiner Straftat als Folge von Schlüsselerlebnissen bereits geschildert und damit eine – in meinen Augen – logische Entwicklung aufgezeigt zu haben.

Der Richter nahm dies unkommentiert zur Kenntnis und erklärte, das Gericht ziehe sich zur Beratung bis zur Urteilsvekündung um 13.00 Uhr zurück. Punkt 13.00 Uhr erschienen sie alle wieder auf ihren Bühnenplätzen und spielten zum letzten Abspann ihre Rollen. Der Richter verkündete das beantragte Urteil und verlas Teile der Urteilsbegründung, während meine Aufmerksamkeit dem Spiel der Vögel auf dem Marktplatz galt, dem Treiben der wenigen Menschen, die ihren spärlichen Besorgungen nachgingen. Ich brauchte Ablenkung, um meine Anspannung auszugleichen. Einmal noch schreckte mich der Richter aus meinen Gedanken, als er fragte, ob ich das Urteil annehme.

„Ich habe hierzu nichts weiter zu sagen!" (ANLAGE 7, SEITE 197).

Was nicht mehr protokolliert wurde, war dann noch meine geradezu verwegen formulierte Feststellung, daß sich meine Einstellung zur DDR solange wohl nicht ändern wird, so lange sich die Lebensumstände der Menschen nicht ändern, auch gäbe ich eventuellen Umerziehungsbemühungen keine Aussicht auf Erfolg! Damit mußte ich mir in einem Anflug von revolutionärem Aufbegehren Luft machen, ich brauchte ein Ventil, die Anspannung zu entkrampfen, auch wenn ich letztlich darüber erschrak. Der Richter:

„Das Urteil ist verkündet, die Strafe wird der Verurteilte in der Haftanstalt Cottbus verbüßen und die Sitzung ist geschlossen!"

Ansich aber war ich nun mit dem Urteil zufrieden, da ich ursprünglich mit zwei Jahren und mehr gerechnet hatte, wie es bei versuchter Republikflucht üblich war. Hier mögen in der Tat meine Jugend und meine bisherige Unbescholtenheit eine Rolle gespielt haben. Endlich war nun Gelegenheit, sich meiner Mutter zuzuwenden, die ihrerseits auf mich zukam und mich umarmte. Die eine oder andere Träne war nicht zurückzuhalten, aber wir blieben beide standhaft. Sie erklärte mir Vaters Situation, aber ich sollte mir keine Sorgen machen, das sei nicht so schlimm. Er lasse jedenfalls herzlich grüßen. Einige belanglose Fragen noch danach, wie es so geht und dann, kurz bevor sie sich auf Weisung der Stasi-Aufseher verabschieden mußte, die mir mehr zugeraunte als offen gestellte Frage:

„Willst du noch nach drüben …?"

Das war ein Blitzschlag, der voll eingeschlagen hatte und wie ich in solchen Spannungssituationen auch schon bei den Vernehmungen gelernt hatte, galt es nun voll konzentriert, schlagfertig und sehr schnell zu reagieren. Im Bruchteil einer Sekunde wurde mir klar, daß es vielleicht die Chance gibt, mit vereinten Kräften das Blatt der gescheiterten Republikflucht zu wenden! Bereits von Alfred hatte ich gehört, ein Bekannter von ihm habe einen Ausreiseantrag aus der DDR in die

S 172/69
KIA 186/69

Rechtskräftig
seit dem 27.11.1969 Ka.

U r t e i l
I m   N a m e n   d e s   V o l k e s !

In dem Strafverfahren

gegen

den am 14. 3. 1951 in Stollberg (Erzgeb) geborenen Baumaschinisten

C a s p e r , Manfred, Wolfgang,

wohnhaft in Stollberg (Erzgeb), Martingasse 1,
seit 21. 8. 1969 in UHA II Karl-Marx-Stadt

wegen versuchten ungesetzlichen Grenzübertritts

hat die Strafkammer des Kreisgerichts Stollberg (Erzgeb) in ihrer Sitzung am 19. 11. 1969, an der teilgenommen haben:

Richter D r e c h s e l
als Vorsitzender,

Herta Kleinhempel, Angestellte,
Hans Meyer, Meister
als Schöffen,

Frau Staatsanwalt Grebner
als Vertr. d. Anklagebehörde,

Just.-Angest. Jenkner
als Protokollantin

für R e c h t erkannt:

1. Der Angeklagte C a s p e r wird wegen eines versuchten ungesetzlichen Grenzübertrittes (Vergehen gem. §§ 6 Abs. 1, 213 Abs. 1 und 3, 21 Abs. 3 StGB) zu einer Freiheitsstrafe von

   einem - 1 - Jahr und fünf - 5 - Monaten

   verurteilt.

2. Er hat auch die Auslagen des Strafverfahrens zu tragen.

(ANLAGE 6)

Wir waren sehr überrascht, als wir das von hörten.
Von Casper hätten wir so was nicht erwartet.

– Die Beweisaufnahme wird geschlossen –

Das Wort zum Plädoyer erhält Frau Staatsanwalt:

Sie beantragt,

den Angekl. Casper, Manfred
wegen versuchten ungesetzl. Grenz-
übertritts (Vergehen gem. §§ 213
Abs. 1 u. 3, 21 Abs. 3 StGB)
zu einer Freiheitsstrafe von

einem Jahr u. fünf Monaten

zu verurteilen.

Das Wort zur Verteidigung u. zum letzten Wort
erhält der Angeklagte:

Ich habe hierzu nichts weiter zu sagen.

Das Gericht zieht sich zur Beratung u. Urteils-
absetzung bis 13.00 Uhr zurück.

(ANLAGE 7)

G r ü n d e

Der Angeklagte ist 18 Jahre alt. Er entstammt einer Arbeiterfamilie und hat die Schule bis zur 10. Klasse besucht. Die mittlere Reife hat er mit "befriedigend" abgelegt. Dies gilt auch für seine Lehre als Baumaschinist im VE BMK Süd, Industriebau Zwickau. Der Angeklagte konnte zuletzt eine Raupe fahren und 600,-- bis 700,-- M netto monatlich verdienen. Seine Leistungen in der Betriebsberufsschule waren teilweise gut. Erhaltene Aufträge für gesellschaftliche Arbeit hat er ausgeführt. Er hat sich im FDGB, in der FDJ und in der GST organisiert. Seine Aktivität hat jedoch nicht lange angehalten. Im Elternhaus hat der Angeklagte keine Erziehungsschwierigkeiten bereitet. Eine Reihe von Verwandten des Angeklagten und seiner Eltern wohnen in Westdeutschland. Zwischen ihnen besteht Briefverbindung. Der Angeklagte ist als Kind einige Male mit seiner Mutter bis 1961 in Westdeutschland zu Besuch gewesen. Im Jahre 1967 war letztmalig ein Onkel und ein Cousin in Stollberg. Der Angeklagte hat mit seinem Vater gemeinsam eine Westantenne errichtet und es werden Sendungen des westdeutschen Fernsehens angesehen. Der Angeklagte hört auch Musik - und Nachrichtensendungen des westdeutschen Rundfunks. Am gesellschaftlichen Leben haben sich der Angeklagte und seine Eltern im Wohngebiet nicht beteiligt. Der Angeklagte erklärt, mit der Entwicklung in der DDR nicht einverstanden zu sein. Sie sei ihm zu einseitig und beschränke die persönliche Freiheit. Vor allen Dingen könne er auch nicht von hier aus in andere Länder des kap. Auslandes reisen.

Im Frühjahr 1969 hat der Angeklagte mit seinem Freund [redacted] eine Touristenreise in die VR Bulgarien für die Zeit vom 4. bis 18. 8. 1969 gebucht. Er erhielt die erforderlichen Reisepapiere, zu denen auch die Anlage zum Personalausweis für die Aus- und Wiedereinreise in die DDR gehört. Die Ausreise erfolgte per Flugzeug und die Unterbringung auf dem Campingplatz Arkutino. Während seines Urlaubs in Bulgarien hat der Angeklagte öfter die Bar besucht und ist mit tschechischen, österreichischen und westdeutschen Touristen zusammengetroffen. Er erkundigte sich bei diesen nach den Lebensbedingungen in ihren Ländern.

(ANLAGE 8)

Der Angeklagte ist mit ordnungsgemäß ausgestellten Papieren mit einer Touristengruppe nach Bulgarien gereist, um dort seinen Urlaub zu verbringen. Er hatte die Pflicht, nach Ablauf des Reisetermins aus Bulgarien die Rückreise in die DDR mit der Gruppe, die durch einen Reiseleiter betreut wurde, anzutreten. Dieser Pflicht als Staatsbürger der DDR ist der Angeklagte schuldhaft nicht nachgekommen. Er hat sich vielmehr bewußt dazu entschlossen, sich von der Gruppe zu entfernen, und per Anhalter an die Grenze nach Jugoslawien zu fahren und dort einen Grenzdurchbruch zu begehen, um auf diese Weise auf Umwegen nach Westdeutschland zu gelangen. Damit hat der Angeklagte objektiv und subjektiv den Tatbestand des ungesetzlichen Grenzübertritts nach § 213 Abs. 1 StGB erfüllt. Da der Angeklagte noch vor seinem Grenzdurchbruch entdeckt wurde, konnte er die geplante Tat nicht vollenden. Sie ist deshalb im Stadium des Versuches steckengeblieben. Der Täter hatte bereits mit der Ausführung begonnen. (§ 21 Abs. 3 StGB)

Die Straftat ist im erheblichen Maße gesellschaftswidrig. Sie ist auch von besonderer politischer Bedeutung. Der Angeklagte hatte sich entschlossen, die DDR als seinen Staat, zu verraten und sich in einen kapitalistischen Staat zu begeben. Der Angeklagte hat bei uns als Arbeiterkind in einem Arbeiter-und-Bauern-Staat alle Möglichkeiten der Weiterbildung und Entwicklung zu einer sozialistischen Persönlichkeit gehabt. Er hat eine ordentliche Lehre mit Erfolg abschließen können und hätte gut verdient. Der Arbeitsplatz war ihm jederzeit sicher. Ebenso konnte er sich weiter qualifizieren. Er hat bei seinen Eltern sorgenfrei leben können. Trotzdem ließ er sich negativ von Rundfunk und Fernsehen aus Westdeutschland beeinflussen. Auch die Tatsache, daß nahezu alle Verwandten in Westdeutschland wohnhaft sind, hat ihn beeindruckt. Der Angeklagte neigt zu der Auffassung, daß die Bürger in Westdeutschland einen besseren Lebensstandard haben. Er vergißt aber dabei die Preissteigerungen der letzten Jahre bei Hauptnahrungsmitteln und Industrieerzeugnissen, bei Gas, Elektroenergie und Brennmaterialien. Der Angeklagte will auch nicht die soziale Unsicherheit sehen, die dem Kapitalismus eigen ist.

(ANLAGE 8)

Der Angeklagte hätte auf Grund seiner Erziehung in der Schule und während der Lehre sowie in der FDJ und dem FDGB erkennen können und müssen, daß die Regierung in Westdeutschland Rundfunk und Fernsehen zur psychologischen Kriegsführung gegen die sozialistischen Staaten benutzt und Verwirrung bei indifferenten Bürgern anrichten will. Es wird damit eine Schwächung des sozialistischen Lagers angestrebt. Der Angeklagte hat sich durch das Gerede von Freiheit und Menschlichkeit blenden lassen und nicht erkannt, daß er sich in die Hände des Klassenfeindes der Arbeiterklasse begibt. Er wird als Bürger, der die DDR verläßt, in Westdeutschland als Mittel zum Zweck benutzt. Während viele Bürger unserer Republik alles daran setzen, diese zu stärken, hat der Angeklagte seine eigenen Interessen vorangestellt und ist im Widerspruch mit den Interessen der Gesellschaft geraten. Er sollte sich in Zukunft damit befassen, wie auch er nicht nur zur Erhaltung des Friedens und zur Festigung der DDR beitragen kann, sondern auch selbst ideologisch auf seine Verwandten in Westdeutschland einwirken kann. Es muß auch noch darauf hingewiesen werden, daß die Beziehungen der soz. Länder untereinander gestört werden, wenn Bürger unserer Republik versuchen, die Grenzen anderer soz. Länder zu verletzen, um dadurch die Republik verlassen zu können. Der Angeklagte hat sich intensiv auf den Grenzdurchbruch vorbereitet und mußte mehrere Tage von den bulg. Organen gesucht werden. Motiviert wurde die Handlung durch die Beeinflussung aus Westdeutschland und die eigene Einstellung des Angeklagten zu unserer Republik. Er hat die Möglichkeit, in ein anderes Land reisen zu können, für seine eigenen Ziele mißbraucht und dadurch dem Ansehen der DDR ideellen Schaden zugefügt. Der sich daraus ergebende Grad der Gesellschaftswidrigkeit gebietet es, eine Freiheitsstrafe von einem Jahr und fünf Monaten auszuwerfen. Sie ist notwendig zum Schutze unserer Republik und der Staatsgrenzen, aber auch zur erzieherischen Einflußnahme auf den Angeklagten während der Zeit der Strafverbüßung.

(ANLAGE 8)

Während der Strafverbüßung sollte der Angeklagte Gelegenheit erhalten, Bücher über den Staat und seine Funktion als Machtmittel der herrschenden Klasse zu lesen. Die Erziehungsarbeit wird sich auch auf das Bewußtsein des Angeklagten erstrecken müssen. Dieser wird nach der Strafverbüßung Gelegenheit haben, seinen Beruf weiter auszuüben und als vollwertiges Glied in der sozialistischen Gesellschaft zu leben.

Die Kostenentscheidung beruht auf §§ 362 Abs. 2 und 364 Abs. 1 StPO.

D r e c h s e l   Kleinhempel   Meyer

(ANLAGE 8)

Bundesrepublik gestellt. Davon hatte ich vorher nie gehört, auch war mir kein Fall bekannt, in dem ein solches Ansinnen erfolgreich war. Aber Alfreds Erzählung und die Frage Mutters waren im Verein mit zahlreichen Dokumentationen im Westfernsehen über immer wieder geführte Verhandlungen zwischen der DDR und der Bundesrepublik im Zusammenhang mit dem Austausch von Häftlingen Schimmer der Hoffnung in diesem Gerüchtenebel, gar von *Freikaufaktivitäten* der Bundesregierung war die Rede. Meine Antwort Mutter gegenüber deshalb kurz und beherzt:

„Auf jeden Fall …“

Und damit begann in mir dieser Hoffnungsfunke ein regelrechtes Feuer des Widerstandes und des Freiheitsdranges zu entfachen. Zu allem kam noch eine beiläufig hingeworfene Bemerkung von Herrn Fischer zum Abschied, mit dem ich ansich gar nicht im Gespräch war:

„Viel Glück, ich drück die Daumen …“.

Wer war das? Wozu drückt mir dieser Fremde die Daumen? Welche Rolle spielte er in diesem Theater? War er Komparse oder hatte er eine tragende Rolle? Netter Kerl! Später sollte ich mehr über ihn erfahren!

Zunächst blieb ich mit den beiden Bewachern allein zurück, sie legten mir wieder Handschellen an. Dann ging es wieder in die Minizelle des Barkas B 1000. Gern wäre ich noch ein wenig über den wenig belebten Marktplatz geschlendert, aber das blieb mir nun verwehrt nach meinen Freiheitseskapaden. Es ging zurück nach Karl-Marx-Stadt und Alfred war schon gespannt, was ich zu berichten hatte. Auch er hatte noch nie vor einem Gericht gestanden und keine Erfahrung mit all diesen Dingen. Im Unterschied zu mir hatte er jedoch einen Anwalt, den hatten ihm Verwandte besorgt und im Grunde hätten dies auch meine Eltern von sich aus tun können. Sie hätten ihn beauftragt, er hätte mit mir Kontakt aufgenommen und sich dann der Sache angenommen – wie ich später erfuhr, jedoch in der Regel ohne jeglichen Einfluß auf den Prozeßverlauf oder gar das Urteil; außer mentale Tips zum Verhalten oder zum Durchhalten unter diesen zum Teil unmenschlichen Haftbedingungen, unter denen zahllose andere Häftlinge zu leiden hatten, konnten Anwälte in der DDR in politischen Prozessen nichts bewirken. Eine unabhängige Rechtsvertretung im Sinne von demokratischer Gewaltenteilung gab es in der DDR bei politisch motivierten Straftaten nicht.

Nach meinem Bericht Alfred gegenüber richteten wir uns wieder in unserem Gefängnisalltag ein, spielten die eine oder andere Schachpartie, lasen uns aus Büchern, die wir inzwischen ausleihen durften, vor und redeten viel. Seit wir zusammenlagen auf Zelle, spielte die Klopferei keine Rolle mehr, eher nervte sie uns. Gelegentlich sprachen wir beide offen darüber, wir wüßten schon, daß es immer wieder auch zu Zusammenlegungen mit Haftkameraden käme, die von der Stasi entweder gezielt für einige Tage als Spitzel eingesetzt würden oder es würden Häftlinge erpreßt, sich als Spitzel gegenüber einem Haftkameraden zu betätigen. Zu solch delikaten Themen hatten Alfred und ich eine äußerst humorvolle Art der Gesprächsführung gefunden, wir wollten wohl beide damit signalisieren, daß wir informiert seien, aber dem Gegenüber wollten wir nicht wehtun, wir vertrauten uns.

Überhaupt lachten wir viel, was angesichts der Umstände merkwürdig scheinen mag, aber das Lachen, vor allem über die Schließer, befreite mental ungemein und baute die innere Anspannung ab. Wir erfanden dazu immer wieder die kuriosesten Geschichten, in denen die Aufseher harlekineske Rollen spielten. Alfred hatte zum Beispiel einmal mit einem früheren Zellennachbarn geklopft, als er noch in Einzelhaft war, sie sollten doch einmal versuchen, mit dem Lappen, der als allgemeiner Reinigungs- und Wischlappen unter dem Waschbecken hing, das Wasser aus dem Klobecken zu wringen, so daß das Abflußknie trocken läge und dann könne man sich vielleicht persönlich von Zelle zu Zelle durch die trockene Klokanalisation, die sicher untereinander verbunden sein mußte, unterhalten, gewissermaßen mittels eines Rohrtelefones. Man könnte es doch einmal versuchen? Wir stellten uns dann gemeinsam unter einem regelrechten Lachkrampf vor, daß dies der Schließer mitbekommt und dann, wenn man heimlich seinen Kopf zum Gespräch in der Kloschüssel hat, dieser von außen die Spülung betätigt, immerhin erspare dies einmal Haare waschen. Diesen Versuch hatten sie allerdings nie unternommen, es blieb bei der komischen Idee.

Zuchthaus Cottbus, die Psychofalle und der Kampf um die Freiheit

Der Tag des Abschiednehmens war gekommen. Wieder unangekündigt und unvermittelt Aufschluß!

„Strafgefangener Casper, Sachen packen, zack zack!“

Immer mit der Ruhe, in der liegt die Kraft und außerdem ist klar, jetzt geht es in den Vollzug nach Cottbus und da muß man sich von Freunden wie Alfred verabschieden! So packte ich in aller Ruhe meine sieben Sachen, wechselte noch das eine und andere Wort mit ihm und erhielt zahlreiche Rüffel, weshalb das nicht schneller gehe, ob ich mich hier so wohl fühle? Und nach meinen Abschiedsworten und guten Wünschen ging es zur Effektenkammer, in der ich meine zivile Kleidung anziehen durfte. Von dort ging es zu Fuß über zahlreiche Gänge der Haftanstalt und über das Außengelände in einen weiter entfernten Trakt, in ein ganz anderes Gebäude, wo plötzlich in Polizeiuniform gekleidete Aufseher ihren Dienst verrichteten, denen ich übergeben wurde.

Dieser Gang durch die frische Luft war nach Wochen wie eine Befreiung, die Bäume, die gut erkennbaren Häuser außerhalb der Gefängnismauer, Eindrücke von leider nur wenigen Minuten. Dann wieder eine Effektenkammer, wenn auch viel schmuddeliger und einfacher und wieder erhielt ich Gefangenenkleidung, ziemlich lumpig und fleckig. All dies verwirrte, bis ich mitbekam, ich bin jetzt in der Untersuchungshaftanstalt für normale Kriminelle.

Und wieso?

Keine Ahnung!

Das Schlimme war, ich konnte zwar inzwischen fragen, es wurde nicht mehr gemaßregelt, aber ich erhielt keine befriedigende Antwort, bestenfalls hörte ich:

„Warten sie's ab, dann werden sie's sehen!"

Sollte ich nun doch nicht nach Cottbus kommen? Jetzt fehlte nur noch, die sperren mich mit Kriminellen zusammen! Darüber hatte ich draußen, in Freiheit immer wieder gehört, daß diese Kriminellengefängnisse der DDR noch brutaler sein sollen, als die Gefängnisse für ausschließlich Politische. Am schlimmsten sollte es dort sein, wo Politische mit langen Haftstrafen bewußt dauerhaft in Haftanstalten für Kriminelle eingewiesen wurden. Diese Politischen hatten dann einen sehr schweren Stand, vor allem bei den Aufsehern. Ich wußte nicht mehr, woran ich war, komme ich jetzt auf Transport nach Cottbus, oder komme ich jetzt hier in eine Zelle? Wie lange würde dies dann dauern? Einen Tag? Eine Woche oder gar zwei? Eventuell länger? Fragen über Fragen, alle blieben unbeantwortet.

Die dann folgende, erneute kurze medizinische Untersuchung führte ein offensichtlich ziviler Arzt durch, der mich fragte, weshalb ich inhaftiert sei und nachdem ich berichtet hatte, wurde er sehr interessiert; unverkennbar sandte er Signale, die ich als Verständnis für meine Handlung werten mußte und er wünschte mir für den weiteren Weg viel Glück, was eine überraschend neue Erfahrung war. Auch das baute mich regelrecht wieder auf und kam zur rechten Zeit, denn was jetzt auf mich zukam, war wieder einmal ein Buch mit sieben Siegeln. Natürlich fragte ich ihn, ob er mir was sagen könne, wie es mit mir weitergeht, aber auch hier Fehlanzeige, er wußte es schlicht nicht und ich glaubte ihm dies; seiner Aussage nach erfuhr er nichts von den Umständen der Häftlinge, weshalb er mich ja zu meinem Delikt befragt hatte, auch erhielt er keinerlei Vorinformationen zum Beispiel zu deren Krankheitsbildern, keine Akten, was ihm oft die Arbeit erschwerte. Ihm schien dies hier alles ebensowenig zu gefallen wie mir. Die Haare wurden mir danach wieder auf Stoppelschnitt getrimmt und einige Formalitäten wurden erledigt.

Ich erhielt eine Decke, einen Becher und Zahnputzzeug und wurde in einer wiederum riesigen Gefängnishalle, diesmal mit bröckelnder Farbe und rostigen Heizungen vor eine Zelle in der ersten Etage geführt. Waren schon das Treppenhaus, die übrigen Räume und das gesamte Ambiente eher schmuddelig und nicht mit der Akkuratesse der Stasi-Haftanstalt vergleichbar – wobei dies in Karl-Marx-Stadt wegen der Übergangsfunktion für *Freikauf*-Kandidaten eine Ausnahme war, in anderen DDR-Stasi-Haftanstalten herrschten teils katastrophale, unwürdige und unmenschliche Zustände – so galt dies erst recht für die Zelle, nachdem die Tür geöffnet wurde!

Wieder einmal glaubte ich, mich trifft der Schlag! Die maximale Belegung dieser Zelle mit sieben Gefangenen war mit mir erreicht. Zur Rechten standen hintereinander an der Wand zwei Doppelstockbetten, links stand im hinteren Bereich ebenfalls ein Doppelstockbett und davor, unmittelbar hinter der offenen, unverkleideten Toilette mit Porzellanbecken, die sich gleich links hinter der Tür befand, stand ein Einzelbett, über dem ein größeres Schränkchen mit Utensilien der Gefangenen hing. Rechts gegenüber der Toilette war ein Blechwaschbecken mit abgesprungener Emaile und einem Wasserhahn. Alles auf engstem Raum! Und zwischen den hinteren Doppelbetten an der Wand unter dem Glasziegelfenster stand ein Tisch mit drei oder vier Hockern. Die Wandfarbe war überall abgeblättert. Insgesamt machte die Zelle einen entsetzlich schäbigen Eindruck. Die Luft war stickig, der riesige, gerippte Heizkörper auf der rechten Seite links neben dem Waschbecken strahlte enorme Wärme aus. Da es mir die Sprache verschlagen hatte und meine Hemmung, diesen Raum zu betreten wohl unverkennbar war, half ein gehörigerer Stoß des Aufsehers in den Rücken, ich stolperte hinein. Die Tür fiel ins Schloß, noch zweimal machte es laut Ratsch Ratsch, die großen Sperrriegel waren eingerastet!

Zwölf Augen starrten mich herausfordernd an! Da stand ich nun, ziemlich allein und verloren mit meinen wenigen Habseligkeiten – und vernahm die Begrüßung:

„Was willst'n du hier? Siehs'te nicht, daß hier schon alles voll ist? Sieh zu, daß du ne Fliege machst, sonst krachts ...“

Schallendes Gelächter!

„Woll'n wir den hier bei uns haben?“

war die ergänzende Frage des offensichtlichen Wortführers, eines großen, kräftigen und durch verschandelte Tatoos entsetzlich Entstellten mit Glatzkopf, Boxernase und Bierbauch. Einhellige Antwort:

„Nein, den wollen wir hier nicht!“

Ein Anderer:

„Außerdem sind wir doch kein Kindergarten!“

Wieder schallendes Gelächter!

Und wieder einmal schlug mir das Herz bis zum Hals. Wieder einmal wurde mir unmißverständlich vor Augen geführt, das Leben ist eine ständige Frage von Alternativen und wer sich in Gefahr begibt, kommt darin um, wenn er keine Alternative findet. Die war hier aber nicht leicht auszumachen. Und nun? Ich glaube, sie bemerkten sehr wohl meine aufkeimende Anspannung, die der bei der Festnahme fast in nichts nachstand. Ich konnte jetzt nicht einfach dumm herumstehen. Gehen konnte ich aber auch nicht. So sah ich die einzige Alternative, zumindest so zu tun, als ob ich ein richtiger Kerl sei, nahm nun allen Mut zusammen, durchaus auch in der Erwartung, eine gehörige Tracht Prügel einzufangen und konterte verwegen, im Bemühen, meiner zittrigen Stimme soviel Festigkeit wie möglich zu verleihen:

„Hab'n Gegenvorschlag: Ihr packt alle Eure Sachen und haut ab! Dann hab ich dieses Appartement ganz für mich allein und muß mir nicht Eure dämlichen Arschgesichter anschauen!“

Wieder einmal war ich über mich hinausgewachsen und im Nu stolz, egal, was nun folgt! Sollten sie mich doch vermöbeln, ich hatte es ihnen gezeigt, wie schon dem Richter, nachdem das Urteil gesprochen war. Das waren wieder zahlreiche Federn meines wachsenden Gefieders! Und die Reaktion? Schallendes Gelächter und die Feststellung des Chefs:

„Der traut sich was, scheißt sich gleich in die Hosen, hat aber trotzdem eine große Fresse! Den behalten wir, vielleicht können wir den noch brauchen. Aber eins laß dir gesagt sein, du Arschgeige, wenn ein Neuer kommt, der liegt gleich vorn neben dem Klo!“

Das war für mich das kleinste Problem, auch wenn die Kloschüssel voller gelbbrauner Patina nicht meinen hygienischen Ansprüchen genügte, gespült wurde mit einem von Hand zu betätigenden Drücker am Wasserrohr über der Kloschüssel, die immerhin einen Sitzring hatte, wenn auch keinen Deckel, der stand abgebrochen daneben. Leider kam es öfter vor, daß die Männer sich nicht gerade bemühten, ihre kleinen Geschäfte diskret zu verrichten, so daß diverse Urinspritzer regelmäßig mein Bettzeug bespritzten, das Kopfende hatte ich deshalb gegenüberliegend eingerichtet. Auch beim Spülen nach dem großen Geschäft konnte es vorkommen, daß einige Spritzer herübersprangen. Wahrscheinlich gab es aber Schlimmeres! Sofia zum Beispiel. Erneut versuchte ich, wie immer, wenn ich in Schwierigkeiten geriet oder vor Herausforderungen stand, mir vorzustellen, es kann immer noch schlimmer kommen. Diese Vorstellung hilft ungemein, den eigenen Zustand, so schlimm er sein mag, erträglicher zu machen. Dieser Gedanke sollte auch später, als es noch schlimmer kam, helfen!

Einige Zeit verging und ich hatte meine Geschichte erzählt, damit gar ein wenig Eindruck gemacht, mit der immer wiederkehrenden Frage, ob ich das wirklich alles allein durchgezogen hätte, auch die sechs Tage durch Bulgarien? Bestärkt durch meinen offenbar gelungenen Begrüßungsauftritt konnte ich in dieser Sache zur weiteren Belustigung der Zellenbesatzung klarstellen, ab nun die Aussage zu verweigern, weil man ja nie weiß, ob nicht Spitzel in der Zelle seien. Inzwischen wurde ich auch dadurch lockerer, daß sie mir berichteten, es käme immer wieder einmal ein Politischer, aber nur auf kurze Zwischenstation für paar Tage, eine Woche oder höchstens zwei. Als ich zu Bulgarien Miluschka beiläufig erwähnte, wurden sie plötzlich lebendig:

„Erzähl mal, wie war'n die? Haste es der besorgt? Und wie …?“

Männer unter sich! Die harte, vulgäre Art war aber nie mein Ding, schon in der Ausbildung war ich dafür nicht empfänglich. Hier hatte ich aber nun auf meine Art weiter punkten können, indem ich ihnen vorschlug, abends eine Geschichte zu erzählen, die sich so oder so ähnlich zugetragen haben könnte, da ich ganz gut erzählen konnte und wie sich sofort alle einverstanden erklärt hatten, begann ich nach Ausrufen der Nachtruhe zu erzählen, wohl so ähnlich, wie man Kindern Geschichten erzählt, wie sich eine junge Mutter in Bulgarien am Schwarzmeerstrand in einen jüngeren Knaben verliebt und beide dann wunderbare Tage verbringen. Natürlich war episch und erotisch schmückendes Beiwerk dabei, aber offensichtlich kam es an. Sie hörten andächtig zu und bald überlagerten letzte Seufzer sich mit den ersten Schnarchgeräuschen, bis wir alle selig schliefen. Immerhin am nächsten Abend dann die Frage:

„Gibt's heut wieder ne Geschichte?"

Jetzt war ich angekommen in dieser rauen Knastgesellschaft. Und konnte mir leicht und locker die Frage erlauben, ob ich hier im Kindergarten bin? Nur fanden sie die Geschichte von Barbara nicht so spannend …

An die Namen der Haftkameraden erinnere ich mich bis auf Schorse, den Chef, nicht mehr, der Aufenthalt in dieser Zelle war zum Glück dann mit etwa zehn Tagen recht kurz. In guter Erinnerung ist mir unter den Zellengenossen ein Schachspieler, dem ich nicht ansatzweise das Wasser reichen konnte. Interessanterweise war er eine jener Knastkarrieren, die, kaum nach draußen entlassen, wieder etwas verbockten, so daß die nächste Haftsrafe wartete, immer weitgehend wegen Eigentumsdelikten, Betrug und Ähnlichem. Kleinkriminelle nennt man sie.

Der Einzige der sogenannten *schweren Jungs* war Schorse, er war wegen schweren Raubes in Tateinheit mit schwerer Körperverletzung festgenommen worden. Gemeinsam mit zwei Freunden hatte er versucht, in einem Kombinat, einem Großbetrieb die Werkskasse aus einem Tresor zu rauben und dabei Sicherheitspersonal schwer verletzt. Für ihn waren zehn bis fünfzehn Jahre im Gespräch.

Im Zusammenhang mit den Kleinkriminellen erinnere ich auch ein Gespräch, zuerst hinter vorgehaltener Hand, dann, nachdem Gesprächsfetzen nicht mehr verborgen werden konnten ganz ungeniert und offen zwischen zweien der Häftlinge über den 1. FC Karl-Marx-Stadt, in dessen Vereinsheim eine stattliche Kasse mit Vereinsgeldern verschlossen sei, die man sich genauer ansehen sollte, sobald man wieder draußen sei. Immerhin gehörte der 1.FC Karl-Marx-Stadt zu einer Fußballspitzenmannschaft in der DDR, die auch international gut aufgestellt war. Einmal war ich mit Udo bei einem Spiel gegen den RSC Anderlecht im Rahmen der damaligen Europapokalspiele. Und im Nu bildete sich ein Beraterkreis auch der anderen Kameraden, der einen Masterplan für diese neue Einnahmequelle ausarbeitete. Meine besorgten Fragen, ob damit nicht die nächste Inhaftierung vorprogrammiert sei, wurde mit hohnlachenden Weissagungen erwidert, diesmal könne gar nichts schief gehen, das werde ein todsicheres Ding! Um diese Situation zu verstehen, muß man nochmals erinnern, hier handelte es sich um eine Untersuchungshaftanstalt, die Jungs hatten ihre Urteile noch gar nicht erhalten und planten schon mal für später, für die Zeit nach der Urteilsvollstreckung!

Und in Erinnerung ist mir ein beinahe ungeheures historisches Wissen von einem dieser Haftkameraden, der ebenfalls ständig entlassen und wieder eingesperrt worden war, und dann die Zeit in der Haft zum Lesen historischer Bücher nutzte. Ich konnte mit ihm über den Dreißigjährigen Krieg reden wie in der Schule; es war verblüffend! Heut stelle ich mir die Frage, welch unglaubliches Potential hier in soziale Schieflage geriet und wodurch? Eigentlich sollte doch in der DDR ein sozialistischer Mensch geschaffen und all dieses Normabweichende verhindert werden. Irgendwie gab es wohl auch hier wie bei den Politischen Dinge, die man einfach nicht in den Griff bekam und am Ende meiner Zeit mit ihnen, mochte ich diese Jungs, irgendwie waren sie mir ans Herz gewachsen.

Die Tage vergingen, die Haftkameraden wurden wechselnd zu Vernehmungen sowie Anwaltsgesprächen geholt, berichteten dann in der Regel offenherzig. Nach gut einer Woche dann wieder Aufschluß für mich:

„Strafgefangener Casper, Sachen packen und mitkommen, zack zack, vorher nochmal auf Toilette gehen, es wird länger keine Gelegenheit geben!“

Nun sollte ich offenbar endgültig in den Vollzug kommen. Wieder ging es nach dem Duschen viele Gänge entlang, ich behielt jedoch diese schäbige Gefangenenkleidung an, wenn auch mit neuer Unterwäsche. Diesmal ging es in eine *grüne Minna*, so nannten wir damals die großen Busse, die eigens unverkennbar zu Gefangenentransporten umgebaut worden waren, immer grün gestrichen. Sie hatte oberhalb kleine, längliche Milchglasfenster, um etwas Licht in die ebenfalls kleinen Einzelzellen einzulassen. Sie war auf dem Gefängnishof geparkt und ich konnte weitere Häftlinge einzeln in sie einsteigen sehen. Eigentlich hatte ich wieder einen Barkas B 1000 erwartet mit seinen Minizellen, in denen man sich vorkam, wie in einer Konservendose. Aber nun das! Unsere Effekten, so hieß es, also mein Basttäschchen und meine zivile Kleidung würde unabhängig versandt werden.

Etwa nur zehn Minuten kutschierten sie uns dann durch die Gegend, nachdem die Fuhre offenbar mit ausreichend Menschen gefüllt war und wir mußten nach dieser kurzen Zeit wieder aussteigen. Was für ein unerwartet merkwürdiger Anblick: Ich stieg aus und traute meinen Augen nicht, als ich mich plötzlich auf einem Bahnsteig, offensichtlich des Hauptbahnhofes Karl-Marx-Stadt, etwas abseits und außerhalb des überdachten Bereiches fand, der Nieselregen war unangenehm. Zahlreiche Mithäftlinge standen bereits aufgereiht und ich hatte mich anzuschließen. Unweit waren ganz normale Menschen, die sich verwundert die Hälse verrenkten, um einen Blick auf diese traurige Szenerie zu erhaschen, die Einen geradezu und aufrecht blickend, die Anderen verstohlen aus den Augenwinkeln und wieder Andere mit verächtlichen oder abschätzigen Blicken, ganz wie ein Spiegel der DDR-Gesellschaft. Bereit stand ein Personenzug, dessen letzte Waggons alle ähnlich der *Grünen Minna* nur kleine, im oberen Bereich eingebaute Milchglasscheiben aufwiesen und wir sollten uns beeilen einzusteigen. Diesmal bestand der Vorteil in Abteilen, in denen zwei Häftlinge Platz fanden und kaum war der Bahnsteig geräumt von unserer menschlichen Fracht, gab die Trillerpfeife eines Eisenbahners der Deutschen Reichsbahn der DDR das Zeichen zur Abfahrt.

Wie gern ich als Kind mit Mutter gereist war, weit überwiegend mit der Eisenbahn und am Spannendsten waren damals die Interzonenzüge zwischen der DDR und dem Westen und umgedreht. Aber dies hier war keine Ferien-, Urlaubs- oder Vergnügungsreise, es war eine Reise eines immer noch Achtzehnjährigen, der lediglich ein wenig mehr Freiheit suchte, die Reise in die ungewisse Zukunft eines Zuchthauses, des Zuchthauses Cottbus.

Der Schicksalszug rollte an – und sollte den ganzen Tag unterwegs sein. Er sammelte offenbar Gefangene aus der ganzen Republik und verfrachtete sie in alle möglichen Straflager, Gefängnisse oder Zuchthäuser. Immerhin gab es ein paar belegte Butterbrote mit Blutwurst, wie ich später erfuhr, nannte man sie im Knast *tote Oma*. Ich hatte einen Mithäftling in der Waggonzelle, der wie ich nach Cottbus kam, wahrscheinlich hatten sie die Zellenzusammensetzung der Waggons entsprechend den Zielbahnhöfen geordnet. Wir unterhielten uns sehr gut, auch er saß wegen eines politischen Deliktes. Er war etwa Mitte oder Ende 30, akademisch gebildet und hatte ein sehr markantes, kantiges Gesicht mit einem Dreitagebart und ganz schwarzen, kurzen Stoppelhaaren. Er bezeichnete sich als einen echten Marxisten, der mit dem System deshalb in Konflikt geraten war, weil er in ihm einen falschen Weg erkannt habe und dies auch überall öffentlich sagte. Auch wenn ich seine Ansichten nicht teilte, ich hatte mich nach anfangs jugendlichen Sympathien für den einen oder anderen linken oder sozialistischen Gedanken inzwischen nach meinen Erlebnissen vollends von diesen Denkrichtungen entfernt, sie waren für mich nun nichts als realitätsferne Fantastereien, so hatte ich aber endlich wieder einmal jemanden für einen streitigen Dialog, der einem gewissen Anspruch genügte. Selbst mit Alfred war dies nur begrenzt möglich gewesen, er war leider nicht sehr belesen. Mein Zugzellengenosse war zum zweiten Mal in Haft, immer wieder hatte er sich mit der Stasi gerieben, seinen akademischen Beruf verloren, die Ehe war geschieden, aber er war ein zäher Bursche, den das alles nicht umhaute, er gefiel mir unabhängig von seinen politischen Ansichten. Ob er nicht in den Westen wolle? Nein! Er sah seine Bestimmung im Kampf um einen echten Sozialismus in der DDR!

Nach Stunden des ständigen Anfahrens und Anhaltens hatte ich von meinem Mithäftling gelernt, daß wir im *Grotewohl-Express* unterwegs waren. Otto Grotewohl war 1894 in meinem geliebten Braunschweig geboren worden und von 1949 bis 1964 erster Ministerpräsident der DDR. Nun war unsere Endstation erreicht. Auch hier wieder ein Bahnhof mit normalen Menschen, mit normalen und unnormalen Blicken und wieder ging es in eine *Grüne Minna,* die uns dann in das Zuchthaus Cottbus brachte. Wir waren inzwischen zu einem kleineren Kreis von etwa zehn oder zwölf Häftlingen geschrumpft.

Die grüne Minna hatte die Doppelschleuse der Gefängniseinfahrt passiert, wir wurden zum Aussteigen und wieder Aufstellen in einer Reihe aufgefordert. Von der Einfahrt aus zog sich rechts ein zweistöckiges Fabrikgebäude hin, links gegenüber verlief parallel die Front eines dreistöckigen Gefängnisbaues mit Zellen, dem sich links im rechten Winkel angebaut ein weiterer Gefängnisflügel anschloß, entlang der hohen Gefängnismauer mit Stacheldraht und Hundelaufgraben. Ging man zwischen dem Fabrikgebäude und dem linken Gefängnisbau hindurch, gelangte man zur Linken auf den Gefängnishof, der den inneren Bereich zwischen allen Gebäuden einnahm, auf dem später auch die gelegentlichen Hofrundgänge der Häftlinge stattfanden. Die von der Einfahrt aus gegenüberliegende Seite des Gefängnisareals begrenzte vor der Mauer ein Gebäude mit Effektenkammer und Küche, das sich im rechten Winkel an das Fabrikgebäude anschloß.

Nachdem wir alle mehr oder weniger geordnet Aufstellung genommen hatten, hieß es, sich in das Zellengebäude zu begeben. Hier wurden wir auf zwei sogenannte Aufnahmezellen verteilt, die über einige Tage der Zuteilung der Neuen auf die weiteren, ständigen Zellen und die Arbeitsbereiche in den zwei Fabriken diente. Meine Aufnahmezelle lag in der ersten Etage des ganz linken Gebäudetraktes, der vom Tor weg zur Linken entlang der Mauer führte, wobei die Zelle zur Hofseite hin lag, der Zuginsasse kam auf die andere Zelle, weil sie scheinbar in ihrer perfiden Logistik der Gefangenenbewegungen über die gesamte Republik an alles gedacht zu haben schienen, es sollten sich keine zu engen Kontakte bilden.

Wir konnten also nun den gesamten Hof überblicken, gegenüber die Effektenkammer und die Küche. Ein Zellengenosse war bereits anwesend, wie es hieß als ständiger Häftling, der hier für Ordnung sorgen sollte. Was genau dies hieß, weiß ich nicht mehr, nur erinnere ich seine Statur eines Bodybuilders, geziert von unzähligen, für die damalige Zeit erstaunlich guten Tatoos. Tex, wie er mit Spitznamen hieß, stammte aus einer Zirkusfamilie und saß mehrere Jahre, weil er sich wegen verschiedener Anlässe mit der Staatsmacht angelegt und letztlich alkoholisiert einen kleinen Trupp Polizisten krankenhausreif verprügelt hatte, sein Urteil war begründet mit Widerstand gegen die Staatsgewalt. Ich habe ihn allerdings als einen ausgesprochen gutmütigen Burschen in Erinnerung. Tex wies uns ein, erklärte uns die Anstaltsordnung und wie die Tagesabläufe waren. Die Zelle war für zwölf Häftlinge ausgelegt, letztlich jedoch nur mit acht oder neun Neuen belegt. Sie bestand aus einem quadratischen Raum, der Tür gegenüberliegend zwei vergitterte Fenster, zwischen denen sich die ummauerte Spültoilette mit Tür zum Verschließen befand. Das war neu für mich und schaffte nun endlich wieder einmal zumindest bei der Verrichtung der Notdurft etwas Diskretion. Links an diesen Toilettenbau war ein kleines Blechwaschbecken angebaut mit fließend kaltem Wasser. Immerhin auch das. An der Wand neben dem rechten Fenster befand sich ein dreistöckiges Bett, ebenso im rechten Winkel dazu rechts neben der Tür und an der linken Seite spiegelte sich diese Bettenkonstellation. Tex hatte sein Bett dauerhaft links unten, gegenüber dem Waschbecken bezogen, die übrigen Betten waren alle zur freien Auswahl für die jeweils Ankommenden. Inmitten des Raumes stand vor der Toilette ein kleiner Tisch mit mehreren Hockern. Die wie in jeder Zelle dieses Gefängnisses gelbgrüne Farbe der Wände war in erbärmlichem Zustand, ganze Flächen waren heruntergebröckelt oder mit Graffiti verunstaltet, mit denen sich zahlreiche Gefangene glaubten, verewigen zu können, die Bettgestelle waren nicht besser.

Der Tag war zur Neige gegangen, die Kalfaktoren hatten uns einige Scheiben Brot mit Margarine und Wurst gereicht, auch heißen Tee, bis wir alle bald in einen ersten Cottbuser Zuchthausschlaf fielen, nachdem wieder das:

„Fertigmachen zur Nachtruhe!"

ertönt und das Licht von außen gelöscht worden war. Während in den letzten Tagen die Gedanken an die Lieben zu Haus, an meine Eltern, an Barbara und Uwe angesichts der ständigen Veränderungen und der damit verbundenen Anspannungen etwas verblaßt waren, kamen sie nun wieder zum Vorschein, die Erinnerungen an zu Hause, an die Zeit kurz vor Bulgarien und dann an Bulgarien selbst, an meinen Trip durch dieses fremde Balkanland und dann alles Folgende. Auch nahmen wieder die Hoffnungen von mir Besitz, daß es mir gelingen möge, am Ende in den Westen freizukommen. Ebenso in den nächsten Tagen baute sich in mir eine permanente sich selbst erfüllende Prophezeiung auf, für die ich sogar das eine oder andere heimliche Gebet tief in mich hineinsprach, ganz so wie in Kindertagen, als mich Mutter drängte zum Nachtgebet, diesmal mit meinem Dank an den lieben Gott, daß er mich immerhin am Leben gelassen hatte. Es sah und hörte ja niemand und man konnte nie wissen, vielleicht hilft so was? Jedenfalls schadete es nicht.

Nur wenige Tage verbrachte ich auf dieser Zelle, bis ich erfuhr, ich werde in der Entgraterei des Kamerawerkes VEB Pentacon eingesetzt, in dem hochwertige Kameras hergestellt wurden, die auch in den Export in die Bundesrepublik gingen, um dort vom Neckermann-Versand oder dem Otto-Versand vertrieben zu werden. Entgraten heißt, die rohen Aluminium-Gußgehäuse der Kameras mußten mit einer kleinen Feile und einem im Querschnitt dreieckig geformten, nach vorn spitz zulaufenden, feilenähnlichen Entgrater mit scharfen Kanten saubergeschabt werden, damit sich niemand daran verletzt. Die Entgraterei befand sich in der ersten Etage des Fabrikgebäudes auf der dem Zellentrakt gegenüberliegenden Seite, rechts hinter der Einfahrt. Es gab auf dem Gelände noch ein zweites, kleineres Fabrikgebäude am Ende des linken, parallel zur Mauer laufenden Flügels. Dort wurden im VEB Sachsenwerk Ankerwicklungen für kleine Elektromotoren hergestellt.

In beiden Fabriken wurde damals in zwei Schichten gearbeitet, in einer Frühschicht von 6.00 Uhr bis 14.30 Uhr und in einer Spätschicht ab 14.30 Uhr bis 23.00 Uhr, an jeweils sechs Tagen pro Woche. In der Regel war jeweils eine gesamte Zellenbesatzung in einer gemeinsamen Schicht. Für diese Tätigkeit wurde pro Tag ein geringer Lohn gutgeschrieben, der auf einer Sammelliste erfaßt und am Monatsende abgerechnet wurde, mit der Möglichkeit, in einem kleinen Kiosk innerhalb des Gefängnisses sich einige Kleinigkeiten wie Kunsthonig, synthetische Marmelade, Kekse und Ähnliches, vor allem aber Zigaretten oder Tabak zu kaufen. Ansonsten sammelten die starken Raucher ihre eigenen und die Kippen gerauchter Zigaretten der Nachbarn, um draus erneut Zigaretten zu drehen, durchaus auch mit Zeitungspapier, von dem ich vorher gar nicht wußte, daß es sich dazu eignete. So mag es unzählige Tabakreste gegeben haben, die ein mehrfaches Benutzen ermöglichten. Rauchen war in den Zellen durchaus gestattet.

Betrat man das Fabrikgebäude, waren im Erdgeschoß die Preß- und Stanzmaschinen aufgestellt, an denen die Häftlinge ohne Schutzkleidung unter ständigen Arbeitssicherheitgefahren arbeiten mußten. Auch befanden sich dort alle für eine solide Metallverarbeitung notwendigen Maschinen wie Drehmaschinen, Fräs- und Schleifmaschinen und Vieles mehr. Gelangte man über die in der Mitte der Werkhalle befindliche Treppe ins Obergeschoß, öffnete sich ein länglicher Raum mit je einer langen Werkbank auf der linken wie auf der rechten Seite, an der jeweils zehn bis vierzehn Entgrater ihr Werk vollbrachten. An der Stirnseite, am Ende der Werkbankreihen befand sich eine abgeschlossene Toilette.

Mit der Einweisung in die Arbeit, die Handhabung der einfachen Werkzeuge und den Umgang mit all der uns umgebenden Feinwerktechnik wurde uns eine Norm vorgegeben, wieviele Gehäuse wir pro Tag und hochgerechnet auf die Woche und den Monat entgraten sollten, als Voraussetzung für den kargen Lohn. Und was, wenn jemand diese Norm nicht erfüllte? Dann gab es keinen Einkauf! Hier witterte ich die erste Chance, meine Haltung mir selbst gegenüber zu bewahren und deutlich nach außen zu dokumentieren.

Ich entwickelte meine eigene Norm, nämlich soweit unterhalb der offiziellen, das dies als Zeichen gewertet werden mußte, jedoch durfte es nicht als Arbeitsverweigerung gelten; eine ständige Gratwanderung! Damit konnte ich zeigen, diesem Staat nicht mehr zur Verfügung zu stehen – das Kamerawerk VEB Pentacon war ein rein staatlicher Betrieb, wie inzwischen fast alle größeren DDR-Betriebe. Ein Überziehen hätte Konsequenzen gehabt, wie ich mir denken konnte und wie ich auch später noch leidvoll erfahren sollte. Die schlimmste denkbare Konsequenz wäre eine erneute Anklage wegen Arbeitsverweigerung gewesen, mit dem Ergebnis, möglicherweise für weitere Jahre in eines der bis Ende der 1960er Jahre bestehenden AE-Lager, ein Arbeitserziehungslager deportiert zu werden. Diese Sorge trieb mich nun ständig um, bis ich viel später erfuhr, diese Lager wurden seit genau diesem Zeitraum Stück für Stück aufgelöst. Die neue DDR-Außenpolitik, die massiv auf internationale Anerkennung ausgerichtet war und Liberalisierung als Gegenleistung abverlangte, erforderte dies. Und der Einkauf? Schon früher hatte ich begriffen: Das Leben erfordert Kompromisse!

Das erste *Erziehungsgespräch*, in dem es entscheidend um die nicht erbrachte Norm im ersten Monat ging, ließ nicht lange auf sich warten. Da ich auch hier nicht überziehen und zusätzlich zur nicht erfüllten Norm auch noch ideologisch argumentieren wollte, gab ich Belanglosigkeiten vor, die mich angeblich hinderten, die Norm zu erfüllen. Ideologisch wurde ich erst einige Monate später, als mir die weitere Entwicklung der internationalen Politik und die Wahrnehmung einer zunehmenden Liberalisierung Mut, mich gar verwegen machten.

Gemütlich war es aber schon, wenn wir in der sich neu formierenden Clique beisammen am Entgratungstisch saßen, unter der Werkbank entlang die immer heißen und nicht regulierbaren Heizungsrohre, es war Winter, wenn wir uns Geschichten erzählten oder blödelten. Auch hier wieder ein unstillbarer Humor, der uns über den Alltag rettete, vor allem, wenn bestimmte Aufseher die Reihen abschritten, um uns über die Schulter zu schauen. Bei jedem allerdings konnte man seine Zoten nicht anbringen, es gab durchaus einige, die dafür bekannt waren, sich zu rächen. Nie war in meiner Zeit ein Häftling offen im Beisein Anderer von Wärtern geschlagen worden, jedoch wurde glaubhaft kolportiert, daß der eine oder andere Schließer sich die Gelegenheiten suchten, wenn sie mit den Gefangenen allein waren; dann sind sie gern auch zu zweit auf einen losgegangen, der später mit blauen Flecken oder gar gebrochener Nase herumlaufen mußte, bis sie wieder schief angewachsen war.

Ein berüchtigter Schließer war *RT*, die Abkürzung für *Roter Terror*. Blond, blauäugig und von großer, sehr kräftiger Statur absolvierte RT seinen Dienst in Reithosen und langen Schaftstiefeln, ähnlich dem Outfit eines früheren SS-Mannes im Dritten Reich und stets trug er, im Gegensatz zu anderen Aufsehern, seinen Schlagstock bei sich. Für zahllose Häftlinge, die viele Jahre später noch die Wende erleben durften, mag es eine Genugtuung gewesen sein, als Hubert Schulz, wie er mit bürgerlichem Namen hieß, nach einem aufwändigen Strafverfahren zu mehreren Jahren Haft in der Bundesrepublik verurteilt wurde. Entscheidende Grundlage hierfür waren unzählige Zeugenaussagen, die in der Zentralen Erfassungsstelle für Verbrechen und Vergehen des DDR-Regimes in der Bundesrepublik, und zwar in Salzgitter gesammelt worden waren. Deren langjährigen Leiter, Oberstaatsanwalt Dr. Grasemann sollte ich viele Jahre später in meiner beruflichen Umgebung in Braunschweig kennen und schätzen lernen. Aber ebenso mit *RT* sollte ich später in Cottbus noch unliebsame Bekanntschaft machen. Ein weiterer Vertreter der Schläger unter den Aufsehern war *Arafat*, mit dem ich jedoch nie in unmittelbare Berührung kam.

Mit der Einteilung in die Entgraterei war die Verlegung in eine reguläre Zelle verbunden. Als meine Unterkunft sollte nun gemeinsam mit einem weiteren Neuling eine Zelle dienen, die in der ersten Etage des Traktes direkt gegenüber der Pentacon-Fabrik lag, auch wiesen die Fenster zu diesem Fabrikgebäude. In der Zelle waren insgesamt achtzehn Gefangene, sie war deutlich größer als die Aufnahmezelle. Von der Tür aus links waren zwei dreistöckige Betten hintereinander an der Türseite und ein dreistöckiges Bett an der linken Seitenwand zum Fenster hin. Wieder war die rechte Seite das Spiegelbild der linken, ebenso gab es je zwei Fenster links und rechts, zwischen denen sich die wieder abgeschlossene Toilette befand, ebenfalls mit Waschbecken an der linken Seite. Auch hier wieder ein länglicher, etwas größerer Tisch mit mehreren Hockern. Ich bezog ein Bett rechts oben auf dem hinteren Dreistockbett. Wie in allen bisher von mir frequentierten Zellen war auch hier der typische gelbgrüne Ölanstrich auf die Wände aufgetragen, wieder abgeblättert oder mit zahlreichen Graffitis Gefangener verunziert. Erneut gab es hier erkennbar einen Renovierungsstau, von der Wandfarbe bis zu den Bettgestellen, die zum Teil rostige Stellen aufwiesen, die Matratzen waren durchgelegen und vollkommen verschlissen. Auch die Laken, Zudecken und Kopfkissen waren fällig zur Erneuerung. Sie jeden Morgen nach dem Wecken zu ordnen und *„auf Kante"* zusammenzulegen, war uns angewiesen worden, was unser Eigeninteresse traf, um dem gesamten Ambiente zu ein wenig Niveau zu verhelfen. Das Essen, das ich von nun an jeden Tag bekam, war sehr eintönig, wenngleich vom Kalorienbedarf her sicher im Minimalbereich ausreichend. Oft gab es Eintopf oder einfache Kost, die leicht herzustellen, billig und für uns Gefangene nach den Vorstellungen der Gefängnisleitung sicher gut genug war, ganz im Sinne der Staatsdoktrin, da wir hier in Cottbus alle ausnahmslos aus politischen Gründen inhaftiert waren, einschließlich der Schlägerei von Tex. An frisches Obst, sei es nur an einen Apfel, an eine Birne oder an Ähnliches erinnere ich mich nicht. Um in der Küche Entlastung anzubieten, wurden immer wieder auch Gefangene eingesetzt, um Kartoffeln zu schälen oder andere Fleißarbeiten zu übernehmen.

Eines Tages, ich war in der Spätschicht eingeteilt, hieß es, ich solle mit einigen weiteren Kameraden früh in der Küche zusätzlich Kartoffeln schälen. Das war eine Gelegenheit, aus der Zelle herauszukommen und etwas Neues kennenzulernen. Vor allem die anderen Gefangenen, die mich von nun an umgaben, waren immer wieder interessante Gesprächspartner. So war an diesem Morgen für mich unvergesslich der Strafgefangene Foerster ebenfalls als Kartoffelschäler eingesetzt, ein katholischer Geistlicher, dessen genaue Funktion in der Kirche mir nicht mehr erinnerlich ist, von dem ich aber behielt, daß er als DDR-Bürger einst Mitte der 1960er Jahre auf Vermittlung der katholischen Weltkirche als Missionar auf den Fiji-Inseln war, dieser Ansammlung von exotischen Eilanden im Südpazifik, einige tausend Kilometer nördlich von Neuseeland. Dort war er mit westdeutschen Missionaren gemeinsam unterwegs, die ihm zahlreiche westdeutsche Lektüre in Form von Magazinen und Missionsmaterial zur Verfügung gestellt hatten. Dies hatte er unbedachterweise mit nach Hause in die DDR genommen und unter Freunden und Bekannten verteilt, was man ihm sehr übel nahm, woraufhin man ihn letztlich wegen *„staatsfeindlicher Hetze in Tateinheit mit subversiver Zersetzungsarbeit der DDR"* zu mehreren Jahren verurteilt hatte. Was war das für ein interessanter Gesprächspartner, wenn er von seinen Erfahrungen aus dieser fernen Welt berichtete, von den dortigen Menschen, deren Gewohnheiten und Gebräuchen. Immerhin gab es damals eine bei weitem nicht so große Informationsflut wie heut, es gab noch unentdeckte weiße Flecken auf den Landkarten, wo Menschen wohnten, die noch nie einen Weißen zu Gesicht bekommen hatten und die in ihrem Urzustand lebten, wie auch Zygmunt und Hanzelka sie auf ihren Abenteuertouren mit dem Tatra noch antrafen, während die Ureinwohner heut in gebrauchten und von meist durch die Kirchen gesammelten

Kleidern, T-Shirts und Hemden herumlaufen, verstört durch all den Segen der Moderne, der ihre Kulturen zerstört.

So langsam bildete sich an der Werkbank eine Clique, die sich zu einer verschworenen Gemeinschaft formieren sollte. Nur in größeren Abständen wechselten die Haftkameraden um einen herum an der Werkbank, wenn jemand in eine andere Haftanstalt verlegt oder entlassen wurde. Ansonsten wollte man hier Kontinuität wahren, um einen möglichst effektiven Arbeitseinsatz zu bekommen. Eher wechselte man die Zellenzusammensetzungen, die mich noch insgesamt fünfmal ereilen sollten.

Zu den engsten Vertrauten entwickelten sich an der Werkbank Wolfgang Wegner, genannt Teo, Student der Elektrotechnik an der Uni Dresden, der wegen Fluchtversuch saß, Ludwig Tillmann, genannt Pressman, ein junger Ingenieur und der ebenfalls wegen Fluchtversuches saß, Jörg Müller, genannt JMchen (gesprochen: Jot-Emmchen), der als Dreher arbeitete und ebenfalls wegen Fluchtversuch inhaftiert war, Hubert Schmiedel, genannt Long Tom Boldry, der Porzellanrestaurateur in einer Werkstatt seines Vaters war und ebenfalls wegen Fluchtversuch saß sowie Manfred Schoolmann, genannt Scooly, ein Handwerker, der wegen staatsfeindlicher Hetze saß. Jeder hatte seinen Spitznamen, wie auch viele Schließer. Mein Spitzname war Hackney, abgeleitet von einer schweren englischen Pferderasse, die als Arbeitspferde eingesetzt wurde, womit ein ironischer Bezug zu meiner zurückhaltenden Arbeitsleistung hergestellt worden war.

Daneben waren noch weitere Mithäftlinge, zu denen man immer wieder Kontakt hatte, aber nicht so eng und vertrauensvoll. Vor allem Teo, Pressman und JMchen sollten ähnlich wie Scooly noch eine wegweisende Rolle in meinem späteren Leben spielen. Nur allzugern spielten wir uns die zotigen Eulenspiegel-Bälle zu, wenn wir die Schließer, die gelegentlich ihre Kontrollrunden drehten oder die zivilen Meister, die es mit uns auch nicht leicht hatten, auf die Schippe nahmen. Letztere waren wie die Schließer in ihrem Verhalten uns gegenüber sehr unterschiedlich, von sehr rigide bis verständnisvoll.

Weihnachten 1969 stand vor der Tür, das Fest, das uns Europäer zu besonderen Gefühlswallungen animiert. Uns in Cottbus trieb die Frage um, wie wir den arbeitsfreien Feiertagen einen möglichst festlichen Anstrich geben könnten. Ein Häftling hatte sich in meiner Zelle angeboten, einen Chor zu leiten, der sich zum Einstudieren verschiedener Weihnachtslieder bereitfand. Natürlich waren wir alle Mitglied dieses Chores und nachdem wir einige Tage vorher zu üben begonnen hatten, steckte dieses Singen an und aus den Nachbarzellen drangen ebenfalls Chorgesang und gar Solostimmen. Ein Gefangener, mit dem ich etwas später auf einer anderen Zelle, in die ich verlegt wurde, zusammentraf, war früher als Hobbysänger eines Theaters aktiv und konnte mit seinem sonoren Bariton bei geöffneten Fenstern halb Cottbus unterhalten. Schon vor dem Einüben der Weihnachtslieder bot er eine abendliche Gala, in Erinnerung ist mir sein *Wolgalied*, *„Es steht ein Soldat am Wolgastrand …"*, das in unserer Zwangssituation doch auch mir zu Herzen ging. Eigenartigerweise gab es diesbezüglich keine Sanktionen der Aufseher, immerhin war sein Sologesang unüberhörbar, ebenso wie unser Sangeswettstreit zwischen den Zellen. Die Feiertage bedeuteten insofern etwas Entspannung, als wir nicht arbeiten mußten, unseren Singsang am Heiligabend mit der einen oder anderen Träne anreicherten und sogar am ersten Feiertag jeder ein Brötchen bekamen! Welch ein kulinarischer Segen, auch der Belag war reichlicher.

Kurz nach Weihnachten hatte ich erneut einen Brief meiner Eltern erhalten, den zweiten. Wie sie schrieben, ging es ihnen gut und meine Mutter hatte eine erneute Sprecherlaubnis beantragt, die ihr für den Februar ankündigt worden war. Auch bestellte sie herzliche Grüße von Herrn Fischer! Da war er wieder, der Fremde, den meine Mutter, wie ich später erfuhr in unserer Stollberger Umgebung durch Vermittlung von Herrn Heusler, dem Chefarzt der Wismut-Klinik, bei dem Mutter als Haushälterin tätig war, kennengelernt hatte. Er wünschte mir ebenfalls alles Gute und viel Glück! Das mußte ein erneutes Zeichen der Unterstützung sein, wenn ich es auch nicht im Detail deuten konnte, da diese Informationen so diskret und verschlüsselt wie möglich, aber immer noch erkennbar formuliert werden mußten. Eine offene Kommunikation über eventuelle Unterstützung von außen für eine Übersiedelung in die Bundesrepublik wäre höchst gefährlich für denjenigen geworden, der sich hier engagierte, dies hätte unter Umständen als Fluchthilfe ausgelegt werden können!

Das Weihnachtsfest mit unseren Sangesbeiträgen und dem einen oder anderen Gedichtvortrag lag hinter uns. Dabei spielten vorwiegend die schöngeistigeren Charaktere eine wichtige Rolle, immerhin war um mich eine Gemeinschaft von zahllosen akademisch gebildeten Menschen, Professoren, Theologen, Ingenieuren, Studenten oder Literaten aller Couleur. Aber es gab auch Andere, wie ich bald lernen mußte. Nach dem Wecken mit dem berühmten Ruf *„Nachtruhe beenden!“*, der mich die gesamte Haftzeit begleiten sollte, konnten wir uns waschen, Zähne putzen und das Bett machen, bevor es das spärliche Frühstück gab. Danach wurde aufgeschlossen, alle mußten raustreten auf den langen Flur, sich in Reih und Glied aufstellen und einer mußte eine Meldung machen, daß die Zelle Nummer sowieso entweder vollzählig zur Arbeit angetreten ist oder daß ein Häftling in der Zelle verblieben ist, wegen Erkrankung oder aus anderen, angeordneten Gründen. Und ab ging es in Kolonne zur Fabrik. Es dauerte nicht lange, bis ich das zweite *Erziehungsgespräch* bekommen sollte.

Vom Kalfaktor wurde ich eines Morgens angewiesen, auf Zelle zu verbleiben und später wurde ich in einen Besprechungsraum geführt, wo mich dann der Stationer, also der Leiter der Haftstation, mein *Erzieher*, den ich schon einmal erlebte und noch einige Male erleben sollte sowie ein Fremder, den ich nur bei diesem Gespräch erinnere, ins Gebet nahmen. Anfangs fragten sie mich verhalten freundlich nach meinem Befinden, bevor es zur Sache ging: Ob ich mir bewußt sei, die

Arbeitsleistung stimme nicht? Wie ich gedenke, diesen Umstand zu verbessern? Und nachdem ich erneut einige fadenscheinige Gründe angeführt und herumgedruckst hatte, kamen wir auf meine negative Grundhaltung der DDR gegenüber. Die einleitenden Fragen hierzu forderten mich heraus und ich erwartete nun einen streitigen Dialog; weit gefehlt. Stattdessen schien der Haftpädagoge mich als Übungsziel für seine weiteren beruflichen Ambitionen zu benutzen, als er mit dem üblichen, stumpf stupiden Staatsgelaber begann und ich nicht mehr zu Wort kam. Was war das für ein miserabler Auftritt! Nicht im Ansatz hatte er mich für seine Idee des Sozialismus gewonnen, vielmehr weiter abgestoßen. Damit brachte er zum Ausdruck, was mir viel später mit dem logischen Zerfall des Staates DDR erst bewußt werden sollte, daß nämlich genau diese chamäleonartige Verhaltenstypologie des größten Teils der Staatselite nur ein Spiel und nicht authentisch war. Offensichtlich glaubten voll innerer Überzeugung nur die Wenigsten an das, was sie sagten, die meisten derer plapperten stupide, was erwartet wurde, um Ruhe zu haben, ein klein wenig Karriere zu machen oder aus Verzweiflung, im Glauben, es bliebe nichts anderes übrig. Der Dritte, den ich nie wieder sah, schrieb fleißig mit, was der Haftpädagoge mir an Belehrung zuteil werden ließ. Ich konnte mir dann gut vorstellen, wie dieser das Ergebnisprotokoll einem vorgesetzten Offizier vorlas und alle sich einig waren: Mit einem solchen Statement muß Genosse Haftpädagoge unbedingt eine Belohnung erfahren und befördert werden!

In der Regel mehrfach pro Woche gab es Hofgang. Dies war die Gelegenheit, sich auf dem Gefängnishof an der frischen Luft die Beine zu vertreten, wenn auch nicht nach eigenem Belieben. Stattdessen mußten wir zunächst raustreten, uns in Reih und Glied aufstellen und auf den Hof marschieren, wo es dann galt, in Dreier- oder Viererreihen entgegen dem Uhrzeigersinn immer im Kreis herum zu marschieren. Das war ziemlich stupide und verleitete erneut zu spitzfindigen Reaktionen, etwa dem lautstarken Absingen von *Das Wandern ist des Müllers Lust*, was einmal in einen derartig euphorischen Kraftgesang mündete, daß der Rundgang abgebrochen werden mußte, weil sicher die halbe Einwohnerschaft von Cottbus eine Revolte im Knast vermuten mußte, auch wurde das *Rollkommando* angedroht, wenn wir uns nicht selbst disziplinierten. Dies wurde uns per Megaphon vom Anstaltsleiter, der in der Regel dem Ganzen beiwohnte, entgegengebrüllt. Und vor diesem Schlägertrupp hatten vor allem die Alteingesessenen, die das Rollkommando schon einmal erdulden mußten, doch gehörigen Respekt und kein Interesse, uns Neulinge diese Erfahrung teilen zu lassen. Wie sie später berichteten, war es 1968 letztmals anläßlich einer Revolte wegen des schlechten Essens zu einem solchen Einsatz gekommen, in dessen Verlauf alle Gefangenen auf Zelle mußten und dann die Schläger sich mit Schlagstöcken von Zelle zu Zelle vorarbeiteten, blindlings drauflosschlagend, ohne Rücksicht auf Alte, Verletzte oder Kranke, bis reichlich Blut floß.

In diesen *Rollkommandos* war das gleiche intellektuelle und charakterliche Potential versammelt, wie überall auf der Welt, wo die innewohnende Aggression einzelner Parteigänger und das Unvermögen damit umzugehen auf Abhängige, Unterdrückte und Unterlegene gelenkt wird, wie bei den SA-Trupps der Nazis oder heut noch in Kreisen von linksautonomen oder rechtsradikalen Dumpfbacken, auch bei sogenannten Hooligans.

Auch die erste Verlegung auf eine andere Zelle ließ kurz nach dem Jahreswechsel nicht lange auf sich warten. Ich wurde auf eine Zelle gleicher Größe direkt gegenüber, mit Blick auf den Gefängnishof verlegt. Neue Bekanntschaften bildeten sich. Allerdings auch Konfliktherde! Auf Zelle lag unter anderem der Bayer, so sein Spitzname, ein Bundesbürger aus München, der wegen Fluchthilfe fünf Jahre bekommen hatte, von denen er noch zwei absitzen mußte. Der Bayer war klein und untersetzt, mit ordentlichem Bierbauch und schütterem Haar sowie knolliger Boxernase, im zivilen Leben war er angeblich Autohändler, hinter vorgehaltener Hand sprach man davon, er sei Zuhälter gewesen. Er war nicht sonderlich beliebt, seiner arroganten Überheblichkeit wegen. So klein und unscheinbar er war, so flink und stark war er aber. Und dann war da Frucke, ein Mecklenburger, der in seiner LPG, in der er als Traktorist tätig war, seinen Parteisekretär krankenhausreif geschlagen hatte, weil der ihm auf der Karriereleiter zum Maschinenparkleiter im Wege stand. Er wirkte beinahe athletisch und schien dem Bayer körperlich weit überlegen, bis zu der Auseinandersetzung, als der Bayer Frucke vorwarf, er sei ein Spitzel, der sich nur wichtig machen wolle – und dann flogen am zweiten Tag meines Aufenthaltes in dieser Zelle die Fäuste, wie ich es noch nie gesehen hatte, bis Frucke ziemlich malade zu Boden ging, die Nase wohl gebrochen oder zumindest nicht mehr intakt und ziemlich schief und mit zahlreichen Platzwunden am Kopf, es floß reichlich Blut. Das Problem war, daß bei allem versammelten Intellekt auch einfacher strukturierte Typen unter uns waren, mit denen die Herren Professoren und Schriftsteller oder Pastoren nicht gut umgehen konnten. Auch der sogenannte *Knastkoller* spielte sicher eine Rolle, wachsende Anspannungen, die in dieser Zwangsumgebung keine Ventile fanden. Sie entluden sich am Gegenüber, dessen Nase nicht paßte. Und so ließen wir Übrigen den Dingen ihren Lauf, ohne einzuschreiten. Auch ich sah keinen Grund, hier für irgendjemanden Partei zu ergreifen, da ich noch ganz neu auf Zelle war und die Zusammenhänge gar noch nicht kannte.

Schließlich beruhigte sich das Ganze wieder und ein neues Schlachtfeld eröffnete sich. Neben dem Bayer und Frucke gab es noch Schlabber, der durch eine unansehnliche Hasenscharte gehandicapt war und infolge derer sich beim Essen leider oft besabberte, deshalb auch der Spitzname. Er war etwa Mitte Dreißig, hatte meine Statur und außer dem etwas unansehnlichen Gesicht lockige, blonde Haare. Auch hatte er keinerlei Tischmanieren. Aber dafür konnte er nichts, er lebte seit seiner Jugend allein und kam mit der Situation überhaupt nicht klar, er weinte ziemlich viel still in sich hinein. Er tat mir leid, weil er so gar keinen Ausweg sah, anders als Paul in der Lehrwerkstatt, an den er mich ein wenig erinnerte, der seinen Ausgleich in der Kultur seiner Wochenendausflüge in Museen und auf Schlösser fand. Schlabber war mit einer Clique dabei erwischt worden, als sie in Neubrandenburg systemkritische Losungen nach dem Einmarsch der Sowjets in die CSSR an Hauswände geschmiert hatten und in Sippenhaft gekommen, drei oder vier Jahre. Mit Sicherheit wußte er gar nicht, wie ihm geschah, als man ihn festnahm. Er hatte ein nur sehr bescheidenes politisches Wissen. Ansonsten war er Landarbeiter in einer LPG.

Als es wieder einmal Suppe gab und der Bayer neben ihm saß, dessen Blessuren einigermaßen verheilt waren, eskalierte ein Streit zwischen ihm und Schlabber. Der Bayer brüllte aus heiterem Himmel auf Schlabber ein, er soll gefälligst ordentlich essen, der sofort in devote Duckhaltung ging und dann schüttete ihm der Bayer seine Suppe über den Kopf. Zum Glück waren neben Frucke noch zwei weitere Haftkameraden beherzt aufgesprungen, Schlabber beizustehen und sie nahmen den Bayer in den Schwitzkasten, woraufhin auch ich nicht anders konnte, als ihm entgegenzuschleudern, er sei schlicht ein primitives Arschloch. Aber auch dieses Schlachtfeld beruhigte sich, der ganze Suppenschlammassel auf dem Boden, dem Tisch und den Stühlen wurde weggewischt.

Mein Ehrgeiz, Schlabber in den kommenden Tagen das Schachspiel beizubringen, fand jedoch an seinem spielerischen Vermögen Grenzen, die recht niedrig waren, weshalb wir uns wieder auf Mensch ärgere dich nicht und Mikado verlegten. Neben Spielen gab es auch Bücher auszuleihen, auch hier war mir der Atlas wieder die liebste Lektüre, wenn ich in Gedanken in die entferntesten Winkel dieses Erdballs reiste und imaginäre Abenteuer erlebte, auch wenn ich ebenso andere Literatur auslieh.

In diesem Zeitraum erhielt ich zum ersten Mal nach der U-Haft im Vollzug Schreiberlaubnis, nachdem auch ich bereits Post von meinen Eltern erhalten hatte. Ich erhielt zwei Blatt DIN-A4-Briefpapier und einen Bleistift. So schrieb ich am 8. Februar 1970 an meine Eltern, unter anderem:

„Liebe Mama, lieber Papa, … Wenn Ihr schreibt, Ihr hättet nicht viel Neues zu berichten, werdet Ihr verstehen, daß ich das noch viel weniger kann. In der Woche, wenn wir Feierabend haben, ruhen wir uns für den nächsten Tag aus. Am Sonntag spielen wir Schach. Ich lese hier sehr viel, was die Gedanken anregt und hier das Nützlichste ist … .

Draußen stand ich vielen Dingen gleichgültig gegenüber, was sich in letzter Zeit grundlegend geändert hat. Mit Gleichgültigkeit kommt man nie zum Ziel, wie ich festgestellt habe …".

Zu dieser Zeit las ich den Roman *Die Mutter* von Maxim Gorki, der mich beeindruckte und aus dem ich meinen Eltern in meinem Brief zitierte:

„Ich will in Freiheit, in Harmonie mit meinen Wünschen leben … . Ich will nicht Ziegelstein in der menschlichen Gesellschaft sein, den sie hinsetzt, wie und wohin sie will, wenn sie Kerker für ihr eigenes Glück baut! Ich bin der Geist und die Vernunft des Lebens, ein Mensch, ich muß frei sein!"

Und dann schrieb ich wiederum mit meinen eigenen Worten:

„ ...Ich werde das Leben nicht mehr wie ein Bettler um etwas bitten; denn es verteilt keine Almosen. Ich glaube, um frei zu sein, darf man nicht nur der Sklave seiner Wünsche sein ...“.

Ein letztes Mal zitierte ich Gorki:

„Frei ist, wer die Kraft hat, allen Wünschen zu entsagen, um einen zu erfüllen.“

Das war aber wohl doch zu viel für die kontrollierende Stasi-Seele und der Brief wurde nicht versandt, sondern mir wurde mitgeteilt, daß solche *Schmähbriefe* nicht nach draußen gehen würden. Jahre später fand ich ihn in meiner Stasi-Akte (ANLAGE 9, SEITE 221) und er mag ein kleiner Baustein gewesen sein, der meine Freilassung unterstützt und beflügelt haben mag.

Nicht lange und es gab die nächste Belehrung durch meinen Haftpädagogen, wobei es auch um diesen Brief ging. Aber im Großen und Ganzen verlief diese sozialistische Therapiesitzung nach dem selben Muster wie die ersten. Mein Pädagoge redete und redete, als ob er einen Redemarathon gewinnen wollte. Bei einigen Passagen konnte ich mich des Eindruckes nicht erwehren, er spulte hier etwas auswendig Gelerntes ab, ohne zu verstehen, was er da von sich gab. Erneut war erkennbar, was Jahre später Allen wie Schuppen von den Augen fallen sollte: Der Zerfall der DDR war systemimmanent vorprogrammiert, verlief schleichend bereits seit den 1970er Jahren und war vor allem, wie bereits erwähnt, durch die mangelnde Authentizität der Eliten bedingt. Zu wenige waren es, die dieses System aus tiefster, innerer Überzeugung wirklich mit Leben erfüllen wollten, um den Preis der Aufgabe ihrer eigenen Individualität, dem unabdingbaren Erfordernis jeglicher sozialistischer Ideologie. Dies galt unter allseitiger Berufung auf die Lehre von Karl Marx für die DDR ebenso wie für die gesamte sozialistische oder kommunistische Hemisphäre des Ostblockes, der Sowjetunion oder Chinas, deren Jahrhundertexperimente zum Preis von Millionen Toten kläglich scheiterten. Auch die besonders grausame Sonderform des sogenannten Nationalen Sozialismus unter Adolf Hitler, die neben der Abschaffung aller demokratischer Pluralität noch seinem kruden Rassenwahn und dem Judenhaß Rechnung trug, war ein Beleg dafür, daß solche Systeme letztlich nicht überleben können, der Drang zur freien Entfaltung ist die oberste Prämisse menschlicher Identität. Die Menschen sind so unterschiedlich in ihren Charakteren, Wünschen Träumen und Bedürfnissen, daß es nie gelingen wird, sie alle unter den Hut des allseits gleichmachenden sozialistischen Dogmas zu bringen.

Die meisten Repräsentanten in meiner Umgebung glaubten nicht an den Sozialismus, vielmehr glaubten sie entsprechend dem eben Gesagten an ihren eigenen Vorteil, wenn sie ihr Fähnchen in den sozialistischen Wind hängten und im Herzen waren sie Individualisten, wie alle Anderen, auch sie schauten heimlich Westfernsehen, trugen gern Westklamotten und ein König war, wer einen West-PKW sein eigen nennen konnte, wie zum Beispiel der berühmte und für die “ Häftlings-Freikäufe“ seitens der DDR verantwortliche Anwalt Vogel mit seiner dicken Mercedes-Limousine, gar mit Fahrer. Einzig die oberste Machtelite, der tragende Staatsapparat mit

Cottbus, den 8. 2. 70

Liebe Mutti u. Papa!

Euren Brief habe ich erhalten und möchte mich dafür recht herzlich bedanken. Gut, daß Ihr von dem Bild mitgeschrieben habt. Ich habe mich darum gekümmert und es erhalten. Vielen Dank dafür. Walters Brief werde ich, wie ich wohl schon schrieb, nicht bekommen.

Wenn Ihr schreibt, Ihr hättet nicht viel Neues zu berichten, werdet Ihr verstehen, daß ich das noch viel weniger kann. In der Woche, wenn wir Feierabend haben, ruhen wir uns für den nächsten Tag aus. Am Sonntag spielen wir Schach. Ich lese hier sehr viel, was die Gedanken anregt und hier das Nützlichste ist. Man stumpft nicht vollkommen ab, was sehr gefährlich werden kann. Meine Gedanken sind auch so ziemlich das Einzige, was ich Euch mitteilen kann.

Ihr hattet zu Hause einmal eine kleine Broschüre „Mit den Augen der Liebe". Ich weiß nicht, ob Ihr das noch habt. Wenn nicht, ist Euch das Büchlein sicher durch meine Tat abhanden gekommen, was mir sehr leid täte. Wenn es weg ist, muß es ja sehr gefährlich gewesen

(ANLAGE 9)

sein. Wie ich über derartige Methoden denke,
wißt Ihr ja, und daran wird sich nichts
ändern. Draußen stand ich vielen Dingen gleich-
gültig gegenüber, was sich in letzter Zeit
grundlegend geändert hat. Mit Gleichgültig-
keit kommt man nie zum Ziel, wie ich fest-
gestellt habe. Ich habe jetzt ein sehr gutes
Buch von Gorki gelesen und möchte eine Stelle
zitieren: „Ich will in Freiheit, in Harmonie
mit meinen Wünschen leben ... Ich will nicht
Ziegelstein in der menschlichen Gesellschaft sein,
den sie hinsetzt, wie und wohin sie will, wenn
sie Kerker für ihr eigenes Glück baut! Ich
bin der Geist und die Vernunft des Lebens,
ein Mensch, ich muß frei sein!"
Ich werde das Leben nicht wie ein Bettler um
etwas bitten, denn es verteilt keine Almosen.
Ich glaube, um frei zu sein, darf man nicht
nur der Sklave seiner Wünsche sein. Gorki
schreibt: „Frei ist, wer die Kraft hat, allen
Wünschen zu entsagen, um einen zu erfüllen."
Weiter schreibt er: „Ich wanderte und sah viel Unglück,
Trauer und Elend. Blutige Tränen weinte mein Herz,
und tiefe Wunden schlug ihm die schwere Hand der
grausigen Wirklichkeit, Wunden, die nichts heilen
kann als das bittere Gift der Rache." Soweit Gorki.
Ich wünsche Euch Gesundheit und alles Gute.
Viele Grüße
Euer

(ANLAGE 9)

Teilen der Volkskammer, dem Politbüro und der Parteispitze innerhalb der SED mögen hier wenige Ausnahmen gewesen sein, vielleicht auch Offiziere im Staatsdienst bei Militär, Stasi und Polizei, wobei unmittelbar nach dem Zerfall des Staates DDR im Herbst 1989 in den letzten Volkskammersitzungen die hohnlachenden Abgeordneten in Erinnerung sind, als die Staatsspitze sich mehr und mehr aufgrund des Druckes aus dem Volk zu rechtfertigen hatte. Ihr Spiel in den Paraderollen der sozialistischen Komödie war auf dieser Bühne aus, die Volkskammerabgeordneten als Zuschauer quittierten die Komödie mit herzhaftem Lachen, allerdings erst, nachdem sie vorher vorgaben, treue Gefolgsleute zu sein. Die DDR war bis zu ihrem Zerfall auch ein wenig ein System von erzwungenen Heuchlern.

Weitere Tage und Wochen gingen ins Land. Mitte Februar 1970 hatte ich an einem Sonntag das zweite Mal eine Sprecherlaubnis und Mutter kam zu Besuch. Diesmal war der Sprecherraum größer, fünf Gefangene saßen an einem länglichen Tisch ihren Angehörigen gegenüber, nachdem auch hier wieder beide Seiten vorher über die Spielregeln belehrt wurden, Berührungen waren nicht erlaubt. Mutter war wieder sehr gefaßt, überbrachte zu meiner großen Freude und Überraschung auch liebe Grüße von Barbara, deren Bild in den Wochen und Monaten verblaßt war, nun aber erneut Konturen gewann. Sie hatte geschrieben, während sie von nichts wußte und meine Mutter hatte ihr einen Gruß gesandt mit den Informationen zu meinem Abenteuer und den Folgen. Damit war klar, auch ihr würde ich nun schreiben, so sie mich ließen. Dann überbrachte Mutter Grüße von Vater, der nun seinen Ruhestand genoß, nachdem er etwas vor dem eigentlichen Rentenalter aus dem Bergbau ausgeschieden war, auch, weil die Zahl der Kumpel reduziert wurde, die Grube sollte Anfang der 1970er Jahre geschlossen werden, da die Flöze nicht mehr ergiebig waren. Vater hatte nun Zeit für seine geliebten Waldwanderungen, im Herbst zum Pilze Sammeln und mit seinen Skiern. Es war ein strenger, schneereicher Winter. Da immerhin fünf Gefangene nebeneinander saßen und die beiden Bewacher nicht imstande waren, alle Gespräche genauestens zu überprüfen, gelang es Mutter, mir dann mitzuteilen, sehr geschickt mitten in eine belanglose Plauderei hinein, mit völlig entspannter Mine und unvermittelt, sie habe auf Vermittlung von Herrn Fischer Kontakt zu einem Rechtsanwalt Vogel in Ost-Berlin aufgenommen, der DDR-Beauftragter für sogenannte *Freikaufaktionen* von Gefangenen in den Westen sei!

Dies war wieder einer der Paukenschläge, die ich erst einmal verkraften mußte, diesmal jedoch im positiven Sinne! Jetzt hatte ich zumindest Gewißheit, mir wird auch von draußen geholfen auf meinem steinigen Weg in die Freiheit. Was war Mutter hier wieder verschlagen und immer gut für Finten, auch hatte ich nun eine Lösung, was es mit diesem Herrn Fischer aus Stollberg auf sich hatte, den ich vorher nicht kannte. Aber auch diese Information war zunächst nicht mehr als eine Stärkung meiner Hoffnung; denn Gewißheit gab es in diesen Dingen nie, immer blieb auch hier alles im Unklaren und niemand wurde über die aktuellen Entwicklungen in solchen Fällen informiert oder aufgeklärt, auch während der Sprecherlaubnis konnten wir nicht offen ausführlicher darüber reden, was bei Entdeckung durch einen der Bewacher sofort das Ende der Sprecherlaubnis bedeutet hätte, wie mich meine Erfahrung bei der Sprecherlaubnis mit Vater gelehrt hatte.

Jetzt wurde mir indes auch klarer, was es bedeutete, wenn über Häftlinge gesprochen wurde, die auf irgendeiner Station aus irgendeiner Zelle unvermittelt *„auf Transport“* gingen, was eine Entlassung in die Bundesrepublik bedeuten konnte. Aber Genaues erfuhr man nicht, auch war man gut beraten, als Betroffener eigene Aktivitäten tunlichst für sich zu behalten, weil man nie wissen konnte, wer um einen herum vielleicht als Spitzel fungierte und eigenem diesbezüglichen Bemühen entgegenwirkte. Ich hatte überdies die Sorge, als der mit Abstand Jüngste in unserem Gefangenenverein böte ich aus der Natur der Sache heraus für die Kommunisten einen Ansatz, sich mit Nachdruck meiner Umerziehung anzunehmen, wogegen aber die Halbherzigkeit meines Haftpädagogen sprach; ich mußte den Druck erhöhen und den Widerstand verstärken, zumindest mental den Wuchs meines Gefieders beschleunigen!

Die Sprecherlaubnis lag hinter mir und ich konnte Barbara einen Brief schreiben. Immerhin war sie eine menschliche Brücke in die Vergangenheit kurz vor meinem Weg durch Bulgarien. So gut es ging, versuchte ich diesmal den Spagat, einerseits meinen Weggang aus der DDR zu begründen, andererseits die menschliche Dimension, das Zurücklassen von Angehörigen, Freunden und Bekannten zu rechtfertigen, was angesichts der Tatsache, daß alle Briefe kontrolliert und viele Briefe wie mein letzter an die Eltern sowie auch die anderer Häftlinge gelegentlich zurückgehalten wurden, nicht ganz einfach war. Allerdings hatte ich bereits damals ganz annehmliche rhetorische Fähigkeiten, konnte, wenn ich wollte, auch diplomatisch formulieren. Es dauerte nicht lange, bis ich von Barbara Antwort erhielt und zu meiner großen Freude ein Foto von ihr.

Am 14. März 1970 hatte ich meinen 19. Geburtstag. Meine nächsten Haftkameraden gratulierten mir am Morgen nach dem Wecken und deuteten vielversprechend an, die größere Überraschung würde es noch im Laufe des Tages geben. Und dann hatten sie mir auf dem Arbeitstisch aus Schreibpapier mehr oder weniger kunstvoll einen Blumenstrauß modelliert, einer hatte aus einem Paket, das er erhalten hatte einen Riegel Schokolade aus dem Westen darunter gelegt und ein Päckchen Tabak lag dabei. Welch eine unerwartet wunderbare Geste und Bereicherung meines Gefängnisalltags.

Kurz danach wurde ich erneut verlegt auf eine Zelle nebenan, auf der selben ersten Etage. Die bisherige Zelle lag genau an der inneren Ecke des Gebäudes gegenüber der Fabrik, allerdings von dieser abgewandt mit Blick auf den Hof und die neue Zelle war die benachbarte Zelle des anderen Gebäudetraktes, der im rechten Winkel angebaut war und an dessen Ende das Sachsenwerk lag. Im Grunde konnten wir uns gegenseitig von der Seite in die Fenster schauen. Auch die neue Zelle erlaubte den Blick auf den Hof. Sie war um ein Dreistockbett kleiner, ansonsten galt auch hier, was bereits für die vorherigen Zellen galt, Farbe und Putz bröckelten von den Wänden, die Bettgestelle setzten Rost an und die Matratzen waren eine Zumutung, aber die Toilette war ein abgeschlossner Raum und es gab fließend kaltes Wasser.

Dr. Naumann, etwa Ende Siebzig, ein sehr gebeugt gehender, hagerer Zahnarzt aus Leipzig war neuer Zellengenosse und ein gebrochener Mann, er hatte ein unsägliches Martyrium sozialistischer Stasi-Ermittlungsarbeit hinter sich. Die vorderen Schneidezähne, die man ihm vor wenigen Jahren teils in Vernehmungen ausgeschlagen hatte, teils als verbliebene Stümpfe notdürftig im Haftkrankenhaus Leipzig-Meusdorf gezogen und provisorisch repariert hatte, zeugten von *drastischen physischen Maßnahmen*, wie es in der Stasi-Sprache hieß, ebenso die große Narbe unterhalb seiner Unterlippe quer über den Unterkiefer. Diese *physischen Maßnahmen* hatte man bis in die Mitte der 1960er Jahre angewendet, um Häftlinge gefügig zu machen oder Dinge aus ihnen herauszupressen, selbst wenn diese Dinge gar nicht in ihnen waren. Seine Erzählungen führten mir wieder vor Augen, welch kleiner Fisch ich war und wie vergleichsweise glimpflich für mich die U-Haft vorüber gegangen war. Als Vater dreier Kinder war Dr. Naumanns älteste Tochter vier oder fünf Jahre nach dem Bau der Mauer eine erfolgreiche Flucht durch eine Fluchthilfeorganisation in die Bundesrepublik gelungen. Dummerweise hatte er sich an der Finanzierung beteiligt, was die Stasi durch heimliche Informanten herausbekommen hatte, die möglicherweise in der westdeutschen Fluchthilfeorganisation infiltriert waren, was er aber nie endgültig bestätigt bekommen hatte. Und als man ihn in die Mangel genommen hatte, kam heraus, daß seine beiden Söhne die Tochter mit dem Familien-PKW zu einem Treffpunkt mit den Fluchthelfern gefahren hatten, wobei ihnen dies nicht bewußt war, wie er versicherte. Sie glaubten, die Schwester treffe sich mit entfernt bekannten Kommilitonen. Das half alles nichts, Dr. Nauman erhielt acht Jahre wegen Fluchthilfe und seine beiden Jungs erhielten der jüngere vier und der ältere sechs Jahre, ebenfalls wegen Fluchthilfe. Alle drei waren in unterschiedlichen Zuchthäusern, Kontakt untereinander wurde ihnen verwehrt. Allein die Mutter war mit zwei Jahren davongekommen, da man ihr lediglich Mitwisserschaft und unterlassene Anzeige eines schweren Fluchthilfeverbrechens anlastete, sie hatte ihre Strafe in Stollberg-Hoheneck verbüßt und war inzwischen wieder aus der Haft entlassen worden. Eine gesamte Familie war hier nicht nur inhaftiert, vor allem den Jungs war in der DDR ihre Zukunft genommen worden. Allein das Wissen um die erfolgreiche Flucht der Tochter und die Tatsache, daß sie nun im Westen Medizin studierte blieb ihm als schwacher Trost.

Dies alles erfuhr ich erst Tage später, als wir uns ein wenig angenähert hatten, an sich sprach er nicht gern über sein Schicksal und war überhaupt ein sehr verschlossener Einzelgänger, den ich mit meiner Neugier wohl zu sehr hinterfragt hatte – denn nachdem er sich mir dann ein wenig geöffnet hatte, bemerkte er nach der

Schilderung all dessen sehr nachdenklich im Ton fatalistischer Schicksalsergebenheit so oder so ähnlich:

„Wenn du mit deiner Jugend auch einer von denen bist, den sie am Anfang einer Stasi-Karriere hierher schicken, um andere auszuhorchen und am Ende fertig zu machen, so bleibt mir allein der Glaube an eine höhere Gerechtigkeit, die alle, im Falle, du bist ein Spitzel, auch dich treffen wird, verlaß dich drauf ...“

Dies traf mich wie ein Fausthieb! Plötzlich unterstellte jemand die potentielle Möglichkeit, ich sei ein Stasi-Spitzel! Ich versicherte ihm meine volle Loyalität und hatte zum ersten Mal einen Haftkameraden, dem ich von meiner festen Absicht erzählte, in den Westen zu wollen, da auch ich in diesem moralisch verkommenen, unfreien Land keinerlei Perspektive mehr sah. Damit blieb mir zumindest die Hoffnung auf ein wenig Vertrauen seinerseits – und ich erhielt nun von ihm den Tip, sich wie seine Söhne über einen mit ihnen befreundeten Anwalt aus Leipzig mit einem weiteren Anwalt Wolfgang Vogel in Berlin in Verbindung zu setzen, der sich für *Freikaufaktionen* von Häftlingen in die Bundesrepublik einsetze! Dies hatte ihm seine Frau beim jüngsten Sprecher, den er erstmals erhalten hatte, heimlich zuraunen können. Bingo! Hier konnte ich Vollzug durch meine Mutter melden – und in diesem Moment wurde mir kalt und heiß zugleich: Wußte ich denn, Dr. Naumann war wirklich Dr. Naumann und will mir mit seinem Tip ehrlichen Herzens helfen? Oder war er einer von denen? Vielleicht war seine Schicksalsstory erfunden? In was für einer Misere steckten wir hier alle fest! Keiner traute dem Anderen, es war zum Verzweifeln und im Prinzip wie schon draußen, wenn man neue Menschen kennenlernte und man zu Argwohn gezwungen war, sofern man nicht systemkonform war. All dies kommt mir immer dann in Erinnerung, wenn heut DDR-Nostalgiker sich darin ergehen, es wäre in diesem Land alles so sozial, menschlich viel verbindlicher, viel gemeinschaftlicher zugegangen. Zum Glück aber blieb dieser Dialog mit Dr. Naumann über die Zeit ohne weitere nachteilige Konsequenzen..

In diese Zeit fiel der Besuch des im Oktober 1969 in der Nachfolge von Kurt Georg Kiesinger gewählten, ersten sozialdemokratischen Bundeskanzlers Willy Brandt in Erfurt. Grundlage für den Besuch war eine Änderung der bundesdeutschen Ostpolitik unter den Sozialdemokraten. Waren bislang die CDU-Regierungen eher auf Distanz zur DDR und deren Regierung gegangen, begann die neue Regierung unter maßgeblicher Prägung durch den Kanzlerberater, den späteren Minister für besondere Angelegenheiten Egon Bahr einen *Wandel durch Annäherung*, wie diese Doktrin heißen sollte. Das Ziel war, durch Gespräche und Verhandlungen über Reisemöglichkeiten sowie Besuchserlaubnisse, über stärkere wirtschaftliche Beziehungen und einen intensiveren Kulturaustausch die Beziehungen zu verbessern, langfristig gar zu normalisieren. Dies erfuhren wir über den Zellenfunk, der gelegentlich eingeschaltet wurde und DDR-Rundfunksender zu Gehör brachte, mit Musiksendungen, aber auch Nachrichten. Auch wenn diese Nachrichten nicht neutral sondern parteipolitisch im Sinne der SED aufbereitet waren, so konnte man aber Fakten vernehmen und interpretieren und allein der Besuch an sich war für uns eine Sensation, mit der immer währenden Gerüchteküche, nun käme sicher eine große Amnestie, die uns allen die Entlassung bescheren würde.

Sie kam aber nicht!

Parallel las ich im *Neues Deutschland*, das wir als Tageszeitung auf die Zelle bekamen, von in Aussicht stehenden Verhandlungen zwischen dem Warschauer Pakt und der NATO, in welche die DDR unbedingt eingebunden werden wollte, wie man dem Sprachduktus eindeutig entnehmen konnte. Man spürte, wie die DDR durch erste Anerkennung als souveräner Staat zum Beispiel durch die Malediven, durch Ägypten und weitere Länder der Dritten Welt selbstbewußter wurde und auf dem internationalen Parkett mehr verlangte als bisher, was durchaus nicht im Sinne des großen Bruders Sowjetunion sein konnte, ebensowenig im Interesse der weiteren Ostblockpartner; denn immerhin war seit dem Einmarsch in die CSSR 1968 klar, wer im Ostblock das Sagen hatte und da war niemand interessiert, diesem Deutschland, egal ob Ost oder West, einst wieder zur Macht zu verhelfen, nachdem es unter den Nazis so unendlich viel Leid über die Welt gebracht hatte. Aber es gelang der DDR dennoch, auch in diesen Verhandlungen eine zentrale Rolle zu spielen, die nach mehrjährigen Vorbereitungen 1973 in Helsinki als die historisch bedeutsamen KSZE-Verhandlungen beginnen sollten, Verhandlungen der Konferenz für Sicherheit und Zusammenarbeit in Europa.

Ebenfalls in diese Zeit um 1970 fiel der Beginn der im engeren Sinne militärischen Abrüstungsverhandlungen zwischen den USA und der Sowjetunion, um das inzwischen aufgebaute, gigantische Atomwaffenarsenal beider Supermächte im Griff zu behalten, es begannen die SALT-Verhandlungen, die Strategic Arms Limitation Talks, die ebenfalls in Verbindung mit den KSZE-Verhandlungen in Helsinki stattfanden.

Nachdem ich nun meinen Eltern und Barbara geschrieben hatte, auch wenn der Brief an die Eltern nicht abgeschickt sondern in der Gefangenenakte verewigt worden war, erbat ich Ende März erneut zwei Bögen Briefpapier. Ermutigt durch die Andeutung Mutters zu Anwalt Vogel und um nun zusätzlich zu meiner konsequent unterschrittenen Norm noch ein wenig zu eskalieren, hatte ich die Idee, dann nicht meinen Eltern zu schreiben, sondern an den Rat des Kreises Stollberg, also meine Heimatbehörde, um ihr einen Ausreiseantrag aus der DDR zu unterbreiten! Anfangs noch ängstlich ob der Konsequenzen, da dies als enorme Provokation gewertet werden mußte, wurde ich beim Schreiben mutiger und mutiger, ich begann erneut den Mechanismus einer sich selbst erfüllenden Prophezeiung zu aktivieren, formulierte treffsicher, malte mir dann Bilder aus, die mich auf Klettertouren in den Alpen wähnten oder mit meiner BMW auf großer Tour, auch war ich in Gedanken inmitten meiner westdeutschen Verwandten. Ich begründete den Ausreiseantrag mit meiner Unzufriedenheit mit den Verhältnissen in der DDR und bezog mich dabei auf meine Erfahrungen infolge meines Fluchtversuches, auf die Haft, auf die damit verbundene Perspektivlosigkeit in der DDR. Auch hatte ich wieder im *Neues Deutschland* gelesen, wie sich die DDR immer intensiver um internationale Anerkennung bemühte. Da kaum davon auszugehen war, diese Anerkennungen würden von der Bundesrepublik als dem deutlich stärkeren deutschen Staat unkommentiert hingenommen werden, waren Gegenleistungen der DDR im Rahmen eines großen internationalen Deals zu vermuten, die man zwischen den Zeilen sogar im *Neuen Deutschland* erspüren konnte, wenn davon die Rede war, die DDR werde durch diese Anerkennungen als souveräner Staat nun auch im Inneren immer stabiler und sicherer und könne sich auf den Weg machen, in die UNO aufgenommen zu werden. Dies war nicht denkbar, ohne die im Umkehrschluß notwendige Anerkennung der UNO-Charta der Menschenrechte durch die DDR! Die bedingte eine uneingeschränkte Reisefreiheit – auch hierauf bezog ich mich.

Ein wenig hatte ich gezögert, bis ich den Ausreiseantrag mit klopfendem Herzen Anfang April 1970 meinem Stationer übergab. Mir war klar, dieser Ausreiseantrag wird nicht einfach weitergeleitet wie ein Brief an meine Angehörigen oder Freunde. Und so dauerte es nur wenige schlaflose Nächte voller großer Sorgen um den Ausgang dieses beherzten Auftrittes, bis ich eines Morgens mit Austeilen des Frühstückes angewiesen wurde, bei Heraustreten zur Arbeit auf Zelle zu verbleiben, wegen eines *„klärenden Gespräches“*! Wieder schlug mir das Herz zum Hals heraus, ich wußte ja, worum es ging.

Ich wurde gegen Vormittag nach bangen Stunden des Wartens in das Büro des Stationers geführt, wo mich dieser im Beisein eines Schließers aus dem Stand und unvermittelt lauthals anbrüllte, was mir einfiele, schon wieder solch eine *„Schmähschrift“* zu verfassen; ob ich *„Lust auf Nachschlag“* verspüre? Das war meine größte Sorge, daß sie mir tatsächlich irgendwelche Gründe unterschieben, die zu einem erneuten Verfahren dienen und mich mit einer weiteren Haftstrafe belegen. Erneut fiel mir der Satz ein, dem ein Vernehmer dem Strafgefangenen Beier entgegen geschleudert hatte:

„Sie wissen doch, wer bei uns sitzt, hat Dreck am Stecken, sonst säße er nicht bei uns …“.

Auch hielt er mir dann meine mangelnde Arbeitsleistung vor. Jetzt begann ich doch sehr unruhig zu werden und wußte nicht mehr so recht, wie ich aus dieser Misere herauskommen sollte, ohne mich zu sehr zu beschädigen, bis er auf dem Höhepunkt seiner Ratlosigkeit und einer weiteren Eskalation seiner Lautstärke sich zu der sinngemäßen Aussage verstieg:

„Casper, sie sind ein staatsfeindliches Subjekt, das erneut vor ein Gericht gehört; seien Sie froh, daß ich ihnen ihre Jugend anrechne und sie deshalb vor sich selbst schütze, bis sie zur Vernunft kommen …“

Und dann zerriß er meinen so mühsam formulierten Ausreiseantrag vor meinen Augen und warf ihn in seinen Papierkorb, nicht ohne die Feststellung, dies alles werde noch Konsequenzen haben, zumindest sollte meine nächste Sprecherlaubnis zunächst einmal ausgesetzt werden.

War das nun ein Sieg? Oder eine Niederlage! Ich vermochte es nicht einzuschätzen und hatte auch keine Lust, mich darüber mit meinen engsten Knastkumpels zu beraten, weil ich in all diesen Dingen bereits gelernt hatte, daß es zu viele unterschiedliche Meinungen zu all dem gab und außerdem war es nach wie vor ratsam, Zurückhaltung zu üben, um nicht zu viel Details preiszugeben. Also erst einmal wieder kleine Brötchen backen!

Einer der Zellengenossen war Helmut, er war mir ein Rätsel. Aufgewachsen in einem kleinen Dorf Mecklenburgs direkt an der innerdeutschen Grenze hatte er es mit Anfang zwanzig geschafft, aufgrund seiner sehr guten Ortskenntnis über die Elbe in den Westen zu fliehen! Was für eine unglaubliche Leistung unter absoluter Lebensgefahr! Und nachdem Helmut sich in dieser neuen, freien Welt überhaupt nicht zurechtgefunden hatte, bekam er eines nachts unter reichlich Alkohol eine moralische Anwandlung mit derartiger Sehnsucht nach seinen Angehörigen, daß er sich erneut auf den Weg zur Grenze machte, diesmal aber in entgegengesetzter Richtung, in der Hoffnung, man nehme ihn als reuigen Sünder wieder auf und schließe ihn in sozialistische Arme. Weit gefehlt! Er wurde sofort in Untersuchungshaft gesteckt und zu drei Jahren verurteilt. Jetzt sprach er davon, sobald er draußen sei, es wieder zu versuchen, in den Westen zu kommen. So gab es in dieser deutsch-deutschen Gemengelage auch Wanderer zwischen Welten, die nirgends Halt fanden.

April 1970 muß es gewesen sein, als es an einem Sonntag erneut eine Verlegung gab, aber nicht in irgendeine Zelle sondern in den großen Kinosaal, wo man in einer gigantischen Umzugsaktion die gesamte Station, innerhalb derer ich soeben erst verlegt worden war, versammelte. Der Saal lag am Ende des Flures in dem Gebäudetrakt, der unmittelbar der Pentacon-Fabrik gegenüber lag, mit Fenstern zum Hof, zur Küche und Effektenkammer sowie zur Fabrik. Alle mußten anfassen und die Bettgestelle, die Matratzen und sämtliche Utensilien auf den Saal schleppen! Es war soweit, die Flure und Zellen sollten nun endlich renoviert werden und da dies nicht Zelle für Zelle geplant war, sondern in einem großen Renovierungsschritt, hieß es, sich für etwa sechs bis acht Wochen gemeinsam mit weiteren etwa 80 Häftlingen einzurichten und zu arrangieren. Immerhin gab es auch auf diesem Saal eine abschließbare Toilette und das obligatorische Waschbecken, morgens und abends angesichts der Vielzahl von Nutzern mit entsprechenden Staus und gelegentlich auch wieder Tumulten und Rangeleien.

Durch diese Verlegung gab es die Chance, sich Bett an Bett enger mit den Haftkameraden zusammenzulegen, mit denen ich auf Arbeit die Werkbank teilte und so lag im Dreistockbett über mir Hubert Schmiedel, alias Long Tom Boldry, ein Bett darüber Wolfgang Wegner, alias Teo und Ludwig Tillmann, alias Pressman nebenan. So voll, unruhig und gelegentlich tumultartig das Miteinander hier insgesamt war, so unterhaltsam war es in unserer nun auch auf Zelle gefestigten Clique. Hinzu kam nach und nach auch Rüdiger Steinbeiß, genannt Stonebit und Andreas Reimann, Literat und Lyriker, der später zahlreiche Lyrikbände veröffentlichen sollte. Reimann war auch gut mit Wolf Biermann bekannt, dem wohl bekanntesten DDR-Lyriker und Liedermacher, der später, 1976 als zu systemkritisch aus der DDR ausgebürgert werden sollte. Auch Hubert Schmiedel schrieb nach seiner Haftentlassung lyrische Texte, die er vertonte und zahlreich veröffentlichte. Sie alle hatten *„... politischen Dreck am Stecken ...“* und insofern diskutierten wir nun trefflich über das Leben, wir philosophierten und erzählten uns Geschichten, wahre und unwahre – und immer blieb bei allen und jedem eine gewisse Hemmung meinerseits, mich hinsichtlich meines zunehmenden Aufbegehrens zu erklären. Schon meine Flucht hatte ich allein mit mir geplant, so sollte es bleiben. Andere aus unserem Kreis waren da offener.

Einer unserer Mitgefangenen war Jürgen Brinkmann. Er war im Werkzeugbau eingesetzt, wo Stanzwerkzeuge für die Pressen im Erdgeschoß der Petacon-Fabrik hergestellt wurden. Brinkmann war Langstrafler, wie wir diejenigen nannten, die wie Dr. Naumann mehr als fünf Jahre bekommen hatten. Er war wegen Fluchtversuch unter Waffenanwendung zu zehn oder zwölf Jahren verurteilt worden. Er war ein Mittdreißiger mit sportlicher Figur und lockigem Haar, im zivilen Beruf Ingenieur. Engeren Kontakt zu ihm hatte ich ebensowenig wie alle anderen meiner engeren Kameraden, auch er war ziemlicher Einzelgänger. Eines nachts, mitten im tiefsten Schlaf ertönte eine sehr laute Sirene, die Hunde im Laufgraben schlugen unüberhörbar an und es gab gehörigen Tumult am Laufgraben und an der Mauer neben der Küche. Erste Beobachtungen durch die der Küche und Effektenkammer zugewandten Fenster schafften Gewißheit:

Ein Fluchtversuch aus der Haftanstalt war vereitelt worden!

Man führte einen Gefangenen, der es wohl bis auf die Mauer geschafft haben mußte ab und sofort begann das Rätselraten, wer dieser verwegene Typ gewesen war. Es war, wie sich bald herausstellte, Brinkmann, dessen Bett leer war! Wie wir dann von denjenigen, die ihm auf heimliche Art näher standen, erfuhren, hatte er auf hochintelligente Art über Wochen und Monate diesen Coup vorbereitet und war auch tatsächlich bis auf die Mauerkrone gelangt, wo er sich letztlich doch leider im Stacheldraht verfangen hatte und nicht mehr vor und zurückkam. Vielleicht zum Glück; denn auch hier war bekannt, daß die Aufseher strikte Anweisung hatten, wie an der Grenze Fluchtversuche auf jeden Fall, im Zweifel unter konsequenter Anwendung der Schußwaffen zu vereiteln. Den später Stück für Stück ans Licht der Gefängnisöffentlichkeit dringenden Informationen zufolge war dieser Husarenstreich filmreif! Wenn auch leider am Ende ohne Erfolg. Bald hörten wir, daß der Strafgefangene Brinkmann nach Einweisung in die sogenannte Absonderung, eine Einzelhaft zur Klärung besonderer Vorkommnisse, danach zu über einem Jahr verschärfter Einzelhaft im sogenannten *Tigerkäfig* verurteilt worden war. Das war das Härteste, was einem passieren konnte. Diese *Tigerkäfige* lagen im Keller unter dem Zellentrakt, der parallel zur Mauer mit dem Sachsenwerk am Ende gelegen war. Auch ich sollte hiermit noch Bekanntschaft machen! Die Urteile zu dieser verschärften Inhaftierung im *Tigerkäfig* oblagen ausschließlich der Gefängnisleitung im Zusammenwirken mit den Stationern.

Ich hatte mittlerweile ein neues Beschäftigungsziel in der Freizeit! In Gesprächen über geografische Zusammenhänge hatte ich schon beim Theologen Foerster sehr gute Geografiekenntnisse meinerseits bestätigt bekommen. Dies forderte mich heraus, da wir ja viel Zeit hatten, anhand des Atlasses, den ich dauerhaft ausgeliehen hatte, sämtliche Hauptstädte dieser Welt auswendig zu lernen. Nach einiger Zeit konnte mich nach Hauptstädten fragen wer wollte, wonach auch immer, ich hatte die Antwort.

Die Renovierungsarbeiten im Flur und im Zellentrakt nahmen ihren Fortschritt. In dieser Zeit war auffällig, daß sich unser ohnehin bereits voller Saal mehr und mehr füllte, bis nicht nur jeder Zentimeter an den Wänden mit dreistöckigen Betten belegt war, jetzt wurden die ersten zu vier Etagen aufgestockt. Am Ende mögen wir über einhundert Strafgefangene in diesem Saal gewesen sein, immerhin mit einer Toilette, abgeschlossen, und einem Waschbecken! Der Grund war eine regelrechte Flut von Neuzugängen infolge des Besuches von Willy Brandt in Erfurt! Wie man heut weiß, waren damals spontan Zigtausende in Erfurt und anderen Großstädten auf die Straßen gegangen, um für mehr Freiheit und Demokratie zu demonstrieren. Dies wiederum bedeutete eine gigantische Festnahme- und Inhaftierungswelle und nachdem die ersten Urteile gesprochen worden waren, kamen sie zu uns und in die weiteren Haftanstalten der DDR.

Nach Abschluß der Renovierungsarbeiten wurden wir in einer aufwändigen Umzugsaktion wieder an einem Sonntag auf die frisch gestrichenen Zellen verteilt. Diesmal kam ich wieder auf die selbe Station, auf der ich bereits vorher war, nur zwei oder drei Zellen weiter hinten, aber erneut mit Blick auf den Hof. Immer hatte ich den Blick auf den Hof, während einige meiner engeren Arbeitskollegen in Zellen gesteckt wurden, die den Blick auf die uns umgebenden Mauern eröffneten. Zum Glück lag ich nun mit Teo und mit Long Tom Boldry zusammen auf dieser Zelle, die wegen des enormen Zulaufs nun auf 24 Personen aufgestockt wurde, nachdem alle Betten eine weitere, vierte Etage erhalten hatten. Diese neuen Betten waren auch tatsächlich neu und von ungleich besserer Qualität als die bisherigen Betten. Indes beruhigte man uns auf massive Nachfrage hin, ob es nicht auch für alle weiteren Gefangenen einst neue Bettgestelle und Matratzen gäbe, dies werde bald der Fall sein, sie seien bereits bestellt. Auf dieser Zelle sollte ich zu meiner großen Freude bis zum Ende meiner Cottbuser Haftzeit bleiben, wenn auch mit Unterbrechung.

Bereits auf dem Saal war mir ein Strafgefangener aufgefallen, der recht isoliert umherwanderte, der ein ums andere Mal in sich hinein zu meditieren schien. Etwa Mitte zwanzig war er, etwas größer als ich, schlank und bereits in seinen jungen Jahren mit einer Glatze in der Mitte seines Kopfes, mit einem dünnen Haarring um diese herum. Stets schritt er mit scheinbar stolz erhobenem Haupt einher, es wirkte ein wenig arrogant, bis ich mitbekam, er war sehr gebildet, hatte seinen ersten

Doktortitel errungen und war Mediziner. Er saß wegen eines Fluchtversuches. Sein Name war Gunther Liebchen (ANLAGE 10, SEITE 233), einen Spitznamen hatte er nicht. Gunthers Wesen war geprägt von etwas Geheimnisvollem. Nicht etwa, daß man ihm hätte eine Stasi-Spitzeltätigkeit unterstellen wollen, dafür war er viel zu geradlinig, vielmehr strahlte er eine Aura des hochintellektuellen Genies aus. Irgendwie faszinierte er mich und es dauerte nicht lange, bis ich ihn auf seine ständige Karl-Marx-Lektüre ansprach, er las intensiv in *Das Kapital*, aber zu meiner Verblüffung nicht, um sich mit Marx als Philosophen auseinanderzusetzen, vielmehr profitierte er von den zahlreichen Englisch-Passagen, die diese Ausgabe durchzogen. Es war eine der ersten Ausgaben, die Marx in London hatte erstellen lassen und in der es noch phasenweise lange Englisch-Passagen gab. Er wollte schlicht sein Englisch verbessern.

Und nachdem wir uns weiterhin sehr gut verstanden und er offensichtlich auch in mir einen angenehmen Gesprächspartner gefunden hatte, schlug er mir ein Geschäft vor: Ich werde sein Sparringspartner im Ringkampf, da ich bereits mehrfach zur körperlichen Ertüchtigung bei diversen Ringkämpfen auf Matratzen, die wir in die Mitte der Zelle legten, eine gute Figur gemacht hatte, während er mir ersten Unterricht in Englisch gibt, da ich bislang nur Russisch als Fremdsprache in der Schule hatte. So begann ich mit Gunther trefflich zu ringen und hier machte ich eine ungleich bessere Figur als damals beim Boxen mit Udo, so daß Gunther seine liebe Mühe hatte, mich auf's Kreuz zu legen, meist blieb ich der Gewinner. Er indes war mir ein sehr guter Englisch-Lehrer und ich gewann die nächsten Wochen erheblich an Sprachkompetenz.

Wenige Monate später, im Januar oder Februar 1971 wurde Gunther in die Bundesrepublik *freigekauft*, studierte dann im Westen weiter Pathologie, habilitierte zum Professor und wurde fortan nach seiner Hochzeit und der Übernahme des Namens seiner späteren Frau als Gunther von Hagens ein weltbekannter Pathologe, der in Heidelberg ein spezielles Plastinationsverfahren zur Konservierung von Leichen erfand, sowie er später die weltweit gezeigte, aber auch sehr umstrittene Ausstellung *Körperwelten* etablierte, die sogar in einem der späteren James-Bond-Thriller eine Rolle spielen sollte.

Eines Tages, wir drehten unsere Runden auf dem Hof mit einem verhalten gesummten Singsang, wie wir es meist taten, als ich plötzlich unweit vor mir von hinten eine menschliche Silhouette entdeckte, die ich zu kennen schien.

War das nicht Alfred?

Tatsächlich, nachdem ich mich unbemerkt von Reihe zu Reihe vorgetastet hatte, stand ich plötzlich hinter Alfred, klopfte ihm auf die linke Schulter, während ich rechts um ihn herumging und wir beide hatten ein fröhliches Hallo, als wir uns nach einigen Monaten wieder begegneten. Auch er war nun in Cottbus angekommen, nachdem sein Urteil von drei Jahren und sechs Monaten verkündet worden war, und zwar war er in einer Zelle meines Gefängnistraktes, jedoch eine Etage höher

Abschrift

Bericht der inoffiziellen KP "Peter Weißpflog" vom 1. 8. 1972
zu SCHOOLMANN

[redacted]).
Bekannt ist mir auch, daß SCHOOLMANN mit WEGNER von Mai bis August 1971 auf einer Zelle lagen sowie die Häftlinge Gunther LIEBCHEN, zeitweilig auch CASPER und HELLMUND.
[redacted].
[redacted]",
[redacted]

- 2 -

(ANLAGE 10)

Besuch in der Zuchthaus-Gedenkstätte Cottbus, 2014

Wiederbegegnung mit Gunther von Hagens (ehemals Gunther Liebchen), Mai 2017

untergebracht, er arbeitete im Sachsenwerk. Wir verabredeten uns für die Zeit nach dem Einschluß. Dies ging dann so, daß ich an seiner Seite blieb, bis wir vor seiner Zelle standen und ging dann einfach mit hinein. Die Schließer waren bis auf wenige Ausnahmen nicht in der Lage, alle Gefangenen immer lückenlos den exakten Zellen zuzuordnen, so daß man sich durchaus einmal fremd einschließen lassen konnte. Allerdings mußte man noch vor der Nachtruhe zurück in die eigene Zelle gebracht werden, was dann dadurch gelang, daß man den Dienst habenden Schließer mit Verteilen des Abendbrotes bat, zurück auf die richtige Zelle gebracht zu werden, da man irrtümlich auf eine falsche gebracht worden wäre. Dies war komischerweise nie ein Problem und gelang mir später noch mehrfach, auch, als ich ebenso wie Alfred den neben mir in U-Haft klopfenderweise kennengelernten Strafgefangenen Jörg Beier wiedertraf. Auch ihn besuchte ich in seiner Zelle, er arbeitete ebenfalls im Sachsenwerk. Irgendwann begann es mir regelrecht Vergnügen zu bereiten, in den verschiedenen Zellentrakten herumzustromern, um viele weitere Knastkameraden und Zellen kennenzulernen.

Inzwischen war es Juni, ich hatte erneut meinen Haftpädagogen um mich, wieder mit einem fremden Protokollanten und dem Stationer. Dieses Mal jedoch war er sehr bissig, bemängelte nicht nur meine Arbeitsleistung, sondern unterstellte diverse Disziplinlosigkeiten, beispielsweise unberechtigte Zellenumschlüsse in fremde Zellen, er hielt mir den Ausreiseantrag vor und überhaupt zeige ich eine renitente Haltung. Komisch, dies wunderte mich insofern, als ich mit ihm nie in einen Dialog über ideologische Fragen verstrickt war, er hatte in der Regel selbst doziert und mich belehren wollen. Was wußte der schon von meinen politischen Einstellungen? Und diesmal folgte tatsächlich eine Auseinandersetzung, in deren Verlauf ich ihm sehr klar, mutig und unverblümt meine Absicht schilderte, in die Bundesrepublik ausgewiesen werden zu wollen. Der Stationer machte sich entsprechende Notizen und ich erkannte, sie mußten einen innerlichen Spagat zwischen Aufbegehren gegen mich und Zurechtweisung einerseits bestehen und andererseits notwendiger Beherrschung. Hier lag meiner Meinung nach offen wie ein aufgeschlagenes Buch die Weisung zugrunde, Gefangene in solchen Situationen nun nicht mehr martialisch zu drangsalieren oder zu foltern, wie noch Jahre vorher, wie beispielsweise Dr. Naumann, sondern es galt nun, dem internationalen Druck Stand zu halten. Nichts war der DDR ab jetzt weniger lieb, als internationale Anprangerung von Gewalt gegen die eigene Bevölkerung. Natürlich gelang dies nicht auf Anhieb in jedem Fall und nur all zu oft gab es auch später noch bis weit in die 1980er Jahre hinein Übergriffe übereifriger Polizisten, Stasi-Mitarbeiter oder Gefängniswärter, aber nicht mehr in dem Maße und so systematisch wie früher. Ich hatte meine Antennen, meine bisher so gut ortenden Sensoren wieder einmal ausgefahren.

So bat ich etwa Mitte Juni 1970 erneut um Bleistift und Briefbögen, es war Zeit, einen weiteren Ausreiseantrag zu formulieren, diesmal noch dezidierter als den ersten! Und alles ging von vorn los, bis auf das folgende Gespräch, diesmal zwar wieder im Stationerbüro, aber unter Beteiligung des Haftpädagogen und eines Offiziers der Stasi! Das war plötzlich ein Kaliber, das mir ein wenig die Sprache verschlug und ich weiß noch gut, wie ich nach der sehr formalen Einführung durch meinen Haftpädagogen von dem Stasi-Mann, der sich auch als solcher vorstellte, die Frage so oder so ähnlich in schärfstem Ton gestellt bekam:

„Was denken sie eigentlich, Strafgefangener Casper, mit wem sie hier Katz und Maus spielen? Glauben sie im ernst, wir lassen uns das noch lange bieten und uns von so einem Wicht wie ihnen an der Nase herumführen? Ist ihnen bewußt, daß wir sie in ehrlicher, aufrichtiger Absicht versucht haben, auf unseren Weg zu führen und sie fürsorglich zu begleiten? Und sie treten uns ein ums andere Mal vor's Schienbein? …"

Das Ende seiner noch etwas länger währenden Ausführungen mündete in eine der üblichen Stasi-Brüllorgien, ergänzt um lautstarkes Klopfen mit den Handknöcheln auf die Tischplatte, was alles Einruck machen und einschüchtern sollte – funktionierte bei mir nur nicht mehr! So antwortete ich nun im Brustton der Überzeugung, auch gestärkt durch Mutters Andeutungen externer Hilfe und durch die Erfahrungen aus meinen Seismographen so oder so ähnlich:

„Ich will hier kein Katz- und Maus-Spiel, auch will ich niemanden vor irgendein Schienbein treten! Ich will allerdings auch nicht von ihnen oder irgendjemand anderes auf irgendeinen Weg geführt werden, weder fürsorglich noch gezwungen! Ich will frei sein und deshalb in die Bundesrepublik ausgewiesen werden …!"

Wieder einmal war ich über mich hinausgewachsen und, ja, ich war jetzt erneut stolz auf mich. Nun hatte ich die Gewißheit, es wird nicht mehr so leicht geprügelt. Noch Jahre vorher hätte ich nach einem solch verwegenen Statement eine gehörige Tracht Prügel bezogen, wahrscheinlich hätte ich es damals im Wissen um die Brutalität der Stasi auch nicht abgegeben. Allerdings war meine Einschätzung zunächst nur Vermutung und Hoffnung; denn die DDR war ja nicht von einem Tag auf den anderen zu einem humanistischen Vorbild geworden. Die Methoden verfeinerten sich ab nun in psychologisch perfide Formen und wenn Zielpersonen, wie im Stasi-Jargon die potentiellen Systemgegner hießen, ausgemacht waren, wurden sie nicht mehr zu Geständnissen geprügelt, sie wurden systematisch psychologisch fertig gemacht! Da blieben dann keine erkennbaren Narben im Gesicht oder sonst wo am Körper. Und in die Seele kann man nicht auf Anhieb schauen.

In meinem Fall blieb zunächst eine enorme innere Anspannung! Die Unterredung endete mit der Ankündigung, nachdem ich schon seit dem letzten Sprecher im Februar keinen weiteren genehmigt bekommen hatte, würde es auch keinen weiteren mehr geben, bis ich entlassen würde, auch solle ich ab sofort ohne Schreiberlaubnis bleiben. Schade, aber nicht zu ändern. Der Ausreiseantrag verschwand übrigens in einer Schublade des Schreibtisches im Stationerbüro, er wurde immerhin diesmal nicht zerrissen!

In unserer Zelle gab es eine Fülle von technischer Kompetenz. Dies führte dazu, daß sich ein kleiner Kreis von gefangenen Experten verabredete, heimlich ein

Teleskop-Fernrohr zu basteln, mit dem wir in die dem Gefängnis gegenüberliegende Kleingartenalage schauen konnten, aus der gelegentlich lautstarke Rolling-Stones-Musik zu uns herüber wehte. Was war das jedes Mal für ein Ohrenschmaus für uns junge Beatniks, wie wir uns damals noch etwas altmodisch nannten. Sich dieses Treiben genauer anzuschauen, war das Ziel. Vielleicht waren da ja auch hübsche Mädchen zu erspähen?

Und nach einigen Wochen war unser Guckrohr in die weite Welt fertig, es funktionierte! Ein ums andere Mal saßen wir am Fenster und erspähten Interessantes außerhalb der Haftanstalt. Die Teleskopelemente wurden im Werkzeugbau heimlich gedreht, geschliffen und exakt eingepaßt und die Gläser waren aus Brillen gefertigt, die einige Gefangene bereitwillig zur Verfügung gestellt hatten. Zahlreiche Brillenträger, deren Brillen bei Vernehmungen oder bei anderen Gelegenheiten kaputtgegangen waren, erhielten auf Antrag neue, billige aber gut funktionierende Drahtgestellbrillen, die entfremdet werden konnten für ein solches Teleskop-Fernrohr. Dieses Unternehmen war natürlich in hohem Maße verboten und illegal, weshalb das optische Objekt der Begierde gut versteckt sein wollte!

Dies war die Zeit, in der mich wieder einmal eine mächtige Erkältung seit einigen Tagen in ihren Klauen hielt, sogar von der Arbeit war ich einige Tage befreit. Am zweiten oder dritten Tag, ich hatte Zeit zu lesen oder Gedichte zu schreiben – irgendein Blatt Papier und einen Stift konnte man immer ergattern, auch ohne Schreiberlaubnis – und erhielt den Auftrag, den Müllkübel zu leeren. Dazu wurde man in Begleitung eines Schließers über den Hof um das Gebäude, in dem unsere Zelle lag, herumgeführt zu einem am hinteren Giebel gemauerten Asche- und Müllhaus. Dieses hatte in etwa zwei Metern Höhe vier schräg geneigte Öffnungen, die mit einem massiven Deckel gegen Regen und Schnee verschlossen waren und man gelangte zu den Deckeln über eine Treppe, die auf einen Steg entlang der Dachkante führte. Ich entleerte den Mülleimer und wurde zurück auf Zelle geführt. Als am Nachmittag die Haftkameraden aus der Fabrik kamen und irgendwann ein Häftling fragte, ob er einmal durch unser neues optisches Gerät schauen dürfe, öffnete Stonebit, der als Ingenieur für die Aufbewahrung des Fernrohres zuständig war, den Mülleimer – und erblaßte!

„Wo ist denn der Müll bitteschön, und damit unser Teleskop?"

Mir wurde ganz schlecht und ich glaubte meinen Ohren nicht zu trauen; die hatten doch tatsächlich das ideell unglaublich wertvolle Teleskop-Fernrohr im Mülleimer versteckt? Und ich wußte davon nichts, weshalb nicht, ist mir nicht in Erinnerung! Nun war es aber wieder einmal, wie es war und es galt zu handeln. Während die Einen mich am liebsten verprügelt hätten und ich furchtbar angeschrien wurde, hatten Andere Verständnis, schließlich wußte ich nichts von dem Versteck.

Anstatt sich nun mit großen Diskussionen abzugeben, hatte ich eine Idee: Ich hole Das Fernrohr zurück! Inzwischen war die Nachmittagsschicht der Schließer eingetroffen, die von meiner Müllentsorgung am Vormittag nichts wußte. Und so konnten wir nun unser *Neues Deutschland,* diverse weitere Klopapierreste und sonstiges Müllartiges in den Mülleimer werfen, ein wenig aufbauschen und ich bat um die Möglichkeit, den Müll entsorgen zu dürfen, da es furchtbar stinken würde. Tatsächlich war dies erwartungsgemäß kein Problem und ich stand nach einigen Minuten auf dem Steg zu den Deckeln des Müllhauses. Welche der Öffnungen es war, in die ich den Müll mit dem Fernrohr entsorgt hatte, wußte ich natürlich noch. Leider sah ich nach dem Öffnen des Deckels nur Müll, aber kein Fernrohr. Inzwischen war offenbar Müllnachschub aus anderen Zellen eingeworfen worden. Ich mußte also nachlegen. Und wie ich meinen Mülleimer auf den Rand der Öffnung gestellt hatte, erhielt der Eimer einen kleinen, vermeintlich unbedachten Schubs – und lag kurzerhand im Müllhaus! Der Schließer ahnte zum Glück nichts und bis auf ein leise dahin gemurmeltes *„Trottel"* vernahm ich keine weiteren Sanktionen. Meine Bitte, zum Herausholen des Eimers in das Müllhaus hinein steigen zu dürfen wurde noch klaglos gewährt, während nach einigem erfolglosen Suchen dann der Schließer aber doch ungeduldig wurde und gar Anstalten machte, auf den Steg zu kommen, während ich mit dem Kopf, etwas vom Müll beschmutzt aus der Luke schaute. Die Zeit drängte! Und so intensiv ich suchte – ich fand kein Fernglas mehr! Es war schier zum Verzweifeln! Letztlich wühlte ich tatsächlich in allem Möglichen bis hin zu Erbrochenem, das in Toilettenpapier aufgesaugt war und hörte dann unmittelbar über mir durch die geöffnete Luke den Aufseher völlig aufgelöst schreien, ob ich ihn verarschen will, ich solle endlich aus diesem Dreckloch kommen und zwar gefälligst mit dem Eimer, sonst könne ich was erleben! Es war dahin, unser schönes Teleskop-Fernrohr, das Woche um Woche Planung, Skizzen und technische Finessen erforderte, um von mir nun mir nichts dir nichts einfach in den Müll entsorgt zu werden.

Schon mehrmals waren mir in der Fabrik zwei Gefangene aufgefallen, die im Presswerk arbeiteten, zu denen ich bislang aber keinen näheren Bezug hatte, da sie auch nicht auf unserer Station untergebracht waren, die sich aber gelegentlich beide nacheinander, aber letztlich doch gemeinsam zwischen uns Entgraterreihen hindurch in die Toilette mogelten, wo sie längere Zeit gemeinsam verbrachten, bis auch mir etwas später als den meisten Anderen klar wurde, daß sie sich dort wohl homosexuell Befriedigung verschafften. Bis dahin war für mich, und ich glaube auch für meine weiteren engeren Haftkameraden das Thema Sexualität ein sehr individuelles, jeder sah zu, wie er allein damit zurecht kam. Natürlich gab es die üblichen, mehr oder weniger prosaischen oder zotigen Gespräche über das Miteinander mit Frauen, auch gelegentlich Witze über Schwule, aber auch hier galt, was bereits draußen galt, daß wir in einer noch sehr verklemmten Zeit lebten, in der ein offenes, ungehemmtes natürliches Umgehen mit Sexualität nicht gegeben war. Auch draußen gab es in der DDR weder in den Medien noch im weiteren öffentlichen Leben sexuelle Impulse durch Werbung oder Ähnliches, bis auf die große Ausnahme von ein, zwei Nacktfotos in *Das Magazin*. Sexualität schien schlichtweg nicht stattzufinden. Insofern hatte ich auch nie Erfahrungen mit Übergriffen machen müssen, immerhin war ich der mit einigem Abstand Jüngste in diesem Verein, bis auf Long Tom Boldry, der nur unwesentlich älter war als ich.

Weitere Wochen waren vergangen, verträumt hing ich oft am Fenstergitter meinen Gedanken nach. Die Ringkämpfe, der Englisch-Unterricht mit Gunther waren bereichernder Alltag geworden, wenn nicht diese Gitter, die verschlossenen Türen und all die zunehmende Enge gewesen wäre! Wenn ich daran dachte, ich hätte an der Grenze nur einfach losmarschieren und die Sperranlagen überwinden müssen, dann wäre ich jetzt vielleicht irgendwo im Westen. Aber es half alles nichts, es war wieder einmal, wie es war! Da ich weder auf meinen zerrissenen Ausreiseantrag noch auf den zweiten, in der Schublade des Stationers deponierten eine Antwort erwarten durfte, war es im August an der Zeit, sich mit einem dritten Ausreiseantrag in Erinnerung zu bringen. Allerdings hatten sie mir nun Schreibverbot auferlegt. Und nun? Ich mußte jemanden ausfindig machen, der sich bereit fand, mir seine Briefbögen und seinen Bleistift zur Verfügung zu stellen, was mir alsbald gelang. Ich glaube mich zu erinnern, daß mir Gunther dazu verhalf. Und bald war der dritte Ausreiseantrag formuliert, der immerhin viele Jahre später in meiner Stasi-Akte dokumentiert und aufbewahrt wurde (ANLAGE 11, SEITE 240). Auch hier meine bereits im ersten Antrag genannten Gründe. Wieder übergab ich einem Schließer dieses Schreiben in einem etwas hektischen Moment der Essensausgabe, als er sicher nicht daran gedacht hatte, daß für mich Schreibverbot galt. Ich verband damit die Bitte, es an den Stationer weiterzugeben. Alles ging gut!

Wieder hatte ich zahlreiche schlaflose Nächte und mußte nun eine noch härtere Konsequenz erwarten. Eingestellt war ich zunächst wieder auf Brüllorgien, die ich aber bereits zuhauf erfahren hatte und die ich für mich als relativ harmlos verbuchen konnte, auf erneute ausführliche Standpauken oder Diskussionen und auf eine Einweisung in den *Tigerkäfig* war ich ebenfalls vorbereitet. Die weitaus größte Sorge aber, nach allem als Oberprovokateur zu gelten und ein neues Verfahren mit einer erneuten Verurteilung zu weiteren Haftmonaten oder gar Jahren zu bekommen, war jedoch nicht mehr aus meinem Kopf zu bekommen. Ich wollte die Freiheit genießen und nicht in diesen maroden Mauern verkümmern. So sehr ich bislang diese Knasterfahrungen auch versuchte, als eine Schule des Lebens zu verbuchen, so war es nun aber genug und eigentlich reichte es mir.

Es kam, wie es kommen mußte, dauerte diesmal aber fast eine Woche. Und dann wieder der Aufschluß und diesmal das Büro des Anstaltsleiters, in dem ich vorher nie war, wieder mein inzwischen vertrauter Pädagogiktrottel und ein neuer Stasi-Mann. Diesmal gab es keine Eröffnung, diesmal gab es vom Stasi-Mann die lapidare, beinahe freundlich verbindlich vorgetragene Feststellung, sie hätten diesen Antrag weitergeleitet und ich solle mich gedulden bis ich Antwort bekäme, eventuell bekäme ich auch keine! Ich hätte aufspringen und ihn umarmen können, bis er mich ganz entspannt, beinahe beiläufig fragte:

BStU
000094

13/4

Manfred Casper
75 Cottbus
Psf. 222 I/4

Cottbus, den 16.8.70

Eingabe

An den
Rat des Kreises Stollberg
Abt. Inneres

Betrifft: Antrag auf Ausweisung in die Bundesrepublik Deutschland

Hiermit beantrage ich, Manfred Casper, geb. am 14.3.195 in Stollberg, die Aberkennung der Staatsbürgerschaft der Deutschen Demokratischen Republik und die Ausweisung in die Bundesrepublik Deutschland.
Am 19.11.1969 wurde ich auf Grund des Verstoßes gegen § 213 Abs. 2 StGB. zu 14 Monaten Freiheitsentzug verurteilt. Mein Ziel war es, auf dem Wege über Jugoslawien in die BRD zu gelangen.
Die Gründe für diesen Schritt sind in meiner Einstellung zum Staat zu suchen. Auf Grund meiner, nicht der Politik der DDR entsprechenden Meinung über politische Probleme, entstand ein Widerspruch zwischen den staatlichen und meinen eigenen Interessen, der dazu führte, daß ich mich unfrei fühlte. Ich versuchte, diesen Widerspruch durch den illegalen Grenzübertri zu lösen.

(ANLAGE 11)

Durch sorgfältiges Überprüfen meiner Meinung bin ich zu der Feststellung gelangt, daß dieser Widerspruch, angeregt durch meine Haftzeit, in verstärktem Maße besteht. Außerdem sehe ich bei einem weiteren Verbleiben in der DDR nicht die Möglichkeit, meine Persönlichkeit ungehemmt entwickeln zu können. Ich wäre auf Grund meiner Meinung nach der Haftentlassung in die DDR gezwungen, aus den gesellschaftlichen Organisationen (FDJ, FDGB, GST) auszutreten. Doch die Mitgliedschaft in diesen Organisationen wird meist zur Grundbedingung bei einer Weiterentwicklung im Beruf gemacht. Es ist demzufolge erklärlich, daß ich das damals von mir gestellte Ziel, in die BRD zu gelangen, für richtig halte und stärker als zuvor gewillt bin, dieses zu erreichen. Um dabei einen weiteren Verstoß gegen die Gesetze der DDR zu vermeiden, möchte ich hiermit von der legalen Möglichkeit Gebrauch machen.
Ich glaube, diesem Recht auf Ausweisung in die BRT. dürften mir von Seiten der DDR keine Hindernisse entgegengesetzt werden, da die DDR bestrebt ist, eine Aufnahme in die UNO zu erreichen, was zur Grundvoraussetzung macht, daß die DDR die „UNO-Charta der Menschenrechte" anerkennt und die dort aufgestellten Grundrechte des Menschen achtet. Dies müßte auch für die Artikel 13 und 15 gelten, die besagen: (Art. 13): Jeder Mensch hat das Recht, jedes Land, einschließlich seines eigenen zu verlassen, sowie in sein

(ANLAGE 11)

BStU
000096

Land zurückzukehren."

(Art. 15) „Jeder Mensch hat das Recht auf Staatsangehörigkeit. Niemandem darf seine Staatsangehörigkeit willkürlich entzogen, noch ihm das Recht versagt werden, seine Staatsangehörigkeit zu wechseln."

Ich möchte mich im voraus für die Bearbeitung meines Antrages bedanken und bitte um Ihren baldigen Bescheid.

Hochachtungsvoll

z. Z. Strafgefangener Manfred Casper

Cottbus, den 16.8.1970

1.) Der Antrag wird nicht weitergeleitet.

2.) Der Antrag ist kurz begründet, ohne Kommentare zu fertigen

3.) SG zur Kenntnis

4.) Antrag zur E-Akte

[Unterschrift]

18.8.70

(ANLAGE 11)

„Ich habe gehört und hier in ihren Unterlagen gelesen, sie haben Schreibverbot? Wie kommen sie dann eigentlich zu diesem Antrag? Wer hat ihnen geholfen?"

Schlagfertig wie ich war, fiel mir ein, daß ich das Papier auf dem Tisch habe liegen sehen und einfach genommen hätte, ich wüßte nicht, wem es ursprünglich zugeteilt gewesen sei.

So unerwartet ruhig und zurückhaltend er mich bis zu diesem Punkt informiert und mich dann gefragt hatte, so plötzlich wendete sich das Blatt! Und der Ton! Und dann haute er unvermittelt und nun doch sehr überraschend mit der Faust derart auf den Tisch, daß sich die bisherigen Knöchelklopfer des Vorgängers dagegen harmlos ausnahmen. Wieder schrie er mich an, ich solle ihn nicht verarschen, dies werde nicht ohne Konsequenzen bleiben, ich würde demnächst von seinen Genossen hören und solle mich schon einmal warm anziehen. Dafür könne ich Nachschlag bekommen! Dies war eine Methode der Stasi bei Vernehmungen oder in solchen Zusammenhängen wie jetzt bei mir, die sie offenbar in psychologischen Trainingsprogrammen gelernt hatten: Wiege den Delinquenten zunächst in Sicherheit, bau in ihm eine innere Zufriedenheit mit der Situation auf, am besten unerwartet, sei beinahe überschwänglich freundlich, bis er völlig entspannt und fast voller positiver Euphorie ist! Um dann um so unvermittelter das Verhalten aus heiterem Himmel mir nichts dir nichts völlig auf den Kopf zu stellen und extreme Aggression zu suggerieren! Das erschreckt, das bringt das innere Gefüge des Delinquenten aus dem Lot und setzt Angsthormone frei, die ihn gefügig machen. Ein wenig funktionierte dieses Prinzip nun auch bei mir, meine Sorge um den weiteren Fortgang des Geschehens fand nun eine Entsprechung in der massiven, realen Ankündigung von *Nachschlag*, mir wurden nach langem wieder einmal die Knie weich! Was sollte ich denn nun machen? Alles zurückziehen? Nach dem Motto:

War alles nicht so ernst gemeint! Ich wollte ja nur mal probieren! Man kann es doch mal versuchen!

Das ging nicht, das konnte ich nicht und in diesem Moment wurde mir klar, daß ich im Zweifel bereit war, Nachschlag in Kauf zu nehmen! Ich werde nicht aufgeben, wenn auch jetzt angesichts der sicher zunehmenden Blässe erneut erst einmal kleine Brötchen gebacken werden sollten, andernfalls fange ich mir hier doch noch Schläge ein.

Als ich nach einer weiteren Haßtirade des Anstaltsleiters und der Ankündigung, ich solle mich auf Konsequenzen auch in der Haftanstalt einstellen, dann an die Werkbank entlassen wurde, fragten mich die Knastkumpel, ob es mir gut gehe? Ich sei so blaß! Mir war in der Tat kotzübel! Jetzt war ich in der Falle des Psychoterrors angekommen und gefangen, die nächsten Tage und Wochen waren insofern ein Albtraum!

Am nächsten Tag wurde ich vom Stationer im Beisein eines zivilen Meisters von der Werkbank weg an einen neuen Arbeitsplatz an einer Stanze im Erdgeschoß der Fabrik gebracht, mit dem Hinweis, dies sei

„... ein erster Schritt in die richtige Richtung, um mich mit meiner staatsfeindlichen Renitenz endlich gefügig zu machen; wir kriegen sie schon noch klein ...!"

Hieß es noch bis vor kurzem beinahe versöhnlich:

„... wir kriegen sie schon noch hin ...!",

so hieß es nun:

„... wir kriegen sie schon noch klein ...!".

Soweit war es also mit mir gekommen! Diese Arbeitsplätze waren in der Tat nicht nur unbeliebt, sie wurden in der Regel als zusätzliche Strafe empfunden. Den ganzen Tag galt es, ein Blechteil nach dem anderen unter das Stanzwerkzeug zu legen, einen Knopf zu drücken und das herausgestanzte Teil sowie den Verschnitt zu entnehmen, um ein neues Blech einzulegen. Allerdings sollte man hochkonzentriert sein, damit man nicht aus Versehen mit der zweiten Hand unter die Stanze kam. Selbst der einfachste Mechanismus, damals bei Pressen oder Stanzen bereits möglich, bei dem man nur dann den Stanz- oder Preßvorgang aktivieren kann, wenn man mit beiden Händen Knöpfe drückt, war bei uns nicht vorhanden! Wir waren ja nur Politische! Und wenn jemand bei dieser Arbeit seine Hände verletzt oder gar verloren hätte, konnte er wenigstens seine staatsfeindliche Zukunft nicht mehr in die eigenen Hände nehmen. Auch dies war Zynismus pur!

Zum Glück hatten sie mich immer noch auf dieser Zelle belassen, wo ich bei meinen vertrauten Zellengenossen ein wenig Halt und Trost fand; denn mir war klar, wenn es tatsächlich ein neues Verfahren geben sollte, so mußten dafür die Räder erst in Gang gesetzt werden, um das ganze Getriebe ins Rollen zu bringen. Und dies dauerte! Indes passierte außer der Verlegung des Arbeitsplatzes zunächst nichts, nicht einmal mehr zu den abwechslungsreichen Erziehungsgesprächen mit meinem Pädagogiktrottel holten sie mich in der Zwischenzeit. Das war ungewöhnlich, hatte doch Long Tom Boldry verstärkt immer wieder seine Erziehungsgespräche. Die Anderen waren für so etwas zu alt. Aber was war nun mit mir? Bereiteten sie nun einen neuen Prozeß vor?

Es war der 5. Oktober 1970, als ich erneut zum Gefängnisdirektor geführt wurde! Und wieder schlug mir das Herz zum Hals heraus, ich glaubte, man müsse es außerhalb meines Körpers hören. Kam jetzt der Moment der Wahrheit? Mit eiserner Mine händigte er mir ohne große Kommentare ein Schriftstück aus, mit der so oder so ähnlich formulierten Aufforderung:

„Strafgefangener Casper, sie füllen in den kommenden Tagen dieses Formblatt aus! Und überlegen sie sich gut, was sie bei den einzelnen Fragen über ihre Zukunft hinschreiben ...!"

Meine Zukunft? Wo denn? Und wie ich das zwei- oder dreiseitige DIN-A4-Papier in den Blick nahm, erkannte ich einen sogenannten Eingliederungsbogen, der allen Häftlingen etwa ein Vierteljahr vor der Entlassung ausgehändigt wurde, um zu erfassen, wo sie nach der Entlassung ihren Wohnsitz wählen wollen, wo sie zu arbeiten beabsichtigen, wie sie sich dies und das in ihrer Zukunft vorstellen und schon bei Anderen hatte ich den einen oder anderen Eingliederungsbogen gesehen, auch, wie die meisten Haftkameraden dann in der Vorfreude ihrer Entlassung die Fragen beantworteten! Im kommenden Januar wäre es soweit gewesen, wurde mir plötzlich wieder bewußt. Und trotz meiner zittrigen Knie war sie erneut im Kopf, die nächste Chance, Flagge zu zeigen!

Ich nahm den Eingliederungsbogen, den Stift und begab mich auf Zelle. Wieder die zahllosen Fragen der Zellengenossen, was los sei und diesmal meine ehrliche Antwort, ich habe den Eingliederungsbogen bekommen. Mehr mochte ich nicht offenbaren, während mir im Inneren bereits klar war, diesen Bogen fülle ich nicht aus! Ich gebe hierzu eine Erklärung ab, nämlich in die Bundesrepublik entlassen werden zu wollen. Im Grunde hatte mir diesen Gedanken der Anstaltsleiter selbst nahegelegt, wenn auch sicher ungewollt, als er meinte, ich solle mir gut überlegen, was ich hinschreibe. Das tat ich nun! Ich ergatterte mir wieder ein neutrales Blatt im DIN-A4-Format. Diesmal formulierte ich ein wenig anders, da es sich ja nicht um einen Ausreiseantrag im eigentlichen Sinne handelte, vielmehr ging es um eine Erklärung infolge des ausgehändigten Eingliederungsbogens, auch diese wurde in meiner späteren Stasi-Akte aktenkundig (ANLAGE 12, SEITE 246). Ein wesentliches Argument war erneut mein Bezug zur UNO-Charta der Menschenrechte, der gemäß jeder die Freiheit hat, seinen Wohnsitz frei zu wählen. Es kostete mich diesmal doch deutlich mehr Überwindung, dieses Schriftstück nebst dem Eingliederungsbogen, auf dem ich lapidar vermerkt hatte, eine beigefügte Erklärung abgegeben zu haben, einige Tage später einem Schließer mit der Bitte um Weitergabe an den Anstaltsleiter zu übergeben.

Wieder schlaflose Nächte!

In der Rückschau war dies die härteste Zeit in meinem Leben, es war härter als die U-Haft. Mit der Isolierung in der U-Haft über einige Wochen und all dem Drumherum der Vernehmungen und des Prozesses konnte ich letztlich einigermaßen umgehen, ab der Barackenzelle in Kalotina war mir grundsätzlich klar, was jetzt kommen würde, da hatte ich keinerlei Illusionen, ich wußte, was in U-Haft auf mich zukommt und ich bekomme zwei bis drei Jahre. So schlimm auch diese Perspektive war, aber sie war planbar, auf sie konnte ich mich mental ab diesem Zeitpunkt einstellen. Aber die nun eklatante Ungewißheit, wie das alles weitergeht, was mit mir wird, war eine echte Herausforderung. Wenn ich mir weitere zwei, drei oder noch mehr Jahre vorstellte, in solcher Umgebung, vielleicht nach Verlegung in einen Knast für Kriminelle noch härter als hier und das alles abhängig allein von der Willkür einzelner Repräsentanten dieses perfiden Systems, dann war das eine Perspektive, die mir größte Sorgen bereitete! Das hätte mir nicht nur meine Jugend zerstören, sondern meine gesamte Lebensperspektive verhageln können. Das Leben ist immer eine Frage von Alternativen! Und welche war das jetzt? Augen auf und durch, schlaflose Nächte hin oder her …

Manfred Casper
Strafvollzugsanstalt Cottbus
I / 4 Zelle 31

Cottbus, den 5.10.1978

Betreff: Erklärung zur Aushändigung des Fragebogens am 5.10.1978

In Anbetracht dessen, daß mir am 5.10.78 ein Fragebogen mit einer Beilage für einen Lebenslauf und Berufswunsch ausgehändigt wurde, mit der Aufforderung, diese Formulare ausgefüllt zurückzugeben, sehe ich mich veranlaßt, folgende Erklärung abzugeben.
Es handelt sich offensichtlich um Schriftstücke, die für eine Entlassung und Wiedereingliederung meiner Person in die DDR dienen. Meine Absicht ist es jedoch, in die BRD zu gelangen, was ich bereits in meinen vorangegangenen Ausweisungsanträgen ausgeführt habe.
Auf Grund meiner bisher erlebten Haftzeit von rund 13½ Monaten, wegen des Versuchs, die DDR illegal zu verlassen, ist es mir unmöglich gemacht, meine Ansicht jemals zu ändern, zu leugnen oder zu heucheln, um eventuellen Nachteilen zu entgehen. Deshalb bin ich nicht bereit, Handlungen durchzuführen, die zur Wiedereingliederung meiner Person in die DDR dienen und gebe die mir ausgehändigten Formulare unbearbeitet zurück.
Ich weise nochmals auf die Berechtigung meines Vorhabens auf der Grundlage der UNO-Charta der

(ANLAGE 12)

Menschenrechte, also mit Argumenten, die auch aus Ihrer Sicht eine Billigung meines Vorhabens erfordern, bin. – Ich bin grundsätzlich nicht bereit, von meiner Linie abzuweichen, und ich erwarte Ihr Verständnis für meine Handlungen.

Hochachtungsvoll

z. Zt. Strafgefangener Manfred Berger

Cottbus, den 5. 10. 1979

(ANLAGE 12)

Bereits am nächsten Tag nach der Abgabe, wir hatten Spätschicht, wurde ich bereits morgens angewiesen, meine Sachen zu packen, das Bettzeug, Zahnputzzeug und die Utensilien des Alltäglichen, mein Buch, das ich gerade las, durfte ich mitnehmen. Nun war es soweit, daß Konsequenzen folgten, immerhin konnten sie tatsächlich sich von dem kleinen Strafgefangenen Casper nicht dauerhaft auf der Nase herumtanzen lassen. Ein Schließer brachte mich in eine Einzelzelle im Erdgeschoß des bisherigen Zellengebäudes, mit dem Hinweis, ich käme nun *„auf Absonderung"*!

Die an der Giebelseite meines Zellentraktes gelegene Zelle war mit einem normalen Bett wie auf Zelle ausgestattet, es gab das *Neues Deutschland* und sie hatte eine Spültoilette, wenn auch unverkleidet, aber ich war sowieso allein, ein kleines Tischchen mit einem Hocker und ein Waschbecken mit fließend kaltem Wasser, eine Heizung. Sogar ein normales Fenster hatte sie, aus dem sich der Blick auf das Asche- und Müllhäuschen eröffnete, wenn auch mit starkem Gitter. Eigentlich gar nicht so schlecht und beinahe war ich froh, wieder einmal meine Ruhe zu haben, allein meinen eigenen Gedanken nachhängen zu können. Am späten Nachmittag dann Aufschluß und ich wurde zum Anstaltsleiter geführt, der mir im Beisein des pädagogischen Trottels und eines weiteren Schließers eröffnete, ich käme deshalb auf Absonderung, weil mein Fall nun geprüft und die Kosequenzen meines Verhaltens ausgelotet werden müßten! Oh je! Und eh ich mich versah, wurde ich zurückgebracht – und war so schlau wie vorher. Wieder die Sorge, jetzt in eine erneute U-Haft verbracht zu werden. Auch hier wurde wie auf den übrigen Zellen noch ausgerufen *„fertigmachen zur Nachtruhe"*, so daß ich mich dann abends endlich ein wenig zur Ruhe betten konnte.

Kaum ein wenig dahingeduselt, von tiefem, ausgeglichenem Schlaf konnte ich schon länger nicht mehr sprechen, es muß gegen ein Uhr nachts gewesen sein, als es laut Ratsch Ratsch an meiner Zellentür machte, die sich öffnete – und mir wieder das Blut in den Adern gefrieren ließ: Vor mir baute sich *RT* auf, dem ich mehrfach notgedrungen im Knastalltag begegnet war, dem ich aber bislang keinen Anlaß gegeben hatte, zuzuschlagen, wofür er allgemein bekannt war. Und der stand nun vor mir, blond, blauäugig, über einsneunzig und athletisch durchtrainiert, hämisch grinsend, während er unverkennbar hinter seinen gespreizten Beinen in den nach hinten verschränkten Armen den Schlagstock erkennen ließ. Ich auf der anderen Seite in der Zelle, furchtbar allein! Auch dieses Erlebnis ist bis heut gelegentlich präsent, wenn in unruhigen Nächten die fernere Vergangenheit aus der Traumaecke gekrochen kommt, die man nächsten Tages schnell wieder vergessen macht, die man verdrängt, ebenso wie die Festnahme oder den Blick in den Lauf der Kalaschnikow, oder die Konfrontation mit Schorses Truppe im Kriminellenknast …

Wieder war ich wehrlos der Willkür und Entscheidung eines Schergen ausgeliefert. Und dann fragte er mich:

„Na, Strafgefangener, warum sind wir denn hier auf Absonderung? Was haben wir denn angestellt? Wohl aufmüpfig gewesen? …"

Offensichtlich wollte er ein wenig provozieren, was ihm aber deshalb nicht gelingen konnte, weil ich innerlich schlotterte wie Espenlaub und nur gequält herausbrachte, ich hätte Ausreiseanträge gestellt, weil ich doch in den Westen will, aber sonst hätte ich nichts weiter angestellt. Seine Reaktion? Ein breites Grinsen, das in ein nicht zu beschreibendes, hämisches Lachen überging, mit der Frage, was ich denn im Westen wolle, wo doch die Kapitalisten das Sagen hätten und ich überhaupt keine Zukunft, ich hätte doch kein Kapital, ich sei doch so jung und hätte in der DDR alle Chancen der Welt, mich zu entwickeln und dann begann *RT*, der als brutaler Schläger bekannte SS-Typ, mir einen derart gestelzten, holprigen Vortrag über den bösen Klassenfeind im Westen und die Vorzüge der DDR zu halten, daß ich nach Minuten nicht mehr sicher war, ob ich weiter innerlich zittern oder lauthals herauslachen sollte, wonach mir eigentlich war. Wahrscheinlich hielt er mich für einen kleinen Dummkopf, den er, Herr Schulz nun aufklären muß und an dem man ja einmal seine rhetorischen Fähigkeiten ausprobieren kann! Das zum Glück nicht herausgebrachte Lachen konnte mir deshalb auch nicht im Halse stecken bleiben, als er am Ende seines Statements mich wie aus heiterem Himmel anschrie, wie auch er dies sicher für den Umgang mit Delinquenten gelernt hatte, um mich zu erschrecken und dann zu fragen, ob ich verstanden hätte und nun gefälligst auf diesen ganzen Quatsch von Ausreiseanträgen verzichte!

„Auf jeden Fall habe ich verstanden …“,

war wohl meine Antwort, oder so ähnlich. Aber eine sinngemäße Ergänzung konnte ich mir und ihm nicht ersparen, ich hatte auf sie keinen Einfluß, ganz gleich, was nun passieren würde, sie kam aus eigener Kraft aus mir heraus:

„Zurückziehen kann ich diese Ausreiseaktivitäten leider nicht; ich habe bereits draußen einflußreiche Leute, die für mich kämpfen, daß ich in den Westen komme, zum Beispiel den bekannten DDR-Anwalt Wolfgang Vogel, der im Auftrag der DDR-Regierung sich um solche Problemfälle wie mich kümmert und die kann ich nicht enttäuschen und werde keinen Rückzieher machen …“.

Damit hatte ich nicht nur das ganz große Rad gedreht, ich hatte mich erklärt als einen, der von Vogel Unterstützung erfährt. Damit hatte ich ebenfalls mein mir selbst gegebenes Versprechen gebrochen, all diese Dinge nur mit mir abzumachen und möglichst nicht darüber zu reden. Schon bei Dr. Naumann jedoch wurde mir im Nachhinein bewußt, ich bin nicht ganz konsequent. Und nun erzähle ich diesem Schläger von diesen eventuellen anwaltlichen Aktivitäten, von denen ich nicht einmal Genaueres wußte! Im Nachhinein interpretiere ich dies als Reflex zum Selbstschutz, um diese Situation zu beherrschen und um ihm zu zeigen, daß, wenn er sich jetzt gehen läßt und doch noch zuschlägt, er es mit ganz anderen Leuten zu tun bekommen könnte.

Immerhin, seine Mundwinkel zogen sich unbeholfen nach unten und seine Verblüffung konnte er nicht verbergen, was sich auch dadurch ausdrückte, daß er die nun doch sehr lapidare Bemerkung nur ziemlich gequält hervorbrachte:

„Sie werden sehen, was sie davon haben …“

Dann überließ mich *RT* wieder meiner Nachtruhe in meiner Zelle, ich brauchte lange, mich von diesem Schreckensszenario zu erholen. Auch wenn er mich in dieser denkwürdigen Nacht ungeschoren ließ, so gestehe auch ich große Genugtuung, als ich viele Jahre später, einige Jahre nach der Wende aus den Medien erfuhr, daß Hubert Schulz, ehemaliger Zuchthauswärter aus Cottbus und bekannt als *RT* wegen Mißhandlung von Strafgefangenen zu einer mehrjährigen Haftstrafe verurteilt wurde.

Der nächste Tag verging ohne besondere Vorkommnisse, auch die nächste Nacht kam ich zu einem einigermaßen ruhigen Schlaf, wobei ich inzwischen ein ziemliches Nervenbündel geworden war und deshalb gelegentlich den Zellengenossen schon vorher auf die Nerven ging, auch war ich ein ziemlicher Zappelphillip geworden. Gunther war es, der mich immer wieder darauf aufmerksam und einige mentale Übungen zur Beruhigung mit mir machte. Und am dritten Tag mußte ich zum Stationer, kurz und knapp den Empfang einer Einweisung in den *Tigerkäfig* unterzeichnen, auch hier aber wieder zum Glück zu nur sieben Tagen (ANLAGE 13, SEITE 251). Die würden sicher nicht lustig werden, aber damit konnte ich später auch diese Erfahrung als Mentalnahrung für den Wuchs meiner Flügel verbuchen und sieben Tage gingen vorbei.

Unmittelbar zurück auf Absonderung mußte ich meine Sachen packen, auf die reguläre Zelle bringen, als meine Haftkameraden in der Fabrik waren und ohne jegliche Habe wurde ich in den Keller geführt, wo unter meinem Zellengebäudetrakt die *Tigerkäfige* lagen. Jetzt wurde es gruselig, als mich der Schließer in den recht dunklen Kellergang führte, links und rechts die dunklen Wände entlang Rohre über Rohre, in der Luft hing ein schimmliger Muffgeruch und dann zur linken im düsteren Dämmerlicht lagen einige, in Erinnerung sind mir sechs bis acht dieser berüchtigten Zellen. Wie ich autodidaktisch gelernt hatte, galt es nun, sich klarzumachen, daß es immer noch Schlimmeres gibt: Die Folterkammern des finsteren Mittelalters, der Faschisten oder bis vor einigen Jahren der Kommunisten und heut in China immer noch, die Folterkeller und Kerker unzähliger Diktaturen in aller Welt, auch gab es Strafgefangene, die in diesen *Tigerkäfigen* monatelang saßen, wie Jürgen Brinkmann beispielsweise. Jahre später hatte ich Kontakt zum DDR-Dissidenten Sigmar Faust, der über vierhundert Tage (!) in einem dieser Käfige hat zubringen müssen! Ich stand vor dem letzten Käfig. Die Tür wurde geöffnet – und innerhalb des Türrahmens war eine weitere Gittertür, die einen martialischen Eindruck machte. Die psychologische Wirkung dieser Gitterkonstruktion, die aus Sicherheitsgründen sicher überflüssig gewesen wäre, war die tiefere Absicht. Das war also der *Tigerkäfig*! Als Fenster gab es ein Oberlicht auf den Hof hinauf, jedoch durch Bekleben mit einer Folie nicht durchsichtig. Auch war es natürlich vergittert. Zur rechten war eine an die Wand mit einem Schloß befestigte Bretterkonstruktion, die sich später als ein herunterklappbares Bett erweisen sollte, wenn auch von

StVE

StVE Cottbus
(Dienststelle)

16.10.80
(Datum)

BStU
000115

Auszeichnungs- / Disziplinar-Verfügung

1. Zur Eintragung in den Nachweis über Auszeichnungen und Disziplinarmaßnahmen
2. Zur Ablage in der Erziehungsakte

427/80
(Laufende Nr. im Nachweis)

Der / Die Inhaftierte Casper (Name) – Manfred (Vorname) 14.3.51 (geb. am) 821284 (Reg.-Nr.)

wird wegen Verstoß gegen die Hausordnung und Verweigerung einer Weisung

gemäß § 35 StVG

mit 7 Tage str. Einzelarrest (Art) ausgezeichnet / bestraft.

[illegible] Major d. SV
(Unterschrift und Dienstgrad des Leiters bzw. des Befugten)

SV 27 (87/11) Ag 106/2942/67

(ANLAGE 13)

einfachster Technik: Die mehreren, zu einer Liegefläche zusammengeschraubten Bretter waren an die Wand hochgeschlossen, damit man sich tagsüber nicht hinlegen konnte und abends wurde diese Liegefläche heruntergelassen und vorn mit zwei klappbaren Metallfüßen abgestützt, während das Ganze hinten an der Wand mit Scharnieren verschraubt war, dazu wurde abends eine Decke gereicht, die morgens wieder abgeholt wurde. Matratzen, Kopfkissen oder ähnliche Annehmlichkeiten gab es nicht. Dann gab es links neben der Tür wieder einen der bereits bekannten Kübel für die Notdurft und neben diesem einen Hocker mit einer Blechschüssel und ein wenig Wasser. Der Fußboden war ein schlichter Ziegelboden, eine Heizung gab es nicht, sieht man von einem über der Tür entlanglaufenden Heizungsrohr ab, das aber weder reguliert werden konnte, noch daß dieses ausreichend Wärme abgegeben hätte. Ich fragte mich, wie das jemand aushielt, der hier bei heftigen Minusgraden eingesperrt wurde. Über der Tür war zudem ein Oberlicht, eine kleine Öffnung in der Mauer, in der eine kleine, sehr schwache Glühlampe Tag und Nacht vor sich hinfunzelte, fast wie in Sofia. Kaum hatte ich die Zelle betreten, es war gegen Mittag und ich hatte zum Glück auf Absonderung noch meine Mittagessenration bekommen, als der Schließer mir mitteilte, am Abend käme sicher jemand, der das Bett runterschließt. Dann schloß sich mit einem lauten Krachen und Quietschen das Gitter, ein beängstigender Eindruck, und es folgte die dicke Holz- oder Eisentür, die Riegel wurden geschlossen. Ich war im *Tigerkäfig*!

Gar nicht lange und ich hörte voller Verwunderung ein fernes Rufen: *„Wer bist'n Du, woher kommst du und was hast'n gemacht? Und wie lange hast'n gekriegt?“*

Ich mußte mich erst einmal sortieren und sicherstellen, daß ich nun nicht anfing zu halluzinieren, bis ich bemerkte, daß ich aus einem ferneren Nachbarkäfig angerufen worden war. Natürlich! Die Oberlichter und die nicht ganz hermetisch abgedichteten Türen erlaubten, sich zu unterhalten, auch wenn sie uns offensichtlich weit auseinanderliegend in die letzten Käfige am Anfang und am Ende gelegt hatten. Dies konnte doch nur Brinkmann sein; denn über solche außergewöhnlichen Disziplinarmaßnahmen wie die Einweisung in den *Tigerkäfig* waren wir informiert, das sprach sich herum wie ein Lauffeuer und auch über meine Einweisung wußten die Zellengenossen sicher bereits Bescheid, das ließ sich nicht geheim halten, immerhin waren die Kalfaktoren gut informiert. Und so konnten wir beginnen, uns auszutauschen.

Etwas später dann fragte mich Brinkmann, ob ich nicht Lust hätte, mit ihm einen Minichor, ein Duett zu bilden und ein wenig zu singen, er hätte immer schon gern gesungen. Hier kam mir meine bereits in der Grundschule bis zum Stimmbruch sehr gut bewertete Stimme zugute und wir begannen die unterschiedlichsten Lieder zu trällern. Uns hörte hier wohl sowieso keiner, denn der Trakt lag sehr abseits und die Schließer waren auch nie zugegen, es gab auch keine kleinen Spione in den Türen, man war hier allein und ausschließlich sich selbst überlassen. Daß unser Singsang ein wenig anstrengend war, da die Entfernung der Käfige größer und die

Akustik durch die Oberlichter nicht so gut war, hielt uns nicht ab. Bald begannen wir zweistimmig unterschiedliche Höhen und Tiefen, Kanons und alles Mögliche zu singen, zum krönenden Abschluß die bundesdeutsche Nationalhymne! So bleibt mir selbst der *Tigerkäfig* als ein Refugium kreativen Geistes in Erinnerung, wenngleich auf extrem niedrigem Niveau.

Eine extreme Steigerung erfuhr dies anderntags dadurch, daß mir Brinkmann ein Schachspiel vorschlug. Das war eine geniale Idee, nur, wie bekamen wir Figuren und Brett gestaltet? Bis er mich aufklärte, dies ginge erheblich zu Lasten des ohnehin spärlichen Essens, das früh aus einer oder zwei Scheiben Brot mit etwas synthetischem Honig oder Marmelade plus einem Becher Tee bestand und abends aus einer Suppe mit einer Scheibe Brot. Aber wenn wir Schach spielen wollten, sähe er keine andere Lösung. Es galt zu warten, bis das Brot gebracht wurde, aus dem dann kleine Teigfiguren geformt werden konnten. Ich fand dies eine geniale Idee und über zwei oder drei Mahlzeiten sammelte ich dann Brotteig, aus dem ich die Figuren modellierte. Die weißen Figuren waren aus reinem Teig, die schwarzen aus dem krustigen Rand. Zwar war ergänzend reichlich Phantasie vonnöten, sich die Figuren vorzustellen, aber in der Not ist man kreativ! Und das Brett? Er riet, die Schüssel einmal umzudrehen, was zwar das Entleeren des Wassers bedeutete, aber das brauchte man sowieso nicht, außer für den Kübel, um den Gestank im Zaum zu halten und so folgte ich seinem Rat – und glaubte meinen Augen nicht zu trauen: da waren tatsächlich mit irgendeinem Gegenstand, wahrscheinlich mit einer Gabel oder einem Löffel die 64 Felder eines Schachbrettes, wenn auch wieder etwas schwach erkennbar aber mit wieder viel Akribie und Phantasie bereits brauchbar eingeritzt! Diese Idee war geradezu sensationell, verkürzte sie doch meinen Aufenthalt enorm, zumindest gefühlt – außer dem zwischendurch einmaligen Reinigen des Kübels in einem Raum im Erdgeschoß! Das Spiel selbst fand unter Zuruf des jeweiligen Zuges statt, wobei die Nummern und Buchstaben jeweils an einer Längs- und einer Querseite des Brettes Orientierung gaben.

Rechtzeitig vor der zu erwartenden Mahlzeit mit dem Hoch- oder Runterschließen des Bettes war es wichtig, die Figuren gut in der Hosentasche zu verstecken, ohne sie zu sehr zu beschädigen, aber nach zwei, drei Tagen war der Teig gut genug gehärtet, um Stabilität zu bieten. Das bereits vertraute *„Fertigmachen zur Nachtruhe"* gab es hier nicht, sie kamen ohne Ankündigung, sowohl abends als auch morgens. So verging auch diese Zeit und ich wünschte am letzten Tag Brinkmann noch bevor ich abgeholt wurde schon einmal alles erdenklich Gute, er mir ebenfalls – und er schlug vor, ich solle doch noch einmal etwas anstellen, damit er erneut Gesellschaft bekommt. Allerdings hatte er zwischendurch ohnehin schon mehrfach für ein, zwei oder gar drei Wochen Gesellschaft, wie er berichtet hatte, teilweise waren sie gar kurzzeitig zu viert. Zu guterletzt knabberte ich noch meine Schachfiguren, die inzwischen gut ausgehärtet waren, wobei ich bis heut ganz gern einmal in etwas ausgehärtetes Brot beiße.

Auf Zelle angekommen, galt es Bericht zu erstatten, wobei es nicht viel zu berichten gab, außer über diverse Sangeskünste und gute Schachpartien. In der Zwischenzeit war mein Knastkumpel Wolfgang Wegner, alias Teo zu meiner großen Überraschung *„auf Transport“* gegangen und es war zu vermuten, auch er hatte Anstrengungen unternommen, in den Westen frei zu kommen. Wir hatten wie auch mit allen weiteren engeren Haftkameraden unsere bisherigen und unsere Zieladressen ausgetauscht, für genau diesen Fall, daß wir unvermittelt getrennt würden.

Der weitere Arbeitsalltag hatte mich bald wieder im Griff, ebenso der Englisch-Unterricht und ich erfuhr, meine Arbeitsleistung an der Stanze läge inzwischen auf einem außerordentlich guten Niveau, was mich nicht nur verblüffte, ich war fast ein wenig erschrocken, so war meine Protesthaltung nicht gedacht. Der zivile Meister informierte mich über die ersten, wenn auch wenigen Tage an der Stanze und ermutigte mich:

„Weiter so, Strafgefangener Casper, es geht doch und vielleicht wird doch noch was aus ihnen! Hat vielleicht die Disziplinarmaßnahme geholfen?“

Was war denn jetzt los? Bald stellte sich heraus, ich hatte mich schlicht in der vorgegebenen Normzahl geirrt oder verhört und eine viel höhere zur Berechnung meiner eigenen Protestnorm angesetzt – oder ich hatte irrtümlich die vorgegebene Normzahl als die Protestnorm interpretiert, wie auch immer, ich beeilte mich, sofort auf Protestmodus umzuschalten und war deshalb die nächsten Tage extrem viel unterwegs, mit meinen Entgraterkollegen im Gespräch, so daß ich von einem der Aufseher bald gemaßregelt wurde, ob ich nicht auch ab und zu arbeiten wolle – was ich zur allgemeinen Erheiterung aller Kollegen verneinte. Überhaupt hatten wir das Gefühl, wir können uns zunehmend renitente Frechheiten erlauben, ohne direkte Konsequenzen, eine ganz neue, ungewohnte Erfahrung. Wie ich viele Jahre später von Bekannten, die ebenfalls, wenn auch viel später als ich in Cottbus inhaftiert waren, erfuhr, hat sich dies Ende der 1970er Jahre wieder deutlich zugunsten stärkerer Repression für die Gefangenen verändert. Dies mag daran gelegen haben, daß die DDR im internationalen Konzert durch ihre Anerkennungserfolge eine lautere Geige begonnen hatte zu spielen. Sie wurde nach außen selbstbewußter, was nach innen Spielraum gab, sich den Klassenfeind wieder vorzuknöpfen; denn ideologisch hatte sich weder am Dogma des Sozialismus, noch an der rigiden Struktur etwas geändert. Diese ständigen Veränderungen im Verhalten der DDR-Behörden konnten übrigens auch Bundesbürger, die häufiger in die DDR reisten, ob geschäftlich oder privat, an der Grenze bei der Abfertigung erfahren. Waren die Grenzer einmal durchaus freundlich gesonnen, konnte es im nächsten Moment derart rüde Rüffeleien geben, die mitunter Reisende erschreckten.

Am 30. Oktober 1970 hatte Mutter ihren 58sten Geburtstag. Wie gern ich ihr geschrieben und einen Gruß übersandt hätte. Aber da ich immer noch Schreibverbot hatte, dachte ich fest an sie, an frühere Begebenheiten, als Mutter und ich im Westen waren und erneut begann ich zu träumen. Ob sie tatsächlich mit dem Ost-Berliner

Anwalt Vogel in Kontakt getreten war? Ob sie vielleicht schon mehr hat erfahren können über meine Chance, in den Westen zu kommen? Oder ob ich noch zu jung für eine solche Transaktion war? Genaue Informationen erhielten wir nicht, weshalb ich nach wie vor in höchstem Maße verunsichert war. Auch war ich inzwischen ein Nervenbündel. Immerhin konnte ich nicht ausschließen, daß jemand an entscheidender Stelle sich massiv dem Ausreisewillen dieses fast noch jugendlichen Casper entgegenstellte. Es war zum Verzweifeln und meine Nervosität hatte sich auch durch die relative Ruhe im *Tigerkäfig* nicht gelegt. Gelegentlich ließ der Eine oder Andere meiner enger verbundenen Zellengenossen durchsickern, ebenfalls entweder im unmittelbaren Kontakt zu Anwälten wegen des Ausreisewunsches zu stehen oder von Angehörigen heimlich erfahren zu haben, daß diese sich an entsprechende Anwälte oder gar an Anwalt Vogel gewandt hätten. Auch erfuhr ich dadurch mehr und mehr von den *Freikaufaktionen*, die der Eine als Menschenhandel oder gar Sklavenhandel bezeichnete, der Andere als einmalige Chance, in die Bundesrepublik freizukommen. Ich sah eine Chance darin, so fragwürdig diese Aktionen aus moralischer Sicht gewesen sein mögen. Überwiegend politische Häftlinge wurden hierbei berücksichtigt, weshalb diese um 1962 begonnenen Aktionen auch als *Häftlingsfreikauf* bezeichnet wurden.

Wie man heut weiß, wurden seit 1962 bis zum Zerfall der DDR insgesamt etwa 33.800 Häftlinge für schätzungsweise 3,5 Milliarden DM freigekauft. So war auch ich bei aller Verunsicherung voller Hoffnung, einst hierzu gehören zu können.

Und wenige Tage später, am 17. November 1970 hatte mein Vater Geburtstag, er wurde 61 Jahre alt. Auch an ihn mußte ich denken, an unsere früheren Urlaube, an die langen Wanderungen sowie die Dinge, die er mich dabei gelehrt hatte, wie man das beste Holz für Pfeil und Bogen aussucht, wie man am besten ein Wasserrad baut, eine Armbrust, wie man die Karte und den Kompaß liest und Vieles mehr. Auch die ersten Fahrversuche mit der RT 125 auf dem *Hitlerweg* dankte ich ihm zutiefst. Seine Herzbeschwerden bereiteten mir indes ein wenig Sorgen. Wie gern ich mich auch jetzt wieder mit ihm ausgetauscht hätte. Vergebliches Hoffen!

Der Freikauf

Am Freitag, dem 27. November 1970 hatte ich Frühschicht. Müde und wegen einer erneuten Erkältung ein wenig angeschlagen schleppte ich mich mittags mehr zurück auf Zelle, als daß ich frohgemut gegangen wäre. Bis mich bei Einschluß der Kalfaktor, der uns das Mittagessen austeilte, hinter vorgehaltener Hand leise ansprach!

„Wie ich gehört habe, gehst du morgen früh auf Transport, aber ganz sicher bin ich nicht …“!

Wenn er mir dies doch nicht gesagt hätte, weil er es nicht genau wußte! Mir haute es fast die Beine weg und ich war froh, mich schon in der Zelle zu befinden, wo meine Bettstatt mir Halt geben konnte, denn ich war so von der Rolle, daß mich Gunther, der dies mitbekommen hatte, wieder einmal regelrecht aufpäppeln mußte mit mentalen Übungen:

„Schneidersitz auf der Bettmatratze! Handrücken innen auf die Knie legen, aufrechte Sitzhaltung, Kopf hoch! Tief und gleichmäßig aus- und einatmen! Augen schließen! Wir sind auf Bergtour in den Alpen und müssen uns nach einem Wetterumschwung um ein Notquartier kümmern … . Und jetzt haben wir in höchster Not eine Hütte gefunden, wir legen uns gemütlich in unseren Schlafsack und schließen die Augen …“

Von wegen Notquartier oder Hütte, von wegen Augen schließen … Für mich gab es im Moment wohl nichts, was mich zu hundert Prozent in die Realität zurückgeholt hätte, zu verworren waren meine Gedanken. Es ging mir ein wenig, wie bei der Festnahme, die Gedanken kreisten wie Feuerwerkskörper durch mein Hirn. Und es dauerte, bis die Zeit verging. Wenn es Minuten oder auch nur wenige Stunden gewesen wären, die ich in diesem extrem angespannten Schwebezustand verbringen mußte, nein, es waren noch der gesamte Nachmittag und die ganze Nacht. Und wenn dies alles nicht stimmte? Wenn es der Kalfaktor nicht richtig gehört oder fehlinterpretiert hatte? Am Abend dann die Gelegenheit, ihn nochmals zu fragen, ob er Neuigkeiten für mich hätte? Hatte er aber nicht, bis auf den nochmaligen Hinweis:

„Ich bin mir leider nicht ganz sicher …“

Was war das für ein Auf und Ab, wie war man hier zum Spielball von Interessen, von Mächten, guten wie bösen geworden und wie war man ausgeliefert! Immerhin hatte ich mich nun meinen engsten Vertrauten offenbart, sie hatten es ohnehin beim Einschluß ein wenig mitbekommen und sie machten mir allesamt Mut. Wie zu erwarten, schloß ich dennoch die ganze Nacht nicht eine Minute meine Augen, ich war völlig überdreht. Hinzu kam diese vermaledeite Erkältung, die mich ganz schön erwischt hatte.

Der nächste Morgen des 28. November 1970 war ebenfalls ein Albtraum, bis ich endlich nach dem Frühstück das Kommando zum Raustreten für die Arbeit vernahm, was jetzt die Weichenstellung bedeuten mußte. Alle waren soweit in Bereitschaft rauszutreten, nur ich hatte mich diesmal in der Hoffnung auf meine Verlegung ganz zum Schluß platziert – und tatsächlich hieß es nun vom Aufseher:

„Strafgefangener Casper, sie bleiben auf Zelle und packen alle Sachen – sie gehen auf Transport nach Karl-Marx-Stadt!“

Ein letzter kurzer Blick in die gleichsam verdutzten und neidvollen Gesichter der Zellengenossen, die sich in Reih und Glied auf dem Flur zur Meldung platziert hatten, ein letztes Lebewohl und ein letztes verhaltenes Winken. Jetzt war sie angekommen, die Botschaft, in meinem Kopf und löste einen kurzen, aber um so heftigeren Weinkrampf aus, nachdem die Tür sich schloß, es sah ja keiner, ein Weinkrampf als Ventil zum Lösen der Spannung, gepaart mit unendlicher Dankbarkeit und unvermittelter Freude. Ich war unendlich aufgewühlt, innerlich jauchzend und plötzlich voller Glückshormone! Ich komme in den Westen! Alles hat sich gelohnt, nichts war umsonst! Auch wenn ich noch keinerlei offizielle Mitteilung hierüber bekommen hatte, so gab es für mich keinen Zweifel mehr. Ich hatte gelernt, es gab nur zwei Untersuchungshaftanstalten der Stasi, von denen aus man in die Bundesrepublik unmittelbar freikam, das waren Berlin und Karl-Marx-Stadt. Und daß ich andererseits in Karl-Marx-Stadt ein neues Verfahren wegen meiner mittlerweile offenkundigen Verweigerungshaltung bekommen könnte, schloß ich aus, auch wenn es theoretisch immer noch möglich gewesen wäre, Karl-Marx-Stadt war immerhin mein Heimatbezirk. Es war die sich selbst erfüllende Prophezeiung, die mir Sicherheit verlieh, wie ich sie noch nie vorher gespürt hatte. Vor allem aber war es diese konkrete Ankündigung, nach Karl-Marx-Stadt zu kommen, es war ein klares Indiz; denn bei einem erneuten Verfahren hätten sie keinen Grund gehabt, mir die Zieladresse meiner Verlegung mitzuteilen.

„Das werden sie schon sehen!“

hätte es geheißen. Ich hätte vor Freude jubeln, schreien, singen oder sonst was machen können! Diese Euphorie über das nun offene Tor in die Freiheit zu ermessen, ist nur jenen nachvollziehbar, die in extremer Unfreiheit gefangen waren. Es bleibt indes für Zukunft der freien Welt zu hoffen, daß es gelingen möge, dies den Menschen zu vermitteln, die zum Glück nicht unter dem Joch der Unfreiheit haben leiden müssen.

Die Effektenkammer wartete auf mich, dort erhielt ich all meine persönlichen Sachen inklusive meinem Basttäschchen samt Werkzeug, ich durfte meine zivile Kleidung anziehen, die plötzlich ein wenig an mir herum schlackerte, weil ich ziemlich abgemagert war und ein Barkas B 1000 fuhr vor. Ich war der einzige Passagier und als mich der Fahrer fragte, ob ich nochmals auf Toilette müsse, hatte ich nach fast eineinhalb Jahren zum ersten Mal das Gefühl, wieder von jemandem in einem normalen, beinahe höflichen Ton angesprochen zu werden.

„Sonst klopfen sie, wir können ja auch mal kurz rechts ran fahren, wenn sie unterwegs mal müssen …“

Mein Gott, ich begann zu schweben und glaubte, jetzt fiel ich aus dem Nest! Die Flügel breiten und schlagen, dann wird alles gut, die Luft der Freiheit wird

BStU
000039

Führungsbericht über den Strafgefangenen C a s p e r , Manfred geb. am 14.03.1951

Der Strafgefangene C a s p e r wurde wegen § 213 StGB zu einer Freiheitsstrafe von 1 Jahr und 5 Monaten verurteilt.
In der hiesigen Strafvollzugseinrichtung befindet er sich seit Dezember 1969.
Zur produktiven Arbeit wurde er im Kombinat Pentacon, Abt.-Entgraterei, eingesetzt. Die ihm übertragenen Arbeiten führte er ordentlich und sauber aus. In der Normerfüllung zeigte er unbefriedigende Leistungen. In seiner Haftzeit brachte er in keinem Monat die erforderliche Norm. Geführte Gespräche über seine Arbeitsleistung brachten immer wieder zum Ausdruck, daß er für diesen Staat nicht mehr arbeitet.

. . .

Schlußfolgerungen in positiver Richtung, hat er aus seiner strafbaren Handlung nicht gezogen. In seiner Haftzeit beschäftigte er sich mit der Ausweisung aus der D D R und fertigte zu diesem Zwecke Schriftstücke an den Rat des Kreises - Stollberg, Abt. Inneres.
Casper hat eine negative politische Grundeinstellung zur DDR und muß deshalb als Gegner der DDR bezeichnet werden.

. . .

Für die Widereingliederung in die sozialistische Gesellschaft war er nicht bereit, die dazu erforderlichen Unterlagen anzufertigen.

(ANLAGE 14)

mich tragen! Im *„Führungsbericht über den Strafgefangenen Casper Manfred, geb. am 14. März 1951"*, der in meiner Stasi-Akte dokumentiert ist, heißt es (ANLAGE 14, SEITE 258):

> Der Strafgefangene Casper wurde wegen § 213 StgB zu einer Freiheitsstrafe von 1 Jahr und 5 Monaten verurteilt.
>
> In der hiesigen Strafvollzugseinrichtung befindet er sich seit Dezember 1969.
>
> Zur produktiven Arbeit wurde er im Kombinat Pentacon, Abt. Entgraterei, eingesetzt. Die ihm übertragenen Arbeiten führte er ordentlich und sauber aus. In der Normerfüllung zeigte er unbefriedigende Leistungen. In seiner Haftzeit brachte er in keinem Monat die erforderliche Norm. Geführte Gespräche über seine Arbeitsleistung brachten immer wieder zum Ausdruck, daß er für diesen Staat nicht mehr arbeitet ...
>
> Schlußfolgerungen in positiver Richtung hat er aus seiner strafbaren Handlung nicht gezogen. In seiner Haftzeit beschäftigte er sich mit der Ausweisung aus der DDR und fertigte zu diesem Zwecke Schriftstücke an den Rat des Kreises Stollberg, Abt. Inneres ...
>
> Casper hat eine negative politische Grundeinstellung zur DDR und muß deshalb als Gegner der DDR bezeichnet werden...
>
> Für die Wiedereingliederung in die sozialistische Gesellschaft war er nicht bereit, die dazu erforderlichen Unterlagen anzufertigen.

Sicher, es gab auch noch letzte Unsicherheiten, wie alles Weitere vonstatten ginge, aber es gab keine Angst mehr um die Zukunft. Die monatelange Quälerei um meine Zukunft hatte offensichtlich ein jähes Ende und ich richtete mich auf den ungefähr zwei Quadratmetern meiner Minizelle des Barkas B 100 beinahe behaglich ein. Was für ein wunderbares Fahrgefühl.

In Karl-Marx-Stadt angekommen, waren mir der Innenhof und die Gebäude der Stasi-Untersuchungshaftanstalt noch in Erinnerung, ebenso die Gänge des Gefängnisbaus, wobei es diesmal keine Effektenkammer gab, keine Eingangsuntersuchung und ich wurde ohne Umschweife auf eine Zelle im Erdgeschoß geführt, die sich als die beste Zelle meiner gesamten Haftzeit erwies! Mein Täschchen war mir mit dem Hinweis abgenommen worden, ich erhielte es in Kürze zurück, …*„wenn alle Formalitäten zur Ausreise …“* erledigt seien. Damit hatte ich es nun praktisch zum ersten Mal verbindlich erfahren, ich wurde vorbereitet *zur Ausreise*! Zwar wieder verwehrten Glasziegelfenster den Blick nach draußen, aber die Farbe, das Bett mit einem richtigen Holzgestell, einer ordentlichen Matratze und Zudecke sowie Kopfkissen vermittelten fast den Eindruck, zu Hause zu sein! Das *Neues Deutschland* lag bereit und ich wurde gefragt, ob ich etwas zu lesen wünsche. Im Übrigen wies der Aufseher in Stasi-Uniform auf einen Knopf neben der Tür, den ich nur zu drücken brauche, wenn ich etwas wünsche. Auch wurde mir dann angekündigt, ich würde mich zunächst bis Montag gedulden müssen wegen des Wochenendes, der nächste Tag war Sonntag, und am Montag und Dienstag würden alle Formalitäten erledigt werden, die noch nötig seien. Damit konnte ich gut leben, ich richtete mich in der Zelle ein und konnte nun endlich einmal entspannt, ohne Zukunftsangst und voller Zuversicht in mich hinein horchen.

Am Montag dann zunächst doch noch eine medizinische Untersuchung, die der selbe Stasi-Sanitätsoffizier durchführte, der bei der Aufnahme vor eineinhalb Jahren seinen Dienst an mir verrichtete. Die Untersuchung bestand wesentlich aus Fragen zu meinem Gesundheitszustand, der bis auf meine nervösen Verhaltenserscheinungen in Ordnung war.

Anschließend hatte ich die Entscheidung zu treffen, will ich mir die Haare ordentlich schneiden lassen oder sie wie jetzt beibehalten? Je nach individuellem Zustand konnte man sich im Cottbuser Vollzug in Abständen die Haare zum Kurzhaarschnitt scheren lassen, alternative Haarschnitte gab es nicht, was in der Regel mit einer Maschinenschere in wenigen Minuten erledigt war. Es gab auch Fälle, bei denen Gefangene unter Gewalt gezwungen wurden, sich die Haare kurz schneiden zu lassen, wenn sie eine bestimmte Länge überschritten hatten, wobei die Entscheidung darüber, was lang, was noch angemessen und was kurz war wie vieles Andere der Willkür einzelner Entscheider, des Stationers oder des Anstaltsleiters oblagen. Ich entschied mich für einen neuen Haarschnitt und es bearbeitete mich tatsächlich ein scheinbar richtiger Friseur mit Scheren, Kämmen und allem, was das Friseurherz höher schlagen läßt.

Dann ging es doch wieder in die Effektenkammer, wo mein Täschchen deponiert worden war, unter anderem mit meinem Umhängeportemonnaie, in dem sich mein Restgeld befand, die restlichen Mark der DDR, die restlichen Lewa aus Bulgarien und die 100,- DM von Feyca Kosamacz, zusammen ein stattliches Sümmchen, zumindest für meine Verhältnisse.

Erneut wurde mir gewissermaßen offiziell mitgeteilt, ich komme in zwei Tagen in die Bundesrepublik Deutschland! Allerdings sei es nicht zulässig, Bargeld auszuführen, ob DDR-Geld oder D-Mark. Der Vorschlag war deshalb, wenn ich dieses Geld nicht verfallen lassen wollte, es im Gefängnisshop auszugeben, was ich gern annahm und wie ich dann in den Keller des Untersuchungsgefängnisses der Stasi in

Karl-Marx-Stadt geführt wurde, war dies wieder eine der großen Überraschungen: Ich fand mich plötzlich in einem kaufhausähnlichen Shop, in dem es alles gab, was das Herz begehrte, von Kleidung aller Art, einschließlich Westkleidung über Kosmetika bis hin zu Zigaretten und Vieles mehr. Natürlich spielte hierbei eine Rolle, daß viele Modeartikel, Kleidung und Ähnliches, das im Westen über Versandhäuser oder auch in West-Kaufhäusern verkauft wurde, ihren Ursprung in der DDR hatten. Da meine Kleidung schon in Bulgarien ziemlich mitgenommen aussah, war das die Gelegenheit, mich entsprechend dem Angebot einzukleiden, mir neues Rasierzeug zuzulegen und noch einige weitere Kosmetikartikel, letztlich auch eine neue kleine Reisetasche, in der ich vorerst meine alte Kleidung verstauen konnte. Ich durfte alles mit auf Zelle nehmen und es oblag insofern mir selbst, wann ich welche Kleidung anziehen wollte.

Bei alldem bekam ich einen völlig neuen Eindruck von der Stasi und ihrem Umgang mit Systemkritikern. Kein barsches Wort, keine harschen Anweisungen oder Ruppigkeiten, wie sie in den zurückliegenden eineinhalb Jahren gang und gäbe waren und fast hatte ich ein schlechtes Gewissen meinen Haftkameraden gegenüber, die immer noch unter all dem martialischen Getöse leiden mußten, unter RT, unter Arafat und den ständigen Restriktionen. Auch dies war wieder ein Indiz für das Perfide in diesem System. Man konnte meinen, gerade diejenigen, die man nun endlich loswerden konnte, weil sie in besonderer Weise als renitent galten, würden nochmals zu guter letzt besonders schikaniert; nein, man behandelte mich nun plötzlich wie ein rohes Ei, weil man mich in den letzten verbleibenden DDR-Tagen mit Charme gewogen machen wollte, wahrscheinlich, damit ich als Neuling im Westen nicht all zu schlecht über die DDR rede. Dies sollte am nächsten, letzten Tag in der DDR noch verstärkt werden.

Unabhängig vom Umgang miteinander war für mich die Welt nun in Ordnung und ich schwebte auf Wolke sieben! Am Dienstag, dem 2. Dezember 1970 wurde ich morgens abgeholt, um einem Offizier der Stasi in Zivil vorgeführt zu werden. Was für ein Erlebnis, das ich ebenso wie die zahllosen schmerzlichen Erfahrungen der zurückliegenden eineinhalb Jahre nicht vergessen werde. Der Besprechungsraum war ein für DDR-Verhältnisse ausgesprochen modern eingerichtetes Büro, in dem ich mit Handschlag – wie letztmals von Staatsanwältin Grebner – begrüßt wurde. Er stellte sich förmlich vor, den Dienstgrad erinnere ich nicht mehr. Jedoch erinnere ich seine stattliche, sportliche Figur, sein markantes Gesicht mit einem kahl geschorenen Kopf und einem Nadelstreifenanzug, weißes Hemd und Schlips, goldene Uhr. Er nahm Platz und bot mir eine Zigarette an, eine HB! Hätte nur noch gefehlt, daß er mich umarmt. Völlig entspannt begann er ein Gespräch über die Frage, was ich im Westen zu tun gedenke, welchem Beruf ich nachgehen möchte, in welche Region ich gehen möchte und ich fühlte mich damit inhaltlich an den Wiedereingliederungsbogen erinnert, der Gesprächsrahmen jedoch ließ mich wieder einmal über mich hinauswachsen, ich war scheinbar ein flügge gewordener Vogel, den man ernst nahm und dem man die ersten großen Kreise in luftiger Höhe zutraute.

Auch wenn ich noch keine konkrete Vorstellung von meiner Zukunft hatte, so wollte ich auf jeden Fall zunächst im Bau- oder einem verwandten Bereich arbeiten, um mir eine finanzielle Grundlage zu verdienen und dann mal schauen, ob ich Weiterbildungsmöglichkeiten nutzen kann. Dies schilderte ich ihm. Hierbei wurde er im Gespräch ein klein wenig ideologisch, wenn auch weiterhin sehr freundlich, als er zu bedenken gab, daß es im Westen auch Arbeitslosigkeit und ein ausgeprägtes soziales Abseits bis hin zu Obdachlosigkeit gäbe. Das beeindruckte mich jedoch insofern nicht, als mir damals schon bei aller Euphorie, in den Westen zu kommen, diese Gefahren bewußt waren und mir war klar, daß es einiger Anstrengungen und großer Flexibilität bedarf, auch eine entsprechende Arbeit zu finden. Auch dies schilderte ich ihm und erneut bekam ich das Gefühl, er staunt ein wenig über diesen kleinen Vogel, der sich so beherzt aufmüpfig gezeigt und nun doch eingedenk aller Widerstände erfolgreich in die Lüfte erhoben zu haben schien. Auf jeden Fall wollte ich nach dem Notaufnahmelager Gießen, auf das er mich hinwies und wo ich die ersten zwei bis drei Tage zur Erledigung aller Aufnahmeformalitäten würde zubringen müssen, zu meinen Verwandten nach Braunschweig reisen, zunächst zu meiner Großmutter, Tante Hilda und Christel, die inzwischen mit Jürgen Meyer verheiratet war. Weiteres konnte ich noch nicht exakt prognostizieren. Auch ein späteres Studium schloß ich nicht aus, ebensowenig einst auszuwandern nach Südafrika, nach Südwestafrika, dem heutigen Namibia oder nach Südamerika und ich erinnere mich, wie ich im Gespräch mit diesem Stasi-Mann erstmals begann darüber nachzudenken, mein Abitur nachzuholen und dann etwas vielleicht auch Geisteswissenschaftliches zu studieren, etwas, wo sich meine politischen, historischen und philosophischen Interessen spiegeln würden. An dieser Stelle ermutigte er mich sogar dazu, da ich in der DDR durch deren hervorragendes Bildungssystem hierfür beste Grundlagen habe erwerben können. Ansonsten blieb das Gespräch auf einer völlig sachlichen, unideologischen Ebene, wie ich es nicht mehr kannte, waren doch die vergangenen eineinhalb Jahre durch einen völlig anderen Umgang diesbezüglich geprägt. Später erfuhr ich von anderen Betroffenen, die ebenfalls freigekauft worden waren, daß dieser Umgang mit den Delinquenten in den letzten Tagen vor der Ausreise durchaus unterschiedlich war, einige hatten nach wie vor einen sehr rauen, ruppigen Umgang erdulden müssen. Vielleicht aber waren es auch die unterschiedlichen Wahrnehmungen.

Hinweise auf das weitere Vorgehen schlossen sich an, ich mußte einige Unterschriften leisten und zum Schluß erklärte er mir, es würde am Folgetag, dem 3. Dezember 1970 mit einem Reisebus und weiteren Häftlingen nach Gießen gehen. Damit war klar, ich war nicht der Einzige, den sie ausreisen lassen würden. Der Stasi-Offizier bat eindringlich darum, über die Haft, deren Bedingungen und zu eventuellen Auseinandersetzungen zwischen der Stasi beziehungsweise den Aufsehern und mir im Westen Stillschweigen zu bewahren, damit diese Aktionen des *Häftlingsfreikaufs* nicht gefährdet würden. Es würde niemandem helfen, wenn aus solchen *„ … unschönen Einzelfällen ein Riesenszenario …"* gebastelt würde, über das sich die westdeutsche Klatschpresse dann die Mäuler zerreißen würde.

Trotz all der positiven Entwicklung fand ich in dieser Zeit keinen ausgeglichenen Schlaf. Diese Lebensphase verlangte mir Einiges ab und selbst die nun letztlich ausgesprochen positive Entwicklung bedeutete enorme Aufregung! Am nächsten Morgen nach dem Frühstück der endgültige Aufschluß. Ich nahm meine neue Reisetasche, hatte einige Wäschestücke entsorgt – und da sie mir nun keinen wertvollen Dienst mehr zu bieten vermochte, letztlich leider auch meine Basttasche.

Es hieß, sich auf dem Gefängnishof zu versammeln! Aus allen möglichen Richtungen und Zellen kamen Frauen und Männer jeden Alters, teils einigermaßen elegant gekleidet, teils demonstrativ nachlässig bis schmuddelig, auch waren die menschlichen Züge der Gesichter und die Körperhaltungen sehr unterschiedlich. Einigen konnte man die Torturen, die sie hatten offensichtlich, vielleicht auch über viele Jahre erleiden müssen, ansehen. Andere, wie wahrscheinlich auch ich machten dagegen einen eher frischeren Eindruck. Schließlich waren wir ungefähr 25 bis 30 Häftlinge. Nicht lange und das große Gefängnistor öffnete sich automatisch und es fuhr ein nagelneuer, moderner Mercedes-Reisebus mit Ost-Berliner Kennzeichen ein! Was für ein erhebendes Gefühl! Wir suchten unsere Plätze, ich im vorderen Bereich auf der rechten Seite am Fenster. Nicht alle Plätze waren besetzt, auch der neben mir blieb leer. Die Koffer, Taschen und sonstigen Utensilien waren entweder im Kofferraum unter dem Fahrgastraum oder in den Gepäckfächern über den Sitzen verstaut, jeder hatte ein Lunchpaket empfangen und ab ging es, hinaus aus dem Gefängnishof, durch Karl-Marx-Stadt und einige vertraute Straßen entlang auf die Autobahn Richtung Hermsdorfer Kreuz, Erfurt, Eisenach und Richtung Grenzübergang Herleshausen, der Freiheit entgegen! Auch die dabei empfundenen Gefühle zu beschreiben, fällt schwer, es waren unendliche Glücksgefühle!

Hinter Erfurt war aus meiner Sitzposition bereits gut erkennbar ein näher kommender Parkplatz auf unserer Seite, der durch einen quer vor der Zufahrt stehenden Polizei-Wolga abgesperrt war. Dieser Wolga setzte plötzlich zurück, als der Bus sich weit genug genähert und abgebremst hatte und wir passierten auf diesen Parkplatz. Nachdem wir passiert hatten, nahm der Wolga wieder seine absperrende Position ein. Und als wir zum Stehen gekommen waren, sahen wir auf diesem Parkplatz zwei weitere Wolga-Limousinen und eine nagelneue, große Mercedes-Limousine mit Ost-Berliner Kennzeichen. Der Busbegleiter, der neben dem Fahrer seinen Platz genommen hatte, erklärte uns, daß nun der Ost-Berliner Anwalt Wolfgang Vogel zu uns in den Bus kommen und nochmals eine kurze Ansprache halten sowie die Namen der Ausreisenden verlesen würde. Vogel entstieg dem Fond des Mercedes, offenbar hatte er einen Fahrer. Vogel war eine imposante Erscheinung, nicht sehr groß, etwa nur so groß wie ich, aber von kräftiger Statur, mit dichtem, grau gewelltem Haar und sehr elegant gekleidet, er besaß Charisma. Er bat den Fahrer und den Begleiter, den Bus zu verlassen und begrüßte uns als die Glücklichen, die nun nach teils unangenehmen Lebensphasen ihre Ausreise in die Bundesrepublik Deutschland erfahren dürften. Auch ginge damit für die meisten ein lang ersehnter und teils mühsam erkämpfter Wunschtraum in Erfüllung. Sein Wunsch hingegen sei, diese Erfüllung sollte noch sehr vielen weiteren *Kandidaten* zuteil werden, was aber voraussetze, daß wir diese Aktivitäten, diese zahlreichen, aufwändigen Verhandlungen zwischen Ost und West nicht durch zu massive Kritik an den Haftbedingungen und den Verhältnissen in der DDR beeinträchtigten. Er habe Verständnis für Verbitterung vieler Betroffener, aber er habe kein Verständnis für diejenigen, die sich immer wieder, einmal im Westen angekommen, sofort an die Brust der West-Medien werfen, die nur zu gern die DDR ins negative Licht rückten. Also sollten wir an unsere Leidensgenossen denken!

Anschließend verlas er alle Namen und ich wartete ungeduldig; denn nachdem er alphabetisch begonnen hatte und über das *C* für Casper bereits hinaus war, rutschte mir wieder einmal für einen Moment das Herz in die Hose – nicht daß die mich nur irrtümlich hier in diesen Bus gesetzt hatten? Aber der Schreck währte nur kurz, denn bei *M* für Manfred war auch ich auf dieser Liste, wobei er sich die scherzhafte Bemerkung erlaubte, ich sei nicht irrtümlich im Alphabet nach hinten gerutscht, sondern er wollte nur sehen, ob ich schreckhaft bin! Und dann ergänzte er an mich gewandt, er kenne meinen Fall sehr genau und ich sei der mit Abstand Jüngste im Bus – und er fügte hinzu:

„Machen sie was draus!“

Zum Abschluß dann noch eine ebenfalls humorig gemeinte, aber angesichts der Brisanz des ganzen Geschehens eine uns irritierende Bemerkung, die seine Macht und seinen Status demonstrierte:

„Meine Damen und Herren, ich habe Sie nun alle verlesen und damit einen aufwändigen Verhandlungsvorgang auf höchster staatlicher Ebene zwischen der DDR und Westdeutschland abgeschlossen. Ich wünsche Ihnen nicht nur eine gute Weiterreise und eine gute Ankunft in Gießen, sondern auch für Ihre weitere Zukunft alles Gute in der Bundesrepublik! Und sollte ich bei der Verlesung der Namen jemanden nicht genannt haben, dann bleibe der- oder diejenige getrost sitzen …“

Dieser letzte Satz war es, der uns alle einerseits schmunzeln ließ, andererseits wurde dadurch klar, dies hätte ein einfacher Staatsdiener so nicht sagen dürfen, ohne selbst in größte Schwierigkeiten zu kommen, immerhin war das scherzhaft gemeinte *Fluchthilfe* – und damit machte ein DDR-Normalbürger keine Scherze! Und wer wußte schon, wer in diesem Bus außer uns Anwesenden alles mithörte …!

Anwalt Vogel verließ den Bus, der Fahrer sowie der Begleiter stiegen wieder ein und ab ging es erneut Richtung Herleshausen, den Grenzübergang von Thüringen nach Hessen. Die Dämmerung brach herein, es war bereits später Nachmittag, als die Grenze sich in der Ferne ankündigte. Damals hatten die drei großen

Grenzübergänge in Helmstedt-Marienborn, in Herleshausen oder in Hof sowie auch der zentrale Übergang zwischen Ost- und West-Berlin in Drewitz eine Beleuchtungstechnik auf neuestem Stand. Hohe Gittermasten nur wenige Meter auseinander setzten das gesamte Abfertigungsgelände in gleißendes Kunstlicht. Schließlich mußte man vermeiden, daß jemand sich versuchte im Dunkeln zu verstecken und die Grenzer mußten den Überblick behalten.

Allerdings gab es nun eine erneute Überraschung: Der Bus fuhr unvermittelt etwa 500 Meter vor der ersten Grenzsperre rechts ab in einen kleinen Nebenweg – und siehe da, dort stand bereits ein weiterer, noch modernerer Reisebus mit westdeutschem Kennzeichen bereit, offensichtlich, uns nun zu übernehmen, er stand bereits in Fahrtrichtung Grenzabfertigung, war also rückwärts in diesen Weg eingebogen. Wir wurden gebeten umzusteigen, unser Gepäck mitzunehmen und ich bezog in dem westdeutschen Bus wieder fast genau den gleichen Platz, wieder blieb ich allein.

Nachdem alle ihre Plätze eingenommen hatten, begrüßte uns der Fahrer, diesmal allein und ohne Begleiter per Mikrofon mit dem Hinweis, wir würden nun noch ungefähr zwei Stunden bis Gießen benötigen und ab ging es, nachdem der Ost-Berliner Bus zurückgesetzt und dann auf der Hauptzufahrt gewendet hatte. Auch war nun erkennbar, daß die Grenzabfertigung kurz unterbrochen und der übrige Verkehr angehalten worden war, alle Ampeln der Abfertigung standen auf Rot! Wir jedoch erhielten durch ein kleines Spalier von Grenzern freie Fahrt trotz roter Ampeln und wir passierten die Grenze der DDR zur Bundesrepublik ohne jegliche weitere Kontrolle. Wir waren in Freiheit, begleitet von demütigem Schweigen – und gelegentlichem Schluchzen mit der einen oder anderen Träne des Glückes!

Eine Information darüber, welche Summe für meinen *Freikauf* gezahlt wurde, habe ich nie erhalten, es war auch nicht üblich, hier Einzelbeträge mitgeteilt zu bekommen. Insofern ist Vorsicht angebracht, wenn Medien oder auch Einzelpersonen hier mit Zahlen in der Öffentlichkeit operieren, deren Wahrheitsgehalt durchaus angezweifelt werden darf. Dies soll den offiziellen Verlautbarungen der bundesdeutschen Behörden über die Gesamtsumme von etwa 3,4 Mrd. DM im gesamten Zeitraum von 1962 bis 1989 für die insgesamt ungefähr 35.000 freigekauften Häftlinge aber nicht widersprechen, die als solche gewiß realistisch sein wird. Auch kann davon ausgegangen werden, daß die Einzelbeträge am Alter, Ausbildungs- beziehungsweise Berufsstand bemessen wurden, weshalb bei mir von einem eher geringeren Betrag auszugehen ist.

Viele Jahre später, als ich mich mit meiner Stasi-Akte beschäftigte, war an dieser Stelle zunächst der erste, kleinere Teil derer mit dem Führungsbericht und der Feststellung:

...Casper...muß deshalb als Gegner der DDR bezeichnet werden...

abgeschlossen. Ein größerer Teil der Stasi-Akte sollte sich bald entwickeln, der sich auf mein nun folgendes Leben in der Bundesrepublik Deutschland bezog und nicht nur weitere abenteuerliche Ereignisse festhielt, sondern die Absurdität des DDR-Systems belegte. Bald sollte es bereits ab 1971 bis ins Jahr 1989 zur Aktenerfassung meiner Person, meiner Familie und von Ereignissen kommen, die mich betrafen, wobei ich diese Sammelwut der Stasi insgesamt als einen weiteren entscheidenden Indikator für den Untergang der DDR werte. Ein Staat, der unter einer solch eklatanten Mangelwirtschaft litt wie damals die DDR und der dennoch soviel Energie sowie Ressourcen in die Begleitung solch absurder *Operativ-Vorgänge* steckte, wie er für mich bald nach meinem *Freikauf* angelegt werden sollte, konnte nicht überleben. Allerdings hätten diese Zusammenhänge mein Leben um ein Haar erneut in Schieflage bringen können, mit weit gravierenderen Auswirkungen, vielleicht einer erneuten langjährigen Haftstrafe!

NEUBEGINN – UND DIE STASI ALS BEGLEITER

Erste Gehversuche im Westen

Die weitere Fahrt auf der Autobahn Richtung Gießen geriet auf Seiten der Bundesrepublik zu einem eindrücklichen Erlebnis! Alles änderte sich: Die Autobahn war plötzlich von einem Kilometer auf den anderen abgelöst von einem scheinbar samtenen Band ohne jegliche Schlaglöcher oder die in der DDR regelmäßig auf die Federung von Fahrzeugen schlagenden Distanzspalten auf den Beton-Autobahnen, die einem das Gefühl gaben, man sei ein Nickesel. Es gab keinen Beton mehr, der in der DDR in aller Regel noch aus der Nazi-Zeit stammte. Ebenso der Lichterglanz in den vorbei huschenden Dörfern und Städten vermittelte den Eindruck, in eine andere Welt zu tauchen, ganz zu schweigen von der Passage des Hattenbacher Dreieckes, eines Autobahnkreuzes mit einer riesigen Autobahnraststätte, die hell erleuchtet mit großen Reklamesymbolen Tankstellen, Rasthäuser und Ähnliches erkennen ließ. Wie unglaublich bunt dies alles auf uns wirkte.

Allein der Fahrer des Busses, ein Mittfünfziger mit wohlgenährtem Bierbauch, etwas längeren Haaren, wie sie inzwischen Mode waren und einem kleinen Schnauzer enttäuschte mich, als er uns zwar im rustikalsten hessischen Dialekt freundlich begrüßte, aber dann im Busradio beim Suchen der Sender bei einem hessischen Regionalsender auf UKW hängenblieb, der irgendwelche Schrammelmusik aufspielte, nachdem er beim Queren der Sender die nur eine Sekunde aufspielenden Rolling Stones einfach überging. Nun denn, es gab Wichtigeres und das Leben war wieder einmal, nun zum ersten Mal auch im Westen ein Kompromiß!

Die Fahrt durch Gießen selbst war ebenso beeindruckend, die hell erleuchteten Straßen, die unzähligen flanierenden Menschen am frühen Abend und die bunte Vielfalt der Kleidung, die bunte Reklame und der dichte Innenstadtverkehr. All das war für uns als ehemalige DDR-Bürger eine derartige Fülle von Eindrücken, die wir erst einmal verarbeiten mußten. Auch wenn ich mich nie als Wirtschaftsflüchtling sah, der allein der materiellen Überlegenheit der Bundesrepublik wegen hat dorthin gelangen wollen, sondern der größeren Freiheit wegen, so blieben aber diese ersten Eindrücke nachhaltig haften. Ist nicht auch ein Ergebnis von individueller Freiheit, daß sich Wirtschaft effizienter, ungehemmter und vielfältiger entwickelt und insofern die Welt kraft dessen etwas bunter wird? Hierbei muß man bedenken, wir kamen nicht nur aus der DDR, wir kamen alle aus einem Zuchthaus in der DDR, die einen aus Bautzen, dem *Gelben Elend*, dem berüchtigsten Zuchthaus der DDR für Männer, ebenso Frauen aus dem Zuchthaus Stollberg-Hoheneck, dem berüchtigsten Zuchthaus für Frauen in der DDR und Andere wie ich aus Cottbus, aus Brandenburg oder aus sonstigen DDR-Haftanstalten. Diese Eindrücke bleiben ebenso wie die Tage davor unvergessen! Schon damals, als ich mit Mutter in den Ferien im Westen sein konnte, gab es einen zunehmend erkennbaren Unterschied im öffentlich wahrnehmbaren Bild zwischen der DDR und der Bundesrepublik; aber inzwischen waren weitere Jahre vergangen und die Kluft hatte sich deutlich erkennbar weiterentwickelt.

Bei meiner Rückschau auf diese Ausreise wird mir erneut bewußt, wie es den DDR-Bürgern gegangen sein muß, als sie nach insgesamt 40 Jahren und der Öffnung der Mauer 1989 empfunden haben mögen, als sie sich plötzlich in einer völlig anderen Welt wiederfanden. Da ich selbst aus verschiedenen, noch zu schildernden Gründen seit 1976 einem Einreiseverbot in die DDR unterlag, konnte auch ich in umgekehrter Richtung einen späteren unmittelbaren Vergleich erst zwölf Jahre später nach der Grenzöffnung ziehen.

Das Notaufnahmelager Gießen war ähnlich einer kleinen Kaserne angelegt. Der Bus hielt auf einem zentralen Platz. Zunächst nahm uns eine Dame in Empfang, die uns mit einem kurzen *„herzlich Willkommen"* eine Art Laufzettel in die Hand drückte und dann darum bat, sich in etwa einer Stunde in einer Aula des Areals zu einer offiziellen Begrüßung mit einem Abendessen einzufinden. Auch enthielt der Laufzettel für jeden individuell seine Zimmernummer in einem der ebenfalls nummerierten Gebäude. Ich bezog mein Einzelzimmer, zwar spärlich aber mit dem Nötigsten ausgestattet, mit einer abgeschlossenen Toilette inklusive Dusche und ich begab mich alsbald in die Aula. Bereits weitere ehemalige Mithäftlinge waren versammelt oder trafen nach und nach ein. Ein ebenfalls freigekaufter Ingenieur, mit dem ich mehrfach bereits auf dem Hof in Karl-Marx-Stadt als auch im Bus und beim Wechsel der Busse kurz gesprochen hatte, der mehrere Jahre in Brandenburg gesessen hatte, regte an, es sollte sich nach der Begrüßung durch die Repräsentanten der Bundesrepublik auch von uns jemand im Namen aller *Freigekauften* bedanken für das Engagement der Bundesbehörden, das letztlich unser aller Leben in völlig neue Perspektiven führte und als weitere Herumstehende dies leidenschaftlich befürworteten, aber alle doch Hemmungen hatten, dies zu übernehmen, sah ich meine erste Chance, auf bundesdeutschem Boden und in Freiheit einige Worte des Dankes zu formulieren, was auf allseits große Zustimmung stieß, mir auch Respekt und Anerkennung als Vorschuß einbrachte.

Eine kleine Abordnung von Repräsentanten des Notaufnahmelagers, von Bundestagsabgeordneten und der Stadt Gießen sowie Medienvertreter nahmen dann vor uns Aufstellung und es wurden einige kurze Reden gehalten, die sich alle auf die nun schon einige Jahre währenden Bemühungen der Bundesrepublik Deutschland zum *Freikauf* von DDR-Häftlingen aus humanitären Gründen bezogen. Und nachdem sie soweit durch waren, leider auch damit das inzwischen aufgebaute und uns überwältigende Buffet eröffnet hatten, war ich ein wenig in der Zwickmühle, nun noch schnell verbal dazwischen zu grätschen und damit allen den Appetit zu verderben oder noch ein wenig zu warten, was mir schwerfiel; denn immerhin war auch ich nun unendlich aufgeregt, vor so vielen Menschen, zumal vor Bundestagsabgeordneten der SPD und der FDP, als die sich zwei junge etwa Dreißigjährige vorgestellt hatten, und weiteren Offiziellen zu sprechen.

Letztlich fand ich dann doch nach einer kleinen Pause einige wohlgesetzte Worte des Dankes und empfing nochmals weitgehend anerkennende Statements, bis auf eine Ausnahme. Wichtig war mir hierbei, die Hinweise sowohl von Vogel als auch von dem letzten Stasi-Offizier nochmals in Erinnerung zu rufen, sich bei der Schilderung des Erlebten auf die Fakten zu konzentrieren und das Ganze nicht reißerisch aufzubauschen, ohne dies allerdings zu meinem eigenen Credo zu machen, was mir nicht zustand, auch wollte ich mich erst recht nicht als Handlanger der DDR-Oberen aufspielen. Das allerdings kam trotz all meinem Bemühens um einen zurückhaltenden Appell nicht bei all meinen Leidensgenossen gut an! Einer, der schon vom Äußeren her einen sehr mitgenommenen Eindruck machte, maulte mich danach an, das hätte ich mir sparen können, wenn ich wüßte, was er erlebt hätte. Immerhin wies dann einer der beiden Bundestagsabgeordneten, der sich wiederum bei mir bedankte, darauf hin, daß es in Salzgitter eine zentrale Ermittlungsstelle zur Erfassung von Verbrechen und Vergehen der DDR-Behörden gegenüber Inhaftierten gab, bei der man ganz offiziell alles Erlittene schildern und dokumentieren lassen konnte. Diese Erfassungsstelle bot übrigens – wie bereits erwähnt – nach dem Mauerfall maßgebliche Unterstützung bei den Prozessen gegen *RT* oder *Arafat*.

In der Rückschau bin ich einerseits heut sicher, daß es für einige meiner Leidensgenossen eine Zumutung gewesen sein muß, das Erduldete unter einem Deckmäntelchen des Schweigens zu verbergen, andererseits war eine Abwägung bei der öffentlichen Artikulation des Erlebten nötig, um die Verhandlungen tatsächlich nicht zu gefährden. Mit Sicherheit war die Leidensfähigkeit der DDR-Oberen begrenzt und wenn diese *Freikauf*-Aktionen eingestellt worden wären, hätten zahllose weitere *Freigekaufte* nicht in den Westen kommen können. Das Ganze war eine ziemliche Gratwanderung, in der historischen Bewertung auch für mich persönlich.

Anderntags dann, nach der Erledigung zahlreicher Formalitäten, dem Empfang des Begrüßungsgeldes von 100,- DM konnten wir unsere Verwandten kontaktieren. Zunächst suchte ich die lagereigene Poststation auf, um meinen Eltern nun überglücklich ein Telegramm zu senden, sie wußten bislang sicher von nichts. Leider aber machte der Postler einen ausgesprochen unfreundlichen Eindruck und war eine erste menschliche Enttäuschung im Westen. Als ich doch recht viele Wörter formuliert und ihm den Entwurf übergeben hatte, meinte er betont unwirsch, daß mich meine Zeilen ein halbes Vermögen kosten würden, das sei viel zu viel. Auf die Frage, ob ich das alles selbst bezahlen sollte, wurde er wieder unwirsch und meinte sinngemäß:

„Ja glaubt ihr etwa, bei uns gibt's was geschenkt? Was meinen sie, warum sie das Begrüßungsgeld bekommen haben, etwa, sich einen schönen Tag zu machen …?"

Und noch einige weitere, unnötige Grummeleien maulte er in sich hinein. Nun ja, zugegeben, er hatte von der Sache her ja recht und je eher ich diese Alltagstauglichkeit erlernen konnte und wußte, wo es hier im Westen lang geht, um so besser, aber ich hätte erwartet, daß mir dies in anderer Art und Weise vermittelt wird. Indes focht es mein Glück nicht an, die Welt und die Menschen sind, wie sie sind und auch im Westen gibt's eben solche und solche.

Anschließend suchte ich in einer Telefonzelle im Telefonbuch nach der Telefonnummer meiner Cousine Christel Meyer, von der ich inzwischen wußte, sie hatte geheiratet, war mit ihrem Mann Jürgen, ihrer Mutter Tante Hilda und Oma Minna nach Braunschweig-Hondelage in ein Eigenheim gezogen und ich wollte anfragen, ob ich eventuell dort meinen Aufenthalt im Westen beginnen konnte. Sie hatten bereits ein Telefon, Jürgen war beruflich in der Telefon-Branche bei der Firma Telefonbau & Normalzeit KG beschäftigt. Wie war ich aufgeregt, auch, weil ich vorher nie allein telefoniert hatte. Ich hatte soviel erlebt mit meinen erst 19 Jahren, aber ein Telefon besaßen wir zu Hause nicht und auch beruflich oder in der Ausbildung auf dem Bau hatten wir keinen Anlaß zu telefonieren. Hinzu kam sicher auch die Anspannung, mich nun den Verwandten überhaupt anzukündigen und zu erfahren, wie ich wohl aufgenommen werden würde. Alles ging gut und als ich Christel am Telefon hatte, war alle Aufregung verflogen und sie bot an, zunächst in deren Haus ein kleines Zimmer zu beziehen, bis wir dann weitersehen.

Nach dem Kauf einer neuen Geldbörse und einer Zugfahrkarte nach Braunschweig waren meine 100,- DM ziemlich aufgebraucht. Zum ersten Mal mußte ich spitz rechnen, insofern hatte mich der barsche Postler durchaus sensibilisiert und mir indirekt geholfen.

In Braunschweig angekommen, begab ich mich anderntags vom Hauptbahnhof Braunschweig aus, den ich noch ein wenig aus Kindertagen in Erinnerung hatte, mit dem Bus nach Hondelage. Was war das für ein Hallo und eine Freude, sich wiedersehen zu können und weiterhin boten mir Christel und Jürgen ein Zimmer, bis ich mich auch finanziell unabhängig gemacht haben sollte. Leider war Oma Minna bereits sehr dement und erkannte mich kaum, so daß ich den kleinen Blumenstrauß, den ich als Begrüßungsgeschenk für sie parat hatte, kurzerhand Tante Hilda schenkte. Was gab es dann nicht alles zu erzählen, auszutauschen und mir wurde schnell klar, daß ich möglicherweise ohne die Hilfe meiner Angehörigen nicht freigekommen wäre aufgrund meiner Jugend. Auch Jürgen und Christel hatten nach Abstimmung mit Mutter durch zahlreiche Schreiben an den Bundesminister für gesamtdeutsche Fragen, der 1969 umbenannt worden war in Bundesminister für gesamtdeutsche Beziehungen sowie durch persönliche Vorsprache bei Anwälten in West-Berlin geholfen, die Weichen erfolgreich zu stellen. Auch hatte sich der etwa einen Monat vor mir freigekaufte Haftkamerad Wolfgang Wegner, alias Teo mit ihnen in Verbindung gesetzt und mit Ratschlägen geholfen.

Schon wenige Tage später kam Onkel Richard aus dem Nachbarort Bevenrode, der Kranfahrer, der auch beim *Wunder von Lengede* eingesetzt war und meinte, seine Schwertransport-Spedition, die Louis Fricke GmbH in Braunschweig suchte Kranfahrer und Helfer im Schwertransport, die schwer zu bekommen seien, weil diese Arbeit sehr schwer sei, ob ich nicht Lust hätte, dort mitzuarbeiten und innerhalb eines weiteren Tages hatte ich meinen ersten Job ab Mitte Dezember 1970 im Westen als Schwertransport-Helfer und vor allem ganz gut bezahlt.

Nachdem ich in den ersten Tagen mit der Anmeldung auf den Ämtern einen Ausweis beantragt und meinen Führerschein hatte umschreiben lassen, teilte man mir mit, ich könne den LKW-Führerschein erst mit 21 Jahren erhalten, wenn ich volljährig sei. Das war überraschend, denn in der DDR war ich bereits seit meinem 18. Lebensjahr volljährig, hatte einen dort gültigen LKW-Führerschein und ich hatte die Hoffnung, ich könnte als Kranfahrer auf einem mobilen Autokran arbeiten. Immerhin mußte ich dann die Fahrprüfung nicht noch einmal wiederholen, hierfür wurde die DDR-Fahrprüfung zum Glück anerkannt. So begann ich stattdessen als Schwertransport-Helfer, konnte auf kleineren Lieferwagen Erfahrung im Straßenverkehr sammeln und wurde als Helfer bei verschiedensten Schwertransporten, als Helfer im Möbel-Umzugsbereich und auch als Helfer auf Autokranen eingesetzt.

Es kam der 17. Dezember 1970, ein trüber Donnerstag, ich hatte meine Tätigkeit bei Louis Fricke zwei Tage vorher begonnen. Jürgen, der Mann von Cousine Christel war kurz vor mir von seiner Arbeit heimgekehrt, ich selbst hatte an diesem Tag keine nennenswerten Überstunden zu leisten. Bereits Christel hatte sich in die Küche verdrückt und Tante Hilda, die mir in den ersten Tagen und Wochen regelmäßig ein warmes Abendbrot bereitete, war sehr in sich gekehrt. Was war denn los?

Mit bitterernster Mine bat mich dann Jürgen um ein Gespräch. Was sich damit für mich als Erwartung verband, erinnere ich nicht mehr, aber die einfühlsame und verständnisvolle Art seiner Ansprache ist mir in noch guter Erinnerung, auch wenn die Nachricht, die er mir nun nach einer kurzen und betont getragenen Einleitung vortrug, erschütternd war: Am Sonntag, dem 13. Dezember 1970 hatte mein Vater nachts Herzkrämpfe bekommen und Mutter war in ihrer nächtlichen Verzweiflung und da wir kein Telefon besaßen in ihrem Nachthemd, nur mit einem Bademantel darüber und in ihren eilig angezogenen Winterschuhen mit Pudelmütze den Schloßberg in Stollberg hinab zum Haus von Dr. Heusler gerannt, um ihn aus dem Bett zu klingeln, worauf hin sie gemeinsam eilig mit seinem Wartburg wieder zurück auf die Martingasse sausten – leider zu spät!

Vater war bereits verstorben – Dr. Heusler konnte nur noch den Tod feststellen!

Bereits am Tag der Nachricht mir gegenüber war die Beerdigung auf dem Stollberger Friedhof gewesen, so daß ich keine Gelegenheit mehr fand, schnell noch einen Einreiseantrag in die DDR zu stellen, der angesichts der Dringlichkeit möglicherweise genehmigt worden wäre. Aber nun war es zu spät – und es gab keine Gelegenheit mehr, mich von ihm zu verabschieden oder ihn nach so Vielem zu fragen, was mir noch auf dem Herzen gelegen hatte. Mir schien in dieser Zeit, in diesen Monaten und Wochen nichts erspart zu bleiben.

Hatte ich zunächst Mühe, mich zu sammeln, war es mir spontan ein Anliegen, trotz der inzwischen eingezogenen Dunkelheit im Restlicht ein wenig nach draußen über die Felder und Wiesen nahe dem kleinen Wald zu schlendern, um diese traurige Nachricht erst einmal zu verarbeiten, den Kopf zu lüften und an Vater zu denken, mit dem ich unzählige Male in der Natur meine Zeit verbrachte. Meine Verwandten hatten vollstes Verständnis. Auch halfen sie mir dann abends, telefonisch über Familie Semper in meinem Stollberger Elternhaus mit Mutter in Kontakt zu kommen, was uns aber leider nicht gelang, Mutter war nicht zu Haus. So verschoben wir das auf den kommenden Tag und zum ersten Mal hatte ich tags darauf damit wieder einen zumindest telefonischen Kontakt zu Mutter, die wieder einmal sehr gefaßt schien. Was für eine starke Frau!

Weihnachten und Silvester verbrachte ich dann bei meinen Verwandten und die ersten Tage und Wochen vergingen. Bei Louis Fricke hatte ich sehr rustikale Kollegen gefunden, die nicht immer einfach waren, aber ich kam mit ihnen zurecht, hier halfen mir meine Erfahrungen auf dem Bau in der DDR und im Zuchthaus Cottbus. Eines Tages schlug mir mein angeheirateter Cousin Jürgen vor, damit ich mobiler werde einen kleinen, gebrauchten VW-Käfer zu erwerben, zehn Jahre alt, mit etwa 120.000 Kilometern auf dem Tacho, den er von einem seiner Kollegen abkaufen könne und er wäre auch bereit, die Kosten dafür zu übernehmen. Ich willigte ein und so bekam ich meinen ersten PKW und war unendlich stolz, auch war ich von nun an mobiler. Dieser Kauf war insofern für mich eine gute Schule, als ich auf diesem Gefährt mit einem nicht synchronisierten Getriebe gewaltig gefordert war, vor allem vom dritten in den zweiten Gang herunterzuschalten, mit ordentlich Zwischengas, das aber so exakt dosiert werden wollte, wie es mir nur selten gelang, so daß unüberhörbar das Getriebe sich bei vielen Schaltvorgängen lautstark meldete und ich hier sensiblen Umgang mit dieser Schalttechnik lernen mußte.

Nicht lange und mein ehemaliger Knastkumpel Teo meldete sich bei mir brieflich, nachdem ich ihm ebenfalls per Brief von meiner Freilassung berichtet hatte. Er war unmittelbar nach seiner Freilassung nach Weinheim an der Bergstraße, südlich von Darmstadt zu Verwandten gegangen, hatte sich an der Universität Darmstadt für ein Studium der Elektrotechnik eingeschrieben und dort kurz danach ein kleines Zimmer bezogen, finanziell kam er mit einer staatlichen Förderung nach dem sogenannten *Honnefer Modell*, dem Vorläufer des heutigen BAföG und Nebenjobs einigermaßen zurecht. Und dann schrieb er, eine Tante von Ludwig Tillman, alias Pressman, unserem ehemaligen Haftkameraden hätte ihn kontaktiert und um ein konspiratives Treffen in Österreich gebeten, wohin sie als DDR-Rentnerin offiziell ausreisen durfte. Hatten DDR-Bürger das Rentenalter erreicht, durften sie legal auch ins kapitalistische Ausland und in die Bundesrepublik ausreisen, auch durften sie gar ihren Wohnsitz in die Bundesrepublik verlegen und die DDR damit legal verlassen, sie waren für die DDR-Volkswirtschaft nicht mehr von Wert, sondern nur noch finanzielle Last. Und dies nutzte nun Ludwigs Tante, zumindest für eine besuchsweise Reise.

Sie hatte verwandtschaftliche Beziehungen in ein Dorf im Salzburger Land und dorthin lud sie uns ein. Wichtige Botschaften ihres Neffen Ludwigs hatte sie vor, uns zu übermitteln, die sie sich nicht traute, per Brief oder telefonisch mitzuteilen. Dies klang spannend und wir ahnten, daß es darum ging, Ludwig irgendwie zu helfen, in den Westen zu kommen. Also war ich bereit, mit meinem neuen gebrauchten und inzwischen etwa zehn Jahre alten VW Käfer mit Teo eine erste größere Tour für ein Wochenende in die Alpen zu unternehmen, um hier mit der Tante eines ehemaligen Haftkameraden zusammenzutreffen. Im März 1971 muß es gewesen sein, als ich ihn in Weinheim abholte, wir uns nach Monaten freudig in Freiheit begrüßten und wir auf der Autobahn A 8 von München nach Salzburg zur rechten erstmals die imposanten Gipfel und Zinnen der langersehnten Alpengipfel erblickten, ein überwältigender erster Eindruck, der mir bis heut jedes Mal in Erinnerung kommt, wenn ich mit meiner Familie, mit meiner Frau Evelyn oder allein mit meinem Motorrad in südliche Gefilde reise.

Wir bezogen ein einfaches Zimmer einer Bergpension, das Teo organisiert hatte und trafen am nächsten Tag Lothars Tante. Sie offenbarte uns, daß ihr Neffe kurz nach uns etwas vorzeitig aus der DDR-Haft in die DDR entlassen worden war, er wollte aber weiterhin in die Bundesrepublik, um jeden Preis, eventuell auch durch einen erneuten Fluchtversuch. Für mich war dies erneut Beweis dafür, was die Abriegelung der DDR für eine enorme Kraft und Energie bei Jenen freisetzte, die in sich die große Kraft der Freiheit spürten, die ihnen verwehrt war. Wir vereinbarten, Teo bleibt für alle weiteren Aktivitäten zur Unterstützung von Ludwig der Ansprechpartner und er hält mich auf dem Laufenden, ich unterstütze, indem ich durch meinen Käfer Mobilität sicherstelle. Und so erwogen wir aufgrund dieser Informationen und Impulse auf der Heimfahrt einen Urlaub für den Sommer 1971 in Österreich nahe der Grenze zur CSSR und zu Ungarn, um dort über einige Tage die Grenzanlagen und die Beschaffenheit der Landschaft gründlich zu studieren, auszuspähen und eventuelle Möglichkeiten eines Fluchtversuches auf dem Landweg zu prüfen.

Nicht lange und Teo schrieb mir, inzwischen sei auch unser ehemaliger Zellengenosse Jörg Müller, alias JMchen, in die DDR entlassen worden, obwohl auch er alle Hebel in Bewegung gesetzt hatte, in den Westen zu kommen. Auch dies war wieder ein Beweis für die Willkür in der DDR, niemand vermochte mit Bestimmtheit vorherzusagen, was geschieht, wenn man sich für die Freilassung in den Westen engagierte. Auch erhielt Teo über weitere, mir nicht mehr in Erinnerung gebliebene Kanäle Informationen, Ludwig und Jörg seien bereit, beide gemeinsam eine erneute Fluchtaktion zu planen.

Infolge dessen nahm unser Urlaub im August 1971 Gestalt an, wir wollten als erstes ungefähr zehn Tage auf österreichischer Seite die Grenze zur CSSR und zu Ungarn auskundschaften, um uns dann mit diesen Informationen auf einem Campingplatz in Karlovy Vary, dem früheren Karlsbad in der CSSR mit Ludwig und Jörg zu treffen, ihnen zu berichten und weitere Fluchthilfepläne mit den beiden gemeinsam zu schmieden. Auch anschließend Kontakt unsererseits mit weiteren Unterstützern oder Fluchthilfeorganisationen aufzunehmen, war für uns eine denkbare Möglichkeit. Karlovy Vary lag nur ungefähr 50 bis 60 Kilometer südlich von Oberwiesenthal im Erzgebirge und ebenso von der bundesdeutschen Grenze im Westen, noch vor wenigen Jahren für uns der nächste erreichbare Ort, um die ersten zarten Pflänzchen des *Prager Frühlings* aus dem realsozialistischen Boden sprießen zu sehen. Aber: Unser nun geplantes, abenteuerliches Vorhaben war bereits seinerzeit ein für mein Empfinden hochgefährliches Unterfangen, auch wenn dem am Ende sowohl mein damaliger Idealismus, meine Naivität als auch ein gerüttelt Maß Abenteuerlust und jugendlicher Überschwang entgegen standen.

Dies sollte ich etwa 25 Jahre später nur zu deutlich bestätigt bekommen, als ich erstmals aus meiner Stasi-Akte davon Kenntnis bekam, die Stasi war all diesem Treiben bereits damals auf der Spur! Teo und ich gerieten insofern bereits 1971 ins Visier der Stasi unter dem Verdacht, eine Fluchthilfeorganisation aufzubauen! All die weiteren, nun folgenden Urlaubsaktivitäten und auch darüber hinaus meine weitere Laufbahn in der Bundesrepublik standen deshalb unter der Beobachtung durch die Stasi; denn Fluchthilfe war eines der hochgradig sanktionierten Delikte in der DDR, das neben Spionage, Sabotage und Landesverrat mit hohen Strafen belegt wurde, wie man bei Dr. Naumann, meinem früheren Zellengenossen sehen konnte. Mit all dem war nun die Erstellung des zweiten Stasi-Akten-Teiles im Operativ-Vorgang „*Häftling*“ begründet! (ANLAGE 15, SEITE 275)

Operativ-Vorgang „Häftling“ – Teil 1

Bereits kurz nach Beginn meiner Tätigkeit im Schwertransport bei der Braunschweiger Louis Fricke GmbH, kurz nach meiner Freilassung wurde mir klar, dies kann keine berufliche Perspektive auf Dauer sein. Zwar kam ich mit der Arbeit, mit den Kollegen und allem ganz gut zurecht, aber ich war nicht wirklich zufrieden. Fast jeden Tag gab es Überstunden, auch verdiente ich dadurch sehr gut, aber danach gingen die Kollegen fast regelmäßig in eine dem Einsatzort nächst liegende Kneipe, sie kannten sich in ganz Südniedersachsen, unserer hauptsächlichen Einsatzregion sehr gut aus. Ich aber war meist auf die Mitfahrmöglichkeit mit den Kollegen angewiesen, fuhr teilweise gar den kleinen Mannschaftsbus und konnte mich deshalb nicht einfach zurückziehen, auch wollte ich es nicht gleich anfangs

Vertrauliche Dienstsache!

Dienstbereich „W" Karl-Marx-Stadt

Diensteinheit OD 'W' Königstein

Reg.-Nr. XVII 105/71

Operativ-Vorgang
"Häftling"

Band-Nr. IV

Archiv-Nr. „W" Karl-Marx-Stadt 264/73

Der Bundesbeauftragte für die
Unterlagen des Staatssicherheitsdienstes
der ehemaligen
Deutschen Demokratischen Republik
- Außenstelle Chemnitz -

Gesperrte Ablage

(ANLAGE 15)

mit ihnen verderben. Und da saßen wir dann müde, gelangweilt und nichtsnutzig herum und tranken Bier. Auch war ich sehr oft samstags eingesetzt.

Diese Art Tätigkeit verhieß auf Dauer niemals den Spielraum, mich auch hinsichtlich meiner geistig-kulturellen Interessen zu entwickeln. Deshalb begab ich mich im Februar zum Arbeitsamt, wie es damals noch hieß und ließ mich beraten. An ein Studium dachte ich konkret noch nicht, wenngleich erste Gedanken sich hierzu entwickelten. Die sehr bemühte und freundliche Beraterin schlug vor, ich könnte zunächst im Rahmen einer zweijährigen Umschulung in verkürzter Ausbildungszeit einen im Westen anerkannten Berufsabschluß erwerben, Baumaschinist galt in der Bundesrepublik nur als Anlernberuf, und dann hätte ich alle formalen Vorraussetzungen und Möglichkeiten bis hin zu einem späteren, regulären Studium. Der Vorteil war hierbei, ich konnte mich einleben und mir dabei eine finanzielle Grundlage schaffen, da ich deutlich mehr Umschulungsgeld bekam als ein normaler Auszubildender.

Und so absolvierte ich dann im März 1971 bei der Heinrich-Büssing-Automobilwerke AG in Braunschweig-Kralenriede eine Aufnahmeprüfung zum Technischen Zeichner, wo ich beim Verteilen der Fragebögen erstmals einem jungen, hübschen Mädchen begegnete, das später in meinem Leben eine zentrale Rolle spielen sollte. Sie war ebenfalls seit kurzem in der Ausbildung zur technischen Zeichnerin und gehörte zu jenen Mädchen, die mir einen Blick aus den Augenwinkeln wert schienen, ihre langen, blonden Haare, ihre schlanke Figur und vor allem ihre wunderbaren Augen nahmen meinen Blick gefangen. Sie jedoch nahm von mir nur insofern Notiz, als ich erkennbar älter war als die weiteren Prüflinge.

Anfang April 1971 begann meine dortige Ausbildung! Der Ausbildungsleiter, Herr Lutz fand großes Interesse an meinem Werdegang, bot mir jegliche Unterstützung. Es war eine turbulente Zeit, in der die Firma Büssing von der MAN AG in München übernommen wurde. Damit endete eine Ära selbständigen und unabhängigen LKW- und Omnibusbaus in Braunschweig. Bereits 1904 hatte Büssing die ersten Omnibusse nach London geliefert, später nach Österreich, Ungarn und auf den gesamten Balkan, sogar in Theheran fuhren Braunschweiger Büssing-Busse. In den 1920er Jahren erfand Büssing die Dreiachs-LKW und Dreiachsbusse, letztere als Doppeldecker, die auch in Berlin bis in die 1970er Jahre zum städtischen Fuhrpark gehörten.

Den ersten Ausbildungsbaustein der Metall-Ausbildung ersparte man mir, ich hatte die Bearbeitung von Metall in der Lehrwerkstatt Aue hinreichend gelernt. Die regelmäßige Arbeitszeit ließ mir nun endlich den Spielraum, meinen weiteren Interessen nachzugehen. Im weißen Kittel lernte ich am Zeichenbrett zu zeichnen, aber auch schon kleine Konstruktionen zu fertigen, insgesamt eine Bereicherung. Mein Einsatz erfolgte in verschiedenen Abteilungen, am interessantesten schienen mir die Motorenkonstruktion und die Sonderwagenkonstruktion. In der Motorenkonstruktion waren einige Jahre zuvor die nur von Büssing hergestellten

Unterflurmotore entwickelt worden, die erstmals in den früher von mir heiß geliebten Schienenbussen zum Einsatz kamen und später auch in Fernverkehrs-LKW, sie boten dort einen enormen Fahrkomfort für den Fahrer wegen des niedrigen Geräuschpegels und des Platzes in der Fahrerkabine, der Motor hing unter dem Fahrgestell. Wenige Jahre später, als ich bei der Braunschweiger Spedition Wandt als Fernfahrer mein Studium finanzierte, lernte ich diesen Komfort vor allem auf großer Tour sehr zu schätzen.

In der Sonderwagenkonstruktion wurden Militärfahrzeuge konstruiert, zur Zeit meines Einsatzes vorrangig Panzerspähwagen und gepanzerte Amphibienfahrzeuge für die Armee Südafrikas. Nicht zuletzt durch diese Geschäftsbeziehungen, mit denen auch wir in der Konstruktion Berührung hatten, wurde ich animiert, mich etwas später, so etwa im Sommer 1972 beim internationalen Arbeitsamt in Frankfurt/Main über den Arbeitsmarkt in Südafrika zu informieren und nach Abschluß meiner Ausbildung meine Auswanderung dorthin zu erwägen. Allerdings sollte es anders kommen!

Während im internationalen Weltgeschehen nach wie vor der unerbittliche Vietnamkrieg die Schlagzeilen bestimmte und wir im Fernsehen immer öfter auch von dem bundesdeutschen Lazarettschiff *Helgoland* hörten, dem die Amerikaner in Da Nang, der größten Hafenstadt Südvietnams das Ankern erlaubt hatten, begann im März 1971 ein erneuter Konflikt in Asien, der vor allem den Hippie-Trail, die Straße der Hippies nach Indien berühren sollte. Es war der Krieg zwischen Ost- und Westpakistan, das spätere Bangladesch, in den auch Indien hineingezogen wurde. Er dauerte bis Dezember dieses Jahres. Die Zahl der Todesopfer dieses nicht ganz so sehr im Fokus der Weltöffentlichkeit stehenden Krieges, da sich alle Welt auf den Vietnamkrieg konzentrierte, lag bei 300.000 bis zu 3 Millionen Toten, je nachdem welche Studie man heranzieht, wobei im Nachhinein unzählige Massengräber infolge ebenfalls unzähliger Massaker entdeckt wurden, die in durchaus seriösen Studien als Völkermorde beschrieben wurden.

Ebenso das Tauziehen hinter den politischen Kulissen der Macht in der DDR ging in diesem Zeitraum weiter, hatte zumindest nach meiner Wahrnehmung erkennbar auch in den Haftanstalten eine weitere Liberalisierung in Gang gebracht und stets war ich nach wie vor mit Augen und Ohren sehr an all dem Geschehen interessiert. *Wandel durch Annäherung* fand ich damals eine richtige Doktrin, um auf der Zeitschiene etwas an Entspannung zwischen den beiden deutschen Staaten zu erreichen und damit für das Miteinander der Menschen. Und im Mai 1971 war es soweit, daß der letzte große Staatenlenker der DDR, Genosse Walter Ulbricht als erster Sekretär des Zentralkomitees der Sozialistischen Einheitspartei der Deutschen Demokratischen Republik abtreten und den Weg für Erich Honecker freimachen mußte. Ulbricht war der letzte DDR-Obere, der noch den Stalin-Kult seinerzeit bis zu dessen Tod 1953 begleitete und pflegte.

Zunächst aber kam der Sommer 1971, die Reise mit Teo nach Österreich und in die CSSR konnte beginnen! Unsere Visa für die CSSR hatten wir beantragt und erhalten. Bereits in Österreich übernachteten wir in meinem kleinen Zelt, das ich besorgt hatte, teils auf Campingplätzen der südlicher gelegenen Grenzregionen nach Ungarn im Burgenland oder um den Neusiedler See herum, weiter im Norden an der CSSR-Grenze, auch übernachteten wir gelegentlich einfach im Wald, womit sich Teo jedoch ein wenig schwer tat. In geradezu wunderbarer Erinnerung ist mir eine Lichtung in einem einsameren Waldgebiet nahe Gmünd im Waldviertel, die nach Einbruch der Dunkelheit von Myriaden kleiner Leuchtkäfer in eine Zauberlandschaft verwandelt wurde, wie sie selbst Caspar David Friedrich nicht hätte in einem seiner Naturgemälde besser verewigen können.

Ich hatte eine Route auf kleinsten Straßen immer parallel zur Grenze ausgearbeitet, die wir Stück für Stück abfuhren, teilweise war es etwas unwegsam. Einmal überraschte uns abends, wir waren gerade im Begriff unser Zelt im Wald aufzubauen, eine kleine Einheit österreichischer Grenzer mit der Frage, was wir in dieser dortigen Einsamkeit suchten? Sie kontrollierten uns sehr genau! Wir gaben vor, in der Gegend ein wenig wandern und die Ruhe suchen zu wollen. Ein kleines zweites Zelt, das Teo mitgebracht hatte benötigten wir zunächst nicht, aber wir waren nicht sicher, ob unsere beiden Freunde aus der DDR eines dabei haben würden, wenn wir mit ihnen in der CSSR zusammentreffen, es nahm keinen nennenswerten Platz weg. Mein kleiner grauer VW Käfer war uns treuer Begleiter und Transportmittel, auch bot er Platz genug für unsere Campingausrüstung. Wir inspizierten dann in abgelegenen Wald- und Wandergebieten die Grenzanlagen soweit dies möglich war und machten uns Notizen, auch hatte Teo einen kleinen Fotoapparat von Bekannten geliehen, mit dem wir einiges fotografisch festhielten. Es war ein schöner, warmer Sommer, so daß wir schöne Tage in dieser Ecke Europas verbrachten und wir waren voller kämpferischem Idealismus ob unseres großen Planes der Fluchthilfe für Pressman und JMchen, auch wenn wir noch nicht wirklich wußten, wie ein konkreter Hilfeplan aussehen könnte. Erst mußten wir mit ihnen zusammentreffen, um uns auszutauschen und zu hören, ob auch sie bereits Ideen oder konkretere Vorstellungen hatten.

Allerdings wurde mir langsam bewußt, daß Teo und ich in Fragen des Alltags nicht harmonierten, angefangen von der Route, den Orten der Übernachtung über die Auswahl der Grenzregionen bis hin zu unserer Verpflegung gab es ständig mühsamer werdende Diskussionen. Schließlich aber war es soweit, wir standen an der Grenzabfertigung von Österreich in die CSSR nördlich von Linz, mit dem Ziel, über Ceske Budejovice, das frühere Budweis und Plzen nach Karlovy Vary, dem früheren Karlsbad zu reisen, um dann am nächsten Tag gegen Mittag auf dem Bahnhof von Karlsbad unsere beiden Freunde in Empfang zu nehmen. Die Einreise verlief ohne Komplikationen und wir waren nach einem guten halben Jahr erneut im

Ostblock, diesmal als freie Bundesbürger, allerdings mit einem mulmigen Gefühl und einer enormen Anspannung ob unserer Absichten.

Am ersten Abend, wir hatten unser Zelt auf dem zentralen Campingplatz von Karlsbad kaum aufgebaut, stand sie wie herbeigezaubert plötzlich und unerwartet neben uns, eine bildhübsche, junge Frau mit langem, schwarzen Zopf und einem Tramperrucksack!

„Sagt mal, ich komme grad aus Ungarn und muß noch nach Suhl, das schaffe ich heut aber nicht mehr. Habt ihr vielleicht eine Übernachtungsmöglichkeit für mich?"

Ihre Frage im rustikalsten Sächsisch beantworteten wir mit dem Angebot unseres zweiten Zeltes. Was für eine Verlockung, sich ihr anzunehmen und während wir das zweite Zelt aufbauten, fragte sie erneut:

„Sagt mal, habt ihr nicht Lust nachher, wenn alles fertig ist, ein bißchen nach Karlsbad reinzubummeln, dort gibt's nette Kneipen und Lokale? Könnten was zusammen essen?"

Teo entglitten von einer Sekunde auf die andere alle Gesichtszüge; auch mir schwante allerdings nichts Gutes, auch wenn ich versuchte, mir nichts anmerken zu lassen! Konnte dies Zufall sein? Ein solch hübsches Mädchen kreuzt mir nichts dir nichts auf unserem Campingplatz genau in diesem Moment auf und biedert sich uns als Abendbegleitung an, inklusive Übernachtung? Klar, Jungs in diesem Alter sind sicher für solcherlei Bekanntschaften dankbar, aber eher aus erotischem Interesse. Nur ging es ihr möglicherweise um etwas ganz Anderes!

Und dann krachten Teo und ich, als wir uns bewußt kurz auf Toilette zurückgezogen hatten, um uns für den Abend ausgehfein zu machen und uns über den Umgang mit der Situation abzustimmen, erstmals zusammen. Er nahm mich beiseite, hielt seinen Finger an den Mund, was bedeuten sollte, leise zu sein und meinte, sie sei mit Sicherheit von der Stasi auf uns angesetzt! Damit teilte er mir allerdings nichts Überraschendes mit, auch mir war dieser Gedanke bereits gekommen, auch mir schwante mittlerweile, sie könnte nicht sauber sein! Aber wie damit umgehen, war nun die Frage und als er meinte, wir müßten sie abwimmeln oder zumindest deutlich distanziert behandeln, war ich völlig anderer Meinung. Im Gegenteil, forderte ich, die wickeln wir ein, bis ihr Hören und sehen vergeht und spielen mit ihr ein Spiel; schließlich haben wir einen Wissensvorsprung! Wir wissen – oder glaubten zu wissen –, sie ist von der Stasi angesetzt, uns auszukundschaften und sie weiß nicht, daß wir dies wissen. Also warum nicht die eigenen rhetorischen Fähigkeiten testen? Ein wenig Katz und Maus spielen? Wer gewinnt dabei? Immer die Katze! Und das sind wir!

Das aber war für Teo zu viel und er trottete den restlichen Abend neben unserem weiblichen Ehrengast und mir durch Karlsbad, als sei er gegen die Wand gelaufen. War sie nicht von der Stasi angesetzt, mußte dieses Verhalten sehr befremdlich und gar hochnotpeinlich auf sie wirken! War sie angesetzt, war es unklug insofern, als Teo mehr als ein schlechtes Gewissen offenbarte, er schien regelrecht verängstigt!

Als ich ihm dies später auf der Heimfahrt sehr kritisch vorhielt, gab er freimütig zu, ihn hätten in diesem Moment alle guten Geister verlassen und er hätte sich bereits erneut im Untersuchungsgefängnis in der DDR wiedergefunden. Daraufhin mußte er sich jedoch auch die Frage gefallen lassen, wieso er dann ein solches Unterfangen beginnt, wenn er bereits in einer solchen immer noch relativ beherrschbaren Krisensituation einknickt?

Wir bummelten durch Karlsbads Altstadt, aßen eine Kleinigkeit, tranken einige Biere. Die ganze Zeit nahm ich mich dieser bildhübschen jungen Frau an, tischte ihr irgendeine Story zu unseren touristischen Absichten auf, während Teo fast kein Wort mit uns wechselte. Auch flocht ich mehr oder weniger geschickt Bemerkungen ein, daß ein Grund unserer Reise in die CSSR ein Treffen mit Brieffreunden, Studenten wie wir sei, die leider nicht in die Bundesrepublik reisen könnten und deshalb ein Treffen in Karlsbad vorgeschlagen hätten, ohne etwas zu präzisieren oder gar Namen und Herkunftsorte zu nennen. Diese Treffen waren nicht grundsätzlich verboten und es gab unzählige solcher Treffen, auch zwischen Verwandten, die sich für ganze Urlaube auf Campingplätzen im Ostblock, meist in Ungarn am Balaton, dem Plattensee, aber der regionalen Nähe wegen auch in der CSSR verabredeten.

Schließlich begaben wir uns nach unserem abendlichen Bummel durch Karlsbad in unsere Zelte, sie in ihres, wir in unseres. Allein die Erfahrung dieses Abends ließ mich bald danach fragen, ob ich mich mit Teo weiterhin gemeinsam in einer solchen Fluchthilfegemeinschaft engagieren sollte? Er hatte als der etwas Ältere die Verantwortung der Koordination all dieser Aktivitäten übernommen, ich war ihm damit in dieser höchst gefährlichen Situation gewissermaßen auch ein wenig ausgeliefert. Sicher, auch mein erster Fluchtversuch war gescheitert aufgrund meiner eigenen Unzulänglichkeit und ich war nicht gut beraten, diesbezüglich den Stab über Andere zu brechen. Aber wir hatten doch inzwischen Erfahrungen sammeln und lernen können, auch im Umgang mit der Stasi und ihren Schergen, auch waren wir ein wenig abgebrühter als vor unserer Inhaftierung? Glaubte ich zumindest. Teo enttäuschte mich an diesem Abend auf ganzer Linie und ich war mir nicht mehr sicher, wie ich weiter mit all dem Geplanten umgehen sollte.

Es kam der nächste Morgen, wir erwachten und machten uns daran, nach der Morgentoilette unsere Nachbarin zu wecken – das Zelt war indes leer, auch der Rucksack fehlte, womit klar war, sie hatte uns bereits heimlich verlassen, bis wir einen kleinen Zettel im Zelt entdeckten, auf dem sie einige Zeilen des Dankes formuliert und uns mitgeteilt hatte, sie wolle zügig zurück nach Suhl und wir sollten deshalb nicht böse sein, auch hinterließ sie uns zu meiner Überraschung mit ihrem Dank ihre Adresse in Suhl, die ich an mich nahm. War sie nun doch nur rein privat unterwegs? Oder war dies Kalkül, um auch im Nachhinein, trotz daß sie von uns nichts Verwertbares erfahren konnte, uns gegenüber inkognito zu bleiben? Mit dem Dank für die Übernachtungsmöglichkeit bemerkte sie dann noch, daß *„ …der Ältere von Euch beiden ein wirklich komischer Kauz …“* gewesen sei. Nun denn, es war wie es war und wir haben nie endgültig erfahren, ob wir wieder einmal einer Stasi-Paranoia aufgesessen waren oder ob die hübsche junge Frau tatsächlich auf uns angesetzt war, wie auch einige weitere Begebenheiten in diesem Zusammenhang mit unserem CSSR-Aufenthalt nebulös bleiben sollten.

Es wurde Zeit, sich zum Bahnhof zu begeben, der Zug aus Dresden fuhr pünktlich ein, die Anspannung stieg! Endlich unsere alten Kumpels nach aufwändigen Vorbereitungen wieder in die Arme schließen können! Die Türen öffneten sich, die Passagiere strömten aus den Waggons und wir hatten uns an einem vorher zwischen Teo und den beiden Gästen verabredeten, unübersehbaren Platz postiert.

Nur sahen wir keine Freunde!

Und als die Menschenflut abebbte, die Menschentrauben sich lichteten bis der Bahnsteig leer war, mußten wir erkennen, daß sie mit diesem Zug, den Teo mit den beiden verabredet hatte, nicht gekommen waren. Wir standen ratlos! Also hieß es nun, alle weiteren Züge, die an diesem Tag noch aus Richtung Dresden zu erwarten waren, abzupassen und wir überbrückten noch zwei- oder dreimal mit einem kleinen Imbiß und einem Bummel durch das Bahnhofsviertel die Zeit zwischen den Zügen. Indes blieben auch diese Züge ohne unsere Freunde und uns wurde bewußt, es mußte irgend einen Grund gegeben haben, warum beide nicht erschienen waren. Insgesamt hatten wir vier Tage, also von nun an noch zwei Tage Aufenthalt genehmigt bekommen, so daß wir die heimliche Hoffnung hatten, sie kämen am nächsten Tag, vielleicht sogar mit einem PKW.

Aber auch dies sollte nicht der Fall sein und so blieb uns nichts anderes übrig, als am vierten Tag früh unsere Zelte abzubrechen und unverrichteter Dinge wieder in Richtung Bundesrepublik zu fahren. Einfach anrufen und telefonieren ging nicht, erstens hatte niemand von uns ein Telefon und zweitens hätten wir nicht unbefangen reden können, wir wären höchstwahrscheinlich abgehört worden. Ebenso ein Telegramm half hier nicht weiter. So führte uns diesmal der Weg in gerader Linie über Cheb, unweit der Grenze zur Bundesrepublik nach Bayreuth. Wir näherten uns der Grenze und erneut beschlich uns ein mulmiges Gefühl. Irgendwie war es wieder wie früher, als wir im Osten gefangen und mit den ewigen Ungewißheiten der Willkür ausgesetzt waren. Alles ging aber letztlich gut und wir waren unendlich erleichtert, als wir wieder bundesdeutschen Boden unter den Füßen hatten!

Die Fahrt, zunächst nach Weinheim zu Teo geriet zu einer Schweigeprozession! Erstens war da die Enttäuschung über das Nichterscheinen der Freunde und zweitens waren Teo und ich ziemlich aneinander geraten, ich war stinksauer auf ihn, sein Verhalten die ganze Zeit über und vor allem gegenüber unserer Zeltnachbarin war einfach idiotisch. Auch in Weinheim hatte ich keine Lust, mich noch länger aufzuhalten und nach einem kurzen Zwischenstop ging es weiter nach Hause.

In Braunschweig angekommen, brauchte ich nicht lange und ich bat Teo brieflich um Verständnis, daß ich mit diesen Ungereimtheiten nichts mehr zu tun haben wollte. Zwar wollte ich den Kontakt zu ihm, zu Ludwig und Jörg nicht abbrechen und ich belebte ihn brieflich später sogar, bis er viele Jahre später dann doch zu Ludwig und Jörg gänzlich einschlief, aber ich wollte mich zunächst nicht mehr aktiv in Fluchthilfeaktivitäten einbringen, so lange kein konkreter Plan mit erkennbaren Chancen der Realisierung und einem kalkulierbaren Risiko vorlag. Mein Leben hatte durch die endlich erlangte Freiheit im Westen nun andere Prioritäten mit meiner beruflichen Entwicklung, mit ersten größeren Reiseplänen und im kulturellen Umfeld bekommen. Und das war sicher gut so; denn bis heut bleibt im Dunkeln, warum unsere beiden, nach langen Vorplanungen verabredeten Knastkumpel nicht in Karlsbad erschienen waren, dies auch, obwohl wir später wieder Briefkontakt hatten. Immerhin hatte ich zwei Wochen meines Urlaubes hierfür geopfert, vor allem waren Teo und ich ein unglaublich großes Risiko eingegangen, wie noch belegt werden wird! Es mag Gründe für ihr Fernbleiben gegeben haben, die gar nicht an ihnen lagen, aber nachdem wir im Vorfeld doch auch hatten zumindest konspirativ über Ludwigs Tante und weitere Verbindungspersonen Informationen austauschen können, hätte ich erwartet, wir erfahren zumindest mit Verzögerung Näheres zu den Umständen. Auch wenn sie erkrankt waren, dann sicher nicht beide gleichzeitig, und auch darüber hätten sie uns irgendwie informieren können. Und daß die Stasi bereits soweit in die Sache involviert war, genau zu wissen, was wir vorhatten und sie die beiden deshalb an der Reise gehindert hätte, schloß ich deshalb aus, weil sie im genaueren Wissen um das Ganze sicher das Treffen eher forciert und hätte stattfinden lassen, mit dem Versuch, uns auf frischer Tat festzunehmen. Für die Stasi wäre dies sicher ein voller Erfolg gewesen! Dies hätte für den Fall, Teo und mir wären dann Fluchthilfeabsichten nachgewiesen worden, für uns mindestens weitere fünf bis zehn Jahre Haft in der DDR bedeutet und unser Leben in völlig andere Bahnen gelenkt, auch wäre ich in ganz anderer Weise in die Mangel genommen worden als bei meinem ersten eigenen, kleinen Fluchtabenteuer.

Diese Erfahrungen insgesamt lehrten mich erneut, wie fragil damals nicht nur die Beziehungen beider deutscher Staaten im Umgang miteinander waren, es war ebenso fragil zwischen den Menschen, wenn sie versuchten, grenzübergreifende Beziehungen aufzubauen oder aufgebaute zu pflegen. Schon bei Herrn Gödecke war mir dies als Kind bewußt geworden. Anders verhielt es sich mit meinen Angehörigen und Verwandten, da wußte ich, woran ich war und konnte mich verlassen und das war es, worauf es ankam.

Wenige Wochen später, ich hatte innerlich inzwischen einigen Abstand zu all diesen Dingen bekommen, trieb mich kurz vor Jahresende meine Neugier nun doch, der jungen Frau in Suhl, deren Adresse ich in Verwahrung genommen hatte, einige Zeilen zu schreiben, um vielleicht versteckt Hinweise zu erhalten, ob sie eine Stasi-Beauftragte gewesen war oder nicht. Und so schrieb ich ihr – und erhielt nach einiger Zeit tatsächlich einen sehr netten, wenn auch nichtssagenden Brief, der als ausschließlich privat und persönlich zu werten war, ohne jegliche Andeutungen in Richtung eines Auftrages. Auch wenn sie im Falle einer Stasi-Aktivität natürlich dies nicht offen mitgeteilt hätte, so war aber meine Hoffnung, sie deutet zumindest etwas an oder ich könnte irgendetwas aus ihrer Biografie, ihrem Studium oder Beruf heraus interpretieren, was aber nicht der Fall war. Viele Fragen hierzu bleiben wohl auf Dauer offen.

Immerhin könnte ein Dokument aus meiner Stasi-Akte, eine Anfrage der Bezirksverwaltung für Staatssicherheit Suhl an die Bezirksverwaltung für Staatssicherheit *W* Karl-Marx-Stadt, datiert vom 21. Februar 1972 ein Indiz für – wenn auch undurchsichtige – Zusammenhänge mit dieser Begegnung sein, wenn es heißt (ANLAGE 16, SEITE 284):

> Im Zuge der Klärung einer Doppelerfassung wurde uns bekannt, daß Sie den o. g. DDR-Verräter Casper und dessen Rückverbindungen aktiv op. (op: operativ, Anm. d. Autor) bearbeiten. Da Casper als Unbekannter zu einer weiblichen Jugendlichen aus unserem Bezirk Verbindung aufnahm, sind wir an einer Abstimmung koordinierender Maßnahmen mit Ihnen interessiert, denn genannte ...Jugendliche ist die Schwester eines ehemaligen inhaftierten und nach WD (WD: Westdeutschland, Anm. d. Autor) entlassenen Rückkehrers, der seine Schwester seinerzeit in der Bundesbefragungsstelle Kassel und im NAL (NAL: Notaufnahmelager, Anm. d. Autor) Gießen tippte und charakterisierte.
>
> Aus diesem Grund läuft in unserer BV (BV: Bezirksverwaltung, Anm. d. Autor) über Casper...Postkontrolle.

„... tippte und charakterisierte.“ Was mochte dies bedeuten? Und die *„... Schwester eines ehemaligen inhaftierten und nach WD entlassenen Rückkehrers ...“*?

Auch dies sind eher verwirrende Ungereimtheiten, die ich im Bemühen um Erinnerung, nach Sichtung all meiner noch vorhandenen Briefe und Stasi-Unterlagen sowie nach zahlreichen Gesprächen mit Experten für die Sprache und den Jargon der Stasi leider nicht eindeutig zuzuordnen vermag. Eindeutig jedoch ist damit bei allen Ungereimtheiten erneut belegt, ich war nun im Visier der Stasi!

Bezirksverwaltung für
Staatssicherheit Suhl
Abteilung II

BStU
000008

Suhl, den 21. 2. 1972
Ho/Hbg/II/A/ 205 /72

MfS/„W."
252
72
Tgb. Nr. 197/72
Weiter an: Sixmann

Bezirksverwaltung für
Staatssicherheit "W"
Karl-Marx-Stadt
OD Königstein

K ö n i g s t e i n

Rückspruche

Ihre Erfassung CASPER, Manfred, 14. 3. 1951, wohnhaft:
3301 Hondelage, Königsberger Str. 3

Im Zuge der Klärung einer Doppelerfassung wurde uns bekannt, daß Sie den o. g. DDR-Verräter Casper und dessen Rückverbindungen aktiv op. bearbeiten. Da Casper als Unbekannter zu einer weiblichen Jugendlichen aus unserem Bezirk Verbindung aufnahm, sind wir an einer Abstimmung koordinierender Maßnahmen mit Ihnen interessiert, denn genannte weibliche Jugendliche ist die Schwester eines ehemaligen inhaftierten und nach WD entlassenen Rückkehrers, der seine Schwester seinerzeit in der Bundesbefragungsstelle Kassel und im NAL Gießen tippte und charakterisierte.

Aus diesem Grunde läuft in unserer BV über Casper und die weibliche Jugendliche Postkontrolle.

Wir bitten um Rückinformation.

Leiter der Abteilung II

i.V.
Schwarz
Major

(ANLAGE 16)

Bereits am 7. Oktober 1971, also zwei Monate nach unserem CSSR-Aufenthalt und damit einige Monate vor der eben genannten Anfrage wurde ein IM-Bericht (IM: Informeller Mitarbeiter der Stasi, Anm. d. Autor) in meiner Akte erfaßt, aus dem das Bemühen der Stasi hervorgeht, über mich Informationen zu sammeln. Erstellt wurde der Bericht offensichtlich von IMF *Hermann* (IMF: Informeller Mitarbeiter der Abwehr mit Feindverbindung bzw. zur unmittelbaren Bearbeitung im Verdacht der Feindtätigkeit stehender Personen, Anm. d. Autor) anläßlich seines Besuches bei unserem ehemaligen Haftkameraden Manfred Schoolmann, alias Scooli in Pirna, der nach der Haft in die DDR entlassen worden war, der auch in der DDR bleiben wollte (ANLAGE 17, SEITE 286):

B e r i c h t

über meinen zweiten Besuch bei S c h o o l m a n n.

Wie verabredet, besuchte ich Schoolmann am 6.10.1971 um 19.30 Uhr in seiner Wohnung, Pirna, Varkausring ... Ausgangspunkt dieses Gespräches waren persönliche Dinge des Schoolmann, wobei er zum Ausdruck brachte, daß er diese aus Westdeutschland habe ... Er sagte mir, daß er diese Dinge von einem gewissen K a s p e r , welcher auch ehemaliger Häftling des StVZ (StVZ: Strafvollzug, Anm. d. Autor) Cottbus ist, stammen. Dieser Kasper würde aus Stollberg/Erzgebirge stammen, seine Eltern sollen dort, Stollberg Erzgebirge, Schloßberg, noch wohnhaft sein ... Mit diesem Kasper sowie einer weiteren Person, über welche Schoolmann keine weiteren Angaben machte, wollte sich Schoolmann kürzlich bei seiner Reise in die CSSR in der CSSR treffen. Weiter teilt er mir mit, daß dieser Kasper sowie die weitere unbekannte Person, eine mir unbekannte Person aus der DDR nach Westdeutschland schleusen wollten. Diese Schleusung hätte jedoch nicht geklappt. Nähere Einzelheiten hierzu teilte mir Schoolmann nicht mit. Auf Grund der Situation konnte ich auch keine Fragen in diesem Zusammenhang stellen.

Berichtigung: Scjoolmann wollte sich mit Kasper sowie der weiter unbekannten Person in der CSSR treffen, jedoch nicht bei seiner Reise, sondern er wollte für diesen Zeitpunkt eine weitere Reise haben, welche ihm nicht gewährleistet wurde ...

Manfred Schoolmann war scheinbar nach seiner Entlassung eine Art Besucherdrehkreuz für ehemalige Häftlinge unseres Umfeldes, wofür es auch aus meinem früheren Briefverkehr mit ihm Hinweise gab, auch erinnere ich die Überlegung,

7. 10. 1971

B e r i c h t

über meinen zweiten Besuch bei S c h o o l m a n n .

Wie verabredet, besuchte ich Schoolmann am 6. 10. 1971, um 19.3o Uhr in seiner Wohnung, Pirna, Varkausring.
[redacted]

Ausgangspunkt dieses Gespräches waren persönliche Dinge des Schoolmann, wobei er zum Ausdruck brachte , daß er diese aus Westdeutschland habe. [redacted] Er sagte mir, daß er diese Dinge von einem gewissen K a s p e r , welcher auch ehemaliger Häftling des StVZ Cottbus ist, stammen. Dieser Kasper würde aus Stollberg / Erzgebirge stammen, seine Eltern sollen dort, Stollberg /Erzgebi Schloßberg, noch wohnhaft sein. Näheres hierzu ist nicht bekannt Mit diesem Kasper sowie einer weiteren Person, über welche Schoo mann keine weiteren Angaben machte, wollte sich Schoolmann kürzlich bei seiner Reise in die CSSR in der CSSR treffen. Weite teilt er mir mit, daß dieser Kasper sowie die weitere unbekannte Person, eine mir unbekannte Person aus der DDR nach Westdeutsch land schleusen wollten. Diese Schleusung hätte jedoch nicht geklappt. Nähere Einzelheiten hierzu teilte mir Schoolmann nicht mit. Auf Grund der Situation konnte ich auch keine Fragen in diesem Zusammenhang groß stellen.
Berichtigung: Schoolmann wollte sich mit Kasper sowie der weiter unbekannten Person in der CSSR treffen, jedoch nicht bei seiner Reise, sondern er wollte für diesen Zeitpunkt eine weitere Reise haben, welche ihm nicht gewährleistet wurde.
[redacted]

-2-

(ANLAGE 17)

sich gelegentlich in der CSSR einmal zu treffen, allerdings nicht im Zusammenhang mit unseren Absichten im August 1971.

Indes spitzte sich die Lage durch die zunehmende Sensibilisierung der Stasi für unser gewesenes Engagement bereits vier Monate nach unserem CSSR-Aufenthalt dramatisch zu! So unklar die Frage bleibt, ob die Stasi bereits bei unserem CSSR-Aufenthalt Genaueres über unsere Pläne wußte, so unklar in diesem Zusammenhang auch bleibt, ob unsere hübsche Zeltgenossin eine Zufallsbegegnung oder bewußt von der Stasi auf uns angesetzt war, so eindeutig ist, daß am 28. Dezember 1971, also etwa vier Monate nach unserem geplanten Treffen in Karlsbad die Stasi aufgrund einer Vernehmung eines Delinquenten eindeutig und unmißverständlich von unserer Fluchthilfeabsicht zumindest im Nachhinein nun Kenntnis bekam: An diesem Tag, kurz nach Weihnachten fand in Cottbus eine Vernehmung statt, in der einem Delinquenten Fragen gestellt wurden, auf die er folgendermaßen antwortete (ANLAGE 18, SEITE 289):

Frage: Welche postalischen und persönlichen Verbindungen unterhalten Sie zu Personen in Westdeutschland, Westberlin oder dem kapitalistischen Ausland?

Antwort: Seit ... 20.01.1971 stehe ich mit zwei ehem. Mithäftlingen in brieflicher Verbindung, die aus der Haft nach Westdeutschland ausgewiesen wurden.

Es handelt sich dabei um

W e g n e r, Wolfgang

wohnhaft: Weinheim

Birkenweg 57

und

C a s p e r, Manfred

wohnhaft: Hondelage

Königsbergerstr. 3

Weitere Verbindungen nach Westdeutschland, Westberlin oder in das kap. (kapitalistische, Anm. d. Autor) Ausland habe ich bisher nicht unterhalten.

Frage: Aus welchem Grund hielten sie die Verbindung zu Wegner und Casper tatsächlich aufrecht?

Antwort: Beide sollten von Westdeutschland aus alles versuchen auch M ... und meine Ausweisung aus der DDR zu organisieren. Sie sollten ... auch evtl. ungesetzliche Möglichkeiten ausfindig machen.

Frage: Was ist ihnen über die Tätigkeit von Menschenhändlerorganisationen bekannt?:

Antwort: ... Ich glaubte nur an eine Unterstützung dieser Organisationen ... oder über Wegner und Casper Hinweise über günstige Stellen, wo die DDR ungesetzlich verlassen werden könnte zu bekommen. Hierbei bezogen wir auch einen Grenzdurchbruch von einem soz. (sozialistischen, Anm. d. Autor) Land nach Westdeutschland oder in ein anderes kap. Land ein.

Frage: Welche weiteren vorbereitenden Handlungen führten sie durch?

Antwort: August, nach meiner Erinnerung am 25.8.1971 fuhr ich allein nach Erhalt mehrerer Briefe des Wegner über Karl-Marx-Stadt nach Dresden, um von dort in die CSSR einzureisen und mit Wegner und Casper zusammenzutreffen.

Der Delinquent, dem die Vernehmung galt und der dort explizit Teos und meine Rolle mit klaren Aussagen in diesem Fluchthilfetheater beschrieb, war kein Geringerer als unser ehemaliger Knastkumpel Ludwig Tillmann, alias Pressman, der als Ursprung unserer Fluchthilfeaktivitäten zu sehen war, dem wir unsere Aufmerksamkeit, ich einen Teil meines Urlaubes geopfert hatten und damit beinahe einen weiteren Teil unserer Freiheit! Damit hatte er uns der Stasi ans Messer geliefert, ohne daß wir – bis zur Einsicht in meine Stasi-Akte – davon wußten! Warum er aber nicht zu unserem verabredeten Treffen in Karlsbad hat kommen können, erschließt sich aus dem Vernehmungsprotokoll leider nicht.

Frage: "Welche postalischen und persönlichen Verbindungen unterhalten Sie zu Personen in Westdeutschland, Westberlin oder dem kapitalistischen Ausland?"

Antwort: Seit [redacted] 20.01.1971 stehe ich mit zwei ehem. Mithäftlingen in brieflicher Verbindung, die aus der Haft nach Westdeutschland ausgewiesen wurden.
Es handelt sich dabei um

W e g n e r , Wolfgang
wohnhaft: Weinheim
Brikenweg 57

und

C a s p e r , Manfred
wohnhaft: Hondelage
Königsbergerstr. 3

[redacted]

Weitere Verbindungen nach Westdeutschland, Westberlin oder in das kap. Ausland habe ich bisher nicht unterhalten

Frage: "Wie kamen diese genannten Verbindungen zustande?

Antwort: Ich, die beiden jetzt in Westdeutschland wohnhaften Personen und [redacted] M [redacted] hatten uns in der STVA Cottbus auf Grund unserer gemeinsamen Interessen angefreundet und unsere Anschriften ausgetauscht, um auch nach der Haftentlassung in Verbindung zu bleiben.
[redacted]

- 2 -

(ANLAGE 18)

[redacted]

Frage: "Aus welchem Grunde hielten Sie die Verbindung zu W e g n e r und C a s p e r tatsächlich aufrecht"?

Antwort: Beide sollten von Westdeutschland aus alles versuchen auch meine und M [redacted] seine Ausweisung aus der DDR zu organisieren. Sie sollten sich bei allen offiziellen westdeutschen Stellen für uns einsetzen, unsere in Westdeutschland wohnhaften Verwandten um Unterstützung ersuchen, aber auch evt. ungesetzliche Möglichkeiten ausfindig machen.

Frage: "Welche konkreten Vereinbarungen wurden zwischen Ihnen und W e g n e r sowie C a s p e r zum Durchsetzen Ihres Vorhabens getroffen?"

Antwort: Bereits während unserer gemeinsamen Inhaftierung wurden verschiedene Möglichkeiten besprochen. Im einzelnen sind mir diese nicht mehrin Erinnerung. Ich weiß aber, daß in Gesprächen auch Institutionen, wie der Brund "Freiheitlicher Juristen" erwähnt wurden oder von Schleusungen mittels PKW oder gefälschter Ausweise gesproch. wurde. Konkrete Absprachen erfolgten jedoch in dieser Richtung zwischen uns nicht, da wir alle hofften, daß wir auf Grund unserer Anträge ausgewiesen werden und auch über die Arbeitsweise der "Freiheitlichen Juristen" oder anderer Organisationen keine Kenntnisse hatten.
[redacted]

- 4 -

(ANLAGE 18)

Es war so, daß die Häftlinge schon an der Art der Häftlingstransporte erkennen konnten, was nur Verlegungen oder was Ausweisungen waren.

Frage: "Was ist Ihnen über die Tätigkeit von Menschenhändlerorganisationen bekannt"?

Antwort: Durch Gespräche mit anderen Strafgefangenen und auch aus Veröffentlichungen in der Presse der DDR weiß ich, daß solche Organisationen in Westdeutschland und Westberlin existieren. Mir wurde auch bekannt, daß diese Organisationen Schleusungen von DDR-Bürgern nach Westdeutschland durchführen, woher PKW und gefälschte Personaldokumente genutzt werden. Weitere Einzelheiten dazu weiß ich nicht. Ich kann auch nicht sagen, inwieweit die "Freiheitlichen Juristen" sich solcher Methoden bedienen. Ich glaubte nur an eine Unterstützung dieser Organisationen [redacted] oder über Wegner und Casper Hinweise über günstige Stellen, wo die DDR ungesetzlich verlassen werden könnte. Hierbei bezogen wir auch einen Grenzdurchbruch von einem soz. Land nach Westdeutschland oder in ein anderes kap. Land ein.

Frage: "Was unternahmen Wegner und Casper, um das von Ihnen und M[redacted] geplante, Verlassen der DDR zu organisieren"?

Antwort: [redacted]

- 5 -

(ANLAGE 18)

C a s p e r schrieb selten, da er weniger Initiative besitzt und M [redacted] hatte mir alle Vollmachten übertragen, da er weniger schreibgewandt ist.

Frage: "Welche weiteren vorbereitenden Handlungen führten Sie durch"?

Antwort: Im August, nach meiner Erinnerung, am 25.08.1971 fuhr ich allein nach Erhalt mehrer Briefe des W e g n e r über Karl-Marx-Stadt nach Dresden, um von dort in die CSSR einzureisen und mit W e g n e r und C a s p e r zusammenzutreffen. [redacted]

(ANLAGE 18)

Zäsur 2

Verfaßt man als Autor eine Biografie oder wählt – wie in meinem Fall – die etwas freiere Form der autobiografischen Erzählung, so ist man gehalten, im Vorfeld zentrale Fragen nach der Form, dem Inhalt, der Struktur oder der Sprache zu klären, soll das Werk gelingen. Dessen ungeachtet entwickelt sich das Ganze während des Schreibens weiter, Strukturen verändern sich, werden gehaltvoller oder weniger wichtig, Inhalte tauchen wie kleine Erinnerungsinseln plötzlich aus der Gedankenflut auf oder werden als zu belanglos wieder gelöscht, auch sprachlich wird durch ständiges Rekurieren nachgebessert, bis alles einigermaßen gelungen und rund scheint. Genauso ist es unerläßlich Authentizität herzustellen, Schlüssigkeit all dessen, was erzählt wird.

Gelegentlich stößt man hierbei jedoch an Grenzen, wenn Unterlagen unvollständig oder nicht endgültig interpretierbar sind, wie beispielsweise im Zusammenhang mit der überraschenden Besucherin auf unserem Campingplatz in Karlsbad oder dem Nichterscheinen unserer Freunde trotz aufwändiger Vorbereitung und scheinbar konkreter Absprachen. Vor allem stellt sich nun die Frage, wie unser Knastkumpel Ludwig alias Pressman in eine solch knifflige Lage kommen konnte, in der er seine Fluchtabsichten und uns als Helfer oder Unterstützer der Stasi gegenüber preisgab!

Hier scheint mir eine Zäsur, ein kleiner Einschnitt in das große Ganze angebracht. Treibt mich einerseits eine gewisse Neugier zur Aufklärung all dessen, so brauche ich andererseits endgültige Aufklärung nicht mehr für meinen Seelenfrieden! Meine innere Mitte ist recht klar definiert, hat mich doch mein Lebensweg an einen Punkt höchster Zufriedenheit geleitet. Und allein die Befriedigung von Neugier ist meines Erachtens nicht ausreichend Grund genug, hier möglicherweise einen Konflikt oder eine nachträgliche Auseinandersetzung zu provozieren, deren Verlauf und deren Ergebnis letztlich niemandem hilft.

Vor vielen Jahren erfuhr ich von der Übersiedelung Ludwigs mit seiner Familie in die Bundesrepublik Mitte der 1980er Jahre, als die DDR sich im steten Sinkflug hin zum harten Aufschlag mit ihrer Zerstörung befand. Als mittelständischer Unternehmer hat er sich im Westfälischen eine solide Existenz aufgebaut und wohl ebenso wie ich seinen Weg in die Freiheit nicht nur gefunden, sondern dann auch genutzt, nachdem wir uns bereits aus den Augen verloren hatten. Und damit sollte es gut sein! Ich habe durch seine früheren Aussagen im Dezember 1971 keine weitreichenden Nachteile erfahren, auch wenn ich potentiell durch sie in höchste Gefahr geriet. Was wiegt schon potentielle Gefahr, wenn man im Nachhinein von ihr erfährt und faktisch keine Konsequenzen zu beklagen waren? Gewiß, unter kontrafaktischer Geschichtsbetrachtung könnte man hier wieder fragen: Was wäre gewesen, wenn? Aber wozu?

Wie bereits im Zusammenhang mit zahlreichen Erlebnissen innerhalb meiner späteren beruflichen und gesellschaftlichen Umgebung beschrieben, zum Beispiel am Stehtisch in geselliger Gesellschaftsrunde, als es um die Enttarnung eines maßgeblichen IHK-Repräsentanten in Magdeburg als IM ging, bin ich weder ein legitimierter Ankläger noch Richter oder gar der liebe Gott! Im Mittelpunkt dieser autobiografischen Erzählung steht die Absicht zu erzählen, was war – und dazu gehört gerade im Hinblick auf die DDR und auf deren Stasi-System viel Verborgenes, das sich nie wird ganz aufklären lassen.

Das begann schon in meiner Kindheit mit Familie Kresch. Damit möchte zumindest ich mich bescheiden und bitte insofern die Leserschaft um Nachsicht. Ludwig selbst muß sich die Frage stellen, ob er noch aufrecht in den Spiegel schauen kann oder nicht. Es ist nicht an mir, hier zu richten! Ansich habe ich ihn in Erinnerung als einen standhaften und recht unbeugsamen Menschen. Deshalb ist zu vermuten, daß es besondere Umstände waren, die ihn in eine solch unsägliche Zwangslage der Vernehmung brachten. Auch ist nicht auszuschließen, daß im Zuge der konspirativen Planung unseres Treffens in Karlsbad oder der ganzen Fluchthilfeaktion etwas durchgesickert ist zur Stasi, was wir oder Teo in seinen Briefen gar selbst ausgelöst haben, vielleicht waren wir es selbst, die Ludwig in seine knifflige Lage gebracht haben, in der er uns denunzierte!

Wenn es darum geht, zu erzählen was war, dann ist zu berichten von der ungeheuren Komplexität der gesellschaftlichen Verwerfungen in der DDR und im Zusammenspiel beider deutscher Staaten, es ist zu berichten von den zahllosen Ungereimtheiten, die sicher selbst die Stasi und die Behörden der DDR nicht mehr gänzlich zu überblicken vermochten und es ist darzustellen, welches ungeheure Mißtrauen innerhalb der Gesellschaft den Alltag bestimmte, ganz im Gegensatz zu der allzuoft aufgestellten Behauptung, die DDR sei ein sozial und gesellschaftlich ausgewogener Hort der Harmonie gewesen. Jeder mißtraute jedem! Und insofern ist auch zu berichten von unzähligen Vernehmungen, in denen die Stasi nur zu gut wußte, wie sie Delinquenten weich klopfte, bis in die Mitte der 1960er Jahre tatsächlich noch im Wortsinn mit physischer Gewalt, siehe Dr. Naumann, ab den 1970er Jahren dann extrem gut geschult auf psychologische Art und Weise!

Soweit ich mich erinnere, hatte Ludwigs Frau kurz nach seiner ersten Inhaftierung, infolge derer wir uns kennenlernten, eine kleine Tochter geboren. Nach seiner Freilassung in die DDR im Januar 1971 dürfte er sie erstmals gesehen und in seine Arme geschlossen haben, was in der Haft selbst und während der Sprecherlaubnisse nicht möglich war. Ich erinnere mich gut an das große Foto von ihr und seiner Frau, das man ihm im Zuchthaus gelassen hatte. Und dann ist mir nur zu gut vorstellbar, wie die Stasi durch irgendeine Quelle von unserer Fluchthilfeaktion Wind bekommen und ihn erneut festgenommen hatte, zunächst in *Sicherungsverwahrung zur Klärung eines Sachverhalts*, einige Tage vielleicht, wenige Wochen sollten reichen! Damit begann üblicherweise das Räderwerk! Erst den Delinquenten in Sicherheit wiegen, ihn einlullen mit Zigaretten – Lothar war leidenschaftlicher Raucher –, mit einem Kaffee, mit schönen Worten, mit verständnisvoller Zuwendung, es könne ja mal passieren, daß man sich zu Handlungen hinreißen läßt, die illegal sind, aber am Ende wird man schon daraus lernen und keine große Sache daraus machen. Auch die Stasi bestehe nur aus Menschen und die sind doch keine Unmenschen. So oder so ähnlich begannen sie, in schwierigen Fällen meist nachts, wenn der Delinquent müde und verschlafen war. Und dann, wenn der Delinquent sich gesammelt hatte, sich begann zu sortieren und innerlich entspannt zurückzulehnen oder abzutauchen in die hinterste Ecke der Verdrängung, wenn dann an einer geeigneten Stelle der Vernehmung der Delinquent offensichtlich nicht antwortete, was erwartet wurde, dann kam er, der Vorschlaghammer: Entweder mit der geballten Faust auf den Tisch, daß sich die Tischplatte bog oder indem der Vernehmer im Zentimeterabstand aus heiterem Himmel den Delinquenten derart anbrüllte, daß der glaubte gefressen zu werden und ihm Hören und Sehen verging. Und irgendwann, wieder zum geeigneten Zeitpunkt, das hatten sie in unzähligen Schulungen gelernt, wenn vielleicht nach Stunden, Tagen oder Wochen der Wechselbäder von Gefühlen der Gepeinigte nicht mehr recht wußte, wie ihm geschah und nur noch das Ende des Ganzen herbeisehnte, dann kam sie, die Frage, ob Tillmann wirklich in der Lage sei, seine Tochter zu einer sozialistischen Persönlichkeit zu erziehen, wie es für die weitere Entwicklung der sozialistischen Gesellschaft in der DDR unerläßlich sei? Da gäbe es doch nun Zweifel angesichts seiner Halsstarrigkeit! So oder so ähnlich könnte dann auf der höchsten Eskalationsstufe die ins Delinquentenohr gebrüllte oder ganz leise gesäuselte Botschaft, je nach Vernehmungssituation gelautet haben, jedenfalls effektiv platziert:

„Wissen sie was, Tillmann? Wenn sie nicht in der Lage sind, ihre Tochter ordentlich nach unseren sozialistischen Maßstäben zu erziehen und auch ihre renitente Frau nicht, die wir parallel zu ihnen soeben nebenan befragen und die sich genau so halsstarrig zeigt wie sie, dann wird unser Staat die Erziehung ihrer Tochter übernehmen! Es gibt in der DDR hervorragende Heime, in denen bestens ausgebildete Erzieher ihnen dies abnehmen und wenn sie viel Glück haben, dürfen sie dann ihre Kleine ein, vielleicht zweimal im Jahr sehen, für eine oder zwei Stunden, bis sie keine Lust mehr hat, sich mit solch subversiven Subjekten zu treffen!

Vielleicht überlegen wir es uns aber und sorgen für ein weiterhin ordentliches Elternhaus mit Mama und Papa – indem wir sie zur Adoption freigeben! Dann allerdings wohl ohne nochmalige Kontaktmöglichkeit!

Also überlegen sie es sich gut, wie weit sie sich hier bei uns kooperativ zeigen – wir sind doch hier ganz unter uns und wenn sie jetzt alles einmal so richtig beherzt ausspucken, dann werden sie sich sehr erleichtert fühlen, ihre Familie wird zusammenbleiben können und keiner wird je von unseren Gesprächen erfahren, wir sind schließlich keine Unmenschen …“

So oder so ähnlich kann ich es mir aufgrund meiner Erfahrung mit diesem perfiden System gut vorstellen. Auch habe ich noch sehr gut die Gesichter dieser Schergen vor mir, auch wenn ich das Glück hatte, als junger Bursche vergleichsweise unbedeutend und deshalb noch ganz gut davongekommen zu sein.

Und Ludwig? Das Ergebnis, welches mir vorliegt, ist ein Protokoll, gefertigt nach einer Vernehmung und unterschrieben! Mehr nicht! Ist nicht angesichts der Sachlage hier in meiner Erzählung eher die Frage viel wichtiger, wie das Protokoll zustande kam? Erfahren werde ich es nie, egal ob ich Ludwig zur Rede stelle oder nicht. Angst oder bitterste Verzweiflung ist verbal nicht vermittelbar, man muß sie erleben, um zu wissen, was sie anrichtet! Dabei unterscheide ich allerdings, ob jemand sich eines billigen Freikaufes aus einer Streßsituation wegen hingibt, ob jemand also etwas unterschreibt, nur um Ruhe oder einen banalen Vorteil zu erlangen, vielleicht möglichst schnell wieder auf freiem Fuß zu sein, oder ob jemand existenziell bedroht ist! Und als Solches sehe ich die Situation eines Familienvaters oder einer Mutter, macht man ihnen die Kinder streitig; und darin war die Stasi bekanntlich Meister! Unzählige Beispiele belegen, daß Ehen bewußt zerstört, daß Kinder zur Fremdadoption freigegeben wurden, um unliebsame Systemkritiker mundtot oder gefügig zu machen.

Auch hier wieder ist es nicht die Scheu vor einer denkbaren Auseinandersetzung mit einem ehemaligen Haftkameraden oder Opportunismus. Es ist die Erkenntnis, es gibt Wichtigeres, als dieses eine Element der Unklarheit aufzuklären, es gibt die Erkenntnis, es ist, wie es ist – und jetzt ist es gut so!

Operativ-Vorgang „Häftling" – Teil 2

Die Zeit verging und ich hatte mich so langsam in Braunschweig sowie bei Büssing eingelebt. Mehrfach war ich zwischenzeitlich erneut mit Teo in Darmstadt oder Weinheim zusammengetroffen, eine erste Wochenendreise führte uns zu Günther Baumer in die Schweiz nach Wädenswil bei Zürich. Günther war Schweizer Staatsbürger, allerdings wegen einer Beziehung seiner Mutter zu einem DDR-Bürger teilweise in Dresden aufgewachsen, wo er Teo kennenlernte. Nun lebte Günther aber dauerhaft in der Schweiz. Auch weitere Freunde von Günther lernte ich um ihn herum kennen, vor allem mit Karl-Heinz Kluge, der nach seinem Wirtschaftsstudium und einem sehr wechselhaften Berufsweg über eine Versicherung in den Schuldienst eines Davoser Internatsgymnasiums gelangte, um später mit der Familie, mit vier kleinen Mädchen nach Kanada auszuwandern, hält die Verbindung bis heut.

Bei Büssing waren durchaus ebenso junge Leute um mich herum, jedoch ohne daß ich hier eine Bindung aufbaute, zu Vieles blieb mir an diesen Jugendlichen fremd, ich blieb ein klein wenig Außenseiter, vielleicht auch des Altersunterschiedes wegen. Einzig ab und zu ein Blick zu Evelyn, wie das nette junge Mädchen hieß, die mir vor kurzem die Fragebögen bei meiner Aufnahmeprüfung ausgeteilt hatte und später einige gemeinsame Späße und Neckereien mit ihr waren hier Lichtblicke.

Mit Barbara hatte ich brieflich nach langer Zeit wieder Kontakt aufgenommen, auch sandte ich ihr einmal ein Päckchen mit einigen Nettigkeiten, von denen ich glaubte, sie könnten einer jungen Frau in der DDR eine Freude bereiten und sie bedankte sich auch artig, wobei sie bei dieser Gelegenheit von einem jungen Mann schrieb, mit dem sie nun zusammen sei, woraufhin dieser Kontakt einschlief, zu viele Ereignisse und Erlebnisse lagen zwischen uns.

Mein Anspruch an eine Freundschaft war doch sehr hoch angesetzt und von einer gewissen Bedingungslosigkeit geleitet, die ich bis dahin nicht fand. Allerdings hatte ich die auch in der DDR bis zu meinem Verlassen dieses Landes nicht gefunden, sehe ich von Udo, mit dem ich wieder im intensiven Briefkontakt stand, und den flüchtigen Spielkameradschaften meiner früheren Hofclique im Kindesalter ab. In beiden Ausbildungsjahren in der DDR war ich für die Sommerferien mit zwei Lehrlingskameraden zu kleinen Reisen mit unseren Motorrädern verabredet und beide Male war ich letztlich allein unterwegs, weil ihrerseits irgendetwas, wie ich fand Belangloses bei Ihnen dazwischenkam.

Ansonsten ging ich viel ins Kino, erste Theaterbesuche waren eine Bereicherung. Ich begann wieder viel zu lesen und eröffnete eine rege Korrespondenz mit ehemaligen und meinen neuen Freunden um Teo und Günther. Auch alle weiteren ehemaligen Haftkameraden, von denen ich eine Adresse hatte, gehörten bald zu meinen Briefkontakten, zu einigen, die auch in den Westen freigekommen waren, wie beispielsweise Peter Hellmund in Hannover hatte ich Kontakt aufgebaut und besuchte sie. Mit ihm sowie mit Teo war ich dann einige Male zu Veranstaltungen verschiedener Stiftungen, die sich mit der politischen Situation in Deutschland beschäftigten, auch baute ich Kontakt auf zur Stiftung für ehemalige politische Häftlinge, die mir später auch finanziell helfen sollte, sowie zum Institut für gesamtdeutsche Fragen, dem sogenannten gesamtdeutschen Institut, dem ich später als freier Honorar-Referent zur Verfügung stand. Ebenso der türkischen Boutique-Besitzerin Feyza Kosamacz in Düsseldorf teilte ich mit, daß ich nun letztlich im Westen angekommen sei – und erhielt einen ebenfalls sehr freundlichen Brief, wenn dann der Kontakt auch zu ihr einschlief.

Weihnachten 1971 verbrachte ich mit Teo bei Günther und dessen Mutter in Wädenswil, wo sie ein modernes Appartement am Zürichsee besaßen. Was für ein Hochgefühl dies war, wenn wir mit meinem kleinen VW-Käfer die Uferstraße entlang die hohen Berge der Schweizer Alpen im Blick hatten und nun das Leben in vollen Zügen genießen konnten, wenn auch nur im Rahmen unserer bescheidenen finanziellen Möglichkeiten. Die Schweiz schien mir damals im Hinblick auf die öffentliche Infrastruktur noch weiter entwickelt als die Bundesrepublik, scheinbar alles, bis ins kleinste Detail der Infrastruktur schien mir modern, perfekt und auch die Menschen schienen von enormem Bildungsniveau. Das war zumindest der erste Eindruck, denn bei genauerer Betrachtung konnte ich dann angesichts dieser Wahrnehmungen nicht fassen, daß in der Schweiz erst im selben Jahr, im Februar 1971 die Frauen erstmals flächendeckend das Wahlrecht erhielten! Welch unglaublich krasser Widerspruch!

Auch diese kleinen Auszeiten, die ich mir vom Alltag gönnte und die bereits damals meine Reiselust spiegelten, hatten in meinen Stasi-Akten ihren dokumentarischen Platz gefunden. In einem weiteren Bericht des IMF *Hermann* vom 23.4.1972 heißt es (ANLAGE 19, SEITE 299):

B e r i c h t

über den Besuch des SCHOOLMANN, Manfred, am Sonntag, dem 23.4.1972 in seiner Wohnung in Pirna

... Mein Besuch bei SCHOOLMANN war von 15 bis 17 Uhr 45. SCHOOLMANN brachte mich mit seinem Wagen von seiner Wohnung nach Pirna, von wo aus ich dann mit dem Bus weiter nach Dresden gefahren bin. Nach der allgemeinen Begrüßung und der gegenseitigen Fragen, wie es gesundheitlich geht, nachdem SCHOOLMANN Getränke, Schnaps, Bier und Kaffee hingestellt hatte, zeigte er mir neue Bilder von KASPER aus Westdeutschland. Diese Bilder hatte er jetzt wieder von ihm bekommen. Sie zeigten KASPER in seiner Wohnung, die auf das Modernste eingerichtet ist. Welche konkrete Tätigkeit KASPER in WD ausführte, darauf ging SCHOOLMANN nicht ein. Er brachte im Gespräch zum Ausdruck, daß KASPER viel in WD herumfährt und übers Wochenende viel im kapitalistischen Ausland, u. a. auch in der Schweiz und in anderen Ländern weilt. Im gesamten Gespräch nannte SCHOOLMANN KASPER mit dem Namen „Heknee“. Wieso SCHOOLMANN KASPER als „Heknee“ bezeichnete bezw. diesen Namen verwendet, ist nicht bekannt. Ich habe auch nicht danach gefragt.“

Sie saßen mir also weiter im Nacken, ohne daß ich damals auch nur im Entferntesten damit gerechnet hatte. Der Aufenthalt in Karlsbad lag Monate hinter uns, ich hatte mich klar positioniert und meine Abkehr von aktiven Fluchthilfetätigkeiten geäußert, sofern kein Plan vorliegt und so reduzierten sich nach und nach unsere Gespräche auf oberflächlichere Informationen, die wir beide, Teo und ich abwechselnd aus unserem Briefverkehr mit den ehemaligen Haftkameraden austauschten.

Auch traf ich mich einmal im Frühsommer 1972 mit John Kranefoer, der ebenfalls als früherer Zellengenosse in die Bundesrepublik freigekommen war und nun als Automechaniker in Dortmund lebte. Mit seinem Wagen, einem auf hohe

32

- Tonbandaufnahme -
Erh. 25. 4. 1972
IMF "Hermann"
Obltn. Meinhöld

BStU
000036

B e r i c h t

über den Besuch des SCHOOLMANN, Manfred, am Sonntag, dem 23.4.72 in seiner Wohnung in Pirna

[redacted]

Mein Besuch bei SCHOOLMANN war von 15 bis 17 Uhr 45. SCHOOLMANN brachte mich mit seinem Wagen von seiner Wohnung nach Pirna, von wo aus ich dann mit dem Bus weiter nach Dresden gefahren bin. Nach der allgemeinen Begrüßung und der gegenseitigen Fragen, wie es gesundheitlich geht, nachdem SCHOOLMANN Getränke, Schnaps, Bier und Kaffee hingestellt hatte, zeigte er mir neue Bilder von KASPER aus Westdeutschland. Diese Bilder hatte er jetzt wieder von ihm bekommen. Sie zeigten KASPER in seiner Wohnung, die auf das Modernste eingerichtet ist. Welche konkrete Tätigkeit KASPER in WD ausführte, darauf ging SCHOOLMANN nicht ein. Er brachte im Gespräch zum Ausdruck, daß KASPER viel in WD herumfährt und übers Wochenende viel im kapitalistischen Ausland, u. a. auch in der Schweiz und in anderen Ländern weilt. Im gesamten Gespräch nannte SCHOOLMANN KASPER mit dem Namen "Heknee". Wieso SCHOOLMANN KASPER als "Heknee" bezeichnete bezw. diesen Namen verwendet, ist nicht bekannt. Ich habe auch nicht danach gefragt.

- 2 -

(ANLAGE 19)

PS-Zahlen getunten Alfa Romeo sausten wir von einem Stau in den nächsten, um letztlich ein Wochenende in Zandvoort, Holland zu verbringen, wo ein Autorennen stattfand und wir mit zwei Freundinnen von ihm sehr unbeschwerte Tage verbrachten. Das war das Leben, wie ich es mir vorgestellt hatte, endlich frei wie ein Vogel herumkutschieren und Neues erleben und kennenlernen zu können.

Zunächst jedoch hatte ich mich nach der fürsorglichen Aufnahme durch meine Cousine in deren Haus um eine neue Wohnung in Braunschweig-Hondelage gekümmert. Nicht nur, daß ich selbst so langsam auf eigenen wohnlichen Beinen stehen sollte, meine Mutter beabsichtigte ebenfalls nach Braunschweig umzusiedeln. Sie war inzwischen 61 Jahre alt und damit in der DDR offiziell Rentnerin und wie auch die Tante von Ludwig Tillmann war sie damit als Arbeitskraft nicht mehr interessant und konnte die DDR legal verlassen. Ich half ihr bei allen notwendigen Formalitäten und im Frühsommer 1972 siedelte sie um. Ihre Möbel aber, die sie durch eine DDR-Spedition hatte versenden lassen, waren teilweise arg beschädigt, teilweise gar völlig zerstört! Wir mußten durch die Behörden in der Bundesrepublik erfahren, diese Möbel waren in einen Waggon der Reichsbahn der DDR verladen worden und wie bei Übersiedlern gelegentlich üblich, waren diese Möbel nicht verzurrt worden! Wenn jemand schon in den feindlich kapitalistischen Westen verschwand, dann sollte er wenigstens dafür ordentlich büßen. Es hatte sie schwer getroffen, einige Möbelstücke zerstört vorzufinden, an denen sie doch sehr hing, auch wenn ich ihr in Aussicht stellte, sobald wie möglich neue, vielleicht schönere zu kaufen. Zum Glück war unser Klavier stabil genug, all die Verschiebetorturen auf den Rangiergleisen der Reichsbahn unbeschadet zu überstehen.

Durch Mutters großen Bekanntenkreis, den sie sich noch in der DDR auch im Westen aufgebaut und erhalten hatte, bekam ich die Möglichkeit, ebenfalls Mitte Juni 1972 in West-Berlin auf der Joachimstaler Straße, direkt am Bahnhof Zoo, mitten im Zentrum eine Übernachtungsmöglichkeit für ein Wochenende bei Familie Lönnecker zu erhalten. Lönneckers waren eine Familie mit zwei noch schulpflichtigen Kindern, er war Ingenieur bei Siemens und sie war Lehrerin. Sie nahmen mich ausgesprochen herzlich auf und zeigten mir erstmals nun auch West-Berlin. Die Aussichtsplattform direkt auf der Westseite der Mauer gegenüber dem Brandenburger Tor, auf der seinerzeit zahlreiche hochrangige, ausländische Politiker ihren Blick über die Mauer auf das Brandenburger Tor richteten und sich ein Bild vom geteilten Deutschland machen konnten, verschaffte auch mir einen unmittelbaren Eindruck von diesem martialischen Bauwerk, das nicht nur unser Land, sondern auch zahllose Familien, Partnerschaften oder Freundschaften inzwischen seit zehn Jahren trennte. Auch Kennedy hatte dort gestanden.

Als ich mit meinem kleinen VW-Käfer auf dem Weg dorthin von Braunschweig Richtung Helmstedt-Marienborn fuhr, um im Transit durch die DDR nach Berlin zu gelangen, begleitete mich unbeschwerte Fröhlichkeit, ohne Ahnung davon, im Visier der Stasi zu sein. Bis ich in Helmstedt-Marienborn ankam! Denn als Einziger einer Reihe Wartender wurde ich nach Abgabe meines Reisepasses, den man unbedingt benötigte, unvermittelt von zwei Grenzern rausgewinkt und in eine Garage dirigiert! Jetzt beschlich mich doch ein mulmiges Gefühl. Warum diese ausgiebige Kontrolle? Und wieder, auf meine Frage, ob es einen Grund gäbe, mich so gründlich zu kontrollieren, die kurze, nicht unfreundliche, aber dennoch nichtssagende, gewohnte Antwort:

„Fragen sie nicht soviel, machen sie bitte, was ihnen angeordnet wird!"

Immerhin hieß es *„bitte"*.

Ich hatte bewußt den Termin für die kleine Wochenendtour nach West-Berlin so gewählt, weil seit dem 3. Juni 1972 ein neues, von beiden deutschen Staaten im Rahmen der Entspannungsbemühungen des *Wandels durch Annäherung* ausgehandeltes Transitabkommen gültig war. Es sah vor, daß im Transitverkehr von und nach West-Berlin die Kontrollen vereinfacht, die gesamte Abfertigung beschleunigt und die Bezahlung nicht mehr vom einzelnen Reisenden, sondern durch eine Pauschale der Bundesregierung vorgenommen werden sollte. Vor diesem Abkommen kam es immer wieder vor, daß aufgrund schleppender oder überpingeliger, vielleicht auch bewußt schikanöser Kontrollen sich vor Weihnachten oder Ostern auf der Autobahn A2 von Hannover über Braunschweig nach Berlin Rückstaus vor der Grenze in Helmstedt bis nach Braunschweig bildeten. Braunschweig liegt etwa 40 Kilometer vor Helmstedt!

Auch dies war Beleg dafür, wie brutal die Mauer sowie die innerdeutsche Grenze insgesamt die Beziehungen zwischen den Menschen zerschnitten hatten, Beziehungen, die aber immer noch tragfähig waren, weil die Menschen sich begegnen wollten. Bei mir sah die Kontrolle nun wieder fast so wie früher bei jedem Anderen aus, als ich rausgefischt und dann doch gründlich kontrolliert wurde, wenn auch letztlich ohne Konsequenzen.

Die Fahrt über die Autobahn A2 Richtung Berlin geriet dann zu einer kleinen Zeitreise, mit dem gewohnt schlechten Fahrbahnzustand, dem fehlenden Standstreifen und der Brücken-Reklame *„Plaste und Elaste aus Schkopau"* oder *„Der Sozialismus siegt!"* Ansonsten aber gab es nicht viel zu sehen auf dieser Strecke, außer die zahlreichen riesigen Felder der LPGs am Autobahnrand, einige Wälder um Brandenburg herum und etwas abseits gelegene, graue Dörfer.

Die Einreise nach West-Berlin in Drewitz verlief dann aber reibungslos. Auf der Rückreise wieder das selbe Spiel, in Drewitz rausfahren, alles auspacken und gründlich kontrollieren lassen und dann zurück nach Helmstedt-Marienborn, wo es wieder unkompliziert in die Bundesrepublik ging.

Ebenfalls im Frühsommer 1972 schmiedete ich erste größere Reisepläne. Im Juli, August sollte es mit meinem inzwischen zweiten VW-Käfer, mein erster war wegen Motorschadens verschrottet worden, auf Tour gehen. Der neue, aber ebenfalls gebrauchte Wagen hatte neben einem synchronisierten Getriebe einen etwas stärkeren Motor, ein Schiebedach und war insgesamt hochwertiger ausgestattet.

Das Ziel der Reise war eine Reise in die jüngste Vergangenheit, über Jugoslawien und Bulgarien in die Türkei, von Herrn Lutz, meinem Ausbildungsleiter hatte ich ausnahmsweise fünf Wochen genehmigt bekommen.

Und so ging es dann endlich für längere Zeit, diesmal mit einem unbeschreiblich glücklichen Gefühl von Freiheit allein auf große Tour. Allein deshalb, weil ich im Jahr zuvor mit Teo erlebt hatte, wie sehr das Miteinander leidet, versteht man sich nicht auf ganzer Linie, und weitere engere Freunde hatte ich damals noch nicht, mit denen ich eine solch lange Zeit ständige Kompromisse des Reisealltags bereit war einzugehen.

Die Campingsachen, der Wagen, alles war gründlich vorbereitet und auch die Visa für Jugoslawien und Bulgarien waren rechtzeitig geschickt worden. Die Reise durch Jugoslawien zeigte mir erneut, wie unglaublich befahren diese Route war. Da waren die zahllosen, bis weit über die Autodächer bepackten türkischen Familien, die sich teilweise hoffnungslos überladen, gelegentlich mit Kühlschränken oder Waschmaschinen auf den Dächern über den Autoput quälten. Dann gab es die ebenfalls zahllosen Hippies, die mit ihren teils arg abgenutzten Autos ungewisse Abenteuer in fernen Ländern suchten. In Erinnerung ist mir ein junges Hippie-Pärchen, das mit je einer Velo Solex unterwegs war, wie sie in Frankreich ansich als Stadträder üblich waren, mit einem Hilfsmotor – nach Indien!

Und dann gab es auf diesem Autoput damals noch zahlreiche Touristen, die entweder zum Camping oder in Hotels von Neckermann oder anderen Tourismusanbietern ans Schwarze Meer nach Bulgarien oder Rumänien wollten. Auch ich begann mein Globetrotter-Gen zu spüren. Einmal eine längere Auszeit nehmen und monatelang durch die Welt ziehen. Dem stand jedoch mein rationales Gen entgegen, das mich auch an meine spätere Zukunft gemahnte und fragen ließ, ob es nicht einen Kompromiß von Reisen, dem Kennenlernen fremder Länder, Kulturen und Menschen einerseits gibt und einer beruflichen Entwicklung andererseits, die für das Reisen die dazu notwendigen Finanzmittel erbringt; denn auf üppige Erbschaften oder Ähnliches konnte ich nicht zählen, ebensowenig war ich der Aussteigertyp, der sich einige Jahre irgendwo auf der Welt sein Dasein im spirituellen Singsang oder auf irgendeinem Eiland vorstellen konnte.

Der Grenzübergang von Kalotina, diesmal steuerte ich ihn in entgegengesetzter Richtung an, bescherte mir ein Hochgefühl! Noch vor ziemlich genau drei Jahren war ich auf der anderen Seite in Bulgarien auf der Suche nach dem alles entscheidenden Durchschlupf kläglich gescheitert, dessen vergebliche Überwindung mein Leben auf eine harte Probe stellte, mir aber auch den Wuchs meiner Federn beflügelt und mir geholfen hatte, flügge zu werden. Die Grenzkontrolle verlief völlig unkompliziert und mit Blick auf meine damals jüngere Vergangenheit mag mir gelegentlich durch den Kopf gegangen sein: Warum denn nicht gleich so?

Auch die Fahrt durch Bulgarien geriet zu einer Reise in die jüngere Vergangenheit, wobei ich diesmal einen direkten Weg durch das Balkanland suchte, um möglichst schnell in Arkutino anzukommen und einige Tage Schwarzmeerküste genießen zu können. Auch Iwan zu besuchen, hatte ich erwogen, aber dann davon Abstand genommen. Erstens war unsere Bindung nicht dauerhaft und ich wollte ihn auch nicht in Schwierigkeiten bringen. Anschließend ging es dann in Richtung Süden und nördlich von Edirne über die Grenze in die Türkei, alles verlief völlig reibungslos. Kaum erreichte ich die Türkei, wollte in einem kleinen Dorf Geld tauschen, da saß ich im Nu inmitten einer türkischen Großfamilie und lernte die für uns Nordeuropäer beinahe unheimliche Gastfreundschaft Fremden, vor allem uns Deutschen gegenüber seitens der Türken kennen. Die Frau, die ich angesprochen hatte, war zufällig soeben auf Urlaub in dem Dorf, während sie ansonsten in Stuttgart als Gastarbeiterin, ich glaube mich zu erinnern bei Bosch tätig war.

Und dann der Hexenkessel Istanbul! Welch turbulentes Treiben auf den Straßen, an den Uferpromenaden des Bosporus und in den abendlichen Retaurant- und Kneipenvierteln. Die große Brücke über den Bosporus war noch im Bau, sie war kurz vor der Fertigstellung. Überall hing damals noch das Konterfei des großen und verehrten Staatenlenkers Kemal Atatürk, der als Präsident von 1923 bis 1938 seinem Land einen für die damalige Zeit erstaunlich modernen Anstrich verlieh, zum Beispiel galt unter seiner Herrschaft ein Kopftuchverbot für muslimische Frauen! Man stelle sich dies in der heutigen Zeit vor! Auf der Suche nach einem Weg von einem sehr günstigen, einfachen Hotel aus dem Zentrum Istanbuls in Richtung des Fährhafens, von dem aus ich dann übersetzen wollte auf die asiatische Seite der Stadt, geriet ich aus Versehen in ein immer verwahrloster werdendes Viertel, bis ich in immer enger werdenden Gassen von unzähligen Kindern umlagert war, die begannen, mit Steinen, Flaschen und allem Möglichen nach meinem Käfer zu werfen. Also schnell die Fenster schließen und vor allem das Dach, ich hatte ja ein Kurbel-Schiebedach. Ich war im Zigeunerviertel, wie wir es damals noch nannten, gelandet! Das war durchaus beängstigend, vor allem als ich mich zuguterletzt bei meinen immer verzweifelteren Versuchen, aus diesem Viertel herauszukommen in eine Sackgasse verfahren hatte, aus der ich rückwärts raus mußte, mit zahllosen kleinen Kindern hinter meinem PKW. Aber schließlich ging alles gut und ich konnte mit der Fähre unter den bereits fertiggestellten Pylonen der großen Bosporusbrücke hindurch auf die asiatische Seite gelangen.

Weiter ging es Richtung Osten bis Samsun am Schwarzen Meer und dann südlich in Richtung Sivas, Kayseri und schließlich Adana am Mittelmeer. Gern wäre ich noch weiter Richtung Osten gefahren, in den Elbrus, um dem heiligen Berg Ararat meine Aufwartung zu machen, aber dazu wurde die Zeit knapp, denn ich war bei allem sehr entspannt gefahren, hatte immer wieder auch zwei oder drei Nächte an einem Ort verbracht, nette Menschen kennengelernt und auch Anhalter, und wollte meinen Urlaub nicht überziehen. So ging es dann über Konya und Bursa nach Canakkale, von wo aus mich die Fähre durch die Dardanellen auf die griechische Seite trug. Über Saloniki führte mich schließlich danach der Weg weiter zurück nach Skopje in Jugoslawien und über den Autoput und Österreich nach Braunschweig.

In Griechenland bekam ich noch einen Eindruck von der ausgesprochenen Militärpräsenz, denn immer noch hielten sich die 1967 durch einen Putsch an die Macht gekommenen Militärs wacker an der Regierung, bis sie 1974 durch die fehlende internationale Akzeptanz und durch Unruhen der eigenen Bevölkerung immer mehr an Stabilität verloren, vielleicht ein wenig parallel zur späteren Entwicklung in der DDR. Insgesamt war dies eine erste größere Reise, wie sie meinen ursprünglichen Wünschen und Träumen entsprach.

Unmittelbar nach meiner Rückkehr von dieser Reise begannen die olympischen Spiele in München, ich hatte das Ende der Reise darauf abgestimmt. Nach wenigen Tagen aber sollten diese in ein Fiasko münden. Bereits damals hatten linksradikale deutsche Gruppen um Andreas Baader und Ulrike Meinhoff eine unheilige Allianz mit der palästinensischen Terrorgruppe *Schwarzer September* geschmiedet. Am 5. September 1972 überfiel ein Terrorkommando des *Schwarzen September* im Münchner Olympiapark das israelische Wohnheim, nahm israelische Sportler als Geiseln und wollte damit über 230 eigene Gefangene in Israel sowie Andreas Baader und Ulrike Meinhoff freipressen, die im Frühsommer in Deutschland festgenommen worden waren! Israel lehnte unter der damaligen Ministerpräsidentin Golda Meir wie immer – und das bis heut – jegliche Verhandlungen mit den Terroristen ab und der dann verzweifelte Versuch deutscher Polizisten und Grenzschützer, die Terroristen auf dem Flughafen Fürstenfeldbruck zu stellen und festzunehmen, endete mit einem Feuergefecht, infolgedessen alle Geiseln und die meisten Terroristen sowie auch deutsche Polizisten getötet wurden. Ein Ergebnis dieses Debakels war die Gründung der Antiterroreinheit GSG 9, die sich später als höchst effektiv und als ein Segen erweisen sollte.

Schon mit den ersten Terroranschlägen der Rote-Armee-Fraktion im Mai 1972 bis heut ist mir unerklärlich, wie nach all der Gewalt infolge des sogenannten Dritten Reiches, nach dem Zweiten Weltkrieg und den weiteren weltweiten Schlachtfeldern dieser Zeit junge Menschen in der Bundesrepublik glaubten, der Gesellschaft einen Dienst zu erweisen, indem sie Kaufhäuser und letztlich wieder andere Menschen in die Luft sprengten. Neben unzähligen Sachbeschädigungen sollten auch in den kommenden Jahren bis zur gänzlichen Auflösung der RAF insgesamt 33 Morde an exponierten Persönlichkeiten aus Wirtschaft und Politik der Bundesrepublik auf ihr Konto gehen, über 200 wurden verletzt, verstümmelt und teils für immer gezeichnet! Welch ein Wahnsinn! Und wieder gab es die sogenannten Sympathisanten, die es immer gibt, wenn radikale Kräfte aus den kleinen Vakuumbläschen einer Demokratie erwachsen. Diesmal jedoch konnten wir uns in der Rückschau auf das martialische Treiben gewiß sein, unser Staat und unsere Demokratie sind mittlerweile so stabil, daß Ihnen keine noch so perfide Terrorbande beikommen kann, anders, als seinerzeit 1933 in der Weimarar Republik.

Bereits wenige Wochen später im Oktober 1972 drängte es mich, in Unkenntnis der potentiellen Gefahren erneut einen Antrag auf Einreise in die CSSR zu stellen, um mich mit meinem Bruder und diesmal mit meinem Knastkumpel Hubert Schmiedel, alias Long Tom Boldry zu treffen, der seit seiner Haftentlassung im Februar wieder in seiner Heimatstadt Leipzig lebte, das Treffen sollte erneut in Karlsbad stattfinden. Diesmal jedoch hatte ich diese Reise allein und auch nur für ein längeres Wochenende geplant. Wieder klappte die Einreise über den Bayrischen Wald und Cheb auf den Campingplatz in Karlsbad ohne Probleme. Am zweiten Tag dann erwartete ich zunächst meinen Bruder, er kam mit seinem eigenen Trabant für einen Tagesaufenthalt, sein Wohnort lag im Erzgebirge nur etwa eineinhalb Autostunden von Karlsbad entfernt, auch war inzwischen die DDR-Grenze in die CSSR wieder einigermaßen durchlässig. Hubert war mit einem Zug für den Nachmittag angekündigt, er wollte ebenfalls einen Schlafsack mitbringen und eine Nacht mit in meinem Zelt bleiben. Und wie ich mit meinem Bruder nachmittags auf dem Bahnsteig des Hauptbahnhofes Karlsbad einherschlenderte, um Hubert zu erwarten und wir uns die wenigen Wartenden ansahen, glaubte ich meinen Augen nicht zu trauen! Konnte es solch einen Zufall wirklich geben? Oder war es eine Halluzination? Ich war so perplex, daß ich selbst zunächst gar nicht initiativ werden konnte, sondern die Überraschung erst einmal verarbeiten mußte und deshalb zunächst meinen Bruder ungefähr so sensibilisierte:

„Du wirst es mir nicht glauben, Walter, aber da vorn steht Jürgen Brinkmann! Das muß er sein! Der Mann dort mit dem Trenchcoat hat eine solche Ähnlichkeit mit meinem früheren Haftkameraden Jürgen Brinkmann, daß er das sein muß! Der hatte in Cottbus einen Ausbruchsversuch unternommen, wäre fast dabei umgekommen und landete im „Tigerkäfig", allerdings länger als ich. Und nun ist der hier?"

Ich immer noch zögerlich, war mein Bruder auf seine unverwechselbar unkomplizierte Art auf diesen Mann zugegangen und sprach ihn unvermittelt an, ob er so wie sein Bruder, also ich, auch in Cottbus gewesen sei? Und als diese Frage platziert war, entglitten Brinkmann, als der er sich nun tatsächlich herausstellte sämtliche Gesichtszüge. Er hatte mich wahrscheinlich nicht mehr in Erinnerung, weil wir auf dem großen Saal in Cottbus während der Stationsrenovierung kaum direkt zusammen waren, auch waren wir nie gemeinsam auf einer kleineren Zelle. Inzwischen hatte ich auch deutlich längere Haare und eine Brille. Wie versteinert beantwortete er dann meine Frage, was er denn inzwischen so mache und wie es ihm ginge. Und so erfuhren wir zwar, er lebte ebenfalls nach einem *Freikauf* in Hannover und er versuche sich als Antiquitätenhändler. Allerdings war klar erkennbar, er hatte unglaubliche Mühe, sich zu artikulieren und damit war mir ebenso klar, er war mißtrauisch und ordnete uns in die Riege der Stasi-Spitzel ein, zumal mein Bruder im sonoren Sächsisch bei der Kontaktaufnahme etwas undiplomatisch und vorschnell vorgegangen war, was aber wiederum an meiner Zögerlichkeit lag.

Nach kurzer Zeit beendeten wir das Gespräch, wünschten uns alles Gute und ich habe noch gut in Erinnerung, wie er sich nicht im Entferntesten für mich interessierte. Mit etwas mehr Überlegung wäre es sicher gut gewesen, ich hätte ihm von unserem gemeinsamen Duett im *Tigerkäfig* erzählt, das wäre ein Beleg für meine Ehrlichkeit gewesen, wobei wir uns aber auch dort ja nicht persönlich begegneten, sondern lediglich durch die Oberlichter über den Zellentüren miteinander sprechen oder singen konnten. Aber nun war es, wie es war und ich habe auch später nach meiner Rückkehr keinen Kontakt mehr aufzunehmen versucht, da ich ohnehin bereits zahllose ehemalige gute Bekannte kontaktiert und Verbindungen aufgebaut hatte. Brinkmann holte ebenfalls jemanden von diesem Zug ab und schnell verloren wir uns aus den Augen. Gleichzeitig traf Hubert ein, anders als ein Jahr vorher Ludwig und Jörg und wir verbrachten zunächst noch eine kurze Zeit zu dritt, während mein Bruder dann wieder zurück ins Erzgebirge mußte, er hatte am nächsten Tag in seinem Betrieb zu sein. Ich aber verbrachte noch einen Tag mit Hubert allein, bevor sich auch unsere Wege wieder trennten. Auch er konnte die seltsame Begegnung mit Brinkmann kaum glauben.

Für das kommende Jahr 1973 reifte der Plan, eine größere USA-Reise in Angriff zu nehmen, vielleicht inklusive Kanada und Mexiko. Im März stand die Abschlußprüfung bei MAN-Büssing an und danach hieß es, gut Geld verdienen, um eine solche Reise auch finanzieren zu können. Auch erste Weiterbildungs- und gar Studiengedanken begannen sich zu entwickeln.

SPANNUNGSGELADENE ZEITEN

Auf zu neuen Ufern

Mutter konnte ich nun anbieten, an den Wochenenden Verwandte und Bekannte mit meinem Käfer zu besuchen, wir hatten gemeinsam eine größere, geräumige Wohnung in Braunschweig-Hondelage bezogen, unweit von meiner Cousine mit ihrem Mann, wo auch Mutters Schwester, Tante Hilda wohnte, Oma Minna war im selben Jahr verstorben.

Eines Sonntags besuchte ich allein meine Cousine Lotte Ewald und deren Familie in Großburgwedel bei Hannover. Lotte war die Tochter des bereits verstorbenen Onkel Paul, dem Musiker und Bruder von Vater. Sie war Krankenschwester und ihr Mann Wilfried Polizeihauptkommissar. Sie hatten zwei Kinder, Katrin und Marcus. Und wie wir beisammensaßen und vor allem Wilfried sehr interessiert nach meinen Abenteuern und Erfahrungen fragte, nach den Haftbedingungen und allen weiteren Umständen, spürte ich nach und nach ein erkennbares Unbehagen von Marcus. Er war zu dieser Zeit Medizinstudent in West-Berlin, einige Jahre älter als ich. Die Distanz, die er von Anfang an mir gegenüber offenbarte irritierte mich und irgendwann, als ich ihn offensiv auf seine Meinung zur DDR ansprach, hielt es ihn nicht mehr, als er kundtat, er könne überhaupt nicht nachvollziehen, daß jemand die DDR verläßt, wo es dort doch so unendlich viel zu tun gäbe beim Aufbau des Sozialismus. Einfach weglaufen vor dieser großen Aufgabe? Das ginge gar nicht! Vor allem Wilfried war wie vor den Kopf geschlagen und er verbat sich dies lautstark. Schon wieder käme Marcus mit seinen linkssozialistischen Schnapsideen und das angesichts dessen, was ich erlebt hätte. Ich hatte jedoch bereits mit solch einem Statement gerechnet, so, wie er sich bis dahin verhielt. Nach langem fühlte ich mich damit wieder einmal nicht nur im Rechtfertigungszwang, ich saß erneut auf der zumindest politisch-ideologischen Anklagebank meines Freiheitsdranges wegen! Wieder kamen sie, die Klischees zur DDR, wie sozial und gebildet dort alle seien, und natürlich sei die Mauer notwendig gewesen, da der Westen schließlich allen gut Ausgebildeten den Kopf verdreht habe. Auf meinen Einwand, man könne ja die Dinge abstrakt und theoretisch durchaus so sehen, aber es spiele doch immer auch eine Rolle, ob man persönlich betroffen sei, als ich insofern fragte, wer oder was ihn denn hindere, selbst in die DDR zu gehen, um dort den Sozialismus aufzubauen, wenn er ihn so toll fände, und wie oft er bereits in der DDR zu Besuch war – bei uns war er im Gegensatz zu meinem Cousin Carl-Otto nie – gab es kein Halten mehr: ziemlich unwirsch erhob er sich und stellte fest, daß er sich hier wohl nicht rechtfertigen müsse für seine Weltsicht, nachdem die Alten früher alles kaputt gemacht hätten. Und selber in die DDR gehen brauche er nicht, er habe einen guten Überblick, weil er ja in West-Berlin mitten zwischen den Systemen lebe und er stets und ständig mit seinen Kommilitonen an der Grenze mit den Vopos, den Volkspolizisten rede und agitiere, die ja auch nur Menschen seien. Ich gab es auf, es hatte keinen Sinn mehr. Wie peinlich dieser Auftritt war! Aber so waren sie und sind sie teilweise bis heut, die selbstgerechten Besserwisser aus der *68er-Schule*, die sich im Lehnstuhl des Wohlstandes ihre abstrakten Gedanken zu dieser komplizierten Welt machen und auf einfache Lösungen orientieren.

Schließlich half uns allen Katrin, seine Schwester, die gerade ein Lehramtsstudium in Hannover begonnen hatte, aus der Verwandtschaftspatsche, nachdem Marcus sich in sein Zimmer zurück gezogen hatte, indem sie vorschlug, ich solle doch noch zum Abendbrot bleiben und anschließend würde sie mich mit ihrem Freund, der in Hannover Maschinenbau studierte zu einem Kneipenbummel in Hannovers Studentenviertel einladen, auch sollte ich dann bei ihnen übernachten. Den Vorschlag nahm ich an und wir hatten einen sehr unterhaltsamen Abend. Marcus war übrigens nach Berlin gegangen, um die Bundeswehr zu umgehen. Später, als ich erneut mit Mutter und meiner späteren Frau bei Ewalds zu Besuch war, hatte Marcus sein Arztexamen abgeschlossen und pflegte seine überhebliche Attitüde, diesmal mit seiner neuen Freundin, und als es wieder Ansätze zu kontroversen Diskussionen gab, wurde seine Schwester sehr direkt, er sollte ein wenig tiefer stapeln und anstatt sich ständig zum Polit-Agitator aufzuspielen, hätte er besser getan, sich um seine Promotion zu kümmern, die er kurz vorher versemmelt hatte. Schließlich zog er es dann zum Glück vor, mit seiner Freundin einen längeren Spaziergang zu unternehmen, so daß wir uns nicht weiter mit ihm auseinandersetzen mußten. Immerhin wurde er später anerkannter und geschätzter Landarzt in der Heide, auch wenn ich ihn als ausgesprochen unangenehm in Erinnerung habe.

Ende 1972 verkaufte ich meinen lieb gewonnenen VW-Käfer. Ein PKW war damals für uns Jugendliche, vor allem für uns aus der DDR etwas Wichtiges, Wertvolles, auch ein Statussymbol. Für mich war er zudem ein Baustein, meine Freiheit im Hinblick auf Mobilität leben zu können, er machte mich unabhängig. Schon seit langem liebäugelte ich mit einem französischen Modell und konnte mir gegen Ende des Jahres einen gebrauchten Renault R16 leisten. Er war deutlich größer, komfortabler und leistungsstärker als meine bisherigen VW-Käfer. Auch erste Überlegungen, mir ein Motorrad zuzulegen stellte ich an, jedoch nur neben einem PKW; anstelle eines PKW kam allein ein Motorrad nicht infrage. Aber dem standen finanzielle Abwägungen noch entgegen.

Es kamen die Weihnachtsfeiertage 1972 und der Jahreswechsel. Und nun hatte ich mit eigener Wohnung die Gelegenheit, junge Leute zu mir einzuladen und zu feiern. Bereits Anfang des Jahres war ich in einen Badmintonverein eingetreten und hatte aus diesem mit Binoy Zachariah einen Freund aus Indien eingeladen, der an der Braunschweiger Müllerschule studierte und einen seiner damaligen Freunde, einen Farbigen aus Afrika, dessen genaues Herkunftsland ich nicht erinnere.

Die Müllerschule an der Wolfenbüttler Straße in Braunschweig war eine von dreien weltweit, sie war etwas Besonderes! Hier studierten junge Menschen aus aller Herren Länder. Daß Braunschweig eine solch exotische Fakultät aufzuweisen hatte, lag an der BMA AG, der Braunschweigischen Maschinenbauanstalt und der MIAG AG, der Mühlen- und Industrieanlagen AG, die 1972 von der Schweizer Firma Bühler übernommen wurde und zur Bühler-MIAG umfirmierte, zwei namhafte Fabriken für Mühlen- und Lebensmittelindustrieanlagen, die in Braunschweig ansässig, weltweit Bedeutung hatten. Die BMA AG baute immerhin ganze Zuckerfabriken. Ebenfalls dabei waren an dem Abend bei mir zwei Lehrlingskameraden von MAN-Büssing, die mit mir Technischer Zeichner lernten – und Evelyn! Sie war das Mädchen, das ich erstmals beim Verteilen der Fragebögen in der Aufnahmeprüfung bei Büssing wahrnahm. Nachdem ich bereits in der jüngeren Vergangenheit ein Auge auf sie gerichtet hatte, aber noch nicht verwegen genug war, sie zu erobern, half der Rahmen bei mir zu Haus nun gewaltig nach und es dauerte nicht lang, bis auch ich spürte, hier ist jemand, der auch meine Nähe sucht – und als wir dann zu fortgeschrittener Stunde unsere Feiergesellschaft um Verständnis baten, weil wir einen kleinen Spaziergang unternehmen wollten, begleitete uns ein fröhliches Oh und Ah, was anzeigen sollte, man habe verstanden.

Es war anders als bei Barbara, das war damals Liebe auf den ersten Blick, erst recht war es anders als bei Miluschka, die mich regelrecht überrumpelt hatte. Bei Evelyn brauchten die Dinge Zeit. Umso intensiver aber begann sich ab diesem Abend und dem ersten langen und innigen Kuß während unseres Spazierganges eine Beziehung aufzubauen, die es in sich hatte. Evelyn mußte als drittes von fünf Kindern im permanenten Alltagskampf zwischen den Älteren und Jüngeren ihren Platz behaupten. Auch wollte sie eigentlich Kindergärtnerin, wie damals noch der Erzieherinnenberuf hieß, lernen, während ihre Eltern nach schweren Auseinandersetzungen sie gegen ihren Willen bei Büssing am Zeichenbrett unterbrachten. Hierzu muß man in Erinnerung rufen, daß Frauen zu damaliger Zeit in der Bundesrepublik noch bei weitem nicht gleichberechtigt waren, ganz im Gegensatz zur DDR, immerhin durften sie in der Bundesrepublik erst ab 1960 ohne Erlaubnis ihres Ehemannes einen Führerschein für einen PKW erwerben, bis in die 1970er Jahre mußte eine Frau, wenn sie verheiratet war und versicherungspflichtig arbeiten gehen wollte, ebenfalls die Erlaubnis des Ehemannes einholen. Erst 1977 wurde das dafür zugrundeliegende Gesetz, das die sogenannte Hausfrauenehe festgeschrieben hatte durch das partnerschaftliche Prinzip abgelöst und geändert!

Evelyn hatte nicht nur gelernt, sich im Alltag durchzuboxen, auch in der Lehrlingswerkstatt gegenüber den Jungs, sie strahlte großes Selbstbewußtsein aus und hatte das Herz auf dem richtigen Fleck. Es war wunderbar, mit ihr zusammen zu sein! Vor allem die dann folgende Zeit, in der ich weiterhin in meinem neuen und immer noch fremden Lebensumfeld Halt suchte, war sie mein Anker. Später dann, wenn ich gelegentlich meinem Freiheitsdrang wieder einmal die Zügel ließ und drohte abzuheben, holte sie mich zurück auf den Boden und war mir konstruktives Korrektiv. Ihr kam zugute, die Dinge sehr pragmatisch zu sehen und daraus ihre Schlüsse zu ziehen, während ich doch gelegentlich dazu neigte, mich in Visionen zu verbeißen, wenn auch immer rational genug, zurückzufinden in den pragmatischen Alltag. Sie war es letztlich, die mich, ergänzt um zahlreiche Erfahrungen aus dem späteren Berufsleben lehrte, daß Freiheit, so wertvoll sie als Grundwert einer freiheitlich demokratischen Gesellschaft ist, immer nur soweit ausgelebt werden darf, wie dies in Verantwortung für das Große Ganze geschieht.

Nach Abschluß meiner Ausbildung bei MAN-Büssing folgte nach einem Skiurlaub mit Evelyn ab April 1973 ein Job als Auslieferungsfahrer bei der Möbel-Boehme GmbH, einem Möbel-Kaufhaus in Braunschweig. Hier konnte ich nun, inzwischen 21 Jahre alt geworden und damit als Volljähriger im stolzen Besitz eines LKW-Führerscheins auch schwere LKW fahren. Erst im März 1974 wurde per Gesetz die Volljährigkeit von 21 auf 18 Jahre herabgesetzt. Es war eine ausgesprochen anstrengende Tätigkeit bei Möbel-Boehme; denn neben der Fahrerei war ich auch gefordert, den Kollegen beim Transport der teilweise sehr schweren Möbel zu helfen, ich hatte die Ladung zu koordinieren, zu sichern und ich mußte abrechnungstechnische Dinge mit den Kunden regeln. Aber ich verdiente sehr gut! Gleichzeitig hatte ich mich für den Oktober 1973 an der Fachoberschule für Sozialpädagogik in Braunschweig, in meiner früheren Berufsschule angemeldet und eine Zusage erhalten, auch wenn ich das damit verbundene Fachabitur weniger aus Überzeugung anstrebte, ich stellte den Aufnahmeantrag mehr aus Neugier; ansich wollte ich das allgemeine Abitur erwerben und später studieren; Architektur vielleicht? Oder Bauingenieur? Schauen wir mal! Auf jeden Fall sollte es von Ende Juli bis September nun in die USA, nach Kanada und Mexiko gehen. Zunächst noch ohne Evelyn, ich hatte die Planungen bereits vor unserem Zusammensein begonnen. Evelyn war im April von MAN in ein festes Arbeitsverhältnis übernommen worden.

Zunächst aber kam Pfingsten 1973 und zum ersten Mal hatte ich das Verlangen, wieder einmal, wenn auch nur kurz in die DDR zu reisen, auch, um mich mit meinem ehemaligen Knastkumpel Long Tom Boldry zu treffen. Er beabsichtigte, in dieser Zeit zu heiraten und dann mit seiner Angetrauten einige Tage in Ost-Berlin und Umgebung zu verbringen. Brieflich hatten wir uns für einen Nachmittag mit anschließendem Abendessen in einem Interhotel am Alexanderplatz in der Nähe des neuen Fernsehturmes, dem *Telespargel* verabredet. Er hatte dort einige Tage ein Doppelzimmer gebucht. Und so stellten Evelyn und ich im Juni 1973, zum Zeitpunkt der Weltjugendfestspiele in Ost-Berlin einen eintägigen Passierschein-Antrag auf Einreise nach Ost-Berlin, der genehmigt wurde. Wir übernachteten bei Lönneckers in West-Berlin. Während die Transitreise von der erneuten Sonderkontrolle wie schon beim letzten Mal begleitet war, gab es bei der Einreise nach Ost-Berlin keinerlei Probleme. Wir erfragten im Hotel die Zimmernummer von Long Tom und wurden nach telefonischer Ankündigung in das Zimmer in einem der obersten Etagen eingelassen. Ein wenig war das wie große weite Welt, hatten doch weder Evelyn noch ich jemals in einem solchen Hotel einen Besuch abgestattet oder gar selbst übernachtet. Long Tom begrüßte uns – und dann verblüffte er uns mit der Ankündigung, wir könnten zwar noch ein wenig plaudern, aber dann würde er sich mit seiner frisch Vermählten ins Ensembel, das Brecht-Theater verabschieden müssen, um sich ein Stück von Brecht anzusehen. Das hätte auch mich gereizt, wenn ich davon gewußt hätte und ich konnte meine Enttäuschung nicht verbergen, weil wir hierüber nicht vorher informiert worden waren. Schlagartig kam mir in Erinnerung, wie ich mit Teo vergeblich auf dem Bahnhof von Karlsbad herumstand und unsere lange und aufwändig vorher geplante Zusammenkunft mit Ludwig und Jörg scheiterte. Da war sie wieder, die deutsch-deutsche Gemengelage, die immer wieder Ungereimtheiten und irritierende Situationen hervorbrachte.

Bald brachte Long Tom das Gespräch auf die Idee, gemeinsam über ein internationales Geschäft mit Holzschnitz-Importen aus Polen in die DDR nachzudenken, die ich, wenn ich Interesse hätte, dann im Westen weiterverkaufen könnte. Ich kannte Long Tom nicht wieder! Er, der in Cottbus mir als Schöngeist, als Musiker und Lyriker immer auch Quelle der Inspiration war, schlug mir im Interhotel am Alex in Ost-Berlin ein Geschäft mit Holzschnitzereien aus Polen vor. Bis heut kann ich diese Idee nicht einordnen. Immerhin bot uns Hubertus ebenso an, wenn wir wollten, sein Zimmer zu nutzen, bis er vom Theater zurück sei und wir könnten dann noch ein wenig feiern, bis wir noch vor 24.00 Uhr über die Grenze zurück sein mußten. Wir willigten ein, waren aber irritiert und verunsichert; das Ganze wirkte irgendwie inszeniert, Hubertus war nicht der, den ich in Erinnerung hatte. Als Evelyn und ich dann tatsächlich auch noch blieben, fiel uns die riesige Spiegelwand an der Rückseite des großen Doppelbettes auf und ich konnte mir die lautstark geäußerte Phantasie nicht ersparen, hier würde man wohl von der anderen Seite einen hervorragenden Logenplatz haben, wenn zwei junge Leute wie wir uns jetzt im Bett vergnügen würden. Dieser Abend bleibt eine der merkwürdigsten Erinnerungen an diese erste Zeit mit Evelyn im Osten, wobei mit Hubertus noch eine weitere merkwürdige Begegnung hinzukommen sollte.

Im Juli kündigte ich meinen Job und trat meine aufwändig organisierte Reise in die USA an. Überraschend war für mich, wie akribisch damals die US-amerikanischen Behörden meine Herkunft aus der DDR hinterfragten. Ich mußte zahlreiche Fragebögen ausfüllen und gar ein längeres Telefonat mit einem Botschaftsbüro in Hamburg führen, alternativ wäre ich dort vor Ort persönlich befragt worden, was mir zu aufwändig schien. So telefonierte ich von meiner Cousine aus, ein eigenes Telefon besaßen wir damals noch nicht.

Angekommen in Amerika, ging es dann von Von New York über Toronto, Winnipeg und Calgary bis Vancouver an der Westküste Kanadas, alles per Anhalter, wie es damals bei jungen Leuten auch in Amerika weit verbreitet war oder mit dem Greyhound-Bus, komfortablen, klimatisierten Fernreisebussen. Von Vancouver aus ging es Richtung Süden über Portland und Seattle nach Santa Rosa bei Francisco, wo ich bei Dr. Irene Becker, einer Großcousine von mir, die dort als 1946 ausgewanderte Medizinstudentin und spätere Gynäkologin eine Frauenklinik betrieb, einige Tage Herberge erhielt. Ein Nachbar von ihr war Mr. Charles M. Schulz, der Erfinder der *Peanuts,* einiger Comicfiguren, die mit Charlie Brown Weltruhm erlangen sollten.

Von Irene aus zog ich dann weiter Richtung Süden über Monterey nach Long Beach. Am Strand von Long Beach entlang bummelnd, ich suchte ein Nachtlager am Strand, wurde ich einer riesigen runden Halle gewahr, die sich beim Näherkommen als die Long-Beach-City-Hall erwies und was sah ich am Hinweisschild für Abendveranstaltungen? An diesem Abend stand ein Konzert von Joan Baez auf dem Programm, die ich damals sehr verehrte, mit ihrer unglaublich klaren, reinen und dennoch kraftvollen Stimme und ihren Folk- und Protestsongs. Also nichts wie zur Konzertkasse und ich erhielt noch eine Karte. Inmitten von US-amerikanischen GIs, die zum Teil auf Fronturlaub aus Vietnam in der Heimat waren, verbrachte ich einen bewegenden Abend, vor allem, als einer der GIs bei einem Song sich die Tränen nicht zurückhalten konnte!

Der Vietnamkrieg war zu diesem Zeitpunkt in einer dramatischen Phase. Unter Präsident Richard Nixon hatten die USA ab 1969 begonnen, sich Stück für Stück aus Vietnam zurückzuziehen und die südvietnamesische Armee, die außerordentlich grausam mit ihren Gegnern und Kriegsgefangenen umging, auszubilden und in die Verantwortung zu schicken. Damit stahlen sie sich ein wenig aus der Misere, die erkennbar kaum noch zu beherrschen war. Und so war ich also nun in der Long-Beach-City-Hall mit Vertretern der USA in diesem schmutzigen Krieg und lauschte andächtig der zauberhaften Stimme dieser Frau.

Schließlich suchte ich dann meinen Weg weiter über San Diego nach Mexiko und nach einigen dortigen Tagen zurück über die Südstaaten der USA nach New Orleans, einem musikalischen Zentrum des schwarzen Blues und nach Florida, bevor es über New York nach Hause ging. Insgesamt war auch diese Reise ein bleibender Eindruck und Ausdruck des Lebensgefühls, wie ich es mir erträumt hatte. Immer öfter wurde mir bewußt: Ich hatte alles richtig gemacht, meine inzwischen tragfähigen Flügel trugen mich durch die Welt und gaben mir Gelegenheit, sie mit eigenen Augen wahrzunehmen und nicht gefiltert durch die Medien oder die Informationen Dritter. Und dabei erstrahlte der Westen für mich nicht nur ungetrübt im goldenen Glanz, ich lernte sehr wohl die Dinge differenziert zu sehen, in der Hoffnung, mir diesen differenzierten Blick bis heut bewahrt zu haben.

Bereits vor meinem Abflug von Frankfurt nach New York gab es in den Nachrichten Hinweise, die Regierung von Salvador Allende in Chile war geschwächt und noch während meines Amerika-Aufenthaltes sollte die Lage in diesem südamerikanischen Land eskalieren. Augusto Pinochet, ein General hatte geputscht und die Macht übernommen, wobei am Ende über 3000 Tote durch die folgenden Unruhen zu beklagen waren. Vor allem die DDR bot sich an, Sozialisten und Kommunisten, sofern sie Chile verlassen wollten, Schutz und Herberge zu bieten.

Im Oktober 1973, ich hatte soeben meine Ausbildung an der Fachoberschule für Sozialpädagogik begonnen, entflammte erneut ein Konflikt im Nahen Osten, die Nachrichten verhießen nichts Gutes. Infolge des Sechstagekrieges 1967 hielten die Israelis fast die gesamte Sinai-Halbinsel und an der Grenze zu Syrien die Golan-Höhen besetzt, vor allem dort hatten sie ein groß angelegtes Siedlungsprojekt begonnen. Das war sowohl Syrien als auch die Sinai-Halbinsel betreffend den Ägyptern ein Dorn im Auge. So überfielen beide nach geheimen Vorbereitungen am 6. Oktober 1973, dem Jom-Kippur, dem israelischen Nationalfeiertag Israel, das in den ersten Tagen tatsächlich auch zurückgedrängt werden konnte, jedoch nur, bis nach wenigen Tagen die vollständige Mobilmachung in Israel umgesetzt und damit die volle Kampfbereitschaft hergestellt war. Und dann wendete sich das Blatt, auch wenn diesmal wie bereits im Sechstagekrieg weitere Länder wie der Irak, Libyen, Jordanien, der Sudan, Algerien, Kuba und die Sowjetunion mit Söldnern oder Geld den Ägyptern und Syrern beistanden. Nachdem die Israelis ihre Positionen endgültig stabilisiert hatten, begannen Friedensverhandlungen, die fünf Jahre später in den israelisch-ägyptischen Friedensvertrag münden sollten und zum ersten Mal in der Geschichte des immer noch jungen Israel eine Anerkennung als souveräner Staat seitens Ägypten zur Folge hatte. Immer wieder faszinierte mich dieses Land, das dadurch erstmals von einem arabischen Land anerkannt worden war.

Eine Folge dieser Auseinandersetzung war das weltweit knapper werdende Öl, das am Ende noch im Oktober, November 1973 infolge der damaligen ersten großen Ölkrise sogar zu Sonntagsfahrverboten in der Bundesrepublik führte.

Die Fachoberschule, die ich begonnen hatte, besuchten ausschließlich junge Menschen, die bereits einen Beruf gelernt hatten und nun ein Fachabitur anstrebten, um die entsprechende Fachrichtung anschließend an einer Fachhochschule zu studieren und mit einem Diplom abzuschließen. Ich jedoch begann bereits vor Beginn dieses Ausbildungsabschnittes mir Gedanken über den Erwerb des allgemeinen Abiturs zu machen und hatte keine konkreten Vorstellungen von einem späteren Studium in Richtung Sozialpädagogik, ich sah das Ganze mehr als eine Übergangs- oder Verlegenheitslösung, schließlich wurde ich dadurch nicht dümmer.

Kaum hatte das Schuljahr begonnen, da spaltete sich die Klasse in zwei Gruppen, in die etwas größere Gruppe diejenigen, die einem eher pragmatisch orientierten und konservativen Werdegang erwachsen waren und in diejenigen, die stark sozialistischen Ideen nachhingen. Sahen erstere meist praktische Erziehungsarbeit als ihre spätere Berufsperspektive, auch im sozialpflegerischen Bereich, so waren die Anderen meist an einer Behördenstelle im Jugendamt oder sonstigen Ämtern interessiert. Der *Marsch durch die Institutionen* war infolge der *68er* immer noch Programm und als Perspektive in vielen sozialistischen Köpfen. War ja auch der bequemste Weg, gut dotiert, die Sicherheit des Arbeitsplatzes und insgesamt

Privilegien, die ein normaler Arbeiter oder Angestellter in der freien Wirtschaft nicht besaß.

Ein Mitschüler tat sich besonders hervor, als er dafür stritt, alle naturwissenschaftlichen Fächer unserer Ausbildung abzuschaffen und die Ausbildung auf reine Geistes- und Sozialfächer zu reduzieren. Dafür bekam er zum Glück nur wenig Unterstützung aus den Reihen der Mitschüler, die durch solcherlei Gebaren eher irritiert waren. Aber immerhin hatte er dann doch mit viel Engagement und Mühe auch aus anderen Klassen um sich einen kleinen Kreis aufrechter Kämpfer für die Abschaffung der anstrengenden Fächer scharen können, der mit einem *Sit-in* inklusive hochgehaltener Protestschilder, einem Sitzkreis vor der Schule eine Mathematikstunde lang demonstrieren sollte; zu dumm für sie, daß ein kräftiger Dauerregen das Ganze ins Wasser fallen ließ.

Und dann gab es einen Dozenten in Sozialpädagogik, der zwar seinen Unterricht sehr praxisnah auszurichten bemüht war, beispielsweise an der Arbeit mit Heimkindern, wenngleich es sich in fast jeder zweiten Stunde um Sexualthemen handelte, teils mit derart offenen Praxisbeispielen, daß sich vor allem einige der Schülerinnen doch sehr irritiert zeigten, obwohl die Gesellschaft insgesamt begonnen hatte, hier entkrampfter zu werden; ich konnte mich des Eindruckes nicht erwehren, er kompensiert da was.

Schon in den ersten Tagen wurde mir klar, dies ist nicht die Umgebung, in der ich meine weitere Ausbildung voranbringen möchte. Im Januar 1974 brach ich die Ausbildung an der Fachoberschule ab und wechselte ans Braunschweig-Kolleg an der Wolfenbüttler Straße, von dem ich erst zwischenzeitlich erfuhr und dessen Aufnahmeprüfung ich ganz ordentlich bestand, es lag unmittelbar neben der Müllerschule. Die Ausbildung in Vollzeit sollte über insgesamt fünf Semester gehen und mit dem allgemeinen Abitur enden. Die Finanzierung erfolgte nach dem BaföG und ich begann unmittelbar nach Beginn der Ausbildung eine Aushilfstätigkeit beim Hermes Paketschnelldienst, der hauptsächlich Lieferungen für den Otto-Versandt auslieferte. Dadurch hatte ich weitgehend an den Samstagen und gelegentlich auch sonntags gut zu tun und konnte meinen Lebensstandard einigermaßen halten. Benno Ohnesorge, der 1967 in Berlin bei einer Demonstration erschossen worden war, hatte ebenfalls vorher sein Abitur am Braunschweig-Kolleg erworben.

Im Mai 1974 war Bundeskanzler Willy Brandt wegen der Guillaume-Affäre zurückgetreten und Helmut Schmidt, ebenfalls Sozialdemokrat wurde sein Nachfolger. Und im Juli 1974 begannen türkische Truppen, den Norden Zyperns zu besetzen, woraufhin die griechischen Truppen reagierten, mit dem Ergebnis des Zypernkrieges! Auch dies ein Konflikt, der noch Jahre die Schlagzeilen beherrschen sollte.

Und wo sollte es im Sommer 1974 hingehen? Immerhin gab es am Kolleg auch großzügig Ferien – und die wollte ich außer dem Nebenjob bei Hermes nun unbedingt mit Evelyn verbringen! Also verkaufte ich ein wenig schweren Herzens meinen Renault und erwarb einen VW-Bus, einige Jahre alt und gebraucht aber gut genug, um uns nach einem Aus- und Umbau eine größere Strecke nach Südeuropa zu tragen. Er erhielt von uns gemeinsam eingebaut umklappbare Betten, Schränkchen, eine Kochgelegenheit und allerlei kleine Annehmlichkeiten, die zwei jungen Freiheitsliebenden auf dem Weg durch südliche Gefilde eine schöne Reise bescheren sollten.

Und dann ging es im Juli, August mit unserem VW-Bus über die Schweizer Alpen ans Mittelmeer nach Nizza, Monte Carlo und weiter über Barcelona die spanische Küste hinab bis Malaga. Das Ziel war ursprünglich Marrakesch in Marokko, das wir aber nicht erreichten, da wieder einmal unser vergnügliches Tempo der Reise, die zahlreichen sonnenbadenden Strandtage die Zeit verfliegen ließen.

So entschieden wir, über Andorra und die Pyrenäen auf die andere Seite der iberischen Halbinsel zu reisen und noch einige Tage am Atlantik zu verbringen, bevor es heimwärts ging. Auch diesmal fühlte ich mich frei wie ein Vogel und erfuhr ein weiteres Mal, wie das Reisen mich beflügelte, auch wenn wir in Spanien erneut in einer Diktatur unterwegs waren, in der des immer noch regierenden Francesco Franco. Seit 1936, mit Beginn des spanischen Bürgerkrieges, den die Francisten mit Hilfe der deutschen Legion Condor für sich hatten entscheiden können und mit der Machtübernahme durch Franco 1939 herrschte dieser bauernschlaue Diktator unangefochten seit fast 30 Jahren, da er sehr geschickt alle gesellschaftlichen Kräfte der Wirtschaft, der in Spanien sehr mächtigen katholischen Kirche, des Militärs und alle sonstigen Gruppen gegeneinander ausspielte und im Zaume hielt. Auch bot er für eine Diktatur erstaunliche Freiheiten, beispielsweise gab es einige Hippie-Hochburgen wie Torremolinos oder Ibiza.

Auch im Nachbarland Portugal herrschte eine Militärjunta, die 1974 durch die *Nelkenrevolution* beseitigt wurde und nach einer Übergangszeit 1976 in eine parlamentarische Demokratie mündete.

Übrigens trat in der Zeit unserer Reise im August 1974 nach der Einleitung eines Impeachment-Verfahrens wegen der Watergate-Affäre der amerikanische Präsident Richard Nixon zurück, Nachfolger wurde Vize-Präsident Gerald Ford.

Im September 1974 war es soweit, Evelyn teilte mir eine freudige Nachricht mit, die gleichermaßen verwirrte, weil sie unser Leben einschneidend verändern sollte und wir wußten noch nicht so recht, wie damit umgehen. Ich wollte immer frei und unabhängig sein, und nun war Evelyn schwanger! Wie auch immer, nun galt es, alles zu überdenken, Freiheit hin, Freiheit her: Jetzt galt es auch Verantwortung zu übernehmen und vor allem ich war der festen Überzeugung, so massiv müßte sich unser Leben gar nicht verändern, wenn wir dies wollten, auch könnten wir weiterhin unsere Reisepläne umsetzen, dann eben mit einem kleinen Kind. Evelyn war durch ihre familiäre Rolle erfahrener und sah die Dinge realistischer. Aber uns beiden gemeinsam war letztlich klar, wir machen das Beste daraus! Unsere wohnlichen

Verhältnisse, die Ausbildung, die Neuausrichtung des Alltags und vor allem die finanziellen Verhältnisse wollten überdacht sein.

Schnell herrschte Einigkeit, wir brauchen eine eigene, bezahlbare Wohnung, die wir in Braunschweig auf der Rosenstraße bekamen, eine kleine Dreizimmerwohnung mit einem viel zu großen Bad in der zweiten Etage, Evelyn hatte sie aus der *Braunschweiger Zeitung* gefunden. Anfang Dezember konnten wir einziehen und kurz vor Weihnachten hatten wir uns auch entschieden, zu heiraten, nachdem wir ursprünglich zunächst länger ohne Trauschein zusammenleben wollten, damals begannen zunehmend junge Paare ohne Trauschein zusammenzuleben, was bis Ende der 1960er Jahre undenkbar war. Erstmals durfte anläßlich unserer kleinen Hochzeitsfeier auch mein Bruder aus der DDR allein zu Besuch, ein erstes Zeichen der Liberalisierung.

Mit meinem BaföG, dem Nebenjob bei Hermes und für eine Übergangszeit mit Sozialhilfe, die Evelyn und unser späteres Kind erhielten sowie ergänzend Wohngeld kamen wir bei nun noch etwas größerer Bescheidenheit zurecht. Auch dies war für mich ein Stück Lebenserfahrung, daß man im Westen durchaus ein inzwischen tragfähiges Sozialsystem aufgebaut hatte, das jungen Menschen, die ihre Ärmel aufkrempeln und ihr Leben anpacken, dazu alle Voraussetzungen bietet. Man muß sie nur nutzen und seine Ansprüche den realen Möglichkeiten anpassen.

Ende September, Anfang Oktober 1974 hatte ich meiner Mutter und ihrem Bruder, Onkel Richard angeboten, gemeinsam mit unserem VW-Bus eine Reise in deren Vergangenheit nach Zirlau im früheren Schlesien zu unternehmen. Sie unterhielten seit langem einen regen Briefkontakt zu den polnischen Besitzern des früheren Gutes meiner Eltern. Und so verbrachten wir einige ereignisreiche Tage dort, wir wurden ausgesprochen herzlich aufgenommen und bewirtet, auch war Mutter sehr gerührt, da ihre alten Möbel noch fast unverändert an Ort und Stelle standen, so, wie sie das Gut nach dem Zweiten Weltkrieg verlassen mußten. Von vorn herein hatten wir ein längeres Wochenende für die kleine Reise geplant, mehr Zeit konnte ich wegen des Studiums nicht aufwenden. Dies jedoch irritierte offensichtlich die Stasi, in deren Fokus ich nach wie vor war. In einem Aktenvermerk, in dem auch das Kennzeichen unseres damaligen VW-Busses vermerkt war, heißt es, teils in Abkürzungen (ANLAGE 20, SEITE 317):

> Am 1.10.74 reiste der C. mit seiner Mutter ... im Transit (aus Polen) i. d. DDR ein. Beide waren (nach eig. Ang.) drei Tage bei Bekannten im Krs. Swidnica, Ausreise am 28.9.74.
>
> Der kurzzeit. Aufenth. steht. i. Widerspruch zum gepl. 28-tägigen Aufenthalt (lt. Einreisevisa). Der ehem. DDR-Bürg. C. schreibe sich noch mit Freunden i. d. DDR, war aber selbst noch nicht zu Besuch. Dafür seine Mutter i. Krs. Zwickau.

Abt. VI

VW-Bus	Casper
BS - KR 318	Manfred
	14. 3. 51 Stollberg
	3301 Handelage
	Wilhelmshöhe 7
	Student / Kollege, Braunschw.
	-BRD-
s. K. Casper, Martha	- 4. 11. 74 -
-BRD-	PKE Görlitz, vom 9. 10. 74
	- 4. 11. KD Zwickau

bW

Am 1. 10. 74 reiste der C. mit seiner Mutter (s. K.)
im Transit (aus Polen) i. d. DDR ein.
Beide waren (nach eig. Ang.) 3 Tage bei Bekannten
im Krs. Swidnica, Ausreise am 28. 9. 74.
Der kurzzeit. Aufenth. steht i. Widerspruch zum gepl.
28-tägig. Aufenthalt. (lt. Einreisevisa) Der ehem.
DDR-Bürg. C. schreibe sich noch mit Freunden i. d. DDR,
war aber selbst noch nicht zu Besuch. Dafür seine
Mutter i. Krs. Zwickau.

25.02.02 le

(ANLAGE 20)

Ansich erübrigte sich die Bemerkung der Stasi nach dem Widerspruch des 28-tägigen Visums zum dreitägigen Aufenthalt, da es für Polen, anders als in der CSSR, keine kürzeren Visa-Genehmigungen gab. Hätte sie das nicht wissen müssen? Hier ist erneut erkennbar auch ein gewisser Dilettantismus, gepaart mit permanentem Mißtrauen selbst in den einfachsten Zusammenhängen.

Das Weihnachtsfest und den Jahreswechsel erlebten wir nun in unserer ersten gemeinsamen Wohnung als kleine Familie. Das Braunschweig-Kolleg forderte mich und bei der Frage, welchen Leistungskurs ich mit Blick auf das Abitur belegen wollte, entschied ich mich für Physik, nicht zuletzt, weil der im alternativen Schwerpunktfach Sozial- beziehungsweise Gemeinschaftskunde unterrichtende Lehrer als ein politisch ausgesprochen links orientierter Lehrer galt. Zu oft schon hatte ich in den ersten Monaten und Jahren im Westen Lehrgeld gezahlt, indem ich angefeindet oder attackiert wurde, wenn meine Biografie bekannt wurde, wozu ich im Zusammenhang mit meiner Ausbildung keine Risiken eingehen wollte, zumal mich Naturwissenschaft und Technik bis heut interessiert und fasziniert.

Schon seit einiger Zeit war ich mit Informationen zu meiner DDR-Biografie sehr zurückhaltend. Zwar wußten die Kollegiaten und Kollegiatinnen in meinem Jahrgangskurs – es gab zwei Jahrgangskurse mit je etwa 20 Studierenden – weitgehend von meinem Werdegang, jedoch keine Details und ich habe auch nie daraus ein besonderes Informationsbedürfnis abgeleitet, auch im Wissen um große Sympathien einiger, wenn auch weniger Kollegiatinnen und Kollegiaten für die Ideen des Sozialismus weit über die Sozialdemokratie hinaus, ein ideologischer Kämpfer war ich an dieser Front nie. Weiterhin war ich eher der Beobachtende, der jedoch, sobald gefordert, voll da und auch nicht auf den Mund gefallen war. Im Rückblick hinterfrage ich heut durchaus, ob ich mich damals nicht doch hätte verbal lautstärker artikulieren und meinen Standpunkt platzieren sollen, wie ich es gegenüber den Schergen der DDR-Stasi durchaus gelernt und wodurch ich letztlich meine Freiheit gewonnen hatte? Letztlich habe ich mich durch meine Zurückhaltung eingereiht in die weit überwiegende, schweigende Mehrheit, die immer schon dem Leben eher pragmatisch gegenüberstand, anstatt sich in die visionären Wolkenkuckucksheime der linken oder rechten Demagogen einzunisten.

Jedoch begann in mir ein Gedanke zu reifen, der sich später als berufsleitend erweisen sollte. Es war der Gedanke, vor allem jungen Menschen, die sich einen noch offenen Horizont bewahrt hatten, ein Lehrer und Wegweiser zu sein, nicht ideologisch als Dogmatiker, sondern hinterfragend und mit einem gerüttelt Maß Lebenserfahrung. Hier konnte mir doch vielleicht meine DDR-Praxiserfahrung zugute kommen und ich könnte als Gymnasiallehrer im Politikunterricht einen wertvollen Beitrag leisten. Außerdem waren damit auch mir nun die Vorzüge des öffentlichen Dienstes durchaus willkommen, immerhin hatte ich neben Evelyn Verantwortung für eine Familie zu tragen und es kam hinzu, das Sozialprestige eines Gymnasiallehrers, eines Studienrates zumal war gesellschaftlich damals noch sehr hoch angesetzt. All das waren zunehmend Gedanken, die mich in meiner Ausbildung beflügelten und die ursprünglichen Ideen, aufgrund meines Technikinteresses Architektur oder Bauingenieurwesen zu studieren zusehends überlagerten. Auch die Studienberatung bestärkte mich in meinen Gedanken, vor allem mit Blick auf die Familiensituation sah sie sogenannte Härtefallregeln bei der Einstellung im Schuldienst als wirksam. Und dann auch noch das Hobby Lesen zum Beruf machen und Germanistik studieren, um Deutsch zu unterrichten. Konnte es für mich eigentlich ein besseres Ziel geben? War ich nicht endlich frei, diese Dinge für mich und meine junge Familie zu entscheiden?

Da uns der VW-Bus auf Dauer zu groß und zu teuer wurde, die Maschine auch erste Reparaturen aufwies, verkauften wir ihn und legten uns aus rein praktischen Erwägungen im Frühjahr 1975 wieder einen VW-Käfer zu, der uns die nächste Zeit ein zuverlässiger Partner sein sollte.

Am 24. April 1975 dann glaubten wir aber unseren Augen angesichts der Bilder in den Nachrichten wieder einmal nicht zu trauen! Wieder hatten sie zugeschlagen, die Terroristen um die *Baader-Meinhof-Gruppe*! Die bundesdeutsche Botschaft in Stockholm war von sechs Anhängern der RAF, die sich *Kommando Holger Meins* nannten, überfallen worden, mit dem Ziel, 26 RAF-Häftlinge freizupressen, unter ihnen Andreas Baader, Ulrike Meinhof, Gudrun Enslin und Jan-Carl Raspe.

„Die Terroristen drohten, sie würden Geiseln erschießen, wenn nicht die schwedische Polizei bis 14.00 Uhr aus dem Untergeschoß der Botschaft abziehen würde. Als das Ultimatum verstrich, schossen zwei Terroristen unmittelbar von hinten fünfmal auf den zur Verhandlung mit der Polizei zwangsverpflichteten Militärattache Oberstleutnant Andreas von Mirbach und stießen ihn die Treppe des Botschaftsgebäudes hinunter … Zwei bis auf die Unterhose entkleidete schwedische Polizisten durften von Mirbach eine Stunde nach den Schüssen aus dem Gefahrenbereich befördern; nach einer Operation verstarb dieser zwei Stunden später.“ (Marion Detjen, Stephan Detjen, Maximilian Steinbeis: Die Deutschen und das Grundgesetz: Geschichte und Grenzen unserer Verfassung, S. 176, Schriftenreihe der Bundeszentrale für Politische Bildung, 2009)

Wie mich diese Bilder an Peter Fechter erinnerten, auch wenn der Zusammenhang ein ganz anderer war. Was waren das für Menschen, die auf diese Weise Ideologie in konkretes Handeln umsetzten, im Wortsinn ohne Rücksicht auf Verluste, junge Menschen, aufgewachsen in einer freiheitlichen Demokratie? Auch sollte das Martyrium für die Beteiligten nicht zu Ende sein. In selber Informationsquelle heißt es weiter:

„Die Terroristen legten 15 Kilogramm TNT-Sprengstoff aus und verbanden ihn mit Kabeln. Gegen 22.00 Uhr erschoss einer der Terroristen den Wirtschaftsattasche Heinz Hillegard öffentlich sichtbar an einem offenen Fenster. Um 23.46 Uhr explodierte der Sprengstoff.“ (s. ebd.)

Wie mit solch einem perfidem Verbrechen umgehen? Das Ergebnis, was nachvollziehbar bei dem einen oder anderen Bürger die Frage nach einem klaffenden

Spalt zwischen seinem eigenen Rechtsempfinden und den Regeln des Rechtsstaates aufgeworfen haben mag, ist in einer anderen Informationsquelle abzulesen:

„Die vier überlebenden Terroristen (Krabbe, Dellwo, Taufer und Rössner) wurden am 20. Juli 1977 vom Oberlandesgericht Düsseldorf zu jeweils zweimal lebenslangen Freiheitsstrafen wegen gemeinschaftlichen Mordes in zwei Fällen sowie Geiselnahme und versuchter Nötigung eines Verfassungsorganes verurteilt. Der 3. Strafsenat des Bundesgerichtshofes verwarf am 1. März 1978 die Revision der Angeklagten gegen dieses Urteil als unbegründet.

Rössner wurde am 17. November 1992 Strafausstand gewährt, 1994 wurde er begnadigt. Taufer und Dellwo wurden im Frühjahr 1995, Krabbe am 10. Mai 1996 aus der Haft entlassen.

Rössner äußerte 1994 während eines Fernsehinterviews im ZDF, er empfinde keine Reue und kein Bedauern gegenüber den Opfern und ihren Angehörigen. Clais von Mirbach, Sohn des erschossenen Attaches, erklärte daraufhin, dass er sich wünsche, „dass die Öffentlichkeit solchen Selbstverklärungen und Verharmlosungen entschiedener entgegenträte“.“ (Die Opfer der RAF: Selbstverklärung und Verharmlosung. Bundeszentrale für politische Bildung (Hg): Aus Politik und Zeitgeschichte, 24. September 2007).

Es bleibt abzuwarten, was wir oder meine Nachfahren werden einst zur Kenntnis nehmen müssen, wenn die kürzlich zu lebenslanger Haft verurteilte Beate Zschäpe, eine Terroristin des rechtsextremen Nationalsozialistischen Untergrundes NSU in vielen Jahren einst vor die Kameras treten und dort ihre dann in der Haft gewonnene Attitüde zur Schau stellen darf. Auch sie war an zahlreichen Morden beteiligt. Und auch bei ihr wieder der Begriff des Sozialismus nicht nur im Namen der Organisation, sicher auch im Herzen, wohlwissend, Sozialismus ist nicht gleich Sozialismus. Wie weit sind die linksextremen und rechtsextremen Sozialisten auseinander oder beieinander? Vielleicht muß man nur weit genug nach links marschieren, um rechts wieder anzukommen? Immerhin ist Horst Mahler, als Student Angehöriger einer extrem konservativen schlagenden Verbindung, dann SDS-Mitglied in der Zeit der *68er* und danach Anwalt von Linksterroristen, bis er selbst zu den Gründungsmitgliedern der RAF gehörte, nach der Jahrtausendwende in die rechtsextreme Szene umgeschwenkt; oder vielleicht nur am anderen Ende eines Kreises erneut eingefädelt? Es ist, wie es ist!

Diese Bilder verstörten nicht nur vor dem Hintergrund all dessen, was ich selbst über die realen Gegebenheiten der sozialistischen Idee hatte erfahren müssen, sie verlangten mir viel ab! Ich kam nicht umhin, mir immer wieder in solchen Nachrichten, Berichten und Dokumentationen vorzustellen, was die Betroffenen, die Geiseln, die Opfer empfunden haben! Wie hätte man selbst empfunden? Wie wäre man selbst mit solch einer Situation umgegangen? Diese Frage indes bleibt individuell mein Problem, sie ist nicht die Frage, die sich Dogmatiker und Fanatiker stellen, denen ein Menschenleben nichts, aber die Ideologie und das Dogma alles bedeuten.

Studium und Familie

Am 5. Mai 1975 war es soweit, unser erstes Kind Enrico erblickte in der Privatklinik Dr. Walsen auf der Bismarckstraße in Braunschweig das Licht der Welt und nun sollte sich unser Alltag doch erheblich verändern. Dennoch hielt uns dies nicht davon ab, im Sommer mit dem kleinen Fratz eine kleine Reise in die Schweiz zu den neuen Freunden Günther Baumer und seiner Frau zu unternehmen, auch sie hatten in der Zwischenzeit geheiratet und ein erstes Kind bekommen. Weiterhin aber beschäftigte mich auch die große Politik.

Helsinki wurde im August 1975 zum historischen Ort, als dort nach etwa zweijährigen Verhandlungen die Schlußakte der Konferenz über Sicherheit und Zusammenarbeit in Europa, KSZE zwischen den USA, der Sowjetunion, Kanada und allen europäischen Staaten unterzeichnet wurde, außer Andorra und Albanien. Damit war ein Meilenstein für ein zukünftig friedliches Miteinander zwischen den Machtblöcken des Kalten Krieges geschafft, auch wenn die Nachrüstungsdiskussion auf beiden Seiten mit Atomwaffen noch vor uns lag.

Eines Tages im August 1975, ich fuhr mit unserem VW Käfer nach Hondelage zu meiner Mutter, als ich am Horizont in Richtung Norden eine merkwürdig dunkle Färbung des Himmels ausmachte, nicht wie normalerweise bei einem heraufziehenden Gewitter, zumal das Wetter auch nicht von Norden her aufzog, vielmehr aus Süden, so daß ich mir diese dunklen Wolken zunächst nicht erklären konnte; bis wir am Abend in den Nachrichten vernehmen mußten, in der Heide brennen wegen der anhaltenden Trockenheit die Wälder! Tagelang bestimmten nun Nachrichten von diesen immer mehr eskalierenden Waldbränden unsere Wahrnehmung – und nördlich Braunschweigs verbarg der schöne blaue Sommerhimmel sich hinter dunklen Wolken! Erst als die Bundeswehr mit Bergepanzern und großen Planierraupen riesige Schneisen in die Wälder schlug, wurden sie endlich der Flammenhölle Herr. Insgesamt sieben Feuerwehrleute kamen bei ihrem verzweifelten Ringen um Eindämmung der Brände ums Leben.

Und es ging erneut in die DDR! Im Herbst 1975 stellten Evelyn und ich einen Antrag für eine mehrtägige Reise eines längeren Wochenendes ins Erzgebirge zu meinem Bruder und zu Jörg Beier, meinem ehemaligen Knastkumpel, den ich in der Stasi-Untersuchungshaft Karl-Marx-Stadt durch Klopfen kennengelernt und später im Strafvollzug Cottbus erstmals persönlich getroffen hatte. Er studierte inzwischen nach seiner Entlassung in die DDR an einer Kunsthochschule, später arbeitete er mit dem bekannten DDR-Holzbildhauer Prof. Hans Brockhage zusammen, der in den 1980er Jahren auch in der Bundesrepublik ausstellen durfte. Meine Mutter war bereit, in dieser Zeit Enrico zu betreuen. Die Einreisevisa wurden erteilt! Die Einreise war wieder begleitet von gründlichsten Kontrollen – auch wenn sie die in der Türverkleidung versteckten Schallplatten von Wolf Biermann sowie einige seiner Lyrikbände nicht entdeckten.

Schwarzenberg war die Zieladresse, für die wir unsere Visa beantragt hatten und somit mußten Evelyn und ich uns auch auf dem dortigen Volkspolizeikreisamt anmelden. Und siehe da, aus der späteren Kenntnis meiner Stasi-Akte und der daraus resultierenden Tatsache, ich war im Visier der Stasi, ist mir insofern heut auch die Aufforderung erklärlich, auf die ich mir damals keinen Reim machen konnte, an einem der folgenden Tage nochmals zu einem *klärenden Gespräch* dort zu erscheinen.

Zwei oder drei Tage später dann empfingen sie mich, die zwei Herren in Zivil, einer davon ein ziemlich bissiger Hofhund und ein auf Versöhnung sinnender Moderator. Es war ein für mein damaliges Empfinden ausgesprochen merkwürdiges Gespräch, das sich um sonstige Kontakte zu ehemaligen Häftlingen, um gewesene oder weitere geplante Treffen drehte und aus dem ich den Eindruck mitnahm, es war eine Art Vernehmung im Schongang, ich empfand es als sehr unangenehm und hatte ein ungutes Gefühl. Immer wenn der Hofhund verbal zuzubeißen begann, glich der Moderator ein wenig aus und entkrampfte die entstehende Spannung. War ich vielleicht kurz davor, erneut festgenommen und *zur Klärung eines Sachverhaltes*, wie es im Stasi-Jargon hieß wieder in Untersuchungshaft zu kommen? Immerhin ging nach etwa zwei Stunden das Ganze zu Ende mit der vom Moderator versöhnlich gemeinten, humorigen Bemerkung, ich solle mir einen Sack Kartoffeln mitnehmen, da die in der DDR viel billiger seien als im Westen. Auch ich konterte etwas humorig, er habe recht, wir äßen der hohen Preise wegen nicht viele Kartoffeln, wir kompensierten diesen schmerzlichen Verlust aber mit vitaminreichen Südfrüchten wie Bananen, Orangen, Ananas, Kokosnüssen und Ähnlichem. Zugegeben, Kokosnüsse und Ananas konnten wir uns angesichts unserer schmalen Haushaltskasse indes nicht wirklich leisten. Einen Hinweis welcher Art auch immer zu diesem Gespräch habe ich später in meiner Stasi-Akte aber nicht gefunden.

Dieser erste Aufenthalt in meiner ersten Heimat nach meiner Übersiedelung in den Westen gab mir auch die Gelegenheit, endlich einmal das Grab meines Vaters zu besuchen, dessen Pflege mein Bruder und meine Schwägerin übernommen hatten.

Es war für mich persönlich eine schöne Zeit, in der ich ein ums andere Mal bestätigt bekam, daß ich bis dahin alles richtig gemacht hatte, auch die Ehe mit Evelyn und unser Kleiner waren nun eine Bereicherung ohnegleichen. Nicht nur, daß Evelyn alle Einschränkungen dieses notgedrungen sehr bescheidenen Lebens mittrug, sie war es, die immer wieder auch in den praktischen Alltagsfragen mir etwas überlegen war, zum Beispiel als es an die Sanierung und Renovierung der Wohnung ging. Am Ende eines größeren und mit dem Vermieter gemeinsam umgesetzten Konzeptes hatten wir dann vier Zimmer, ein kleines WC mit Dusche vom Flur abgeteilt und ich hatte im Kinderzimmer sowie im Schlaf- und Arbeitszimmer Hochbetten eingebaut, die enormen Platzgewinn bedeuteten. Handwerklich hatte ich ein wenig von Vater geerbt, wenn auch nicht ganz auf seinem Niveau. Auch bekamen wir nun eine Gasheizung, während wir anfangs in der kalten Jahreszeit mit zwei Kohleöfen Antrazit-Kohle feuerten.

Im internationalen Weltgeschehen jedoch war es alles Andere als eine schöne Zeit! Da war immer noch der Vietnamkrieg, der sich nun endlich in seiner Endphase befand. Nachdem sich zahlreiche Verhandlungen zwischen den Amerikanern und Nordvietnam, namentlich zwischen dem damaligen amerikanischen Sicherheitsberater Henry Kissinger und dem Nordvietnamesen Le Duc Tho zäh über Jahre hingezogen hatten, unterzeichneten sie Ende 1973 das Pariser Abkommen, das den endgültigen Rückzug der US-amerikanischen Truppen festlegte. Bei allem Bemühen der noch verbleibenden südvietnamesischen Truppen, die Stellungen zu halten, war der Dammbruch vorgezeichnet und beendete im April 1975 diesen unseligen Krieg mit dem Einmarsch der regulären nordvietnamesischen Armee in Saigon, der Hauptstadt Südvietnams. Die dramatischen Bilder von der verzweifelten Suche nach einem letzten Helikopter oder Flugzeug, um die Stadt vor Eintreffen der Kommunisten verlassen zu können, sind noch präsent. Die Opferzahlen dieses Krieges werden je nach Bewertungsgrundlage zwischen 1,2 Millionen und 1,75 Millionen Toten angegeben!

Nicht genug, daß in Vietnam Millionen Tote zu beklagen waren, der Vietnamkrieg hatte seine Auswirkung auch auf das Nachbarland Kambodscha. Dort hatte sich parallel zu den Viet Minh, den Kommunisten in Vietnam mit den Roten Khmer ebenfalls eine kommunistische Guerillabewegung gebildet, die 1975 offiziell unter die Führung von Pol Pot gestellt wurde, einem kommunistischen Diktator, der im Exil bei Mao in China gelernt hatte, wie man sein Volk unterdrückt und erfolgreich massakriert. Die folgenden Jahre nach dem Ende des Vietnamkrieges sollten unter seiner Führung ebenfalls bis zu zwei Millionen Menschen das Leben kosten, niedergemetzelt, zu Tode gefoltert, willkürlich als Kolateralschaden dem Aufbau eines als *Steinzeitkommunismus* bezeichneten Umerziehungsprogrammes dieses grausamen Herrschers geopfert. Zwei Millionen Menschen bei einer Einwohnerzahl von ungefähr acht Millionen! Ein Viertel eines Volkes ausgelöscht! Im Namen des Kommunismus! Die *Killing Fields*, Massengräber, die Jahre nach dem Ende dieser grausamen Diktatur 1979 gefunden wurden zeugen bis heut von diesem barbarischen Gemetzel am eigenen Volk, das bis in die 1990er Jahre hinein von Mitgliedern des KBW, des Kommunistischen Bundes Westdeutschlands, mit dem ich später konfrontiert werden sollte, geleugnet und als antikommunistische Propaganda abgetan wurde, ähnlich den Holocaust-Leugnern auf der extremen Rechten. Was muß in Menschen vorgehen, an denen solcherlei nachweisbare Fakten abprallen und eher Widerstand erzeugen, weil sie nicht der eigenen Ideologie entsprechen? Es kann nicht sein, was nicht sein darf? Denen offensichtlich die menschlichen Schicksale hinter all den Opfern völlig gleichgültig sind? Sicher, eine stabile Demokratie wie die unsere muß so etwas aushalten, auch wenn es gelegentlich schwerfällt. Es ist, wie es ist.

Bereits 1959 hatte sich in dem landschaftlich wunderbar bergigen Grünland im Nordwesten Spaniens eine Widerstandsbewegung gegen die Franco-Diktatur gebildet, die als marxistisch-leninistische Bewegung die Demokratisierung Spaniens überdauerte und formal bis 2018 bestand, die Euskadi Ta Askatasuna, kurz ETA genannt. Fast monatlich hörten oder sahen wir in den 1970er Jahren bis in die 1980er Jahre hinein von Terroranschlägen der ETA vor allem gegen Polizisten und Militärs, aber auch gegen Zivilisten. Was spielten bei einer großen Sache wie dem Kommunismus Menschenleben schon für eine Rolle. Insgesamt waren fast eintausend Tote zu beklagen und die Unruhe in der Bevölkerung sollte noch bis über die Jahrtausendwende hin anhalten. Immerhin, am 2. Mai 2018 wurde offiziell das Ende und die Auflösung der ETA seitens der letzten Mitglieder bekanntgegeben.

Und dann Nordirland! Was für ein Wahnsinn! Im jeweils festen Glauben an Gottes Gerechtigkeit bekämpften sich hier seit Ende der 1960er Jahre die Protestanten und die Katholiken. Ein Religionskrieg, wie er längst Vergangenheit schien, war erneut in die Herzen der Menschen geraten und schlug im Bilderbuch der Geschichte mit einer ungeheuren Brutalität ein neues Kapitel auf, wenngleich die tieferen Ursachen nicht allein auf die konfessionellen Unterschiede zu reduzieren sind, zahlreiche komplexe historische Entwicklungslinien bildeten letztlich den Ursprung dieses Bürgerkrieges. Auch hier waren wieder marxistische Gruppen als Trittbrettfahrer im Spiel, wie überall, wo es im Sinne der Weltrevolution Bodengewinne zu erkämpfen galt. Als Organisationen spielten in den damaligen Nachrichten immer wieder die Irisch Republikanische Armee, IRA und Sinn Fein eine entscheidende Rolle. Schon Anfang der 1970er Jahre sah sich London hoheitlich verantwortlich und schickte reguläre Truppen nach Nordirland, um diesem Bürgerkrieg Herr zu werden, mit dem Ergebnis, daß im Januar 1972 von britischen Fallschirmjägern an einem denkwürdigen Sonntag 13 Zivilisten erschossen wurden, der eine erneute Eskalation der Bürgerkriegsgewalt zur Folge hatte und als *Blutsonntag* in die Geschichte eingehen sollte. Auch diesen Bürgerkrieg bezahlten letztlich über 3000 Menschen mit ihrem Leben, und das mitten im scheinbar zivilisierten Westeuropa. Inzwischen allerdings haben sich auch dort die Wogen geglättet und es herrscht auch vor dem Hintergrund einer guten wirtschaftlichen Entwicklung infolge des EU-Beitrittes Großbritanniens und der benachbarten Republik Irland Ruhe. Was die weitere Entwicklung durch aktuelle Fragen eines eventuellen Austrittes Großbritanniens aus der EU bedeuten könnte, bleibt abzuwarten.

Im Frühjahr 1976 entschieden Evelyn und ich, unseren VW Käfer zu verkaufen und uns einen Neuen zuzulegen, und zwar aus Kostengründen das damals günstigste Auto auf dem Markt, einen Citroen 2 CV, eine sogenannte *Ente*. Meine Mutter gewährte mir einen Kredit und somit waren wir stolze Besitzer eines Neuwagens. Er war ausgesprochen praktisch, mit Schiebe- beziehungsweise Rolldach und ausreichend Platz. Lästig war jedoch bei Autobahnfahrten die Dauergeschwindigkeit von nur etwa 80 bis 90 Km/h, da er in der Spitze nur etwa 110 Km/h schaffte und auch Überholvorgänge wollten angesichts seiner knapp über 20 PS gut abgewogen sein.

Und es begannen im Frühjahr 1976 meine Vorbereitungen auf das Abitur, das ich im Juni ganz ordentlich abschließen konnte. Es war die Zeit, als auch die RAF wieder von sich Reden machte und als sich im Mai Ulrike Meinhof im Hochsicherheitsgefängnis Stuttgart-Stammheim selbst umbrachte.

Im Frühsommer dann führte uns erneut eine Reise ins Erzgebirge, wieder mit Jörg Beier als Anlaufstelle und mit Abstecher zu meinem Bruder. Und wieder gab es die Aufforderung zu einem *„klärenden Gespräch"*, wobei mir damals nicht erklärlich war, welche Fragen denn beim vorigen Gespräch noch offengeblieben sein sollten? Diesmal waren es zwei andere Zivilisten, die insgesamt aber einen eher oberflächlichen Eindruck vermittelten und bereits nach kurzer Zeit war dieses Gespräch beendet. Diesmal hatten wir auch Enrico dabei, er war nun alt genug, uns auf solchen Reisen zu begleiten. Aber auch diesmal ging alles gut und wir konnten unbeschadet und voller positiver Eindrücke nach der genossenen Gastfreundschaft der Beiers zurückreisen, bepackt mit allerlei Holzkunst, die noch heut unsere Wohnung bereichert. Christine Beier, die Frau von Jörg war Textildruckgestalterin und hatte interessante Stoffe aus Blaudruck, die von Evelyn zu interessanten Kleidern verarbeitet wurden.

Inzwischen hatte sich meine Absicht, Gymnasiallehrer für die Fächer Deutsch und Politik zu werden verfestigt und ich erhielt einen Studienplatz in Braunschweig an der Technischen Universität. Frühere Überlegungen eines Studiums an einer für diese Fächer renommierteren Universität mußte ich wegen der Familiensituation fallenlassen, wir konnten uns einen Umzug nicht ohne weiteres leisten, zumindest wäre es wirtschaftlicher Unsinn gewesen. Auch galt es nun nach dem Braunschweig-Kolleg ab Juli für eine Übergangszeit bis zum Studienbeginn im Oktober wieder einen gut bezahlten Job zu finden; denn auch ein wenig Urlaub sollte wieder sein, wie wir überhaupt in der Zeit des Kollegs und auch des späteren Studiums immer wieder meist kleine Reisen zu unserem inzwischen etwas größer gewordenen Schweizer Freundeskreis oder auch zu Kurzurlauben an die See oder in die Berge unternahmen. Diesen Job fand ich bei der National-Jürgens-Brauerei. Ich fing Anfang Juli als LKW-Fahrer in der Auslieferung an und mußte in Südniedersachsen Niederlassungen sowie Getränkegroßhandlungen beliefern, wieder eine sehr anstrengende Tätigkeit, vor allem, wenn aufgrund der jeweils fehlenden Infrastruktur bei der Zieladresse eine ganze Wagenladung mit Hänger von Hand ab- und aufgeladen werden mußte, jede Kiste einzeln, mehrere hundert am Tag! Auch hier waren wie früher in meinem Unterrichtstag in der Produktion in Stollberg die Arme abends im Ausnahmezustand. Aber ich verdiente sehr gut! Und wir erhielten als Deputat nicht nur Bier, sondern vor allem für die Familie antialkoholische Getränke.

Eines Tages bekam ich einen Kommilitonen als Beifahrer, der seit einem Jahr Mathematik und Politik studierte, ich kannte ihn vom Sehen und wie wir über die Landstraße nach Bockenem im westlichen Harzvorland zuckelten, las er in einer Zeitung, die sich als ein kommunistisches Blatt des KBW herausstellte. Auf meine irritierte Frage, ob er Abonnent dieses Blattes sei, stellte sich heraus, nicht nur das, er war auch Mitglied dieser Partei. Interessanterweise störte ihn meine Herkunft, über die ich ihm berichtete und womit ich auch meine Vorbehalte dem KBW gegenüber dann etwas provozierend begründete, nicht. Für ihn war der chinesische Kommunismus in seiner *„konsequenten Ausprägung"*, wie er es nannte, viel interessanter als die innerdeutschen Befindlichkeiten, die sich nach seiner Meinung in der DDR lediglich mit Oberflächlichkeiten eines *„Scheinkommunismus"* abgäben. Noch mehrmals hatten wir Gelegenheit, zusammenzuarbeiten und uns zu politischen Fragen auszutauschen, was interessanterweise mit ihm erstaunlich gut ging, er war kein dogmatisch verbohrter Fanatiker, er konnte gut zuhören und war mir in einigen theoretischen Argumentationsketten überlegen, als mir die dialektische Luft ausging, er war eher Philosoph als ich. Was mich jedoch letztlich immer wieder in eine Vorteilsposition in unserem dialektischen Ringkampf brachte, war der Bezug zur Realität; er war ein Tagträumer, ein Theoretiker, der an etwas glaubte, was es auf dieser Welt nicht gab, auch in China oder Albanien, dem damals einzigen europäischen Land chinesischer Prägung nicht. Die von mir postulierten Grausamkeiten negierte er nicht, er, der hochintelligente Mathematikstudent sah sie vereinfacht beschrieben als notwendige Übergangsprobleme hin zu einem glückseligmachenden Endstadium der kommunistischen Idee, in der alle gleich, wohlhabend und glücklich sind. Auch er war für mich ein erneuter Beweis, daß allein eine gute kognitive Bildung krude, dogmatische Denkmuster bei den Menschen nicht verhindern kann. Das hatte im Übrigen auch der Nationalsozialismus als schlimmste Ausprägung einer deutschen Form des Sozialismus gezeigt; zahllose SS-Angehörige und Bedienstete der Todes- und Konzentrationslager waren weder alle dumm beziehungsweise unintelligent, sie waren teils sehr gebildet! Es ist, wie es ist.

Leider verstarb der Kommilitone kurz nach unserer gemeinsamen Tätigkeit bei der Brauerei am Anfang meines ersten Semesters bei einem schweren Verkehrsunfall.

In die Anfangszeit bei der Brauerei fiel ein Ereignis, das mich erneut entsetzte, dessen Ergebnis mich aber gleichermaßen faszinierte. In einer Gemeinschaftsaktion hatten die deutschen Terroristen Wilfried Böse und Brigitte Kuhlmann, zwei Gründungsmitglieder der RAF gemeinsam mit palästinensischen Terroristen eine Passagiermaschine der Fluggesellschaft Air France entführt. Die Forderung der Entführer machte damals deutlich, welch internationale Dimension inzwischen das linksterroristische Netzwerk erreicht hatte, es sollten insgesamt 53 Inhaftierte aus Gefängnissen in Israel, Deutschland, Frankreich und der Schweiz freigepreßt werden, darunter auch japanische und italienische Terroristen der Roten Brigaden. Das

Problem war, es handelte sich bei den Entführten weit überwiegend um Israelis, die nach der Landung des Flugzeuges in Entebbe, der Hauptstadt Ugandas selektiert und in einem Flughafengebäude separat untergebracht worden waren. Und dann hatten die Israelis einen geradezu genialen Plan. Sie bauten in kürzester Zeit das Gebäude als Modell nach, da sie seinerzeit beim Bau des Originalgebäudes beteiligt waren und Pläne besaßen und übten eine filmreife Befreiungsaktion.

„Schließlich flogen vier israelische Hercules-Transportflugzeuge, in Begleitung von Phantom-Jets der israelischen Luftstreitkräfte im Tiefflug nach Entebbe und landeten nachts auf dem Flughafen. Ihnen folgten zwei Boeing 707, eine davon als Einsatzzentrale, die andere mit medizinischen Einrichtungen, die auf dem Flughafen Nairobi in Kenia landeten.

Die Einsatztruppe von insgesamt etwa hundert Männern bestand aus einer Stabseinheit …, einer Eingreiftruppe von 29 Mann … sowie einer Verstärkungstruppe, die zur Sicherung der Umgebung, zur Zerstörung der MIG-Jäger der ugandischen Luftwaffe, zur … Übernahme der Geiseln und zur Betankung der Flugzeuge dienen sollten.“ (Institut für Zeitgeschichte (Hrsg.): Akten zur Auswärtigen Politik der Bundesrepublik Deutschland. Oldenbourg, München 2007, S. 1020.).

In ungefähr 90 Minuten war der Spuk vorbei! Die Israelis befreiten 102 überwiegend israelische Geiseln. Es starben alle sieben Geiselnehmer, drei Geiseln, 20 ugandische Soldaten und mit Yonatan Netanjahu ein israelischer Offizier und Bruder des späteren israelischen Ministerpräsidenten.

Im Oktober begann ich mein Studium. Bald war erkennbar, ich hatte innerhalb der Studienorganisation viele Freiheiten, was dem Familienleben, aber auch meiner Absicht entgegenkam, weiterhin nebenbei zu arbeiten, um die Familienkasse aufzubessern. Verschiedene kurzzeitige Jobs gaben hierzu Gelegenheit, wobei ich erstmals einen Mehrtagesjob bereits nach einem Tag aufgab. Es war ein Schrotthändler, der durch Alkoholprobleme seinen Führerschein verloren hatte und nun einen Fahrer brauchte. Er zahlte durchaus gut. Aber als wir am ersten Tag unterwegs waren und er mir die technischen Probleme beim Gasgeben des uralten Hanomag-Pritschenwagens damit erklärte, daß das Gaspedal schon länger nicht funktioniere und daß man dies nach dem Gasgeben immer wegen des nicht funktionierenden Federmechnismusses mit dem Hacken zurückholen müsse, da es sonst stehen bliebe – und permanent Gas gebe – verlangte ich eine baldige Reparatur dessen, wenn ich dabei bleiben sollte. Als wir dann aber einige regionale Schuttkuhlen abgeklappert hatten, die es damals noch an der Peripherie der Kommunen gab und wo die Bürger ihren Müll unkontrolliert einfach abkippen konnten, wo sich auch gut Schrott sammeln ließ und ich nach diesem verregneten Tag völlig verdreckt und – wie meine Frau mir entsetzt sagte – stinkend nach Hause kam, entschied ich, etwas Neues zu suchen, so leid es mir für den Schrotthändler tat.

Und dies war ein Volltreffer! Durch Zufall erfuhr ich von der Möglichkeit, als Aushilfe bei der Spedition Wandt in Braunschweig zu arbeiten und in Kürze konnte ich dort anfangen. Zunächst als Kurier im Nahverkehr bot sich bald die Chance, auch im Fernverkehr zu fahren und bald sollte ich zu den beständigen studentischen Aushilfsfahrern gehören, wobei ich neben den Touren während des Semesters die nächsten Jahre in den Semesterferien regelmäßig interessante und gut bezahlte Fernverkehrstouren mit großen Hängerzügen bekam, im Ein- bis Zweitagesbereich allein, größere Touren zu zweit. Sicher wäre dem Studium eine Assistentenstelle im Institut eher entgegengekommen, mit der ich in Germanistik auch liebäugelte, aber ich hatte auch für die Familie zu sorgen und hier war der Fahrerjob finanziell unschlagbar.

Erneut hatte ich das Verlangen, meine alte Heimat, meinen Bruder und Freunde in der DDR zu besuchen, zu Silvester 1976 stellten wir einen erneuten Einreiseantrag – und dieser wurde nun für mich erstmals abgelehnt! Das war überraschend und ich konnte es mir nicht erklären, jedoch machte ich bald meine Korrespondenz mit Freunden in der DDR dafür verantwortlich, in der ich doch sehr kritisch über die DDR geschrieben hatte, zumindest hatte mir dies in einem Brief Jörg Beier signalisiert, er bat ausdrücklich darum, etwas verhaltener zu sein. Auch hatte ich mich begonnen, bei Amnestie International zu engagieren. Und als wir dann im Frühjahr 1977 in Ost-Berlin ein Treffen mit Freunden im Rahmen des Passierscheinabkommens für einen Tag vereinbart hatten, um zu sehen, ob wenigstens dies klappte, mußte ich erfahren, daß mir auch hier an allen Übergangsstellen die Einreise verweigert wurde. Letztlich entschieden wir, Evelyn geht bei unserem Berlin-Aufenthalt allein über die Grenze, trifft und informiert unsere Freunde und am Nachmittag kam sie dann voller allein gesammelter Eindrücke zurück.

Mehrere weitere Einreiseanträge ins Erzgebirge wurden für mich immer wieder abschlägig beschieden, bis ich zur Kenntnis nehmen mußte, nun war ich in der DDR unerwünscht. Die Transitreisen blieben davon unberührt, hier hatte ich – außer die jeweiligen *Sonderkontrollen* – keine Einschränkungen erfahren. In diese Zeit fiel auch ein Auftrag, den die Spedition Wandt aus Leipzig erhielt, nämlich Waren in Vorbereitung der Leipziger Messe im April nach Leipzig zu liefern, wofür Adalbert Wandt, der geschäftsführende Gesellschafter dieser Spedition mich einsetzen wollte, was ich dann aber mit Hinweis auf meine Einreisesperre auch zu seiner Verwunderung ablehnen mußte.

Im Ergebnis all dieser fernerhin vergeblichen Bemühungen war dann etwas später Evelyn allein mit dem Zug ins Erzgebirge zu den Freunden und meinem Bruder gereist, ohne mich, und im Gepäck allerlei Südfrüchte und Dinge, die es in der DDR nicht gab und von denen wir wußten, sie dürfen eingeführt werden. Und bei einem dieser Treffen in Schwarzenberg bei der Künstlerfamilie Beier hatte sich dann Hubertus Schmiedel, alias Long Tom Boldry angesagt und die gesellige Runde mit weiteren Irritationen bereichert, wie mir anschließend Evelyn berichtete. Auch die Beiers, die wir viel später, nach dem Fall des Eisernen Vorhanges besuchen konnten, zeigten sich nachdrücklich durch seinen aufdringlichen Besuch irritiert.

Erst aus meiner Stasi-Akte wurde mir bekannt, meine Post in die DDR und aus der DDR an mich wurde nicht nur gelesen, womit ich durchaus rechnete, sie wurde interpretiert! Hierzu wurden Fachleute an die Brieftexte gesetzt, die sich Gedanken darüber machten, was der DDR-Verräter Casper im Brieftext gemeint haben könnte oder auch seine Freunde, Verwandten und Bekannten in deren Briefen und Texten an ihn. Hierzu stelle man sich ebenfalls wieder den unvergleichlichen Aufwand vor, der getrieben wurde, um jemanden wie mich in derart intensiver Weise postalisch zu observieren. So heißt es zum Beispiel in einem Observationsdokument vom November 1976 dazu (ANLAGE 21, SEITE 330):

„Beier, Jörg 26.12.46 - whn. Schwarzenberg, Badwiese 3

17.11.76 M-Brief Abs. Casper Braunschweig: Allgemeiner Inhalt wollen über Jahreswechsel nach Schwarzenberg zu Besuch kommen.

Nov. 76 M-Brief Empf. Casper Braunschweig: Antrag auf Einreise der Caspers wurde abgelehnt, schreiben negativ über die Verhältnisse in der DDR. Ferner schreibt er „Ach, ehe ich es wieder vergesse, - Wir hätten auch einen Wunsch. Könntet Ihr uns etwas Knoblauch schicken? Wenn schon nicht unsere richtigen Freunde uns besuchen dürfen, vielleicht verschwinden dann wenigstens die Falschen?“

Kerbung: W - I tf., T - 2 fl.,St. - 2 fl. Bearbeitung in OPK Gen. Klemm (OPK, operative Personenkontrolle Genosse Klemm, Anm. d. Autor).“

Im Winter dann ging es nach dem Jahreswechsel wie auch bereits in den Vorjahren zum Skilaufen. In Erinnerung sind mir wunderbare Alleingänge mit meinen Tourenskiern, unter die ich zum Aufstieg Felle geschnallt hatte im Silvrettagebiet nahe Galtür, auch Evelyn begann mit Skilauf, Abfahrt und Langlauf. Hochtouren machte ich allerdings in der Regel allein, es war die Gelegenheit, völlig abzuschalten und nur noch mit mir und der Natur vereint zu sein, ein Bedürfnis, das sich mir bis heut erhalten hat. Später waren auch die Regionen um Saas Fee in der Schweiz oder das Allgäu begehrte Bergwander- und Skigebiete.

Der Strand des südfranzösischen Atlantik war es dann, der uns Anfang September 1977 für etwa zehn Tage unser neu erworbenes Hauszelt einweihen ließ. Wir kannten diesen Küstenstreifen bereits von unserer ersten Reise mit dem VW-Bus und hatten bereits damals das Verlangen, ihn wiederholt zu besuchen. Enrico, unser Kleiner lernte somit früh das Meer kennen. Auch wenn wir damals insgesamt unendlich glücklich und unbeschwert waren, das Leben in vollen, engagierten Zügen genossen, so nahmen Andere in unserem Land die sie umgebende Realität völlig

XIV PK

Beier, Jörg 26.12.46 - whn. Schwarzenberg, Badwiese 3

17.11.76 M-Brief Abs. Casper Braunschweig: Allgemeiner Inhalt wollen über Jahreswechel nach Schwarzenberg zu Besuch kommen.
Nov. 1976 M-Brief Empfg. Caspar Braunschweig: Antrag auf Einreise der Caspers wurde abgelehnt, schreiben negativ über die Verhältnisse in der DDR. Ferner schreibt er "Ach, ehe ich es wieder vergesse, -Wir hätten auch einen Wunsch. Könntet Ihr uns etwas Knoblauch schicken? Wenn schon nicht unsere richtigen Freunde uns besuchen dürfen, vielleicht verschwinden dann wenigstens die Falschen?"
Kerbung: W - I tf., T - 2 fl., St - 2 fl. Bearbeitung in OPK Gen. Klemm

2.12.76 M-Brief Abs. Casper Braunschweig : Wünsche zum Jahreswechsel, Abs. fährt nach Darmstadt, die Schweizer kommen auch. Ferner schreibt er über Möglichkeiten (Katalog) einer Motorsäge für B., er würde Geld auslegen, Unklarheiten bestehen wie diese Säge in die DDR bringen.
20.12.76 M-Brief Abs. M. Casper Braunschweig-Empfg. W. Casper Erlbach-Kirchberg DDR : Wünsche zum Weihnachtsfest, allgemeiner Inhalt.

[redacted]

10.1.77 M-Brief Empfg. Manfred Casper Braunschweig: Grüße nochmals zum Jahreswechsel, Cousine des B. whn. ~~in Rasehau~~ am Rande von Dresden in einem Bauernhaus u. B. konnte da 2 Zimmer mieten. Es ist vorgesehen daß sich B. öfters in Dresden mit Familie aufhält und der Empfg. wird auch zum Treffen in Dresden eingeladen. Abs. schreibt die Adresse von Klaus Hasselbrinck 1 Berlin 33, Schlangenbacher Str. 41, dieser würde oft rüberfahren, da er seine Freundin u. Kind in "Ostberlin" hat, er könnte Briefe u. Material für den Abs. in die DDR bringen. Empfg. soll ferner einen Terminvorschlag machen für eine Besuchsreise nach Schwbg., er will es nochmals versuchen eine Einreiseerlaubnis zu erhalten, "denn es kann durchaus sein, daß der Haken bei uns liegt".
Kerbung: St - 2 fl., T - 2 fl., Bearbeitung OPK Gen. Klemm.

[redacted]

Form 410a 152 278 380.0

29.9.77 M-Brief Empfg. Manfred Casper Braunschweig-Abs. Wolker Casper 9151 Erlbach-Kirchberg Alte-Str. 5
Verwandter des Empfg. schreibt über den Besuch des Empfg. hier. Op. keine wichtigen Momente vorhanden.
12.10.77 M-Brief, Abs. Manfred Casper, Braunschweig: Dank für Post und Einreisegenehmigung, Evi und Enrico werden am 19. od. 20.10.77 zum Empfg. auf Besuch kommen.
<u>Kerbung:</u> St - 2 fl., T - 2 fl. Bearbeitung in OPK, Gen. Hattann.
21.10.77 M-Brief, M. Casper Braunschweig, Empfg. W. Kasper Erlbach-Kirchberg, Alte Str. 05: Allgem. Inhalt.
26.10.77 M-Brief, Abs. Casper Braunscheig: Evi war beim Empfg. zu Besuch, Abs. hofft, daß es Sylvester doch klappt, dann könnten sie wieder feiern. Abs. schlägt vor, daß sie im nächsten Jahr den Urlaub in Ungarn verleben wollen und sich dort mit Empfg. treffen. Abs. schreibt über einen Hubertus, der dem Empfg. nicht gefallen hat und er das sehr bedauert, daß sich Empfg. beim Treffen mit Hubertus einen Nachmittag versaut hat. Abs. schreibt über den Inhalt einiger Bücher und die Meinungen einiger Schriftsteller, vor einigen Tagen hat er auch Stafan Heym mit einer Buchlesung in der BRD gehört.
<u>Kerbung:</u> St - 2 fl., T - 2 fl. Bearbeitung in OPK, Gen. Hattann.

[redacted]

11.12.77 M-Brief, Empfg. Manfred Casper, Abs. Annelie Hertel, Mittweida, OT Zschöppichen Nr. 31: Abs. hat sehr lange nicht geschrieben, Abs. hat mit dem Studium angefangen. Empfg. wollte doch in diesem Jahr zu Besuch kommen, Sollte für den Empfg. die Einreise bei den Verwandten oder Bekannten versagt sein, so unterbreitet die Hertel den Vorschlag, daß Empfg. zu ihr kommen soll.
06.11.77 M-Brief, Abs. Micha Michaelis Kibbuz Daliah Israel: Abs. schickt an Beier eine Schallplatte mit Liedern des Komponisten David Jehavi ab. Dazu eine Aufstellung über Lieder (Dichter u. Interpreten) der Schallplatte. Abs. kommentiert weiterhin 2 kurze Gedichte.
<u>Kerbung:</u> St - 2 fl, T - 2 fl. Bearbeitung in OPK, Gen. Hattann.
18.11.77 M-Brief, Empfg. Manfred Casper Braunschweig, Rosenstr. 20: Abs. reicht für den Empfg. Einreisegenehmigung zum Jahresende ein. Der weitere Inhalt ist allgemein.
<u>Kerbung:</u> St - 2 fl., T - 2 fl. Bearbeitung in OPK, Gen. Hattann.

[redacted]

(ANLAGE 21)

anders wahr und gelangten durch ihre intellektuellen Purzelbäume in vertrackte politische Sackgassen. Konkret bekamen wir dies zu spüren, als wir auf der Heimreise in Nordfrankreich mehrfach in immer enger werdende Polizeikontrollen gerieten. An der Grenze dann kontrollierten uns schwer bewaffnete Sondereinheiten.

Wieder war es die RAF, die wieder im Verein mit palästinensischen Terrorgruppen das blutigste Terrorjahr in Deutschland einleiten sollte, in der Zeit, die wir am Atlantik verbrachten. Bereits im April wurde in Karlsruhe der damalige Generalbundesanwalt Siegfried Buback von einem Kommando Ulrike Meinhof erschossen, mit ihm sein Fahrer und ein weiterer Begleiter. Im Juli dann folgte der Vorstandssprecher der Dresdner Bank AG Jürgen Ponto.

„Das RAF-Mitglied Susanne Albrecht war mit dem Bankier persönlich bekannt, sodass dieser sie in seinem Privathaus … empfing. Susanne Albrecht, Brigitte Mohnhaupt und Christian Klar erschienen in Pontos Villa, um ihn zu entführen. Als Ponto sich zur Wehr setzte, schossen Klar und Mohnhaupt mehrere Male auf Ponto und trafen ihn tödlich. Danach flohen Mohnhaupt, Klar und Albrecht mit dem von Peter-Jürgen Boock gesteuerten Auto.“ (Die Welt, 4. April 2007, Die mörderische „Offensive 77“ begann zu Ostern.)

Und ferner heißt es an selber Stelle zum weiteren Verlauf dieses Terrorjahres:

„Am 5. September wurde der Arbeitgeberpräsident Hanns-Martin Schleyer in Köln überfallen und verschleppt, dabei wurden sein Fahrer und drei Polizeibeamte getötet. Die Entführer forderten die Freilassung von elf gefangenen RAF-Mitgliedern.“ (s. ebd.)

Das war der Grund der Fahndungen, in die wir bei der Heimreise von der französischen Atlantikküste gerieten. Erst zu Haus erfuhren wir Genaueres zu diesem Drama, da wir ausschließlich auf unser Radio im Auto angewiesen waren und nur französische Sender empfingen. An die heutigen Kommunikationsmöglichkeiten mit Smartphones und dem Internet war damals noch nicht zu denken, wir besaßen noch nicht einmal ein Telefon.

Für Hanns-Martin Schleyer hatten sich die Terroristen auch deshalb entschieden, weil er sich in ihren Augen als besonders belastet erwies, nicht nur wegen seiner Funktion als oberster Boss eines Wirtschaftsverbandes, auch wegen seiner Vergangenheit als NS-Funktionär im Dritten Reich und als damaliger SS-Führer. Diesmal ging die Bundesregierung unter der Führung von Bundeskanzler Helmut Schmidt nicht auf die Forderung der Terroristen ein, anders als zwei Jahre vorher nach der Entführung des Berliner Bundestagsabgeordneten Peter Lorenz. Damals hatten Terroristen der *Bewegung 2. Juni*, ein Ableger der RAF die Freilassung von Horst Mahler, Verena Becker, Gabriele Kröcher-Tiedemann, Ingrid Siepmann, Rolf Heißler und Rolf Pohle gefordert und dieser Forderung war man nachgekommen.

„Da die Bundesregierung … nicht zu einem Gefangenenaustausch bereit war, versuchten mit der RAF verbündete Terroristen der PFLP (einer palästinensischen Terrororganisation, Anm. d. Autor)*, den Druck durch die Entführung der Lufthansa-Maschine „Landshut“ am 13. Oktober 1977 zu erhöhen. Nach einer Odyssee des Flugzeuges durch die arabische Welt und der Ermordung des Piloten, Kapitän Jürgen Schumann, landeten*

die Terroristen auf dem Flughafen Mogadischu, der Hauptstadt des ostafrikanischen Somalia. …“ (s. ebd.)

Inzwischen wieder einige Zeit zu Hause, verfolgten wir die Nachrichten in diesen Tagen mit Spannung – und dann gab es am 18. Oktober in das nächtliche Fernsehprogramm hinein eine Sondermeldung, die allen zivilisierten und mitfühlenden Menschen in Deutschland den Atem stocken ließ, als es hieß: Die Maschine war nicht nur erfolgreich gestürmt worden, alle 86 Geiseln konnten körperlich unverletzt von der inzwischen aufgebauten Spezialeinheit der Bundespolizei GSG 9 befreit werden! Welch eine Leistung, die stark an die im Juli 1976 von israelischen Spezialeinheiten ebenfalls erfolgreich durchgeführte Befreiungsaktion von Entebbe erinnerte.

Noch in dieser Nacht begingen die in Stuttgart-Stammheim inhaftierten Terroristen Andreas Baader, Jan-Carl Raspe und Gudrun Enslin Selbstmord, Irmgard Möller überlebte schwerverletzt.

Tags darauf, am 19. Oktober machten französische Polizisten in der Nähe von Mühlhausen unweit der deutschen Grenze bei einem offenbar bewußt an diesem Ort abgestellten Audi 100 C1 im Kofferraum einen grausigen Fund: Es war die Leiche des früheren Arbeitgeberpräsidenten Hanns-Martin Schleyer! Er war durch mehrere Kopfschüsse hingerichtet worden.

Indes war damals die Öffentlichkeit sehr verunsichert, auch die Politik suchte ihren Weg, mit all dem umzugehen. Während die Regierungsparteien der sozialliberalen Koalition durchaus hohe Professionalität erkennen ließ – Helmut Schmidt als Bundeskanzler hatte Erfahrung im Umgang mit Krisen, bereits 1962 hatte er in Hamburg die große Flutkatastrophe mit Bravour gemeistert – , forderte die parlamentarische Opposition, die damals ausschließlich aus der CDU/CSU bestand, ein noch härteres Durchgreifen, was wiederum die Sozialliberalen veranlaßte, vor einem panischen Beschneiden von Freiheitsrechten zu warnen. Auch forderten vor allem Linksintellektuelle, vorrangig aus der Hochschul-, der Literatur- und Kunstszene eine stärkere Auseinandersetzung mit den Forderungen der RAF und ihrer Sympathisanten, was für viele Konservative wiederum ein Indiz für die Unterstützung des Terrorismus war. Vor allem der 1972 zum Nobelpreisträger gekürte Heinrich Böll geriet ins Kreuzfeuer der Kritik bei den Konservativen, gleichermaßen erhielt er Beifall für seine Kritik an den Medien und den Sicherheitsbehörden im Umgang mit der Misere seitens der Linken.

Mit zeitlichem Abstand kann man sicher berechtigter Kritik an einzelnen Aspekten des Umganges mit der linksradikalen Szene zustimmen. Aber immerhin war dies in der immer noch jungen Bundesrepublik nicht nur eine einmalige Situation, es war vor allem eine erstmalige! Mir persönlich kam die Diskussion um die sogenannte Isolationsfolter der RAF-Terroristen im Hochsicherheitsgefängnis Stuttgart-Stammheim, die von Linksintellektuellen angefacht worden war, wie eine Gespensterdiskussion vor. Mir fiel dazu dann der *Tigerkäfig* in Cottbus ein, die U-Haft in Sofia, die Stasi-U-Haft in Karl-Marx-Stadt oder auch der Vollzug in Cottbus. Wenn ich von der Möglichkeit der RAF-Terroristen hörte, sich unendlich viele Bücher, Schallplatten und Radio nebst täglich bis zu 16 Tageszeitungen zuzulegen, von mehreren Stunden täglich für gemeinsames Zusammensein mit den Haftgenossinnen und – genossen, dann sehe ich auch hierin nichts als billigste Propaganda, wenn von Folter gesprochen wurde. Und dann die weitgehend ungehinderte und unkontrollierte Kontaktaufnahme der Häftlinge mit ihren Anwälten, von denen man im Nachhinein weiß, einige haben sich durch Betrug, Tricksereien und heimliche Schmuggeleien mitschuldig gemacht.

Die Frage für mich war dann, wenn intellektuelle Kritik an der fehlenden Auseinandersetzung mit den Ideen und Zielen der RAF gefordert wurde, oder wenn in einer linksstudentischen Universitätszeitung Göttingens von einem anonym als *Mescalero* benannten Autor ein Nachruf auf den ermordeten Siegfried Buback verfaßt und dort darüber *klammheimliche Freude* offenbart wurde, inwieweit es überhaupt möglich ist oder Sinn macht, sich mit solchen Menschen und deren Ansichten auseinanderzusetzen? Wozu sollte eine Auseinandersetzung mit Menschen führen, für die ein Mittel zur Durchsetzung politischer Interessen das Umbringen von Menschen ist? Und das vor dem Hintergrund einer ansich sehr gut funktionierenden Demokratie, in der sich die unterschiedlichsten politischen und gesellschaftlichen Kräfte messen, bewerten und wählen lassen konnten? Bei einem materiellen Lebensstandard, der weltweit seinesgleichen suchte? War es nicht andererseits richtig, ab einem Punkt der Auseinandersetzung, wo Gewalt als Mittel zur Durchsetzung von Interessen ins Spiel kam, kategorisch eine Grenze zu ziehen, wie mit dem *Extremisten- oder Radikalenerlaß* von 1972? Wer sich in politischen Äußerungen oder seinem Verhalten ausdrücklich gegen das Grundgesetz stellte und damit gegen eine Verfassung, die in der Deutschen Geschichte ihresgleichen suchte, was die Gewährung von Wohlstand, Sozialstandard, Sicherheit und Freiheit angeht, ist der nicht als Bewerber im Staatsdienst abzulehnen? Wie kann man sehenden Auges einen erklärten Gegner dieser Verfassung zum Diener dieses Staates machen, für den die Grundlage diese Verfassung ist? Wäre dies nicht geradezu aberwitzig und genau das, was schon in den Zeiten der Weimarer Republik zum Untergang geführt hat? Wehret den Anfängen! Das war damals meine Überzeugung und sie ist es bis heut, und das in alle politischen Richtungen.

Allerdings beschäftigten wir uns erstaunlich wenig mit diesen tagespolitisch aktuellen Themen im Politik-Studium, es ging mehr um Politik-Theorie, um Denkansätze und Strömungen in die eine oder andere Richtung. Klar erkennbar waren die Linksradikalen, die sogenannten K-gruppen bei uns im Institut eine verschwindend kleine Minderheit. Die meisten Studierenden waren moderat und demokratisch gesinnt, im Grunde nur an einem sachlichen Studium interessiert. Aber wenn die Linksradikalen auftraten, vor allem die Mitglieder des KBW, dann sehr lautstark und präsent. Und sie störten hin und wieder selbst bei Prof. Dr. Klaus Lompe, einem als kritisch-konstruktiven Geist bekannten Sozialdemokraten, der als Leiter des Politikinstitutes und profunder Politik-Experte anerkannt war und den auch ich sehr schätzte. Das sah dann so aus, daß sie am Beginn einer Vorlesung oder eines Seminars unaufgefordert und ungefragt nach vorn gingen, sich einfach unangekündigt neben den Dozenten stellten und ihm das Wort abschnitten, dann das Wort ergriffen, was alle verblüffte und womit sie geschickt den Überraschungseffekt ausnutzten. Und dann kamen Statements, an denen sich die Altvorderen der DDR hätten eine Scheibe abschneiden können, mit einem Vokabular, wie ich es noch gut aus meiner früheren Jugend kannte, allerdings schärfer, meist in freier Rede. Hier hätte mein Haftpädagoge noch lernen können, sie waren intelligent, eloquent und gebildet!

Mir gab das Studium der Politikwissenschaft Gelegenheit, mich vor allem mit Demokratietheorie zu beschäftigen. Für mich war weniger die vergleichende Lehre interessant, schon gar nicht spezielle, ideologisch einseitige Themen wie beispielsweise marxistische Theorien. Max Horkheimer, Theodor W. Adorno oder Jürgen Habermas, die gemeinhin als geistige Väter der linken Studentenbewegung in Deutschland in dieser Zeit galten, interessierten mich weniger. Dies um so mehr, als mir einige Aufsätze von ihnen, die als Pflichtlektüre im einen oder anderen Seminar vorgegeben waren, bestätigten, sie hatten den Kapitalismus zwar hochintelligent und messerscharf seziert wie bereits Karl Marx, aber keine ansatzweise praktikable Handlungsoption als Konsequenz zur tatsächlichen, politischen und realen Erneuerung der Gesellschaft. Sie blieben mir zu abstrakt im Elfenbeinturm stecken, ohne die psychologischen Determinanten der normalen Menschen zu berücksichtigen, die in ihrem ganz praktischen Lebensumfeld sich einzurichten suchen, die Klugen ebenso wie die Dummen, die Fleißigen ebenso wie die Faulen, die Gierigen ebenso wie die Freigiebigen, die Neidischen ebenso wie die Neidlosen oder die Hinterhältigen und Aggressiven ebenso wie die Humanisten. Schon damals war bekannt, daß vor allem Adorno teilweise entsetzt war, mit welcher Brutalität und Aggressivität die Studenten nicht nur auf die Straße gegangen waren, sondern dann auch teilweise blindwütig zerstörten; möglicherweise mag er sich ein wenig wie der Zauberlehrling gefühlt haben.

Mich interessierte die Frage, wie es gelingen kann, eine Demokratie auf der Grundlage individuellen Engagements im Rahmen maximal verantwortbarer Freiheitsrechte des Einzelnen so zu gestalten, daß auch Minderheiten und vor allem sozial Schwächere an der Gesellschaft teilhaben können. Dieses Interesse brachte mir vorrangig Theoretiker wie den Österreicher Joseph Schumpeter oder John Maynard Keynes nahe, die sich bereits Anfang des 20.Jahrhunderts mit diesen Fragen auseinandergesetzt hatten und auch im Hinblick auf ökonomische Aspekte funktionierende Demokratie zu beschreiben suchten. Keynes war als Namensgeber des Keynesianismus Mathematiker, aber auch Ökonom und später Politiker. Auch wenn ich Keynes als einen im Kern seiner Aussagen liberalen Denker sah, so war ich damals noch eher im pragmatischen bundesdeutschen Alltag stark den Sozialdemokraten zugeneigt. Das hatte mit meinen negativen Erfahrungen in der DDR zu tun, die ich am ehesten langfristig durch die Doktrin des *Wandels durch Annäherung* bewältigt sah, die mit Beginn der sozialliberalen Koalitionen nach der Adenauer-Ära zur Umsetzung kam und die sicher einen erheblichen Beitrag zum Zerfall der DDR geleistet hatte. Sicher wird man heut mit zeitlichem Abstand ebenso auf der Gegenseite den Einfluß stark polarisierender, konservativer Kräfte auf den Zerfallsprozeß des kommunistischen Reiches im internationalen Maßstab nicht leugnen können, so hatte zum Beispiel Ronald Reagans Rüstungsprogramm wesentlich zum Niedergang der Sowjetunion beigetragen, die hier gleichziehen wollte und hoffnungslos überfordert war.

Daneben fand ich im Studium Zugang zu Amitai Etzioni, einem amerikanischen Soziologen deutscher Herkunft, der sich ebenfalls mit politischer Theorie und sozioökonomischen Fragen befaßte, der auch als Berater des späteren US-Präsidenten Jimmy Carter aktiv war. Vor allem durch meinen späteren Berufsweg jedoch tendierte ich mehr und mehr in eine liberale Richtung, in der die Verantwortung des Einzelnen für sich selbst eine noch zentralere Rolle spielt. Dieses Studium festigte in mir einmal mehr die Überzeugung, es gibt zu unserer parlamentarischen Demokratie keine vernünftige Alternative! Dies auch vor dem Hintergrund, daß mit der Wirtschaftswunderzeit um 1960 herum vor allem unter Ludwig Erhard und seinem Staatssekretär Alfred Müller-Armack diese Demokratietheorien eine praktische Entsprechung fanden, beispielsweise im späteren Wachstums- und Stabilitätsgesetz der Bundesregierung von 1967. Hier sind in geradezu idealer Weise im Rahmen des volkswirtschaftlichen *Magischen Vierecks* als zentrale Elemente einer demokratisch, freiheitlich funktionierenden Wirtschaft die Eckpfeiler außenwirtschaftliches Gleichgewicht, Vollbeschäftigung, Geldwertstabilität und Wachstum in ein definiertes Verhältnis gebracht worden, als Grundlage der Sozialen Marktwirtschaft.

Daneben waren die philosophischen Seminare von Prof. Dr. Dr. Claus-Artur Scheier eine Bereicherung, indem er mir Philosophie insoweit nahebrachte, als er in den Einführungsseminaren nach der Hinführung zu philosophischen Grundlagen diese geschickt auf unser Alltagsleben zu übertragen suchte und er somit nicht in allein philosophisch-theoretischen Sphären verhaftet blieb. Er war zumindest nach meiner Wahrnehmung kein Bewohner eines intellektuellen Elfenbeinturmes, was auch daran gelegen haben mag, daß er im Erststudium neben Psychologie allgemeine Medizin studierte und dort auch promovierte, erst später mit Philosophie begann und dort nochmals promovierte, bis er als ordentlicher Professor für Philosophie habilitiert wurde und vielleicht lag es auch daran, daß ich Philosophie nur zur Einführung als Zusatzfach belegt hatte, ich wollte kein Philosoph werden, sondern Gymnasiallehrer.

In Germanistik war es vorrangig Literaturwissenschaft, die mich als Leseratte sehr interessierte, sowohl die Klassiker als auch die neuere deutsche Literatur, wobei in Linguistik vor allem Prof. Dr. Helmut Henne es schaffte, mich mitzunehmen auf die Reise der deutschen Sprache durch die Zeit von den ersten Lautverschiebungen über das Althochdeutsch, das Mittelhochdeutsch, das frühe Neuhochdeutsch und das Neuhochdeutsch bis zur heutigen hochdeutschen Gemeinsprache.

Im Herbst 1977 muß es gewesen sein, als der Seminarleiter Prof. Dr. Prinzing unsere Seminargruppe von etwa zwölf oder vierzehn Studierenden einlud zu einem Abend in seinem Privathaus in Oelber am weißen Wege, mit dem 1976 aus der DDR ausgebürgerten Lyriker, Liedermacher und Literaten Wolf Biermann. Biermann war für mich deshalb immer wieder ein Idol, weil er trotz aller Unbill, die er hatte in der DDR durch seine Systemkritik erfahren müssen, unbeugsam blieb, er hatte einen Abend vorher einen Auftritt im Audimax der TU Braunschweig und übernachtete bei Prof. Dr. Prinzing. Die DDR-Oberen hatten ihn hinterhältig dadurch relativ mundtot gemacht, daß sie ihn nach einem Konzert, welches er in Köln auf Einladung der Gewerkschaften gegeben hatte und wohin er hatte ausnahmsweise ausreisen dürfen, nicht wieder in die DDR hatten einreisen lassen. Damit waren sie einen erklärten und in Intellektuellenkreisen sehr anerkannten und hochintelligenten Systemkritiker los!

Allerdings unterschätzten die DDR-Oberen die Reaktion. Zahllose Künstler, Schriftsteller und weitere Intellektuelle der DDR schrieben teils offene, teils persönliche Briefe an die Regierenden und Staatstragenden und äußerten ihren Protest. Weitere stellten nun ebenfalls Anträge auf Ausreise und es begann erneut ein Damm zu brechen, es folgte ein Exodus, der die DDR zumindest im Kunst- und Kulturbetrieb immer mehr ausdünnte und auf ein unsägliches Mittelmaß reduzierte. Biermann bezeichnete sich damals noch als überzeugten Kommunisten, was mit seiner Herkunft zu tun hatte, sein Vater war als Kommunist von den Nazis umgebracht worden. Diese Überzeugung konnte ich vor diesem Hintergrund zwar nachvollziehen, wenngleich Biermann interessanterweise nun im Spiegel seiner eigenen Geschichte im Abgleich mit der uns alle umgebenden Realität in seiner aktuellen Biografie aber einräumt, hier ein Leben lang einem Irrtum unterlegen zu sein. In seiner Biografie heißt es:

„Den Kommunismus soff ich mit der Muttermilch ... Und das bewährte sich als mein Lebenselixier im Streit mit der DDR-Diktatur ...

Mich beseelte in diesem Streit die revolutionäre Sehnsucht nach einem roten Paradies. Aber: ‚Die Hybris, die uns versuchen läßt, das Himmelreich auf Erden zu verwirklichen, verführt uns dazu, unsere gute Erde in eine Hölle zu verwandeln.' Sir Karl Popper prägte diese Einsicht über die kommunistische Hybris in seiner Schrift ‚Das Elend des Historizismus'. Mir dämmerte des Philosophen unerträgliche Wahrheit erst spät, in meinem siebten Westjahr. Seitdem unterschreibe ich Poppers Verdikt. ...

Ja, wenn auf dem Weg zum Paradies der Irrweg in die Hölle nur eine mögliche Verführung wäre, dann könnte man vielleicht tapfer und klug genug widerstehen! Aber die Geschichte zeigt: Es halfen weder Aufrichtigkeit noch Mut ... Der schwärmerische

Ikarier Etienne Cabet, Theoretiker wie der redliche Friedrich Engels, der geniale ‚Mohr' Karl Marx, die radikale Rosa Luxemburg, der schlaue Iljitsch Lenin und der kluge Leo Trotzki – sie alle sind mir ein lehrreiches Beispiel. Aber egal, ob dieser oder jener humanistisch inspirierte Revolutionär es gut meinte oder ob er dann ein so mörderischer Kommunist wie Stalin oder Feliks Dserschinski oder Berija oder Ulbricht oder Mielke wurde und die praktische Schmutzarbeit machte – der Marsch ins Paradies der kommunistischen Endlösung zwingt sie alle in die totalitäre Diktatur. Die Protagonisten werden eliminiert oder sie eliminieren, sie morden oder werden ermordet. … Dabei glaubte ich, dass Demokratie und Kommunismus zusammen funktionieren können. Das war ein Irrtum. … Ich verbrauchte meine Kräfte nicht für den Streit mit den falschen Genossen, sondern für den Bruch mit der Illusion Kommunismus. …

Seitdem habe ich begriffen, wie hochmütig mein Spott auf die bürgerliche Demokratie war. Sie ist das am wenigsten unmenschliche, was wir Menschen als Gesellschaftsmodell bisher erfunden und ausprobiert haben … Es wird niemals ein Gemeinwesen geben, das alle Menschen glücklich macht. Aber die schlechteste Demokratie ist unendlich viel besser als die beste Diktatur.“ („Warte nicht auf bessre Zeiten – Wolf Biermann. Die Autobiographie“, Propyläen, 3. Auflage 2016, S. 523 ff)

Im Grunde ist damit zusammengefaßt, weshalb ich einst als Lehrer mit jungen Menschen arbeiten wollte, nämlich ihnen diese Erkenntnis zu vermitteln! Damit will ich nicht der Vermessenheit unterliegen, mich mit diesem großen deutschen Dichter, Lyriker, Literaten und Musiker gleichsetzen zu wollen, was mir nicht ansatzweise zusteht; auch hatte ich nicht die Last seiner Familiengeschichte zu tragen, meine war eine andere, gab mir viel früher die Gelegenheit, die Welt freier und unabhängiger zu sehen, ich war früher losgelassen, ich war, anders als Biermann, insofern privilegiert!

Silvester 1977 feierten wir bei Nachbarn, die eine Etage unter uns wohnten. Die Uhr schlug zur Mitternacht, das neue Jahr begann! Und wie wir das Treiben auf der Straße zunächst aus den Fenstern beobachteten, schwenkte an der nächstgelegenen Kreuzung ein Trupp von etwa 50 Personen, alle mit Fackeln und im soldatischen Gleichschritt in Fünferreihe auf die Rosentraße ein – und sang unter unseren Fenstern vorbeiziehend *die Internationale*! Unverkennbar waren in der ersten Reihe jene KBWler, die ich aus der Uni kannte. Ehrlich gesagt, waren wir doch sehr belustigt ob dieses bizarren Schauspieles, das die unzähligen Feuerwerks- und Knallkörper zündenden Passanten und die Marschkolonne boten. Andererseits war für mich wieder die Frage, was wäre, wenn diese Menschen einst hätten über uns und mich in unserer Gesellschaft bestimmen können? Wie diese Szenerie an die unzähligen Dokumentationen aus der Nazi-Zeit erinnerte, als die braunen Horden auch zunächst noch begannen verhalten mit Fackeln einherzuziehen, bis sie mächtiger und mächtiger wurden, das Ergebnis ist bekannt.

Durch den Tod zahlreicher RAF-Terrostisten der sogenannten ersten Generation und damit dem Zerfall der Infrastrukturen, auch sicher durch die zunehmende

Ablehnung dieses barbarischen Terrorismus durch die breite Bevölkerung kam Deutschland ab 1978 etwas zur Ruhe, größere Terroranschläge blieben aus. Allerdings wurde auf internationalem Terrorparkett nach wie vor weiter entführt und gebombt. Vor allem für Italien wurde das Jahr 1978 durch Aktionen der *Roten Brigaden* zu dem, was das Jahr 1977 für Deutschland war, einem Jahr voller Terroranschläge und einer zunehmend gespaltenen Gesellschaft. Ein erster Auftakt sollte im März 1978 die Entführung Aldo Moros sein, eines ehemaligen Ministerpräsidenten, der den Christdemokraten angehörte und der in herausragender Weise in seinem vorherigen politischen Wirken versuchte, linke und konservative politische Kräfte zusammenzuführen. Diejenigen, das war mir inzwischen auch aus zahlreichen Diskussionen mit linken K-Gruppen geläufig, die versuchten, in politischer Verantwortung auszugleichen und auch auf die Linksextremen zuzugehen, waren in deren Augen besonders abzulehnen oder gar zu bekämpfen, das waren die ohne Klassenstandpunkt! Und das war bei den Linken das Verfänglichste schlechthin. Diese Denkweise kannte ich auch noch aus der DDR.

Neben Aldo Moro wurden fünf seiner Fahrer und Leibwächter exekutiert. In den 55 Tagen seiner Geiselhaft gelang es den Entführern mit geschickten PR-Aktivitäten einen Großteil der Öffentlichkeit für Verhandlungen mit ihnen zu gewinnen, was allerdings bis zuletzt alle Kabinettsmitglieder ablehnten, frühere Erfahrungen und das Verhalten der Deutschen und Israelis standen Verhandlungen entgegen. Als die Schergen sahen, es gibt keine Verhandlungen, wurde Aldo Moro in einer Seitenstraße in Rom im Kofferraum eines Renault R 4 tot aufgefunden, erschossen mit acht Kugeln! Seit der Gründung der *Roten Brigaden* um 1970 herum bis zu deren weitgehender Auflösung Ende der 1980er Jahre wurden in Italien 73 Mordanschläge verübt!

Nachdem wir uns als kleine Familie in unserem Nest auf der Rosenstraße in Braunschweig eingerichtet hatten und ich meinem Studium nachging, war neben der Frage nach den Berufsperspektiven auch die Frage nach der Familiensituation im engeren Sinne immer wieder Thema und Evelyn und ich waren uns einig, Enrico sollte kein Einzelkind bleiben. Wir waren nicht nur unbeschwert, wir waren trotz aller politischen Verwerfungen um uns herum voller Zuversicht! So teilte mir Evelyn im März 1978 mit, erneut schwanger zu sein. Dies hielt uns indes nicht davon ab, hin und wieder kleine Auszeiten zu nehmen, unsere Freunde in der Schweiz oder andernorts zu besuchen und Kurzurlaube zu unternehmen.

Am 4. November 1978 war es soweit und unsere Tochter Sara erblickte in der Braunschweiger Klinik Celler Straße das Licht der Welt! Durch die zumindest räumliche Vergrößerung der Wohnung infolge des Umbaus hatten wir auf Sicht zumindest bis zum geplanten Ende des Studiums eine recht komfortable Wohnsituation inmitten einer Großstadt, die alles fußläufig ermöglichte, was uns im Alltag geboten oder abverlangt wurde, vom Kindergarten für die Kinder im Magniviertel bis zur Uni und allen kulturellen Angeboten, von denen Braunschweig immer viel zu bieten hatte.

Vor allem die Dokumenta in Kassel oder andere Kunstausstellungen waren mir ein Bedürfnis, in Braunschweig natürlich das Herzog-Anton-Ulrich-Museum. Bis heut ist mir die Malerei eine Gelegenheit, abzuschalten und in andere Welten einzutauchen, vor allem bei den gegenständlichen Malern der Renaissance oder der Neorennaissance. Anachronismen waren hierbei für mich immer deshalb besonders spannend, weil sie sich scheinbar gegen den Lauf der Zeit zu stellen schienen, gegen den Strom. Hieronymus Bosch war für mich ein solcher Vertreter, der bereits in der zweiten Hälfte des 15. Jahrhunderts in seinen apokalyptischen Visionen beinahe surrealistische Züge der modernen Malerei aufwies. Wie konnte er in dieser Zeit, als die heilige Inquisition im Namen eines christlichen Gottes noch Mord, Folter und Verderben großen Stils über die westliche Welt verbreitete, unbeschadet seine Visionen nicht nur malen, sondern auch geschäftstüchtig an den Mann bringen? Immerhin waren seine Figuren nicht immer kirchenkonform. Meist reiche Adlige waren seine Kunden, Kunstausstellungen im heutige Sinne gab es noch nicht.

Moderne Maler wie Werner Tübke oder Michael Triegel, der *Papstmaler,* beide als Vertreter der Leipziger Schule, sind es mir allemal wert, auch eine weitere Strecke zu einer Ausstellung in Kauf zu nehmen. Einmal im Jahr geht es mit meinem Motorrad nach Bad Frankenhausen südlich des Kyffhäuser, wo Werner Tübkes Panoramagemälde *Frühbürgerliche Revolution in Deutschland* ein Muß und immer wieder eine Stunde der Erbauung auf höchstem Niveau ist. Werner Tübke schaffte es, obwohl durchaus auch systemkritisch, nicht nur geduldet, sondern gar von Honnecker mit einem Staatsauftrag bedacht zu werden, dieses Panoramagemälde zu erstellen. Ich bin mir sicher, die Staatsoberen der DDR, die dieses Kunstwerk einst abgenommen hatten, wie jedes Kunstwerk in der DDR offiziell dem *Ideologie-TÜV* anheim fallen mußte, wußten nicht, was sie hier taten, sonst hätten sie es nicht zugelassen.

Damals am Kolleg war für einen kurzen Moment die Überlegung in meinem Kopf, Kunst zu studieren, ich war ja frei. Allerdings verwarf ich diesen Gedanken recht bald, irgendwie mußte ich mir nicht zuletzt der Familie wegen pragmatische, realitätsnahe Ziele setzen.

Kaum hatte Sara uns in Beschlag genommen, wurde es kalt. Es wurde sehr kalt! Zwischen den Feiertagen Weihnachten und Neujahr 1978/79 begann es zu schneien, zu meiner großen Freude, da ich schon als Kind den glitzernden Vorhang wenn es schneite als etwas Beglückendes empfand, es umhüllte mich eine unbeschreibliche Ruhe und Geborgenheit, Schneefall dämpfte die Geräusche des Alltags und ich war mit meinen Skiern leidenschaftlicher Wintersportler. Nur hörte es nicht mehr auf! Es schneite und schneite, tagelang, bis die Meldungen in den Nachrichten wieder einmal nichts Gutes verhießen und erste Opfer zu beklagen waren, vor allem in ländlichen Regionen ganz Norddeutschlands, wo Menschen in eigentlich ganz normalen Dörfern von der Außenwelt plötzlich abgeschnitten waren, Tiere von Landwirten nicht versorgt werden konnten und verendeten oder notgeschlachtet werden mußten. Bei uns im Westen mußten dann die Bundeswehr und das Technische Hilfswerk helfen, auch in der DDR war die Nationale Volksarmee heldenhaft eingespannt. Aber es dauerte Woche um Woche, bis sich die Lage normalisierte. Ein Winter, der mit dieser Schneekatastrophe in die Geschichtsbücher eingehen sollte und den wir mit unseren Kindern teilweise in Engelberg in der Schweiz verbrachten, wie bereits den Winter des Vorjahres. Allerdings erreichte ich mit unserer *Ente* wegen ihrer schmalen Reifen und des Fronttriebes im Harz bei dichtestem Schneetreiben mehrfach für eine einsame Skitour entlang der früheren DDR-Grenze das Torfhaus oder Oderbrück, oder das tiefverschneite Engelberg ohne Probleme, auch wenn es hieß, die Straße sei nicht mehr passierbar.

Neben Demokratietheorie interessierte mich im Studium am meisten nach wie vor internationale Politik. Nachdem sich auf dem internationalen Kriegsschauplatz in Vietnam zwar die Fronten zwischen den Kommunisten und dem demokratischen Westen geklärt hatten, begannen sich die Kommunisten untereinander zu bekämpfen! Vietnam hatte bereits seit längerem Probleme mit seinem Nachbarland Kambodscha. Es gab einerseits infolge des Vietnamkrieges offene, ungeklärte Gebietsansprüche beiderseits, vor allem im Rahmen des früheren von Nord nach Süd führenden Ho-Chi-Minh-Pfades, einem strategisch wichtigen Nachschubweg im Vietnamkrieg, der wechselweise in Vietnam und Kambodscha verlief und andererseits gab es gegenseitige ideologische Vorbehalte, die sich im Umgang der Oberdiktatoren Ho Chi Minh und Pol Pot mit ihrem Volk äußerten. Hier waren die Vietnamesen bei allem Diktatorischen doch letztlich weniger brutal als Pol Pot. Es war auch hier, wie es bis heut in jeder Diktatur ist, daß letztlich der Umgang mit einem Volk vom Diktator abhängt, wobei sich benachbarte Diktatoren immer auch in einem gewissen Wettbewerb befinden. Interessanterweise fällt bei dieser Überlegung auf, es gab nie in der Geschichte der Menschheit eine Diktatorin, die sich als Schlächterin ethisch-moralisch disqualifiziert hätte, es waren immer Männer! Und wie Biermann ebenfalls in seiner Autobiografie feststellt:

„Mich beeindruckt auch die Tatsache: Es hat so gut wie nie in der Weltgeschichte einen Krieg zwischen zwei Demokratien gegeben.“ (Wolf Biermann, ebd.)

Vietnam hatte nicht zuletzt dank der ungeheuren internationalen Unterstützung durch den gesamten Ostblock nun die Kraft, die Roten Khmer aus Kambodscha zu vertreiben.

Auch im Nahen Osten, der Europa zumindest geografisch näher lag, begannen sich gravierende Änderungen abzuzeichnen, die ich im Politik-Studium interessiert verfolgte. Hierzu gab es bei Dr. Wrede interessante Seminarangebote. Bereits seit langem war der Schah von Persien, Reza Pahlavi in die Kritik geraten und zunehmend in internationale Ungnade gefallen. Er emigrierte letztlich in die USA, wo er auf der Grundlage seiner persönlichen Freundschaft mit dem seinerzeitigen

Präsidenten Jimmy Carter Asyl erhielt. Und dann kam der religiöse Befreier, auf den die Welt setzte, im Glauben Vieler, der Sturz eines Despoten wie des Schah reiche, um etwas Gutes aufzubauen. Weit gefehlt, wie immer wenn durch das Verschwinden von Despoten ein Vakuum entsteht, in das hinein entweder neue, oft noch schlimmere Despoten stoßen oder sich apokalyptische Anarchie breitmacht. Diesmal war es ersteres, es kam Ayatolla Chomeini! Endlich hatten die unter dem Schah leidenden religiösen Fundamentalisten ihren Heilsbringer und Erlöser, der endlich dafür sorgte, daß die Frauen nun wieder sittsam verschleiert einherschlendern mußten – oder besser doch zu Hause blieben – und eine Religionspolizei das Ganze plus zahlreicher zusätzlicher Einschränkungen der Freiheit überwachte.

Im Nachbarland Irak war ebenfalls nichts Gutes aus dem Sieg der konservativen Baath-Partei erwachsen. Überall begannen sich die Konservativen und religiösen Hardliner durchzusetzen, mit der Ernennung von Saddam Hussein als Staatspräsident. Damit sollte sich stillschweigend eine Eskalation anbahnen, die bald darauf erneut Hunderttausende mit dem Leben bezahlen mußten in einem erbarmungslosen Kriegsgetümmel. Wenige Monate später, 1980 überfielen Irakische Truppen den Iran, der durch den Wechsel in der Führungsspitze noch in einer Art Findungsphase steckte und daraus sollte sich mit dem ersten Golfkrieg ein erbarmungsloses Gemetzel ohne Sinn und Verstand über die nächsten acht Jahre entwickeln, somit sollte dieses Schlachtgetümmel noch zwei Jahre länger andauern als der Zweite Weltkrieg und letztlich etwa einer Million Menschen das Leben kosten, nicht gerechnet die wieder zahllosen entsetzlich Verstümmelten und für immer Gezeichneten.

Und in Großbritannien wurde zum ersten Mal in der Geschichte des Landes eine Frau Premierministerin, Margaret Thatcher. Wer jedoch glaubte, es breche eine Zeit des betulichen Miteinander an, nur weil eine Frau das Sagen hatte, sah sich schwer getäuscht! Thatcher war eine ausgesprochen konsequente, konservative Hardlinerin. Nicht nur begann sie einen historischen Umbau des britischen Wirtschaftssystems hin zu einem Finanz- und Dienstleistungsstaat, dem später große Teile des traditionellen britischen Industriesystems zum Opfer fallen sollten, sie war auch bereit, wenige Jahre später einen unerbittlichen, wenn auch nur kurzen brutalen Krieg gegen Argentinien, damals noch eine Militärjunta, zu führen. Und sie war voller mißtrauischer Vorbehalte gegen die spätere deutsche Wiedervereinigung.

Bereits 1978 hatte es in Afghanistan, diesem ambivalenten Staat am Hindukusch einen Regierungswechsel hin zu einer erklärtermaßen sozialistischen Regierung gegeben, ganz im Sinne des nördlichen Nachbarn Sowjetunion, die damals noch mit den sowjetischen Teilrepubliken Tadschikistan und Usbekistan an Afghanistan angrenzte, letztere sind heut, nach dem Zerfall der Sowjetunion autonome Staaten. Und was lag näher, nachdem sich die afghanischen Freischärler der verschiedensten Mudschahedin-Gruppen gegen die Regierung wendeten und einen

Bürgerkrieg anzettelten, als daß nun die Sowjetunion im Dezember 1979 in Afghanistan einmarschierte und der sozialistischen Regierung die Hand reichte. Wie bereits seit Jahrhunderten hatte dadurch wieder einmal eine ausländische Interventionsmacht von diesem Land Besitz ergriffen. Schon die Engländer hatten hier im 19. Jahrhundert einen unbeschreiblichen Blutzoll gezahlt, den nun in den kommenden ungefähr zehn Jahren auch die Sowjets zahlen sollten, ähnlich den Amerikanern in Vietnam. Bis 1989 sollte diese Besetzung andauern. Auf der anderen Seite weiß man heut, die Amerikaner unterstützten die Mudschahedin mit Waffen.

Nachdem Sara sich ebenso wie ihr Bruder prächtig entwickelte, wir die vergangenen Jahre meinem Globetrotter-Gen nicht voll gerecht werden konnten, weil uns die Mittel fehlten, war Anfang 1980 erneut ein Plan gereift. Es sollte nun mit den beiden Kleinen im Sommer wieder einmal auf große Fahrt gehen, sicherlich zum letzten Mal in diesem zeitlichen Umfang, bevor das Examen begann, möglicherweise auch zum letzten Mal überhaupt, sofern ich eine Anstellung im Schuldienst bekäme und ich dann erst wieder als Pensionär so viel Zeit für eine Reise würde investieren können. Etwa neun bis zehn Wochen hatten wir zur Verfügung. Im Frühsommer erstand ich durch einige glückliche Umstände in Wolfsburg einen VW-Campingbus mit allen Ausstattungsmerkmalen, die man auf einer größeren Tour mit Kindern gut nutzen konnte. Bereits zehn Jahre alt, hatte ich ihn als gepflegten Garagenwagen aus erster Hand eines Meisters des VW-Werkes erstanden und er bot in hervorragendem Zustand neben umklappbaren Betten im Fond eine Kochgelegenheit, eine Spüle mit Wasserpumpe, einen Kühlschrank und ein Ausstelldach. Ergänzt um ein von mir angebautes zusätzliches Gepäckfach auf dem Dach hatten wir auch Stauraum für zusätzlich ein Zelt mit Ausrüstungsgegenständen der Kinder, wenn wir an Orten länger verweilen wollten und ich hatte eine Alarmanlage eingebaut. Evelyn hatte für die Aufbewahrung der Kinder- und Küchenutensilien alle möglichen Staufächer aus Stoff genäht und für die Frontscheibe ebenfalls Vorhänge für die Nacht, denn während Sara in einem quer über dem Cockpit eingehängten Kinderfaltbett schlief und Enrico oben im Ausstelldach, schliefen Evelyn und ich im Fond, auch den dunkelten wir ab mit ihren selbstgefertigten Vorhängen. Die Finanzierung des VW-Busses erfolgte mit einem Darlehen meiner Mutter, die *Familienexpedition* selbst konnten wir durch meinen Nebenjob bei der Spedition finanzieren. Unsere *Ente* parkten wir abgemeldet für ein halbes Jahr bei Bekannten in Braunschweig-Bevenrode und Anfang August sollte es losgehen. Bis dahin war ich seit Beginn der Semesterferien wie üblich fleißig als Fernfahrer. Auch Evelyn stellte erste Überlegungen an, wieder arbeiten zu gehen, sobald Sara nach unserer Reise im Kindergarten untergebracht werden könnte. Zunächst aber stieg die Vorfreude auf unsere Reise.

Allerdings sollten wir noch kurz vor unserem Start erneut ein schreckliches Ereignis aus den Nachrichten zur Kenntnis nehmen müssen. In Norditalien hatten sich neben den Roten Brigaden und deren Splittergruppen auch rechtsextreme

Gruppierungen begonnen zu bilden und speziell in Südtirol eine Unabhängigkeitsbewegung. Vor allem letztere hatte seit Jahren bereits mit Sprengstoffanschlägen von sich reden gemacht, bislang jedoch nur mit Sachbeschädigungen; beliebteste Ziele der Autonomen waren Strommasten, große Stromtrassen und Seilbahnmasten der Skigebiete oder sonstige Infrastrukturbauten.

Anfang August 1980 jedoch hörten und sahen wir wieder einmal schreckliche Bilder von zerstückelten und zerrissenen Menschen, als im Hauptbahnhof von Bologna eine Kofferbombe 85 Menschen in den Tod riß! Und wieder die zahllosen verstümmelten und für immer Gezeichneten, das Bild eines kleinen Kindes, das schreiend die Hand seiner blutüberströmt am Boden liegenden Mutter hielt, sie gab kein Lebenszeichen mehr von sich. Was für ein gnadenloser Sadismus! Die Bombe war an einem Samstagvormittag im größten Tourismusgedränge im Zentralen Warteraum mitten im Bahnhofsgebäude gezündet worden, effektiv und zielgenau, um möglichst viele Opfer zu erzielen. Nachdem sich erste Ermittlungen in Richtung der Roten Brigaden orientierten, auch die Separatisten erwogen wurden, waren aber deren Handschriften nicht erkennbar, es gab auch entgegen derer Gepflogenheit bei Anschlägen keinerlei Bekennerbriefe, so daß nun die extreme Rechte in den Fokus rückte als neue rechtsterroristische Kraft. Der Fall ist jedoch nie endgültig aufgeklärt worden.

So starteten wir nun mit einem etwas schalen Gefühl wenige Tage darauf unsere Reise, die uns bis Mitte Oktober, bis zum Beginn des neuen Semesters über das ländliche Frankreich erneut an den Atlantik, ins Baskenland und nach Santiago de Compostela im nordwestlichen Spanien, dann südlich über Porto und Lissabon die Küste Protugals hinab bis an die Südspitze der iberischen Halbinsel bringen sollte. Dann war erneut Marokko mit Marrakesch eine Option und über Spanien sollte es zurück zu unseren Freunden in der Schweiz gehen, wo wir die letzten Tage verbringen wollten, bevor es wieder nach Hause gehen sollte.

Gegen Ende dieser Reise, wir waren noch in Spanien unterwegs, dann die Nachrichten, soweit wir Zugang zu deutschen Zeitungen bekamen, über ein erneutes Attentat, das bis dahin größte in der Bundesrepublik, diesmal mit 13 Toten infolge eines Bombenanschlages am Haupteingang zum Oktoberfest in München. Nachdem es über all die Jahre linksterroristische Anschläge gab, begann sich nun eine Art Gegenbewegung zu etablieren, die hier erstmals in dieser Dimension zugeschlagen hatte. Da wir aber unterwegs keine Details erfuhren und wir uns ohnehin in dieser unglaublich spannungsgeladenen Zeit eine Art mentalen Schutzpanzer zugelegt hatten, der es einem ermöglichte, die Dinge mit einem gewissen Abstand wahrzunehmen, sollte diese Reise letztlich zu einem der markantesten Bausteine unseres Familienlebens werden, bis heut immer wieder beim Betrachten der dazugehörigen Fotos eine bleibende Erinnerung, vor allem für die Kinder, die sicher nicht zuletzt auch hierdurch, wenn auch ergänzt durch weitere spätere Outdoor- und Aktivurlaube heut ebenfalls in dieser Richtung sehr aktiv sind.

Zurück von unserem Familienabenteuer galt es so langsam mit den Examensvorbereitungen zu beginnen, zumindest mußte ich mir Gedanken über die gewünschten Prüfungsfächer und -themen machen, ich wollte Ende kommenden Jahres das Studium abschließen. Was mir in dieser Zeit das Studium ein wenig erschwerte, war mein Studierverhalten. Während ich noch am Braunschweig-Kolleg ein eher inkonsequentes Lernverhalten an den Tag gelegt hatte, wo ich mich gern in die Riege der Partywilligen einreihte, wenn wir ansich zu Klausurvorbereitungen verabredet waren, dann aber doch ordentlich feierten, war ich inzwischen sehr diszipliniert, auch aus der Verantwortung für die Familie. Das machte es mir schwer, mich für die obligatorisch vorgegebenen Studiengruppen zu begeistern, die in aller Regel nicht gut funktionierten. Entweder kamen die betreffenden Kommilitonen zu spät oder gar nicht, auch waren sie teilweise schlecht oder gar nicht vorbereitet. Der Gipfel war ein Kommilitone in Politik, der insgesamt im Seminar ein wenig Außenseiter war und dem ich mich einmal betont zuwenden wollte, wie ich immer schon an den eher abseits Stehenden Interesse fand, bei dem ich dann zu Hause verabredet war, um mit ihm etwas auszuarbeiten. Ich fand ein völlig chaotisches, unaufgeräumtes und verrauchtes Zimmer im Erdgeschoß eines Mehrfamilienhauses vor, er war Kettenraucher und rauchte Gauloises, mit am Tage heruntergelassenen Rollos und er antwortete mir auf meine Bitte, doch wenigstens etwas Licht und Luft hereinzulassen, er müsse sich ein wenig abschotten, da er sich als Linker vom Verfassungsschutz beobachtet fühle. Ich hatte dann so zügig wie möglich diesen Kontakt abgebrochen, auch wenn ich ihn im Grunde bedauerte; ich wäre aber sicher überfordert gewesen, hier auch noch als Sozialtherapeut zu wirken.

Zwei positive Ausnahmen bildeten Christel Nowack und Volker Langerheine, mit denen ich vor allem zum Ende des Studiums hin sehr gut und intensiv zusammenarbeiten konnte, bis hin zu den Examensvorbereitungen, die so langsam auf sich warten ließen. Daneben gab es im Politikseminar mit Christian Krentel einen Studenten, mit dem ich damals nicht unmittelbar zusammenarbeitete, der aber später als IT-Unternehmer in Braunschweig mit der ckc AG nicht nur ausgesprochen erfolgreich werden sollte, sondern der dann in meinem viel späteren beruflichen Umfeld des Arbeitgeberverbandes Region Braunschweig zu meinem Vorstand gehörte, wo wir hervorragend zusammenarbeiteten und wo sich insofern in gewisser Weise ein Lebenskreis schließen sollte. In seinem Unternehmen sollte viel später im August 2016 meine Verabschiedung in den Ruhestand erfolgen.

Das ganze Studium über hatten mich die Fragen nach dem Verhalten der Menschen in Krisensituationen, der Umgang mit Andersdenkenden, mit Flüchtlingen – immerhin war ich selbst einer – oder mit Vorurteilen beschäftigt. Es war zum Verzweifeln, sehen zu müssen, wie diese Mechanismen auch an mir nicht spurlos vorübergingen, auch mich selbst hatte ich bei allem Bemühen um Objektivität immer wieder dabei ertappt, wie mich Vorurteile begleiteten, die sich im Nachhinein als falsch erwiesen. Aus dieser Erkenntnis begann ich mich mit Blick auf meine

Abschlußarbeiten für das Literaturstudium intensiv neben Bert Brecht mit Max Frisch zu beschäftigen, der mich faszinierte und der genau diese Thematik zu seinem zentralen Inhalt in seiner Literatur erkor.

Im Frühjahr 1981 entschied ich, als erstes die Studienarbeit in Literaturwissenschaft in Angriff zu nehmen, bei deren Auswahl und Themenformulierung ich größte Freiheit hatte. Ich entschied mich für das Thema:

„Du sollst Dir kein Bildnis machen." – Gestaltungsweisen der Vorurteilsproblematik im Werk Max Frischs („Andorra", „Homo Faber", „Tagebuch 1946-1949")

Dieses Thema berührte nicht nur meine Lektüre und Forschung in den letzten Semestern, damit waren auch die vielen Fragen berührt, die ich mir bis dahin immer wieder gestellt und versucht hatte zu beantworten. Die Abgabe war für den Sommer vorgesehen und danach galt es, sich auf die obligatorischen weiteren Prüfungen in Linguistik bei Prof. Dr. Helmut Henne vorzubereiten, auf die Prüfung in Politik bei Prof. Dr. Klaus Lompe und in Pädagogik bei Herrn Dr. Manfred Bormann. Damit ging es hinsichtlich meines Studiums auf die Zielgerade. Die Prüfungen absolvierte ich letztlich alle recht ordentlich und hatte damit im Dezember 1981 das Erste Staatsexamen für das Lehramt an Gymnasien in der Tasche.

Jetzt war die erneute Frage nach der Perspektive wichtig. Das Ziel, Gymnasiallehrer zu werden hatte ich nach wie vor fest im Blick, aber vermehrt hörte man ab Anfang der 1980er Jahre davon, es gäbe nun genug Gymnasiallehrer und es würde immer schwieriger für die Absolventen der Studienseminare, eine Stelle zu bekommen. Immer noch hatte ich die Hoffnung, durch meine Familiensituation durchaus einige Bonuspunkte bei einer Bewerbung zu bekommen. Somit beendete ich mein Studium mit einem guten Gefühl, wenngleich bereits mit ersten Überlegungen eines Alternativplanes, falls es nicht mehr klappen und auch ich der *Lehrerschwemme* zum Opfer fallen sollte. Grundsätzliche Sorgen um unsere Zukunft hatte ich indes ebensowenig wie Evelyn, die in dieser Zeit begann, einen Spielkreis für Kinder im Kindergartenalter in der Bugenhagen-Kirchgemeinde Braunschweig-Gliesmarode aufzubauen, weil nun auch Sara im Kindergarten St. Magni untergebracht war. Schnell wuchs sich dieser Spielkreis zu einer von der Kirchengemeinde finanzierten, ständigen Einrichtung aus und fortan war Evelyn drei Tage pro Woche als Leiterin einer eigenen, kindergartenähnlichen Kindergruppe aktiv, die zunehmend auch von Akademikerkindern aus dem östlichen Ringgebiet Braunschweig frequentiert wurde. Kindergartenplätze waren zu dieser Zeit noch knapp. Nicht zuletzt hieraus entwickelten sich für uns beide interessante Kontakte, die über zahlreiche Abendeinladungen hinaus auch beruflich Unterstützung für mich verhießen. Und sollte es mit dem Gymnasiallehrer nicht klappen, dann war ich flexibel.

Um wegen der Einreisesperre in die DDR nicht völlig abgekoppelt zu sein verglich ich in dieser Zeit gern die Fernsehnachrichten. Es kam einer Belustigung gleich, wenn ich mir vor der *Tagesschau* der ARD die *Aktuelle Kamera* des DDR-Fernsehens vornahm. Was war das für ein gravierender Unterschied! Und dann *Der Schwarze Kanal* mit Karl-Eduard von Schnitzler, einem Chefkommentator, der den Propagandisten der Nazis in nichts nachstand. Wir nannten ihn spöttisch *Sudel-Ede*. Aber man konnte auch zwischen den Zeilen lesen, wenn man dieses System verstanden hatte und den Sprachduktus beherrschte. Mir fiel seit einiger Zeit die Berichterstattung über die Unruhen in den polnischen Werften auf, die Berichte über die Gründung der Gewerkschaftsbewegung Solidarnosc, die letztlich 1981 in die Verhängung des Kriegsrechtes durch den polnischen Ministerpräsidenten Wojciech Jaruzelski mündete. Das erste Mal seit ich den Ostblock kannte, war eingedenk des Einmarsches der Sowjets in Ungarn 1956 und in die CSSR 1968 in einem Ostblockland ein Kriegsrecht verhängt worden! Das war für mich etwas unglaublich Bedeutsames, was ich in den Westmedien nicht in dieser Bedeutungsschwere wiederfand. Auch dies war mir schon damals Ausdruck eines beginnenden Untergangsszenarios!

Indessen stellte sich zum Jahresende 1981 die Frage, wie ich konkret beruflich in das neue Jahr einsteigen sollte, unabhängig vom Referendariat, das frühestens im April 1982 begann. Adalbert Wandt, der geschäftsführende Gesellschafter der Spedition, dem ich einmal meine Situation schilderte, bot mir ausdrücklich eine Stelle als Kraftfahrer an. Das war jedoch für mich im Falle, so schnell keine Referendarstelle zu bekommen als eventuell notwendige Dauerbeschäftigung keine Option, sie bot keine langfristige, akademische Perspektive. Wieder war es dann der Zufall, der mir zu Hilfe kam! Aus dem weiteren Bekanntenkreis bot mir der Leiter einer Niederlassung der Lebensmittel- und Eisvertriebsfirma Schöller Eiskrem GmbH in Braunschweig-Lehndorf an, als Verkaufsfahrer zu arbeiten, mit der Option, wenn ich länger bliebe, eventuell später im Innendienst eine Berufsperspektive zu bekommen, unabhängig von Braunschweigs Niederlassung könne ich es durchaus auch im Hause Schöller zu etwas bringen. Zwar hatte ich zunächst Bedenken, als Verkaufsfahrer tätig zu sein, weil ich in praktischen Alltagsdingen gelegentlich etwas konfus war, aber es war eine Chance und für den Referendardienst als zweite Ausbildungsstufe zum Gymnasiallehrer konnte ich mich dennoch unbefangen bewerben; denn mein gesamtes Studium ordentlich beenden mit dem Referendariat und dem zweiten Staatsexamen war für mich unabdingbar, wer A sagt, sollte auch B sagen.

Allerdings kam es erneut, wie es auch in den zurückliegenden Jahren bereits gekommen war, ich erhielt tatsächlich auf meine Bewerbung um Aufnahme ins Studienseminar Braunschweig und um eine Referendarstelle als Assessor des Lehramtes am altsprachlichen Wilhelm-Gymnasium in Braunschweig ab April 1982 eine Anstellung, zum Leidwesen des Niederlassungsleiters, der mich gern behalten hätte.

Freiheit und Verantwortung

Nach ersten inhaltlichen, didaktischen und curricularen Vorbereitungen in den ersten Wochen und Monaten durch das Studienseminar bekam ich mit der Klasse 9a in Deutsch und dem Oberstufenkurs 11a in Gemeinschaftskunde ab September 1982 erstmals die Chance zu unterrichten und beide Klassen über ein ganzes Schuljahr zu führen; und dies war genau das, was mir lag! Ich unterrichtete sehr gern und glaube, diese Haltung auch auf die meisten der Schülerinnen und Schüler übertragen zu haben, auch wenn ich die Lehrproben mit ihren anschließenden Reflexionen durch die pädagogischen Fachleute gelegentlich etwas befremdlich empfand, sie hatten mit der Realität nicht viel zu tun.

Im Gemeinschaftskundeunterricht, der auch die Möglichkeit bot, tagespolitische Fragen zu behandeln, war am Anfang meiner Lehrtätigkeit in der 11a auch der Falklandkrieg kurz Thema, obwohl er bereits seit kurzem wieder Geschichte war. Im April 1982 hatten argentinische Kriegsschiffe Truppen auf die Falklandinseln und nach Südgeorgien im Südatlantik gebracht und sie besetzt. Mehrfach in der Historie hatte Argentinien diesbezügliche Ansprüche geltend gemacht, aber hatte nie gehandelt, nachdem bereits Ende des 19. Jahrhunderts die Briten diese Inseln besiedelt hatten. Auch die nach dem Ende des Zweiten Weltkrieges begonnenen Verhandlungen zwischen Argentinien und Großbritannien um die Ansprüche auf diese kleinen Eilande hatten keine Ergebnisse gebracht, sicher auch deshalb, weil sie weder wirtschaftlich noch geostrategisch von großer Bedeutung waren; am ehesten waren es in früheren Jahren Außenposten, die von Walfängern oder Expeditionsschiffen in die Antarktis genutzt wurden, um Reparaturen durchzuführen oder zu pausieren. Aber die Militärregierung in Argentinien war innenpolitisch unter Druck und wie so oft in der großen Politik, sinnen dann Politiker nach Schauplätzen der Ablenkung, und da kamen die *Falklands*, wie sie bei den Briten hießen gerade recht, liegen sie doch nur etwa 1400 Kilometer vor der Argentinischen Küste, während sie von Großbritannien knapp 13.000 Km entfernt sind; und bewohnt waren sie von nur etwa 1.900 Menschen. Diese allerdings fühlten sich zu Großbritannien gehörig.

Als die Nachricht von der Besetzung durch die Argentinier in Großbritannien eingegangen war, sah Margret Thatcher keine andere Möglichkeit, als umgehend größere Truppenkontingente in See stechen zu lassen und die *Falklands* wieder in ihre britische Hand zu bekommen. Auch wenn die Briten anfangs die Schlagkraft der Argentinier deutlich unterschätzten, so dauerte der ganze Krieg bis Juni 1982 zum Glück nicht all zu lange und endete mit dem klaren Sieg der Briten. Nicht lange nach Ende dieses Krieges wurde in Argentinien die Militäjunta abgelöst durch demokratische Wahlen und das Land begann einen anfangs etwas schwierigen Weg hin zu einer parlamentarischen Demokratie.

Ebenso gingen wir im Unterricht auf die Verwerfungen der erneut aufgeflammten Scharmützel um Israel herum ein, im Libanon begann vor dem Hintergrund einer extrem heterogenen ethnischen und religiösen Gemengelage ein Pulverfaß vorzuglühen, um dann mit dem Libanonkrieg zu explodieren, was um so trauriger anzusehen war, als der Libanon bis dahin als *die Schweiz des Nahen Ostens* bezeichnet wurde wegen seines hohen Lebensstandardes.

Die zweite Hälfte des Schuljahres war durch den Systemvergleich Bundesrepublik Deutschland und Deutsche Demokratische Republik geprägt, für mich eine Steilvorlage! Ich hatte den Schülern von meiner Biografie insoweit berichtet, als es für die jeweils behandelten Teilthemen relevant war und konnte insofern Authentizität einbringen. Am Schuljahresende wußten sie dann auch über meine gescheiterte Flucht und die Haft. Spürbar hatten die Schüler immer wieder größtes Interesse daran, neben theoretischen Grundlagen, dem Vergleich der Verfassungen und der staatlichen Strukturen auch ganz alltagspraktische Dinge zu hinterfragen und zu behandeln. Und spätestens als ich aus den Heimatkundebüchern der DDR-Grundschulklassen oder aus den Büchern des DDR-Deutschunterrichtes vorlesen oder diese herumzeigen konnte, wurde den Schülerinnen und Schülern klar, welch fremdes, im Sprachduktus merkwürdiges und ideologisch einseitiges Unterrichtsmaterial einer Diktatur hier vorlag. Die Bücher hatte mir meine Nichte Heike, die Tochter meines Bruder aus ihrer Schulzeit zukommen lassen.

Es war etwa in dieser Zeit, als ich mit Evelyn im östlichen Ringgebiet im Auto unterwegs war. Und da lehnte er wie schon mehrfach am Tresen eines Kioskes an der Ecke Karlstraße und Waterloostraße, der etwa 40 bis 45 Jahre alte, kräftige Mann mit dichter, grauer Lockenpracht, durchaus ordentlich und sauber gekleidet, und dennoch verdächtig nach Müßiggang aussehend. Wie immer trank er sein Bier. Diesmal nahm ich mir ein Herz und sprach ihn endlich nach bereits mehrfacher, zufälliger vorheriger Begutachtung seit geraumer Zeit an! Und siehe da, es war Frank Schaffrath, ein Haftkamerad, den ich in Cottbus nie näher kennen gelernt aber oft von weitem gesehen und wegen seines markanten Äußeren in Erinnerung behalten hatte. Etwas verwundert war er schon, so unvermittelt auf unsere gemeinsame Vergangenheit angesprochen zu werden, aber tief bewegt war er nicht. Auf die Frage, was er nun so mache, die lapidare Antwort:

„Bier trinken!"

„Und sonst so?"

Die weiteren Fragen nach dem wie und wieso blieben ziemlich offen. Eine merkwürdige Begegnung! Immerhin, ich rang ihm das Angebot ab, ihn einmal bei sich an der Berliner Straße in einer kleinen Eineinhalbzimmerwohnung über einer größeren Kneipe, die ich einst bei der National-Jürgens-Brauerei beliefert hatte, besuchen zu dürfen, um eine Partie Schach zu spielen; und das ließ ich mir nicht nehmen, neugierig wie ich war. Die Einrichtung spärlich, aber durchaus ordentlich und sauber, wenn auch sehr verraucht. Sofort hatten wir die Figuren platziert, Bier und

Konjak am Beistelltisch und kaum hatten wir nach der Eröffnung strategische Positionen entwickelt, begann er mich regelrecht zu demütigen mit grandiosen Zügen. Ich hatte keine Chance! Er offenbarte mir, im Braunschweiger Schachclub ebenso Mühe zu haben, einen ebenbürtigen Gegner zu finden.

Da er offensichtlich aber kein größeres Einkommen zu haben schien und ich mich ihm beruflich offenbarte, auch anbot, ihm bei der Suche nach einem ordentlichen Job zu helfen, winkte er ab: Dies sei nie sein Ziel gewesen; er habe nicht wegen Republikflucht im Knast gesessen und sich dann *freikaufen* lassen, um sich im Westen als Büttel zu verdingen, er lebe lieber von der *Stütze*, wie er es nannte, als freier Mann! Auch das also eine Variante von Freiheit, auch wenn sie mich in dieser Offenheit verblüffte. Jeder ist seines Glückes Schmied! Wir sahen uns gelegentlich noch von weitem, verloren uns jedoch dann aus den Augen.

Schon einige Zeit vorher hatte ich durch die Vermittlung von Jörg Beier, meinem Schwarzenberger Freund einen weiteren Kontakt in Braunschweig zu einem ehemaligen Cottbuser Zuchthäusler hergestellt, der nach mir ebenfalls wegen versuchter Republikflucht in Cottbus inhaftiert und dann *freigekauft* worden war. Auch er, Martin Weiß hatte etwas aus sich gemacht und war nach einem Jura-Studium niedergelassener Anwalt in Braunschweig, spezialisiert auf Verkehrsrecht, gemeinsam in einer Sozietät, der nach wie vor mit seiner Familie bei Braunschweig lebt.

In dieser Zeit hatten sich nun endlich die Terroranschläge in Deutschland deutlich reduziert, die RAF war nur noch rudimentär vorhanden, auch war die gesellschaftliche Entwicklung inzwischen über sie hinweg oder an ihr vorbeigelaufen, sie erhielten Rückhalt nur noch in einem ganz kleinen Kreis Unentwegter. Wie das Bundeskriminalamt viele Jahre später nach der Öffnung der DDR-Grenze herausfand, waren einige der RAF-Top-Terroristen bereits in der Zeit meines ersten Examens und dem Beginn meines Referendariats von der DDR als *Aussteiger* aufgenommen worden:

„Zur Aufnahme von RAF-Aussteigern in der DDR kam es 1980 und 1982. Zehn Personen aus der linksextremistischen Terrororganisation Rote Armee Fraktion (RAF) und deren Umfeld wurden mit Unterstützung des Ministeriums für Staatssicherheit (MfS) in der DDR ansässig und erhielten dort falsche Indentitäten." (Jens Bauszus: Die RAF-Stasi-Connection, in: Focus, 8. Mai 2007)

Dem waren nach mehreren abenteuerlichen Fluchtversuchen Inge Vietts, unter anderem nach Bulgarien, mehrere Gespräche zwischen ihr, einigen ihrer Genossinnen und Genossen einerseits sowie Harry Dahl, dem Chef der Terrorabwehr der Stasi andererseits vorausgegangen (s. ebd.). Im August 1982 reisten inoffiziell insgesamt acht RAF-Mitglieder, unter ihnen die Top-Terroristen Inge Viett, Susanne Albrecht, Silke Maier-Witt und Werner Lotze in die DDR und alle erhielten neue Identitäten. Susanne Albrecht wohnte anfangs in einem Neubauviertel in Cottbus, mußte jedoch ihre Indentität nochmals wechseln, da sie von Nachbarn enttarnt worden war, wie übrigens auch einige der Anderen zwischendurch ihre Identitäten teils mehrfach wechseln mußten. Ob Susanne Albrecht von der dortigen Haftanstalt Cottbus wußte? Nochmals hierzu an besagter Stelle:

„Während westdeutsche Behörden die Untergetauchten für seit 1980 begangene Anschläge verantwortlich machten, lebten die Aussteiger als Buchdruckerin, Arzt, Maschinist oder Fotografin in Ost-Berlin, Frankfurt (Oder), Senftenberg und Schwedt. …

Das MfS überwachte die Aussteiger bis zu deren Enttarnung vollständig und erfasste die Vorgänge im „Operativvorgang Stern 2". Die Wohnungen der Aussteiger wurden verwanzt, ihre Telefongespräche abgehört … . Kontakte untereinander waren den Aussteigern verboten. In einem internen Bericht des MfS von 1985 steht, von der Zehnergruppe würde keine Gefahr mehr ausgehen." (s. ebd.)

Daß die Stasi in diesem Zusammenhang hochsensibel Partei ergriff und sich der Terroristen annahm, kann man für eine logische Folge der DDR-Ideologie und ihrer Strategie der Abgrenzung gegenüber der Bundesrepublik halten, auch wenn dies ethisch-moralisch nicht zu rechtfertigen war. Daß sie diese *Aussteiger* nicht nur betreute, sondern bespitzelte und zu möglichst hundert Prozent unter Kontrolle halten wollte, ist ebenfalls nachvollziehbar, immerhin konnten sich die Stasi oder die DDR insgesamt nicht sicher sein, ob diese Terroristen nicht in der DDR plötzlich erneut begannen, ihre kruden politisch-ideologischen Egotrips auszuleben.

Daß die Stasi demgegenüber aber jemandem wie mir immer noch im Nacken saß und mich bespitzelte, zeigt die Absurdität dieses Systems! Schon seit nunmehr etwa zehn Jahren hatte ich all den früheren Fluchthilfeaktivitäten abgeschworen und auch keinerlei diesbezügliche Anstalten mehr erkennen lassen. Einzig Briefe an bundesdeutsche Behörden mit der Bitte um Unterstützung für die Freilassung von ehemaligen Kameraden hatte ich geschrieben, oder kritische Briefe an Freunde in der DDR, auch hatte ich in Telefonaten mit Freunden in der DDR, die mit Sicherheit abgehört wurden, gern kritisch-ironisch formuliert, immer mit einem verbalen Schalk im Nacken. Auch hatte ich begonnen, mich bei Amnesty International zu engagieren, einer internationalen Vereinigung, die ihren Hauptsitz in den USA hatte und die sich um politisch zu unrecht Inhaftierte weltweit kümmerte. Und deshalb war auch während meines Referendariats – und darüber hinaus – meine Akte für den *Operativ-Vorgang Häftling* nach wie vor geöffnet und wurde bearbeitet! In einem *Erfassungsbeleg* vom 25. August 1983, also am Ende meines Referendariats heißt es unter anderem neben der Erfassung all meiner persönlichen Daten und der meiner Frau sowie meiner Eltern – mein Vater war längst verstorben – , neben dem Hinweis auf das Referendariat am Wilhelm-Gymnasium Braunschweig oder auf mein Kfz-Kennzeichen (ANLAGE 22, SEITE 352):

`... Zuordnung zu der (den) Personenkategorie(n)`

`5. PK` (Personenkategorie, Anm. d. Autor) `Auftragsausführender eines Zentrums der PID` (politisch-ideologische Diversion, Anm. d. Autor)

`9. PK ... Person mit Einreisesperre`

... Beziehung zu Geheimdiensten und Zentren der politisch-ideologischen Diversion ... Amnesty International ...

Was für ein aberwitziger Aufwand! Nun war ich in deren Augen ein *„Auftragsausführender eines Zentrums der politisch-ideologischen Diversion“* und hatte *„Beziehungen zu Geheimdiensten und Zentren der politisch-ideologischen Diversion“*, weil ich mich bei Amnestie International engagierte. Man könnte meinen, damit würde es reichen, daß sich dieser Staat mit seiner panischen Angst vor subversiven Elementen ad absurdum führte; weit gefehlt! Diese Informationen, daß ich mich neben meiner Briefkritik, die man durch die einhundertprozentige Postkontrolle erfaßte, neben meinen kritisch-satirischen Telefonaten nun auch noch bei Amnesty International engagierte war für die Stasi Grund genug, nun auch den *großen Bruder* zu informieren, indem all das Erfaßte zusätzlich auf Russisch dokumentiert wurde (ANLAGE 23, SEITE 355). Auch hier die Erfassung all meiner persönlichen Daten und auf Seite 2 der Hinweis auf Amnesty International, auch ist in Russischer Schrift auf Seite zwei von mir als *Antikommunist* die Rede.

All dies kann als weiterer Beleg dafür gelten, die DDR war ab diesem Zeitpunkt nicht mehr überlebensfähig, sie hatte begonnen, sich selbst aufzufressen mit einem geradezu absurden, unstillbaren Hunger nach Sicherheit und Schutz, der nicht mehr bezahlbar gewesen sein kann! Hinzu kam die niedergehende Wirtschaft aufgrund der Zentralsteuerung und aufgrund des zunehmenden Werteverfalls in der DDR, inzwischen sah jeder, wie er sich möglichst schadlos durchwurschtelte, während die staatlichen Strukturen nur noch Hemmschuh für individuelle Entwicklungen von jungen, dynamischen Persönlichkeiten waren. Dem grundsätzlich ausgesprochen wertvollen, klugen, intelligenten und gebildeten Arbeitskräftepotential legte man ein Korsett staatlicher Einengung um, das seinesgleichen in der deutschen Geschichte suchte. Alte Männer, die selbst in ihrer eigenen Vergangenheit eines historischen und längst Geschichte gewordenen Klassenkampfes verfangen waren, wollten mit dieser Vergangenheit die Zukunft gestalten und den jungen Heißspornen zeigen, wo es langzugehen hat. Was für ein Treppenwitz der Geschichte.

Und so kam es, daß sich im Sommer 1983 die Medien regelrecht überschlugen, als ruchbar und dann offiziell bekannt wurde, die Bundesrepublik Deutschland hatte der DDR zum Überleben einen Milliardenkredit gewährt! Und das ausgerechnet ausgehandelt zwischen dem durch den Beauftragten der DDR für ausländische Devisenbeschaffung, Alexander Schalck-Golodkowski und dem als Kommunistenhasser bekannten und damaligen bayrischen Ministerpräsidenten Franz-Joseph Strauß. Strauß war bekannt für seine sehr selbstbewußten politischen Alleingänge, er war schon 1975 von Mao Tsetung noch vor dem damaligen Bundeskanzler Helmut Schmidt empfangen worden, bereits damals medial ein Blitzlichtgewitter. Und nun das: Nachdem Strauß großzügig Handlungsvollmacht erhalten hatte und er

HV A/HA/s. Abt. Zentrale Koordinierungs- gruppe — Berlin, 25.8.83

BV/V — Tgb.-Nr. 36/83

MfS
— 353 —
30 AUG 1983
Tgb Nr ... 3570
Weite. an: ...

BStU
000003

Erfassungsbeleg

(Mit Schreibmaschine oder in Druckschrift ausfüllen)

018050

1. **Grunddaten zur Person**

1.1. C a s p e r, Manfred, Wolfgang
Name, Vorname(n), Geburtsname, weitere Namen — Sprache

Sprache

1.2.
Deckname, Pseudonym, Spitzname — Sprache

1.3.
akademischer Grad und Titel/militärischer Dienstgrad

1.4. 14.03.1951
Geburtsdatum (genaues/ungefähres *)

1.5. DDR, Bezirk Karl-Marx-Stadt, Stollberg
Geburtsland, adm.-terr. Einheit, Geburtsort — Sprache

1.6. männlich
Geschlecht

1.7. deutsch
Nationalität

1.8. BRD (bis 7.1.71 DDR) — 1971-
Staatsbürgerschaft/Staatsangehörigkeit — Zeitraum

1.9. Casper, Evelyn; geb. Opitz, geb. 22.07.1954, Ehefrau
Angaben zu Verwandten (Name, Vorname(n), Verwandtschaftsverhältnis) — Sprache

Casper, Alfred, Vater
Sprache

Casper, Martha; geb. Becker, geb. 30.10.1912, Mutter
Sprache

2. **Zuordnung zu der (den) Personenkategorie(n)**

5. PK Auftragsausführender eines Zentrums der PID

9. PK ~~Ausgewiesene Person,~~ Person mit Einreisesperre
abgesl. Gr. 16.9.83

* Zutreffendes unterstreichen

430

(ANLAGE 22)

BStU
000004

3. **Beziehung zu Geheimdiensten und Zentren der politisch-ideologischen Diversion**

Sektion der BRD e.V.

3.1. Amnesty International, ~~Deutsche Sektion~~ 16.9.83

Bezeichnung des Objektes — Sprache

3.2. Zentrum der politisch-ideologischen Diversion

Typ des Objektes

3.3. BRD, Hamburg

Lage des Objektes (Staat, adm.-terr. Einheit, Ort) — Sprache

3.4. Großbritannien

Zugehörigkeit

3.5. Auftragsausführender

Art der Beziehung

3.6.

Dienststellung/Funktion

3.7. | | — 3.8. -1980-

Diensttelefon Hauptanschluß — Hausapparat — Vorwahl — Zeitraum der Beziehung

4. **Beteiligung an der Tätigkeit terroristischer u. a. feindlicher Organisationen/Einrichtungen**

4.1.

Bezeichnung der Organisation/Einrichtung — Sprache

4.2.

Typ der Organisation/Einrichtung

4.3.

Sitz der Organisation/Einrichtung (Staat, adm.-terr. Einheit, Ort) — Sprache

4.4.

Zugehörigkeit

4.5. — 4.6.

Art der Beteiligung — Zeitraum der Beteiligung

5. **Arbeitsstelle/Dienststelle/Studieneinrichtung**

5.1. Wilhelm-Gymnasium Braunschweig

Bezeichnung der Arbeitsstelle/Dienststelle/Studieneinrichtung — Sprache

5.2. staatliche Lehreinrichtung

Typ der Arbeitsstelle/Dienststelle/Studieneinrichtung

5.3. BRD, Land Niedersachsen, Braunschweig

Lage (Staat, adm.-terr. Einheit, Ort) — Sprache

5.4. BRD

Zugehörigkeit

5.5. Angestellter/Studienreferendar

Tätigkeit/Dienststellung

5.6. | | — 5.7. -1983-

Diensttelefon Hauptanschluß — Hausapparat — Vorwahl — Zeitraum der Beziehung

5.8.

Wird als Abdeckung genutzt (ja/unbekannt)

6. **Zugehörigkeit zu Parteien, gesellschaftlichen oder anderen Organisationen**

6.1.

Bezeichnung der Partei/Organisation — Sprache

6.2.

Typ der Partei/Organisation

6.3.

Sitz der Partei/Organisation (Staat, adm.-terr. Einheit, Ort) — Sprache

6.4.

Zugehörigkeit

6.5.

Art der Zugehörigkeit

(ANLAGE 22)

BStU
000005

6.6.
Dienststellung/Funktion

6.7. | | | 6.8.
Diensttelefon Hauptanschluß | Hausapparat | Vorwahl | Zeitraum der Zugehörigkeit

7. **Wohnort**

7.1. BRD
Staat

7.2. Land Niedersachsen
adm.-terr. Einheit

7.3. 3300 Braunschweig
Postleitzahl, Stadt/Ort, Stadtteil/Ortsteil

7.4. Rosenstraße 20
Straße, Hausnummer, Wohnungsnummer

7.5.
Telefon Hauptanschluß | Hausapparat | Vorwahl

7.6. -1983-
Zeitraum des Aufenthaltes | Sprache (7.1.–7.4.)

8. **Verbindung in andere Staaten**

8.1. DDR
Staat

8.2. verwandtschaftlich
Charakter der Verbindung

8.3. 1971-
Zeitraum der Verbindung

8.4.
Staat

8.5.
Charakter der Verbindung

8.6.
Zeitraum der Verbindung

9. **Äußere Kennzeichen und andere identifizierende Merkmale**

9.1. Gestalt: stark und dick, untersetzt, schlank*

9.2. Größe: kleiner als 160 cm, 161–170 cm, 171–180 cm, 181–190 cm, größer als 190 cm*

9.3. Augenfarbe: braun, schwarz, blau, grau, grünlich*

9.4. Haarfarbe: rotblond, schwarz, dunkelblond, blond, grau, hellblond*

9.5. Hautfarbe: weiß, schwarz, gelb, rot, gemischt*

9.6.
Besondere Kennzeichen | Jahr der Personenbeschreibung

9.7. Foto | | , Daktyloskopie, Handschrift* vorhanden
Jahr | Jahr | Jahr

9.8.
Glaubensbekenntnis

9.9. deutsch
Sprachkenntnisse

9.10. PKW BS-CM 988, BRD 1982-
Typ und Modell des Kfz, polizeiliches Kennzeichen, Zulassungsland, Zeitraum der Nutzung | Sprache

(ANLAGE 22)

СЕКРЕТНО (по заполнении)

BStU
000007

АНКЕТА СОУД

1. ОСНОВНЫЕ УСТАНОВОЧНЫЕ ДАННЫЕ НА ЛИЦО

Фамилии и имена (на языке принадлежности лица или на языке поступления информации)

1.1	Фамилии и имена лица		CASPER, MANFRED, WOLFGANG 004
1.2	Кличка, псевдоним		
1.3	Данные о родственниках	Степень родства (5)	03 ЖЕНА
1.4		Фамилия и имена	CASPER, EVELYN 004

Фамилии и имена (в транскрипции на языке абонента)

1.5	Фамилии и имена лица		
1.6	Кличка, псевдоним		
1.7	Данные о родственниках	Степень родства (5)	
1.8		Фамилия и имена	

Фамилии и имена (в транскрипции на рабочем языке)

1.9	Фамилии и имена лица		
1.10	Кличка, псевдоним		
1.11	Данные о родственниках	Степень родства (5)	
1.12		Фамилия и имена	

1.13	Ученая степень и звание Воинское звание	

1.14	Место и дата рождения	Страна (1)	ГДР	135
1.15		Административно-территориальная единица	BEZIRK	KARL-MARX-STADT
1.16		Населенный пункт		STOLLBERG
1.17 1.18		Дата рождения / Язык (3)	НЕМ.	510314 004
1.19	Пол (6)		МУЖСКОЙ	I
1.20	Национальность, народность (2)		НЕМЕЦ	004
1.21 1.22	Гражданство, подданство (1)	Период	ФРГ 1971-	004 71

2. КАТЕГОРИЯ, К КОТОРОЙ ОТНОСИТСЯ УЧИТЫВАЕМОЕ ЛИЦО И РОД ЗАНЯТИЙ

2.1	Код категории лица (7)		ЛИЦО. ПРОВОД. ИД. ДИВ. ЗАКРЫТ ВЪЕЗД	09 37
2.2 2.3	Код рода занятий (8)	Период	СЛУЖАЩИЙ -1983-	05 83

(ANLAGE 23)

BStU
000[illegible]08

3. ОТНОШЕНИЕ К СПЕЦСЛУЖБАМ И ЦЕНТРАМ ИДЕОЛОГИЧЕСКИХ ДИВЕРСИЙ

3.1 3.2	Расположение (страна) (1) / Код объекта	ФРГ	004
3.3	Наименование объекта	AMNESTY INTERNATIONAL= SEKTION DER BRD E.V.= AI-BUERO HAMBURG(007,004)	
3.4	Код типа объекта (4)	ЦЕН.ИД.ДИВ.;АНТИК.ОРГ.	152 370
3.5	Расположение: Административно-территориальная единица		
3.6	Расположение: Населенный пункт		
3.7	Принадлежность (1)	МЕЖД.АНТИКОММУНИЗМ	440
3.8	Код характера отношения (9)	ВЫП.ЗАДАНИЯ	20
3.9	Код характера деятельности (10)	ПОДРЫВНАЯ ИДЕОЛОГ.	16
3.10	Должность		
3.11	Служебный телефон		
3.12 3.13	Период отношения / Язык (3)	-1980- ; СМЕШ.	--80-- 999

4. УЧАСТИЕ В ДЕЯТЕЛЬНОСТИ ТЕРРОРИСТИЧЕСКИХ И ЭКСТРЕМИСТСКИХ ОРГАНИЗАЦИЙ

4.1 4.2	Расположение (страна) (1) / Код объекта		
4.3	Наименование организации		
	Код типа организации (4)		
4.5	Расположение: Административно-территориальная единица		
4.6	Расположение: Населенный пункт		
4.7	Принадлежность (1)		
4.8	Код характера участия (11)		
4.9 4.10	Период участия / Язык (3)		

5. ОФИЦИАЛЬНОЕ МЕСТО РАБОТЫ (СЛУЖБЫ, УЧЕБЫ)

5.1 5.2	Расположение (страна) (1) / Код объекта	ФРГ	004
5.3	Место работы (службы, учебы)		WILHELM-GYMNASIUM BRAUN SCHWEIG
5.4	Используется как прикрытие		
5.5	Код типа объекта (4)	УЧЕБ.ЗАВЕД.	245
	Расположение: Административно-территориальная единица	BUNDESLAND	NIEDERSACHSEN
5.7	Расположение: Населенный пункт		BRAUNSCHWEIG
5.8	Принадлежность (1)	ФРГ	004
5.9	Код характера отношения (12)	СЛУЖАЩИЙ	05
5.10	Должность		STUDIENREFERENDAR
5.11	Служебный телефон		
5.12 5.13	Период отношения / Язык (3)	-1983- ; НЕМ.	--83-- 004

5.1 5.2	Расположение (страна) (1) / Код объекта		
5.3	Место работы (службы, учебы)		
5.4	Используется как прикрытие		
5.5	Код типа объекта (4)		
5.6	Расположение: Административно-территориальная единица		
5.7	Расположение: Населенный пункт		
5.8	Принадлежность (1)		
5.9	Код характера отношения (12)		
5.10	Должность		
5.11	Служебный телефон		
5.12	Период отношения / Язык (3)		

(ANLAGE 23)

sich mit Schalck-Golodkowski konspirativ auf dem Gut eines mit Strauß befreundeten Gutsbesitzers im Bayrischen traf, war beschlossen worden, ein Bankenkonsortium überweist an die DDR eine Milliarde DM! Im Gegenzug wurden Erleichterungen für West-Besucher in der DDR vereinbart – und die langsame, systematische Demontage der Selbstschußanlagen an der innerdeutschen Grenze! Auch das war damals für mich wieder eine absolute Sensation. Leider war aber nun mein Schuljahr mit der 11A gerade vorbei, so daß ich diese aktuellen Ereignisse mit dem Milliardenkredit nicht mehr im Unterricht behandeln konnte.

Auch wenn ich durch meine grenzübergreifende Rezeption der Medien versuchte, mir einen Überblick über die Entwicklung zu behalten und ich bereits damals das Gefühl hatte, das kann auf Dauer nicht gut gehen mit dieser DDR, so habe auch ich jedoch an die letztliche Konsequenz dieses Gedankens, den Untergang der DDR nicht wirklich geglaubt; zu sehr hatte in Ost und West inzwischen über dreißig Jahre die deutsch-deutsche Realität unser aller Denken geprägt, die Grenze, die Trennung, die so extrem unterschiedlichen Entwicklungen in Ost und West, so daß eine kurzfristige Änderung dieses Zustandes nicht vorstellbar war – noch nicht!

Zahlreiche Bundesbürger allerdings hatten, auch wenn sie diese Nachrichten über den Milliardenkredit verwundert zur Kenntnis nahmen, ganz andere politische Schwerpunkte. Es begann sich eine ganz neue Bewegung zu formieren, die bereits in der Zeit meiner Vorbereitungen zum zweiten Staatsexamen, im Gemeinschaftskundeunterricht und vorher schon am Ende des Politikstudiums einen immer größeren Raum in den politischen Diskussionen, eingenommen hatte.

Die Verhandlungen zur atomaren Abrüstung im Rahmen der Strategic Arms Limitation Talks, die SALT-II-Verhandlungen waren gescheitert! Ursprünglich wollten die beiden Großmächte innerhalb der bipolaren Welt des Kalten Krieges, die USA und die Sowjetunion beziehungsweise die NATO und der Warschauer Pakt, die sich beide in eine Rüstungsspirale hineinmanövriert hatten, mit diesen Verhandlungen eine Umkehr des Wettrüstens erzielen. Da dies mißlang und die USA 1981 mit Ronald Reagan einen konservativen Hardliner der Republikaner als Präsident bekamen, startete dieser die Initiative zu einem gigantischen atomaren Rüstungsprogramm, das auf dem sogenannten NATO-Doppelbeschluß aufbaute. Dieses Programm sah vor, mit der weiteren atomaren Hochrüstung die Sowjetunion dadurch wirtschaftlich in die Knie zu zwingen, daß sie zur Wahrung eines Gleichgewichtes, das auch als *Gleichgewicht des Schreckens* bezeichnet wurde, gezwungen wurde, gleichzuziehen. Gleichzeitig sollte sie zu erneuten Verhandlungen gezwungen werden. Hinzu kam neben der atomaren Nachrüstung ein gigantisches Weltraum-Rüstungsprogramm, das SDI-Programm, ein Abwehrsystem für sowjetische Atomschläge. Während die Sowjets bereits begonnen hatten, in der letzten Verhandlungsphase von SALT II ihre SS-20 Atomraketen in der DDR zu stationieren, begannen nun die Amerikaner mit der Nachrüstung ihrer Pershing-II Raketen und ihrer BGM-109 Tomahawk Raketen. Deutschland war ein Pulverfass geworden, jederzeit zur Explosion bereit! Die Folge war eine gigantische Gegenbewegung, die weite Kreise der Bevölkerung mobilisieren sollte, teils über politische und ideologische Lager hinweg, auch über Ländergrenzen. Es kam zu ersten großen und immer größer werdenden Demonstrationen, die im Sommer 1981 in einer Demonstration von rund 400.000 Menschen in Amsterdam gipfelte. Weitere mit Hunderttausenden sollten folgen, der Beginn einer über viele Jahre die außerparlamentarische Opposition und später parlamentarische Politik bestimmenden Friedensbewegung.

Der NATO-Doppelbeschluß und alle daraus resultierenden Folgen waren 1982 nicht nur in den Medien und in der Öffentlichkeit vorherrschende Themen, es brachte auch die große Politik durcheinander. Im Bonner Bundestag ging es hoch her und am Ende eines erbitterten Streites zwischen der regierenden sozialliberalen Koalition und der Opposition begannen sich die Koalitionäre, die SPD und die FDP zu entzweien und alle FDP-Minister kamen ihrer Entlassung im September 1982 durch vorherigen Rücktritt zuvor; ein geschickter taktischer Schachzug, der dann in ein erneutes Mißtrauensvotum gegen die Regierung und Kanzler Helmut Schmidt mündete, obwohl er bereits im Februar dieses Jahres eine erste Vertrauensfrage völlig unbeschadet überstanden hatte. Und dieses Mal verlor er im Oktober dieses Votum und wurde von Helmut Kohl als Bundeskanzler abgelöst.

Daneben bildete sich eine weiter anwachsende Bewegung von Umweltaktivisten, die bereits in den 1970er Jahren begonnen hatten als Bürgerinitiativen und kleinere Bürgerbewegungen Aktionen zum stärkeren Schutz der Natur auf die Beine zu stellen. Waren diese Aktivisten zunächst noch eher von Vielen belächelt worden, so formierten sie sich bereits 1980 zu einer Partei, Die Grünen. In ihr versammelten sich auch die Gegner von Atomkraftwerken, auch Teile der linksintellektuellen. Ich selbst stand diesen Bewegungen ambivalent gegenüber. Es gab durchaus Forderungen zum Beispiel im Umweltschutzbereich, die ich als sehr Naturverbundener und naturnah Freizeitaktiver unterstützte. Andererseits waren auch bei diesen Bewegungen wieder zahlreiche Tagträumer unterwegs, die sich nach meinem damaligen Dafürhalten zu sehr in eine Schein- oder Wunschwelt hineinmanövrierten, die nichts mit der uns umgebenden Realität zu tun hatte. Insofern verfestigte sich bei mir mehr und mehr die inhaltliche und politische Bindung an die Liberalen, die mit der FDP seit Beginn der Bundesrepublik bis heut von allen Regierungsparteien die meisten Jahre in Regierungsverantwortung war, jeweils in Koalitionen mit den Sozialdemokraten oder den Christdemokraten. Die Liberalen waren nach damaligem Verständnis die gesellschaftliche Mitte, zwischen der jeweils herrschenden SPD oder der CDU. Und sie war – und ist bis heut – die einzige Partei, die die Verantwortung des Einzelnen für sich selbst in den Mittelpunkt allen Handelns rückt.

Dennoch empfand ich es als ausgesprochen wohltuend, nun endlich mit diesen Bewegungen eine außerparlamentarische Opposition in Westdeutschland und Westeuropa heranwachsen zu sehen, die zumindest weitgehend bereit war, auf

Gewalt als Mittel zur Durchsetzung von politischen oder gesellschaftlichen Interessen zu verzichten, auch wenn es gelegentlich Ausnahmen gab, nicht jedoch vergleichbar mit dem, was uns die RAF und die frühere extreme Linke beschert hatten. Die jetzigen Bewegungen waren für mich ein Beweis für die funktionierende Demokratie, auch, wenn ich viele ihrer Ziele nicht teilte.

Nachdem Helmut Kohl zunächst durch das Mißtrauensvotum Kanzler geworden war, folgten 1983 erneut Wahlen zum Deutschen Bundestag, infolge derer erstmals die Grünen die Fünfprozenthürde übersprangen und in den Deutschen Bundestag einzogen; welch ein Bild, als die ersten Abgeordneten in Jeans und leger gekleidet, teils in Turnschuhen dem ehrwürdigen Haus plötzlich eine anarchische Aura verpaßten. War auch ich erst ein wenig verhalten und verunsichert, ob hier nicht unser System ausgehöhlt werden könnte, so konnte man sehr bald zweierlei lernen: Erstens war unsere Demokratie vor allem durch die Bewältigung der Terrorkrise und durch die Bewältigung der Turbulenzen des Kalten Krieges gewachsen und stabil genug geworden, auch interne Strukturveränderungen locker wegzustecken und Turnschuh- oder Jeansträger bedeuteten nicht automatisch den Untergang der Demokratie oder des Abendlandes. Daraus folgte zweitens, auch die Grünen wurden von der Wirklichkeit des rauen Politikalltags eingeholt und spätestens, als sie mit Joschka Fischer 1985 erstmals sogar einen Minister in der ersten rotgrünen Koalition auf Landesebene in Hessen stellten, mußten sie wegweisende politische Entscheidungen in einem immer komplexer werdenden Kontext treffen – und sie legten eine – wie ich fand – beeindruckende Anpassungskür voller Verantwortung hin. Immerhin war Fischer wiederum 15 Jahre später als Deutscher Außenminister derjenige, der half, den pazifistischen Fundamentalisten der eigenen Partei wie zum Beispiel Hans-Christian Ströbele die Stirn zu bieten und mit Herzblut unter Kanzler Gerhard Schröder 1998/99 in der rot-grünen Koalition dafür zu sorgen, daß mit dem unendlichen Morden und Massakrieren im jugoslawischen Bosnienkrieg die Ratio über die Gefühlsduselei siegte und nicht noch mehr UN-Soldaten von den Serben hohnlachend verspottet, an Brücken angekettet und unwürdig gedemütigt wurden, damit die Serben in Ruhe das Massaker von Srebrenica vorbereiten und durchführen konnten. Über mehrere Tage waren damals unter Führung des Serben Ratko Mladic um die achttausend Menschen, alles Männer und Jungen zwischen 13 und 78 Jahren ermordet und in Massengräbern verscharrt worden. Das letzte große Massaker in Mitteleuropa in der jüngeren Vergangenheit, nach meiner Überzeugung auch begünstigt durch zu zögerliches Handeln der NATO. Fischer als sogenannter *Realo* war es, der in Kauf nahm, dafür aus den eigenen Reihen Schelte und gar rote Farbbeutel an den Kopf geworfen zu bekommen, um andererseits das beherzte Eingreifen der Amerikaner zum Schutze der Bevölkerung vor weiteren Massakern und dem unendlichen Mordbrand zu unterstützen und auch deutsche Soldaten einzusetzen. In seinen jungen Jahren soll er als linker Rebell bei Demonstrationen auch Steine geworfen haben. Auch der

Grüne Jürgen Trittin, später Bundesumweltminister war in seiner Jugend im Kommunistischen Bund aktiv. Müssen aber nicht junge Menschen im Erwachsenwerden bei der Suche nach dem richtigen Weg in die Verantwortung auch gelegentlich Pfade verlassen, um die Umgebung zu erkunden? Haben nicht gerade diese später den größten Weitblick? Ist nicht letztlich entscheidend, wovon sie einst in Verantwortung geleitet werden und was sie leisten? Auch andere Politiker anderer Parteien hatten in ihrer Jugend auf der Suche nach Identifikation den geraden Weg verlassen. Beispielsweise der frühere Oberbürgermeister Braunschweigs, Dr. Gert Hoffmann war in seiner Jugend in Berlin in der NPD engagiert (vgl. Dr. Gert Hoffmann, „Von Irrwegen in die Verantwortung", Klartext-Verlag, 1. Auflage, April 2018)., um später als CDU-Mitglied in Braunschweig historisch wegweisend die Stadt mit unglaublicher Dynamik, mit Engagement bis an die physischen Grenzen und mit Weitsicht wirtschaftlich zu stabilisieren und ihr Profil, auch durch den Neubau des Schlosses, zu schärfen und sie attraktiv zu machen. Zu ihm sollte ich in meiner viel späteren Verantwortung als Hauptgeschäftsführer im Arbeitgeberverband Braunschweig guten Kontakt bekommen. Im Übrigen war mein eigener Lebensweg bisher ebensowenig geradlinig verlaufen, sogar im Knast hatte ich gesessen, wenn auch unter speziellen Umständen und am Ende unrechtmäßig. Bei all meiner Sympathie für die Liberalen und die liberale Idee empfand ich spätestens seit dieser Zeit vor allem aber die Grünen als eine Bereicherung der politischen und gesellschaftlichen Landschaft, nicht zuletzt, weil gerade sie den Mut hatten, auch innerhalb der eigenen parteipolitischen Grenzen extrem kontrovers zu diskutieren; für mich immer Ausdruck von gelebter Demokratie!

Neben den beiden Klassen beziehungsweise dem Kurs, die ich im Referendariat regulär unterrichtete, war noch im laufenden Schuljahr festzulegen, in welchem der beiden Hauptfächer die Examenslehrprobe absolviert werden sollte, es mußte dafür zusätzlich ein Kurs oder eine Klasse gefunden werden und dort hatte man dann auch Unterricht neben dem regulären Klassenlehrer im Rahmen von Lehrproben zu halten und eine Hausarbeit zu schreiben. Ich entschied mich für Deutsch, für Literatur und dafür, in einem Grundkurs des zwölften Jahrgangs beim Deutsch-Lehrer Wolfgang Kück einen Text von Wolf Biermann zu behandeln, nicht irgendeinen, sondern sein *Wintermärchen*. Am Ende formulierte ich als Thema, zu dem ebenfalls wie im ersten Staatsexamen eine Hausarbeit gefertigt werden mußte:

„Die Ironie als Mittel der Satire und als didaktisches Problem beim Werkvergleich von Heinrich Heines sowie Wolf Biermanns „Deutschland. Ein Wintermärchen." (Grundkurs 12. Jahrgang)"

Darauf folgten weitere Examensvorbereitungen und im Herbst 1983 hatte ich nach allen erfolgreich absolvierten Prüfungen das Zweite Staatsexamen für das Lehramt an Gymnasien erfolgreich bestanden.

Auch hier wieder die Frage: Und nun? Bereits im Vorfeld des Abschlusses hatte ich mich parallel zu den letzten Prüfungen im Wissen um die hohe Wahrscheinlichkeit eines recht ordentlichen Examens bundesweit im Schuldienst beworben und die ersten Absagen erhalten. Wiederum parallel hierzu bewarb ich mich auch an zahlreichen Privatschulen und auf bildungsverwandte Tätigkeiten. Und ich hatte ein Fernstudium an der Wirtschaftsakademie Bad Harzburg in Betriebswirtschaft, Schwerpunkt Betriebsorganisation begonnen. Verunsichert wegen der zahlreichen Absagen aus dem Schuldienst war mir wichtig, mich neben den technischen Grundlagen, der Geisteswissenschaft und der Pädagogik mich mit Wirtschaftskenntnissen noch breiter aufzustellen und als Arbeitskraft anzubieten.

Und als ich mich dann beim Bildungswerk der Niedersächsischen Wirtschaft auf ein Angebot als Koordinator für eine berufliche Integrationsmaßnahme junger Erwachsener in die Wirtschaft bewarb, für ein einjähriges Projekt, hatten Kommilitonen wenig Verständnis, da wir uns ja immerhin mit Goethe, Schiller und viel Schöngeistigem beschäftigt hatten – und dann einen Job annehmen, bei dem man sich mit jungen Erwachsenen aus dem sozialen Abseits herumschlägt, im schlimmsten Fall sogar im Wortsinn? Wie ich beim Wuchs meiner Federn und Flügel gelernt hatte, besteht das Leben immer aus Kompromissen und Alternativen! Und ich hatte gelernt, mich in den unterschiedlichsten sozialen Milieus nicht nur zu bewegen, sondern auch durchzusetzen und alle wichtigen Ziele zu erreichen. Erneut galt es nun, sich dessen bewußt zu werden und ich sagte mir auch, die Möglichkeit, sich parallel zu einer vielleicht nicht hundertprozentigen Lehrerstelle weiter im Schuldienst zu bewerben ist mir unbenommen; und dann bekam ich tatsächlich die Chance, mich bei diesem Bildungswerk vorzustellen, und zwar in den Räumlichkeiten des Allgemeinen Arbeitgeberverbandes Braunschweig.

Kurz vor Weihnachten 1983 erhielt ich die Zusage, wenn auch zunächst nur im Rahmen eines auf ein Jahr befristeten Vertrages, beginnend ab dem 1. Januar 1984. Immerhin, die Familie und ich waren glücklich! Der Reiz der Tätigkeit bestand darin, ich hatte völlig freie Hand mir mit dem Arbeitsamt, wie es damals noch hieß eine Projektgruppe von etwa 16 bis 20 jungen Erwachsenen im Alter von 18 bis 25 Jahren zusammenzustellen und mit Unterstützung des Arbeitgeberverbandes dann Betriebe zu suchen, die bereit waren, diese jungen Menschen als Praktikanten für ein Jahr jeweils vier Tage pro Woche bei sich zu beschäftigen, mit dem Ziel, sie anschließend in Ausbildung oder Arbeit zu übernehmen. Ein weiterer Reiz für mich als eher pragmatisch orientiertem Menschen bestand zudem darin, daß es nicht so sehr darum ging, an diesen jungen Menschen sozialtherapeutisch herumzubasteln, sondern sie in die Wirtschaft, also in Arbeit oder Ausbildung und damit in die Gesellschaft zu integrieren, wenn nötig – so war zumindest mein Ansatz – mit ein wenig sanftem aber bestimmten Druck. Dies entsprach nicht nur meiner Grundeinstellung, es war ebenso in der Rückschau auf mein Studium und die in Demokratietheorie gelernten Aspekten eine hehre Aufgabe.

Auf ging es! Mein Büro hatte ich nun über ein Jahr im Arbeitgeberverband, mit Bärbel Erhardt stand eine Sekretärin des Verbandes als Unterstützung zur Seite.

Die Klasse war bald zusammengestellt, etwa die Hälfte junge Frauen und junge Männer. Eine Auflage des Arbeitsamtes, das die Integrationsmaßnahme finanzierte, war, die jungen Erwachsenen an einem Tag pro Woche acht Stunden zu unterrichten. Die Räume hierfür hatte ich im früheren Braunschweiger Freizeit- und Bildungszentrum im Bürgerpark gefunden, den Unterricht führte ausschließlich ich selbst durch. Was war das für eine Genugtuung und Bereicherung zu sehen, wie sich beispielsweise Jürgen, der mit Müh und Not die Hauptschule abgeschlossen hatte, nach einem oder zwei Jahren Arbeitslosigkeit mit etwa 19 oder 20 Jahren als sehr stiller, zurückhaltender und sehr zerbrechlich wirkender Mensch mit meiner Hilfe einen vertrauensvollen Chef in einem Blumengroßhandel fand, den ich ihm vermittelt hatte, mit dem Ergebnis, daß Jürgen noch im laufenden Jahr begonnen hatte, auf Kosten der Firma den Führerschein zu erwerben, er wurde schließlich übernommen. Die Burgpassage in Braunschweigs Innenstadt war in dieser Zeit eröffnet worden und wen traf ich einige Zeit später inmitten eines Blumenmeeres an einem Blumenstand als Standleiter? Jürgen! Mit stolz geschwellter Brust informierte er mich, er habe nun auch eine Ausbildung zum Großhandelskaufmann begonnen und sei später für eine Geschäftsstelle als Leiter vorgesehen.

Oder Udo, etwa 20 Jahre alt, ein junger Bursche von sehr großer, kräftiger Statur mit einer großen Hasenscharte, etwas grobschlächtig, vor allem den jungen Frauen gegenüber, manchmal etwas ungepflegt, der leider nur die Sonderschule hat beenden können und noch nie gearbeitet hatte. Als ich ihn abholte zu einem Vorstellungsgespräch bei einer Braunschweiger Wohnungsbaugesellschaft, wo er als Gartenbau- und Hofarbeiter untergebracht werden sollte, kam er geradewegs aus einem Schuppen, er hatte dort an seinem Mofa herumgebastelt; und wie ich ihm sagte, wir müßten nun doch bald los zu dem Vorstellungsgespräch, hatte er kein Problem, mit seinen ölverschmierten Händen und der Arbeitskluft kurzerhand in meinen Opel-Kadett, den wir uns als Familie inzwischen zugelegt hatten, einsteigen zu wollen. In diesem Outfit wollte Udo sich in einem Betrieb vorstellen! Schnell Hände Waschen und ordentlich anziehen – in meinem Beisein – war nun das Gebot der Stunde und mit etwas Verspätung kamen wir an, hatten ein kurzes, aber sehr gutes Gespräch, das wesentlich ich führte und Udo hatte seine erste Stelle, eingedenk der Schwierigkeiten in der Anfangsphase, als ich ihn mehrmals abholen mußte, weil er verschlafen hatte. Auch ihn traf ich Jahre später in einer städtischen Grünanlage in Braunschweig, er war inzwischen in das Stadtgarten- und Friedhofsamt gewechselt und hatte eine unbefristete Stelle als Gartenbauhelfer.

Oder Katrin, die enorme Probleme mit ihrem Vater gehabt hatte und nach dem Hauptschulabschluß mit 18 Jahren bei ihrem Freund lebte, der als Azubi in einem Malerbetrieb lernte. Beide mußten sich sehr bescheiden, nahmen meine Hilfe aber sehr dankbar an, auch wenn es gelegentlich um finanzielle Fragen ging, sie wollten unbedingt auf die Beine kommen. Katrin wurde nach dem Praktikum in einem Versicherungsbüro in ein Ausbildungsverhältnis zur Bürokauffrau übernommen.

Weitere Beispiele zeigten mir, diese jungen Menschen waren weder dumm noch unwillig oder faul, sie hatten in der Regel soziale, familiäre und infolgedessen vor allem Orientierungsprobleme! Sie waren in dieser komplexen, vielfältigen und freien Gesellschaft überfordert, ihren Fixpunkt aus eigener Kraft zu finden, ihre Identifikationspunkte. Niemand hatte sich die Mühe gemacht, Ihnen diese Fixpunkte zu zeigen, sie dorthin zu führen und ihnen die Möglichkeit eröffnet, anzuknüpfen an die Arbeitswelt, weder die Eltern, die nur allzuoft selbst überfordert waren, noch die Schule.

Und hier setzte mein Unterricht an. Erste Teambildungsprogramme formten uns nach einiger Zeit und der Aufarbeitung von Spannungen untereinander, die es anfangs zuhauf gab, alle zu einer einigermaßen funktionierenden Gemeinschaft mit gemeinsamen Zielen – mich als Lehrer und *Chef*, wie sie mich nennen durften, eingeschlossen, war ich doch letztlich genau wie diese jungen Leute auf der Suche nach einer dauerhaften Perspektive, nur auf einer anderen Ebene, die es allerdings auch zu betonen galt; immerhin hatte ich nicht nur die Verantwortung für das Gelingen des Projektes, ich hatte sie auch in gewisser Weise für diese jungen Menschen übernommen, auch wenn sie alle volljährig waren. Wichtig war mir insofern, eine vertrauensvolle Distanz zu pflegen, nicht, wie ich es schon bei einigen Lehrkräften am Kolleg und später im Referendariat erlebt hatte, den Kumpel mit freundschaftlichem *„Du“* zu mimen, der ich nicht war. Daß ich die jungen Leute zwar mit *„Sie“* aber mit den Vornamen anredete, fanden sie indes in Ordnung, ich war für sie Herr Casper, oder eben *„der Chef“*.

Dann war mir wichtig, in Ihnen Bewußtsein dafür zu entwickeln, daß sie letztlich für sich selbst verantwortlich sind und nicht der Staat, die Gesellschaft, irgendein Amt oder irgendeine Institution. Jeder ist seines Glückes Schmied! Wohlwissend, der Staat und die Gesellschaft müssen demgegenüber Rahmenbedingungen vorhalten, die es dem Einzelnen ermöglichen, aus persönlichen oder sozialen Schieflagen wieder herauszukommen.

Auch wenn es mir am Ende des Jahres gelungen war, fast alle erfolgreich zu vermitteln, so gab es einen Abbruch und zwei Fälle, die nicht erfolgreich waren. In den beiden letzteren Fällen setzten jedoch weiterführende Maßnahmen an, die nun doch notwendigerweise sozialtherapeutisch ausgerichtet waren. Und der eine junge Mann, von dem wir uns schon recht früh trennen mußten, war ebenfalls mit meinen Möglichkeiten nicht integrierbar, er hatte möglicherweise auch ein heftiges Drogenproblem, was ich jedoch nie endgültig herausfand.

In dieser Zeit nutzte ich die einmalige Chance, in der Region erste umfangreiche Netzwerkarbeit zu beginnen. Ich lernte zahlreiche interessante Firmen, die Kammern, die Verbände und die Bildungsträger der Region kennen, die Ämter und viele kommunale Vertreter. Bei jedweder Gelegenheit bemühte ich mich um neue Kontakte und um ein verbindliches Miteinander, entsprechend meinen Prinzipien.

Das war ein weiterer Grund, weshalb ich nun am Ende dieses ersten Jahres die Chance bekam, ein weiteres Jahr mit einer zweiten Gruppe in Angriff zu nehmen, das Bildungswerk bot mir einen weiteren Jahresvertrag. Ein Teil der Kommilitonen, die noch vor einem Jahr verhalten mein Engagement hinterfragten, waren teilweise inzwischen selbst desillusioniert, weil auch sie keine Stelle mehr im Schuldienst bekommen und auch oft noch keine Alternative gefunden hatten. Immerhin war der Eine oder Andere soweit, es zumindest als Taxifahrer oder als Kellner zu versuchen. Nicht nur, daß mir das Bildungswerk aufgrund des sehr guten Erfolges meines Projektes erneut ein Projekt für das Folgejahr anbot, ich sollte einen Kollegen an die Seite bekommen, der parallel ein zusätzliches Projekt durchführen sollte. So teilte ich mir nun mit Michael Steier, einem ebenfalls Arbeit suchenden, engagierten Gymnasiallehrer ein etwas größeres Büro des Arbeitgeberverbandes.

Auch meine zweite Gruppe startete in Richtung Erfolg. Wieder hatte ich bereitwillige Betriebe an der Seite, die bereit waren, die jungen Menschen aufzunehmen, zu betreuen und zu helfen, sie in eine erfolgreiche Zukunft zu führen. Hatte ich bis dahin vor allem mit Blick auf die mittelständische Wirtschaft und kleineren Betriebe im Handwerk noch das Klischee der harten Hunde als Chefs im Kopf, die im Kampf um das wirtschaftliche Überleben in dieser rauen Wirtschaftswelt kantig, ungehobelt und rücksichtslos seien, so mußte ich viel Neues hinzu lernen, ich mußte mein Bild revidieren. Sicher, es gab jene, die dieses Klischee zumindest teilweise bestätigten, wenngleich auch sie selbst oft Familie, Kinder und hier und da auch ihre liebe Mühe mit der Erziehung derer hatten, so daß sie ebenfalls Unterstützer wurden. Der größte Teil aber waren Helfer aus sozialer Verantwortung, und daß sie auch ihren Nutzen sahen, wenn sie mit unserer Hilfe sich einen guten Mitarbeiter heranziehen konnten, war legitim. Die Ausnahmen, die hier eine billige Chance auf eine billige Arbeitskraft auf Zeit für maximal ein Jahr sahen, gab es auch, sie waren aber wenige und eher Bestätigung der Regel. Diese Unternehmer, die mit meiner Hilfe den billigen Jacob suchten, fand ich schnell heraus und konnte in allen Fällen noch rechtzeitig zum Nutzen der Praktikanten und des Projektes die Weichen stellen.

Das Jahr ging ins Land. Die große Politik war zwar immer noch mein Interesse, aber ich konnte sie nicht mehr im Unterricht behandeln, ging es bei uns doch eher um Grundlagenwissen zum Staat und zur Gesellschaft, immer mit dem Ziel, die jungen Menschen auch durch Wissen zu stabilisieren. Da war es schon ein Fortschritt, konnte am Ende des Jahres Jede und Jeder den Bundespräsidenten und den Bundeskanzler nennen, sowie zumindest die wichtigsten Parteien und deren Richtungen. Mein Lehrhorizont hatte sich also deutlich verschoben.

Was für meine eigene Wahrnehmung als politisch bedeutsam in Erinnerung blieb, war die Ernennung von Michail Gorbatschow zum Generalsekretär der Kommunistischen Partei der Sowjetunion, einer der wichtigsten Posten im sowjetischen Machtapparat. Man munkelte bereits, dies könnte einen frischen Wind bedeuten, andere sagten sein baldiges Ende voraus. Entgegen aller Vermutungen sollte er in den kommenden Jahren beginnen, endlich den Wandel einzuleiten, der den Kalten Krieg beenden und die Welt in eine Dekade des totalen Umbruchs führen sollte.

Dessen ungeachtet bewarb ich mich weiter im Schuldienst, wenn auch zunehmend verhaltener, da hier kaum noch Chancen erkennbar waren. Bei Stellen im privaten Schuldienst begann ich zunehmend die finanziellen Bedingungen zu vergleichen und da war ich beim Bildungswerk durchaus gut aufgehoben, zumal auch Stellen in Privatschulen zunehmend befristet waren. Wäre ich allein lebend gewesen, hätte ich möglicherweise die eine oder andere Stelle weit entfernt angenommen, wobei ich aber mit Evelyn im Interesse der Familie schon gut abwägen mußte, was der kleinste oder auch größte gemeinsame Nenner für die Zukunft war. Und wie ich im zweiten Halbjahr 1985 zufällig zeitlich eng aufeinanderfolgend Vorstellungsgespräche in Nürnberg bei der Bundesagentur für Arbeit geführt hatte, bei Daimler-Benz in Stuttgart und beim Bildungswerk der Niedersächsischen Wirtschaft in Hannover, hatte ich innerhalb von einer Woche Zusagen auf drei allesamt hochinteressante Stellen, mit guten Gehältern, unbefristet und mit klaren Perspektiven! Ich entschied mich für die Tätigkeit als Landeskoordinator für Arbeitsmarktprojekte beim Bildungswerk in Hannover.

Im Januar 1986 ging es los in Hannover, ich bekam ein Büro im Haus der Unternehmer- und Arbeitgeberverbände am Schiffgraben, mit Frau Döring eine Sekretärin und mit meinem direkten Vorgesetzten Dr. Bernd Brauckmüller sollte sich ein sehr gutes Miteinander entwickeln, ebenso mit Horst Kowalewski, der bereits als Koordinator für Arbeitsamtsmaßnahmen zur Integration Arbeitsloser in die Wirtschaft sowie für Lehrerfortbildungen und die Arbeit mit Schulen tätig war, später übernahm er als zweiter Geschäftsführer neben Dr. Brauckmüller Verantwortung und führte mit diesem das Bildungswerk in eine sehr erfolgreiche Zukunft. Mit dieser neuen Tätigkeit hatte ich auch erstmals Personalverantwortung, indem ich für all die Koordinatoren der Projekte für die arbeitslosen jungen Erwachsenen in Niedersachsen zuständig war. Gleichzeitig sollte ich damit erste arbeitsrechtliche Erfahrungen sammeln.

Kaum hatte mich meine neue Tätigkeit in Beschlag genommen, kam ich am 28. Januar 1986 abgespannt nach Hause, ich pendelte zu dieser Zeit noch nach Braunschweig, wir waren noch nicht umgezogen und die Nachrichten zeigten Bilder, die wieder einmal erschütterten. Die USA waren inzwischen Weltraumnation Nummer eins und hatten mit dem Space-Shuttle ein erstes System entwickelt, mit dem sowohl der Start und Transport von Material und Astronauten in den Weltraum sowie deren Rückholung möglich waren. Zahlreiche Starts und Landungen hatte es inzwischen gegeben und an diesem Tag hatte die NASA wieder eine bemannte Chellenger-Rakete mit sieben Besatzungsmitgliedern auf ihre außerirdische Reise schicken wollen, unter ihnen zwei Frauen, eine davon Lehrerin, die einen kleinen Unterrichtspart aus dem Weltraum für ihre Klasse vorbereitet hatte. Die Welt stand gebannt bereit, sich das Startspektakel an den Bildschirmen oder gar persönlich am Rande von Cape Canaveral anzusehen, wie es inzwischen übliche Routine war, neben zahlreichen Schaulustigen waren dort auch Angehörige einiger der sieben Astronautinnen und Astronauten. Alle hielten gebannt den Atem an – und dann geschah das Unfaßbare! Nach etwas über einer Minute, gigantische Kräfte hatten riesigen Titanen gleich den Weltraumkollos emporgehoben und in den Orbit beschleunigt, das rauschende Klatschen der zahllosen Hände am sonnigen Rand von Cape Caneveral war noch nicht verklungen, als sich im dünner werdenden Kondensstreifen plötzlich etwas Merkwürdiges abzeichnete – waren da nicht unvermittelt zwei sich teilende Kondensstreifen sichtbar geworden, der eine noch ein wenig steil in den azurblauen Himmel weisend, der andere in einer scharfen Kurve zurück zur Erde? Die Treibstofftanks waren noch vor ihrer Abtrennung vom eigentlichen Shuttle explodiert! Das Unglück nahm vor den Augen der Weltöffentlichkeit seinen Lauf und das Schicksal ließ den sieben Besatzungsmitgliedern keine Chance. Was mögen die Angehörigen angesichts Ihrer Zeugenschaft vor Ort empfunden haben? Alle sieben kamen ums Leben!

Die Renovierungsarbeiten in der neuen Wohnung gingen gut voran, die Umzugsfirma war bestellt. Noch pendelte ich Ende April zwischen Braunschweig und Hannover. Am Abend des 28. April 1986, ich hatte wieder einen anstrengenden, wenn auch erfüllenden Tag hinter mir, so langsam war ich eingearbeitet, als wir in den abendlichen Meldungen der *Tagesschau* von stark erhöhten Werten radioaktiver Strahlung in Schweden hörten. In einem schwedischen Atomkraftwerk waren hochsensible Meßgeräte zur Erfassung der selbst erzeugten Strahlung installiert, diese zeigten Grenzüberschreitungen verschiedenster Strahlenwerte an und nach kurzer Zeit liefen die Werte völlig aus dem Ruder; nur war in diesem Atomkraftwerk kein Störfall erkennbar!

Nicht lange und die internationalen Medien meldeten einen akuten Störfall in einem offensichtlich sowjetischen Atomkraftwerk in Tschernobyl, in der Ukraine und wiederum kurz darauf wurde aufgrund der exorbitant hohen Werte die höchste der siebenstufigen Gefahrenstufen nach einer Havarie von Atomkraftwerken in Europa ausgerufen! Erstmals in der Geschichte der Menschheit mußten wir alle plötzlich die Unberechenbarkeit dieser Technik zu diesem Zeitpunkt – zumal unter dem damals mehr als miserablen Standard der sowjetischen Technologie – und deren Auswirkungen erleben, auch bekamen nun die Gegner der Atomkraftwerke Aufwind. Laut einer von der WHO und der IAEA, zweier internationaler, seriös agierender Weltgesundheitsorganisationen starben in wenigen Tagen oder Wochen nach dem Unglück an den Folgen der verschiedensten Strahlungen 50 Menschen, bei weiteren etwa 9000 Menschen in den am stärksten betroffenen Gebieten war relativ kurz danach Krebs diagnostiziert worden, exakt einzugrenzen oder zuzuordnen sind weitere Zahlen nicht. (vgl. UNSCAR 2008 Report.Sources and effects of ionizing radiation. Bd. 2. Annex D-Health effects due to radiation from the Chernobyl accident. New York 2011, S. 49).

Im Frühsommer 1986 war es soweit: Wir packten unsere Sachen und zogen nach Hannover auf die Albert-Niemann-Straße in der Südstadt, hier hatten wir eine größere, sehr schöne Wohnung in der ersten Etage eines Bürgerhauses mit zwei kleinen Balkonen gefunden. Die Kinder wurden in der Peter-Petersen-Schule eingeschult, fußläufig etwa zehn Minuten entfernt. All das Neue zwang mich, weiterhin sehr engagiert zu arbeiten, wenngleich wir erstmals seit langem wieder stärker auch im Freizeitbereich sehr aktiv wurden mit Bergwanderungen bei unseren Freunden in der Schweiz oder mit mehrtägigen Radwanderungen. Unsere Freunde Dr. Karl-Heinz und Eva Kluge lebten inzwischen in Davos in einer etwas größeren Villa mit Ferienwohnung, in der wir uns entweder unmittelbar als Feriengäste einnisten konnten oder die wir zur Übergabe an andere Feriengäste betreuten, wenn unsere Freunde selbst länger im Urlaub waren und wir das Haus insgesamt einhüteten, in diesen Fällen wohnten wir in der Wohnung unserer Freunde.

Nach dem Umzug nach Hannover begann ich, nach und nach die Mitarbeiterinnen und Mitarbeiter, für die ich mittlerweile Verantwortung trug und die in den einzelnen niedersächsischen Regionen ähnlich wie ich in den zwei zurückliegenden Jahren einzelne Projektgruppen betreuten, zu besuchen, deren Arbeitsweisen zu erfassen und gemeinsam mit diesen zu effektivieren. Von Monat zu Monat wuchs die Mannschaft. Auch begannen wir Projekte zur Integration von arbeitslosen Akademikern zu entwickeln, die nach dem selben Prinzip wie bei den jungen Erwachsenen funktionierten, mit Praktika und begleitendem Unterricht. Diesen Unterricht jedoch konnte ich nicht mehr allein durchführen, hierzu gab es einen Expertenpool, den wir für die unterschiedlichsten Themen und Inhalte aufbauten, meine Aufgabe war hier eine organisatorische und koordinierende. Mit einigen dieser ehemals arbeitslosen Akademiker sollte ich später beruflich immer wieder zu tun haben, nachdem sie in die Wirtschaft integriert werden konnten und ich mich ebenfalls weiterentwickelt hatte. Auch bei den Akademikern galt, sie vor allem für die Wirtschaft fit zu machen, viele von ihnen hatten außer Schule und ihr späteres, meist geisteswissenschaftliches Studium nie einen Betrieb von innen gesehen und weder Wissen über noch Erfahrungen aus der Wirtschaft.

In dieser Zeit begann ich gelegentlich zu spüren, ich hatte mir viel vorgenommen mit meinem neuen Job und zusätzlich durch die anfängliche Pendelei begann ich mein Fernstudium an der Wirtschaftsakademie zu hinterfragen, das mit den obligatorischen Lerngruppen und sonstigen Zusammenkünften enormen Aufwand erforderte. Letztlich entschied ich mich zur Beendigung dessen, zugunsten des fordernden Jobs. Im Grunde hätte ich bei einer Weiterverfolgung des Studiums die nächsten ein bis zwei Jahre in meinem neuen Job Abstriche machen müssen, wollte ich einen ordentlichen Abschluß hinlegen, und das wollte ich nicht. Gelernt hatte ich indessen viel und darauf kam es an, für die weitere berufliche Perspektive war der Abschluß nicht mehr unabdingbar.

Wieder einmal holte mich die Politik ein, der nach wie vor mein großes Interesse galt. Auch wenn die RAF inzwischen weitgehend eliminiert worden war, gab es noch den Rest der Unverbesserlichen. Es gab noch eine extreme Linke, die sich in bestimmten Subkulturen festgesetzt hatte, wie es sie auch auf der extremen Rechten gab. Im Oktober 1986 war es wieder einmal so weit, daß uns die Nachrichten einen Mord durch die RAF, nun wohl durch die zweite Generation berichten mußten. Gerold von Braunmühl, ein hochrangiger Diplomat im Auswärtigen Amt, der an der Seite von Außenminister Hans-Dietrich Genscher engagiert an der Verbesserung der Beziehungen zur Sowjetunion und zu Polen arbeitete, war nach seiner Heimkehr vor seinem Haus in Bonn von einem Terroristen mit zwei Schüssen in die Brust niedergestreckt worden und als sich der am Boden wälzende verzweifelt versuchte, zwischen zwei geparkten PKW Schutz zu suchen, trat ein zweiter Terrorist an ihn heran und richtete ihn mit zwei aufgesetzten Kopfschüssen endgültig hin! Er hinterließ neben seiner Frau drei Kinder. Von Braunmühl galt nicht als besonders gefährdet, weshalb er auch nicht von Personenschützern begleitet wurde. In einem Bekennerschreiben bekannte sich etwas später ein *Kommando Ingrid Schubert* zu der Tat. (vgl. An die Mörder unseres Bruders. In: taz, 7. Nov. 1986). Auch von Braunmühl war vielleicht deshalb im Visier, weil er wie Jahre davor Aldo Moro in Italien zu den eher auf Ausgleich Bedachten gehörte, die *„ohne festen Standpunkt"*, wie es im Jargon der Radikalen hieß, für sie verdächtig waren.

Mein Kontakt in die DDR war nach wie vor auf Briefe und seltener auf Telefonate beschränkt. Immer öfter hörte ich von einer brisanten Versorgungslage oder von enormem Schlendrian, der überall grassierte, in der Wirtschaft, in den Verwaltungen oder in der Infrastruktur. So berichtete meine Schwägerin Karin, die Krankenschwester in der Wismut-Klinik Stollberg, es würden Diagnosen, Behandlungen oder gar Operationen nur noch möglich sein, weil Geräte und Medizin aus dem Westen genutzt würden, die wohl aus dem Milliardenkredit bezahlt wurden. Ansonsten hätten sie nur noch marode Zustände.

Ich indessen war inzwischen in meinem neuen Berufsumfeld angekommen. Neben den Akademikerprojekten kamen auch noch weitere Integrationsprojekte für Erwachsene hinzu, die aus nicht akademischen Tätigkeitsbereichen kamen und nach Arbeitslosigkeit einen neuen Einstieg suchten. Einem Großteil konnten wir damit eine neue Lebensperspektive eröffnen, wobei ein Teil erkennbar nicht motiviert werden konnte, sogenannte Langzeitarbeitslose, die bereits zu lange dem Erwerbsleben entfremdet waren. Die Zahl der Projekte insgesamt, für die jungen Erwachsenen, für die Erwachsenen in einfacheren Tätigkeitsbereichen, für die Langzeitarbeitslosen und für die Akademiker nahm deutlich zu. Es galt nun ständig neue Ausschreibungen durch das Bildungswerk zu organisieren, Aufträge zur Durchführung zu generieren und dann Personal einzustellen. Dabei lernte ich in zahlreichen Vorstellungsgesprächen, die ich gemeinsam mit Dr. Brauckmüller oder Horst Kowalewski führte, daß mir Personalarbeit Spaß machte, sowohl diese

Auswahlprozesse zu begleiten als auch Personal verantwortlich zu führen war befriedigend. Wichtig war mir, eine gute Vertrauensgrundlage zu finden und zu erhalten, was indes nicht immer gelang.

In Braunschweig waren inzwischen drei Koordinatoren für Integrationsmaßnahmen in den Räumlichkeiten des Arbeitgeberverbandes untergebracht. Über einen von ihnen erhielt ich eines Tages die Klage eines Kollegen, er sei schon mehrfach nicht zum Dienst im Büro und nun ebenfalls erstmals nicht zum Unterricht erschienen, so daß die jungen Erwachsenen unverrichteter Dinge wieder nach Hause gehen mußten. Ich kümmerte mich und fand heraus, er war offenbar alkoholkrank, was wir bei der Personalauswahl nicht hatten feststellen können. Ich versuchte noch, mit ihm im persönlichen Kontakt zunächst diesbezügliche Aufklärung zu betreiben, um dann nach Hilfsmöglichkeiten für ihn und für uns zu suchen. Allerdings war das nicht einfach, weil er begann, sich zu verweigern. Schließlich mußten wir uns von ihm trennen, was dazu führte, daß er mich über längere Zeit spät Abends und nachts telefonisch attackierte.

Wenn ich in dieser Zeit einerseits die Überzeugung gewann, die Wirtschaft hat letztlich – bei aller Wechselwirkung – dem Menschen zu dienen und nicht der Mensch der Wirtschaft, so lernte ich andererseits, dies kann nur gelingen, wenn allseits verantwortlich gehandelt wird, vor allem seitens der Arbeitgeber aufgrund ihrer Gesamtverantwortung, was Beschäftigte aber von deren Teilverantwortung nicht befreit, auch sie übernehmen Verantwortung. Ausgehend von diesem Gedanken frage ich indes, ob wir im gesellschaftlichen Bemühen um den Schutz des Einzelnen vor Willkür oder negativen Auswirkungen wirtschaftlicher Auswüchse bei der vertraglichen Regelung zwischen Arbeitnehmern und Unternehmen nicht begonnen hatten, im rechtsstaatlichen Rahmen des Arbeitsrechtes das Kind mit dem Bade auszuschütten? Schon damals war mir nicht verständlich, wieso ich als Arbeitgeber oder als leitender Angestellter, wenn ich eine Stelle besetzen und damit ein zwischenmenschliches Miteinander begründen will, das nach meinem Verständnis, auch wenn es rein sachbezogen ist, auf Vertrauen aufgebaut sein soll, eine Bewerberin nicht nach ihren Absichten der Familienplanung fragen darf, damit man im Falle einer Schwangerschaft auch unternehmerisch planen kann? Auch wenn es im Bewerbungsgespräch nicht grundsätzlich verboten ist, die Frage nach einer eventuell bestehenden Schwangerschaft zu stellen, so muß die Bewerberin mit Blick auf eine spätere arbeitsrechtliche Auseinandersetzung nicht wahrheitsgemäß antworten! Frage ich sie heut danach, ob sie schwanger ist, darf sie im Wissen um die vielleicht bereits bestehende Schwangerschaft verneinen, um mir dann morgen mitzuteilen, sie sei schwanger. Juristisch ist diese Frage nicht verwertbar. Und dem Arbeitgeber ist damit jegliche Möglichkeit genommen, sich von ihr wieder zu trennen. Dies ist absurd! Der Gesetzgeber hat im Interesse eines besonderen Schutzbedürfnisses werdender Mütter die Möglichkeit der Lüge und des Vertrauensbruches ausdrücklich juristisch determiniert. Mag sein, mein Selbstverständnis vom Miteinander auch in einem Unternehmen ist naiv; aber ich glaube nicht, unsere Gesellschaft wird dadurch verbindlicher, daß wir Beziehungen derart einseitig juristisch formalisieren, zumal nicht jeder Bewerber automatisch einen bedingungslosen Anspruch auf diese Stelle haben kann. Nur eine Person kann sie besetzen, und zwar sollte es nach meinem Verständnis diejenige sein, die optimal in die Firma paßt. Nicht nur dies steht meinem Verständnis entgegen, es sind auch die Bemühungen um eine lückenlose Gleichberechtigung, die das allgemeine Gleichbehandlungsgesetz verlangt. Würde man dem konsequent folgen, müßte man alle Bewerber auf eine Stelle einstellen, um allen Risiken, ungleich behandelt zu haben, aus dem Weg zu gehen. Bedeutet nicht die Einstellung von nur einer Bewerberin oder einem Bewerber auf eine Stelle gleichzeitig immer die Benachteiligung der Abgelehnten?

Bereits damals in meiner ersten beruflichen Verantwortung für Mitarbeiter und Mitarbeiterinnen lernte ich viel über die seit Jahrzehnten gewachsenen Formalismen, die meinem Selbstverständnis entgegenstanden und bis heut entgegenstehen und mein individuelles Problem spiegeln, wie normales, allgemeines Rechtsempfinden und der formale, juristische Rechtsrahmen, die Rechtsprechung insgesamt auseinander driften. Dem Mitarbeiter in Braunschweig, der wegen des offensichtlichen Alkoholproblems das ganze Projekt zu gefährden drohte und damit den jungen Erwachsenen, für die er Verantwortung übernommen hatte, ein denkbar schlechtes Vorbild war, mußten wir zu unserem Schutz und zum Schutz der Projektteilnehmer kündigen, nachdem ich alle Register gezogen hatte, um ihm Hilfe angedeihen zu lassen, was er aber kategorisch ablehnte; er fühlte sich regelrecht bedroht in seiner Individualität und Unabhängigkeit, was auch die bereits genannten Telefonattacken seinerseits mir gegenüber abends und nachts zur Folge hatte. Und was war meine Aufgabe? Ihm ein Zeugnis zu formulieren, was ihm wohlwollend gesonnen war und ihn auf seinem weiteren Berufsweg nicht hinderlich ist; ich mußte zum ersten Mal schönfärben, bei genauerer Betrachtung mußte ich lügen! Bis heut ist mir diese juristisch verlangte Schönfärberei nicht plausibel, sie steht meinem Selbstverständnis vom Miteinander in einer offenen und freien Gesellschaft entgegen und erinnert mich an einige ebenso obskure Schönrednereien, wie ich sie in der DDR erlebte, wo den Menschen ebenso ständig mit ideologischer Lügerei etwas vorgegaukelt wurde, dort zwar im Interesse einer Ideologie, hier im Interesse einer gesellschaftlichen Interessengruppe, der ArbeitnehmerInnen. Inzwischen haben sich in diesem Zusammenhang Floskeln in Arbeitszeugnissen entwickelt, die in ihrer Absurdität kaum noch zu überbieten sind.

Ich frage mich darüber hinaus, wo unsere gesellschaftliche Reise hinführt; denn nicht genug mit der Schönfärberei im Arbeitsrecht: Schon in den ersten Klassen der Schule beginnt die Schönfärberei, indem man im Zeugnis der Kinder poetisch formulierte Beschönigungen der Schwächen unserer Kleinen lesen kann, was dazu führt, daß sich die Kinder nicht mit eigenen Schwächen und Problemen auseinandersetzen, da weder die Eltern noch gar die Kinder diese Formulierungen verstehen, immer wieder werden Lehrkräfte dann gefragt, was das denn heiße, was da formuliert sei und welcher Note dies entspreche? Hinzu kommt die mir nicht nachvollziehbare Sorge, die Kinder könnten aufgrund ehrlicher Kritik und dem klaren, unmißverständlichen Aufzeigen ihrer Schwächen unter einen ungebührlichen, inneren Druck geraten. Woran aber sollen Kinder auf dem Weg ins Leben wachsen, lernen und stark werden, wenn nicht an den Steinen, die ihnen im Weg liegen und die es zu überwinden gilt? All zu gern schreibe ich einen an den großen, weisen Dichter Goethe angelehnten Spruch in Glückwunschkarten zur Geburt von Kindern, wo es sinngemäß heißt: *„Bereite nicht den Weg für die Kinder, vielmehr bereite die Kinder vor für den Weg!"*

Und wenn solchermaßen Verunsicherte dann im späteren Berufsleben gekündigt werden, weil sie die erforderlichen Leistungen nicht erbringen, weil sie überfordert sind oder sie sich völlig falsch einschätzen, muß das Zeugnis gesetzlich vorgeschrieben ebenfalls wieder schöngeschrieben werden, damit sie keinen Nachteil bei weiteren Bewerbungen erfahren. Und die Appelle an die eigene Verantwortung? An die Chance, aus negativer Kritik zu lernen und stärker zu werden? Und an die Ehrlichkeit? Fehlanzeige! Warum darf ich mein ehrliches, im Zweifel auch negatives Urteil als Arbeitgeber oder leitender Angestellter über einen Beschäftigten, der den Betrieb nachweislich und gar mit einem Gerichtsurteil bestätigt bestohlen hat, nicht explizit, offen und ehrlich in ein Zeugnis schreiben? Weil nicht sein kann was nicht sein darf? Auch hier wieder Erinnerungen an die DDR, wo auch ein ums andere Mal nicht sein konnte, was nicht sein durfte. Die allseits beklagte Zunahme des Egoismus in der Gesellschaft wird bekämpft, indem man immer stärker auf individuelle Ansprüche und die Unberührbarkeit der individuellen Schwächen setzt. Wie sollten Menschen im Heranwachsen und später im Berufsleben die Chance zur Selbstreflexion haben, wenn ihnen als Korrektiv maximal noch ein Personalgespräch im Betrieb angeboten wird, in welchem der oder die Vorgesetzte zwar dem Mitarbeiter oder der Mitarbeiterin einen Spiegel vorhalten kann, aber auch dort nur in einem stark formalisierten Rahmen? Wenn wir heut eine allseitige Individualisierung und einen zunehmenden, teils aggressiven Egoismus beklagen, der immer öfter zu Attacken von Bürgern gegen Polizei und die Staatsmacht, bis hin zu Attacken gegen Ersthelfer bei Unfällen, Brandkatastrophen und Ähnlichem führt, sind nicht auch hierin Ursachen zu sehen? Diese Gedanken sollen nicht der grundsätzlichen Sinnhaftigkeit des Arbeitsrechtes als Arbeitnehmerschutzrecht entgegenstehen, Arbeitnehmer sind als abhängig beschäftigte in besonderem Maße schutzwürdig, auch sollen diese Gedanken nicht unsere Rechtsstaatlichkeit insgesamt infrage stellen; indes gilt es schon, immer wieder auf überbordende Entwicklungen hinzuweisen, wenn hehre Ziele angesteuert und Entwicklungen hin zu immer mehr Gerechtigkeit auf den Weg gebracht werden, dann aber die teils weltfremden Bürokraten, Dogmatiker und teils immer wieder auch linken Ideologen das Heft in die Hand nehmen und an der Wirklichkeit vorbei etwas zusammenbasteln, das der

Realität entgegensteht, oder dem eigentlichen Anliegen und das am Ende auch zu einer Kluft zwischen dem Rechtsempfinden vieler Bürger und der Rechtsprechung führt.

In die Zeit meines Jobs beim Bildungswerk in Hannover fiel 1988 endlich das Ende des barbarischen Gemetzels im Krieg des Irak gegen den Iran. Über viele Jahre hatten wir ständig die grausamen Bilder der Gefallenen und Verstümmelten den Nachrichten entnommen. Knapp eine Million Menschen ließen ihr Leben! Kurz vorher jedoch statuierte der Iran im Auftrag Ayatollah Khomeinis noch ein Exempel im Rahmen einer über fünf Monate dauernden Massenhinrichtung von mehreren tausend politischen Gefangenen, die alle erhängt wurden, wie es das islamische Recht verlangt, auch Frauen. Allerdings nicht, indem unter den Galgen eingebaute Falltüren beim Öffnen einen Genickbruch und damit einen kurzen Tod verursachten, die Schlingen wurden durch Hochziehen am Galgen Stück für Stück zugezogen bis die Luft knapper und knapper wurde und die Delinquenten qualvoll erstickten. Nach wie vor waren es diese Dinge, die mich bewegten, die mich unverwandt die Frage stellen ließen: Warum?

Neben dem rein dienstlichen Miteinander bildeten sich beim Bildungswerk innerhalb des Kollegiums bald kleine Teams, um gemeinsam sportlich aktiv zu sein oder Wanderungen und Radtouren zu unternehmen. Dennoch war meine Familie insgesamt noch nicht vollständig in Hannover angekommen. Immer wieder waren wir oft in Braunschweig, auch die Kinder hatten ihre dortigen Kinderfreundschaften weitergepflegt. So kam es, daß wir uns als Familie plötzlich vor einer völlig neuen Situation fanden, nachdem mich im Frühsommer 1988 der Hauptgeschäftsführer des Allgemeinen Arbeitgeberverbandes Braunschweig, Klaus Egger-Büssing, ein Enkel des großen Braunschweiger Unternehmers Heinrich Büssing, der die Automobilwerke seinerzeit im Alter von 60 Jahren gegründet hatte, zu einem Mittagessen im Hotel *Luisenhof* Hannover eingeladen hatte und mir mitteilte, der AGV, wie wir den Arbeitgeberverband nannten, würde mich gern als Geschäftsführer zunächst für die Bereiche Bildungs- und Öffentlichkeitsarbeit gewinnen wollen, eventuell mit der Perspektive, ihn später als Hauptgeschäftsführer abzulösen!

Das war ein Paukenschlag, den es erst einmal zu verdauen galt, vor allem die längerfristigen Optionen. Diese Positionen der Hauptgeschäftsführer waren mir durch meine inzwischen viereinhalbjährige Tätigkeit im Umfeld der Arbeitgeberverbände bekannt und so manches Mal bewunderte ich sie um diesen Job, der zwar enorme Verantwortung, Engagement und Zeitaufwand bedeutete, aber auch hohe Reputation als Person des öffentlichen Lebens in der jeweiligen Region, gutes Einkommen und enorme Gestaltungsmöglichkeiten. Ebenso waren diese Hauptgeschäftsführer, soweit ich das schon beurteilen konnte, ein wenig ihre eigenen Chefs mit großer Unabhängigkeit, sofern sie sich mit ihren Ehrenämtern, den Vorständen einvernehmlich zeigten. Auch hier wieder das Angebot der Übernahme von Umzugskosten bei einem erneuten Umzug, diesmal zurück nach Braunschweig.

Unweigerlich war ich innerlich zerrissen, nachdem sich Evelyn und die Kinder überraschend schnell bereit zeigten, wieder nach Braunschweig zu gehen. Da waren in Hannover meine neuen, netten Kollegen, gute, verständnisvolle Chefs und ein berufliches Umfeld, in dem ich sehr gut Fuß gefaßt hatte. Sollte ich sie alle vor den Kopf stoßen? Da waren in Braunschweig aber auch die langfristigen Perspektiven, wenn auch zunächst mit den üblichen Unwägbarkeiten. Wird auch im AGV eine nahtlose und harmonische Integration gelingen? Wie werden die Vorstände, die letztlich später eine Ernennung zum Hauptgeschäftsführer vornehmen, diese Dinge sehen? All das konnte mir zu diesem Zeitpunkt niemand verbindlich zusichern, es war eine Option, wenngleich ein Wunsch von Egger-Büssing selbst, wie er mir sagte, mit dem Hinweis, daß er mir damit eine Brücke baue, drüber gehen müssen ich allerdings selbst. Welch eine verlockende Herausforderung!

In Abwägung von allem Für und Wider entschied ich, das Angebot anzunehmen, kündigte schweren Herzens beim Bildungswerk und unterschrieb beim AGV. Wer wagt, gewinnt! Meist zumindest, wenn auch nicht immer, wie ich schon in Bulgarien bei meinem Fluchtversuch hatte erleben müssen. Inzwischen aber war ich selbstbewußt und erfahren genug, meine Chancen ebenso einschätzen zu können wie Risiken, auch hatte ich gelernt, mit ihnen umzugehen und Risiken in Chancen umzuwidmen.

Am 1. Oktober 1988 begann ich dann im AGV Braunschweig, auch begann ich damit wieder zu pendeln. Wieder galt es, einen Umzug mit der ganzen Familie vorzubereiten. In Weddel bei Braunschweig bekamen wir eine Haushälfte zur Miete angeboten, parallel hatten wir das Angebot einer großen Wohnung im östlichen Ringgebiet Braunschweigs. Wir entschieden uns für Weddel, hatten wir doch damit erstmals einen Garten, nicht zu groß, nicht zu klein und Weddel lag einerseits unmittelbar angrenzend an das Braunschweiger Naturschutzgebiet der Buchhorst und der Riddagshauser Teiche recht idyllisch, andererseits bot der kleine Ort alles an Infrastruktur, was man im Alltag benötigte.

Die Einarbeitung im AGV war unkompliziert, da ich sowohl die Mitarbeiterinnen und Mitarbeiter noch gut kannte, auch die Kollegen des Bildungswerkes, die mir in den letzten zweieinhalb Jahren unterstellt waren, hatten noch einige Zeit ihr Büro im AGV, bis sie bald aus Kapazitätsgründen ihren Standort innerhalb Braunschweigs verlegten. Vor allem bei der Presse- und Öffentlichkeitsarbeit kamen mir meine inzwischen aufgebauten und auch während der Hannoveraner Zeit gepflegten Netzwerke in Braunschweig zugute. Nicht nur zu zahllosen Unternehmen der Region, ebenfalls zu vielen Institutionen, Bildungseinrichtungen, Behörden und sonstigen wichtigen Partnern des AGV konnte ich nahtlos an bestehende Verbindungen anknüpfen oder sie neu aufbauen. Auch hatte ich die Interessen der dem AGV angeschlossenen Landesgruppe von Niedersachsenmetall, dem Metall-Arbeitgeberverband als größtem und mächtigstem Arbeitgeberverband in Niedersachsen zu vertreten sowie die Interessen des Großhandelsverbandes. Wichtig war mir von Anfang an, vor dem Hintergrund meiner bisherigen Biografie, meiner Denk- und Geisteshaltung sowie mit Blick auf die Erreichbarkeit von Zielen partnerschaftlich zu agieren, auch wenn es um naturgemäß unterschiedliche Interessen ging. Zum Beispiel war mir immer ein gutes, sachbezogenes, wenngleich streitbares Miteinander mit den Gewerkschaften wichtig! Nicht umsonst hatte ich als Gymnasiallehrer den Schülern am Wilhelm-Gymnasium in der Oberstufe beim Systemvergleich Bundesrepublik – DDR im Zusammenhang mit der Gewaltenteilung die pluralen gesellschaftlichen Gruppen immer wieder als demokratische Partnerschaften und die Gewerkschaften und Arbeitgeberverbände als Sozialpartnerschaften beschrieben. Dies sollte später verbandsintern durchaus zu streitigen Diskussionen zwischen mir und einzelnen Vorständen führen, die kraft ihrer Profession als Arbeitgeber und die damit verbundene Lebenswirklichkeit zumindest teilweise einseitiger dachten. Gewiß hat hierbei im Einzelfall auch eine Rolle gespielt, daß handfeste Auseinandersetzungen eines Unternehmens mit Gewerkschaften oder dogmatischen Betriebsräten durchaus geeignet waren, ein Unternehmen in eine Krise zu führen. Hier hatte ich noch zu lernen, immerhin war ich kein Betroffener, ich war Funktionär, was einen Unterschied machte.

Es war im Winter 1989, als der Umzugswagen in Hannover vorfuhr und wir all unser Hab und Gut aus der eigentlich gerade erst sanierten und schön renovierten Wohnung aufluden. Ein wenig Wehmut war dann doch dabei, hatten wir doch mit diesem Job in Hannover langfristig geplant. Nachdem ich noch vor Jahren für mich ganz persönlich, damals noch ohne Familie glaubte auswandern zu wollen, nach Südafrika oder Südamerika, so hatten die familiäre Verpflichtung und rein pragmatische, finanzielle Überlegungen zu einem Verbleib in Braunschweig geführt und mit Hannover war erstmals ein ganz kleiner Sprung außerhalb Braunschweig gelungen, was mir insofern entgegenkam. Und dennoch war mir nun die Perspektive der neuen Stelle zu verlockend, als daß die regionale oder geografische Veränderung noch relevant gewesen wäre. So ging es wieder zurück und damit in eine Stadt und eine Region, die ich aus heutiger Sicht aus tiefstem Herzen als meine Heimat bezeichne, woran einige Jahre später der eine oder andere Anruf von Headhuntern nichts änderte, die mich für finanziell durchaus interessante neue Stellen erwärmen wollten, die es alle aber nicht mehr schafften, mich der Region Braunschweig abspenstig zu machen. Die Kinder lebten sich in kürzester Zeit ein, Evelyn bekam sehr zeitnah nach unserem Umzug eine Tätigkeit als Aushilfe im kirchlichen Kindergarten Weddel, wo sie danach fest angestellt und mit einer Ausbildung zur Kinderpflegerin und später gar einem Studiengang in Psychomotorik gefördert wurde – und wo sie letztlich über 20 weitere Jahre ihre berufliche Erfüllung finden sollte.

In diese Zeit fällt die letzte Bewegung meiner Stasi-Akte! Nachdem über mich weitere familiäre und sonstige Belanglosigkeiten von der Stasi gesammelt worden waren, die teils in der Akte vorhanden sind oder auf die teils verwiesen worden war, datiert ein Vermerk zur Übergabe der Akte von einer Abteilung in eine andere unter der Maßgabe *STRENG GEHEIM* vom 17. Februar 1989! (ANLAGE 24, SEITE 376)

Schon seit längerem, seit ich gut zwei Jahre vorher nach Hannover gependelt war und nun wieder, als ich von Hannover nach Braunschweig gependelt war, fielen mir die Heerscharen der *Polski-Fiat* auf, die aus Polen über die Autobahn A 2 von Ost nach West unterwegs waren und die in umgekehrter Richtung von West nach Ost oft abenteuerlich schwer bepackt zurückfuhren, was eine klar erkennbare, größere Freizügigkeit der Polen erkennen ließ. In den letzten Monaten 1986 in Braunschweig, als ich aber bereits in Hannover tätig war, lernte ich in einer Braunschweiger Konservenfabrik einen jungen Polen kennen, einen promovierten Wissenschaftler, der sich in seinen Ferien in der Konservenfabrik Geld verdiente, das er seiner Familie in Polen zugute kommen ließ. Wir hatten ihn zu einem Abendessen eingeladen und auch aus diesen abendlichen Gesprächen wurde mir deutlich, vor allem in Polen bewegt sich erkennbar etwas hin zu mehr Liberalisierung. Vor allem die bereits vor Jahren gegründete Gewerkschaftsbewegung Solidarnosz machte immer wieder kräftig Schlagzeilen mit riesigen Demonstrationen, Lech Walesa als deren Repräsentant war Dauerakteur.

In Rumänien hatte es ebenfalls in der zurückliegenden Zeit Aktivitäten gegeben, die Nervosität und Unruhen erkennen ließen. So hatten sich zum Beispiel im November 1987 in Brasov, dem früheren Kronstadt über 20.000 Menschen versammelt, um gegen die immer schlechteren Arbeitsbedingungen und die Regierung zu demonstrieren. Es braute sich im Ostblock etwas zusammen, dessen weitere Entwicklung noch nicht absehbar war, was aber insgesamt eine Veränderung erahnen ließ.

Im Juni 1989 sahen wir plötzlich Bilder aus China, aus der Hauptstadt Peking, als ebenfalls tausende und abertausende Studenten ihre Forderungen nach Öffnung des Landes lauthals auf dem Platz des Himmlischen Friedens artikulierten, wo sie sich teils seit Wochen in Zelten und einfach auf dem nackten Boden eingerichtet hatten. Dadurch erschreckten sie die Sicherheitskräfte gewiß ebenso wie die kommunistische Partei und es war insofern eine Frage der Zeit, bis diese dem ein Ende setzten. China war bis dahin nach wie vor hermetisch abgeriegelt, kaum gelangten offizielle Informationen und Bilder in den Westen, alles was wir erfuhren, war heimlich außer Landes gebracht worden; die Unzufriedenheit und Verzweiflung Vieler schien sich wie nach einem Dammbruch auszubreiten, was ich kaum glauben konnte. Auch auf benachbarten Plätzen und Märkten Pekings versammelten sich mehr und mehr Menschen. Und bald war es soweit, die Staatsführung hatte Anfang Juni 1989 die Räumung des Platzes des Himmlischen Friedens angeordnet – die ersten Panzer rollten heran. Nicht lange und der ungleiche Kampf fand um den Preis zahlreicher Toter, entweder erschossener oder von den Ketten der schweren Panzerfahrzeuge zermalmter meist junger Menschen ein Ende. Presseberichte, die sich auf Quellen im chinesischen Roten Kreuz beriefen, nannten 2600 Tote auf

STRENG GEHEIM 18050
ARBEITSMATERIAL DER ABT. XII NR.F480785
ZUM AENDERUNGSDIENST VOM 17.02.89

XXX C MFS XXXXXX EAI .D XXXXXXXXXXXXXX
KEINE AEND.

CASPER

MANFRED+WOLFGANG

14.03.51 BRD

(27) * * * ZAIG/5 * * *

BStU
000001

EIZ / / IFO / DZ / ZUR / UEB

UMGEBUNGS-PI
88 08 509 LPV / LZZ / LPI

> CASPAR
MANFRED+WOLFGANG
14.03.51 BRD

(ANLAGE 24)

Seiten der Aufständischen und des Militärs und rund 7000 Verletzte im Laufe der Woche in ganz Peking.

Hinzu kam in dieser verwunderlichen Gemengelage das Auftreten des seit 1985 maßgeblich die sowjetische Außenpolitik bestimmenden Generalsekretärs der Kommunistischen Partei der Sowjetunion, Michael Gorbatschow auf dem internationalen Parkett! Auch hier wieder und wieder versöhnliche Töne und unübersehbare Zeichen eines Umdenkens, weg vom Dogma des Kommunismus. Die Sprache war plötzlich eine andere, die Bilder im Umgang miteinander und die Verhandlungsergebnisse, ging es um bilaterale oder multilaterale Verhandlungen innerhalb der *Kalten Krieger.* Bereits im Februar 1989 hatte Gorbatschow endlich nach fast zehn Jahren die sowjetischen Truppen aus Afghanistan zurückbeordert, einschließlich der in dieser Zeit insgesamt etwa 16.000 Gefallenen Sowjets. Ein hoher Preis für Nichts und wieder Nichts!

Um so aberwitziger ist, daß sich angesichts all der Veränderungen um die DDR herum und trotz der Entwicklung im eigenen Land die Stasi immer noch mit mir beschäftigte, der ich inzwischen mein Engagement auf ausschließlich berufliche, familiäre und Freizeitinteressen reduziert hatte. Auch bei Amnestie International hatte ich mein Engagement zurückgefahren, zumal ich dort ohnehin nie intensiver eingebunden war. Auch dies wieder Beleg für die inzwischen unverkennbare Blindheit der staatstreuen Akteure, die nicht wahrhaben wollten, die Welt verändert sich, auch ihre kleine Welt der DDR. Die Menschen waren es leid, sich stets und ständig die selben Phrasen anzuhören, das ewig selbe Staatsgelaber! Diese Veränderungen hätten eine neue Schwerpunktsetzung erfordert, infolge derer sich die Beschäftigung mit mir kleinem Fisch hätte erübrigen müssen.

Was mir damals seit längerem ebenfalls auffiel, waren neben der Entwicklung im weiteren kommunistischen Ostblock und China Berichte über unterschiedlichste Protestbewegungen in der DDR, die sich zu etablieren begannen, obwohl sie von der Stasi und der Polizei bekämpft wurden. Es waren zunächst kleinere Gruppen, die sich noch weitgehend regional gründeten. Da waren die Friedensbewegten, die sich in Solidarität mit der westdeutschen Friedensbewegung übten und auf die im Verein mit Vertretern der evangelischen und der katholischen Kirche der Slogan *„Schwerter zu Pflugscharen"* zurückführte. Daneben gab es recht exotisch wirkende Punkgruppen, die eher anarchische Züge aufwiesen und die sich mit einer auch in der DDR beginnenden Hausbesetzerszene solidarisierten.

Schon seit Mitte der 1980er Jahre hatte es immer wieder im Fernsehprogramm des Westens Berichte von einzelnen kleinen Demonstrationen und Versammlungen gegeben, die eine zunehmende Unzufriedenheit der DDR-Bevölkerung mit den Verhältnissen erkennen ließ. Immer mehr begannen die Menschen zu spüren, der Milliardenkredit des Klassenfeindes hatte zwar einige große Löcher gestopft, aber die unzähligen kleinen waren im Alltag allgegenwärtig und nicht mehr zu beseitigen, es kamen immer mehr hinzu. Man konnte den Eindruck gewinnen, die

Menschen, die angesichts des bis dahin ausgesprochen repressiven Machtapparates, angesichts der Stasi und der drakonischen Strafen dennoch mehr und mehr den Mut aufbrachten zur offenen Opposition, waren an einem Punkt, wo sie nichts mehr zu verlieren, sondern nur noch zu gewinnen hatten.

Waren diese Gruppierungen noch sehr heterogen in ihren Strukturen, Interessen und Zielen, so begann sich Anfang 1989 dies zu größeren Demonstrationen auszuweiten. Vor allem in der Leipziger Nikolai-Kirche begannen jeden Montag Gottesdienste mit teils kulturellen, teils systemkritischen Beiträgen stattzufinden. Und nachdem ich mich bereits seit fast einem Jahr im AGV in Braunschweig nicht nur gut eingearbeitet hatte, sondern ich meine berufliche Entwicklung mit größter Motivation und mit intensiver Netzwerkarbeit vorangebracht hatte, sah ich erstmals im September mit größtem Interesse Bilder von einer größeren Demonstration in Leipzig, auf der Transparente mutig signalisierten: *„Wir sind das Volk!"* Weitere mutige und mir bis dahin unvorstellbare Losungen waren zu sehen und das Westfernsehen berichtete! Was war denn plötzlich los in dieser DDR? Sollte es nun tatsächlich eine Entwicklung hin zu mehr Liberalität geben, wie es sie bereits in Polen gegeben hatte? Reisefreiheit wurde gefordert, auf einem Transparent die Losung: *„Wir wollen 1 Deutschland"*, eine Forderung, für die es zu meiner Zeit, als ich in Cottbus mit zahlreichen Systemgegnern der DDR zusammen war, die wegen staatsfeindlicher Hetze einsaßen, mindestens drei bis fünf Jahre Haft gegeben hätte. Und die Polizei war da, schritt aber nicht ein! Diese Entwicklung ließ noch Vieles erwarten, was nun auf uns alle und auf die Welt zukommen sollte!

ZEITENWENDE – ENDE DES KALTEN KRIEGES

Fall der Mauer

Im Sommer 1989 begannen sich indes im gesamten Ostblock die Ereignisse zu überschlagen. Nachdem die Polen erste freie Wahlen ankündigten, die Solidarnosz immer populärer und einflußreicher und nach ihrem Verbot im Januar 1989 wieder offiziell zugelassen wurde, nachdem sich in Rumänien Unruhen abzeichneten, nachdem sich Gorbatschow erkennbar dem Westen in die Arme warf und ein neues Miteinander anbot, begannen die Ungarn im August erste Grenzanlagen zu Österreich abzubauen, was zu einem ersten Dammbruch insoweit führte, als pfiffige DDR-Bürger, die davon Wind bekommen hatten, sich über den Balaton, den *Mittelmeerstrand der DDR* auf den Weg zur Grenze nach Österreich machten und diese nun deutlich leichter überwinden konnten, als dies früher möglich war. Auch in die Botschaften von Warschau und Budapest flüchteten sich zunehmend DDR-Bürger, geleitet von der Hoffnung, dadurch einen bundesdeutschen Paß oder anderweitige Hilfe zu erhalten.

Weitere DDR-Bürger suchten ihren Weg in die Botschaft der Bundesrepublik in Prag. Immer mehr überkletterten den hohen Zaun und auch die verzweifelten Abwehrversuche der Botschaftsangehörigen, die angesichts der inzwischen eingetretenen unhaltbaren Zustände dem Einhalt gebieten wollten, halfen nicht mehr – letztlich waren Ende September 1989 um die 5.000 Menschen in der Botschaft, im Haus selbst, im Garten, auf den Terrassen und überall! Im großen Kuppelsaal, in dem einst vor vielen Jahren schon Ludwig van Beethoven und Carl-Maria von Weber musizierten, standen jetzt dicht an dicht Doppelstockbetten. Nach wie vor galt für jede bundesdeutsche Botschaft: Wer es als DDR-Bürger geschafft hatte, in sie hineinzugelangen, galt nach bundesdeutschem Recht als Bundesbürger und konnte nicht abgewiesen werden. Nicht zuletzt diese Konsequenz führte dazu, daß die bereits seit August laufenden Verhandlungen des DDR-Anwaltes Wolfgang Vogel, der auch meinen *Freikauf* mit organisiert und mir persönlich im Dezember 1970 im Ausreisebus auf dem Autobahnparkplatz bei Erfurt alles Gute gewünscht hatte, scheiterten, weil sie seitens der DDR die Bedingung stellten, alle Botschaftsflüchtlinge sollten zunächst heimkehren in ihre Bezirke in der DDR, dann wolle man ihre Ausreisewünsche wohlwollend prüfen. Seitens der Betroffenen schürte dies Ängste, wieder, wie so oft in diesem Land DDR belogen und betrogen zu werden und die bundesdeutschen Behörden hatten die Gleichbehandlungsdevise zu verfolgen, für sie waren die Botschaftsflüchtlinge nun Bundesbürger. Also blieben sie zunächst in der Botschaft. An der Seite von Vogel verhandelte ein weiterer Anwalt der DDR, der später als ausgesprochen eloquenter Selbstdarsteller auch auf bundesdeutschem

Politikerparkett eine hervorragende Talkshowfigur abgeben sollte, erst als Abgeordneter der PDS, wie die spätere Nachfolgepartei der SED hieß und dann bei DIE LINKE, Gregor Gysi. Diese 5.000 aber wollten nur eines – raus aus der DDR, raus aus der CSSR, raus aus dem Ostblock, endlich in die Freiheit! Nicht zuletzt diese Zeit und ihre eindrücklichen Bilder waren es, die der Welt erneut zeigten, welch unglaubliche Kraft der Drang nach Freiheit hat! Und dann, am Abend des 30. September 1989 trat der bundesdeutsche Außenminister Hans-Dietrich Genscher, selbst gebürtig aus Halle an der Saale, auf einen Balkon des Botschaftsgebäudes, sichtbar für alle 5.000 – und für all die inzwischen weltweit verdrahteten Kameras und Mikrofone und verkündete die immer noch Gänsehaut erzeugenden Sätze:

„Liebe Landsleute, ich begrüße sie auch im Namen meines neben mir stehenden Bundesministers Seiters und im Namen der Bundesregierung! Sie werden mir erlauben, daß ich den unter ihnen befindlichen Hallensern einen besonders herzlichen Gruß übermitteln möchte.

Wir sind zu ihnen gekommen, um ihnen mitzuteilen, daß heute ihre Ausreise …"
(www.youtube.com; „balkonrede-genscher-prag")

Weiter kam er nicht, als der Sturm losbrach! Endlich brachen die Dämme der Gefühle, die tage-, wochen-, monate- oder jahrelang der Unterdrückung standgehalten hatten, sie hatten in diesen Worten nicht nur ein Ventil gefunden, sie hatten plötzlich von einer Sekunde auf die andere ebenso eine Richtung gefunden! Das war die Bundesrepublik Deutschland! Der Rest dieses historischen Satzes ging unter im Überschwang und dem tosenden Applaus, die Menschen konnten es kaum fassen, was sie soeben vernommen hatten. Sie durften mit insgesamt fünf Sonderzügen ausreisen, der erste sollte den Familien mit Kindern vorbehalten sein, er fuhr noch an diesem Abend um 21.00 Uhr am Hauptbahnhof Prag ab, die weiteren jeweils zwei Stunden später. Busse sollten die Menschen zu den Zügen bringen, die bereits im Anmarsch waren. Wieder und wieder wurde Genscher unterbrochen durch Sprechchöre, vor allem als er ankündigte, die Züge würden über Dresden fahren und dort Halt machen, damit DDR-Bedienstete einsteigen könnten; das war zu viel des Guten für all diejenigen, die ihre Erfahrungen mit diesen Behörden hatten machen müssen, mit teils traumatischen Erlebnissen, aber letztlich gelang es Genscher, den Menschen zu versichern, sie hätten nun freies Geleit bis nach Hof in der Bundesrepublik und die DDR-Behörden nur noch eine einzige, letzte Funktion: Ihnen die Ausreisepapiere auszuhändigen! Welch eine Demütigung und Schmach für die DDR-Beamten!

Und was für ein medialer Unterschied: Von Anfang September 1989 an brachten die West-Nachrichten jeden Montag Berichte von größer und größer werdenden Demonstrationen in großen Städten der DDR wie Leipzig, Dresden, Karl-Marx-Stadt, Halle oder Magdeburg, selbst aus meiner früheren Heimat Plauen sahen wir plötzlich Bilder, teils heimlich gedreht und irgendwie in den Westen gebracht oder offiziell, und auf der anderen Seite die Berichte über die Erfolge der sozialistischen

Planwirtschaft in der DDR mit einem unerschütterlichen Pathos wie seit vierzig Jahren. Jeden Tag gab es inzwischen die Meldungen aus der Prager Botschaft. Dem absurden Medien- und Nachrichtentheater der DDR wurde am 30. September dann wieder einmal die Krone aufgesetzt, als sich nun auch die AKTUELLE KAMERA zur Berichterstattung über die Ausreise der Botschaftsflüchtlinge gezwungen sah und mit gekonnter Propagandarhetorik die Wirklichkeit in ein sozialistisches Licht rückte. Vor dem im Hintergrund eingeblendeten Begriffspaar *Humanitärer Akt* verkündete der Nachrichtensprecher:

„In dem Bestreben, die nicht von der Regierung der DDR herbeigeführte unhaltbare Situation in den Botschaften der BRD in Prag und Warschau zu beenden, hat die Regierung der DDR nach Konsultationen mit den Regierungen der CSSR und der VRP sowie mit der Regierung der BRD veranlaßt, daß die sich in diesen Botschaften rechtswidrig aufhaltenden Personen aus der DDR mit Zügen der Deutschen Reichsbahn über das Territorium der DDR in die BRD ausgewiesen werden. Dies erklärte der Sprecher des Außenministeriums der DDR, Botschafter Wolfgang Meier am Sonnabend gegenüber ADN. Der Vorgang vollzieht sich auf Vorschlag der DDR im Verlaufe der Nacht vom 30 September zum 1. Oktober. Mit diesem humanitären Akt … verbindet die Regierung der DDR die Hoffnung, daß auch seitens der Regierung der BRD Schlußfolgerungen für den normalen, den internationalen Gepflogenheiten entsprechenden Betrieb in ihren Botschaften gezogen werden.“ (vgl: www.wir-waren-so-frei.de)

Immerhin wurde berichtet! Bereits im August hatten sich die DDR-Medien notgedrungen der Botschaftsflüchtlinge in Ost-Berlin und Warschau mit kurzen Meldungen angenommen, immer im Sprachduktus, hier seien feindliche Mächte und Kräfte am Werk, die das System der DDR aushöhlen, die Menschen verblenden und sie in den Westen locken wollen. Die Krönung in dieser Zeit wieder *Sudel-Ede*, Karl-Eduard von Schnitzler, der nun wahrlich die Welt nicht mehr verstand.

Nicht zuletzt durch diese Meldungen fuhr der erste Zug mit den Flüchtlingen der Prager Botschaft in den Hauptbahnhof Dresdens ein und Tausende weitere Dresdner oder aus dem Umland waren plötzlich auf den Bahnsteigen und wollten ebenfalls in diesen Zug! Tumultartige Szenen belegten wieder die Kraft der Freiheit, als die Menschen eine Chance sahen, ihrem Joch der Unterdrückung zu entkommen. Die Sicherheitskräfte hatten große Mühe, die Situation unter Kontrolle zu halten.

Am 7. Oktober dann der letzte große Auftritt von Staatschef Erich Honnecker, als er Michael Gorbatschow, den großen Bruder und für Unzählige der Hoffnungsträger aus der brüderlich verbundenen Sowjetunion letztmals mißtrauisch mit Küsschen begrüßen und zu den Feierlichkeiten des vierzigsten Jahrestages der DDR an seiner Seite wissen durfte, ein letztes Mal Händchen haltend, ein letztes Mal noch mit viel Pomp und Tausenden, die halbherzig an der Tribüne vorbeidefilierten; und drum herum die nunmehr unzähligen Aktivitäten derer, die nicht mehr wollten, die die Nase voll und nun den Mut hatten, sich zu artikulieren, die sich begonnen hatten zu formieren in den verschiedensten Oppositionsgruppen wie beispielsweise dem *Neuen Forum* oder *Demokratie jetzt*. Markus Meckel, ein ehemaliger Pastor der DDR hatte mit weiteren Mitstreitern an diesem denkwürdigen Tag, dem vierzigsten Jahrestag der DDR in dieser DDR die Gründung der neuen SPD auf den Weg gebracht! Sie hatten es nicht mehr im Griff, die Oberen, die alten Männer um Honnecker, Mielke und Konsorten. Es begann drunter und drüber zu gehen.

Waren es am 9. Oktober noch 70.000 Menschen, die sich in Leipzig einer Demonstration gegen die Regierung der DDR anschlossen, so schwoll der Strom der Mutigen, die auf die Straßen strömten immer mehr an, am 16. Oktober waren es bereits 100.000 Menschen allein in Leipzig, während es nun auch in allen weiteren Großstädten der DDR zu rumoren begann, Tausende und Abertausende machten sich endlich auf, ihrem jahrelang aufgestauten Unmut freien Lauf zu lassen – und die Ordnungskräfte blieben weitgehend passiv, bis auf Ausnahmen, es fiel kein einziger Schuß!

Bereits während meines Dienstes tagsüber im AGV war ich in diesen Tagen gespannt, was ich am kommenden Abend den Westnachrichten würde entnehmen können. Und am 17. Oktober dann die überraschende Meldung, Erich Honnecker ist von seinem Posten als Generalsekretär der Sozialistischen Einheitspartei Deutschlands und als Staatsratsvorsitzender der Deutschen Demokratischen Republik abgesetzt, entmachtet und durch Egon Krenz ersetzt worden, bis dahin sein Stellvertreter. Immer wieder waren diese kaum noch einzuordnenden Geschehnisse im Ostblock insgesamt auch Themen am Frühstückstisch, beim Mittagessen oder während der Kaffeepausen im Büro oder am Rande von dienstlichen Besprechungen.

Am 7. November dann endlich, nach wieder fast täglichen Massendemonstrationen in den Großstädten der DDR der Rücktritt der DDR-Regierung, bevor zwei Tage später nur wenige Sätze des Sekretärs für Informationswesen im Zentralkomitee der SED, Günter Schabowski die Welt für immer regelrecht auf den Kopf stellen sollten!

An diesem 9. November 1989 begleitete ich dienstlich eine Gesprächsrunde in Wolfsburg zur Integration von Arbeitslosen in den Arbeitsmarkt mit Hilfe des AGV. Auch hier wieder zahlreiche inzwischen vertraute Gesichter um mich, mit denen ich seit langem, teils seit meiner Zeit als Koordinator für die jungen Erwachsenen zusammenarbeitete. Erstmals erhielt ich hierbei Zugang auch zur Spitze von Volkswagen und ab diesem Zeitpunkt war mir klar, wenn wir in der Region etwas zum Wohle der Wirtschaft und damit zum Wohle der Menschen in unserer Region Braunschweig-Wolfsburg voranbringen wollen, dann nicht ohne dieses wirtschaftliche Machtzentrum, das als Treiber oder Motor von Entwicklungsschritten allein durch seine Größe und seine Macht entscheidend helfen kann. So war mir wichtig, auch bei späteren Initiativen des AGV immer auch zu schauen, wie weit VW hilfreich, unterstützend oder beratend im Boot sein konnte, dadurch bekam ich später zumindest oberflächlich Zugang auch zum VW-Personalvorstand Peter Hartz und zu dessen Betriebsratsvorsitzenden Klaus Volkerts, der wegen einiger Verfehlungen in Ungnade fallen sollte. Die Sitzung dauerte bis gegen 18.30 Uhr, ich war etwas in Eile; denn gegen 19.30 Uhr wurde ich von meinem damaligen Chef, Klaus Egger-Büssing erwartet. An diesem Abend fand die sogenannte Ständige Geschäftsführerkonferenz der 14 Allgemeinen Arbeitgeberverbände Niedersachsens in Braunschweig, im Hotel *Deutsches Haus* statt. Diese Konferenz wurde im Halbjahresturnus durchgeführt und wurde entsprechend einer festgelegten Reihenfolge reihum von jeweils einem der Verbände ausgerichtet. Sie diente dem Austausch, dem Beschluß von niedersachsenweit gefaßten, verbandsübergreifenden Resolutionen und der Behandlung von gegenseitig interessierenden Themen. Die zweitägige Konferenz gipfelte am Abend des ersten Konferenztages in einem Gesellschaftsabend, zu dem auch gelegentlich die Gattinnen der damals noch ausschließlich männlichen Hauptgeschäftsführer sowie weitere Geschäftsführer der gastgebenden Verbände geladen wurden. Ich also war auch geladen. Und als ich unterwegs im Autoradio die 19.00 Uhr-Nachrichten im Deutschlandfunk einschaltete, glaubte ich zunächst nicht richtig gehört zu haben und wartete auf die unmittelbar anschließend angekündigte Sondersendung: Dort dann die Gewißheit!

„18 Uhr: Beginn einer vom DDR-Fernsehen und Radio live übertragenen internationalen Pressekonferenz. Schabowski spricht vom „Bedürfnis der Bevölkerung zu reisen oder die DDR zu verlassen". 18.53 Uhr: Der italienische Journalist Ricardo Ehrmann fragt nach einem neuen Reisegesetzentwurf. Schabowski beugt sich über die Papiere und sagt: „Es ist heute so viel ich weiß, eine Entscheidung getroffen worden." Der Ministerrat habe beschlossen „heut, äh, eine Regelung zu treffen, die es jedem Bürger der DDR möglich macht, äh, über Grenzpunkte der DDR auszureisen." „Ab wann?" hakt Ehrmann nach. Schabowski stottert. Dann sagt er: „Das tritt nach meiner Kenntnis ..." Er macht eine Pause, „ist das sofort, unverzüglich". Weiter dann, dies gelte für alle Übergangsstellen in die BRD und nach West-Berlin ..." (www.nwzonline.de; 9. November 1989: Ein Mißverständnis öffnet DDR-Grenzen ..., 9. November 2012)

Da auch die im *Deutschen Haus* einquartierten Verbandschefs beim Vorbereiten auf den Gesellschaftsabend in ihren Zimmern meist die Nachrichten verfolgten, kam einer nach dem anderen in den Festsaal und glaubte eine neue, sensationelle Botschaft, die die Welt verändern sollte, mitzuteilen, von der nach kurzer Zeit bereits alle wußten. Nicht lange, und nach einigen Reden sowie Formalien der Begrüßung wechselten alle den festlich gedeckten Tisch immer wieder mit dem im Nachbarraum aufgestellten Fernsehgerät, sich die Augen reibend und sich fragend, ob man denn richtig gehört habe? Immerhin sei in Erinnerung gerufen, diese Grenze mitten durch Deutschland war nicht nur vor vierzig Jahren gezogen worden, sie wurde seit meinem Besuch am 13. August 1961 bei Oma in Braunschweig-Lehndorf immer undurchlässiger und es schien, als überdauere dieses monströse Bauwerk uns alle ebenso wie die nächsten Generationen, zumal Honnecker noch am 13. August 1989 anläßlich einer Pressekonferenz zum Jahrestag des Mauerbaus selbstbewußt schwadronierte: *„Den Sozialismus in seinem Lauf halten weder Ochs noch Esel auf!"* Und nun sollte diese Mauer verschwinden oder zumindest erst einmal durchlässig werden? Auf eine weitere Frage von Ehrmann in der Pressekonferenz vom 9. November 1989, was das für die Mauer heiße und ob diese nun abgerissen werde, stammelte Schabowski nun doch arg verunsichert, er habe noch keine genauere Kenntnis und bitte um Verständnis, daß er sich zunächst auf die Informationen beschränke, für die er autorisiert sei. Klar, er mußte sich absichern, wobei schon längst nicht mehr zu erwarten war, hier würden *„Köpfe rollen"*, schon gar nicht mehr im Wortsinn; die DDR war am Zusammenfallen wie ein Kartenhaus! Niemand wollte sich noch kurz vor dem Ende dieses maroden Gebildes die Finger schmutzig machen.

Zu Hause angekommen, saß Evelyn vor dem Fernsehgerät und traute ebenso wie wir in unserer Konferenzrunde ihren Augen und Ohren nicht. Was für ein weltgeschichtlicher Tag! Für die meisten Deutschen noch nicht faßbar, brachen sich ab sofort Ströme von Trabbis, Wartburgs und weiteren Ost-PKWs sowie Menschenmassen Bahn Richtung Westen. Tränenreiche Szenen des Überschwanges bestimmten die TV-Programme, Szenen, die mir nur zu gut im Gedächtnis haften geblieben sind und die mich heut noch ehrfürchtig machen, Szenen, von denen ich mir wünschte, sie würden auch heut noch jenen in Erinnerung kommen, die all das vergessen machen mit ihrer teils banalen Ost-West-Nörgelei, weil sich die Dinge noch nicht überall zu den von Kanzler Kohl einst in Aussicht gestellten *blühenden Landschaften* haben verwirklichen lassen. Auch mußte nun manch ein Bundesbürger mit der Sorge umgehen, daß DDR-Verwandte sich in Kürze selbst ein Bild vom Leben der West-Verwandten machen wollten. Manch vollmundige Prahlerei westlicher Zeitgenossen vom Leben im Wohlstand und Überfluß drohte jetzt der Entlarvung anheim zu fallen.

Ich blieb von der Ergriffenheit des Momentes nicht unberührt. Aufgewühlt fuhr ich mit unserer Tochter Sara einen Tag nach der Grenzöffnung mit mehreren hundert in der AGV-Geschäftsstelle überzähligen Stadtplänen Braunschweigs im Gepäck an den Grenzübergang Helmstedt-Marienborn. Die Stadtpläne sollten den Neuankömmlingen als Willkommensgruß eine erste Orientierung in Braunschweig sein. Braunschweig und die Nachbarstädte des ehemaligen Zonenrandgebietes waren plötzlich voller DDR-Besucher, tagelang, eingehüllt in ungewohnt intensive Zweitaktabgaswolken.

Wie mich dies alles aufwühlte!

Die Menschen vor den Schaufenstern, in den Kaufhäusern oder wo auch immer, mit vor Staunen offenen Mündern oder zu Tränen gerührt, weil sie diese neue, fremde Welt im Westen erst einmal verarbeiten mußten. Nur zu gut erinnerte ich mich des Gefühls zwanzig Jahre vorher in Gießen und dann die ersten Tage in Braunschweig, als es mir selbst so ging.

Nicht mehr aufzuhalten ging der Zerfallsprozeß nun nicht mehr seinen sozialistischen Gang, vielmehr begann von einem Tag auf den anderen der Kapitalismus alle in seinen Klammergriff zu fassen; auch in Richtung Osten machten sich von einem Tag auf den anderen Heerscharen von Händlern, Scharlatanen und Möchtegernunternehmern auf, den verunsicherten Menschen in der immer noch bestehenden DDR entweder ihre wertvollen Antiquitäten und nur all zu oft ideell wertvolle Erinnerungen abzuschwatzen für möglichst wenige D-Mark oder ihnen etwas aufzuschwatzen, was angeblich ihrer zukünftigen Absicherung von Wert sei.

Erste Stunden der Wahrheit!

Und als ich zum ersten Mal von meinem Bruder hörte, wie vor allem holländische Antiquitätenhändler in seiner Nachbarschaft die Keller und Oberböden der Nachbarhäuser leergeräumt hatten wie gefräßige Ratten, war mir dies unangenehm, ich kam nicht umhin, mich hier fremdzuschämen. Aber Freiheit hat immer auch einen Preis – und den sollten vor allem die unerfahrenen Neubürger zahlen, wie auch ich am Anfang meiner Zeit im Westen hatte gelegentlich zahlen müssen.

Am 13. November, in einer der letzten denkwürdigen Sitzungen des kläglichen politischen Restes der DDR-Volkskammer dann wieder einer dieser geradezu hochnotpeinlichen Abgesänge der ehemaligen DDR-Politikergarde. Als hochbetagter Greis erlangte Erich Mielke, bis dahin Minister für Staatssicherheit traurige Berühmtheit dadurch, daß er in einer Rechtfertigungsrede vor der Volkskammer der DDR kurz nach der Grenzöffnung in geradezu peinlichster Art und Weise im November 1989 stammelte, was mir wörtlich in Erinnerung verblieb:

„Wir haben, liebe Genossen und Abgeordnete, einen außerordentlich hohen Kontakt mit allen werktätigen Menschen …“

Er, der sich zunehmend vom Volk abgeschottet hatte und dieses Volk in paranoider Manier nur noch als potentielle Gefahr für den Sozialismus empfand, stammelte dann weiter:

„Ich liebe doch alle, ich liebe doch alle Menschen …“.

Und dies angesichts ungezählter traumatisierter, verbitterter und von der Stasi erst physisch und später mehr und mehr psychisch geschundener Menschen. Er wurde zum Symbol für die Verlogenheit des Systems der DDR, letztlich aber ebenso für die Verlorenheit der DDR-Oberen in ihren eigenen Strukturen, am Ende fast schon bedauernswerte Karikaturen ihrer selbst. Noch Wochen vorher waren die Lachsalven, die er infolge dieser Rechtfertigungsrede aus dem Kreis der Abgeordneten erntete, unvorstellbar. Welch eine Schmierenkomödie!

Wieder auch die Meldungen aus den Nachbarländern über deren Zerfall, in der CSSR trat am 24. November 1989 die Kommunistische Partei von all ihren Ämtern zurück und es gab die Vorbereitung von ersten freien Parlamentswahlen; ein neuer, nicht als solcher deklarierter, aber nun nach meiner Wahrnehmung endlich einziehender *Prager Frühling* ließ 1990 auf sich warten!

Am 25. November 1989 dann zum ersten Mal lauthals und öffentlich bei einer Demonstration in Plauen, meiner ersten Heimatregion und dann vom dortigen *Neuen Forum* ebenfalls erstmals öffentlich ins Gespräch gebracht die Wiedervereinigung Deutschlands! Allein die zahllosen Spruchbänder und Transparente, die in den Tagen und Wochen davor bei den Großdemonstrationen sichtbar wurden, unterstrichen genau dieses Empfinden und das Verlangen Unzähliger und bald sollte sich bestätigen, wie richtig bei allem *Wandel durch Annäherung* der Grundsatz jeder Bundesregierung war, egal ob Christliberal, Sozialliberal oder in den Großen Koalitionen: Wir sind eine Nation, wenn auch auf Zeit geteilt, und wenn einst *„zusammenwächst, was zusammengehört"*, wie es Willy Brandt ausdrückte, dann sind allzeit zumindest im Westen dafür alle notwendigen Maßnahmen vorbereitet, von Infrastrukturmaßnahmen bis hin zu Kfz-Kennzeichen, alles lag bereit in den Schubladen der Behörden und Institutionen. Jedoch gab es auch jene, die sich der kurzzeitig einsetzenden Dynamik des Wiedervereinigungsgedankens widersetzten, die sich nach wie vor gegen eine kapitalistische Gesellschaft wendeten und nicht vom Glauben an einen eigenständigen sozialistischen Weg mit menschlichem Antlitz in einer weiterhin, wenn auch demokratisierten DDR abbringen lassen wollten.

Die letzten Tage des Jahres rückten näher, indes ließ die Dynamik des Untergangs und gleichzeitigen Neubeginns im Ostblock nicht nach. Anfang Dezember kam es in Temeswar in Rumänien zu Demonstrationen ungeahnten Ausmaßes. Bei allem Zerfall in der DDR in den 80er Jahren war in Rumänien der Lebensstandard nochmals um einiges schlechter, die Menschen hausten oft mehr als daß sie lebten und nun bekamen sie mit, es tut sich etwas im Ostblock und auch hier kam es zu regelrechten Aufständen. Bis dann auch in Rumänien neue Kräfte das Heft in die Hand nahmen, mit der Folge daß der bisherige, diktatorische und mittels seiner Geheimpolizei Securitate brutal regierende Herrscher Nicolae Ceausescu und seine Gattin am ersten Weihnachtsfeiertag hingerichtet wurden.

Einen Tag später wurde in der CSSR Vaclav Havel zum Staatspräsidenten gewählt und es begann damit auch dort der Prozeß der Demokratisierung.

Jetzt war ich neugierig! So schnell wie möglich wollte ich in die DDR, mir ein Bild von allem machen und meine frühere Heimat besuchen. So planten Evelyn und ich für die Zeit zwischen Weihnachten und Neujahr 1990 einen ersten Besuch nach vielen Jahren im Erzgebirge bei meinem Bruder, die Kinder blieben, inzwischen alt genug, zu Haus. Und als wir mit unserem Wagen bei Duderstadt über die Grenze in die Thüringer Region des Eichsfeldes fuhren, führten uns unmittelbar nach dem völlig unkomplizierten Überschreiten der Grenze pfiffige Eichsfelder Bürger vor Augen, wie sie in Windeseile den Kapitalismus zu verstehen glaubten: Nach den ersten Stunden Autofahrt schon etwas hungrig, kam uns der am Straßenrand aufgebaute Imbißstand Einheimischer eines Dorfes, das wir durchquerten, mit Thüringer Bratwurst und Erbsensuppe gerade recht – bis auf die Preise, die wir als *Mondpreise* ansahen und uns dann doch lieber noch ein wenig in Geduld übten. Auch die Betreiber dieses Kiosks werden sicher bald die Realität richtig einzuschätzen gelernt haben.

Das Bild, das sich mir darüber hinaus bot, war deprimierend! Gewiß, auch das grautrübe Wetter mag eine Rolle gespielt haben, aber als ich dann an einem der Tage meine frühere Heimatstadt Stollberg bei einem ausgiebigen Spaziergang in Augenschein nahm, war ich entsetzt! So schlimm hätte ich mir den Zustand dieses heruntergewirtschafteten Landes nicht vorgestellt; insofern war es den DDR-Medien, die ich gelegentlich konsumiert hatte, doch gelungen, von ihrem positiv überzeichneten Bild bei mir im Kopf etwas einzupflanzen, das nicht ganz der Wirklichkeit entsprach. Eine deftige Inversionswetterlage hielt an diesem Tag beständig eine trübe Glocke über dem Talkessel der Stadt, die zudem wegen der unten gehaltenen Kälte und der deshalb auf Hochtouren befeuerten Kohleöfen das Ganze Szenario zu einer schwer zu atmenden Dunstglocke machte. Die Alfred-Kempe-Oberschule hatte längst nur noch notdürftig geflickten Putz an den Wänden, die Einrichtung, das Mobiliar und die Geräte der Turnhalle erinnerten an apokalyptische Filme. Was war aus diesem Land geworden! Immerhin, das Grab meines Vaters war gepflegt, mein Bruder hatte mit meiner Schwägerin dort alles in guter Ordnung gehalten.

So schön es war, den Bruder und die Schwägerin wiederzusehen, so bedrückt fuhren wir ziemlich schweigsam zurück nach Hause. Was wird jetzt auf uns zukommen? Ich war immer ein positiv denkender Optimist. Zunehmend aber hatte mich die teils raue Wirklichkeit beim Wuchs meiner Flügel zu einem Realisten gemacht und nun war die Frage, wie das alles auf die Beine gestellt und einem bundesdeutschen Niveau angeglichen werden kann? Aber letztlich dauerte es nicht lange, und wiederum Heerscharen von Gutwilligen, Hilfsbereiten und Engagierten machten sich auf, neue Aufgaben beim Aufbau zu übernehmen, wie auch beispielsweise der spätere Braunschweiger Oberbürgermeister Dr. Gert Hoffmann, der als Verwaltungsjurist mit politischem Engagement in der CDU bereit war, in der Bauhaus-Stadt Dessau als Regierungspräsident Verantwortung zu übernehmen, zunächst ohne eine vernünftige Unterkunft, geschweige denn Büroeinrichtungen, ein Sekretariat und so weiter zu haben. Aufbauhilfe Ost, wie dieses Engagement nun genannt wurde, war Pionierarbeit und auch wenn sich dabei der Eine oder Andere plötzlich einen Weg erarbeiten konnte, der im Westen aus verschiedenen Gründen verwehrt war, so gab es ebenso wie Dr. Hoffman auch zahlreiche ausgesprochen fähige Mitstreiter, die aus Idealismus, aus Abenteuerlust oder aus ähnlichen Gründen den Aufbau Ost zu einem Aufbruch in eine neue Zukunft machten, wovon die DDR in ihrer Endphase und die späteren neuen Bundesländer profitieren sollten. Es galt, die Krise als Chance zu begreifen!

Deutschland einig Vaterland!

Ende Januar 1990 war es, als mich Egger-Büssing fragte, ob ich ihn nicht nach Wernigerode begleiten wollte, er war dort von einer Demokratie-Initiative, die inzwischen von bundesdeutschen Akteuren unterstützt wurde, als Teilnehmer eines Podiumsgespräches geladen worden als Vertreter der Wirtschaft, auch ein Gewerkschafter war dabei. Was mich überraschte, war sein klares Bekenntnis zur Sozialpartnerschaft, das in der Bemerkung gipfelte:

„Wenn es die Gewerkschaften nicht gäbe, müßten sie erfunden werden."

Er, der als Unternehmersohn Zeit seines Lebens mit den Belastungen und Wirrnissen eines Managers hat leben müssen, dokumentierte damit demokratisches Bewußtsein. Er war übrigens zu der Zeit, als ich frisch aus der DDR gekommen, bei Büssing die Aufnahmeprüfung und dann meine Ausbildung zum Technischen Zeichner absolvierte, Geschäftsführer dieses Unternehmens. Sicher schweren Herzens mußte er die Übernahme der Fabrik durch die MAN AG verkraften, weshalb er dann auch in den AGV wechselte.

Zurückgekehrt wurde mir langsam bewußt, was sich plötzlich vor allem in unserer grenznahen Region verändert hatte und nun mit großer Dynamik sicher weiter verändern würde. Nicht lange und ich war als Leiter der Außenstelle des Bildungswerkes der Niedersächsischen Wirtschaft in Braunschweig, die ich in Personalunion mit meiner Tätigkeit als Geschäftsführer für die Bildungs- und Öffentlichkeitsarbeit im AGV leitete angesprochen und gebeten worden, im Zusammenwirken mit der BDA, der Bundesvereinigung der Deutschen Arbeitgeberverbände, die ihren Sitz in Köln hatte, Gespräche in Ost-Berlin zur Neujustierung des DDR-Bildungssystems zu begleiten. Die Einheit war noch nicht beschlossen, dessen ungeachtet fiel mir bei meinen Gesprächen mit zahlreichen DDR-Vertretern auf, viele machten keinen Hehl mehr daraus, sie sähen in der Wiedervereinigung die langfristig beste Lösung. Diese Gespräche sollten noch mehrmals über einen längeren Zeitraum stattfinden, bis in die spätere Zeit der Wiedervereinigung hinein und so sehr ich mich auch bemühte, die grundsätzlichen Vorzüge des polytechnischen Prinzips im DDR-Schulsystem ins Gespräch zu bringen, so sehr stieß ich auf taube Ohren, vor allem bei den westdeutschen Experten, die hierin einen ideologisch ausgerichteten Ansatz sahen.

Gleichzeitig erhielt ich die Anfrage einer großen Berufsschule in Magdeburg mit angegliedertem Weiterbildungsinstitut und Internat für ausländische Studenten, ob ich dort nicht auf Zeit Gemeinschaftskunde zum System der Bundesrepublik unterrichten könnte. Es begann mit einem Vortrag vor Studenten aus Nicaragua und Angola zum System der Sozialpartnerschaft, zu den Aufgaben der Interessenvertretungen und zu den Strukturen von Gewerkschaften und Arbeitgeberverbänden, der Vortrag wurde simultan übersetzt ins Spanische. Eine der Lehrerinnen sowie einen Koordinator für die Bildungsangebote hatten Evelyn und ich dann zu uns nach Hause zum Essen eingeladen, wo schwer zu übersehen war, daß der Koordinator, der kraft seiner früheren Funktion sicher Mitglied der SED war, wie die meisten Entscheidungsträger, sich sichtlich schwer tat mit all den Veränderungen, er wirkte sehr verunsichert.

Nicht lange und erster Besuch aus dem Erzgebirge tauchte ziemlich unvermittelt auf. Es war Thomas Baude, der Sohn unserer früheren Nachbarn, der mittlerweile als Arzt in der Wismut-Klinik Stollberg tätig war und sehr selbstbewußt sich im Westen einen gebrauchten BMW kaufen wollte, gemeinsam mit seinem Schwiegervater, der als Architekt sein Brot verdiente und Thomas mit seinem Wartburg gebracht hatte. Natürlich boten wir Kost und Logis und es war eine Zeitreise für mich, sich mit ihm über meine frühere Heimat austauschen zu können. Verwundert nahm ich dabei zur Kenntnis, wie er in einem großen Briefumschlag eine für mein Empfinden riesige Geldsumme in D-Mark, die er sich für seinen neuen Westschlitten zusammengespart hatte, gebündelt verstaut hatte, eine Summe, die ich als Westler so nie hätte aus dem Ärmel schütteln können. Bei einem Händler in der Nähe von Gifhorn wurde er fündig und in Nullkommanix ging es heim ins Erzgebirge, mit einer Luxuskutsche! Später holte Thomas weitere Fachqualifikationen nach und wurde ein anerkannter, renommierter Orthopäde mit eigener Praxis in Thalheim, wo ich einst vor Jahren Barbara kennenlernen durfte.

Und dann bekam ich einen Anruf von einem Unternehmensberater, der im Auftrag von Volkswagen prüfen sollte, ob im Umfeld neu zu errichtender VW-Werke in Zwickau und Mosel, für die es erste Überlegungen gab und die in den Sachsenringwerken, wo der *Trabbi* gebaut wurde, ihren Ausgangspunkt finden sollten, auch Ausbildungszentren mit aufgebaut werden könnten. Er war mir bei einem Empfang begegnet, hatte sich meine Visitenkarte behalten und war nach meiner Erzählung über meine Herkunft und meine Betroffenheit von der ganzen politischen Entwicklung auf die Idee gekommen, mich als Partner an seiner Seite zu haben. Dies war für mich eine durchaus neue, verlockende Idee, allerdings hätte ich das mit meinen ohnehin nun sehr zeitraubenden Aufgaben im AGV nicht in Einklang bringen können, zumal ich immer noch die langfristige Perspektive des Hauptgeschäftsführers im Auge hatte, so daß ich nach einigen Telefonaten ablehnte.

Wie zu erwarten, meldeten sich weitere ehemalige Freunde, Bekannte und Verwandte. Kurz nach Thomas Baude rief Dietmar Herschel an, der Bruder von Udo. Udo war leider sehr früh im Alter von 26 Jahren sehr plötzlich an Herzversagen gestorben, er hatte gerade erst geheiratet und wir waren in einen intensiven Briefkontakt eingetreten. Dietmar war Berufsschullehrer und unterrichtete auch Sport, er war immer ein sehr sportlicher Typ. Und im Frühjahr 1990 bot ein regionaler Bildungsträger einige Seminare für Lehrkräfte an, ganz bewußt auch für Lehrkräfte aus der DDR, so daß ich ihn in diese Seminarreihe vermitteln konnte. Auch er übernachtete bei uns. Die Veranstaltungen selbst fanden im *Königshof* Königslutter, etwa 30 Kilometer von uns entfernt statt. Dieser Hotelkomplex war erst neu eröffnet worden, mit Sportplätzen und Tennishalle, von denen Dietmar meinte, eine solch architektonisch beeindruckende Freizeit- und Sportstätte fände man in der ganzen DDR nicht, und das auf dem platten Land im früheren Zonenrandgebiet, wie die Gegend um Braunschweig, Wolfsburg, Helmstedt und Königslutter strukturpolitisch genannt wurde. Für diese strukturschwachen Zonenrandgebiete gab es Fördermittel, insofern war diese Bezeichnung wirtschaftlich relevant.

Wieder und wieder waren es diese großen materiellen Unterschiede, die zeigten, wie unterschiedlich sich die beiden deutschen Staaten entwickelt hatten. Auch verdeutlichte mir dies immer wieder, wie wichtig es ist, unternehmerische Freiheit zu gewähren, um das materielle Fundament einer sozialen Marktwirtschaft tragfähig zu machen. Alles visionäre Planen und übertragen von Produktionsmitteln in die Hand einer großen, anonymen Masse wie im Ostblock wird ebensowenig wie ein ständiges Umverteilen von Geld niemals die Effektivität erzielen, die notwendig ist, um einen stabilen Sozialstaat zu erhalten. Insofern bleibt für mich die hehre Absicht einer sozialistischen Utopie nichts als Tagträumerei, die in die Irre führt, weil die Menschen dafür nicht geeignet sind!

Ein weiterer Gast war dann im schon wärmeren Frühsommer 1990 ein ehemaliger Lehrlingskamerad, Jürgen Brettschneider aus Stützengrün bei Aue. Wir waren in der Lehrwerkstatt Aue Hakenkrümme oft zusammen, auch hatten wir ursprünglich einmal einen gemeinsamen sommerlichen Urlaub mit unseren Motorrädern geplant, den ich dann jedoch allein antrat, bei ihm war etwas dazwischen gekommen. Jürgen kam mit seiner Familie, die beiden Kinder, ein Junge und ein Mädchen waren etwa im Alter von Sara und Enrico und wir alle verbrachten ein gemeinsames Wochenende bei uns im Haus und im Garten.

Es war der Sommer 1990, als ich im AGV eine Idee hatte. Es gab bereits seit einigen Jahren ein vom Bildungswerk der Niedersächsischen Wirtschaft entwickeltes Planspiel für Oberstufenschüler, das Management-Information-Game, kurz MIG-Spiel genannt, in dem die Schüler selbst spielerisch Unternehmen gründen und verantworten mußten. Sie durften sich eine Branche, ein Produkt und einige Rahmenbedingungen aussuchen, Anderes war vorgegeben. Genau eine Woche fand dieses Planspiel in einem gastgebenden Unternehmen statt, die Schülergruppe gründete drei Spiel-Unternehmen, die dann auf einem fiktiven Markt miteinander im Wettstreit standen. Ein Spielleiter gab Kennzahlen und Rahmenbedingungen vor, leitete, koordinierte und kontrollierte das Ganze. Jeweils am Donnerstagabend fand dann ein Gesellschaftsabend statt, an dem sich die drei Unternehmen einem größeren Zuhörerkreis, bestehend aus weiteren Lehrern, Eltern und Mitarbeitern des gastgebenden Betriebes vorstellen mußten. Dieser Gästekreis war gleichzeitig eine Jury, die alle drei Spielunternehmen bewerten mußte. Mehrfach war ich zu diesen Planspielen eingeladen worden und ich hatte begonnen, sie in der Braunschweiger Region unseren AGV-Mitgliedern schmackhaft zu machen, so daß wir keine Mühe hatten, für die eine Woche jeweils interessante Gastgeber zu finden. Da dieses Spiel

Geld kostete, war meine Idee, zugunsten dessen ein Jugend-Fußballspiel zwischen der Jugendmannschaft des 1. FC Magdeburg und einer Auswahl regionaler Jugendfußballer Braunschweigs im Stadion von Eintracht Braunschweig als Benefiz-Spiel zu organisieren, unterstützt von Sponsoren, deren Sponsorengelder dem MIG-Spiel zugute kommen sollten. Was für ein Aufwand!

Im Juni, kurz vor den Sommerferien 1990 fand dann im Braunschweiger Eintracht-Stadion an der Hamburger Straße dieses Match statt, vor einer Kulisse von etwa 5.000 Schülern, die Haupttribüne war voll besetzt; ich hatte durch meine inzwischen vorhandenen Verbindungen zur Bezirksregierung Braunschweig erreicht, daß viele Schulen dafür die Schüler freigestellt und gar Busse organisiert hatten. Schiedsrichter war Richard Hartwig, ein Braunschweiger Unternehmer, der dem AGV-Vorstand angehörte und später einige Jahre mein Vorstandsvorsitzender werden sollte. Hartwig hatte als Hobby seine Schiedsrichterlizenz erworben. Die Braunschweiger Schülerauswahl gewann 5:1, was uns aber nicht hinderte, den Schülern aus Magdeburg dennoch einige Gastgeschenke mit auf den Weg zu geben. Nicht zuletzt dieses Erlebnis zeigte mir, wir waren im AGV ein tolles Team, das in der Lage war, eine solche riesige Veranstaltung zu stemmen, alle Sekretärinnen waren mit eingespannt, auch Evelyn war ehrenamtlich dabei, in der Kantine und im Umfeld zu helfen. Maßgebliche Unterstützung erhielten wir auch vom damaligen Präsidenten von Eintracht Braunschweig, Harald Tenzer, einem Braunschweiger Großhandelsunternehmer, der später lange Jahre mein Vorstandsvorsitzender im Großhandelsverband Braunschweig sein sollte.

Ein Problem jedoch hatte ich nicht nur unterschätzt, ich hatte schlicht vergessen, einen Sicherheitsdienst zu beauftragen, der sich um prügelnde Schülergruppen kümmert; damit hatten wir alle nicht gerechnet. Zwar hatten wir einen Sanitätsdienst eingebunden, aber keine Ordner. Wir gingen irrtümlich davon aus, daß Schüler von Lehrkräften begleitet würden und insofern sich Ordnung von selbst ergibt, was ein Irrtum war, als wir bemerken mußten, daß sich einige Randgruppen begannen zu prügeln, wie es an der Peripherie dieses Sportes wohl üblich zu sein schien. Nicht lange, und aus allen Himmelsrichtungen kamen aus Braunschweig Streifenwagen angesaust und begannen zu schlichten. Ein kleines, etwas unangenehmes Nachspiel hatte dieser Patzer für mich insofern, als Egger-Büssing mir am nächsten Tag die Leviten las, weil ihn der Polizeiräsident angerufen und sein Befremden über diesen Umstand ausgesprochen hatte, auch kündigte er eine Rechnung für den Einsatz an, die wir jedoch zum Glück nie erhielten. Dennoch bleibt dieses deutsch-deutsche Fußballmatch zumindest bei mir nicht nur als einer der unzähligen Tagebucheinträge präsent, sondern in guter Erinnerung.

Einmal hatten wir ein MIG-Spiel für Pastoren im Rahmen unserer von mir neu belebten Aktivitäten Kirche-Wirtschaft organisiert. Neben den Gewerkschaften waren mir immer auch die Kirchen eine wichtige gesellschaftliche Kraft, die sich vor allem im sozialen Bereich engagierte. Mir war aufgefallen, viele Kirchenvertreter hatten eine recht kritische Haltung der Wirtschaft gegenüber und viele Klischees bestimmten ihr Denken. Auch mußte ich oft irritiert zur Kenntnis nehmen, daß vor allem junge Kirchenvertreter, Vikare und junge Pastoren keinen Hehl daraus machten, sie hätten für linke Gedanken durchaus gewisse Sympathien. Und das, obwohl in allen realsozialistischen Ländern die Kirchen wie ebenso alle weiteren Religionen nicht nur diskriminiert wurden, sie waren teils verboten worden. So manches Kloster war in der Sowjetunion in ein Lager des vom Nobelpreisträger Alexander Solschenizyn beschriebenen unmenschlichen Gulag verwandelt worden, in ein Arbeits- oder Konzentrationslager. Aber mit Blick auf unsere soziale Marktwirtschaft war von Ausbeutung die Rede, von Ungleichbehandlung, Diskriminierung und nur all zu oft wurde undifferenziert über die Unternehmer oder Arbeitgeber als solche hergezogen. Da ich inzwischen hierzu viel gelernt hatte, unter anderem, daß viele von diesen UnternhemerInnen nicht nur die Ärmel aufgekrempelt hatten, um etwas Bleibendes für sich und damit für die Gesellschaft aufzubauen, sondern daß sie ebenso oft auch ein sehr soziales Gewissen hatten, mit dem Ergebnis, höchst bereitwillig auch Benachteiligten Unterstützung im Rahmen ihrer Möglichkeiten zu gewähren, hielt ich die Idee für interessant, die Damen und Herren Kirchenleute einmal zumindest spielerisch sich als UnternehmerInnen versuchen zu lassen. 15 Pastorinnen und Pastoren fanden sich bereit, bei einem MIG-Spiel mitzumachen. Und siehe da, als am zweiten oder dritten Spieltag die eingetretene Situation in einem der Spiel-Unternehmen aufgrund eines harten Wettbewerbs zur Frage führte, ob man nicht Mitarbeiter würde abbauen müssen, um den Laden insgesamt zu retten, sah die Welt plötzlich ganz anders aus. Ratlosigkeit half unvermittelt ebenso wenig weiter wie ideologisches Geplänkel, Entscheidungen mußten her! Und im Nu waren mehrere Mitarbeiter freigestellt, schließlich wollte man ja den Betrieb retten.

Im Dezember 1990 führten wir ein MIG-Spiel für die Ernst-Thälmann-Oberschule Magdeburg durch, eine erweiterte Oberschule zum Erwerb des Abiturs, die gastgebende Firma war die Hch. Perschmann GmbH in Braunschweig-Wenden, ein Großhandelsunternehmen für Werkzeuge und kleine Maschinen. Die Schüler hatten entschieden, als fiktives Produkt eine Skistiefel-Heizung zu entwickeln und zu vertreiben und am Donnerstagabend, als auch ich als Mitorganisator zur Präsentation der Spiel-Unternehmen anwesend war, staunte ich nicht schlecht, mit welch unglaublicher Kreativität und mit welchem Engagement die Magdeburger Schüler sich zeigten, eine Gruppe stellte ihr Produkt vor, indem ein Schüler zur großen Überraschung aller in voller Skimontur aus dem Vorbereitungsraum stapfte und das Unternehmensprodukt anpries. Wie schnell diese jungen Menschen unsere Marktprinzipien verinnerlicht hatten, fast konnte man meinen, sie waren unseren Schülern überlegen, weil sie kraft des Neuen in besonderem Maße motiviert waren, sie faszinierten mich.

Am Rande erinnere ich mich an den Großvater einer Schülerin, der vorher Gelegenheit genommen hatte, sich das Lager und den Laborbereich der

Großhandelsfirma für Werkzeuge und Maschinen anzuschauen, die Firma hatte extra eine Besucherführung angeboten. Der ältere Herr, der bereits seit längerem eine Rente bezog, war früher in der DDR erst selbständiger Schlossermeister, bis er in den 1970er Jahren enteignet und sein Betrieb einer PGH, einer Produktionsgenossenschaft des Handwerks zwangsangegliedert wurde. Immer noch schienen seine Augen feucht, als er sichtlich bewegt seine Eindrücke aus dem Perschmann-Lager schilderte, da er so etwas noch nie gesehen habe; er konnte nicht fassen, daß er Werkzeuge und kleine Handwerkermaschinen welcher Art auch immer bei Firma Perschmann einfach einkaufen und sofort mitnehmen konnte. Das hatte es in der DDR seit Jahrzehnten nicht mehr gegeben. Benötigte er in seiner noch aktiven Zeit als Schlossermeister einen Winkelschleifer, bestellte er in einem aufwändigen Antragsverfahren zwanzig Stück, in der Hoffnung, dann in ein oder zwei Jahren fünf zu erhalten. Auch wenn er nur einen wirklich brauchte, hielt er sich dann einen zweiten auf Lager für den Fall, der erste gibt den Geist auf und die übrigen verkaufte er an Kollegen, gegen andere Waren, ganz im Sinne der DDR-Schattenwirtschaft, ein unendlich unkontrolliertes Geschiebe und Geschacher.

Und am Rande all dessen immer wieder auch die Gespräche über die Zukunft nicht nur der einzelnen Menschen, der Schüler der MIG-Spiele, der jungen Fußballakteure oder der älteren Gäste der MIG-Spiele aus dem Osten, sondern auch der Gesellschaft insgesamt, Gespräche, die alle zeigten, die deutsche Wiedervereinigung war nicht mehr aufzuhalten, es wuchs zusammen, was zusammen gehörte, unverkennbar!

Berlin und immer wieder auch Magdeburg waren mir Sehnsuchtsorte der Aufbauhilfe, wo ich in Gesprächskreisen zu Bildungsfragen oder in kleineren Unterrichtseinheiten mitwirken konnte. Wie mich dies glücklich machte! Und in der großen Politik gaben sich im Vakuum der DDR-Entwicklung ganze Heerscharen von Politikern die wechselnden Posten in die Hand wie Staffelstäbe. Da wurden plötzlich Pastoren, die sich in den neuen demokratischen Gruppierungen engagiert hatten, zu Ministern, ehemalige Volkskammer- oder Politbüromitglieder fanden plötzlich wie intellektuelle Drehkreisel eine ganz neue Sicht auf die Politik und wurden ebenfalls maßgebliche Alibifiguren im letzten Akt des großen Schauspiels DDR. Die Auflösung war indes nicht mehr aufzuhalten. Auf Egon Krenz folgte an der Staatsspitze Hans Modrow, auf ihn Lothar de Maiziere, mit dem der Vorhang fiel! Letzte Versuche zahlreicher immer noch am sozialistischen Ideal klebender Einzelkämpfer oder linker, teils ewig gestriger Gruppierungen verliefen im Sande. Längst hatten die Mächtigen dieser Welt, einschließlich Bundeskanzler Helmut Kohl die Weichen auf Einigung und Einheit gestellt; nicht zuletzt sein Waldspaziergang mit Michael Gorbatschow im Juli 1990 räumte letzte Ungewißheiten aus, auch Maggie Thatcher, eine Gegnerin der Wiedervereinigung Deutschlands war nun ruhig gestellt. Die großen Machtblöcke hatten sich gerüttelt und eine der zentralen Fragen, die Mitgliedschaft eines neuen, wiedervereinigten Deutschlands in der NATO war von *Gorbi* Gorbatschow befürwortet worden. Damit stand der Wiedervereinigung Deutschlands nichts mehr im Wege, eine Entwicklung, die in der Rückschau mit einer unglaublichen Geschwindigkeit die Menschen vor allem in den neuen Bundesländern schwindelig machen mußte, für sie brach eine alte Welt zusammen und eine Zeitenwende an, die jeglichen Lebensbereich bis ins Kleinste neu justieren sollte, für Viele boten sich plötzlich unglaubliche Chancen, für manch einen Zeitgenossen war es zu viel des Guten.

Am 3. Oktober 1990 war es soweit! Die Strukturen für ein Zusammenwachsen auf der zunächst rein politisch-administrativen Ebene waren vorbereitet, Deutschland konnte nun im Fokus der großen Weltpolitik nach über vierzig Jahren Teilung wieder zusammenwachsen! Ein feierlicher Staatsakt in Berlin wurde im Fernsehen live übertragen und wer nur einigermaßen ein Gefühl für die historische Bedeutung dieses Augenblickes hatte, wurde andächtig und ergriffen. Über die Hintergrundgeräusche der Pfiffe konnte man verständnislos den Kopf schütteln, ich wertete sie als ein Zeichen funktionierender Demokratie, die dies aushalten muß, das ist ihr Wesen – und ihre Stärke! Bei einem Nachbarn feierten auch wir – und bei aller Ergriffenheit fiel es mir schwer, mich meinem Nachbarn gleich zu erheben und mit dem Singen der Deutschen Nationalhymne die Hand auf die linke Brust zu legen. Für Amerikaner, Franzosen, Briten und zahlreiche weitere Demokratien sicherlich eine seltsame Hemmung. Aber wir sind halt Deutsche, beladen mit einer Schuld, die diese Hemmung erklärt, einer Schuld, die wir als Nachgeborene nicht mehr zu verantworten haben, aber mit deren Folgen wir immer und immer wieder zu tun bekommen, auch in solchen Momenten wie der Feierstunde zur Wiedervereinigung. Entscheidend ist nicht die Hemmung, sondern, was wir aus all dem gelernt haben, entscheidend ist unser heutiges Bewußtsein, das uns in die Zukunft trägt, die so ungewiß ist, wie sie immer war und immer sein wird und die wir nur in der Lage sein werden zu unser aller Wohl zu gestalten, wenn wir weiterhin bereit sind, aus dem Gestern zu lernen! Die einzige Quelle der Erkenntnis ist die Vergangenheit, die mit jeder hinter uns liegenden Sekunde beginnt

Person des öffentlichen Lebens

Die Zeit nach der Wiedervereinigung war geprägt durch mein Engagement im AGV und durch die Familie. Im AGV war ich meinem Wesen als Freigeist entsprechend auch Querdenker, sehr engagierter Macher und Ideengeber, ich war aber auch der effektive Umsetzer, wenn es galt, konventionelle Arbeit zu verrichten und den AGV zu größerem Glanz in der Wirtschaftsregion zu führen. Erste Gesprächsforen mit interessanten Gästen wurden mein Markenzeichen, auch Betriebsräte oder Gewerkschafter gehörten dazu. Und 1991 war es dann im November soweit, die Stelle als Hauptgeschäftsführer des AGV und damit in Personalunion die Geschäftsführerposition des Großhandelsverbandes Braunschweig sowie die des Verbandes der Metallindustrie Niedersachsens, Landesgruppe Braunschweig waren ausgeschrieben worden. Nochmals wies mich Egger-Büssing darauf hin und ich bewarb mich. Am Freitag, dem 13. Dezember 1991 das Vorstellungsgespräch bei Rolf W. Könnecke, dem Vorstandsvorsitzenden der BMA AG, dem großen Maschinenbaubetrieb, der ganze Zuckerfabriken projektierte und aufbaute. Könnecke war gleichzeitig Vorsitzender des AGV und des Braunschweiger Metallverbandes. Sein Stellvertreter im AGV war Wolf Horenburg, damals Vorstandsvorsitzender des Hofbrauhauses Wolters Braunschweig. Weitere Vorstandsmitglieder waren Dr. Walter Buchler, Firma Amersham Buchler GmbH, Dr. Hans Hansen, Firma Maschinenfabrik Eberhardt GmbH Wolfenbüttel und Richard Hartwig, Spedition Hartwig GmbH. Es war ein angenehmes Gespräch und schon während des Verlaufes hatte ich das Gefühl, es läuft in meine Richtung, ich hatte neben weiteren externen Bewerbern den Standortvorteil, hier bereits gut vernetzt zu sein und regionale Erfolge vorweisen zu können. Zum Beispiel hatte ich vom AGV aus auf der damals noch jährlich stattfindenden regionalen Wirtschaftsmesse *Harz und Heide* anläßlich des 125jährigen Jubiläums der Industrie und Handelskammer Braunschweig, der IHK, unserem wichtigsten Partner und – wie ich es gern nannte – *großen Bruder*, mit weitaus mehr Mitgliedern als wir und regional- sowie strukturpolitisch die Nummer Eins der Wirtschaft, eine ganze Halle für Unternehmen der Metall- und Elektroindustrie gestaltet, unter anderem mit SIEMENS Braunschweig. Dort hatte ich Podiumsdiskussionen und Gesprächskreise entwickelt, selbst moderiert und unserem Sohn Enrico gab ich die Gelegenheit, eine riesige Trennwand mit einem Graffiti zu gestalten. Das Ganze war ein überragender Erfolg und neben weiteren Aktivitäten, die den AGV immer stärker in die Öffentlichkeit trugen, waren es in Summe diese Dinge, die den Vorstand sich am Ende des Bewerbungsverfahrens für mich entscheiden ließen, genau eine Woche später, am 20. Dezember 1991 erhielt ich von Herrn Könnecke den Anruf:

„Wir würden es gern mit ihnen versuchen wollen! Sie erhalten eine halbjährige Probezeit und ich gehe davon aus, diese bestehen sie nicht nur, sondern sie beginnen Gas zu geben, um unseren Laden noch weiter nach vorn zu bringen …!“

Damit war Weihnachten gerettet und unsere Zukunft gesichert, sofern ich die Probezeit ordentlich bestehen würde, woran ich jedoch nicht zweifelte und am Montag, dem 3. Februar 1992 bezog ich das neue Büro, in dem vorher Egger-Büssing residierte, auch übernahm ich mit Kerstin Gorka seine noch recht neue Chefsekretärin, die vorher bei den Gewerkschaften arbeitete und mit der sich bald ein hervorragendes Arbeitsverhältnis entwickeln sollte, über all die Jahre getragen von großem Vertrauen und praktisch fehlerfreiem Engagement, sie war mir mit kurzer Unterbrechung wegen der Erziehungszeit für ihre Tochter und nach ihrer Heirat als Kerstin Kirchner bis zu meinem beruflichen Ausstieg aus dem AGV immer konstruktives Korrektiv und treue Begleiterin. Ich denke sehr gern an diese Zeit mit ihr zurück. Auch Jörn Langelotz als Leiter der Rechtsabteilung und mein Stellvertreter sowie Beate Sperlich, die nach ihrem zweimaligen Erziehungsurlaub wegen der Söhne und nach ihrer Heirat als Beate Schulte-Schrepping mich ebenfalls seit Anfang der 1990er Jahre bis zu meinem Ausstieg begleiteten, standen stets loyal und sehr engagiert an meiner Seite. Auch halfen sie mir, den AGV neu zu strukturieren, sowohl die internen Prozesse betreffend als auch vor allem den Außenauftritt und das Marketing, all das galt es zu überarbeiten, zu modernisieren und dem Zeitgeist anzupassen. Anläßlich einer Veranstaltung entgegnete mir anfangs einmal ein Gewerkschafter, nachdem ich mich ihm vorgestellt hatte, da käme ich wohl *„von dem verstaubten Altherrenklub industrieller Prägung“*? Wenn ich das als eine ziemliche Unverschämtheit empfand, so machte es mich dennoch nachdenklich und spiegelte einen – wenn auch vielleicht ein wenig ideologisch gefärbten – Blick von außen. Und dies wollte ich über die nächsten Jahre verändern.

Dabei kamen mir meine Erfahrungen aus meinen früheren Berufen zugute. Besuchte ich einen Metallbetrieb, konnte ich mit den Inhabern und Geschäftsführern fachsimpeln, ich empfand nach wie vor ein gutes Gefühl beim Geruch von verarbeitetem Metall, auch war ich nach wie vor technisch sehr interessiert. Ebenso konnte ich hinsichtlich betrieblicher Abläufe oder Prozesse mitreden, hier half mir mein Studium an der Akademie Bad Harzburg, auch wenn ich dies nicht beendet hatte.

Vor allem aber war es mir über die Jahre gelungen, den AGV stärker in die öffentliche Wahrnehmung zu entwickeln, auch wenn dies nicht immer reibungslos lief und ich mir hier und da teils deftige Kritik eingehandelt hatte. Hier nahm ich mir den gut gemeinten Rat meines späteren Vorstandsvorsitzenden Richard Hartwig zu Herzen:

„Casper, versuchen sie nicht, es in ihrer Position immer allen recht zu machen, das wird ihnen eh nie gelingen! Und gehen sie nicht davon aus, daß sie in diesem Job nur Freunde haben; ist das der Fall, dann machen sie was falsch!“

Immer aber gelang es mir, wieder die Linie der Entwicklung ins Blickfeld zu rücken und Schritt für Schritt mit Geduld und langem Atem weiterzumachen. Die Mitgliederzahl konnte in all den Jahren verdreifacht werden, das Finanzvolumen etwa vervierfacht.

Bald gab es auch Spielraum für innovative Ideen, ich versuchte, die unterschiedlichen gesellschaftlichen Kräfte zusammenzuführen, wo immer es sich anbot. So war es Mitte der 1990er Jahre schon verwegen, den Geschäftsführer von Greenpeace Deutschland in unsere damals noch eher konservative Unternehmerrunde zu holen, um mit ihm ökologische Fragen zu diskutieren, oder den Chef des Wuppertal Instituts für Klima, Umwelt, Energie, Ernst Ulrich von Weizsäcker. Weitere hochkarätige Veranstaltungen folgten, immer im Bemühen, einen für uns vielleicht neuen Blick auf uns zuzulassen, um daran zu wachsen. Später waren in der Mitgliedschaft zahlreiche Umweltunternehmen selbstverständlich, seit langem gehört mit Dr. Ralf Utermöhlen die AGIMUS Umweltberatungsgesellschaft mbH nicht nur in die Mitgliedschaft, sondern er persönlich zum AGV-Vorstand, wie am Ende auch zahlreiche Mitglieder aus gewerkschaftsnahen Instituten oder aus dem diakonischen und caritativen Bereich, auch sie sind schließlich Arbeitgeber in dem Sinn, daß sie Menschen beschäftigten und damit Arbeitsplätze vorhalten.

Nicht zuletzt auf Initiative des AGV geht das inzwischen bundesweit einmalige Unternehmensnetzwerk Kooperationsinitiative Maschinenbau Braunschweig zurück, das in seiner Komplexität und Effektivität als Netzwerk zur Nutzung von Synergien seinesgleichen sucht. Neben zahlreichen Akteuren, die mehr und mehr die Sinnhaftigkeit dieses Netzwerkes erkannten, gehörten vor allem Jürgen Elstermann, Firma FMA Elstermann GmbH, Heinz-Egon Achterkerke, Firma Achterkerke GmbH, Marco Hein von der Maico Ingeneering GmbH und Jan-Peter Ewe von der EWE Armaturen GmbH zu den Treibern der Idee.

Inmitten diese verantwortliche Tätigkeit platzte erneut wie ein globaler Keulenschlag ein Ereignis, dem ich beim mittäglichen Imbiß in der Braunschweiger Innenstadt gewahr wurde, als sich plötzlich wie von Geisterhand vor den Rundfunk- und TV-Geschäften Menschentrauben bildeten. Ich konnte mich dem voyeuristischen Sensationsmagneten nicht entziehen und als ich die beiden Tower des World-Tradecenters noch stehen sah und ich mich flugs ins Büro begab, konnte ich im inzwischen in seinen Anfängen auch im AGV vorhandenen Internet sehen, daß die Türme bereits nicht mehr standen! Es war der 11. September 2001! Der Araber Bin Laden und seine Gefolgsleute hatten zwei voll mit Menschen besetzte Flugzeuge in die beiden New Yorker Wirtschaftstürme gesteuert und damit als Terrororganisation Al Kaida der westlichen Zivilisation den Krieg erklärt, mit der Folge eines erneuten Einmarsches in Afghanistan, wohin sich Bin Laden zurückgezogen hatte und mit der Folge eines weiteren, nunmehr dritten Irak-Krieges, infolgedessen der irakische Diktator Saddam Hussein gefangengenommen und hingerichtet worden war. Damit begann global eine völlig neue und bis heut andauernde schwer zu kalkulierende kriegerische Terrorgefahr die zivilisierte Welt in Atem zu halten, die Gefahr sogenannter asymmetrischer Kriege durch Terroranschläge.

2003 erreichte mich von der Jo. Wolter Immobilien GmbH, einem AGV-Mitglied das Exposee einer Liegenschaft, das sie gern mit unserer Hilfe weiterempfehlen wollte. Es wurde Grundlage für einen Umzugsplan, da auch wir mit dem AGV seit längerem ein geeignetes neues Domizil suchten. Und so dauerte es nicht lange, bis wir 2004 mit Sack und Pack aus unserem alten Büro auf der Güldenstraße in Braunschweig auf den Wilhelmitorwall in Braunschweig umzogen, in eine Villa, die dann aufwändig durch den Metallverband Hannover saniert, renoviert und letztlich erworben wurde, wie auch ein Nachbargrundstück. Damit hatten wir eine sicher dauerhaft repräsentative Adresse. Dankbar war ich hierbei immer unserem neuen Vorstandsvorsitzenden Wolfgang Niemsch, geschäftsführender Gesellschafter der Lanico Maschinenbau Otto Niemsch GmbH, der mich bei all den Ideen und Neuerungen nicht nur machen ließ, sondern mich unterstützte. Die Einweihung der neuen Bürovilla erfolgte unter Beteiligung von Braunschweigs Oberbürgermeister Dr. Gert Hoffmann.

Nachdem Ursula von der Leyen 2005 als damalige niedersächsische Sozialministerin in der IHK Braunschweig einen Vortrag zur Notwendigkeit von familienfreundlichen Strukturen in den Unternehmen gehalten hatte, war ich begeistert und verkündete am nächsten Tag in unserer kleinen Geschäftsführerrunde, neben Herrn Langelotz inzwischen auch mit Cordula Miosga als Geschäftsführerin für Personalentwicklung und Bildung an meiner Seite, ich wolle einen überbetrieblichen Kindergarten ins Leben rufen! Mir schien, nun hatte ich visionär wohl ein wenig weit nach vorn geschaut, denn die Resonanz war entgegen meiner Erwartung verhalten. Bald darauf jedoch ging es los mit den Planungen, Frau Schulte-Schrepping als zweifache Mutter übernahm anfänglich die Koordinierung einiger Termine, bis sich die BMA AG, hier vor allem der neue Vorsitzende des Vorstandes, Dr. Rolf Mayer und dessen Gattin, Frau Behrens-Mayer außerordentlich der Sache annahmen, einen Teil ihres Betriebsgeländes zur Verfügung stellten und einen älteren Mitarbeiter als zentralen Projektentwickler des Projektes *Kinderwerk GmbH* freistellten. Neben Hildegard Eckhardt, Inhaberin der eck*cellent it GmbH waren weitere helfende Akteure dabei und heut besteht diese Einrichtung mit Krippe und Kita fast zehn Jahre und ist voll ausgelastet. Die Entscheidung für die Trägerschaft trafen Dr. Rolf Mayer und ich nach diversen gemeinsamen Besuchen von Anbietern, wir entschieden uns für die AWO Braunschweig, ein Sozialträger, der auf uns einen sehr guten Eindruck machte und da war seine Nähe zu den Gewerkschaften inzwischen nicht mehr wichtig, diese ideologischen Grabenkämpfe hatten wir in Braunschweig überwunden. Ich bin indes sicher, genau hierin liegt heut eine Stärke der Region Braunschweig-Wolfsburg, in diesem weitgehend vernetzten Miteinander, eingedenk aller unterschiedlicher Einzelinteressen. Im Übrigen sorgte ich auch für eine Umbenennung des Verbandes in Arbeitgeberverband Region Braunschweig.

Ein wichtiger Partner war mir immer wieder die Kirche, vorrangig die evangelische Landeskirche. Bereits mit Bischof Krause hatte ich bis um die Jahrhundertwende herum immer engeren Kontakt, mit seinem Nachfolger Prof. Dr. Friedrich Weber verband mich am Ende eine enge Freundschaft. Mit ihm rief ich 2003 einen sehr hochrangigen Gesprächskreis ins Leben, in dem wir gesellschaftspolitische Themen platzierten, ausschließlich zwischen Spitzenvertretern der Wirtschaft, der Kirchen und der Hochschulen, ohne Politiker und ohne Presse und Öffentlichkeit. Ziel dieser Veranstaltungen war nicht, sie als Marketinginstrument aller Beteiligter zu nutzen, sondern im Kreise Vertrauter auch heikle Themen anzusprechen und infolge dessen eventuell weitere bilaterale Gespräche mit Blick auf Problemlösungen zu führen. Auftaktredner war der seinerzeitige Vorstandsvorsitzende der VW AG, Bernd Pischetsrieder. Nicht zuletzt diese Aktivitäten und meine Freundschaft zu Prof. Dr. Weber waren es, die mich haben im Jahr 2015 endlich auch der

Armin Maus (Chefredakteur der Braunschweiger Zeitung), Christian Krentel (AGV-Vorstandsmitglied), ich, Christian Lindner (FDP-Bundesvorstitzender), Wolfgang Niemsch (AGV-Vorstandsvorsitzender), Florian Bernschneider (mein Nachfolger als AGV-Hauptgeschäftsführer) bei meiner Verabschiedung als AGV-Hauptgeschäftsführer im Juni 2016

Frank-Jürgen Weise (Vorstandsvorsitzender der Bundesagentur für Arbeit Nürnberg) und ich anläßlich AGV-Mitgliederversammlung 2008

evangelischen Kirche beitreten lassen, in einer Zeit, in der die Kirchen weit überwiegend eher über Austritte klagten.

Was mich am Ende sehr zufrieden sein ließ, war die Übergabe meiner verantwortlichen Tätigkeit als AGV-Hauptgeschäftsführer und Geschäftsführer der beiden Fachverbände in die Hände eines würdigen Nachfolgers, der im Rahmen eines fairen und regulären Auswahlverfahrens letztlich das Rennen gewann, ich konnte an Florian Bernschneider übergeben. Bernschneider war bei der Übergabe mit gerade einmal 29 Jahren sehr jung. Aber genau das war mein Wunsch, jemanden als Nachfolger zu bekommen, der frischen Wind und vor allem die Digitalisierung Einzug halten läßt im AGV. Vorher war er Geschäftsführer der Unternehmensberatung i-unit in Braunschweig, die auch in den ersten Monaten als Ausbildungsbetrieb für unseren Sohn Justus im Rahmen seines dualen Studiums an der WelfenAkademie zur Verfügung stand. Davor war Bernschneider der jüngste Bundestagsabgeordnete im Deutschen Bundestag in der Wahlperiode 2009 bis 2013 für die FDP. Vor diesem Hintergrund sorgte er auch dafür, daß anläßlich meiner Verabschiedung im August 2016 im Hause der ckc AG, einem AGV-Mitglied, der seinerzeitige Chef der Bundes-FDP, Christian Lindner als Gastredner anwesend war.

Vieles Weitere ließe sich aufführen, was mich letztlich bis August 2016 über insgesamt 24einhalb Jahre auf Trab hielt, bis ich aus dieser verantwortlichen Tätigkeit ausschied. Zahlreiche Ehrenämter gehörten dazu, seit 1995 der alternierende, das heißt, der im Wechsel mit einem Versichertenvertreter für jeweils ein Jahr übernommene Vorstandsvorsitz der Landesversicherungsanstalt, der LVA Braunschweig, die ich 2005 zur Fusion mit der LVA Hannover begleiten konnte. Dem dann folgenden Vorstand der neu strukturierten Rentenversicherung Braunschweig-Hannover gehörte ich ebenfalls noch bis zu meinem AGV-Ende an. Auch dort war ich gut für innovative Ideen. Ging es um die Optimierung der Strukturen von Auskunfts- und Beratungsstellen und die Frage, was man mit eventuell dabei freiwerdenden Beschäftigten machen könnte, die wegen ihres Beamten- oder Angestelltenstatus' nicht ohne weiteres abgebaut werden konnten, war meine Idee, sie mit neuen Aufgaben zu betrauen, woraus der inzwischen bundesweit eingeführte Arbeitgeberservice entstand.

In der Arbeitsagentur Braunschweig-Goslar war ich viele Jahre ebenfalls alternierender Vorsitzender des Verwaltungsausschusses und ich wurde 2008 gebeten, den Vorstandsvorsitz in der WelfenAkademie Braunschweig zu übernehmen, einer Berufsakademie, die damals in wirtschaftlich schwierigem Fahrwasser unterwegs war. Hilfreiche weitere Partner waren hierbei Jens Düe als Wirtschaftsprüfer, Rüdiger Giesemann als Anwalt und Claudia Block von der BMW Block am Ring GmbH sowie maßgeblich auch der damalige Wirtschaftsdezernent der Stadt Braunschweig, Joachim Roth, er ist dort bis heut als Vorsitzender in ehrenamtlicher Verantwortung und die Akademie ist nun nicht nur bestens aufgestellt, sie ist seit

Begrüßung neuer Studierenden im September 2008 als Vorstandsvorsitzender der WelfenAkademie

längerem im Ranking privater Bildungseinrichtungen und Hochschulen unter der Geschäftsführung von Dr. Jens Bölscher immer in der vordersten Reihe.

Jetzt war ich in der Region Brauanschweig-Wolfsburg eine Person des öffentlichen Lebens.

Auch familiär war diese Zeit durch viel Arbeit geprägt, einmal durch meine enorme zeitliche Belastung, aber zunehmend ebenso durch Evelyns Engagement in der Kita Weddel. Die Kinder aber, Enrico und Sara waren gut auf dem Weg und begannen sich abzunabeln, so daß wir hier wiederum Entlastung verspürten. Alles in allem aber war es die Phase, in der so manche Ehe heut in die Brüche geht, weil sie der objektiven Belastung nicht standhält; auch bei uns gab es gelegentliche Turbulenzen, wie sie in einer solchen Situation nicht ausbleiben können und auch gab es Spannungen. Aber auch hier gilt, wie für die große Politik oder gesellschaftliche Zusammenhänge: Das entscheidende ist, was man aus den Erfahrungen, aus den Fehlern – sicher auch meinerseits – für Schlüsse zieht und lernt! Und als dann die beiden Großen soweit flügge waren und ihre Flügel füllige Federn bekommen hatten, Enrico seine Ausbildung bei SIEMENS in Braunschweig zum Industriemechaniker beendet und er dann das Abitur am Braunschweig-Kolleg nachgeholt hatte, um Mediendesign zu studieren mit hervorragendem Abschluß und nachdem Sara einen hervorragenden Ausbildungsabschluß zur Krankenschwester im

Marienstift Braunschweig hingelegt und sie sich dann zur OP-Schwester weiterentwickelt hatte, waren wir soweit, Evelyn und ich, unsere weitere gemeinsame Reise durchs Leben zu hinterfragen – und uns zu verjüngen, indem am 2. Juni 1995 unser drittes Kind Justus als Nachzügler das Licht der Welt erblickte. Auch er sollte sich sehr gut entwickeln. Enrico hat heut seine eigene kleine Mediendesign-Agentur und lebt mit Enkel Paul und seiner Partnerin Yvonne in Braunschweig. Sara, nach wie vor OP-Schwester im Klinikum Wolfenbüttel lebt mit ihrem Mann Ozan und den Enkeln Marla, Mina und Milo in Sickte und unser Nachzügler Justus lebt als geschäftsführender Gesellschafter der Casper & Lösche Immobilien GmbH mit seiner Partnerin Johanna ebenfalls in Braunschweig, nebenbei absolvierte er sein duales Studium an der WelfenAkademie und schloß dies im Sommer 2018 ab.

Meine Mutter starb im Mai 1999 im Alter von 86 Jahren, auch für sie hatte sich der Wechsel des Wohnsitzes 1972 nach Braunschweig gelohnt, sie hatte einen schönen Lebensabend.

Mein Bruder Walter lebt nach wie vor mit Schwägerin Karin in Erlbach-Kirchberg bei Stollberg im Erzgebirge, seine Tochter, Nichte Heike nutzte bereits im Sommer 1987 eine Reisegenehmigung in die Bundesrepublik, um ebenso wie ich nicht wieder ins Erzgebirge zurückzukehren, sondern mit ihrem damaligen Freund zusammen bei Wiesbaden Familie zu gründen.

Zu den alten Haftkameraden habe ich nur noch zu Teo oberflächlichen Kontakt, hier ist die Zeit mit ihrem Lauf zwischen die unterschiedlichen Entwicklungen geflossen.

EPILOG

Was bleibt? Große Demut angesichts all dessen, was mich mein Leben lang begleitete! Es ist tief empfundene Dankbarkeit, nicht nur für eine Entwicklung im Großen, die seit nunmehr etwa 70 Jahren in Mitteleuropa Frieden, Freiheit und Demokratie gebracht und erhalten hat, mit einer letzten fatalen Unterbrechung durch den bereits erwähnten Jugoslawienkrieg im Kosovo und in Bosnien. Es ist auch große Dankbarkeit im Kleinen, in meinem individuellen Rahmen, in meiner kleinen Welt der Familie, der Freunde, die seit meiner Pensionierung plötzlich deutlich weniger wurden, in meiner Welt des Schöngeistigen und meines weiteren Bemühens nach vorn zu agieren, trotz zunehmenden Alters vor allem den Jungen etwas abzugeben. Ich habe die Chancen genutzt und hoffe, auch nach entbehrungsreichen Jahren, die ich andererseits als Bereicherung empfinde, schon jetzt etwas zurückgegeben zu haben.

Was ebenso bleibt, ist im nun eingetretenen aktiven Un-Ruhestand mehr Zeit für die Familie, für die Enkelkinder. Aber auch für Evelyn und mich, für Reisen und all die schönen Dinge dieser schönen Welt. Auch mein Motorrad, zur Zeit eine Suzuki V-Strom 650 als Reiseenduro, will noch ein wenig bewegt werden, nahm ich mir doch unmittelbar nach Eintritt in den Ruhestand die Freiheit, mir einen weiteren Wunschtraum zu erfüllen und die Sehnsuchtsorte meiner Jugend erneut aufzusuchen. So führte mich im Sommer 2016, unmittelbar nach meiner Verabschiedung aus dem AGV mein Weg allein mit meiner BMW R 1200 GS und meinem kleinen Zelt über die Alpen ans Mittelmeer, nach Süditalien, Griechenland, Albanien, Mazedonien und Bulgarien ins Rila-Gebirge, wo ich meine Fluchtroute noch einmal entgegengesetzt fuhr bis zum Schwarzen Meer, als freier Mann und mit dem Gefühl, einen Lebenskreis geschlossen zu haben. Weiter ging es dann über die rumänischen Karpaten, Ungarn und die Slowakei zurück nach Tschechien und ins Erzgebirge zu meinem Bruder und zu Freunden. Und wie immer, wenn ich einige Zeit in Stollberg und im Erzgebirge verbrachte, drängte es mich nach Braunschweig, in meine Heimat. Ein Jahr später folgten Schweden, Norwegen mit dem Nordkap sowie Finnland, Estland, Litauen, Lettland und Polen, wieder allein, wieder mit Zelt.

Was weiterhin bleibt, sind die zahlreichen menschlichen Verbindungen, soweit sie über die Zeit trugen. Sicher, manch einer, der mir noch zu Zeiten meiner hohen Reputation als Hauptgeschäftsführer Freundschaft vorgaukelnd bei der Begrüßung um den Hals fiel, hält seit meinem Ruhestand kühlen Abstand, in der Regel aber ist dies nicht enttäuschend, setzt dies doch vorherige Täuschung voraus. Ich hatte immer schon ein ganz gutes Gespür für die Ernsthaftigkeit von Beziehungen, ich hatte meine Antennen und Seismografen immer auf Empfang und wer sich nicht täuschen läßt, wird auch nicht enttäuscht!

Einreise von Nord-Mazedonien nach Bulgarien, September 2016

Rila-Kloster, Bulgarien, September 2016

Was bleibt, sind die weiterhin netten, inhaltsreichen und von gegenseitigem Respekt und Sympathie getragenen Gespräche im Freundeskreis derer, die sich als solche erwiesen. Hierzu zählen etliche der mir eng verbundenen Clubmitglieder des Rotary Clubs Braunschweig Richmond, dem ich seit 1994 angehören darf. Auch bleiben interessante Kontakte darüber hinaus zu Menschen, denen ich mich nicht aus Freundschaft zughörig fühle, vielmehr aus respektvoller Anerkennung. Zum Beispiel war es mir eine Bereicherung, im AGV ein Werk des Braunschweiger Künstlers und Hochschullehrers der HBK, der Hochschule für Bildende Künste, Lienhard von Monkiewitsch erwerben zu können und in seinem Atelier sein zu dürfen. Ebenso bei Gerd Winner, einem international bekannten und geachteten Künstler, der auf der Liebenburg bei Salzgitter sein Atelier und sein zu Hause hat.

Überhaupt ist mir die Kunst nun wieder mehr Muse und Zeitvertreib, wenngleich auch sie mir Fragen aufgibt, denke ich an den Umgang mit ihr im gesellschaftspolitischen Rahmen. Auf Hieronymus Bosch war ich bereits eingegangen und auf seine Abnehmer, die seine Werke kauften, obwohl sie nicht konventionell waren. Gab es vielleicht schon damals eine Art Schickeria, die sich Dinge erlaubte, wie sie auch heut eingedenk aller ethisch-moralischer Fragwürdigkeit üblich sind? Wenn zum Beispiel ein vom Popart-Künstler Andy Warhol erstelltes Siebdruck-Porträt vom heiter-freundlich lächelnden Mao Tse-tung mit dem Gestus des wohlwollenden Gönners der Kunst-Schickeria für 12,7 Millionen Dollar zum Verkauf angeboten wird? Sicher, auch Gerhard Richter, der bedeutendste noch lebende deutsche Maler hatte in jungen Jahren ein Hitler-Porträt erstellt, aber mit dem klar erkennbar verbissen-verbitterten Ausdruck des krankhaften Tyrannen. Es war hingegen in unserer westlichen Gesellschaft immer schick, links zu sein und die Welt entsprechend zu verklären, bis hin zur künstlerischen Verherrlichung eines der größten Schlächter der Menschheitsgeschichte, Mao Tse-tung! Ich empfinde es als Genugtuung, daß noch zu meinen Lebzeiten ein Adolf Hitler hier nicht mehr in dieser Weise punkten kann! Wir haben unsere Lektion gelernt, bis auf wenige Dumpfbacken! Ob jemals auch auf der anderen Seite der Mördergrube einst eine Aufarbeitung erfolgen wird? Da gab es keine alliierten Sieger, die hätten aufklären und bewußt machen können. Wieviele Lenin- oder Stalin-Büsten und große Statuen mag es in Rußland noch geben? Und immer noch tingeln jährlich Millionen Naivlinge zu den großen Statuen in China, ihrem großen Führer Mao zu huldigen und mit verklärten Blicken eine surreale Pose vor den Kameras fürs Erinnerungsfoto abzugeben. Wenn sich die Millionen und Abermillionen in den Gräbern oder auf den mit ihrer Asche gedüngten Feldern doch wehren könnten, die Abermillionen, die er auf dem Gewissen hat. Auch die Kunst war ein Katalysator für den Wuchs meiner Flügel

Da ich immer neben meiner kleinen Welt das Große und Ganze auch in den Blick zu nehmen versuchte, bleibt ferner die Frage, wie es weitergeht mit unserer Gesellschaft, nicht in banger Sorge um eine negative Gesamtentwicklung, vielmehr in der Gewißheit, alles wird gut! Aber wie? Ich bin positiv denkender Optimist! Trotz allem! Dennoch sind weitere Fragen, wie ich sie mir bisher ein Leben lang stellte unerläßlich, wollen wir weiter am Fortschritt arbeiten und nicht zurück in alte Denkmuster verfallen.

Wohin driftet der Rechtsstaat? Reicht es, gebetsmühlenartig in jeder gesellschaftskritischen Diskussion den Rechtsstaat zu beschwören, so, wie seinerzeit in der DDR gebetsmühlenartig der Sozialismus beschworen wurde, wenn andererseits das Rechtsempfinden vieler Bürger dem vollzogenen Recht sich immer mehr entfernt?

Wie wird sich die Digitalisierung auf uns alle auswirken, auf jeden Einzelnen und die Gesellschaft insgesamt? Welche Rolle kommt langfristig den Medien zu? Werden sie in der Lage sein, den Spagat zwischen notweniger Informationspflicht und Aufklärung einerseits und der zunehmenden Individualisierung der Information durch die neuen Medien zu schaffen? Oder gehen sie immer mehr unter im verzweifelten Bemühen auch wirtschaftlich zu bestehen? Wer informiert uns zukünftig über wichtige Ereignisse, Katastrophen und Konflikte, die Medien oder die Betroffenen, denen als betroffene Subjekte Objektivität nicht möglich ist? Wird jeder, der ein Smartphon sein eigen nennt, zum Journalisten und Berichterstatter?

Dies sind für mich zentrale Fragen, weil die Medien längst eine Vierte Gewalt in unserer Demokratie geworden sind, mit unglaublicher Macht. Hier sollten wir schon mutig auch kritisch bewerten und Fragen stellen! Hilft es der Gesellschaft wirklich, gebetsmühlenartig im zweiwöchigen Rhythmus das Auseinanderklaffen einer Schere der Vermögen zu beklagen, wo jeder weiß, daß unser Bruttosozialprodukt stets und ständig wächst und die Chance bietet, auch die untere Schneide der Schere nach oben weisen zu lassen, weil ebenso überproportional in den letzten Jahren die Sozialausgaben stiegen? Wo ist hierbei objektiv das Problem? Oder wird subtil Stimmung erzeugt, die unsere Gesellschaft spaltet in die da oben, die Reichen und die da unten, die Armen? Und das angesichts eines Sozialstaates auf weltweit höchstem Niveau? Hilft es wirklich der Gesellschaft, wenn im zweiwöchigen Rhythmus die zunehmende Gefahr von Armut beschworen wird, wenngleich jeder weiß, Armut ist relativ? Auch ich war einmal mit meiner damals jungen Familie arm! Hat es mir geschadet?

Könnte man nicht gelegentlich den Eindruck gewinnen, unsere Realität wird in den Medien immer mehr interpretiert als daß sie gespiegelt wird, im Glauben, die Medien müßten uns belehren? Information und Aufklärung ist unerläßlich, wollen Medien ihren Auftrag erfüllen. Aber müssen sie uns nun auch noch ideologisch erziehen, uns eine möglichst politisch korrekte Meinung vorgeben, so, wie unsere individuellen Schwächen schöngezeichnet werden? In den unseligen Zeiten der letzten großen Kriege in Vietnam oder im Nahen Osten wurden wir mit der ganzen Brutalität und Grausamkeit all der Folgen für die Menschen unmittelbar konfrontiert. Man wußte sich beim Abendbrot auf das Nachrichtenprogramm einzustellen. Immerhin waren wir mündige Bürger! Inzwischen ist die Welt friedlicher, zum Glück! Heut sind solche Bilder reduziert auf das abendliche Unterhaltungsprogramm mit *Tatort* oder Schwedenkrimi, wo in einer cineastisch fiktiven Scheinwelt bei Chips und Rotwein zwar auch noch kräftig mit Unterhaltungswert massakriert wird, aber die großen Kriegsschauplätze sind vorbei, vorerst zumindest. Auch wurde damals in den Medien überwiegend berichtet im erkennbaren Bemühen um Neutralität und Objektivität, was heut gelegentlich zu vermissen ist, wenn neben der gleichgeschalteten Oberflächeninformation die Bewertung dessen, was man zu sehen bekommt, vom Moderator in oberlehrerhafter Manier politisch korrekt in den Mittelpunkt gerückt wird. Da kann es schon passieren, daß ein Bundespräsident, der ungeschickt auf mediale Vorwürfe reagiert, ganz schnell als Kollateralschaden sein Amt verliert. Merkwürdig, wie mich dieses einseitig Belehrende und der erhobene Zeigefinger im journalistischen Duktus der sogenannten Political Correctness zumindest einiger öffentlich rechtlicher TV-Medienformate an die Zeit in der DDR erinnert. Auch dort haben die Medienvertreter für die Masse gedacht, damit die sich nicht selbst den Kopf zu zerbrechen braucht.

Die Kompensation der Beschönigung, die dem wirtschaftlichen Interesse der Medien heut entgegensteht, weil sich schlechte Nachrichten besser verkaufen, wird dann dadurch betrieben, daß man die Menschen ab und zu erschreckt und Angst erzeugt. Nach wie vor gilt aus rein wirtschaftlichem Interesse der Medien: Bad News are good News! Die zahlreichen ungelösten gesellschaftlichen, politischen oder sonstigen Probleme, die auf uns zukommen, oft aus heiterem Himmel, werden dann in angsterzeugender Art und Weise präsentiert, mit der Folge von Angst vor Zecken oder Grippe, Angst vor sozialem Abstieg, Angst vor Altersarmut, Angst vor dem Klimawandel, Angst vor Atomkraft, Angst vor Gentechnik, Angst vor Fracking, Angst vor der Globalisierung, Angst vor Flüchtlingen, Angst vor denen, die Angst vor Flüchtlingen haben ... *German Angst*, wie es schmunzelnd die Amerikaner nennen. Da kann es vorkommen, daß an prominenter Stelle einer abendlichen TV-Nachrichtensendung in einem Bericht über den Jahrhundertsommer 2018 und den ausbleibenden Regen die Frage an einen Klimaexperten gerichtet wird: *„Muß man jetzt Panik bekommen ...?“*, weil es seit Wochen nicht regnet! Diese Frage stellte allen Ernstes ein erwachsener männlicher Moderator!

Selbst Regierungen bleiben offensichtlich von Ängsten nicht mehr verschont; denn wie anders soll man die Korrektur eines nationalen Energiekonzeptes von einem Tag auf den Anderen ohne Not und ohne jegliche rationale Risikobewertung als angstgetrieben interpretieren, weil in Japan infolge eines Zunamis ein Atomkraftwerk havarierte, wenn auch ohne nennenswerte Personenschäden? Die hohen Opferzahlen waren ausschließlich durch den Zunami entstanden. Und wie prominent wurden die wenigen hundert japanischen Demonstranten gegen Atomkraft von unseren Medien ins Bild gesetzt, unmittelbar nach der Havarie, wieder ganz dem medialen deutschen Mainstream entsprechend.

In der Rückschau auf die Zeit der in meiner autobiografischen Erzählung beschriebenen, weltweiten Konflikte habe ich nie wahrgenommen, daß sich die Menschen in Angst flüchteten. Sie hatten gelernt, mit Krisen umzugehen, weil sie diese erlebten und aus ihnen lernen konnten. Krisen sind immer auch Chancen, Chancen zu wachsen und stärker zu werden.

Andererseits werden Probleme regelrecht hochgeschrieben, weil sie einem Mainstream folgen, wie beispielsweise zur Zeit der Klimawandel. Wäre nicht auch hier ein wenig mehr realitätsnaher Pragmatismus hilfreich? Kein vernünftiger Mensch wird den Klimawandel bestreiten, kein vernünftiger Mensch wird bestreiten, auch wir Menschen leisten einen beschleunigenden Beitrag. Aber reicht es, sich vor dem Hintergrund dessen einzubilden, wir wären in der Lage, den Klimawandel grundsätzlich zu verhindern, wie es gelegentlich den Anschein hat? Sind wir Gott? Was maßen wir uns eigentlich an! Wäre es nicht hilfreich, endlich die Frage zu stellen, was wir tun müssen, wenn die Meeresspiegel steigen? Welche technischen Gegenmaßnahmen sind zu ergreifen? Stattdessen werden immer mehr Forschungsschiffe in die inzwischen so fragile Arktis und Antarktis geschickt, mit ihren großen Dieselaggregaten immer mehr Schadstoffe auspustend, um uns ein ums andere Mal zu belegen, was wir längst wissen. Tausende Wissenschaftler und sogenannte Klimaexperten reisen permanent in ihren bequemen Düsenflugzeugsitzen umher, um sich in teuren, teils wochenlangen Megakonferenzen zu beschwören: Es muß etwas geschehen! Da sitzen wir wie das Kaninchen vor der Klima-Schlange und beten, sie möge nicht zubeißen. Sie wird es! Aber sind wir gerüstet? Wie wäre es mit einem Gegengift? Stattdessen erlassen unsere Juristen zur Zeit Fahrverbote in Städten für Dieselfahrzeuge, damit die Dieselfahrer dann auf Umwegen mehr Abgase in die Umwelt pusten als auf ihrer gesperrten Strecke. Wie soll ich als mündiger Bürger solcherlei juristische Entscheidungen noch ernst nehmen? Ich rate zu mehr Pragmatismus, zu ganz einfachen, normalen Antworten auf ganz einfache, normale Fragen und nicht zu ideologisch verbrämten intellektuellen Purzelbäumen. Vielleicht unterliege ich damit der Gefahr des sogenannten Populismus, inzwischen allgegenwärtiges Mainstream-Wortungeheuer. Aber all das kenne ich noch aus den Zeiten des Sozialismus, als man glaubte, sich eine Welt zurecht basteln zu können, wie man sie gern hätte, als man glaubte, sich einen Menschen nach dem Bild *einer sozialistischen Persönlichkeit* formen zu können, wie man sich aus Ton eine Figur modelliert. Jetzt reicht nicht mehr der Mensch, der nicht ganz so tickt, wie gewünscht, den wir *retten* wollen, jetzt sind es die ganze Menschheit und das Weltklima. Ganz schön anspruchsvoll!

Vieles gäbe es noch zu hinterfragen, die digitale Zukunft, den Umgang miteinander, die Entwicklung unseres Wertekanons oder die Frage, wie wir mit dem nächsten großen konjunkturellen Abschwung, der ebenfalls kommen wird, umgehen? Wie wollen wir unsere aktuellen Umverteilungsinitiativen noch dauerhaft finanzieren, wenn die nächste Wirtschaftskrise zuschlägt? Sind wir gerüstet?

Zahllose weitere Fragen bieten Stoff für ein weiteres Buch, das gut an die Zeit der Wiedervereinigung anknüpfen und den autobiografischen Faden weiterspinnen könnte, über die Gegenwart ein wenig in die Zukunft hinein.

Das alles sind, wie es seit meiner Jugend meine Art ist, nichts als Fragen. Antworten wollen wohl überlegt sein, sowohl meine eigenen, als auch die der Leserschaft. Egal wie diese Antworten ausfallen, sie sind zunächst als individuelle Meinungen zu tolerieren! Auch wenn sie weder mir noch sonst jemand Anderem gefallen. Wahrheiten gibt es so viele, wie es Menschen gibt. Das Entscheidende ist, die der Anderen zu tolerieren, sie auszuhalten, sie anzuhören, sie zu durchdenken und als Bereicherung für das eigene Denken zu verstehen. Dann sind wir Demokraten, getragen von freiheitlichem Denken.

Es muß im Winter 2016, kurz vor meinem Eintritt in den beruflichen Ruhestand gewesen sein, das Gespräch mit dem damaligen FDP-Chef Christian Lindner, der wenige Wochen danach, im Juni 2016 als Festredner meinen Abschied begleiten sollte, ebenso wie Armin Maus als Chefredakteur der *Braunschweiger Zeitung*. In dem Gespräch im Winter ging es um aktuelle politische Fragen, geladen war ein illustrer Kreis von ungefähr 25 bis 30 regionalen Entscheidern, Unternehmerinnen und Unternehmern. Und wie wir dann nach Lindners Statement und einigen Fragen sowie Diskussionsbeiträgen noch beim Essen diskutierten, schilderte mir flüsternd hinter vorgehaltener Hand einer meiner beiden Tischnachbarn, ein gestandener Banker in herausragender Position seine Sicht der damals aktuellen Flüchtlingsproblematik. Er hinterfragte kritisch, warum wir immer noch kein schlüssiges Einwanderungsgesetz haben, obwohl wir – auch vor dem Hintergrund des demografischen Wandels – schon seit vielen Jahren um die Notwendigkeit wissen, ausländische Menschen als zukünftige Arbeitskräfte ins Land zu holen. Und er hinterfragte, wieso es keine breite, offene und ehrliche gesellschaftliche Diskussion über die negativen Folgen der inzwischen seit 2015 *„wie eine Flutwelle"*, wie er es nannte, über unser Land gekommene Flüchtlingswelle gäbe. Hier würde *„... der politische und mediale Mainstream ..."*, wie er auch dies nannte uns etwas vorgeben, was er nicht teile; und dann der Satz, der mich sehr nachdenklich stimmte und bis heut beschäftigt:

„Aber das alles darf man ja nicht laut sagen!"

Auf meine Nachfrage, wieso und warum er dies nicht könne, wir seien doch eine freie Gesellschaft, sinngemäß die Antwort, er könne sich dies in seiner Position eben nicht erlauben. Wie hieß es früher bei Mutter in Stollberg?

„Daß du draußen aber ja nichts erzählst!"

Ebenso ist es nicht lange her, das Gespräch mit einem maßgeblichen gesellschaftlichen Repräsentanten unserer Region. Es ging um die Akzeptanz, Reputation und die öffentliche Wahrnehmung von Joachim Gauck als seinerzeitigen Bundespräsidenten, den ich sehr schätzte.

„Der Gauck hat mir viel zu viel über Freiheit geredet ...!"

So mein Gegenüber. Als Student im West-Berlin der Nachwehen der 68er hatte mein Gesprächspartner seinerzeit selbst Erfahrungen mit kirchlichen Gruppen im Osten gesammelt, aber offensichtlich eine Ideologie verinnerlicht, die eher mit dem *Marsch durch die Institutionen* einherging, anstatt auf die Ursachen all des Leids in dieser Welt zu orientieren – und eine dieser Ursachen, zugegeben, neben vielen weiteren, war fehlende Freiheit! Früher waren es die rigiden religiösen oder staatlichen Zwangssysteme, die den Menschen die Freiheit nahmen und im letzten Jahrhundert der Sozialismus, ob nun in Gestalt eines Nationalsozialismus oder eines real existierenden Ostblocksozialismus. Nirgendwo auf der Welt hat sich bis heut ein solches sozialistisches Gesellschaftsmodell bewährt, nirgendwo den Menschen Wohlstand und Zufriedenheit gebracht. Die letzten Relikte Venezuela, Kuba oder Nord-Korea sprechen heut, im März 2019 für sich! Und China? Es ist kein freies Land. Kein einziger der Milliarden Bürger wird gefragt, was sein Interesse ist; einzig das staatliche Interesse zählt. Gerade im heutigen China zeigt sich die staatskapitalistische Fratze in Reinkultur, die neuerdings nicht nur die da oben unendlich reich sein läßt, sondern die da unten weiterhin unterdrückt, die Kunst, die Kultur, mit dem Ziel, zukünftig durch Gesichtsscanner George Orwells Vision des *Großen Bruders* als alles und jeden kontrollierenden Molloch zur Unterdrückung des Volkes Wirklichkeit werden zu lassen. Gewiß, Freiheit kann zu viel werden, wenn sie beispielsweise zu rein egozentrischem Streben verkommt, ohne die Freiheit der Andersdenkenden zu berücksichtigen. Aber sie ist letztlich als gesellschaftlicher Wert das Fundament für alle konstruktive, demokratische Entwicklung. Viele Gesichter hat sie, diese Freiheit. Wer nicht mit ihr umzugehen weiß, kann die Orientierung verlieren, vielleicht auch abstürzen. Das ist ihr Preis. Nie wird es gelingen, jeden Menschen in jeder Situation allein durch sie glücklich zu machen, aber sie ist gepaart mit Demokratie die größte Schnittmenge des Glücks.

Epilog

Mein aufrichtiger Dank gilt allen Unterstützern dieses Buches. Vornehmlich danke ich den Sponsoren, den kritisch-konstruktiven Begleitern Dr. Jens Bölscher und Horst Kowalewski sowie unserem Sohn Enrico für die Buchgestaltung und für die früheren Impulse, die dieses Buch haben entstehen lassen. Schließlich danke ich meiner Frau Evelyn für die Geduld mit mir beim Schreiben – und darüber hinaus.

Meine Familie, Juni 2018

ABKÜRZUNGEN

ABV	Abschnittsbevollmächtigter (DDR)
ADAC	Allgemeiner Deutscher Automobil-Club e.V.
ADMV	Allgemeiner Deutscher Motorsport Verband (DDR)
AG	Aktiengesellschaft
AGV	Arbeitgeberverband Region Braunschweig e.V.
ARD	Arbeitsgemeinschaft der öffentlich-rechtlichen Rundfunkanstalten der Bundesrepublik Deutschland
AWO	Arbeiterwohlfahrt
BAföG	Bundesausbildungsförderungsgesetz
BGL	Betriebsgewerkschaftsleitung (DDR)
BMA	Braunschweigische Maschinenbauanstalt
BMK	Bau- und Montagekombinat (DDR)
BMW	Bayerische Motoren Werke
BRD	Bundesrepublik Deutschland
BStU	Der Bundesbeauftragte für die Stasi-Unterlagen
CDU	Christlich Demokratische Union
CIA	Central Intelligence Agency, Auslandsgeheimdienst der USA
CSSR	Tschechoslowakische Sozialistische Republik
CSU	Christlich-Soziale Union in Bayern e. V.
DBD	Demokratischer Bauernbund Deutschlands (DDR)
DDR	Deutsche Demokratische Republik
DM	Deutsche Mark
EMW	Eisenacher Motorenwerk (DDR)
EOS	Erweiterte Oberschule (DDR)
ESP	Einführung in die sozialistische Produktion (DDR)
ETA	Euskadi Ta Askatasuna, Terrororganisation, etwa *„Baskenland und Freiheit"*
FDGB	Freier Deutscher Gewerkschaftsbund (DDR)
FDJ	Freie Deutsche Jugend (DDR)
FDP	Freie Demokratische Partei
GI	Bezeichnung für einen einfachen Soldaten der Streitkräfte der USA
GmbH	Gesellschaft mit beschränkter Haftung
GSG 9	Grenzschutzgruppe 9, Antiterroreinheit der Bundespolizei
GST	Gesellschaft für Sport und Technik, vormilitärische Massenorganisation der DDR
HBK	Hochschule für Bildende Künste
HVA	Hauptverwaltung Aufklärung, Auslandsgeheimdienst der DDR
IAEA	Internationale Atomenergie-Organisation
IFA	Industrieverband Fahrzeugbau (DDR)
IHK	Industrie- und Handelskammer
IM	Inoffizieller Mitarbeiter des MfS (DDR)
IRA	Irish Republican Army, Terrororganisation
KBW	Kommunistischer Bund Westdeutschland
KK	Kleinkaliber
KPD	Kommunistische Partei Deutschlands
KSZE	Konferenz über Sicherheit und Zusammenarbeit in Europa

LDPD	Liberaldemokratische Partei Deutschlands (DDR)
LKW	Lastkraftwagen
LPG	Landwirtschaftliche Produktionsgenossenschaft (DDR)
LVA	Landesversicherungsanstalt
MAN	Maschinenfabrik Augsburg-Nürnberg, Fahrzeug- und Maschinenbaukonzern
MDN	Mark der Deutschen Notenbank (DDR)
MfS	Ministerium für Staatssicherheit (DDR)
MIAG	Mühlenbau und Industrie Aktiengesellschaft
MIG	Mikojan-Gurewitsch, Militärflugzeughersteller
MZ	Motorradwerk Zschopau (DDR)
NATO	North Atlantic Treaty Organization, Organisation des Nordatlantikvertrags
NDPD	Nationaldemokratische Partei Deutschlands (DDR)
NDR	Norddeutscher Rundfunk
NSA	Nichtsozialistisches Ausland (DDR)
NSDAP	Nationalsozialistische Deutsche Arbeiterpartei
NVA	Nationale Volksarmee (DDR)
op.	operativ
OP	Operation
PDS	Partei des Demokratischen Sozialismus (Vorläufer der Partei DIE LINKE)
PGH	Produktionsgenossenschaft des Handwerks (DDR)
PKW	Personenkraftwagen
PVI	Planmäßig vorbeugende Instandsetzung (DDR)
RAF	Rote Armee Fraktion, Terrororganisation
REMA	Fabrik für Rundfunk, Elektrotechnik und Mechanik in Stollberg/Erzgebirge (DDR)
RIAS	Rundfunk im amerikanischen Sektor
RFT	Rundfunk- und Fernmelde-Technik, ein Herstellerverbund von verschiedenen Unternehmen der Nachrichtentechnik in der DDR
SALT	Verträge zur nuklearen Rüstungsbegrenzung
SBZ	Sowjetische Besatzungszone
SED	Sozialistische Einheitspartei Deutschlands (DDR)
SS	Schutzstaffel, Terror- und Unterdrückungsorgan der Nationalsozialisten
Stasi	Kurzwort für Ministerium für Staatssicherheit (DDR)
TU	Technische Universität
UKW	Ultrakurzwelle, Hörfunk
UN	United Nations, Die Vereinten Nationen
UNO	United Nations Organization, Organisation der Vereinten Nationen
USA	United States of America, Vereinigte Staaten von Amerika
UTP	Unterrichtstag in der sozialistischen Produktion in der DDR
VEB	Volkseigener Betrieb (DDR)
VW	Volkswagen
WHO	World Health Organization, Weltgesundheitsorganisation
ZDF	Zweites Deutsches Fernsehen, öffentlich-rechtlich

BILDNACHWEISE

Titel	Frederick Tubiermont – Unsplash
Seite 10	Heidrun Gramm
Seite 18	Oxensepp – Wikimedia, privat
Seite 31	privat
Seite 45	privat
Seite 47	privat
Seite 81	privat
Seite 91	privat
Seite 146	ii-graphics – Shutterstock, Enrico Casper
Seite 147	Simin – Wikimedia
Seite 234	privat
Seite 399	Heidrun Gramm, Rudolf Flentje
Seite 401	WelfenAkademie
Seite 404	privat
Seite 413	privat

HINWEISE

Einige Namen im Buch sind aus datenschutz- und personenschutzrechtlichen Gründen geändert.

Zu den Anlagen 1–24:

Die Löschung von Textstellen in der Stasi-Akte mit schwarzen Textmarkern wurde von der Bundesbehörde (BStU) vorgenommen, wenn Textstellen sich ausschließlich auf weitere Personen beziehen, die nicht im unmittelbaren oder mittelbaren Zusammenhang mit dem Antragsteller oder dem jeweiligen Fall bzw. Operativ-Vorgang stehen und diese Personen datenschutzrechtlich geschützt werden sollen.

DANKE FÜR DIE UNTERSTÜTZUNG

Stiftung Braunschweigischer Kulturbesitz

Politische Bildungsstätte Helmstedt e. V.

Arbeitgeberverband Region Braunschweig e.V.

KIM Kooperationsinitiative Maschinenbau e. V.

GDV Großhandels- und Dienstleistungsverband Braunschweig e.V.

NIEDERSACHSENMETALL Region Braunschweig - Salzgitter - Wolfsburg